BASTEI
LÜBBE

WOLFGANG HOHLBEIN IM TASCHENBUCH-PROGRAMM:

14 197 Wolfsherz
14 478 Dunkel
20 130 Die Heldenmutter
21 204 Die Kinder von Troja
13 328 Geisterstunde
13 421 Die Moorhexe
13 453 Die Hand an der Wiege
15 203 Der Inquisitor
13 871 Der Widersacher
14 612 Das Jahr des Greifen
(mit Bernhard Hennen)
20 130 Die Heldenmutter
(mit Heike Hohlbein)

CHARITY
Bd. 1 23 243 Die beste Frau der Space Force
Bd. 2 23 248 Die Sonnenbombe
Bd. 3 23 262 Die Herren der Schwarzen Festung
Bd. 4 23 270 Das Erbe der Moroni

DER HEXER-ZYKLUS
Bd. 1 14 336 Der Hexer von Salem
Bd. 2 14 337 Neues vom Hexer von Salem
Bd. 3 14 338 Der Dagon-Zyklus
Bd. 4 14 339 Die sieben Siegel der Macht
Bd. 5 14 340 Der Sohn des Hexers
Bd. 6 14 341 Das Labyrinth von London /
Auf der Spur des Hexers

DER DRACHEN-ZYKLUS
Bd. 1 20 152 Die Töchter des Drachen
Bd. 2 20 306 Der Thron der Libelle

KEVIN VON LOCKSLEY
14 354 Kevins Reise
14 392 Kevins Schwur

INTRUDER
14 800 Erster Tag
14 801 Zweiter Tag
14 802 Dritter Tag
14 803 Vierter Tag
14 804 Fünfter Tag
14 805 Sechster Tag

15 074 Intruder - Der vollständige Roman

Wolfgang Hohlbein

DIE MOORHEXE

Horror-Roman

BASTEI LÜBBE

BASTEI LÜBBE TASCHENBUCH
Band 13 421

1. Auflage: Dezember 1992
2. Auflage: Februar 1996
3. Auflage: Juni 1998
4. Auflage: Oktober 2000
5. Auflage: Juli 2003
6. Auflage: Februar 2005

Vollständige Taschenbuchausgabe

Bastei Lübbe Taschenbücher in
der Verlagsgruppe Lübbe

Lektorat: Michael Schönenbröcher
Titelillustration: Manuel Sanjulian
Umschlaggestaltung: QuadroGrafik, Bensberg
Satz: Fotosatz Schell
Druck und Verarbeitung:
Brodard & Taupin, La Flèche, Frankreich
Printed in France
ISBN 3-404-13421-4

Das Haus stand da, eingehüllt in eine Säule aus Dunkelheit, wie schwarz leuchtender, träger Nebel, ein kleines, böses, gedrungenes Etwas, dessen Konturen nicht ganz genau zu erkennen waren. Sie lösten sich auf in der Dunkelheit, die wie schwarze Säure war.

Sie rannte.

Es gab zwei Dinge, deren sie sich völlig bewußt war: das eine war, daß dies ein Alptraum war – was an sich schon ungewöhnlich genug war, denn wer weiß schon, daß er träumt, während er träumt? –, und das andere, daß dies kein gewöhnlicher *Alptraum war. Er hatte begonnen als einer jener sinnlosen, durch und durch unlogischen Träume, in denen man läuft und läuft und läuft und doch nicht von der Stelle kommt, in denen das Böse hinter einem ist und man weiß, daß es einen erwischen wird, wenn man auch nur ein einziges Mal den Fehler begeht, sich herumzudrehen und es anzusehen, und ohne daß man in der Lage ist, die andere, weit beruhigendere Konsequenz zu begreifen, die sich aus diesem Gedanken ergibt: daß man nämlich in Sicherheit ist, wenn man sich ganz einfach* nicht *herumdreht.*

Ja, so hatte er begonnen.

Aber dann war ... etwas geschehen. Sie wußte nicht, was, aber sie hatte das unbestimmte Gefühl, daß es etwas gewesen war, das von außen kam; eine Störung aus dem Kosmos jenseits ihrer kleinen privaten Alptraumwelt, vielleicht etwas so Banales wie ein Geräusch irgendwo im Haus, die Berührung von Stefans Hand, der sich im Schlaf herumgedreht hatte. Sie lag da, begriff plötzlich, daß sie träumte, und wartete darauf, aufzuwachen, was normalerweise die logische Folgerung aus dieser Erkenntnis gewesen wäre.

Normalerweise.

Heute nicht.

Sie erwachte nicht, aber dafür veränderte sich irgend etwas im Szenario ihres Traumes. Es war ihr nicht möglich, die Veränderung in Worte zu fassen, nicht einmal in Gedanken, aber sie war da, sie sah sie, roch und hörte sie. Es war eine Veränderung im Ganzen, keine Details, ein sonderbarer, im ersten Moment eher verwirrender als angstmachender Effekt, als wäre die ganze Welt um ein winziges Stückchen mehr in die Richtung geglitten, in der der Wahnsinn und der Terror zu Hause waren. Sie war noch immer gerannt, noch immer getrieben von ihrer Alptraum-Furcht, die nichts von ihrem Schrecken verloren hatte, jetzt, nachdem sie wußte, was es war. Ganz im Gegenteil: sie wußte *jetzt, daß der Terror hinter ihr war, der Tod oder Schlimmeres, der nur darauf wartete, daß sie stehenblieb und sich herumdrehte, aber sie wußte auch, daß es ihr gar nichts nutzen würde, sich nicht herumzudrehen. Der Schwarze Mann würde sie trotzdem kriegen, nur etwas später. So war sie weitergelaufen wie von Furien gehetzt, und endlich war das Haus vor ihr aufgetaucht: ein kleines, böses, gedrungenes Etwas, dessen Konturen nicht ganz genau zu erkennen waren. Sie lösten sich auf in der Dunkelheit, die wie schwarze Säure war, wie schwarz leuchtender, träger Nebel, ein Quader aus Schwärze, mit Furcht getränkt, der direkt aus der Hölle emporwuchs, wie ein Kokon aus Finsternis und Angst. Und noch immer rannte sie weiter, unfähig, stehenzubleiben. Auch dieses Haus machte ihr Angst, aber sie war nicht halb so groß wie die Furcht vor dem namenlosen Schrecken hinter ihr. Sie spürte die Berührung der Dunkelheit auf der Haut, als sie in den Mantel der Schwärze eindrang, der das Haus umschloß.*

Dann erkannte sie es.

Es war ihr Haus.

Und auch wieder nicht.

Auf unmöglich in Worte zu fassende Weise war ihr dieses Haus gleichzeitig vertraut wie entsetzlich fremd, versprach es gleichzeitig Schutz wie etwas unbeschreiblich Böses, war es zugleich behütend wie drohend. Sie wollte stehenbleiben, aber sie konnte es noch immer nicht. Ihre Arme und Beine bewegten sich wie von selbst, gegen ihren Willen, und das Etwas war noch immer hinter ihr. Sie wußte nicht, was es war – niemand wußte es, obgleich es zahllose Opfer gefordert hatte, Hunderte, Tausende, vielleicht Hunderttausende von Menschenleben genommen hatte (wie viele Menschen waren einfach nicht mehr aufgewacht, und man hatte Herzschlag oder etwas ähnlich Unverfängliches auf ihren Totenschein geschrieben?). Denn es war die Art des Alptraum-Todes, denjenigen zu vernichten, der sich herumdrehte, um sein Gorgonenhaupt zu schauen. Aber sie hörte seine Schritte, ein schwerfälliges, feuchtes Platschen, immer ein ganz kleines bißchen schneller als ihre eige-

nen, seine Atemzüge, ein dumpfes, rasselndes Hecheln, spürte seine Nähe, seine düstere, ungemein böse Ausstrahlung, und sah einen entsetzlich verzerrten, verkrüppelten Schatten, der hinter ihrem eigenen heranwuchs und ganz langsam näherkam.

Nein, sie konnte nicht stehenbleiben. Sie konnte nur weiterlaufen, weiter auf dieses so vertraute und gleichzeitig so entsetzlich fremde Haus zu, das vor ihr liegt, eingehüllt in einen Mantel aus wabernder Finsternis, ein schwarzes Fachwerkhaus, geronnene Schwärze und das Knochenweiß des Todes, kalt und abweisend, wie ein böses Omen, sie kann nur laufen und hoffen und beten, daß sie schneller als das DING hinter ihr ist.

Völlig außer Atem und fast verrückt vor Angst stolpert sie weiter, weiter auf das Haus zu, dessen Fenster ihr mit einem Male wie große ausgelaufene Augenhöhlen erscheinen. Die Tür schwingt auf, kurz bevor sie sie erreicht, sie rennt weiter, taumelt hindurch und fällt auf die Knie, und das dumpfe Geräusch, mit dem die Tür hinter ihr ins Schloß fällt, geht fast im rasenden Hämmern ihres eigenen Herzschlages unter. Aber sie ist in Sicherheit. Hier drinnen kann ihr nichts geschehen, denn das Haus wird sie beschützen, es ist ihr Haus, ihre Heimat, ein Teil ihres Selbst und …

Als sie aufsieht, begreift sie, wie entsetzlich sie sich getäuscht hat.

Dies ist nicht ihr Haus. Es hat so ausgesehen, von außen, und es gibt auch hier drinnen noch eine vage Ähnlichkeit, aber was immer es ist, es ist nicht ihr *Haus.*

Dann begreift sie, aber sie weiß auch im selben Moment, daß dieses Begreifen zu spät kommt: Das DING dort draußen war nicht die wahre Gefahr. Es war ein Köder, eine Schimäre, die sie hierhergelockt – gejagt – hat, und dieses Haus, dieses Etwas, *das so aussieht wie ihr Haus, ist die eigentliche Falle. Eine Falle, aus der es kein Entkommen mehr gibt. Aus schreckgeweiteten Augen sieht sie sich um, starrt in die gewaltige, kuppelförmige Halle, die sich vor ihr ausdehnt. Alles ist so, wie es sein sollte, aber ins Gigantische vergrößert und wie aus schwarzverchromtem blitzenden Stahl gehämmert: da ist der (verchromte) Korridor, die drei (eisernen) Türen, die uralte Bauerntruhe (aus Stahl), die Treppe nach oben (mit zwei Meter hohen Stufen). Der Boden ist so glatt, daß sie bei-*

nahe stürzt, als sie aufzustehen versucht. Ihre Schritte und ihr Atem verursachen unheimliche, klackende Echos auf dem schwarzen Chrom. So muß es sein, wenn man tot ist, denkt sie. Vielleicht ist sie tot. Aber nein, das ist sie nicht, und das, was hier auf sie gewartet hat – noch immer wartet –, ist viel schlimmer als der Tod.

Als wäre dieser Gedanke ein Stichwort gewesen, hört sie das Geräusch der Tür. Sie dreht sich herum, gerade rechtzeitig, um zu sehen, wie sie aufschwingt, mit einem entsetzlichen, metallischen Quietschen, ein Schmerzensschrei aus einer Kehle aus Stahl.

Dann sieht sie den Mann. Er steht ganz plötzlich da, tritt nicht etwa aus den Schatten oder wächst aus dem Boden, sondern ist einfach da, *von einem Sekundenbruchteil auf den anderen. Er ist kein Fremder. Für den Bruchteil eines Herzschlages, bevor sein Gesicht zu brennen beginnt, erkennt sie ihn, und sie ist überrascht, daß ausgerechnet* er *es ist. Dann schießt Feuer aus seinem Haar, seiner Kleidung und seinem Fleisch, weiße und rote und gelbe Flammen hüllen ihn ein, verwandeln ihn in eine lebende Fackel, die langsam auf sie zugeht.*

Sie taumelt zurück, weicht dem Griff der brennenden, zuckenden, schwarz werdenden Hände im letzten Moment aus. Sie will schreien, aber sie kann es nicht, sondern taumelt weiter, bis sie gegen die Wand prallt. Der brennende Mann geht an ihr vorüber, so dicht, daß sie die entsetzliche Hitze der Flammen spürt, die ihn einhüllen. Ganz kurz kann sie sein Gesicht sehen, durch den Vorhang aus Feuer hindurch. Da ist kein Schmerz in seinen Augen, nur Zorn, ein uralter, unstillbarer Zorn, Haß auf alles Lebende, Denkende, Fühlende, auf alles, was glücklich sein kann.

Der brennende Mann geht weiter. Seine Schritte hinterlassen lodernde weiße Fußabdrücke auf dem Boden, eine Spur aus Feuer. Das Prasseln der Flammen bricht sich unheimlich an den Wänden, als er auf die Treppe zugeht.

Eine Weile steht sie einfach reglos da, unfähig, sich zu rühren, unfähig, wegzulaufen, zu schreien, irgend etwas *zu tun, sieht dem brennenden Mann zu, wie er die Treppe erreicht und hinaufgeht, eine Spur aus brennenden Tümpeln hinter sich lassend. Dann, auf der obersten Stufe, bleibt er stehen, dreht sich herum, hebt die Hand, seine entsetzliche, halbverkohlte Hand, und winkt ihr zu, und wieder werden sich die Flammen vor seinem Gesicht für einen winzigen Moment teilen; sie wird den Haß in seinen Augen sehen, diese ungeheuerliche, unendliche Bosheit. Trotzdem, wie von einem fremden, viel stärkeren Willen besessen, wird sie auf die Treppe zugehen, und mit einem Male ist auch sie so groß wie dieses Haus, sie wird wachsen, bis alles wieder scheinbar normale Dimensionen angenommen hat.*

Und dann, endlich, im gleichen Moment, in dem sie die erste Stufe betritt, wird sie schreien können, o ja, das wird sie, denn diese Treppe aus schwarzem blitzenden Chrom wird bluten. Bluten und sich winden wie ein lebendes, verwundetes Wesen, und sie wird schreien und kreischen und brüllen und die Hände vor das Gesicht schlagen und trotzdem weitergehen müssen, denn etwas, das stärker ist als du, zwingt dich dazu, etwas, das deinen Willen übernommen – nein: ausgeschaltet – hat. Du wirst den Schrei der Moorhexe hören, die draußen um das Haus schleicht, und einfach nicht begreifen, daß sie und der brennende Mann ein und dasselbe sind, daß du und er und dieses Haus untrennbar miteinander verbunden seid, es immer wart und immer bleiben werdet.

Und dann wirst du nur noch den Schrei hören. Diesen entsetzlichen, gräßlichen SCHREI …

1

Der Schrei hatte sie geweckt.

Sie blinzelte, drehte müde den Kopf in den Kissen und öffnete widerwillig die Augen, während sie gebannt lauschte. Sie hatte Mühe, wirklich zu erwachen. So absurd und unwirklich dieser entsetzliche Nachtmahr gewesen war, hielt er sie doch immer noch fest, selbst jetzt, wo sie wirklich und eindeutig *wach* war: ein kleiner Teil ihres Selbst war noch immer in der entsetzlichen Welt dieses Alptraumes gefangen, und es kostete sie erstaunliche Kraft, sich vollends zu lösen. Und es war unangenehm, ein Gefühl, als wäre sie in ein gewaltiges klebriges Spinnennetz verstrickt, dessen Fäden sie nur einzeln und unter gewaltiger physischer Kraftanstrengung zerreißen konnte. Und selbst als sie es endlich geschafft hatte, war es noch nicht völlig vorbei. Der Traum schickte ihr einen allerletzten, bösen Gruß in die Wirklichkeit hinterher: für einen kurzen Moment fühlten sich ihr Gesicht und ihre Hände klebrig an, als wäre sie wirklich durch jenes entsetzliche Spinngewebe hindurchgelaufen, um den Weg ins Wachsein zu finden. Im ersten Moment hatte sie Angst, daß sie selbst geschrien haben könnte, so real war der Alptraum gewesen.

Sonderbarerweise hatte sie überhaupt keine Angst, sondern empfand nur einen schwachen Schrecken, gepaart mit Verwirrung und einer fast wissenschaftlichen Neugier. Sie neigte nicht zu Alpträumen – nicht einmal zu *Träumen* –, wenigstens nicht solchen, an die sie sich hinterher erinnerte, und ihr Erlebnis erfüllte sie jetzt, nachdem auch der letzte Schrecken allmählich verebbte, mit der Erregung, etwas völlig Neues und Unbekanntes erfahren zu haben. Es war keiner jener Alpträume gewesen, wie ihn jedermann von Zeit zu Zeit einmal hatte, nicht von dieser unsinnigen, kalten Furcht, die einem noch ein Stückweit ins Wachsein hinein nachschleicht und einen mit rasendem Herzschlag und zitternden Gliedern und kaltem Schweiß auf der Stirn erwachen läßt. Sie erinnerte sich an jede Kleinigkeit, jedes noch so winzige, entsetzliche Detail, aber sie hatte jetzt überhaupt keine Angst mehr. Mit dem Traum war auch die Furcht einfach abgeschaltet worden. Sie war nur verwirrt. Die einzige Furcht, die geblieben war, war die, daß sie selbst geschrien und Stefan damit geweckt haben könnte, was an sich nicht einmal schlimm gewesen wäre, sie aber in die unangenehme Situation brächte, Stefan erklären zu müssen, was passiert war.

Und das wußte sie selbst nicht so genau.

Ein Traum – sicher. Und doch ...

Etwas daran war *anders* gewesen. Trotz seiner vollkommen konfusen und widersinnigen Handlung war er ungeheuer *real* gewesen, so real, daß ...

Sie verscheuchte den Gedanken, stemmte sich halb auf die Ellbogen hoch und sah sich um, fast als müsse sie sich an der Wirklichkeit festklammern – *oder als müsse sie sich selbst beweisen, daß dies die Wirklichkeit war, und nicht die abstrusen schwarzen Chrom-Zimmer ihres Traumes,* wisperte eine böse Stimme hinter ihrer Stirn. *Sie glaubte Flammen zu riechen ...*

Liz verscheuchte auch diesen Gedanken, atmete bewußt tief ein und aus und preßte die Lider so fest zusammen, daß bunte Kreise und Ringe vor ihren Augen erschienen. Es half. Die Visionen waren fort, als sie die Augen abermals öffnete. Auf ihren Netzhäuten flimmerten blasse Nachbilder der grellen Blitze.

Was sie sah, war von einer beruhigenden Normalität: Das Zimmer war dunkel, erfüllt von grauen und schwarzen Schatten und einer Kühle, die sie die wohlige Wärme unter der dünnen Leinendecke als doppelt angenehm empfinden ließ. Schatten trieben durch den Raum, aber es waren die normalen, durch und durch vertrauten Schatten dieses Zimmers, die sie so gut kannte wie die Möbelstücke und die Einrichtung. Sie hatten nichts Bedrohliches. Die Dunkelheit, die sie sah, war von jener Art, die Schutz und Wärme versprach, nicht Gefahr. Trotz (oder vielleicht gerade *wegen*?) des Alptraumes, der noch immer in ihrer Seele wühlte, fühlte sie sich auf eine wohltuende, entspannte Art erschöpft und matt.

Dem abrupten Erwachen aus dem Alptraum schien ein zweites, ganz normales zu folgen. Mit einem Male fühlte sie sich müde, und ihre Gedanken bewegten sich schwerfällig und träge, wie kleine störrische Tiere, die sich nur unter Protest bereit fanden, in den gewohnten Bahnen zu laufen. In ein paar Minuten, das wußte sie, würde sie über den Traum lachen. Nein, nicht einmal das – sie würde ihn einfach vergessen haben. So sonderbar er gewesen war, er war es nicht wert, für länger aufbewahrt zu werden.

Sie gähnte, blinzelte noch einmal und fuhr sich mit der Hand über die Augen, ehe sie zum Nachttisch hinüberblinzelte. Die grünen Leuchtziffern des Radioweckers schimmerten wie kleine funkelnde Katzenaugen durch die Dunkelheit. Es dauerte eine Weile, bis sich die verschwommenen Farbklekse zu lesbaren Zahlen ordneten und sie sie entziffern konnte.

Liz runzelte die Stirn. Es war kurz nach fünf, wie sie mit einem heftigen Gefühl von Verärgerung feststellte – eine geradezu gotteslästerliche Zeit, aufzuwachen. Sie seufzte. Was für ein Scheißtraum, dachte sie matt. Warum hatte er nicht zwei Stunden später anfangen können? Sie schloß die Augen und versuchte wieder einzuschlafen.

Es ging nicht.

Als sie die Augen schloß (es war absurd: die Dunkelheit war kaum weniger tief als die, die sie mit geöffneten Augen gesehen hatte!), kam die Furcht zurück. Es war nicht die Panik aus ihrem Traum, nicht die an körperlichen Schmerz grenzende Angst, die die Zimmer aus schwarzem Chrom und jene entsetzliche Treppe in ihr ausgelöst hatten, nicht die Panik beim Anblick des brennenden Mannes, denn sie wußte sehr gut, daß all dies nichts anderes als ein böser Streich gewesen war, den ihr Unterbewußtsein ihr gespielt hatte. Es war ...

Eine völlig grundlose Beunruhigung, die stärker und stärker wurde, ein Kribbeln wie von tausend tollwütigen Ameisen in ihrem Leib, das es ihr unmöglich machte, ruhig zu liegen. Irgend etwas hatte sie geweckt, etwas, das nicht hierher gehörte und das sie beunruhigte, ohne daß sie sagen konnte, was es eigentlich war.

Eine Zeitlang dämmerte sie noch auf der schmalen Trennlinie zwischen Schlaf und Wachsein dahin, ehe sie aufgab und mit einem resignierenden Achselzucken die Beine aus dem Bett schwang. Sollte der Teufel ihr Unterbewußtsein holen und alle Träume der Welt dazu!

Eine Weile blieb sie noch schlaftrunken auf der Bettkante sitzen und genoß das Gefühl der Schwere, das nur langsam aus ihren Gliedern wich. Sie gähnte, reckte sich ausgiebig und fuhr sich noch einmal über die Augen. Ihr Blick klärte sich ein wenig.

Ein dünner, staubflirrender Streifen Sonnenlicht strömte durch die halbgeschlossenen Fensterläden herein und zeichnete ein verworrenes Muster aus Gold und schwarzen und braunen Schatten auf den Fellteppich; ein Spielbrett, auf dem die Dame des Tages dem schwarzen König der Nacht gerade wieder einmal Schach bot, ohne daß einer von beiden die Partie jemals entscheiden würde.

Sie lächelte flüchtig über ihren eigenen Gedanken, der ungefähr so albern wie der Traum war, der nun allmählich doch zu verblassen begann, bückte sich nach ihrem Morgenrock, streifte ihn über und wankte schlaftrunken auf nackten Füßen zum Fenster.

Draußen sangen bereits die ersten Vögel, und irgendwo drüben in dem kleinen Wald, der sich zweihundert Schritt entfernt hinter dem Weg wie eine schwarzgrün gefleckte Mauer erhob, antwortete ein Eichelhäher auf den Ruf. Sie lauschte einen Moment auf das Rauschen des Windes in den Baumwipfeln und genoß die Berührung der Sonnenstrahlen auf der Haut. Obwohl sie grade erst über dem Horizont aufgetaucht war, hatte die Sonne bereits Kraft. Der Tag würde heiß werden.

Auf der Rückseite des Hauses spielte der Wind klappernd mit einem Fensterladen. Das Geräusch zerstörte nicht nur den Zauber des Augenblickes, es erinnerte sie auch schmerzlich daran, wie viel Arbeit und Mühe noch auf sie warteten, ehe aus dieser Ruine wieder ein einigermaßen bewohnbares Haus geworden war. Wenn es ihnen überhaupt jemals gelang. In letzter Zeit mehrten sich die Augenblicke, in denen Liz ernsthaft daran zu zweifeln begann.

Sie gähnte erneut, wobei sie sich den verbotenen Luxus erlaubte, die Hand nicht vor den Mund zu halten, öffnete das Fenster, fuhr sich mit beiden Händen durch das Gesicht und stieß dann mit einem Ruck die Läden weit auf.

Liz lächelte flüchtig, als ihr einfiel, daß sie jetzt für einen zufälligen Beobachter genauso aussehen mußte wie das Mädchen aus dem Kaffee-Werbespot – nur daß sie nicht komplett geschminkt und frisiert aus dem Bett kam, sondern mit wirrem Haar und einem Gesicht, das vom Schlaf teigig und aufgequollen war.

Kühle, sauerstoffreiche Morgenluft strömte ins Zimmer, begleitet von im ersten Moment fast schmerzhaft hellem Sonnenschein und einer Vielfalt von Gerüchen: Der Duft von frischem Heu und Tannennadeln, von Gras und Blumen und Weite und klarem, fließendem Wasser. Sie schloß die Augen und konzentrierte sich für Sekunden darauf, ein- und auszuatmen. Die kühle Luft, in der noch ein schwacher Hauch der Nacht mitschwang, vertrieb auch die letzten Reste von Müdigkeit und schuf für Augenblicke eine tiefe, wohltuende Leere hinter ihrer Stirn, in der nicht einmal Platz für Gedanken war, sondern nur noch für Ruhe und ein Gefühl des Friedens und der Einsamkeit. Für einen kurzen Moment war sie sich ihres Körpers mit seltener Klarheit bewußt, spürte jeden Quadratmillimeter ihrer Haut, jedes Haar, das sanfte Streicheln des Windes, die Berührung des Sonnenlichtes, alles mit einer Intensität, die sie niemals kennengelernt hatte vor ihrem Umzug hier heraus. Augenblicke wie diese entschädigten sie immer wieder für die harte Arbeit und die Umstellung, die er mit sich gebracht hatte. Und in solchen Momenten fand sie Zeit, über sich und ihre Lage nachzudenken.

Sie bereute nichts.

Noch vor einem halben Jahr hätte sie jeden ausgelacht, der ihr prophezeit hätte, sie würde in nicht allzuferner Zukunft ihre Tage damit verbringen, Schweine und Hühner zu füttern, Ställe zu entmisten und ein zwei mal vier Schritte messendes Gemüsebeet zu bestellen, zusammen mit den tausend anderen kleinen und großen – und zum allergrößten Teil *lästigen* – Aufgaben, die das Leben auf einem Bauernhof nun einmal so mit sich brachte. Aber genau das war passiert. Und das Schlimme daran war, dachte sie spöttisch, daß es ihr Spaß machte. Sie mußten nicht von dem leben, was der Hof abwarf, und wenn sie sich trotzdem um die Tiere und den Gemüsegarten kümmerte – der überdies für zwei Personen um mehrere Nummern zu groß geraten war –, dann nur aus Begeisterung.

Und diese Begeisterung war keineswegs nach einiger Zeit verschwunden – wie in den meisten solcher Fälle üblich –, sondern im Gegenteil von Tag zu Tag gewachsen. Sie hatte sich in überraschend kurzer Zeit an das Leben hier draußen gewöhnt, und sie hatte vom ersten Augenblick an begonnen, es zu lieben. Der Wandel vom lärm- und streßgewöhnten Großstadtmenschen zur Bäuerin war ihr überraschend leicht gefallen. Leichter sogar, als sie selbst zu hoffen gewagt hatte.

Sie hatte die alte Liz, die an Partys, schnelle Autos, Großstadtlärm und Smog und teure Restaurants gewöhnt war, wie eine zu klein gewordene Haut einfach abgestreift und war mit einer fast selbstverständlichen Gelassenheit und Ruhe in ihre neue Rolle geschlüpft; ein Schmetterling, der sich zum zweiten Male verpuppte und als Raupe wieder erwacht war. Aber als eine Raupe, die sich wohlfühlte – und die ihre Flügel außerdem im Kleiderschrank hängen hatte und jederzeit wieder überstreifen konnte, was erheblich dazu beitrug, die Raupe ihre Rolle noch leichter tragen zu lassen. Sie hatte die Flügel noch nie gebraucht, aber allein die Tatsache, daß sie da waren, hatte etwas Beruhigendes.

Nein – sie vermißte nichts. Im Gegenteil. Der Umzug hier heraus hatte ihr nichts genommen, sondern ihr Leben um eine ungeheure Palette neuer und schöner Dinge bereichert. Sie liebte den Geruch frisch umgegrabener Erde, den Duft von frischem Heu und die Geräusche der Tiere unten im Stall, die jetzt bereits die Wärme und das Sonnenlicht witterten und ungeduldig darauf warteten, hinausgelassen zu werden. Jetzt, nach sechs Monaten und dem Wechsel in eine vollkommen neue Welt und ein genauso neues Leben, erschien es ihr fast unglaublich, daß sie sich einmal in der lauten, glitzernden Welt der Städte wohlgefühlt haben sollte. Wenn ihre Freundinnen zu Besuch kamen (was jetzt seltener geschah – früher, als sie frisch verheiratet und gerade hier herausgezogen waren, waren sie oft gekommen, aber der Reiz des Neuen hatte schnell nachgelassen. Im gleichen Maße, in dem ihre Bekannten zu begreifen begannen, daß ihre Flucht aus der Stadt mehr als eine vorübergehende Laune war und der insgeheim voller Schadenfreude erwartete Katzenjammer ausblieb, ließen auch die Besuche mehr und mehr nach), ja, wenn sie jetzt Besuch aus der Stadt bekam, dann mußte sie sich immer öfter ein mitleidiges Kopfschütteln verkneifen, wenn sie die neuesten *ach-so-interessanten* Partygeschichten hörte.

Und die Veränderung hatte nicht nur ihr Inneres ergriffen. Auch ihr Körper hatte sich überraschend schnell dem Leben hier draußen angepaßt. Sie war eine neue Liz, zwar noch die gleiche schlanke junge Frau mit dem kurzgeschnittenen schwarzen Haar, den dazu passenden dunklen Augen und einem Mund, über den sie sich jeden Tag ärgerte, seit sie alt genug geworden war, zum ersten Mal bewußt in einen Spiegel zu sehen. Er war zu groß. Er war zu groß gewesen, als sie ein Kind gewesen war, und daran hatte sich nichts geändert, obwohl aus dem häßlichen Entlein von damals mittlerweile der sprichwörtliche Schwan geworden war. Sie war keine Schönheitskönigin. Aber aus dem häßlichen, vorlauten kleinen Mädchen war eine halbwegs hübsche, vorlaute junge Frau geworden. Und hier draußen war sie gewissermaßen zum zweiten Mal geboren worden. Nicht jünger. Nicht schöner oder häßlicher – aber *anders*. Unter ihrer glatten, make-up-verwöhnten Haut waren harte Muskeln herangewachsen. Ihr Teint war jetzt dunkler und zugleich frischer geworden, und sie geriet jetzt nicht mehr außer Atem, wenn sie mehr als zehn Stufen hintereinander hinauflief.

Sie öffnete die Augen, lehnte sich weit hinaus und ließ den Blick über den Hof schweifen. Sie begann jeden Tag mit diesem Rundblick, unabhängig vom Wetter oder der Zeit. Der Anblick war ihr in den letzten Monaten vertraut geworden, aber sie genoß ihn jeden Morgen neu, und er erfüllte sie immer noch mit der gleichen Mischung aus Besitzerstolz und Unglauben, daß das alles wirklich *ihnen* gehören sollte.

Der Hof war nicht groß, aber wie alles war auch der Begriff Größe relativ – einer von Stefans typischen Sprüchen, mit denen er bei jeder passenden und unpassenden Gelegenheit um sich warf; hier paßte er ausnahmsweise.

Für sie *war* er groß; auf seine Art sogar größer als die glas- und betongesäumten Straßen Frankfurts, in denen sie aufgewachsen war – ein asymmetrisches Viereck aus festgetrampeltem Lehm, zur Rechten von einem flachen, reetgedeckten Gebäude begrenzt, in dem früher einmal die Ställe untergebracht gewesen waren. Von ihrer erhöhten Warte aus wirkte es schräg und windschief, fast, als bewahre es nur eine Laune des Zufalls noch vor dem Umfallen. Aber sie wußte, daß das nicht stimmte – eine optische Täuschung, deren Grund sie bis heute nicht herausgefunden hatte. Das genaue Gegenteil war der Fall: Von allen Gebäuden des Hofes war der Stall noch am ehesten in einem Zustand, den man mit einigem guten Willen als *leidlich* bezeichnen konnte. Boden und Außenwände bestanden aus gegossenem Beton – was nach Stefans Worten ein Sakrileg ohnegleichen darstellte, aber wenn, dann war es ein sehr *haltbares* Sakrileg –, und das Strohdach war trotz seines Alters noch in einem erstaunlich guten Zustand. Damals hatten die Leute eben noch für die Ewigkeit gebaut. Sie hatten vor, den Stall später zur Hälfte in eine Garage mit angeschlossener Werkstatt umzubauen und in der anderen Hälfte einen großzügigen Partyraum einzurichten. Das betrachtete Stefan sonderbarerweise *nicht* als Sakrileg. Neben dem Stall befand sich eine wuchtige Balkenkonstruktion, drei Meter im Quadrat und mit schweren, pechimprägnierten Eisenbeschlägen versehen, unter der die längst ausgetrocknete Jauchegrube lag, zusätzlich gesichert mit einem rostzerfressenen Gitter aus daumendicken Stäben, die irgendein besorgter Vorbesitzer vor dreißig oder mehr Jahren angebracht hatte, um zu verhindern, daß jemand in die Grube fiel und an seinem eigenen Mist erstickte. Links der Schuppen, höher und wuchtiger als der Stall, aber in einem wesentlich schlechteren Zustand. Irgenwann einmal würden sie ihn abreißen, wenn er nicht vorher von selbst zusammenfiel wie ein Kartenhaus, und stattdessen einen überdachten Swimming-Pool dort anlegen. Im Moment stand er so gut wie leer und beherbergte außer Stefans feuerrotem Jaguar nur noch das Wrack eines rostzerfressenen Traktors, den sie – ohne es zu wissen – zusammen mit dem Hof und einem ganzen Sammelsurium rostigen Gerümpels gekauft hatten und der wahrscheinlich noch aus der Zeit vor der letzten Sintflut stammte. Später, wenn der Verkauf von Stefans neuem Roman – und damit die Tantiemenzahlungen – richtig angelaufen waren und ihr geschröpftes Bankkonto sich erholt hatte, würden sie vielleicht einen neuen Traktor anschaffen und auf einem der jetzt brachliegenden Felder Mais oder Hafer anpflanzen. Vielleicht auch nur Sonnenblumen, dachte Liz spöttisch. Es brachte gewisse unbestreitbare Vorteile mit sich, nicht von dem leben zu müssen, was der Hof erwirtschaftete.

Carry, der schottische Schäferhund, der darüber wachte, daß niemand kam und ihnen nachts den Hof über dem Kopf wegstahl, bellte ein fröhliches *Guten Morgen* zu ihr hinauf, und wie zur Antwort erklang vom Misthaufen hinter dem Stall das *Kikeriki* Sir Winstons, ihres Hahns. Zusammen mit dem halben Dutzend Hühner, das sich bis heute weigerte, auch nur ein einziges Ei zu legen, einem lebenden Rasenmäher in Gestalt eines Schafes und drei grauen Stallhasen bildeten sie ihr ganzes Vieh. Nicht sehr viel im Vergleich mit den anderen Höfen in der Nachbarschaft, aber dafür Vieh, das in einer ungleich glücklicheren Lage war, denn wenn sie nicht vorher der Schlag traf oder sie an Überfettung starben, würden sowohl die Hühner als auch die Hasen – Liz hatte jedem von ihnen einen Namen gegeben und sie in ihr Herz geschlossen – wohl ihr hundertstes Dienstjubiläum hier auf dem Hof feiern. Allein der Gedanke, sie zu schlachten oder gar zu *essen*, bereitete Liz echte körperliche Übelkeit.

Ihr Blick wanderte weiter und verharrte am zerfallenen Gerippe des ehemaligen Gemeindehauses, von dem nur noch ein paar baufällige Mauerreste und geschwärzte Dachsparren übrig geblieben waren. Wie immer blieb Liz' Blick ein wenig länger an dem Gemeindehaus hängen. Sie wußte nicht, warum, aber sie hatte in dieser halbverkohlten Ruine schon immer etwas Besonders gesehen. Auf eine schwer zu beschreibende Art wirkte sie zugleich abstoßend und faszinierend. Aus einem bestimmten Blickwinkel betrachtet, wirkten die versengten Dachbalken wie das Gerippe eines gigantischen Urzeittieres, das den Abgrund der Zeit überwunden hatte, um hier zu sterben.

Natürlich hatten sie sich erkundigt, was damals hier geschehen war, vor gut dreißig Jahren – genauer gesagt, sie hatten es *versucht*. Es war lange her, fast ein halbes Menschenalter, und niemand schien heute mehr zu wissen, was damals *wirklich* passiert war, ob – und wenn ja – wie viele Menschenleben der Brand gefordert hatte, wie er überhaupt ausgebrochen war. Für eine Weile war Liz beinahe überzeugt gewesen, daß die Menschen hier in der Gegend einfach nicht über das reden *wollten*, was damals geschehen war, aus welchem Grund auch immer. Vielleicht gab es ein finsteres Geheimnis um diese Ruine und das Feuer, eine ostfriesische Variante von McBeth, eine finstere Geschichte um Intrigen, Verrat und Mord, die in einem flammenden Inferno geendet hatte. Vielleicht war es auch nur die Unachtsamkeit eines Knechtes gewesen, der im Bett geraucht hatte und zu spät merkte, daß die Asche, die auf den Boden fiel, seine eigene war. Am wahrscheinlichsten – aber auch am langweiligsten, dachte Liz – war es etwas so Banales wie eine umgestoßene Petroleumlampe gewesen oder ein Funke, der aus dem Ofen fiel. Trotzdem favorisierte sie ganz persönlich den Gedanken um eine große Tragödie. Er gefiel ihr. Und sie war der Meinung, daß zu einem Hof wie diesem ein bißchen Spuk gehörte.

Aber gleich, was es nun wirklich gewesen war – ein dummer Zufall oder eine niemals niedergeschriebene Tragödie –, es war ein entsetzliches Feuer gewesen. Die Flammen hatten nichts verschont, was auch nur irgendwie brennbar gewesen wäre. Die Balken dort unten hatten sich in pure Holzkohle verwandelt, und selbst die wenigen Mauerreste waren zu schwarzer Schlacke geworden, die nur noch ihr eigenes Gewicht zusammenhielt. Bis heute war es ihr rätselhaft geblieben, daß der Brand damals nicht auf die übrigen Gebäude des Hofes übergegriffen hatte. Das zweistöckige Wohnhaus war wie die Stallungen und der Schuppen strohgedeckt. Ein einziger Funken mußte hier genügen, um eine Katastrophe auszulösen. Aber es war nichts geschehen. Ein gnädiges Schicksal oder vielleicht auch nur eine Laune des Windes hatten den Hof davor bewahrt, ein Raub der Flammen zu werden.

Gottlob, dachte sie sarkastisch. Sonst hätten Stefan und sie es nicht für einen Spottpreis erwerben und sich den Traum vom alternativen Leben erfüllen können.

Hinter der Ruine des Gesindehauses markierte der Zaun die Grenze des eigentlichen Gehöftes – oder sollte es jedenfalls tun. Im Moment bestand er lediglich aus einigen wenigen schrägstehenden Pfählen, zwischen denen man sich den dazugehörigen Draht zu denken hatte. Dahinter begann das wellige Grün der Wiese, auf der das Gras den Kampf gegen den wild wuchernden Klee schon lange aufgegeben hatte, schließlich ein schmaler Weg – eigentlich nur eine ausgefahrene Spur voller Steine und Erdbuckel, und dahinter endlich dichter Mischwald, aus dem manchmal kleine silberne und goldene Funken stoben – Sonnenlicht, das sich auf dem Wasser des kleinen Sees brach, der sich dahinter verbarg.

Bis zum jenseitigen Ufer dieses Sees reichte ihr Besitz, sogar noch ein Stück weiter, obwohl der Boden dort so sumpfig war, daß ihr Besitzanspruch dort nurmehr rein juristische Bedeutung hatte. Seltsam; sie lebten jetzt seit einem halben Jahr hier draußen – sechseinhalb Monate, wenn man es genau nahm –, aber sie hatte es immer noch nicht fertiggebracht, ihren gesamten Grund und Boden in Augenschein zu nehmen. Dieser Wald dort drüben zum Beispiel: jeder einzelne Baum, jeder Fußbreit Boden, jeder herabgefallene Ast und jeder Busch gehörten ihnen, aber sie war niemals tiefer als zwei-, dreihundert Schritte weit hineingegangen, auch nicht während der ersten Wochen, als sie die Arbeit auf dem Hof noch nicht so sehr in Anspruch genommen hatte wie jetzt.

Irgendwann würde sie es nachholen.

Irgendwann ...

Liz lächelte, aber sie war selbst nicht ganz sicher, ob es ein spöttisches oder resignierendes Lächeln war. Es gab eine Menge Dinge, die sie sich *irgendwann* einmal nachzuholen vorgenommen hatte. Zu viele. Sie hatte geglaubt, hier etwas von der Ruhe zu finden, die sie in der Stadt immer vermißt hatten, aber das genaue Gegenteil war der Fall gewesen. Das ruhige Landleben war nicht annähernd so ruhig, wie die dachten, die es nicht kannten. Seit sie hier herausgezogen waren, hatte sie weniger Zeit für sich als je zuvor.

Sie waren aus der Stadt geflohen, um ihrem Lärm und dem hektischen Leben zu entgehen, und Hals über Kopf in eine Fülle neuer und unerwarteter Verpflichtungen gestolpert. Tatsache war, daß sie praktisch jede Minute des Tages verplanen mußte, um mit ihrer Arbeit auch nur halbwegs zurande zu kommen. Dabei bewirtschafteten sie den Hof nicht einmal wirklich. Die Arbeit hier draußen war hart, und sie mußte die Zeit des Tages, die wirklich noch ihr gehörte, jetzt nach Minuten statt wie früher nach Stunden zählen.

Aber sie mußte gerecht sein – es war ein Streß ganz anderer Art als früher. Einer, aus dem sie Kraft gewann. Sie hatte lange gebraucht, bis ihr der Unterschied klargeworden war.

Das Leben hier draußen war hart, aber im Gegensatz zu dem in der Stadt gab es ihr mehr, als es von ihr forderte.

Hinter ihr regte sich Stefan.

Sie drehte sich langsam um, stützte die Ellbogen auf der schmalen Fensterbank auf und betrachtete ihn zärtlich. Er schlief nicht mehr ganz, aber er war auch noch nicht ganz wach. Er war schon immer ein Langschläfer gewesen, und die gute Luft und die ungewohnte körperliche Arbeit sorgten jetzt mehr denn je dafür, daß er selten vor Mittag aus den Federn kam; der Grund zahlloser kleiner Kabbeleien zwischen ihnen, denn bei Liz war das genaue Gegenteil der Fall: Sie wußte selbst nicht genau, warum, aber aus der jungen Frau, die früher selten vor zehn aus den Federn gekommen war, war eine Frühaufsteherin geworden. Stefan dagegen schien sich allmählich in ein Murmeltier zu verwandeln. Wenn sie nicht auf ihn achtgab, dachte sie, dann würde er eines Tages überhaupt nicht mehr aufwachen, sondern in einen sechsmonatigen Winterschlaf fallen.

Wieder bewegte er sich im Halbschlaf. Sein Gesicht wirkte auf dem buntgemusterten Kopfkissen schmaler, als es war, und das grelle Sonnenlicht ließ die kleinen Unreinheiten seiner Haut überdeutlich hervortreten, wie auf einer jener ganz bewußt körnig gehaltenen Fotografien – oder einer schlechten Fotokopie. Trotzdem wirkte er auf schwer in Worte zu fassende Weise *jung:* Stefan gehörte zu den beneidenswerten Menschen, die nie zu altern schienen. Er hatte wie neunzehn ausgesehen, als sie ihn kennengelernt hatte, und er war bis heute um keinen Tag älter geworden. Dabei war er damals neunundzwanzig gewesen, und in knapp drei Wochen würde er seinen fünfunddreißigsten Geburtstag feiern. Nicht einmal der sorgsam gestutzte Vollbart vermochte an diesem Eindruck etwas zu ändern. Stefan sah einfach immer aus wie neunzehn, gleich, ob er nun seinen abgewetzten Jeans-Anzug und ein verwaschenes Baumwollhemd oder einen Smoking trug, ob er mit ihr herumalberte oder auf allen vieren auf dem Teppich herumkroch, um mit einer jungen Katze zu spielen, oder im Scheinwerferlicht vor einem mit tausend Leuten besetzten Auditorium saß und vorlas – er sah aus wie neunzehn, und nichts, rein gar nichts, konnte irgend etwas daran ändern.

Und trotz dieses jugendhaften Aussehens war in seinem Gesicht etwas, das einen genau spüren ließ, daß er nicht das Kind war, das zu sein er gerne vorgab, eine Art ... Ernsthaftigkeit und – ja, dachte Liz, auch wenn sie das Wort normalerweise für albern hielt und es nie benutzte – beinahe *Würde,* die nicht in, sondern vielmehr hinter seinen Zügen verborgen schien. Als wären die schmalen Augen mit den buschigen Brauen, die dünne, wie mit einem Lineal gezogene Nase und der Mund mit seinen stets zu einem freundlichen Lächeln verzogenen Lippen nichts als eine Maske, hinter der der wahre Stefan nur undeutlich und manchmal sichtbar wurde.

Es war gerade dieses sonderbar Zwiespältige gewesen, was Liz vom ersten Moment so sehr an ihm fasziniert hatte, das Zwiespältige in seinem Aussehen wie auch in seinem Wesen.

Sie hatten sich in Frankfurt kennengelernt, auf der ersten – und vorletzten – Buchmesse, die sie je besucht hatte. Sie war in Frankfurt geboren, in Frankfurt aufgewachsen und in Frankfurt zur Schule gegangen, und mit Ausnahme des obligatorischen Urlaubs auf Mallorca oder Ibiza, zu dem sie ihre Eltern jedes Jahr mitnahmen, hatte sie Frankfurt auch niemals verlassen. Und sie hatte auch nie zuvor eine Buchmesse besucht.

Bücher interessierten sie nicht – Stefan hatte sie später einmal eine literarische Kannibalin genannt –, und hätte ihr irgend jemand prophezeit, daß sie einmal einen *Schriftsteller* heiraten würde, hätte sie ihn schlichtweg ausgelacht.

Aber es war geschehen.

Sie war auch nur mit zu dieser Buchmesse gegangen, um dem Drängen einer Freundin nachzugeben, und sie hatte diesen kleinen Gefallen bereits bereut, als sie in der Schlange vor der Kasse gewartet und sich die Beine in den Bauch gestanden hatte.

Fünfundzwanzig Minuten, nur um sich anschließend zwei Stunden durch endlose, überfüllte Gänge voller rücksichtsloser Menschen und stickiger Luft zu quälen.

Irgendwo in diesem entsetzlichen Gedränge hatte sie ihre Freundin dann auch noch verloren, und nach einer Stunde vergeblichen Suchens hatte sie aufgegeben und war regelrecht geflohen. All diese lärmenden, lauten, drängelnden Menschen gaben ihr das Gefühl, nicht mehr atmen zu können. Die grellen Farben beleidigten ihr Auge, und die ungeheuren Mengen bedruckten Papieres (Wer in Gottes Namen *las* das alles?!) schienen sie zu erschlagen.

Sie hatte nicht einmal stehenbleiben wollen, aber sie war einfach eingekeilt worden; unfähig, auch nur einen Schritt vor oder zurück zu tun.

Und dann hatte sie ihn gesehen: einen jungen Mann in Jeans und kariertem Baumwollhemd, der auf einem der billigen weißen Plastik-Stühle an den Verlagsständen saß und auf seine Weise ebenso verloren und erschreckt aussah wie sie. Natürlich hatte sie nicht gewußt, wer er war. Aus irgendeinem Grund hatte er ihr einfach leid getan, sie hatte sich mit Ellbogen und Knien aus der verkeilten Masse herausgearbeitet und ihn einfach angesprochen. Sechs Monate später hatten sie geheiratet.

Stefan gähnte geräuschvoll, ohne dabei die Augen zu öffnen. Seine Hand tauchte unter der Bettdecke auf und tastete verschlafen nach der Stelle an seiner Seite, wo sie normalerweise lag, fand aber nur das leere Bett.

Die Erkenntnis, daß Liz schon auf war, schien ihn endgültig zu wecken. Er blinzelte, hob müde den Kopf und starrte einen Atemzug lang auf das Laken, auf dem sich noch deutlich die Umrisse ihres Körpers abzeichneten.

»Guten Morgen«, sagte Liz.

Sein Kopf flog verdutzt herum. »Eh?«

»Ich sagte, guten Morgen, Langschläfer«, wiederholte sie. »Ich dachte schon, du wirst überhaupt nicht mehr wach.«

Stefan blinzelte in das grelle Sonnenlicht, vor dem sich ihre Gestalt nur als schwarzer, tiefenloser Schatten abzeichnete. »Wieso ... ich ...« Er brach verwirrt ab, gähnte und verrenkte sich halbwegs den Nacken, um auf den Wecker sehen zu können. Er blinzelte. Ein erst verwirrter, dann ungläubiger Ausdruck erschien auf seinem Gesicht.

»Morgen?« fragte er schließlich. »Wieso Morgen? Es ist mitten in der Nacht.« Seine Stimme wurde vorwurfsvoll. »Das ist Mord!«

»Es ist fünf Uhr.«

Stefan gähnte demonstrativ. »Sag ich doch. Mitten in der Nacht.« Er gähnte erneut, ließ den Kopf wieder in das Kissen fallen und zog die Decke bis zur Nase hoch. »Jemanden um diese Zeit zu wecken ist Körperverletzung«, nuschelte er. »Vorsätzliche Körperverletzung!«

»Für dich vielleicht.« Liz seufzte, stieß sich vom Fensterbrett ab und ging zum Bett hinüber, um mit einer einzigen Bewegung die Decke herunterzureißen. »Wenn du schon wach bist, kannst du genausogut aufstehen und mir helfen, das Frühstück zu machen.«

»He! Moment mal. Ich ...«

Sie bückte sich, hob das Kopfkissen vom Fußboden auf und erstickte seinen Protest mit einem wohlgezielten Wurf. »Ich setze schon mal Wasser auf«, sagte sie, während sie zur Tür ging. »Beeil dich.«

»Aber es ist fünf Uhr früh, und ...«

»Fünf Uhr siebzehn, um genau zu sein«, korrigierte ihn Liz nach einem Blick auf den Wecker. »Und es tut dir ganz gut, einmal ausnahmsweise vor dem Mittagessen aufzustehen. Wir wollen heute in die Stadt fahren, vergiß das nicht.«

»Aber doch nicht mitten in der Nacht!« kreischte Stefan in gespielter Verzweiflung. »Weißt du, wann ich ins Bett gekommen bin?« Er zog eine vorwurfsvolle Grimasse. »Ich habe bis eins gearbeitet, verfluchtes Weib!«

Liz schenkte ihm ein zuckersüßes Lächeln und zog die Tür hinter sich ins Schloß.

2

Die Illusion, sich in einem behaglich eingerichteten Heim zu befinden, zerplatzte wie eine Seifenblase, als sie auf den Korridor hinaustrat und zur Treppe ging.

Das Haus war alt, uralt sogar, mindestens zwei- oder dreihundert Jahre, vielleicht sogar mehr. Sein genaues Alter war nicht mehr festzustellen gewesen, und während der letzten dreißig Jahre hatte – mit Ausnahme eines irischen Ehepaares, das das Haus kurz vor ihnen erworben hatte, den Kampf gegen die baufälligen Gemäuer und den unermüdlich nagenden Zahn der Zeit aber schon bald wieder aufgab und fortgezogen war – niemand mehr auf dem Anwesen gelebt.

Entsprechend war sein Zustand gewesen, als sie hierhergekommen waren. Sie hatten zwei Wochen Tag und Nacht geschuftet, um wenigstens einen Teil des ehemaligen Wohnhauses wieder bewohnbar zu machen. Liz erinnerte sich noch gut an die Mischung aus Entsetzen, Unglauben und abgrundtiefer Enttäuschung, die sie gespürt hatte, als sie das allererste Mal hier herausgekommen waren.

Sie hatten das Haus gekauft, ohne es auch nur gesehen zu haben. Der Preis war ein Witz gewesen – allein der Grund und Boden mußte das Dreifache wert sein, selbst hier –, und als sie im Büro des Maklers gesessen hatten, da hatte alles sehr einleuchtend logisch ausgesehen. Der Makler hatte kein Hehl daraus gemacht, daß das Anwesen stark renovierungsbedürftig war, aber sie waren alle drei der Meinung gewesen, daß sich der Kauf schon als Kapitalanlage lohnte.

Trotzdem hatten sie nicht gewußt, daß sie praktisch eine Ruine erworben hatten. Liz war den Tränen nicht nur nahe gewesen, als sie das erste Mal hier herauskamen – sie *hatte* vor Enttäuschung geweint, und selbst Stefans unerschütterlicher Optimismus hatte einen spürbaren Dämpfer bekommen.

Natürlich hatten sie so ziemlich alles falsch gemacht, was man nur falsch machen konnte.

Sie waren beide übermüdet gewesen, denn sie waren die Nacht durchgefahren, um möglichst schnell zu ihrem neuen Domizil zu kommen. Sie hatten die vergangenen Wochen mit praktisch nichts anderem zugebracht, als über ihr neues Zuhause zu reden, es in Gedanken um- und auszubauen und einzurichten, bis sie sich selbst in eine Euphorie hineingesteigert hatten, die sie etwas nur wenig Kleineres als den Buckingham-Palast erwarten ließ. Und sie waren im Herbst gekommen, an einem diesigen, windigkalten Morgen, kurz nach Sonnenaufgang. Das Haus war kalt gewesen und dunkel, es hatte durch alle Fenster und Türen gezogen, und die Feuchtigkeit, die jeden Quadratzentimeter des Hauses durchdrang wie einen gewaltigen schmuddeligen Schwamm, ließ mannsgroße Vorhänge aus Spinnweben wie nasse Lappen von Decken und Balken hängen. Den staubigen Geruch nach Alter und Verfall glaubte sie selbst heute noch in der Nase haben.

Aber sie hatten es geschafft. Der ersten Enttäuschung waren – zumindest bei ihr – Trotz und kurz darauf ein fast übermächtiges *Jetzt erst recht*-Gefühl gefolgt. Sie hatten gearbeitet, wie die Wilden gearbeitet: Fußböden und Decken herausgerissen, Wände verputzt und gekälkt, Fenster und Türen gestrichen, Scheiben ausgewechselt und Stromkabel verlegt. Sie hatten Unmengen von Geld und noch mehr Energie in dieses Haus gesteckt. Irgendwann innerhalb dieser ersten vierzehn Tage hatte sie das Gefühl gehabt, daß Stefan und sie sich zu verwandeln begannen, in kalkweiße Gespenster mit entzündeten roten Augen, die nach Farbe rochen, Staub atmeten und sich nur noch mit schnellen, heftigen Gesten bewegten und ständig gereizt waren, weil sie kaum mehr als drei Stunden Schlaf pro Nacht bekamen.

Aber dieses Haus war kein Haus, sondern ein Moloch, ein großer, schweigender Moloch, der ihren Anstrengungen Hohn sprach und Arbeit und Material und Geld und Schweiß schluckte, ohne mehr als nur winzige Spuren davon zurückzulassen. Selbst jetzt noch wirkte es mehr wie eine Ruine als ein von Menschen bewohntes Heim. Ganz objektiv gesehen war es das wohl auch, trotz allem.

Selbst in diesem Teil des Hauptgebäudes, auf den sie ihre Anstrengungen in den letzten sechs Monaten konzentriert hatten, waren die Spuren des Zerfalls unübersehbar. Der Putz war an vielen Stellen gerissen oder ganz von der Wand gefallen, so daß die alten, schwarzgebrannten Steine der Grundmauern sichtbar geworden waren. Zwischen den ausgetretenen Fußbodenbrettern sah die Strohfüllung der darunterliegenden Zwischendecke hervor, und die Türen hingen aufgequollen und verzogen in den Angeln. Mit Ausnahme der Schlafzimmertür gab es im ganzen Haus keine einzige, die nicht erbärmlich quietschte, wenn man sie bewegte. Die Leute, die den Hof vor ihnen bewirtschaftet hatten, schienen nicht viel für den Erhalt der Gebäude getan zu haben. Sie hatten die allernotwendigsten Reparaturen ausführen lassen, Strom, fließendes Wasser und ein paar Tiere angeschafft – und das Gut nicht einmal ein Jahr später wieder verkauft. Die wenigen Spuren, die sie vielleicht hinterlassen haben mochten, hatte die Zeit ausgelöscht.

Sie ging in die Küche hinunter und stellte den Wasserkessel auf den modernen Mikrowellenherd, der zwischen dem uralten Kachelofen und der wuchtigen Porzellanspülschüssel vollkommen deplaciert und verloren wirkte. Dann zündete sie sich ihre erste Morgenzigarette an, schlenderte zum Tisch und ließ sich – immer noch in Gedanken versunken – auf den dreibeinigen Schemel am Fenster nieder. Sie fröstelte. Es war kühl in der Küche. In den Ecken nistete noch Feuchtigkeit, und die Sonne hatte noch nicht die Kraft, die Kälte der Nacht vollends zu vertreiben.

Sie nahm einen tiefen Zug aus ihrer Zigarette, legte den Kopf in den Nacken und setzte sich so, daß sie die durch das schmale Fenster hereinfallenden Sonnenstrahlen auf dem Gesicht spüren konnte. Ja – für einen Fremden mußte es schwer sein, mit den Menschen hier in Kontakt zu kommen. Sie und die Einsamkeit waren die beiden größten Hindernisse, die es zu überwinden galt. Der nächste Ort war gute fünf Kilometer entfernt, und dazwischen gab es nichts außer Seen und Wald und Wiesen und Mooren und ein paar kleineren Höfen.

In den ersten Wochen waren sie viel unterwegs gewesen und hatten alle Nachbarn besucht und sich vorgestellt. Aber sie hatten rasch herausgefunden, daß die Menschen hier kaum Wert auf ein freundschaftliches oder auch nur gutnachbarliches Verhältnis zu den neuen Besitzern von Eversmoor legten. Sie waren nicht feindlich, nicht einmal abweisend, aber ihre ganze Art war kühl, von einem über unzählige Generationen weitervererbten Mißtrauen jeglichem Fremden gegenüber bestimmt. Es gab eine unsichtbare Barriere zwischen ihnen und den Menschen hier. Sie waren als Fremde gekommen, und sie würden noch sehr lange Fremde bleiben.

Stefan und ihr machte dieses Verhalten nicht allzuviel aus – schließlich waren sie eigens hier herausgezogen, um allein zu sein. Sie hatten Zeit, Monate, Jahre, wenn es sein mußte, und irgendwann einmal würde der Bann brechen. Irgendwann einmal würde es ihnen gelingen, die Kluft zu überbrücken, die sie von den Menschen hier trennte, und sie würden neue Bekannte und vielleicht sogar Freunde finden. Eine Aufgabe, die viel Geduld erforderte, aber sie waren beide bereit, diese Geduld aufzubringen. Es mochte Menschen geben, denen die Isolation hier draußen unerträglich war, die letztlich daran verzweifelten. Vielleicht waren die Vorbesitzer des Hofes solche Menschen gewesen.

Der Wasserkessel erwachte pfeifend zum Leben, und auf der Treppe wurden Stefans Schritte laut.

Sie sah auf, zerdrückte ihre Zigarette im Aschenbecher und ging zum Herd, um den Kessel herunterzunehmen. Sie bückte sich, nahm zwei Tassen und das Glas mit Kaffeepulver aus dem Schrank und suchte nach einem Löffel.

Stefan erschien unter der Tür, ungewaschen, mit einer verstrubbelten Igelfrisur und gespieltem Zorn auf den Zügen. »Was erdreistest du dich eigentlich, Weib«, sagte er theatralisch, »deinen Ernährer auf so unverschämte Weise um seinen wohlverdienten Schlaf zu bringen? Du weißt, was geschieht, wenn man mich reizt!« Er rollte mit den Augen, ließ den Unterkiefer ein wenig herunterhängen und hob die Hände, um ein Frankenstein-Monster zu imitieren.

»Setz dich hin und trink deinen Kaffee«, sagte Liz spöttisch. *»Ernährer!«* Sie balancierte mit einem Tablett voller Tassen und Teller zum Tisch und setzte es klirrend ab.

Stefan betrachtete stirnrunzelnd das Sammelsurium von Geschirr. »Erwartest du eine Kompanie Soldaten zum Frühstück?«

»Nein. Ich habe nur die kläglichen Überreste unseres Geschirrs zusammengesucht. Wenn du dich endlich dazu aufraffen könntest, den Schrank wieder dahinzuhängen, wo er hingehört ...« Sie ließ das Ende des Satzes offen und deutete anklagend auf den Schrank, der immer noch auf dem Fußboden stand und darauf wartete, wieder an seinen angestammten Platz zurückbefördert zu werden. Stefan hatte vor vier Wochen damit begonnen, die Küche neu zu kälken und zu streichen. Seitdem standen die diversen Möbelstücke, die zu schwer waren, als daß Liz sie allein bewältigen konnte, in chaotischer Unordnung auf dem Boden.

Stefan zog den Kopf zwischen die Schultern und tauchte den Löffel in seine Tasse. »Heute nachmittag ...«, begann er.

»Heute nachmittag fahren wir in die Stadt«, unterbrach ihn Liz bestimmt. »Du hast es versprochen, vergiß das nicht. Ich muß unbedingt einkaufen. Wir haben kaum noch etwas im Haus.«

Stefan strahlte. »Siehst du! Wenn ich schon einmal etwas tun will, hinderst du mich daran.«

Liz verzichtete vorsichtshalber auf eine Antwort. Sie hatte sich – gezwungenermaßen – mit Stefans seltsamer Art zu arbeiten abgefunden. Was nicht hieß, daß sie alles hinnahm. Sie wußte, daß Stefan alles, was er tat, gut tat, aber er war der chaotischste Mensch, den sie jemals kennengelernt hatte. Es konnte passieren, daß er fünf Dinge gleichzeitig anfing und dann mittendrin aufhörte, um sich einer sechsten Aufgabe zuzuwenden, die er vielleicht auch wieder abbrach und nach Tagen, Wochen oder gar Monaten zu Ende brachte. Oder auch nie. Das schlug sich nicht nur in der Hausarbeit nieder. Bei seiner Schriftstellerei war es dasselbe. Manchmal hämmerte er wochenlang auf seiner Schreibmaschine herum, ohne einen vernünftigen Satz zustande zu bringen, und dann schrieb er in zwei Monaten einen Roman, der seinen Namen unter die ersten zehn auf der Bestsellerliste katapultierte. Sie führten seit dem ersten Tag einen zähen, listenreichen Kleinkrieg gegeneinander, in dem einmal er, einmal sie im Vorteil war, ein Grabenkrieg, in dem er seine angeborene Ruhe und seine schon fast ans Phlegmatische grenzende Gelassenheit gegen ihre unruhige Energie und ihre plötzlichen, schnell verrauchten Wutausbrüche ins Feld führte. Wirklich ändern würde sie ihn nie, und im Grunde wollte sie das auch gar nicht. Eigentlich mochte sie ihn so, wie er war. Meistens, jedenfalls.

»Ich sehe nicht ein«, spann Stefan den Faden nach einer Weile fort, »warum du dein Geschirr nicht genauso gut in einen Schrank stellen kannst, der auf dem Boden ...« Er brach ab, als er ihren Blick spürte, hüstelte gekünstelt und wechselte dann abrupt das Thema. »Wieso bist du eigentlich so früh auf?«

Liz zuckte unmerklich zusammen. Seine Worte weckten wieder die Erinnerung an diesen seltsamen, unheimlichen Schrei, den sie im Halbschlaf gehört hatte – oder zu hören geglaubt hatte, und um dessentwillen sie schließlich aufgestanden war. Sie versuchte erneut, ihn irgendwo einzuordnen, zu klassifizieren und in eine Schublade zu stecken, um ihm auf diese Weise etwas von seiner Bedrohlichkeit zu nehmen, aber es gelang ihr jetzt ebensowenig wie vorhin. Schließlich zuckte sie mit den Achseln und trank einen Schluck Kaffee, ehe sie antwortete. »Ich dachte, ich hätte ein Geräusch gehört«, sagte sie ausweichend.

»Du dachtest?«

Sie atmete scharf ein. »Gut, ich habe etwas gehört«, sagte sie unwirsch. »Ein Geräusch.«

»Was für ein Geräusch?«

»Keine Ahnung. Ein ...« Sie brach ab, starrte ihr Spiegelbild in der Kaffeetasse an und suchte nach Worten. Obwohl die Erinnerung an jenen seltsamen, fremdartigen Laut noch deutlich in ihr war, fiel es ihr schwer, sie in Worte zu kleiden. Es hatte irgendwie fremd geklungen, ja, aber es war ein Laut, der sich weit über die Grenzen des Hörbaren hinaus erstreckte und irgend etwas in ihrer Seele zum Schwingen gebracht hatte. Vielleicht nicht einmal ein Geräusch im gewohnten Sinne, sondern ein tiefes, vibrierendes Seufzen, eine Art Klagelaut der Schöpfung, angsteinflößend und gleichzeitig selber voller Not und Pein.

»Ein Schrei, denke ich«, sagte sie schließlich, obwohl sie wußte, wie unzulänglich ihre Erklärung war. Der Laut entstammte nicht der Welt, in der sie lebten, und er war mit Worten aus ihrer Sprache nicht zu beschreiben.

»Ein Schrei?«

Sie nickte erneut. »Ich glaube jedenfalls, daß es ein Schrei war.«

Stefans Interesse war geweckt. Er konnte furchtbar stur sein, wenn ihn etwas interessierrte, und es gab im Grunde kaum etwas, was sein Interesse nicht zu wecken vermochte. Es tat ihr schon fast leid, daß sie ihm überhaupt davon erzählt hatte. Gleichzeitig war sie erleichtert, mit jemandem darüber reden zu können.

»Was für ein Schrei?« bohrte er weiter.

»Ich weiß es nicht«, entgegnete Liz mit einer deutlichen Spur von Ungeduld in der Stimme. »Vielleicht habe ich es mir auch nur eingebildet. Oder es war irgendein Tier. Ein Vogel oder ein streunender Hund.«

»Es gibt Füchse in den Wäldern«, sagte Stefan plötzlich. »Hast du schon einmal einen Fuchs schreien hören?«

Liz schüttelte stumm den Kopf und beugte sich tiefer über ihre Kaffeetasse.

»Sie wimmern wie kleine Kinder«, erklärte Stefan zwischen zwei Schlucken. »Es könnte wirklich ein Fuchs gewesen sein.«

»Möglich. Oder ein Vogel. Ein Käuzchen vielleicht oder eine Eule. Die Wälder hier sind voll davon.«

Stefan schüttelte den Kopf. »Ein Fuchs«, beharrte er. »Ich habe einmal einen jungen Fuchs schreien gehört – ich sage dir, wenn du nicht weißt, was es ist, läuft dir ein kalter Schauer den Rücken herunter.« Er stand auf, tat einen Löffel Kaffeepulver in seine Tasse und schüttete kochendes Wasser darauf.

Liz nickte nur stumm. Sie war froh, daß Stefan eine Erklärung gefunden hatte und nicht weiter bohrte. Auch wenn sie wußte, daß es kein Fuchs gewesen war, auch keine Eule oder irgendein anderes Tier. Obgleich sie auf der einen Seite erleichtert war, es getan zu haben, empfand sie auf der anderen eine unerklärliche Scheu davor, über ihr Erlebnis zu reden, ja, selbst darüber nachzudenken. Vielleicht war es ein bloßer Alptraum gewesen, nichts als die letzten pelzigen Fühler des Nachtmahres, die sie ein Stückweit hinüber ins Wachsein begleitet hatten. Aber im Gegensatz zu einem normalen Alptraum verblaßte die Angst nicht mit der Zeit, sondern schien sich im Gegenteil noch zu vertiefen. Dabei konnte sie sich nicht einmal richtig an das Geräusch erinnern. Es hatte vielleicht wie ein Schrei geklungen, aber doch auch wieder anders ...

Sie schüttelte die Erinnerung mit einer ärgerlichen Bewegung ab und zündete sich eine zweite Zigarette an.

Der Rauch schmeckte schal und faulig. Sie hustete, rang einen Moment nach Atem und nahm einen zweiten, tiefen Zug, um das brennende Kratzen in ihrer Kehle zu überdekken. Normalerweise drückte sie die Zigarette nach dem ersten Zug wieder aus, wenn sie ihr nicht schmeckte, aber sie wußte, daß sie dann wieder mit Stefan hätte reden müssen, und so rauchte sie weiter, froh, ihre Hände beschäftigt zu wissen und sich hinter einer trügerischen Mauer aus blauem Zigarettenrauch verbergen zu können. Stefan hatte seine zweite Tasse Kaffee geleert und schielte jetzt gierig auf ihre Zigarettenpackung.

Sie nahm das Päckchen mit einer schnellen Bewegung vom Tisch und ließ es in der Tasche verschwinden. »Du weißt, was dir der Arzt geraten hat«, sagte sie tadelnd. »Keine Zigaretten mehr vor dem Frühstück.«

»Aber ich habe doch schon ...«

»Zwei Tassen Kaffee getrunken«, nickte Liz. »Ich weiß. Auch schon eine zuviel.«

»Eben! Die muß ich neutralisieren.«

»Mit Nikotin?«

»Selbstverständlich«, sagte er ernsthaft. »Siehst du, Schatz, Koffein wirkt auf das menschliche Nervensystem äußerst anstrengend, während Nikotin eine beruhigende Wirkung hat. Und durch die doppelte Portion Koffein befindet sich mein Nervenkostüm nun in heller Aufregung, so daß ...«

Liz stöhnte ergeben und gab ihm eine Zigarette. Er grinste triumphierend, riß ein Streichholz an und nahm einen tiefen Zug. »Wenn es nach dir und meinem sogenannten Arzt ginge, dann dürfte ich bald überhaupt nichts mehr«, sagte er. »Keine Zigaretten, keinen Kaffee, keinen Alkohol ...«

»Keine Frauen«, fügte Liz hinzu. »Jedenfalls keine außer mir.«

»Ich beginnge zu begreifen, warum du hier herausziehen wolltest«, grollte Stefan.

»Reichlich spät, Liebling. Hier habe ich dich viel besser unter Kontrolle als in der Stadt. Der Kaffee ist rationiert, Zigaretten und Schnaps verwalte ich, und die einzige Frau in weitem Umkreis ...«

»Du bist keine Frau«, fiel ihr Stefan ins Wort. »Du bist ein Monstrum. Glaube bloß nicht, daß ich dir nicht schon längst auf die Schliche gekommen bin. Ich weiß genau, daß du dich mit meinem Arzt verschworen hast. Das einzige, was ich noch darf, ist arbeiten. Und wozu?«

»Um mir ein angenehmes Leben und teure Hobbys finanzieren zu können, wozu denn sonst?« entgegnete Liz ernsthaft.

Stefan grunzte, beugte sich über den Tisch und trank

einen großen Schluck aus ihrer Kaffeetasse. Dann ließ er sich zurücksinken, grinste wie ein Schuljunge und verschränkte die Arme vor der Brust.

»Wann fahren wir?« fragte er, während er einen perfekten Rauchring in die Luft blies.

Liz starrte dem Ring neidisch nach und zuckte mit den Achseln. »Nach dem Mittagessen, denke ich.«

»So spät?«

»Ich muß noch die Tiere versorgen«, erklärte sie geduldig. »Dann den Stall ausmisten, im Gemüsegarten Unkraut rupfen – und unser Wohnzimmer sieht aus, als wären Attilas Horden hindurchgezogen. Dreimal hintereinander.« Sie schüttelte den Kopf. »Du wolltest ja unbedingt eine Bäuerin aus mir machen, oder? Außerdem – während ich versuche, den Hof auf Vordermann zu bringen, könntest du ja mal wieder arbeiten, was meinst du?«

Stefan verzog das Gesicht, als hätte sie etwas Unanständiges von ihm verlangt. »Ich habe eine bessere Idee.«

»Ach?«

»Du ziehst dich rasch an und läßt deine zweidreiviertel Hühner auf die Koppel, und wir fahren direkt in die Stadt. Du erledigst am Vormittag deine Einkäufe, und wir gehen irgendwo gemütlich essen. Und danach machen wir uns einen schönen Tag.«

»Einen schönen Tag?« wiederholte Liz ungläubig. »In *Schwarzenmoor*?«

Stefan nickte. »Du tust diesem malerischen kleinen Dorf und seinen freundlichen Bewohnern unrecht.«

»Und wer erledigt derweil die Arbeit?«

»Deshalb will ich ja so früh los«, entgegnete Stefan. »Erinnerst du dich an Ohlsberg?«

Natürlich erinnerte sie sich an Ohlsberg. Sie hatte ihn einmal gesprochen, und es war praktisch unmöglich, sich danach nicht an ihn zu erinnern.

Ohlsberg war wie dieses Land – alt, breitschultrig und knorrig. Es war unmöglich, sein Alter zu bestimmen. Er mochte fünfzig sein, aber auch siebzig oder hundert oder zweihundert. Natürlich erinnerte sie sich an ihn, aber die einzig wirklich klare Erinnerung war die des Alters. Sie versuchte, sich sein Gesicht vor Augen zu führen, aber es blieb ein verschwommener heller Fleck, voll von Runzeln und dünnen, wie mit einem Skalpell hineingeschnittenen Falten, der sich jedem Versuch entzog, ihn genauer zu betrachten und mehr als das Vordergründige zu erkennen und das, was zu sehen er erlaubte.

Alt, knorrig und abweisend allem Fremden gegenüber, das war Ohlsberg. Stefan nannte ihn den Dorfschulzen. Natürlich war das nicht sein richtiger Titel – wahrscheinlich nannte er sich Bürgermeister oder weiß-der-Teufel-wie, aber Stefan hatte gemeint, daß Dorfschulze weitaus besser zu ihm paßte, und Liz hatte ihm nach ihrer ersten Begegnung mit Ohlsberg zugestimmt.

»Ich habe gestern nachmittag noch einmal mit ihm telefoniert«, fuhr Stefan nach einer Weile fort, »und ihm unser Leid geklagt. Und ich glaube, er hat einen Weg gefunden, um uns zu helfen.«

»Du meinst ...«

Stefan nickte. »Ja. Ich denke, wir haben ab morgen einen Gehilfen, der dir die schwerste Arbeit abnehmen kann.«

»Aber das wäre ...«

»Herrlich?«, schlug Stefan vor.

Ja, es wäre herrlich. Schon nach den ersten Wochen hatten sie damit begonnen, Personal zu suchen, aber es hatte sich als unmöglich erwiesen, auch nur einen einzigen Mann zu bekommen. Obwohl sie Geld hatten und bereit waren, weit mehr zu zahlen als die anderen Bauern hier in der Gegend, fand sich niemand, der für sie hatte arbeiten wollen.

Die Vorstellung, daß sie jetzt vielleicht doch noch jemanden finden sollten, erschien Liz wie ein Sonnenstrahl, der nach wochenlangem Regen durch die Wolkendecke bricht.

Sie sprang auf und begann eilig, das Geschirr abzuräumen.

3

Selbst bei einem so herrlichen Wetter wie heute war der Weg nach Schwarzenmoor beschwerlich. Die Straße war kaum mehr als ein besserer Trampelpfad, auf dem Stefan die ungezählten PS des Sportwagens so gut wie nie zum Einsatz bringen konnte. Vom Hof aus schlängelte sich die Straße in einer scheinbar sinnlosen Folge von Kehren und Windungen nach Norden, verlief eine Weile parallel zum Waldrand und verschwand schließlich zwischen den dichten, an einer Seite bemoosten Stämmen des Waldes.

Stefan schaltete das Autoradio ein, fummelte eine Zeitlang im Handschuhfach herum und förderte schließlich eine Cassette zutage, die er ins Gerät schob. Ein dumpfer, von dröhnendem Baß begleiteter Schlagzeugrhythmus drang aus den Lautsprechern und vertrieb die leisen Hintergrundgeräusche des Waldes, die vom dumpfen Röhren des Motors bisher zwar überdeckt, aber nicht ganz verschluckt worden waren. Liz verdrehte demonstrativ die Augen, quittierte Stefans provozierendes Grinsen mit einem bösen Blick und widerstand im letzten Moment der Versuchung, sich vorzubeugen und das Gerät auszuschalten. Einer der wenigen Punkte, über die sie sich fast regelmäßig in die Haare gerieten, war ihr unterschiedlicher Geschmack in Sachen Musik. Aber an diesem Morgen war sie fast froh, daß die stampfenden, hämmernden Heavy-metal-Rhythmen das Raunen des Windes und die wispernden Stimmen des Waldes übertönten.

Ein wenig von dem beunruhigenden Etwas, das den ganzen Morgen an ihren Nerven gezerrt hatte, war noch immer in ihr. Und wahrscheinlich würde sie es den ganzen Tag über nicht loswerden. Es war keine wirkliche Furcht mehr, nicht einmal mehr Unruhe, sondern etwas wie ein Kater, ein seelischer Kater, den sie vielleicht betäuben oder ignorieren, nicht aber ganz aus ihrem Bewußtsein verdrängen konnte. So wie ein Alkohol- oder Nikotinkater ihr den Geschmack an jedem Essen verdarb, so sorgte dieser seelische Kater dafür, daß ihr nichts an diesem Tag wirklich gefiel. Es war wie jenes schwefelgelbe Licht, das manchmal während eines Gewitters zu beobachten ist und selbst vertraute und liebgewonnene Dinge fremd und abstoßend erscheinen läßt. Sie wußte nicht, was es war, aber etwas an diesem Morgen – diesem *Moment* – war falsch. Etwas ...

Etwas begann.

Ja, das war es, dachte sie, während der rote Jaguar wie ein lärmendes Gespenst durch den Wald jagte und mit seinen breiten Reifen häßliche Spuren in den weichen Lehmboden pflügte. Genau das war es, das Gefühl, das sie seit ihrem Erwachen hatte und das – anders als der eigentliche Traum, der schon fast völlig verblaßt war – immer stärker in ihr wurde.

Etwas hatte begonnen, an diesem Morgen. War *erwacht*.

Plötzlich war ihr kalt.

Sie schauderte, zog den roten Strickschal enger zusammen, den sie kurzerhand zu einem Kopftuch umfunktioniert hatte, als sie in den offenen Wagen einstieg, und versuchte den Gedanken abzuschütteln, aber es gelang ihr nicht.

Ja, irgend etwas hatte begonnen, an diesem Morgen. Wenn sie nur wüßte, was!

Sie lehnte sich zurück, schloß die Augen und verfolgte für Minuten das Spiel des fleckigen, von den Kronen der Bäume zu stroboskopischem Aufblitzen zerlegten Lichtes, das durch ihre geschlossenen Lider hindurchschimmerte. Erneut fiel ihr auf, wie kühl es war, und natürlich fiel ihr auch dafür fast sofort eine plausible Erklärung ein: Die Sonne brannte trotz der frühen Stunden bereits machtvoll vom Himmel, aber hier im Wald, am Grunde dieses mächtigen, von den weit ausladenden Ästen der Bäume gebildeten natürlichen Tunnels wurde es niemals richtig warm. So wie der Wald einen Teil der nächtlichen Dunkelheit in den flirrenden Schatten zwischen seinen Ästen zurückbehielt, speicherte er auch einen Teil ihrer Kälte. Das war die eine, logische Erklärung. Aber vielleicht gab es noch eine andere, irreale ...

Sie zog die dünne Strickjacke enger um die Schultern, griff dann nach hinten und schlüpfte umständlich in ihre Lederjacke, behindert durch die Enge des winzigen Sportwagens. Stefan lächelte ihr flüchtig zu und konzentrierte sich dann wieder auf den Weg. Seine Finger klopften den Takt der Musik auf dem polierten Holzlenkrad mit. Er wirkte gelöst und entspannt, aber sie wußte, wie sehr diese Schleicherei – wie er es nannte – an seinen Nerven zerrte. Der Weg war an sich schon schlecht, und der Jaguar war wohl das denkbar ungeeignetste Fahrzeug für diese Art von Straße. Der Boden unter ihren Füßen vibrierte unter einem ununterbrochenen Trommelfeuer abgebrochener Äste und Steine, und die harte Sportfederung des Wagens gab jede Erschütterung ungemildert an seine Insassen weiter.

Sie brauchten fast eine halbe Stunde, ehe sie aus dem Wald heraus waren, und dann noch einmal die gleiche Zeit, um sich auf dem schmalen, schlaglochübersäten Weg bis Schwarzenmoor vorzutasten.

Wie üblich war Stefan am Schluß vollkommen mit den Nerven fertig. Wie die meisten impulsiven Menschen war er bis zur Krankhaftigkeit ungeduldig, und das Gefühl, in einem Wagen zu sitzen, der gut und gerne seine zweihundertfünfzig Kilometer machte, und trotzdem selten schneller als zwanzig fahren zu können, brachte ihn zur Raserei. Als sie schließlich auf die kopfsteingepflasterte Hauptstraße des Dreihundert-Seelen-Dorfes einbogen, war seine Stimmung auf den Nullpunkt gesunken.

Er schaltete herunter, ließ den Motor wie zum Trotz ein paarmal schrill aufheulen und bog mit kreischenden Reifen auf den Marktplatz ein. Der Jaguar machte einen Satz, als Stefan das Gaspedal bis zum Boden durchtrat. Die Beschleunigung preßte Liz in den Sitz. Die breiten Reifen drehten auf dem feuchten Kopfsteinpflaster durch und griffen dann wieder. Der Wagen bockte, stellte sich für eine halbe Sekunde quer und kam schließlich mit kreischenden Bremsen direkt vor dem Gasthaus zum Stehen; mit einem so harten Ruck, daß Liz reichlich unsanft in die Gurte geworfen wurde und schmerzhaft das Gesicht verzog.

»War das nötig?« fragte sie.

Stefan grinste, griff zum Zündschlüssel und ließ wie ein trotziges Kind den Motor noch einmal kraftvoll aufheulen, ehe er ihn abstellte. »Nein. Aber es hat Spaß gemacht.«

»Denen da nicht.« Liz deutete mit einer Kopfbewegung auf eine Gruppe Einheimischer, die bei ihrem dramatischen Auftauchen stehengeblieben waren und den flachen roten Sportwagen mit unverhohlener Mißbilligung betrachteten. Sie konnte nicht verstehen, was sie miteinander redeten, aber es gehörte nicht besonders viel Phantasie dazu, es zu erraten.

Liz hatte keine Ahnung, ob Stefan und sie unter den Bewohnern von Schwarzenmoor wirklich unbeliebt waren – wie sie sich manchmal einbildete –, oder ob das, was sie spürte, nicht einfach nur Gleichgültigkeit war. Aber Stefans dramatische Auftritte sorgten mit Sicherheit nicht dafür, daß sie sich wesentlich *beliebter* machten.

Stefan tat die Bemerkung mit einem Schulterzucken ab, ließ den Schlüsselbund in seiner zuschnappenden Hand verschwinden und stemmte sich ächzend aus den Lederpolstern.

»Wo gehst du hin?« fragte Liz, während sie selbst die Tür öffnete und den Jaguar auf normalem Wege verließ – was Stefan übrigens sonst auch zu tun pflegte, wenn keine Zuschauer dabei waren. Er war und blieb ein Kind, dachte sie spöttisch. Ein großes, verspieltes Kind. Aber vielleicht war gerade das der Grund, aus dem sie ihn so sehr liebte.

Stefan deutete auf das Gasthaus. »Dorthin. Ich treffe mich mit Ohlsberg. Erledige du in der Zwischenzeit deine Einkäufe.«

»Ich denke, wir wollten gemeinsam mit ihm reden?«

Stefan verzog das Gesicht, als hätte er unversehens in eine Zitrone gebissen. »Natürlich«, sagte er nach kurzem Zögern. »Aber du verlangst doch nicht im Ernst von mir, daß ich dich beim Einkaufen begleite?«

»Und warum nicht? Du brichst dir keinen Zacken dabei aus der Krone. Außerdem«, fügte sie hinzu, weit schärfer als nötig gewesen wäre, »wäre ich ganz gerne dabei, wenn du mit Ohlsberg sprichst.«

Stefans Gesicht verfinsterte sich, und diesmal war sein Zorn nicht nur gespielt. »Sei nicht albern, Schatz«, sagte er. »Du weißt, daß es für mich ein Greuel ist, dir beim Einkaufen zuzusehen. Außerdem wartet Ohlsberg schon auf mich. Es macht keinen guten Eindruck, wenn ich zu spät komme – schließlich wollen *wir* etwas von *ihm*.«

»Dann wäre es vielleicht auch ganz gut, wenn *wir* mit ihm sprechen würden, oder?« fragte Liz spitz.

Stefan überhörte ihre Bemerkung kurzerhand. »Dich würde es ja doch nur langweilen«, sagte er. »Wahrscheinlich wird der alte Torfkopf stundenlang mit mir herumfeilschen wollen. Und du kannst ja nachkommen, sowie du fertig bist.« Er zögerte einen Moment, nickte dann knapp und ging mit schnellen Schritten davon.

Liz sah ihm mit einer Mischung aus Ärger und Resignation nach, bis er hinter der wuchtigen Tür der Dorfschänke verschwunden war. Stefans Benehmen ärgerte sie mehr, als sie zugeben wollte. Sie hätte darauf bestehen können, ihn zu begleiten. Aber der Tag hatte sowieso schlecht angefangen, und es hatte keinen Sinn, ihn durch einen überflüssigen Streit – noch dazu wegen einer im Grunde lächerlichen Kleinigkeit – vollends zu verderben. Vermutlich hatte Stefan ohnehin recht – sie würde sich nur langweilen.

Trotzdem ärgerte sie sein Benehmen. Es war nicht Stefans Art, ihr so über den Mund zu fahren. Und nicht ihre Art, es sich gefallen zu lassen.

Sie zündete sich provozierend eine Zigarette an, genoß die mißbilligenden Blicke, die sie trafen, und sah noch einmal zum Dorfkrug hinüber, während sie den kühlen, nach Pfefferminz schmeckenden Rauch in die Lungen sog.

Auf den ersten Blick erinnerte das Gebäude mehr an eine Festung als an ein Gasthaus, und in gewissem Sinne war es das wohl auch – ein Überbleibsel aus einer Zeit, in der

Gasthäuser wirklich etwas von einer Festung an sich gehabt hatten: Kleine, sichere Horte in der unendlichen Einsamkeit eines Landes, das damals zum größten Teil von Wäldern und unberührter Natur und wilden Tieren beherrscht wurde. Es war ein wuchtiges, niedriges Haus mit Fenstern, die wie Schießscharten konstruiert waren: Außen schmal und innen breiter werdend, zusätzlich mit einem engmaschigen Gitter aus dicken, rostigen Eisenstangen gesichert, so daß die kleinen Butzenscheiben dahinter nur am gelegentlichen Aufblitzen eines verirrten Sonnenstrahles zu erkennen waren. Die Tür war niedrig und breit und machte den Eindruck, als würde sie auch einem ernstgemeinten Versuch, sie aufzusprengen, durchaus standhalten.

Aber der Krug paßte ins Stadtbild von Schwarzenmoor. Früher hatte auf dem hohen, buckligen Hügel westlich der Stadt eine Burg gestanden, aber Zeit und Wind hatten die Mauern zum Einsturz gebracht, und der unermüdlich nachwachsende Wald hatte den Rest des Gemäuers bald überwuchert. Sie hatten die Ruine einmal besichtigt, aber außer einem Haufen alter Steine und halbvermoderten Balken gab es dort oben nichts zu sehen. Aber Schwarzenmoor hatte etwas von der Wehrhaftigkeit dieser Burg behalten. Die Häuser waren flach und wuchtig, mit sandfarbenen, stabilen Wänden und kleinen Fenstern, und sie standen trotz des Überangebotes an Platz eng zusammen, als hätten sie sich wie eine Herde verängstigter Tiere aneinandergedrängt, um vor der Weite des Landes ringsum Schutz zu suchen.

Schon ihr Wagen stellte einen Anachronismus dar. Es gab nicht viele Autos in Schwarzenmoor, und bei den wenigen handelte es sich durchweg um Kleinlaster oder Kombiwagen, von denen keiner jünger als zehn Jahre zu sein schien, als weigere sich der Ort, mehr als nur die allernotwendigsten Erzeugnisse der modernen Technik anzunehmen. Aber Liz mußte zugeben, daß die alten, schwarzen Wagen besser in den Ort paßten als ihr rotlackiertes Ungeheuer. Die Zeit schien hier stehengeblieben zu sein. Dachte man sich die Fernsehantennen auf den Dächern und die altmodische Tankstelle am Ende der Hauptstraße fort, so hätte der Ort gut aus einem vergangenen Jahrhundert stammen können.

Und in gewissem Sinne stimmte das sogar – Schwarzenmoor war so klein und unbedeutend, daß selbst der Krieg an ihm vorübergegangen war, ohne irgendwelche Spuren zu hinterlassen; fast, dachte sie, als hätte er diese kümmerliche Ansammlung kleiner Häuser, die sich an einer einzigen Straße drängelten, nicht der Mühe wert befunden, sie zu zerstören. Alles hier war *alt*. Alt und düster und – zumindest für einen Fremden und ganz bestimmt auf den ersten Blick – manchmal ein wenig furchteinflößend, denn wie seine Bewohner hatte auch die Stadt selbst im Laufe der Zeit etwas von der Kälte und Härte des Landes angenommen, das sie umgab. Es war kein Zufall, daß all diese riedgedeckten Bauernhäuser wie kleine Festungen aussahen.

Für einen Moment – als wäre dieser Gedanke der Auslöser dazu gewesen – kam ihr die ganze Kühnheit ihres Vorhabens zu Bewußtsein, sich in dieser Stadt und unter ihren Bewohnern irgendwann einmal *zu Hause* fühlen zu wollen.

Sie schnippte ihre Zigarette in den Rinnstein, streifte das Kopftuch zurück und knotete es wieder zu dem Schal zusammen, der es eigentlich war. In Gedanken rekapitulierte sie noch einmal die Liste der Dinge, die sie einkaufen wollte. Es war eine ordentliche Liste, und der winzige Kofferraum des Jaguars würde am Ende wahrscheinlich wieder total überfordert sein. Aber das war er jedesmal, und sie hatten doch jedesmal eine Möglichkeit gefunden, ihre Beute irgendwie nach Hause zu bringen – auch wenn diese meistens darin bestand, daß sie mit angezogenen Beinen auf dem Beifahrersitz hockte, einen Pappkarton und ein halbes Dutzend Papiertüten auf den Knien balancierte und sich ein zweites Paar Arme wünschte, um ihre Einkäufe am Herausfallen zu hindern …

Sie überquerte die Straße und betrat den einzigen Lebensmittelladen des Dorfes. Drinnen war es angenehm kühl und dunkel, und die Weitläufigkeit des Raumes strafte das gedrungene Äußere des Gebäudes Lügen.

Nach dem grellen Licht der Vormittagssonne brauchten ihre Augen einige Sekunden, um sich an das schattige Halbdunkel hier drinnen zu gewöhnen. Sie blieb dicht hinter der Tür mit der altmodischen Glocke stehen und wartete, bis die verschieden hellen und dunklen Schatten vor ihr zu den vertrauten Umrissen des Ladens geronnen.

Es war niemand da, wie üblich. Sie war der einzige Kunde, der sich zu so früher Stunde hierher verirrt hatte, aber darüber wunderte sie sich schon nicht mehr. Sooft sie hier gewesen war, hatte sie den Laden niemals anders als leer und still vorgefunden. Offensichtlich war sie die einzige, die so früh am Morgen bereits Besorgungen machte – ihr Lebensrhythmus und der der Schwarzenmoorer schienen sich gründlich zu unterscheiden.

Die andere Erklärung – nämlich die, daß die anderen Kunden dieses Geschäftes vielleicht wegblieben, weil sie ihre Nähe mieden und ihr aus dem Weg gingen – schob sie in eine weit entfernte Ecke ihres Bewußtseins, wo sie unter einem ganzen Haufen anderer Gedanken und Vorstellungen verschwand, die sie als fast ebenso unangenehm abgelegt hatte und nach Kräften ignorierte.

Nachdem sich ihre Augen an das Halbdunkel gewöhnt hatten, begann sie im Laden auf und ab zu gehen und die ausgelegten Waren zu mustern. Noch vor einem halben Jahr hätte sie es als Zumutung empfunden, in einem solchen Geschäft einkaufen zu müssen. Es war ein typischer Kolonialwarenladen, in dem es – angefangen von einer frisch geschlachteten Schweinehälfte, von der noch Blut in kleinen, regelmäßigen Tropfen herablief und um die in spätestens ein paar Stunden bereits die Fliegen summen würden, bis zu Hammer und Nägeln – einfach alles zu geben schien. Hätte hinter der Theke noch ein abschließbarer Glasschrank mit Gewehren und 45er Colts gehangen, wäre er glatt als Dekoration für einen Wild-West-Film durchgegangen, dachte Liz spöttisch. Selbst das obligatorische Glas mit buntgeringelten Zuckerstangen war da, fleckig von zahllosen schmutzigen Kinderfingern und direkt neben der uralten

Registrierkasse aufgebaut. Auf einer großen, wuchtigen Theke, die die gesamte Südwand des Raumes in Anspruch nahm, lagen Ballen von Stoff neben Gläsern mit Mehl, Salz, Zucker, Gewürzen und Süßigkeiten. In einer Ecke gammelte ein Ständer mit verstaubten Zeitungen vor sich hin. Die Zeitungen waren schon alt gewesen, als sie das erste Mal hier gewesen war, und wahrscheinlich waren es immer noch diesselben. Die Leute von Schwarzenmoor schienen sich nicht sonderlich für das zu interessieren, was in der Welt vor sich ging.

Sie trat näher an den Zeitungsständer heran und musterte kritisch die Titel der wenigen Bücher, die darunter aufgereiht waren. Beldersen, der Ladeninhaber, versah neben einem Dutzend anderer Aufgaben auch noch die des Bibliothekars im Ort, aber seine Auswahl war nicht berauschend.

Einer der Bände war neu.

Sie beugte sich vor, angelte das Buch aus dem Ständer und schlug es auf.

Türme, las sie auf dem Deckblatt. *Roman von Stefan König.* Gleichermaßen erstaunt wie erfreut begann sie in dem Band zu blättern. Tatsächlich – es war Stefans neuester Roman, noch dazu die teure Lederausgabe, von der bisher nur wenige hundert Exemplare verkauft worden waren.

»Ah, Frau König. Schön, Sie wieder einmal bei uns zu sehen.«

Sie drehte sich um, stellte das Buch mit einer hastigen Bewegung an seinen Platz zurück und erwiderte Beldersens Kopfnicken. Absurderweise machte es sie verlegen, daß Beldersen sie mit einem von Stefans Büchern in der Hand überrascht hatte – obwohl er es zweifellos zu keinem anderen Zweck als genau diesem hier aufgestellt hatte. Sie spürte, daß sie eigentlich hätte antworten müssen, aber wie stets fühlte sie sich in seiner Gegenwart verunsichert.

Der Mann war eigentlich freundlich, und im Grunde hatte sie von ihm noch kein Wort gehört, das nicht nett oder zuvorkommend war – wenn sie es ganz genau nahm, war er einer der wenigen Menschen in Schwarzenmoor, die bisher *wirk-*

lich freundlich zu Stefan und ihr gewesen waren –, aber sie mochte ihn nicht. Irgend etwas an ihm stieß sie ab.

Sie wußte nicht, was es war, aber das Gefühl war zu deutlich, um es zu ignorieren; wie ein übler Geruch, den man nicht bewußt wahrnahm, der einen aber nachhaltig abstieß.

Dabei war Beldersen sogar ein gutaussehender Mann, auf seine Art: er war alt, sicherlich weit über sechzig, dabei aber noch immer stark und sehr viel breitschultriger, als Stefan es jemals sein würde. Seine Stimme war sehr tief, und mit Ausnahme Ohlsbergs war er wohl der einzige in Schwarzenmoor, der keinen Akzent sprach. Seine linke Hand war verkrüppelt und bestand nur noch aus Daumen und zwei Dritteln des Zeigefingers. Die anderen Glieder waren verschwunden, Opfer einer schrecklichen Brandwunde, die Jahrzehnte alt sein mußte, denn was von seiner Hand übrig war, sah so unappetitlich aus, daß es einfach aus der Zeit von der Erfindung der plastischen Chirurgie stammen *mußte*. Aber Beldersen hatte ein solches Geschick entwikkelt, daß seine Behinderung kaum auffiel. Und Liz war zu taktvoll – oder feige? – gewesen, ihn nach der Herkunft seiner Verletzung zu fragen.

Und das war es auch gar nicht, was sie abstieß. Er war ihr unheimlich. Sie wußte, daß das Gefühl ungerecht war, und die Schuldgefühle, die dieses Wissen in ihr auslöste, vertieften ihre Abneigung Beldersen gegenüber noch mehr, einer jener alltäglichen kleinen Teufelskreise, aus denen es kaum ein Entkommen gab; vor allem, weil sie einfach zu unwichtig schienen, um große Energien auf ihre Überwindung zu verschwenden.

Über Beldersens Gesicht flog die Andeutung eines Lächelns, als er sah, wie sie das Buch zurückstellte. »Sie haben es schon gesehen«, stellte er fest. Sie wußte, daß er jetzt eine ganz bestimmte Antwort erwartete, vielleicht auch ein Zeichen von Freude, von Geschmeicheltsein, eine Frage. Gott, wenn er wüßte, wie sehr sie diese Szenen haßte, dieses ungläubige: Ach, das sind wirklich *Sie*? Es gab wenig, was so schnell und so gründlich lästig werden konnte wie Ruhm.

Betont kühl wandte sie sich wieder zu ihm um. »Ja. Ich war ehrlich gesagt überrascht, das Buch hier zu finden.«

»So?« Beldersen lächelte erneut. »Ich finde, wenn ein so kleiner Ort wie der unsere schon einen so berühmten Einwohner hat, sollten wir wenigstens mitreden können, wenn über seine Bücher gesprochen wird.«

Liz bezweifelte, daß Beldersen das konnte – selbst wenn er das Buch lesen würde.

»Haben Sie es gelesen?« fragte sie, nicht aus wirklichem Interesse, sondern nur, um ihm einen Gefallen zu tun. Sie bezweifelte, daß Beldersen in seinem ganzen Leben irgend etwas anderes gelesen hatte als die Bibel, seine Schuhkartonbuchführung und die Einkaufslisten seiner Kunden. Und wie sie erwartet hatte, schüttelte Beldersen den Kopf. Sein Gesicht lag halb im Schatten, so daß sie den Ausdruck darauf nicht genau zu erkennen vermochte, aber sie glaubte fast, so etwas wie ein abfälliges Glitzern in seinen Augen wahrzunehmen. Machte er sich über sie lustig?

»Noch nicht, Frau König. Aber ich denke, ich werde es mir in den nächsten Tagen vornehmen. Wenn es mir gefällt, kaufe ich vielleicht noch ein paar Exemplare dazu.« Er lächelte, und obwohl an diesem Lächeln nichts Unechtes war, vertiefte es ihre instinktive Abneigung gegen ihn noch. »Ich verstehe nichts von Literatur, wissen Sie, aber die Leute fragen mich schon mal um Rat, wenn sie ein Buch kaufen, um es zu verschenken; zu Weihnachten oder zur Konfirmation. Ist es gut?«

Liz zögerte. Einen Moment lang war sie fast versucht, ihm wahrheitsgemäß zu sagen, daß sie noch nicht eine Zeile von dem gelesen hatte, was Stefan schrieb, ließ es aber dann bleiben. Stefan mochte es nicht, wenn sie es herumerzählte, obwohl es die Wahrheit war. Er selbst ließ keine Gelegenheit aus, sich bitterlich darüber zu beschweren, daß seine eigene Frau nichts von dem las, was er schrieb, aber er mochte es nicht, wenn *sie* es jemandem erzählte.

»Sie ... Sie können gerne ein paar handsignierte Exemplare von uns haben«, sagte sie ausweichend. »Verbilligt. Stefan ... mein Mann bekommt sie zum halben Preis.«

Beldersen zuckte die Achseln und überlegte einen Moment, so daß sie schon fast befürchtete, zuviel gesagt zu haben. Aber dann nickte er, trat einen Schritt aus dem Schatten hinter der Theke hervor und legte die Hände auf die zernarbte Platte. Seine linke, verkrüppelte Hand verursachte dabei ein sonderbares, unangenehmes Geräusch, ein sattes, feuchtes Platschen, als fiele ein Klumpen rohes Fleisch in feuchten Lehm. Ein leises Gefühl von Ekel machte sich in Liz breit.

»Was kann ich sonst noch für Sie tun?« Der plötzliche Stimmungswechsel überraschte sie, aber sie ließ sich nichts anmerken. Letztlich konnte sie nicht verlangen, daß sich die Leute hier von einem Tag auf den anderen änderten, schon gar nicht Beldersen, der ihre Abneigung spüren mußte. Aber immerhin – der Anfang schien gemacht zu sein.

Sie rasselte den ersten Teil ihrer Bestellung herunter und sah zu, wie er die gewünschten Dinge mit schnellen, zielsicheren Bewegungen aus dem Chaos in seinen Regalen heraussuchte. Es versetzte sie immer wieder in Erstaunen, ihm dabei zuzusehen. Irgendwie mußte Beldersen es nämlich fertiggebracht haben, gewisse Grundsätze der Physik außer Kraft zu setzen – vor allem den, daß das Innere eines Raumes niemals größer sein konnte als sein Äußeres. Sein Laden war kaum größer als ihr eigenes Wohnzimmer, aber er brachte es spielend fertig, selbst mit dem Warenangebot eines Supermarktes zu konkurrieren. Wenn sie nicht gerade Dinge wie gegrillte Heuschrecken oder Ameisen in Preißelbeergelee verlangte, so existierten die Worte: *habe ich nicht* für Beldersen nicht.

Als er fertig war, türmte sich vor ihr ein Berg von Tüten und Paketen, über den sie kaum noch hinwegsehen konnte.

Beldersen grinste und entblößte dabei eine Doppelreihe bräunlicher Stummel, wo früher einmal Zähne gewesen waren. Ein Zahnarzt schien nicht zu den Errungenschaften der modernen Zivilisation zu gehören, die bis Schwarzenmoor vorgedrungen waren. »Alles in Ihren Wagen, wie üblich?« fragte er feixend.

Liz zögerte einen Moment. Sie hatte noch nicht die Hälfte von dem zusammen, was sie eigentlich brauchte – aber der Berg vor ihr war schon jetzt fast mehr, als der Jaguar verkraften konnte. Sie würde so oder so noch einmal fahren müssen, dachte sie resignierend.

Sie nickte ergeben und nahm sich einen Teil der Sachen, während Beldersen sich den Rest griff, damit zur Tür balancierte und sie mit dem Fuß öffnete. Er brachte sogar das Kunststück fertig, auf einem Bein zurückzuhüpfen und die Tür dabei für sie mit dem anderen Fuß aufzuhalten, ohne das Gleichgewicht zu verlieren, obwohl er unter der Last der Pakete und Tüten fast zusammenzubrechen schien.

Sie schloß geblendet die Augen, als sie das Geschäft verließ und in das grelle Sonnenlicht hinaustrat. Es war heiß geworden, während sie im Laden gewesen war. Die Luft schien zu flimmernden Klumpen geronnen zu sein, und sie rang unwillkürlich nach Luft, als sie mit vollbeladenen Armen hinter Beldersen auf den schmalen Gehsteig hinausbalancierte. Das Licht ließ die Konturen der Häuser klar und mit beinahe schmerzhafter Deutlichkeit hervortreten, wie schwarze Scherenschnitte, die mit Linien aus Gold umrandet waren. Die Straße glänzte, als wäre sie mit flüssigem Blei übergossen, und aus den Fensterscheiben sprangen ihr kleine, schmerzhafte Lichtpfeile in die Augen.

Der Jaguar war ein greller Farbklecks auf der anderen Straßenseite, ein störendes Etwas, das häßlich gegen die pastellfarbenen Häuser und die zu schwarzen, lautlosen Schatten gewordenen Menschen ringsum kontrastierte. Für einen Moment wirkte alles in ihrer Umgebung sonderbar irreal; ein Stück aus einem Bild von Dali, das zu bizarrem Leben erwacht war.

Sie benötigte fast eine Viertelstunde, um alles im Wagen zu verstauen, und als sie fertig war, türmten sich Tüten und Pakete auf der schmalen Rückbank und im Fußraum von dem Beifahrersitz.

Liz betrachtete das Durcheinander und seufzte tief. Sie hatte den Versuch, Stefan zum Kauf einen größeren Wagens zu bewegen, längst aufgegeben. Dafür beschwerte er sich auch nicht, wenn er seinen Platz mit Paketen und Päckchen teilen mußte und kaum noch die Füße aufs Gaspedal bekam. Aber irgendwann, dachte sie resignierend, würde eine ihrer Heimfahrten auf diese Weise im Moor oder vor einem Baum enden.

Sie öffnete das Handschuhfach und zog Scheckbuch und Kugelschreiber hervor, legte beides im letzten Augenblick wieder zurück und griff stattdessen nach der Brieftasche. Auch das war etwas, was sie erst mühsam hatte lernen müssen – man bezahlte in Schwarzenmoor seine Lebensmittelrechnungen nicht mit einem Euroscheck. Beldersen hatte niemals wirklich etwas *gesagt*, aber sie hatte seinen Widerwillen sehr deutlich gespürt, und es hatte lange gedauert, bis sie herausgefunden hatte, daß die Leute hier unter dem Wort Geld noch richtiges Geld aus Papier oder Metall verstanden, kein Plastik-Geld, dessen Wert sie selbst einsetzen konnten.

»Wieviel?«

»Hundertsiebenunddreißig.«

Sie zählte die Summe ab – wie üblich ein wenig erstaunt, wie gering sie angesichts der ungeheuren Menge von Dingen war, die sie aus Beldersens Laden herausgetragen hatten – und gab sie ihm. Ein leises Ekelgefühl breitete sich in ihr aus, als er mit seiner verkrüppelten Hand danach griff, die Scheine achtlos zusammenfaltete und sie zusammen mit einer Handvoll Kleingeld in der Tasche seines speckigen Kittels verschwinden ließ. »Danke.«

»Nichts zu danken. Es steht Ihnen zu.«

Beldersen starrte sie einen Sekundenbruchteil lang mit einem undeutbaren Blick an, tippte sich zum Abschied mit Zeige- und Mittelfinger an den Rand einer nicht vorhandenen Mütze und ging zum Laden zurück.

Nach einem letzten, stirnrunzelnden Blick auf das Chaos im Wagen drehte sie sich um und ging zum Gasthaus hinüber. Das war einer der Vorteile dieses gottverlassenen Kaffs, dachte sie spöttisch: sie konnte all diese Sachen unbesorgt im Wagen liegen lassen. Niemand würde etwas davon wegnehmen oder auch nur verändern.

4

Das grelle Mittagslicht blieb hinter ihr zurück, als sie den Dorfkrug betrat. Wieder war sie für einen Moment fast blind, und nach der Hitze draußen empfand sie die kühle, nach abgestandenem Bier und kaltem Rauch riechende Luft beinahe als unangenehm.

Der Dorfkrug war so typisch wie Beldersens Laden: es gab eine uralte, von Brandflecken und Ringen übersäte Theke, deren Holz fast schwarz war, ein gewaltiges Flaschenregal und eine überraschend moderne Zapfanlage aus blitzendem Chrom und Messing. Nicht zum ersten Mal, seit sie in Schwarzenmoor war, schoß ihr der Gedanke durch den Kopf, *wie* sehr hier alles ganz genau so aussah, wie man es in einem Dreihundert-Seelen-Dorf fünf Meter vor dem Ende der Welt erwartete.

Fast, als gebe sich jedermann hier Mühe, ganz genau nicht unbedingt dem Durchschnitt, aber den *Klischees* zu entsprechen, die man dafür halten mochte.

Oder nicht aufzufallen ...

Sie entdeckte Stefan zusammen mit Ohlsberg und einem dritten Mann in der hintersten Ecke des trapezförmigen Raumes, bestellte im Vorbeigehen ein Bier und schlängelte sich in einem geschickten Slalomkurs durch das geordnete Durcheinander aus Stühlen und Tischen, das im Moment allerdings verwaist war.

»Frau König.« Ohlsberg schenkte ihr ein knappes Nicken und sog an seiner Pfeife. »Ihr Mann hat Ihnen sicher schon erzählt ...?« Er machte sich nicht einmal die Mühe, aufzustehen oder ihr mehr als einen flüchtigen Blick zu gönnen, als sie den Tisch erreichte. Er mochte Liz nicht besonders, aber das störte sie nicht, denn es war ein Gefühl, das durchaus auf Gegenseitigkeit beruhte.

Sie nickte. »Ja. Sie haben jemanden gefunden, der bei uns arbeiten kann?« Sie wandte den Kopf und sah den dritten Mann an. »Sie, vermute ich.« Sie richtete die Frage ganz bewußt nicht an Ohlsberg, obwohl sie bezweifelte, daß er die kleine Spitze überhaupt bemerkte.

»Ja.«

Der Mann war klein, kleiner noch als sie und unglaublich schmal. Er war auf die hier übliche Art gekleidet – schwere, große Baumwollhosen in einem undefinierbaren Farbton irgendwo zwischen Blau und Schwarz, ein dunkelgrünes Hemd, über dem sich abgewetzte Hosenträger spannten. Auf der Lehne seines Stuhles hing eine dazu passende Jacke mit zahllosen Taschen, die aussah, als wöge sie mindestens einen Zentner. Aber er schien all diese Sachen von einem mindestens fünfzig Pfund schwereren großen Bruder geerbt zu haben, denn das Hemd schlabberte um seine schmalen Schultern, und unter der Hose, deren Beine ein Stück zu kurz waren, kamen unglaublich dünne (und unglaublich *schmutzige*) Beine zum Vorschein. Wäre sein bärtiges, zerfurchtes Gesicht nicht gewesen, hätte sie im Halbdunkel des Raumes geglaubt, einem Halbwüchsigen gegenüberzusitzen. Aber die abgearbeiteten, starken Hände, die vor ihm auf der Tischplatte lagen und nervös mit einem Bieruntersetzer spielten, sagten ihr, daß der Mann kräftig zupacken konnte. Er mochte schmal sein, aber er war zweifellos sehr zäh; und wahrscheinlich war er sehr viel stärker, als sein Aussehen vermuten ließ. Seine Augen waren dunkel und lagen tief zurückgezogen unter buschigen Brauen, die in der Mitte fast zusammengewachsen waren. In ihrem Blick war etwas, das Liz gleichermaßen faszinierte wie abstieß.

Stefan schob den Stuhl zurück und machte eine einladende Geste. »Das ist Peter«, erklärte er aufgeräumt, nachdem sie sich gesetzt hatte. »Peter Heyning. Er kann gleich mitkommen. Er ist sofort frei. Ist das nicht herrlich?«

»Sofort?« wiederholte Liz überrascht.

»Sofort.« Es war Ohlsberg, der antwortete, nicht ihr Mann oder Peter, wie Liz mit einem leisen Anflug von Ärger feststellte. Sie versuchte, ihn zu ignorieren, und zwar möglichst so, daß er es bemerkte.

Der Wirt kam und brachte ihr Bier. Liz nahm das Glas dankend entgegen und trank langsam, während sie Heyning über den Rand hinweg unverhohlen musterte.

Heyning wich ihrem Blick aus, aber das war nichts Ungewöhnliches – schließlich kannten sie sich nicht, und sie war seine zukünftige Dienstherrin und außerdem eine der beiden Fremden, die in die Stadt gekommen waren und denen hier sowieso jedermann mit Mißtrauen begegnete. Und außerdem hatte sie das sehr sichere Gefühl, daß Heyning ohnehin nicht unbedingt einer der Hellsten war.

Aber das war es nicht, was sie irritierte. Sie konnte sich natürlich täuschen, aber Heyning schien über die Aussicht, auf ihrem Hof zu arbeiten, nicht besonders erfreut zu sein. Und er gab sich auch kaum Mühe, seine Gefühle zu verbergen. Einen Herzschlag lang trafen sich ihre Blicke, und Liz konnte ein ganzes Sammelsurium von Gefühlen in den Augen des anderen erkennen: Angst ... *(Angst? Aber wovor denn?)* Mißtrauen. Widerwillen und – Mitleid?

»Du solltest unserem neuen Mitarbeiter Guten Tag sagen, Schatz«, sagte Stefan. In seiner Stimme lag ein leichter Tadel. Liz schrak ein ganz kleines bißchen zusammen, als ihr klar wurde, daß sie Heyning länger als eine halbe Minute wortlos und durchdringend angestarrt haben mußte.

Sie gab sich einen Ruck. »Guten Tag«, sagte sie steif.

Heyning erwiderte den Gruß mit einem stummen Kopfnicken.

Ohlsberg nahm seine Pfeife aus dem Mund und fuhr sich mit dem Handrücken über die Lippen. Sein borkiges Gesicht verzog sich zu einer Miene, die sowohl ein Lächeln als auch etwas ganz ganz anderes sein konnte. Für einen Moment hatte Liz den Eindruck, einen Schauspieler vor sich zu haben, der seinen Text vergessen hatte und nun durch eine nicht besonders gekonnte Mimik versuchte, Zeit zu gewinnen.

Er räusperte sich und warf Stefan einen schnellen, verstohlenen Blick zu. »Sie dürfen es ihm nicht übelnehmen, wenn er manchmal etwas wortkarg erscheint«, sagte er.

Seine Stimme erschien ihr tiefer und grollender, als sie sie in Erinnerung hatte. »Er ist ziemlich scheu, wissen Sie.«

»So?«

»Nun ...« Ohlsberg zog an seiner Pfeife und blies eine graublaue Rauchwolke in ihre Richtung. Sie hustete demonstrativ, ohne daß Ohlsberg sichtlich Notiz davon nahm. »Er hat zehn Jahre lang auf einem Hof auf der anderen Seite des Moores gearbeitet. Die Leute sind gestorben, die Frau vor drei Jahren und letzte Woche der Mann. Sie waren ...«

Er zögerte und begann neu. »Sie würden sie vielleicht seltsam nennen. Sie haben nicht viel geredet, wissen Sie. Und sie waren ziemlich menschenscheu. Das hat natürlich auch auf Peter abgefärbt. Aber er wird sich schon auf Ihrem Hof einleben. Er ist ein guter Arbeiter. Ich habe schon alles mit Ihrem Mann geklärt. Geld, Urlaub und so.«

Liz schenkte Ohlsberg einen feindlichen Blick. Die Art, wie der Bürgermeister über Heyning sprach, gefiel ihr nicht besonders. Sie hatte es noch nie leiden können, wenn man über Menschen wie über Dinge sprach, erst recht nicht in deren Gegenwart. Heyning selbst schien das alles nichts auszumachen, aber das vertiefte ihren Zorn eher noch.

Mit einem Mal fühlte sie sich verletzt, an Heynings Stelle in ihrer Menschenwürde gekränkt und lächerlich gemacht durch die Art, in der Ohlsberg über ihn sprach. Und sie war fast sicher, daß Ohlsberg dies ganz genau wußte. Möglicherweise galt dieser Angriff nur ihr.

Sie setzte zu einer scharfen Entgegnung an und verstummte im letzten Moment, als sie Stefans warnenden Blick bemerkte.

Er schüttelte unmerklich den Kopf und machte mit dem Zeigefinger eine Geste, als wolle er ihn über die Lippen legen. Liz' Zorn stieg fast noch mehr. Nicht genug, daß dieser impertinente eingebildete alte Trottel auf der anderen Seite des Tisches ihr ein Verhalten vorführte, das eher ins Mittelalter als ins zwanzigste Jahrhundert paßte – nein, Stefan mußte auch noch seine Partei ergreifen und ihr mehr oder weniger offen in den Rücken fallen!

Wenn Ohlsberg etwas von dem stummen Duell zwischen ihnen bemerkt hatte, so ließ er sich nichts anmerken. Er drehte schwerfällig den Kopf und sah Heyning an.

»Hol uns noch eine Runde Bier, Peter.« Die Worte waren in freundlichem Tonfall hervorgebracht, aber es bestand kein Zweifel daran, daß sie ein *Befehl* waren. Heyning stand auf, schnell, fast hastig, und lief zur Theke. Liz begriff plötzlich, daß dieses Verhalten weit über den normalen Respekt eines einfachen Landarbeiters gegenüber dem Dorfältesten hinausging. Er benahm sich wie ein ... Sklave. Ja – Sklave und Herrscher, das waren sie.

»Da ist noch etwas, was Sie wissen sollten«, sagte Ohlsberg, nachdem Heyning außer Hörweite war. »Ich habe es Ihrem Mann schon gesagt, aber ...« Er nahm die Pfeife aus dem Mund, verzog das Gesicht und tippte sich mit dem Mundstück gegen die Schläfe. »Wissen Sie, Peter ist ... nicht ganz richtig hier, wenn Sie verstehen, was ich meine.«

»Sie meinen, er ist verrückt«, sagte Liz böse. Ihre Stimme war so voller unverhohlener Aggressivität, daß sie beinahe selbst erschrak.

Ohlsberg schüttelte den Kopf. »Nein. Verrückt ist er bestimmt nicht. Vielleicht etwas zurückgeblieben, wenn Sie verstehen, was ich meine. Er ist ein lieber, netter Kerl, ein guter Arbeiter, wie ich bereits gesagt habe, aber er ist wie ein kleines Kind. Sie dürfen nicht zuviel von ihm verlangen, wissen Sie. Hier, meine ich.« Er tippte sich wieder gegen die Stirn. »Wenn Sie ihm sagen, was er zu tun hat, dann wird er es tun, nur mit dem Denken ist es nicht allzuweit her bei ihm. Aber er ist vollkommen harmlos.«

»Ich verstehe«, murmelte Liz. »Man schickt uns den Dorftrottel, nur damit wir endlich still sind.« Sie sprach ganz bewußt so leise, daß Ohlsberg nicht sicher sein konnte, ob die Worte wirklich ihm galten oder ob sie ein Selbstgespräch führte. Und diesmal *sah* sie, wie der Pfeil traf. Ohlsberg starrte sie an. In seinen Augen blitzte es zornig auf.

»Sie ... irren sich, Frau König«, sagte er, jetzt nur noch mühsam beherrscht. »Weder Peter noch ich sind das, wofür

Sie uns zu halten scheinen. Sie selbst«, fügte er kühl hinzu, »übrigens auch nicht, glaube ich.«

Ganz plötzlich mußte sie mit aller Macht gegen den Wunsch ankämpfen, ihr Bier zu nehmen und es Ohlsberg ins Gesicht zu schütten. Wenn er noch ein Wort sagte ...

Aber der Alte sprach nicht weiter, als Heyning wiederkam und ein Tablett voller Gläser vor ihnen auf dem Tisch absetzte.

Liz beobachtete ihn dabei, mit der gleichen, unverblümten Offenheit wie zuvor, aber jetzt sehr viel freundlicher. Ohlsbergs Art, über Heyning zu reden, machte ihn ihr unwillkürlich sympathischer. *Deine Feinde sind automatisch meine Freunde,* dachte sie sarkastisch. Aber sie sah auch, daß Ohlsberg zumindest in einem Punkt recht hatte – Peter war ausgesprochen geschickt. Schon die Art, wie er das Tablett und die Gläser handhabte, verriet ihr viel mehr als alle umständlichen Erklärungen. Sie konnte sich ihn gut auf einem Bauernhof wie dem ihren vorstellen.

»Wie alt sind Sie, Peter?« fragte sie.

Heyning zuckte zusammen, obwohl die Frage nun wirklich harmlos war. »Ich bin ... äh ... sechsunddreißig, Madam«, stotterte er. »Ja. Sechsunddreißig.«

»Und Sie wollen bei uns arbeiten?« fuhr sie behutsam fort. »Ich meine, *wollen* Sie es wirklich? Herr Ohlsberg hat Ihnen gesagt, daß wir jemanden für die schweren Arbeiten suchen, nicht?«

»Sicher. Ihr Mann ... Herr König ... hat mir alles erklärt ...«

»Wenn Sie auf einem Hof gearbeitet haben, dann wissen Sie ja, daß es dort schwere Arbeit gibt«, bohrte Liz weiter. Das war eine Feststellung, die ungefähr so intelligent war wie die, daß Wasser naß sei, dachte sie spöttisch. Aber Heyning antwortete mit großem Ernst.

»Oh, das macht nichts ... Ich bin stark, Madam. Auch wenn das nicht so aussieht. Aber ich kann alles tun, was es an Arbeit gibt. Sie brauchen sich keine Sorgen zu machen.

Ich bin gesund. Und ich habe den Hof meines ... Herrn die letzten Jahre fast allein geführt.«

»Ihres *Herren*?« wiederholte Liz betont. Sie schüttelte den Kopf. »Den können Sie vergessen, Peter«, sagte sie, mit einem zuckersüßen Lächeln in Ohlsbergs Richtung. »Wir halten keine Sklaven.«

Peter blickte sie nun vollends verwirrt an, und auch zwischen Ohlsbergs Brauen entstand eine tiefe Falte, während er die Pfeife aus dem Mund nahm. Er setzte dazu an, etwas zu sagen, und allein sein Gesichtsausdruck sagte Liz, daß es nichts allzu Freundliches sein würde. Aber Stefan kam ihm zuvor. »Was soll das?« fragte er scharf – und auf französisch, wie sie erst nach einigen Augenblicken begriff. »Willst du ihn vergraulen, oder was? Ich bin froh, daß Ohlsberg jemanden gefunden hat. Hör endlich auf.«

Er machte eine rasche, befehlende Handbewegung, drehte sich um und wandte sich wieder an den Bürgermeister. »Ich denke, wir sind uns einig. Ich bringe nur rasch meine Frau zurück zum Hof. Dann komme ich wieder und hole Peter ab.«

Liz' Finger krampften sich so fest um das Bierglas, daß die Knöchel weiß hervortraten. Sie spürte, daß sie gleich explodieren würde. Stefans Verhalten hatte die Grenzen des Erträglichen erreicht. Sie konnte zur Not noch verstehen, daß Ohlsberg sich so benahm – schließlich mußte sie ihm zugute halten, daß er ein Idiot war. Aber Stefan ... begriff er eigentlich nicht, wie sehr sein Benehmen – schon allein dieser ganz offene Wechsel zu einer fremden Sprache, der Heyning mehr verletzen mußte, als wenn er die Worte verstanden hätte – die Würde dieses Menschen mit Füßen trat?

Ohlsberg winkte ab. »Das ist nicht nötig. Er hat noch einen Teil seines Gepäcks auf dem Hof, den muß er sowieso erst holen.«

»Das kann Stefan mit dem Wagen machen«, sagte Liz.

Ohlsberg überging den Einwurf. »Das Zeug paßt sowieso nicht alles in Ihren kleinen Wagen. Ich denke, er kann die paar Kilometer ganz gut zu Fuß gehen.«

»Es sind *fünf* Kilometer, nicht ein paar!« protestierte Liz. »Stefan kann zweimal fahren, wenn es nötig ist. Zu Fuß ist man ja den ganzen Tag unterwegs.«

»Sie machen sich entschieden zu viel Umstände«, sagte Ohlsberg ruhig. »Peter kann ganz gut zu Fuß kommen. Er ist es gewöhnt, nicht wahr, Peter?«

Heyning nickte, eine Spur zu hastig, wie Liz fand. »Sicher, Madam. Morgen früh bin ich bei Ihnen, bestimmt. Es ... es macht mir nichts aus, zu Fuß zu gehen. Ich bin das gewohnt, wirklich.«

»Ich muß sowieso noch einmal kommen«, sagte Liz. »Ich muß noch ein paar Dinge aus Beldersens Laden holen, die nicht mehr in den Wagen passen.«

»Er kommt zu Fuß«, sagte Ohlsberg bestimmend.

Liz wandte sich hilfesuchend an Stefan. Aber ihr Mann sah weg.

5

»Warum hast du das zugelassen?« fragte Liz. Sie saßen wieder im Wagen und waren auf dem Heimweg. Schwarzenmoor fiel in der Mittagsglut rasch hinter ihnen zurück, und Stefan fuhr wie immer viel zu schnell. Aber diesmal achtete Liz nicht auf das Stampfen und Schütteln des Wagens. Ihr Zorn saß so tief, daß er selbst die Furcht überdeckte, die sie sonst jedesmal ergriff, vor allem wenn sie auf dem Rückweg waren, auf dem Stefan immer sehr viel schneller fuhr.

»Was?« fragte Stefan mit einiger Verspätung. Er schaltete. Der Jaguar machte einen Satz, schoß über eine bei normalem Tempo kaum spürbare Anhöhe hinweg und verlor für Bruchteile von Sekunden mit allen Rädern den Kontakt zum Boden. Der Schlag, mit dem er wieder aufsetzte, ließ eine der Tüten auf Liz' Schoß platzen; eine Mehltüte, Dosen mit püriertem Tomatenmark, Zigaretten und eine Anzahl

Soßenwürfel quollen heraus und verteilten sich auf ihrem Rock. Der Anblick machte sie noch wütender.

Sie schürzte wütend die Lippen, riß mit einer unnötig heftigen Bewegung die Sonnenblende herunter und begann sich die Wangen zu pudern, eine Angewohnheit, in die sie immer verfiel, wenn sie nervös oder besonders aufgeregt war. »Du weißt ganz genau, was ich meine«, sagte sie mit mühsam beherrschter Stimme.

»Du meinst, daß Heyning zu Fuß kommt?«

»Genau das meine ich!« antwortete sie zornig – nein, sie *schrie* fast. »Was ist so schlimm daran, den Weg noch einmal zu fahren?«

»Nichts«, begann Stefan, »aber ...«, er warf ihr einen raschen Blick zu und schüttelte den Kopf. »Aber war es wirklich nötig, Ohlsberg gleich den Krieg zu erklären?«

Liz tat so, als hätte sie die Frage nicht gehört.

»Wenn es dir wirklich so viel ausgemacht hätte, hätte ich es getan«, fauchte sie aufgebracht. »Aber darum geht es gar nicht, nicht wahr? Und das weißt du genau. Ganz genau.«

Stefan antwortete nicht. Aber sie sah, wie sich seine Wangenmuskeln spannten. Ihre Worte hatten getroffen, und sie fühlte mit einem Mal ein fast sadistisches Vergnügen daran, tiefer in der Wunde zu bohren und das Messer genüßlich herumzudrehen. Ein paarmal. »Du fährst doch so gerne Auto!«

»Ein reines Vergnügen ist es nun auch wieder nicht«, maulte Stefan. »Diese Scheißstraße ...«

»Weich mir nicht aus«, fuhr Liz auf.

»Ich weiche dir nicht aus«, sagte Stefan mit einer Ruhe, die sie noch wütender machte. »Aber du spielst die Sache unnötig hoch. Peter ist kein verweichlichter Großstädter wie du und ich. Wir würden doch noch mit dem Wagen ins Schlafzimmer fahren, wenn das ginge. Es macht ihm nicht viel aus, ein paar Kilometer zu Fuß zu gehen.«

»Es sind nicht nur *ein paar Kilometer*«, entgegnete Liz angriffslustig. »Und es ist mir auch vollkommen egal, ob es Heyning etwas ausmacht oder nicht. Mir macht es nämlich etwas aus, wenn mir irgendso ein dahergelaufener Dorftrottel vorschreibt, wie ich mein Personal zu behandeln habe. Und es macht mir noch mehr aus«, fügte sie nach einer winzigen Pause hinzu, in der sie nicht nur einen neuen Pfeil aus dem Köcher nahm, sondern ihn noch dazu genüßlich vergiftete, »ob mir mein Mann bei einer Auseinandersetzung mit besagtem Dorftrottel in den Rücken fällt oder nicht.«

»Ich bin dir nicht in den Rücken gefallen«, gab Stefan ruhig zurück. »Und überdies ist Ohlsberg bei den Leuten hier gut angesehen. Er ist alles andere als ein Dorftrottel.« Er ging mit dem Tempo herunter und sah sie an. »Oder vielleicht doch«, sagte er plötzlich. »Verdammt, ja, vielleicht hast du tatsächlich recht, und Ohlsberg ist wirklich der eingebildete alte Idiot, für den du ihn hältst. Aber zum Teufel, mußt du es ihm *so* deutlich zeigen?« Liz antwortete nicht, und Stefan fuhr, in fast flehendem Tonfall, fort: »Siehst du, Schatz, das ist einer der Gründe, warum du mit den Leuten hier bisher nicht so richtig warm wirst. Man muß sich anpassen. Kompromisse schließen.«

»Kompromisse«, zischte sie. »Das, was du unter einem Kompromiß verstehst, ist nichts anderes als ein anderes Wort für Feigheit!«

»Das ist es nicht«, sagte Stefan überzeugt. »Du willst es nur so sehen – das ist alles.«

»Ach, glaubst du?« sagte sie. »Vielleicht irre ich auch, vielleicht ist es keine Feigheit, sondern Bequemlichkeit. Aber ich weiß nicht, was schlimmer ist. Nenn es, wie du willst, es kommt auf eins raus.«

»Du bist ungerecht«, sagte Stefan. »Ich ...«

»Ungerecht!« Liz lachte schrill auf. »*Ich* bin ungerecht, ja, natürlich! Und wieso, bitteschön? Weil ich es nicht gut finde, von meinem eigenen Mann in aller Öffentlichkeit heruntergeputzt zu werden, nur weil er zu feige ist, sich gegen diesen schmierigen alten Mann durchzusetzen? Aber es ist ja viel leichter, sich mit seiner Frau auseinanderzusetzen als mit Ohlsberg, nicht wahr? Was zwischen uns geschieht, sieht ja keiner. Hauptsache, du wahrst dein Gesicht in der Öffentlichkeit. Dein sogenannter Kompromiß ist nichts als feige

Kriecherei. Anpassen – ha! Was kommt als nächstes? Willst du deinen Wagen verkaufen und dir stattdessen ein Pferd anschaffen? Mir das Rauchen in der Öffentlichkeit verbieten?« Sie griff mit zitternden Fingern in die Jackentasche, zog eine Zigarette aus der zerknautschten Packung und versucht das Feuerzeug anzuschnippen, aber der Fahrtwind blies die Flamme immer wieder aus. Stefan beugte sich vor und drückte den Zigarettenanzünder. Liz funkelte ihn an und schleuderte die Zigarette in hohem Bogen aus dem Wagen. »Demnächst wirst du von mir verlangen, daß ich mich so kleide wie diese Dorfschlampen, in der Öffentlichkeit nicht mehr rauche und kein Bier mehr trinke!« fauchte sie.

»Du wirst albern«, stellte Stefan fest – womit er sogar recht hatte. Aber gerade das ärgerte sie noch mehr. »Du mußt einfach einsehen, daß Ohlsberg hier der Boß ist. Die Leute tun, was er sagt, und das allein zählt. Wenn wir uns mit ihm gutstehen, dann haben wir gewonnen. Ist es wirklich so viel verlangt, in der Öffentlichkeit ein bißchen Theater zu spielen?«

Hätte er angehalten und sie ins Gesicht geschlagen, hätte sie nicht schockierter sein können. Sie starrte ihn fassungslos an, suchte sekundenlang nach Worten und sah schließlich irritiert weg. Das war nicht der Stefan, den sie kannte. Aber sie wollte jetzt nicht mit ihm streiten, nicht noch mehr, als sie es ohnehin schon getan hatte, und darauf wäre es hinausgelaufen, wenn sie jetzt weitergemacht hätte.

Wahrscheinlich lag es sowieso an ihr, versuchte sie sich einzureden. Den ganzen Tag über war sie gereizt und überempfindlich gewesen, und auch das vorzügliche Mittagessen, das sie in dem kleinen Lokal zu sich genommen hatten, hatte daran nichts ändern können – auch das beste Essen der Welt schmeckt schal, wenn man es schlechtgelaunt in sich hineinstopfte, und genau das hatte sie getan.

Sie überlegte, ob ihr Erlebnis von heute morgen vielleicht irgendwie damit zu tun hatte.

Es war möglich. Sogar wahrscheinlich. Sie war von jeher

Realistin gewesen und eine Pragmatikerin dazu. Wenn es in ihrer Umgebung etwas gab, was sie sich nicht erklären konnte, dann machte sie das nervös. Und überdies war sie mittlerweile soweit, ihr unerklärliches Erlebnis endgültig unter dem Begriff Traum abzuhaken. Träume, das wußte sie, konnten unglaublich realistisch sein.

Aber trotzdem schwieg sie während des gesamten Rückweges.

Als sie den Hof erreicht hatten, half sie Stefan, die Sachen ins Haus zu bringen. Dann bat sie ihn um die Wagenschlüssel.

»Du willst noch einmal weg?« fragte er überrascht.

»Ja.«

»Wohin?« fragte Stefan, nachdem er eine Weile vergeblich darauf gewartet hatte, daß sie es von sich aus sagte.

Einen Moment lang überlegte sie, ob sie ihm die Wahrheit sagen sollte, aber dann entschied sie sich dagegen. Er würde es sowieso merken – wahrscheinlich ahnte er es ohnehin schon –, aber sie hatte keine Lust, sich schon vorher mit ihm zu streiten. Die Szene, die er ihr hinterher machen würde, war genug. Mehr als genug.

»Zum See«, log sie. »Ich möchte noch baden.«

»Jetzt?« Stefan legte überrascht den Kopf in den Nacken und blinzelte demonstrativ in den Himmel. »Es ist in einer Stunde dunkel. Spätestens«, fügte er hinzu.

»Ich habe gesagt, daß ich noch baden möchte«, sagte sie gereizt. »Ich habe nicht gesagt, daß ich draußen übernachte.«

Stefan zuckte mit den Achseln und gab ihr die Schlüssel. Einen Moment lang kreuzten sich ihre Blicke, und für diesen Moment war sie fast sicher, daß er genau wußte, was sie vorhatte – aber er sagte kein Wort, sondern zuckte nur noch einmal die Achseln und drehte sich um, um ins Haus zurückzugehen.

Sie stieg ein, wendete den Wagen und verließ das Grundstück. Stefan hatte recht – es würde in spätestens einer Stunde dunkel sein. Aber der Wagen war schnell, und auf den letzten Kilometern war die Straße noch einigermaßen in Ordnung, so daß sie Zeit gewinnen konnten. Sie gab Gas und preschte los. Der Jaguar schlingerte wie ein kleines Boot auf stürmischer See. Die Reifen kreischten protestierend, als sie auf den Waldweg hinausjagte. Erdreich und Schlamm spritzten in hohen braunen Fontänen unter den Kotflügeln hervor, und von Zeit zu Zeit kratzte ein tiefhängender Ast über das Blech. Blätter peitschten wie nasse grüne Hände gegen die Windschutzscheibe.

Aber Liz war eine ausgezeichnete Fahrerin. Bereits nach wenigen Minuten hatte sie den eigentlichen Wald erreicht. Die Bäume bildeten hier ein stummes Spalier, einen hohen, schweigenden Dom, der selbst während der hellen Mittagsstunde den größten Teil des Sonnenlichts ausfilterte. Jetzt, kurz vor Einbruch der Dämmerung ...

... vor Einbruch der Dämmerung? Aber ...

... war es hier bereits dunkel. Sie schaltete die Scheinwerfer ein und fuhr weiter, so schnell es der Zustand des Weges und das schwächer werdende Licht erlaubten. Der Wagen brach wie brüllender Schemen aus rotlackiertem Blech und Chrom in den Wald ein und vertrieb mit seinem Lärm und dem grellen Weiß seiner Halogenscheinwerfer alles Leben in weitem Umkreis.

Sie fuhr schnell und konzentriert. Wieviel Kilometer konnte ein Mensch in sieben, acht Stunden zurücklegen? Sie war nie ein großer Fußgänger gewesen, aber sie schätzte, daß es nicht mehr als fünfzehn oder zwanzig sein konnten. Sie würde Heyning also wahrscheinlich irgendwo auf der Hälfte des Weges auflesen, denn er war noch einmal zurückgegangen, um sein Gepäck zu holen.

Einen Moment lang fragte sie sich, was sie tun würde, wenn sie ihn nicht irgendwo unterwegs traf – was, wenn er noch nicht zurück in Schwarzenmoor war oder einen anderen Weg nahm, vielleicht quer durch die Wälder? Sie wußte ja nicht einmal, wo der Hof lag, auf dem er bisher gearbeitet hatte. Sie wußte so erbärmlich wenig über alles hier – die Stadt, ihre Geschichte, ihre Gesetze, ihre Menschen – vor allem ihre Menschen. Plötzlich verspürte sie ein unbändiges Verlangen nach einer Zigarette. Sie nahm etwas Gas weg, beugte sich über den Beifahrersitz und wühlte eine Zeitlang hektisch im Handschuhfach herum, bis sie Feuerzeug und Zigaretten gefunden hatte. Die Packung war zerknittert und enthielt nur noch eine einzige verbogene Zigarette. Sie steckte sie sich zwischen die Lippen, strich sie mit Zeige- und Mittelfinger glatt und ließ das Feuerzeug aufschnappen. Die kleine blaue Gasflamme brach sich im Spiegel und ließ sie aufsehen. Ihr eigenes Gesicht erschien ihr seltsam fremdartig. Das flackernde Licht der winzigen Gasflamme überzog ihr Spiegelbild mit einem verwirrenden Spiel von Schatten und hellen und dunklen Flecken und ließ sie Falten und Linien erkennen, wo keine waren. Für einen winzigen Moment hatte sie das Gefühl, in die Augen einer Fremden zu blicken. Aber der Gedanke entschlüpfte ihr, ehe sie ihn richtig fassen konnte.

Sie war sich darüber im klaren, daß sie sich im Grunde nicht anders als ein trotziges Kind benahm. Genau die Art von Trotz, die sie an Stefan so haßte und ihm bei jeder Gelegenheit vorhielt, dachte sie spöttisch. Es war nur Trotz – und die Reaktion auf die Befremdung, die Stefans Verhalten in ihr ausgelöst hatte; fast schon ein Schock. Sie kannte ihn seit sechs Jahren, und trotzdem hatte sie plötzlich das Gefühl gehabt, neben einem Fremden zu sitzen. Aber Entfremdung war ein Prozeß, der sich über Monate und Jahre dahinzog – oder?

Aber wenn es das nicht war – was war dann in den wenigen Minuten geschehen, die Stefan mit Ohlsberg und Heyning allein gewesen war?

Sie zog noch einmal an ihrer Zigarette, schnippte sie mit einer wütenden Bewegung aus dem Wagen und beobachtete den winzigen Glutpunkt sekundenlang im Rückspiegel, ehe er erlosch.

Sie war jetzt seit fast zehn Minuten unterwegs. Aber es dauerte noch einmal Minuten, ehe ihr die Veränderung auffiel.

Der Wald hatte sich verändert.

Der Gedanke schien absurd, im ersten Moment, aber es war so: Das war nicht mehr der Wald, den sie vom Fenster ihres Schlafzimmers aus sehen konnte.

Das war nicht der freundliche Märchenwald aus ihrer Kindheit, in dessen Schatten Träume und Märchen geboren wurden, in dem Einhörner und Feen ihre neckischen Spiele spielten, in dem die Tiere sprechen konnten und selbst die Dunkelheit freundlich war und in dem kleine lustige Gnome darauf warteten, mit ihren Wünschen Ball zu spielen.

Sie hätte beinahe aufgeschrien, als sie die Veränderung bemerkte. Sie hatte sich nicht eingeschlichen, war nicht wie ein Alptraum oder das Produkt ihrer überreizten Nerven auf leisen Sohlen in ihre Gedanken gekrochen, sondern kam warnungslos, abrupt und mit der Wucht eines Hammerschlages, der sie vom Bruchteil einer Sekunde auf die andere in dieses alptraumhafte Etwas schleuderte. Der friedliche Wald von Schwarzenmoor war so übergangslos verschwunden, als habe irgendwo jemand irgendwo über *(oder unter?)* ihr einen gigantischen Hebel umgelegt, ihn einfach abgeschaltet.

Dieser Wald hier war anders.

Böse.

Hart.

Dunkel.

Die Stämme der Bäume beiderseits des Weges wirkten seltsam glatt und hart, Bäume aus Stahl und mattschwarzem Chrom, wie aus einem fremdartigen, lichtschluckenden Material gegossen, und die dunklen, verfilzten Kronen über ihr bildeten einen undurchdringlichen Schirm, durch den nichts, absolut *nichts* hindurchkam.

Sie schüttelte ein paarmal heftig den Kopf, krampfte die Hände um das Lenkrad und versuchte, sich selbst zu beruhigen. Aber es ging nicht. Im Gegenteil. Sie spürte, wie ihr der Schweiß ausbrach. Instinktiv trat sie das Gaspedal weiter durch. Der Motor heulte auf. Der Wagen machte einen Satz und preschte mit wahnwitziger Geschwindigkeit los.

Bäume und Unterholz flogen vorüber, wurden zu huschenden, grauen Schemen. Die Bäume kamen ihr mit einem Mal niedriger vor, gedrungener und stärker. Keine ... Bäume mehr, sondern Alptraumriesen, vom Fluch einer bösen Fee zu etwas anderem, unsagbar Bösem geworden, lauernd, noch regungslos, aber bereit. Ihre Äste schienen jetzt tiefer zu hängen. Gierigen Armen gleich, die nach dem winzigen Wagen tasteten. *Herrgott, wie tief war dieser Wald?* Wie lange fuhr sie jetzt schon? Eine Stunde? Ewigkeiten mußten vergangen sein, seit sie den Wagen bestiegen und den Hof verlassen hatte, verdammte Närrin, die sie war. Und der Weg nahm kein Ende.

Sie spürte, daß er sich noch weit, weit, unendlich weit vor ihr erstreckte, Hunderte von Kilometern, Lichtjahre, geradewegs in die Ewigkeit führend. Und sie spürte, wie die Finsternis sich zu verdichten begann, nicht mehr die bloße Abwesenheit von Licht bedeutete, sondern Masse, Materie wurde, ein eigenständiges, von pulsierendem Leben erfülltes Etwas, das sich schwarz und kriechend enger und enger um den Wagen zusammenzog, dunkle Tentakel aus Finsternis nach ihr ausstreckte, die mit Geräuschen wie bleiche Knochenfinger über das Blech des Jaguars kratzten.

Sie schrie auf, drückte den Knopf, der das automatische Verdeck hochfuhr, aber der kleine Elektromotor blieb stumm. Stattdessen leuchtete auf dem Armaturenbrett eine winzige rote Lampe auf. *Verdammt! Warum mußte dieses Ding ausgerechnet jetzt kaputtgehen! Zufall?* Nein. Es gab keine Zufälle. Der Wunsch zu schreien wurde übermächtig. Die Scheinwerferstrahlen vor ihr fraßen zwei weiße asymmetrische Lichtsplitter aus der Finsternis, aber das grelle Halogenlicht schien die Dunkelheit eher noch zu verstärken. Irgend etwas rührte sich in der Schwärze dahinter, eine wogende, ungreifbare Bewegung, die eine ungeheuerliche Drohung zu beinhalten schien. Ein wesenloses Etwas, das immer dichter vor dem rasenden Lichtpfeil dahinpreschte. Sie stieß ein leises, kaum hörbares Wimmern aus, das im Brüllen des Motors und dem Rauschen der Nacht verklang, und gab noch mehr Gas. Wieder versuchte sie das Verdeck hochzufahren, preßte so fest zu, daß Blut unter ihrem Fingernagel hervorquoll.

Die tote Mechanik rührte sich nicht, aber der grelle Schmerz riß sie in die Wirklichkeit zurück; wenn auch nicht ganz und nicht für lange. Einen Atemzug lang überlegte sie, ob sie umkehren und nach Hause fahren sollte. Es wäre das klügste. Heyning würde sicherlich nicht in dieser stockfinsteren Nacht durch den Wald marschieren. Und wenn doch, dann würde er wahrscheinlich nicht diesen Weg nehmen, sondern über irgendeine Abkürzung kommen. Vielleicht war er schon lange draußen bei der Farm, während sie sich wie eine Idiotin benahm und hier draußen vor den entfesselten Ungeheuern ihrer Phantasie davonlief. Ja – es wäre das klügste, anzuhalten und zurückzufahren. Aber das würde bedeuten, daß sie den Wagen stoppen mußten, daß sie für einen Augenblick stillstehen mußte, den Wagen abbremsen, den einzigen Schutz, den sie hatte, ihre *Bewegung,* aufgeben, zurücksetzen, zweimal, dreimal, ehe sie auf dem schmalen Weg gewendet hatte. Der Gedanke war ihr unerträglich.

Eine Szene aus ihrer Kindheit fiel ihr ein. Sie war einmal allein durch den dunklen Park hinter dem Haus ihrer Eltern gegangen, und damals hatte sie sich genauso gefühlt wie heute. Sie war gerannt, nur gerannt, ohne sich umzusehen, wohl wissend, daß das Schreckliche, das hinter ihr her war, sie nur dann erreichen konnte, wenn sie sich umsah. Und es war genau die gleiche Furcht, nichts Ähnliches, nichts in dieser Art, sondern die gleiche, absurde Angst. Das Ungeheuer war ihr gefolgt, das Monster, das sonst nur Kinder sehen können, war hier, hockte in diesem Wald, verbarg sich hinter jedem Busch, lauerte in den Schatten, seine schrecklichen Krallen gewetzt, die großen gelben Augen trüb vor Mordlust. Nein – sie konnte nicht anhalten, um keinen Preis. Geschwindigkeit, Bewegung waren die einzigen Waffen gegen das Grauen.

Liz schrie gellend auf, als die Gestalt im Scheinwerferlicht auftauchte. Instinktiv trat sie mit aller Kraft auf die Bremse.

Der Jaguar ging in die Knie und kam in einer Wolke aus hochspritzendem Schlamm und feuchtem totem Laub zum Stehen, keine zwei Meter vor der gigantischen Erscheinung.

Eine unendliche, quälende Sekunde lang starrte sie auf die riesenhafte Gestalt, unfähig, sich zu rühren, zu schreien oder auch nur zu atmen.

Die Gestalt war gigantisch, riesig, schwarz und flach, ein Schatten, der zu entsetzlichem Leben erwacht war, breitschultrig, mit mehr als zwei Armen, einem Schädel wie ein Gorgonenhaupt, umgeben von schwarzem peitschendem Haar, das gar kein Haar war, sondern ein Bündel haarfeiner schwarzer peitschender Tentakel, jeder einzelne von entsetzlichem eigenem Leben erfüllt, und schrecklichen, grauenerregenden Krallen, die sich gierig nach ihr ausstreckten und …

Dann ließ der Mann die Arme sinken, und der Schrecken fiel von ihr ab wie ein Mantel.

Seine Dimensionen schrumpften auf ein normales Maß zurück. Gleichzeitig schien die Finsternis ringsum ihren Schrecken zu verlieren und wurde wieder zu einer ganz normalen Dunkelheit, die nicht einmal besonders intensiv war. Es war vorüber. Was immer es gewesen war, es zog sich zurück, öffnete die Spalten und Lücken im Blattwerk wieder, die es zuvor eifersüchtig mit einem Schleier aus Schwärze verschlossen hatte. Sie konnte wieder sehen. Und sie erkannte die Gestalt, die vor ihr auf dem Weg stand.

Es war Heyning.

Peter Heyning, der Mann, den sie abholen wollte. Ihr neuer Mann für den Hof. Kein Ungeheuer. Nur Heyning.

Und plötzlich merkte sie, wie unendlich albern sie sich benommen hatte. Wie ein kleines Kind hatte sie sich vor der Dunkelheit gefürchtet, und wie ein solches hatte sie sich mehr und mehr in diese Angst hineingesteigert.

Sie seufzte, sehr tief und unendlich erleichtert, ließ sich zurücksinken und schloß für einen Moment die Augen. Ihr Herz raste, so schnell und schmerzhaft, daß sie die Pulsschläge bis in die Fingerspitzen spüren konnte. Ihre Hände hatten sich um das Lenkrad gekrampft, und obwohl sie es mit aller Macht versuchte, war es ihr im ersten Moment nicht möglich, den Griff zu lockern; die Angst hatte ihre Muskeln hart werden und in einer Art schmerzlosem Krampf erstarren lassen, der sich nur allmählich löste. Eiskalter Schweiß lief zwischen ihren Schulterblättern herab. Als sie ihr eigenes Gesicht im Spiegel sah, erschrak sie. Sie war schneeweiß geworden – nicht blaß oder bleich, sondern *schneeweiß*, was ihre Augen und Lippen viel dunkler erscheinen ließ als normal war. Als sie den Mund öffnete, war der Kontrast so stark, daß sie im ersten Moment glaubte, Zunge und Zahnfleisch wären voller Blut.

Sie warf einen flüchtigen Blick auf den Tachometer, dann auf die Uhr, und ein neuerlicher kalter Schauer durchfuhr sie, als ihr klar wurde, welche Entfernung sie in den wenigen Minuten zurückgelegt hatte. Nicht nur Angst konnte töten, sondern auch ein Baum, vor den der Jaguar mit achtzig Stundenkilometern setzte. Sie hatte sich wirklich wie eine Närrin benommen. Wäre Heyning nicht aufgetaucht, hätte sie sich an einem der nächsten Bäume den Schädel eingefahren. Ihre Hände, die noch immer das Lenkrad umklammerten, zitterten plötzlich. Aber sie konnte sie wenigstens bewegen.

Sie kuppelte ein, fuhr zwei Meter weiter und hielt direkt vor Heyning an.

»Steigen Sie ein«, sagte sie. Sie wunderte sich ein wenig, wie ruhig und gelassen ihre eigene Stimme in ihren Ohren klang. Dabei zitterte sie noch immer so heftig, daß sie Mühe hatte, sich zur Seite zu beugen und den Riegel zu ziehen. Die Tür sprang mit jenem leisen, saugenden Geräusch auf, das das *wirklich* teure Auto verriet. Sie hoffte inständig, daß Heyning nichts von ihrem Zustand bemerkte.

Heyning blinzelte sie nichtverstehend an und rührte sich nicht von der Stelle.

Liz öffnete die Tür, stieg aus und klappte den Kofferraumdeckel hoch. »Hier. Tun Sie Ihr Gepäck hinein. Und beeilen Sie sich«, sagte sie. Als er immer noch zögerte, fügte sie ungeduldig hinzu: »Es ist spät.«

Heyning glotzte nur unverstehend – und plötzlich fiel es ihr wie Schuppen von den Augen.

Es war nicht spät.

Es war früher – sehr früher – Nachmittag gewesen, als sie Schwarzenmoor verließen, und trotz der schlechten Straße und allem anderen war allerhöchstens eine Stunde vergangen seither. Die Sonne am Himmel hatte kaum den Zenit überschritten.

Aber Stefan hatte doch gesagt, es würde in höchstens einer Stunde dunkel. Und sie hatte die Nacht *gesehen*, die wie ein schwarzes Leichentuch vom Himmel gefallen war, die Dunkelheit, die den Wagen einschloß wie ein schwarzer Kokon und die Ziffern auf ihrer Uhr, der an ihrem Handgelenk und der im Armaturenbrett und …

Verstört, aber absolut nicht gewillt, sich über dieses neue Rätsel auch nur eine weitere Sekunde den Kopf zu zerbrechen, drehte sie sich um, ließ sich hinter das Lenkrad sinken und gestikulierte Peter unwillig, neben ihr Platz zu nehmen.

Heyning gehorchte widerwillig. Er sprach kein Wort, auch dann noch nicht, als er die Tür zugezogen hatte und Liz den Wagen wendete. Für Minuten mußte sie ihre ganze Konzentration darauf verwenden, den Wagen auf dem schmalen Pfad zu wenden, ohne vom Weg abzukommen. Sie fuhr den Weg zurück, langsamer diesmal. Wesentlich langsamer. Die Schrecken waren verflogen und hatten sich dorthin zurückgezogen, wo sie hingehörten. Aber es war eine gute Lektion gewesen, dachte sie, trotz allem. Das Grauen wird nicht kleiner, wenn man weiß, daß man es sich nur einbildet.

6

Als sie aus dem Wald heraus waren und der Hof in Sichtweite unter ihnen lag, hielt sie an.

»Warum ... halten Sie an?« Heyning sah überrascht auf. Es waren die ersten Worte, die er sagte, seit sie ihn aufgelesen hatte.

»Ich möchte mich mit Ihnen unterhalten«, antwortete Liz. Sie versuchte zu lächeln, aber es gelang ihr nicht. Der Schreck saß ihr noch zu deutlich in den Knochen. Sie bildete sich nur ein, wieder vollkommen ruhig zu sein, aber sie war es nicht.

»Hier?« Heyning blickte irritiert aus dem Wagen und rang mit den Händen.

Sie nickte. »Warum nicht.«

»Bitte.« Heyning zuckte mit den Achseln. »Fragen Sie. Ich werde antworten, Madam. Wenn ... wenn ich es kann.«

Liz schüttelte verärgert den Kopf. »So nicht, Heyning ... Peter. Darf ich Peter zu Ihnen sagen?«

Er nickte. »Gern, Madam. Alle sagen Peter zu mir«, erklärte er mit einem scheuen Lächeln. Er begann unruhig auf seinem Sitz hin und her zu rutschen, kramte in den Taschen seines zerschlissenen Jacketts und förderte schließlich eine zerschrammte blecherne Zigarettendose zutage.

»Darf ich ... ich meine, haben Sie etwas dagegen, wenn ... wenn ich rauche?« fragte er ängstlich. Seine Stimme klang tatsächlich *ängstlich*! dachte Liz verwirrt. So, als hätte er sie gefragt, ob er sie küssen dürfe! Was um Gottes willen hatte man mit diesem Mann getan?

Liz schüttelte den Kopf. »Es stört mich nicht«, antwortete sie, und fügte mit einem Lächeln hinzu: »Wenn Sie mir auch eine geben.«

Er hielt ihr die Blechdose hin und gab ihr mit zitternden Fingern Feuer. Es waren starke, selbstgedrehte Zigaretten, die im Hals kratzten und im ersten Moment ein leichtes Schwindelgefühl auslösten, aber nachdem sie sich daran gewöhnt hatte, schmeckten sie gut. Sie nahm einen Zug und betrachtete sein Gesicht im Widerschein der Glut. Wie alt, hatte er gesagt, war er? Sechsunddreißig? Jetzt, als sie ihm auf so geringe Entfernung gegenübersaß, konnte sie das kaum glauben. Sicher – der Bart ließ ihn älter erscheinen, und die Sonne hatte tiefe Linien in sein Gesicht gegraben. Aber seine Augen waren jung. Jung, voller Kraft und ... ja, und noch etwas, etwas, für das ihr im Moment noch keine passende Bezeichnung einfiel. Wie vorhin im Dorfkrug, als sie ihn das erste Mal gesehen hatte, wußte sie auch jetzt wieder nicht, ob er ihr wirklich gefiel oder sie abstieß.

Es war verwirrend.

Heyning begann erneut unruhig auf dem Sitz hin und her zu rutschen.

Sie lächelte. »Nervös?«

Er schüttelte den Kopf, dann nickte er. »Nein ... ich ... ich ...«

»Sie brauchen nicht nervös zu sein. Ich will nur mit Ihnen reden.«

»Das weiß ich, Ma'am.« Zum ersten Mal fiel ihr auf, daß er das Wort auf die englische Art aussprach: Er sagte deutlich: *Ma'am*, nicht *Madam*. Das hatte sie bisher nur gehört, weil sie es zu hören erwartet hatte.

»Na also.« Sie nahm einen neuen Zug, blies den Rauch in den Wald hinaus und fragte, ohne ihn anzusehen: »Warum wollen Sie für uns arbeiten, Peter?«

»Ich – ich verstehe nicht. Ihr Mann ...«

»Was mein Mann gesagt hat, interessiert mich im Augenblick nicht«, schnappte sie. Er zuckte zusammen und senkte unwillkürlich den Blick, und ihr unnötig scharfer Ton tat ihr fast augenblicklich leid. Sie lächelte entschuldigend. »Sehen Sie, Peter, es gibt da ein, zwei Punkte, die ich nicht verstehe. Seit sechs Monaten suchen wir Personal, und niemand hat sich bereitgefunden, auch nur die Hühner für uns zu füttern. Und plötzlich ist jemand da, und der Bürgermeister drängt ihn uns auch noch fast auf. Wie kommt das?«

»Ich – meine Herren sind gestorben, und ...«

Er sagte *Herren*, dachte Liz schaudernd, nicht *Herrschaften*. Zum Teufel – das *war* die Art, wie Sklaven redeten und dachten! Wieder stieg Zorn in ihr hoch.

»Was hat Ohlsberg Ihnen geboten, damit Sie bei uns arbeiten?« fragte sie geradeheraus.

Das Erschrecken auf seinem Gesicht sagte ihr, daß ihr blinder Vorstoß genau ins Schwarze getroffen hatte. »Nichts. Er hat mir – nichts ...« Er brach ab und starrte zu Boden.

Liz kam sich plötzlich gemein und hinterhältig vor. Sie wußte nicht einmal andeutungsweise, was dieser Mann erlebt hatte, aber er mußte Furchtbares durchgemacht haben, das spürte sie einfach. Es war der Instinkt der Frau in ihr, der sie in Peter vor allem das verwundete, ängstliche Wesen erkennen ließ, einen Mann, der einfach zu viel erlebt, zu viel gelitten hatte, um noch *irgend jemandem* trauen zu können; und ihr, der Fremden, dem Eindringling, am allerwenigsten. Er war total verstört, mehr noch, verängstigt. Einer plötzlichen Eingebung folgend, legte sie die Hand in einer beruhigenden Geste auf seine Schulter.

Er zuckte zusammen, und sie zog ihre Hand hastig zurück, unterdrückte im allerersten Moment eine Entschuldigung.

»Hören Sie, Peter«, fuhr sie in sanfterem Ton fort. »Ich will Ihnen nichts tun. Es ist nur so ... sehen Sie, als wir uns heute morgen zum ersten Mal begegnet sind, da habe ich gleich gemerkt, daß mit Ihnen irgend etwas nicht stimmte. Sie sind kein sehr guter Schauspieler, wissen Sie. Ohlsberg hat Sie geschickt, stimmt's?«

Der plötzliche Wechsel ihrer Taktik war zu viel für ihn. Sie spürte, daß sie gewonnen hatte, lange bevor er aufsah. Und sie konnte sehen, welcher innere Kampf sich hinter seiner Stirn abspielte, ehe er zögernd nickte.

Das Gefühl, etwas Gemeines zu tun, wurde stärker in ihr. Welche Chance hatte ein Mann wie Heyning gegen sie? Sie, die erfahrene, gebildete Frau, die ihn ihrem Leben schon mit Hunderten von prominenten und wichtigen Leuten gesprochen hatte, die es gewohnt war, mit Managern und Filmbossen zu verhandeln? Es war nicht fair.

Aber sie würde weitermachen, auch wenn sie sich hinterher noch elender fühlte. Heyning würde ihr keine zweite Chance geben. Sie hatte ihn überrumpelt, diesmal noch, aber sie kannte diesen Typ von Mensch. Er war nicht stark, gewiß nicht, aber wenn er einmal eine Gefahr erkannt hatte, dann verstand er ihr mit einem schon beinahe übernatürlichen Geschick auszuweichen. Er würde ihr nie wieder die Chance geben, ihn so in die Enge zu treiben.

»Also?« Der Tonfall ihrer Stimme duldete keinen Widerspruch.

»Er hat ... mich gezwungen.«

»Gezwungen? Womit?

»Ma'am!« In seine Augen trat ein bittender Ausdruck, fast wie ein Flehen.

»Sehen Sie, Peter«, begann Liz von neuem, »ich will Ihnen doch nichts Böses. Ich will Ihnen helfen. Ich kann Ohlsberg genausowenig leiden wie Sie. Aber Sie müssen mir schon etwas mehr erzählen.«

»Bitte ... Sie ... Sie werden mir kündigen ...«

»Quatsch. Ich und Ihnen kündigen! Seit einem halben Jahr suchen wir einen Mann, da werde ich Sie rauswerfen, ehe Sie angefangen haben!«

Heyning wand sich wie unter Schmerzen. »Bitte, Ma'am ...«, flehte er. »Ich habe wirklich nichts Schlimmes getan, und ...«

»Warum wollen Sie dann nicht darüber reden?« beharrte Liz. Sie kam sich mit jedem Wort unfairer und gemeiner vor, aber sie war schon so weit gegangen, daß es fast noch unfairer gewesen wäre, jetzt aufzugeben. Früher oder später würde sie ja doch erfahren, was es war.

»Es war ...«, begann Heyning mit zitternder Stimme, »Ohlsberg ... die ...« Er schluckte, senkte den Blick und begann nervös an seiner Gürtelschnalle herumzufingern. »Es ist wegen Andy«, stieß er schließlich hervor.

»Andy?«

Heyning nickte. »Meine ... Tochter«, sagte er leise und ohne sie anzusehen.

Liz zuckte zusammen. »Ihre Tochter?« echote sie verblüfft. »Sie haben eine Tochter?«

Heynings Augen schimmerten feucht, als er aufsah und all seine Kraft zusammenraffte, um ihrem Blick standzuhalten. »Andy«, wiederholte er schwach. »Sie ist ... vierzehn. Vierzehn geworden im letzten Mai.«

Diesmal war es Liz, die eine ganze Weile betreten schwieg. Sie wußte selbst nicht, was sie eigentlich erwartet hatte. Irgendeine dumme alberne Sache, einen kleinen Diebstahl vielleicht, eine Affäre mit irgendeiner Magd – irgend etwas, mit dem Ohlsberg Peter in der Hand hatte – aber nicht das! Das war ein Kaliber, mit dem sie nicht gerechnet hatte.

Ihr Zorn auf Ohlsberg stieg.

»Aber das ... das wußte ich ja gar nicht, Peter«, sagte sie in einem um Verzeihung bittenden Tonfall. »Es tut mir leid. Ich wollte Ihnen nicht weh tun.«

»Niemand weiß es«, erwiderte Heyning. »Nicht einmal die Leute in Schwarzenmoor. Nur ... Ohlsberg und die Starbergs. Die Leute, bei denen Andy lebt.«

»Und was ist mit der Mutter?« fragte Liz sanft. »Andys Mutter?«

Heyning antwortete nicht sofort. Obwohl er den Blick abgewendet hatte, konnte sie sehen, wie es in seinem Gesicht zuckte. »Sie ist tot«, antwortete er schwach. »Sie starb bei ... bei Andys Geburt. Seitdem lebt Andy bei den Starbergs. Ich besuche sie manchmal, aber immer nur nachts und heimlich, wenn es keiner merkt. Herr ... Herr Ohlsberg will nicht, daß jemand erfährt, daß ich Andys Vater bin. Er sagt, dann ... würden sie sie mir wegnehmen.«

»So?« Liz war nicht überrascht. *Das* hatte sie fast erwartet.

Peter nickte. »Er ... er sagt, sie würden sie in ein Heim bringen lassen.«

Liz machte ein teils wütendes, teils abfälliges Geräusch. Was Peter erzählte, paßte ausgezeichnet in das Bild, das sie sich von Ohlsberg gemacht hatte. Ein schmieriger, böser alter Mann. »Und damit erpreßt er Sie?«

Heyning schwieg.

»Und warum lassen Sie es sich gefallen?«

»Aber was soll ich denn tun! Ohlsberg macht seine Drohung wahr, ganz bestimmt, Ma'am. Sie ... sie nehmen mir Andy weg, wenn ich nicht tue, was er verlangt. Ich weiß das. Sie ... sie haben es schon einmal gemacht, und sie werden es wieder tun! Und ich will sie nicht verlieren. Ich liebe sie. Sie ist der einzige Mensch, den ich noch habe, seit Claire gestorben ist.«

»Claire war Ihre Frau?« fragte Liz behutsam.

»Wir ... wir waren nicht verheiratet. Wir wollten heiraten, ganz bestimmt, Ma'am, aber ... aber ich hatte kein Geld, um eine Familie zu ernähren, und ... und ...« Er brach ab, begann erst mühsam zu schluchzen und dann hemmungslos zu weinen.

Irgend etwas schien sich in Liz zusammenzuziehen. Der Anblick war ihr peinlich, aber das war nur natürlich. Trotzdem – es war nicht das erste Mal, daß sie einen Mann weinen sah, aber es war das erste Mal, daß der Anblick sie so berührte. Hatte sie vorher ein leichtes, noch distanziertes Bedauern verspürt, so fühlte sie nun eine Welle des Mitleids in sich emporsteigen. Sie versuchte sich vorzustellen, was in Peter vorging, welche Qualen er mitmachte. Seit Jahren hatte er leiden müssen. Allein die Vorstellung ließ sie schaudern. Heyning war auf seine Weise hilfloser und verwundbarer als ein Kind – für einen Mann wie Ohlsberg nicht mehr als eine Marionette, an deren Fäden er nach Belieben ziehen konnte.

Sie beugte sich hinüber, legte zaghaft die Hand auf die Schulter und zog ihn dann mit sanfter Gewalt an sich. Diesmal wehrte er sich nicht, sondern schmiegte sich im Gegenteil noch enger an ihre Schulter und weinte hemmungslos. Die Reaktion erschien Liz für einen Moment übertrieben, aber dann dachte sie daran, was für ein ungeheurer Druck sich – vielleicht über Jahre hinweg – in Peter aufgestaut haben mußte. Vierzehn Jahre lang hatte er das Geheimnis für sich behalten, sich allen Schikanen und Erpressungsversuchen Ohlsbergs gebeugt, nur um vielleicht einmal im Monat für wenige flüchtige Stunden seine Tochter sehen zu dürfen.

Liz konnte sich gut vorstellen, was es bedeuten mußte, in einer Stadt wie Schwarzenmoor ein solches Geheimnis über fast anderthalb Jahrzehnte zu bewahren. Für Peter mußte in dem Augenblick, in dem er ihr die Wahrheit gesagt hatte, eine Welt zusammengebrochen sein. Und natürlich hatte er Angst – furchtbare Angst, daß sie nun die gleiche, entsetzliche Macht über ihn erlangen könnte wie Ohlsberg. Erst jetzt kam ihr wirklich zu Bewußtsein, wozu sie ihn gezwungen hatte. Ihr schlechtes Gewissen meldete sich.

»Sie brauchen keine Angst mehr zu haben, Peter«, flüsterte sie.

Heyning streifte ihre Hand ab, faltete die Hände im Schoß und krümmte sich. Er schluchzte wie ein Kind. »Ohlsberg hat gesagt, daß er mir Andy wegnimmt, wenn ... wenn ich Ihnen verrate, daß er mich zu Ihnen geschickt hat. Er hat gesagt, er gibt sie in ein Heim, und ... und ich weiß, daß er es tut. Er hat gesagt, er wird sie mir wegnehmen, und er wird es tun. Er hat es schon einmal getan, und er wird es wieder tun.«

»Das wird er nicht«, widersprach Liz ruhig.

»Doch, Ma'am, das wird er. Er tut immer, was er sagt. Er hat gesagt, er schickt sie fort, und er wird es tun.«

»Das wird er nicht«, sagte Liz noch einmal, »weil er es nämlich gar nicht kann.« Sie schob Heyning mit sanfter Gewalt von sich und legte die Hand unter sein Kinn, um ihn zu zwingen, ihr ins Gesicht zu sehen. »Er kann es nicht, Peter, verstehen Sie?«

»O doch, er kann«, schluchzte Heyning. »Ich weiß das.«

Liz schüttelte ärgerlich den Kopf. »Vielleicht hätte er es früher einmal gekonnt«, sagte sie schärfer, als notwendig gewesen wäre. »Er hat Ihnen bloß eingeredet, daß er es kann, um Sie dazu zu zwingen, ihm zu gehorchen. Andy ist vierzehn, sagen Sie?«

Heyning nickte stumm. Eine einzelne Träne lief über seine Wangen und glitzerte hell im Sonnenlicht.

»Und Sie sind ihr leiblicher Vater, ob Sie nun mit ihrer Mutter verheiratet waren oder nicht, stimmt das?«

»Na ... natürlich«, stammelte Peter.

»Können Sie das beweisen?«

»Beweisen?«

»Ich meine, gibt es ein Stammbuch, eine Geburtsurkunde ... irgendein amtliches Papier, auf dem Ihr Name als der des Vaters angegeben ist?« O Gott, warum war es nur so schwer? Warum mußte sie ihm jede noch so winzige Selbstverständlichkeit aus der Nase ziehen? Aber dann begriff sie, daß gerade das der Grund war, aus dem Ohlsberg solche Macht über ihn hatte. Er war nun einmal so. Vielleicht, dachte sie schaudernd, hatten Ohlsberg und die anderen ihn so *gemacht*, in langer, mühevoller Arbiet. Ihr Zorn auf den Alten wuchs so sehr, daß es jetzt fast weh tat.

Heyning nickte erneut. Er schien etwas sagen zu wollen, aber Liz ließ ihn gar nicht zu Worte kommen. »Dann kann er nichts tun«, fuhr sie fort. »Kein Gericht der Welt kann Sie daran hindern, Ihr Kind zu sich zu nehmen. Wäre sie noch ein Säugling, sähe die Sache anders aus. Aber so ...«

»Aber ich kann nicht für sie sorgen!« fuhr ihr Heyning ins Wort.

»O doch. Sie können, Peter. Das Haus ist groß genug, und Sie werden genügend verdienen, um Ihre Tochter ernähren und zur Schule schicken zu können. Zur Not kann sie mir ein bißchen im Haushalt helfen und etwas dazuverdienen. Sie ist alt genug dazu.«

Für einen Moment – für einen unendlich kurzen Moment nur – blitzte so etwas wie Hoffnung in Peters Augen auf. Aber wirklich nur für einen Moment. Danach machte sich die bekannte Resignation wieder in seinem Blick breit. Da war ... noch etwas, dachte Liz. Etwas, das er ihr noch nicht verraten hatte. Es war nicht so einfach. Ohlsberg wäre nicht

Ohlsberg, wenn es so einfach gewesen wäre. Da war noch mehr. Heyning verzog gequält das Gesicht. »Sie ... Sie verstehen nicht, Ma'am«, sagte er stockend. »Andy ist ... ist nicht wie die anderen Kinder.«

Liz runzelte die Stirn. »Was heißt das?«

»Sie ist ... anders. Sie ist ... ein Kind, verstehen Sie?« Er tippte sich mit dem Finger gegen die Stirn und senkte erneut den Blick. »Da oben, jedenfalls. Sie ist fast erwachsen und schon so groß wie ich, aber sie ist ein kleines Kind geblieben, im Kopf.«

Liz brauchte einige Sekunden, um zu begreifen, was Heyning mit seinen Worten ausdrücken wollte. »Sie meinen, Andy wäre ... behindert?« fragte sie vorsichtig, »geistig behindert?« War *das* Ohlsbergs Geheimnis? Lächerlich!

Heyning nickte. »Herr Ohlsberg sagte, sie müsse in ein Heim. Ein Pflegeheim irgendwo in der Stadt. Weit weg von hier. Ich ... ich würde sie nie wieder sehen können. Und ich weiß, daß er seine Drohung wahrmachen wird. Ich hätte es Ihnen nicht sagen dürfen.«

Ganz impulsiv wollte sie lachen, aber dann tat sie es doch nicht. Es *war* lächerlich – für sie, für Stefan, für alle anderen. Aber nicht für Peter. Woher sollte er es auch anders wissen? Sie schwieg einen Moment, ließ dann den Wagen an und fuhr los.

»Sie werden Ihrem Mann davon erzählen?« sagte Heyning nach einer Weile. Es war keine Frage, sondern eine Feststellung. Vermutlich war schon der Gedanke, daß sie Stefan nichts davon erzählen könnte, für ihn unvorstellbar.

»Fällt mir nicht ein«, antwortete Liz. »Ich werde es ihm nicht sagen. Irgendwann wird er es erfahren, aber bestimmt nicht von mir.« Sie drehte den Kopf und sah ihn an. Der Fahrtwind spielte mit ihrem Haar. »Vielleicht erzählen Sie es ihm eines Tages selbst. Sie werden sehen, er frißt Sie nicht auf.

Ohlsberg hat Sie gezwungen, bei uns zu arbeiten«, fügte sie plötzlich hinzu. »Warum?«

Heyning antwortete nicht, sondern starrte weiter stumm zu Boden.

»Was genau hat er von Ihnen verlangt?« bohrte Liz weiter.

»Ich – ich soll auf alles achten, was Sie tun«, berichtete Heyning stockend. »Alles, was Sie machen. Ob Sie das Haus verändern, das Land. Ob Sie ... er will einfach alles wissen.«

»Und warum?«

»Das weiß ich nicht. Aber er hat gesagt, daß ich auf alles achten soll, auch auf Kleinigkeiten. Und er würde von Zeit zu Zeit kommen und nachsehen, ob alles in Ordnung ist. Dann sollte ich ihm alles sagen.«

Liz lachte leise. »Es gibt bei uns nichts zu spionieren, Peter«, sagte sie. »Wir leben dort draußen, das ist alles. Aber Sie können Ohlsberg ruhig erzählen, was Sie sehen. Wir haben keine Geheimnisse. Auch nicht vor Herrn Ohlsberg.«

7

Sie hatte mit ihrer Vermutung recht gehabt. Stefan war mehr als wütend, als sie zurückkam. Er kochte.

Er erwartete sie vor dem Haus, in jener angespannten, beinahe schon verkrampften Haltung, die sie nur zu gut an ihm kannte und die er wohl als einziger für gelassen hielt, und sein Gesicht verfinsterte sich zusehends, als er die zweite Gestalt auf dem Beifahrersitz bemerkte. Liz warf einen raschen Blick nach rechts: Auch Peter hatte Stefan bemerkt, und auch ihm entging nicht, daß er alles andere als guter Laune war. Wie viele einfache Gemüter (Liz scheute selbst in Gedanken davor zurück, das Wort *Beschränkte* zu gebrauchen, obwohl es sicherlich zutraf) schien er sehr sensibel zu sein, was Stimmungen anging. Liz biß sich auf die Lippen. Ganz instinktiv fuhr sie die letzten Meter langsamer, als nötig gewesen wäre. Für einen Moment wünschte sie sich nichts sehnlicher, als über telepathische Kräfte zu verfügen – ein einziges, falsches Wort von Stefan, und der kleine Erfolg, den sie errungen hatte, würde sich in einen um so größeren Rückschlag verwandeln. Sie warf Stefan einen fast flehenden Blick zu, als sie den Wagen zum Stehen brachte und den Motor abstellte. Aber sie war sich nicht sicher, daß er ihn bemerkte. Und wenn, ob er darauf reagieren würde.

Wenigstens polterte er nicht sofort los. Ohne ein Wort öffnete er die Wagentür, half ihr beim Aussteigen und nickte Heyning knapp zu, und Liz begann schon beinahe zu hoffen, daß er ihren Blick bemerkt und richtig gedeutet hatte. Aber schon seine ersten Worte belehrten sie eines Besseren.

»Ich hätte mir denken können, daß deine Sturheit die Oberhand behält«, sagte er mit schlecht unterdrückter Wut in der Stimme, als sie den Kofferraum öffnete und Heynings Gepäck herausnahm. Er machte keine Anstalten, ihr dabei zu helfen, obwohl er sehen mußte, daß die beiden Koffer sehr schwer waren. Auch Peter rührte sich nicht, sondern stand einfach nur da, reglos und mit Augen, die dunkel vor furchtsamer Erwartung waren. Sein Blick huschte unstet zwischen ihr und Stefan hin und her. Er hatte Angst.

»So?« gab sie gereizt zurück. »Warum bist du nicht gefahren, wenn du doch wußtest, wohin ich will?« Sie warf den Kopf in den Nacken und funkelte ihn wütend an. Die Erinnerung an die entsetzliche Amok-Fahrt stieg wie eine Welle von Übelkeit in ihr hoch und schürte ihren Zorn noch. »Warst du schon einmal dort draußen, nachts?« zischte sie. Ihre Worte taten ihr im gleichen Moment schon wieder leid, noch bevor sie das verwunderte Aufblitzen in Stefans Augen sah, aber es war zu spät.

»Nachts?« wiederholte er verwirrt. *Aber er hatte doch selbst gesagt, sie solle sich beeilen, weil es gleich dunkel würde!*

»Unsinn«, sagte Liz hastig. Ihre Stimme kam ihr selbst ein bißchen zu schrill vor; beinahe hysterisch. Sie zog eine Grimasse, machte eine wütende Handbewegung und deutete auf die schäbigen Koffer. »Hilf uns lieber, das Gepäck hineinzubringen«, verlangte sie.

Stefans einzige Reaktion bestand aus einem raschen,

abfälligen Schürzen der Lippen und einem kalten Lächeln. Er stand reglos daneben und sah mit vor der Brust verschränkten Armen zu, wie der kleine, schmächtige Heyning sich die viel zu schweren Gepäckstücke auflud und auf das Haus zuwankte. Nun, dachte Liz in einem schwachen Versuch, sich zu beruhigen – immerhin hatte er sie all die Kilometer hierher getragen, ohne unter der Last zusammenzubrechen.

»Hier.« Der Autoschlüssel beschrieb einen glitzernden Bogen durch die Luft und landete in Stefans ausgestreckter Hand. »Fahr den Wagen in den Schuppen. Wenn dir das nicht zuviel Mühe macht, heißt das«, fügte Liz spitz hinzu. Dann drehte sie sich ohne ein weiteres Wort um und folgte Heyning ins Haus. Sie widerstand nur mit Mühe der Versuchung, sich unter der Tür herumzudrehen und zu Stefan zurückzublicken. Sie wußte, daß er dastehen würde, die Arme trotzig vor der Brust verschränkt und das Gesicht voller stummem Vorwurf, der sehr deutlich sagte, wie ungerecht sie ihn behandelte. Sie wußte ganz genau, daß dies nichts als eine raffinierte Taktik war, aber sie wußte auch, daß sie sich – trotzdem – davon erweichen lassen würde, wenn sie sich jetzt herumdrehte und zu ihm zurückging. Also tat sie es nicht.

Als sie die Haustür hinter sich ins Schloß drückte, hörte sie draußen den Motor des Jaguars aufbrüllen; ein Höllenlärm, zu dem sich Augenblicke später das Kreischen durchdrehender Reifen gesellte. Sie seufzte und wandte sich an Heyning, der unweit der Tür stehengeblieben war und ganz offensichtlich nichts mit seinen Händen anzufangen wußte. Sein Blick wich ihr aus. Er war sehr nervös.

»Sie schlafen vorerst in der kleinen Kammer neben der Küche«, sagte sie. »Dort.«

Heyning nahm seine Koffer auf und wankte unter der Last auf die Tür zu, die sie ihm mit einer Kopfbewegung gewiesen hatte. Wie alle Türen hier im Haus – alle außer denen im Wohn-, Schlaf- und Stefans Arbeitszimmer, die er eigenhändig vergrößert hatte, nachdem er sich ein halbes Dutzend

Mal den Schädel angestoßen hatte – war sie so niedrig, daß selbst Peter sich hindurchbücken mußte. Liz drängelte sich an ihm vorbei, tastete im Dunkeln nach dem altmodischen Drehschalter und drehte ihn wie gewöhnlich ein Stück zu weit, so daß das Licht für einen kurzen Moment aufflammte und sofort wieder erlosch. Liz zog eine Grimasse und drehte den Schalter behutsam ein winziges Stück zurück. Diesmal blieb das Licht an. Das nächste, was sie erneuern würden, nahm sie sich vor, waren die Lichtschalter im ganzen Haus. Aber sie hatte sich schon eine Menge Dinge vorgenommen, seit sie dieses Haus bezogen hatten, ohne auch nur ein Zehntel davon bisher in die Tat umgesetzt zu haben.

»Wir haben nicht mehr damit gerechnet, Personal zu finden«, sagte sie entschuldigend, als sie Licht gemacht und Heyning den winzigen Raum betreten hatte. Liz erschrak selbst, als sie sich umdrehte. Das Licht der nackten Glühbirne unter der Decke zeigte ihnen ein schmuddeliges Loch, in das sie normalerweise nicht einmal einen Hund gesteckt hätte.

Das Zimmer war winzig – ein ungleichmäßiges Rechteck von drei auf fünf Schritten, das durch die niedrige Decke noch kleiner erschien, als es ohnehin war. Die Muster der Tapeten waren so verblichen, daß sie nicht einmal mehr zu erraten waren – irgend eine Geschmacklosigkeit aus rankenden Weinblättern oder ähnliches, vermutete Liz –, und trotz der vorgelegten Läden war zu erkennen, wie schmutzig die Fensterscheiben waren; blind und grau wie kleine rechteckige Platten aus halbdurchsichtigem Blei, nicht wie Glas. Eine davon war in einem komplizierten Muster gesprungen, das sie an ein Spinnennetz erinnerte. In der Luft hing ein so durchdringender Geruch nach Feuchtigkeit und Moder, daß Liz im allerersten Moment fast Mühe hatte, hier drinnen zu atmen. Grünlicher Schimmel hatte sich in den Ritzen der ausgetretenen Fußbodenbretter festgesetzt. Die Einrichtung bestand aus einem hart aussehenden Bett, das wahrscheinlich genauso alt war wie das Haus selbst, einem wackeligen Tisch und einer niedrigen Kommode. Stühle gab es nicht.

»Wir ... wir suchen gleich morgen eine bessere Unterkunft für Sie«, sagte Liz verlegen. Seltsam: Sie hatte gewußt, daß das Zimmer heruntergekommen war – aber sie hätte schwören können, daß es nicht annähernd *so* ausgesehen hatte! »Vielleicht – wenn wir noch mehr Leute finden – bauen wir das Gesindehaus wieder auf«, sagte sie lahm, nur aus dem Bedürfnis heraus, überhaupt etwas zu sagen.

Heyning lud sein Gepäck auf dem Tisch ab und sah sie schuldbewußt an. »Sie haben sich also mit Ihrem Mann gestritten.«

Liz schüttelte den Kopf. »Quatsch«, sagte sie, ein wenig zu heftig, um noch überzeugend wirken zu können. Sie lächelte verlegen. »Das sieht nur so aus, Peter. Wir streiten uns eigentlich nie – und wenn doch, reißen wir uns bestimmt nicht gegenseitig die Köpfe ab. Machen Sie sich darum keine Sorgen.«

Sie lächelte abermals, sah sich mit wachsendem Unbehagen im Zimmer um und entdeckte noch mehr Anzeichen von Verfall und Alter, die ihr bisher nicht aufgefallen waren: Eine der Wände war feucht, ein fast mannsgroßer Fleck, der in der schlechten Beleuchtung nur schwach zu erkennen war und fast die Form einer großen, sechsfingrigen Hand hatte, und die Decke hing in der Mitte ein wenig durch, wo das Gemisch von Lehm und Stroh unter der Last der Jahrzehnte nachgegeben hatte. Sonderbarerweise war sie von makelloser Farbe. Der Anblick erinnerte Liz an den aufgedunsenen Bauch eines toten weißen Wales. Sie verscheuchte den Gedanken, lächelte noch einmal flüchtig und ging zur Tür. »Für heute haben Sie frei«, sagte sie, ehe sie hinausging. »Und morgen früh können Sie ausschlafen, so lange Sie wollen. Sie müssen furchtbar müde sein. Der Weg ist bestimmt anstrengend gewesen. Wenn Sie ausgeschlafen haben, sehen Sie sich in aller Ruhe erst einmal den Hof an. Zu arbeiten brauchen Sie morgen noch nicht. Nach dem Abendessen setzen wir uns dann zusammen und unterhalten uns darüber, wie wir aus diesem Trümmerhaufen wieder einen funktionierenden Hof machen. Und jetzt schlafen Sie. Es ist spät.«

»Sie ... Sie werden Ihrem Mann doch nichts erzählen?« fragte Heyning ängstlich.

Liz nahm die Hand von der Klinke und trat noch einmal auf ihn zu. »Wovon?« fragte sie. »Von Andy?«

Peter nickte. »Und ... und Ohlsberg.«

»Nein«, sagte sie, wenn auch erst nach kurzem Überlegen, das Peter keineswegs entgehen konnte. »Wenigstens heute noch nicht. Und auch morgen nicht. Nicht, bevor Sie es mir erlauben. Überlegen Sie es sich, solange Sie wollen. Und wenn es so weit ist, kommen Sie zu mir. Und haben Sie keine Angst vor Stefan. Er wirkt manchmal ein bißchen brummig, aber im Grunde ist er ein netter Kerl.« Sie lächelte aufmunternd, drehte sich rasch um und verließ den Raum.

Draußen lehnte sie sich schweratmend gegen die Wand, schloß für einen Moment die Augen und wartete, bis sich ihr rasender Pulsschlag wieder einigermaßen beruhigt hatte. Was war nur mit ihr los? Sie war *sicher,* daß sich das Zimmer verändert hatte, und das war nicht alles – gerade, als sie mit Peter sprach, da hatte er sich für den Bruchteil einer Sekunde wieder in diese entsetzliche Schattengestalt mit dem Gorgonenhaupt verwandelt, als die sie ihn schon draußen im Wald gesehen hatte.

Was geschah mit ihr? Verlor sie allmählich den Verstand, oder begann sich in diesem Haus wirklich irgend etwas zu verändern, langsam, ganz langsam, aber keineswegs unmerklich?

Liz atmete ein paarmal tief und gezwungen langsam ein und aus, hob die Hände vor die Augen und zwang sie mit enormer Willenskraft, nicht mehr zu zittern. Erst dann stieß sie sich von der Wand ab und ging ins Wohnzimmer hinüber. Ihre Knie zitterten. Eine völlig neue, unbekannte Art von Furcht hatte sich in ihr Herz gekrallt.

8

Stefan wartete bereits auf sie. Er stand neben dem Fenster, die Arme vor der Brust verschränkt, blickte sie mit schräggehaltenem Kopf an und wartete geduldig, bis sie die Tür hinter sich ins Schloß gezogen hatte. »Was hast du?« fragte er überraschend sanft. »Du bist blaß. Deine Hände zittern.«

Liz blickte ganz automatisch auf ihre Finger herab und unterdrückte im letzten Moment den Impuls, sie hinter dem Rücken zu verbergen. »Nichts«, sagte sie ausweichend. »Es ist nichts.«

»Nichts?« Stefans Gesichtsausdruck machte sehr deutlich, wie wenig er von dieser Antwort hielt. Aber er kannte sie gut genug, nicht weiter auf diesen Punkt einzugehen. »Wo ist Heyning?«

»Ich ... habe ihm die Kammer neben der Küche gegeben«, sagte Liz und machte eine entsprechende Kopfbewegung. Sie versuchte zu lächeln, aber es gelang ihr nicht ganz. »Ist dir in ... in letzter Zeit irgend etwas daran aufgefallen?« fügte sie zögernd hinzu.

»Aufgefallen?« Stefan schüttelte den Kopf. »Was soll mir aufgefallen sein?«

»Das Zimmer ist in einem entsetzlichen Zustand«, antwortete Liz. »Viel schlimmer, als ich es in Erinnerung hatte.«

Stefan zuckte die Achseln. »Es ist ein altes Haus«, erklärte er. »Aber du kannst deinem Gast natürlich auch unser Schlafzimmer geben. Ich übernachte gerne hier unten, damit er es bequem hat.«

»Peter ist nicht *mein* Gast!« zischte Liz. »Verdammt noch mal, was ist eigentlich heute mit dir los?«

Er zuckte zusammen und sah ihr einen Herzschlag lang in die Augen, ehe er antwortete. »Die gleiche Frage wollte ich dir gerade stellen.« Seine Stimme klang leise. Der Zorn war daraus gewichen, und er wirkte im Gegenteil jetzt ein bißchen verunsichert; wahrscheinlich, weil ihn die Plötzlichkeit ihres Überfalls überraschte, obwohl er ihn selbst herausgefordert hatte. Er war manchmal aufbrausend, aber er beruhigte sich im allgemeinen auch genauso schnell wieder. Entsprechend war *er* es jetzt, der sich plötzlich in die Defensive gedrängt sah. »Was hast du eigentlich? wiederholte er. »Hat dieser Heyning deine Mutterinstinkte geweckt, oder was?« Er schüttelte den Kopf. »Ich weiß, daß du es nicht gerne hörst, aber man braucht dir nur zu sagen, daß jemand nicht ganz gesund ist oder hilflos oder zurückgeblieben oder sonstwas, und schon verwandelst du dich in eine zweibeinige Glucke.«

»Vielleicht ist das der Grund, warum ich dich geheiratet habe«, gab sie zurück. Die Worte taten ihr im gleichen Augenblick schon wieder leid, aber es war zu spät, um sie zurückzunehmen.

Aber Stefan schien die Spitze ohnehin überhört zu haben. »Du hättest nur ein Wort zu sagen brauchen, und ich wäre hinausgefahren und hätte ihn geholt«, sagte er ruhig. Und so, wie er es sagte, klang es ehrlich. Liz war verwirrt. Und sie sträubte sich mit aller Macht gegen den Gedanken, daß vielleicht doch *sie* es gewesen sein könnte, die einen Fehler gemacht hatte.

»Aber du ...«

»Ich habe nicht gesagt, daß es mir Spaß gemacht hätte«, fiel Stefan ihr ins Wort. »Aber ich wäre gefahren. Hast du dir eigentlich einmal überlegt, was dir da draußen alles hätte passieren können?«

»Was soll mir da draußen schon passieren?« gab sie trotzig zurück. »Nicht mehr als dir, oder?«

»Mag sein«, entgegnete er schulterzuckend. »Aber in dieser Hinsicht bin ich altmodisch. Ich möchte nicht, daß sich meine Frau in Gefahr begibt, wenn es zu vermeiden ist. Mein Gott, Liz – ein Wort, und ich hätte Heyning Bescheid gesagt, daß er bis morgen früh in Schwarzenmoor auf mich wartet, ganz egal, was Ohlsberg dazu sagt.« Er schwieg einen Moment. »Wo hast du ihn überhaupt aufgelesen?«

Sie sagte es ihm, und er wurde bleich.

»Bist du geflogen?«

»Nein. Nur schnell gefahren.« Sie lächelte. »Das habe ich von dir gelernt, Schatz. Wozu haben wir einen so schnellen Wagen, wenn wir ihn nicht benutzen?« Ihr Gespräch kam ihr immer irrealer vor. Stefan antwortete nicht, aber der Ausdruck auf seinem Gesicht sprach Bände. Liz spürte, wie auch ihr Zorn allmählich verflog und einem sehr betretenen, schuldbewußten Empfinden Platz machte. Sie sah ihn um Verzeihung heischend an und lächelte. Das Gefühl, daß es jemanden gab, der sich Sorgen um sie machte, tat gut.

»Möchtest du etwas zu trinken?« fragte Stefan.

Es war normalerweise nicht ihre Art, irgendwelchen Kummer mit Alkohol zu betäuben, aber jetzt war ihr danach. Sie nickte dankbar. »Gern.«

Er ging zur Bar und schenkte zwei Gläser voll. »Im Ernst«, begann er von neuem, als er zurück war. Eiswürfel klirrten in ihren Gläsern, und der warme Widerschein des Kaminfeuers ließ sein Haar dunkelrot aufflammen. *(Dunkelrot? Aber er hatte doch gar kein rotes Haar!)* »Du bist schon den ganzen Tag über gereizt. Ist es ... immer noch dieses Geräusch, das dir Sorgen macht?«

Sie nahm das Glas und trank einen großen Schluck, um Zeit zu gewinnen. *(Wieso kam er ausgerechnet jetzt darauf? Sie hatte den ganzen Tag nicht darüber nachgedacht!)* Wie sollte sie eine Frage beantworten, die sie sich selbst noch nicht einmal gestellt hatte?

Aber wahrscheinlich hatte er sogar recht – irgend etwas *war* heute morgen geschehen, und, zum Teufel, sie wußte einfach nicht, was! Sie wußte nur, daß es irgendwie mit diesem unheimlichen Laut zusammenhing, den sie gehört hatte.

Etwas ist erwacht, wisperte eine Stimme hinter ihrer Stirn. Sie hatte den gleichen Gedanken gedacht, vor ein paar Stunden erst, und doch erfüllte er sie jetzt mit einem solchen Schrecken, daß sie selbst spürte, wie sie erbleichte. Ihre Hände begannen zu zittern. Die Eiswürfel in ihrem Glas klirrten. Hastig trank sie einen Schluck, damit Stefan es nicht merkte. »Vermutlich«, sagte sie hastig. »Wahrscheinlich war es so. Vielleicht habe ich auch einfach nur schlecht geschlafen.« Sie leerte ihr Glas mit einem Zug, hielt es ihm hin und sagte auffordernd: »Noch einen.«

»Du weichst aus«, sagte Stefan.

»Nein. Ich habe Durst«, entgegnete sie trotzig. »Das ist alles.«

Kopfschüttelnd nahm er das Glas, füllte es erneut und kam zurück. »Es liegt daran, nicht?« sagte er plötzlich.

Sie fuhr zusammen und verschüttete ein paar Tropfen Brandy auf den teuren Teppich. *Verdammt, warum ritt er so auf diesem Punkt herum?* »Wie – wie kommst du darauf?«

Stefan lächelte, aber es wirkte nicht echt; nur eine Geste, wie eine unbewußte Handbewegung. »Ich weiß nicht ... nur so. Du warst ziemlich verstört, als wir darüber sprachen. Außerdem hast du mir noch nie etwas vormachen können, das weißt du doch. Und seitdem bist du gereizt und schlicht und einfach unausstehlich.«

»Wahrscheinlich war es ein Alptraum«, antwortete sie. »Ja. Ein Alptraum. So muß es gewesen sein.«

»Oder vielleicht doch ein Fuchs.«

»Nein.« Sie schüttelte heftig den Kopf. Seltsamerweise fiel es ihr plötzlich nicht mehr schwer, darüber zu reden. Im Gegenteil. Es tat gut. Es erleichterte. Und trotzdem war sie nicht in der Lage, weiter zu reden. Es war, als wäre da etwas in ihr, was verhinderte, daß sich die Gedanken zu Worten formten. Plötzlich konnte sie sich wieder ganz klar an ihren Traum erinnern, aber es war eine sehr sonderbare, fast unheimliche Art von Erinnerung; eine, die sich auf einer tieferen Ebene ihres Bewußtseins abzuspielen schien, eine, die ihrem direkten Zugriff entzogen war.

»Es muß ein Traum gewesen sein«, sagte sie heftig. »Ich bin mir ganz sicher. Vergessen wir es.«

Stefan schwieg einen Moment und setzte sich dann auf die Couch. Liz nahm neben ihm Platz und schmiegte sich an seine Seite. Seine Wärme tat auf sehr sonderbare Weise wohl. Irgendwie schien sie ihr Schutz zu geben, obwohl sie noch nicht einmal wußte, wovor. Vielleicht vor den Schatten der Nacht, die durch das Fenster krochen. *Wieso Nacht?* dachte sie entsetzt. *Es war ...*

»Vielleicht«, sagte Stefan scherzhaft, »hast du eine Banshee gehört.« Er lachte glucksend und trank einen tiefen Schluck. Sie sah auf, noch immer eng gegen seine Schulter geschmiegt, und für einen ganz kurzen Moment kam ihr sein Gesicht fremd und beinahe feindselig vor. Er lächelte, aber es war das Lächeln eines bösen Clowns, ein höhnisches Grinsen aus Blut und Totenweiß. Sein Adamsapfel bewegte sich, während er trank. Für Liz sah es aus, als bewegte sich ein knorpeliger kleiner Käfer in seinem Hals auf und ab. Für einen Moment bildete sie sich fast ein, das Spiel der dürren Beinchen durch seine Haut hindurch sehen zu können.

Beinahe entsetzt schloß sie die Augen. Es lag nur an der verzerrenden, ungewohnten Perspektive, dachte sie verzweifelt, an ihrer Überreiztheit und der Furcht, die sie aus Peters Zimmer mit hierhergebracht hatte. Seltsam – warum hatte sie ihm eigentlich nichts von Peters Zimmer erzählt? Als sie die Augen wieder öffnete, war Stefans Gesicht wieder normal.

Er leerte sein Glas, stellte es behutsam neben sich auf die Couch und sagte noch einmal: »Eine Banshee. Das wird es sein.«

Sie wollte ihn fragen, was eine Banshee war, aber er wechselte bereits das Thema. »Vielleicht sollten wir Urlaub machen.« Er lehnte sich zurück, plazierte ihren Kopf auf seinem Schoß und fragte: »Hättest du Lust, einmal für eine Woche in die Stadt zu fahren? Vielleicht würde es dir Spaß machen, alte Freundinnen wiederzusehen.«

Sie spürte, daß er diesen Vorschlag nicht impulsiv machte. Trotz seiner Wut war ein Teil von ihm wahrscheinlich die ganze Zeit über mit der Frage beschäftigt gewesen, wie er sie wieder beruhigen konnte – so war Stefan nun einmal. Trotzdem sagte sie:

»Ich lege gar keinen Wert darauf, diese dummen Gänse wiederzutreffen. *Hast du schon gehört? Jenni hat jetzt ein Ver-*

hältnis mit diesem Igor! Und dieser Hut, den sie letzte Woche auf der Party getragen hat. Unmöglich, sage ich dir. Un-mög-lich!«

Sie lachten beide, aber Stefans Augen blieben ernst. Draußen wurde es jetzt rasch dunkel. Das Licht im Zimmer begann zu verblassen. »Wirklich«, sagte er. »Ich denke, daß ich nächste Woche mit dem Roman fertig sein kann. Ich kann ihn ebensogut selbst nach Hamburg bringen. Es wird sowieso Zeit, daß ich mich mal wieder im Verlag sehen lasse. Was meinst du?«

Sie zuckte mit den Schultern, trank einen Schluck und beschlabberte prompt ihr Kleid, weil man im Liegen nun mal nicht besonders gut trinken konnte.

»Ferkel«, sagte Stefan. »Aber du bist mir trotzdem eine Antwort schuldig.«

Liz seufzte. »Du bist manchmal unglaublich stur.«

»Ich weiß.«

»Aber wir können Peter doch nicht direkt am ersten oder zweiten Tag mit dem Hof alleinlassen.«

Stefan lachte. »Ich glaube, er kommt bestimmt besser zurecht, wenn du ihm nicht im Weg herumstehst. Und ich glaube, es wird dir guttun, einmal hier herauszukommen.«

Sie richtete sich auf und rutschte ein Stück von ihm weg. »Aber ich fühle mich wohl hier.« Eine Haarsträhne fiel ihr aus der Stirn und kitzelte sie an der Nase. Sie blies sie weg. »Wirklich.«

»Das glaube ich dir. Ich habe ja auch nicht gesagt, daß wir hier wegwollen. Bloß ein paar Tage.« Er stand auf und ging zur Bar, um sich einen neuen Drink einzugießen. Im Vorübergehen schaltete er die Stereoanlage ein. Leise Gitarrenmusik plätscherte aus den versteckt eingebauten Lautsprechern. Weder Iron Maiden noch Accept, wie Liz sehr wohl bemerkte. Er hatte eine von ihren Platten aufgelegt, *Homeland* von Blonker, eine jener Platten, von denen er normalerweise behauptete, es wäre *barbarischer Radau* oder – je nach Stimmung – *Schleim*.

»Was meinst du«, sagte er nachdenklich. »Sollen wir uns wieder vertragen?«

9

An diesem Morgen wachte sie später auf als gewöhnlich. Sie hatte nicht geträumt – weder von Zimmern, die plötzlich um ein Jahrhundert alterten, noch von Riesen mit peitschenden Gorgonenhäuptern oder schwarzverchromten Treppen, die bluteten. Aber in ihrem Kopf war ein leichter, bohrender Druck, eher lästig als wirklich schmerzhaft, und das grelle Sonnenlicht, das durch die weit geöffneten Fenster hereinströmte, stach unangenehm in ihre Augen. Auf ihrer Zunge war ein schlechter Geschmack, als hätte sie gestern abend zu viel getrunken.

Sie hatte es nicht, aber als sie sich bewegte, machte sich ein deutliches Schwindelgefühl hinter ihrer Stirn bemerkbar, und im Magen verspürte sie ein deutliches Unwohlsein. Kein Zweifel – sie *hatte* einen Kater. Konnte man von zwei Brandys einen Kater bekommen? überlegte sie. Nun, es mußte wohl so sein.

Sie blieb noch einen Moment liegen, ließ das Schwindelgefühl hinter ihrer Stirn verebben und richtete sich auf, fuhr sich schlaftrunken mit der Hand über das Gesicht und gähnte herzhaft. Vom Hof drang das leise Bellen Carrys herauf, unterbrochen von einem rhythmischen, metallisch hellen Klappern, das ihr irgendwie störend – oder jedenfalls neu – vorkam. Sie war sicher, es noch nie hier gehört zu haben.

Was war das?

Sie schlug die Bettdecke zurück, stand auf und ging zur Tür, noch halb im Schlaf, die Hände tastend nach beiden Seiten ausgestreckt und unsicher. Als sie die Hand auf die Klinke legte, prallte sie zurück. Sie erwachte schlagartig.

Vom Bett her erklang ein leises, amüsiertes Lachen. »Du bist also auch drauf reingefallen.«

Liz drehte sich um. Stefan saß auf der Bettkante, komplett angezogen, und rauchte eine Zigarette. In ihrem Schlafzimmer. Sie haßte es, wenn er im Schlafzimmer rauchte. »Gar nicht so leicht, sich an den Gedanken zu gewöhnen, daß wir nicht mehr allein im Haus sind«, sagte er spöttisch. »Nicht?«

Sie sah, wie seine Zigarettenasche auf den Teppich fiel, war aber noch immer viel zu benommen, um auch nur mit einem Wort darauf zu reagieren. Und er hatte recht. Sie war nackt, wie sie aufgestanden war, zur Tür gegangen. Das tat sie jeden Morgen. Seit sie hier draußen lebten und vollkommen allein waren, hatte sie sich angewöhnt, sich erst nach dem Duschen anzuziehen. Aber natürlich ging das jetzt nicht mehr, wo Peter im Haus war.

»Du kannst ruhig ins Bad gehen«, sagte Stefan. »Peter ist im Schuppen. Hörst du ihn hämmern?«

»Ja. Was – was macht er?« Wieder fiel ihr das Hämmern und Klingen auf. Es hörte sich an, als hätte Mime der Schmied mit einer ganzen Kompanie Gesellen auf ihrem Hof Quartier bezogen.

Stefan zuckte mit den Achseln, ließ sich hintenüber aufs Bett sinken und gähnte ausgiebig, wobei die glühende Spitze seiner Zigarette bedrohlich nahe ans Kopfkissen geriet. Liz nahm sich vor, ihn auf der Stelle zu lynchen, wenn er ein Loch in ihre kostbare Damast-Wäsche brannte. »Ich habe keine Ahnung«, gestand er. »Aber er ist schon den ganzen Morgen wie ein Berserker beschäftigt.«

Liz runzelte die Stirn, gähnte und ließ sich müde gegen die Tür sinken. »Ich dachte, er wollte sich den Hof erst einmal ansehen.«

»Das hat er getan«, nickte Stefan. »Er war schon vor Sonnenaufgang auf den Beinen, glaube ich.«

»Und wieso bist *du* schon wach?« Eine schwache Spur von Mißtrauen machte sich in Liz breit.

Stefan grinste anzüglich. »Wieso auch nicht«, antwortete er. »Es ist nach elf.«

»Was?« Erschrocken sah sie auf die Uhr. Es war Viertel nach elf. Elf Uhr fünfzehn – kein Zweifel.

Stefan feixte. »Es tut richtig gut, daß ich dir jetzt einmal vorhalten kann, verschlafen zu haben.«

»Na, das kannst du ja auch im Kalender rot anstreichen«,

erwiderte sie lahm. Sie war verwirrt. Wieso hatte sie so lange geschlafen?

»Habe ich getan.« Er stand auf und deutete auf den Wandkalender neben der Tür. »Siehst du?«

Sie folgte seiner Bewegung. Er hatte wirklich das heutige Datum mit einem roten Kringel versehen. Liz mußte unwillkürlich lachen.

»Der Kaffee ist schon seit einer Stunde fertig«, sagte Stefan. »Zieh dir was über, dann können wir frühstücken. Wie hast du überhaupt geschlafen?«

Liz antwortete erst nach kurzem Zögern. Sie war sich nicht darüber im klaren, *wie* sie geschlafen hatte. Sie erinnerte sich bloß daran, nicht geträumt zu haben. Es war nicht das normale Gefühl, sich nicht an einen Traum oder die Tatsache, überhaupt geträumt zu haben, zu erinnern, sondern etwas vollkommen Neues und Beunruhigendes – eine Art absurdes, positives Gefühl, *nichts, überhaupt nichts geträumt zu haben.*

Aber konnte man sich an *nichts* erinnern?

»Besser«, sagte sie trotzdem, wenn auch ohne rechte Überzeugung. »Viel besser als gestern.«

Und das stimmte sogar. Keine Träume. Kein Schrei. Nicht dieses absurde Gefühl des Erwachens.

»Keine Alpträume mehr?« fragte Stefan lächelnd.

Sie schüttelte den Kopf und bückte sich nach ihren Sachen. »Nein.«

Das Hämmern, das die ganze Zeit über vom Hof heraufgeschallt war, brach ab und wurde von einem dumpfen Krach ersetzt, als wäre etwas Schweres, Wuchtiges auf den Boden gefallen. Carry begann wie ein Irrer zu bellen.

»Dieser Hund treibt mich noch in den Wahnsinn«, stöhnte Stefan mit komisch übertriebener Verzweiflung. »Er bellt schon den ganzen Morgen, ohne auch nur einmal zwischendurch nach Luft zu schnappen. Wie macht er das?«

»Er wittert Peter. Immerhin ist er ein Fremder.«

»So?« Stefan war ans Fenster getreten und winkte sie

mit einer Kopfbewegung heran. »Dann sieh dir einmal das da an«, sagte er.

Liz schlüpfte in Unterrock und Morgenmantel, schloß den Gürtel und trat neben ihn ans Fenster, um hinauszublicken. Stefan rückte ein kleines Stück zur Seite, um ihr Platz zu machen.

Peter stand neben dem Hund. Er schien mit leiser, beruhigender Stimme auf ihn einzureden, ohne daß sie die Worte verstehen konnte, aber Carry bellte trotzdem weiter, als wäre er von Sinnen. Selbst über die große Entfernung konnte sie erkennen, daß seine Zähne gefletscht und das Nackenfell gesträubt waren, was ihm das Aussehen eines großen stelzbeinigen Wolfes verlieh. Seine kräftigen Pfoten hatten tiefe Narben in den Boden gewühlt, obwohl der festgetretene Lehm dort unten so hart wie Beton war. Das seltsame war, daß er nicht Heyning anbellte. Er war weit aus seiner Hütte herausgekommen, so weit es die Kette erlaubte, und seine Schnauze war nach Westen gerichtet, auf den Wald und den dahinterliegenden See hin.

»Ich möchte wissen, was dieser Köter hat«, murmelte Stefan.

»Er wittert etwas.«

Stefan nickte. »Vermutlich. Vielleicht ...«, er stockte und sah sie abschätzend an, »deinen Fuchs?«

Liz unterdrückte im letzten Moment einen leisen, erschrockenen Aufschrei. Vielleicht waren es Stefans Worte, vielleicht Carrys fast hysterisches Bellen, vielleicht beides – aber von einer Sekunde auf die andere war die Furcht vom vergangenen Morgen wieder da. Irgend etwas war dort draußen, etwas, das unsichtbar und lautlos war und doch bedrohlich genug, den Hund zur Raserei zu treiben.

»Vielleicht sollten wir ihn losmachen«, überlegte Stefan. »Könnte sein, daß sich dort draußen im Wald ein streunender Köter herumtreibt.«

Liz schüttelte heftig den Kopf. »Nein. Ich – ich will ihn nicht verlieren.« Sie sprach, ohne auch nur zu denken, sprach einfach aus, was ihr in diesem Moment durch den

Kopf schoß. Sie würde Carry nicht wiedersehen, wenn sie ihn jetzt losließ, das wußte sie einfach. Was immer dort draußen im Wald *(oder im See?)* war, würde ihn töten.

Stefan lachte leise. »Liebling! Carry ist ein schottischer Schäferhund, kein Dackel. Muß ich dich daran erinnern, daß ich ein Exemplar der größten Hunderasse der Welt gekauft habe, um mein ängstliches Weibchen zu beschützen? Noch dazu ein wahres Prachtexemplar?« Er lachte wieder, und es klang jetzt nicht nur spöttisch, sondern durch und durch verletzend. »Ich glaube nicht, daß es dort draußen irgendein Tier gibt, das ihm gefährlich werden kann.«

Er drehte sich abrupt vom Fenster weg, drückte ihr einen flüchtigen Kuß auf die Stirn und ging zur Tür. »Beeil dich. Wenn wir gefrühstückt haben, möchte ich dir das letzte Kapitel aus meinem Buch vorlesen. Ich glaube, es wird dir gefallen.«

Liz antwortete nicht, und zu ihrer Erleichterung schien Stefan das auch gar nicht erwartet zu haben. Wenn sie jetzt versucht hätte zu sprechen – wenn sie auch nur den Mund aufgemacht hätte, das wußte sie ganz genau –, dann hätte sie angefangen zu schreien.

Sie wartete, bis er die Tür hinter sich geschlossen hatte. Dann drehte sie sich wieder zum Fenster und sah hinaus. Peter schien es gelungen zu sein, den Hund wenigstens einigermaßen zu beruhigen. Er bellte immer noch, aber sein Bellen klang jetzt weniger panisch, weniger hysterisch, und er begann sogar zaghaft mit dem Schwanz zu wedeln, während Heyning seine Ohren kraulte.

Liz beugte sich vor und starrte aus zusammengekniffenen Augen zum Waldrand hinüber. Ihr Erlebnis vom vergangenen Abend fiel ihr wieder ein. Sicher – es war Einbildung gewesen, ihre überreizten Nerven hatten ihr einen bösen Streich gespielt – aber irgend etwas witterte der Hund. Und sie kannte Carry lange genug, um zu wissen, daß er sich nicht von einem streunenden Kaninchen derartig aus der Fassung bringen ließ.

In diesem Punkt hatte Stefan recht: Carry war ein typisches Ergebnis seiner Neigung zu Übertreibungen. Als si hier herausgezogen waren, hatte Liz den Wunsch geäußert einen Hund zu haben – zum einen, weil sie einfach der Mei nung war, auf einen Hof wie diesen gehöre ein Hund, zun anderen auch aus ganz praktischen Erwägungen heraus Stefan war oft unterwegs, manchmal für Tage, und Gu Eversmoor war ein einsamer Ort. Sie fühlte sich einfach beschützter, mit einem Hund bei sich.

Nicht einmal eine Woche später hatte er Carry angebracht – einen Welpen von drei Monaten, der zu diesem Zeitpunkt schon so groß wie ein ausgewachsener Boxerhund war. Nein – unter der Größe eines Rhinozerosses gab es nicht sehr viel, wovor ein Hund wie Carry Angst hatte.

Sie würde Peter fragen, was losgewesen war, nachher. Der Mann schien sich gut mit Hunden auszukennen. Sie hätte es jedenfalls nicht gewagt, einen vollkommen fremden Hund, noch dazu einen solchen Bären, einfach zu streicheln. Schottische Schäferhunde waren im Grunde gutmütige, liebe Tiere, wie die meisten wirklich großen Hunde – aber sie konnten einen erwachsenen Mann in wenigen Augenblicken zerreißen. Oder ihm aus lauter Liebe einen Finger abbeißen, ohne es auch nur zu merken.

Aber Heyning schien nicht das kleinste bißchen Angst zu haben. Und Carry seinerseits schien mit untrüglichem Instinkt die Zuneigung zu fühlen, die Heyning ihm entgegenbrachte. Er beruhigte sich zusehends, hörte schließlich ganz zu bellen auf und rieb seinen mächtigen Schädel an Heynings Seite. Liz beobachtete das Schauspiel noch eine Weile und wandte sich dann vom Fenster ab. In Gedanken schalt sie sich eine Närrin. Vielleicht hatte auch ein Hund dasselbe Recht wie sie – nämlich manchmal einfach hysterisch zu werden. Und wahrscheinlich war das noch geschmeichelt. Liz überlegte vergebens, was, zum Teufel, mit ihr los war. Sie sah Dinge, die es nicht gab, hatte Erinnerungslücken ... Ihr sonderbarer Blackout vom vergangenen Tag fiel ihr ein. Es war Mittag gewesen, als sie Schwarzenmoor verließen, und dann ...

... fehlten ihr einfach ein paar Stunden. Jemand – etwas – vermutlich sie selbst, irgendein außer Kontrolle geratener Teil ihres Unterbewußtseins, der ihr den totalen Krieg erklärt hatte, hatte ihr einen halben Tag gestohlen. Aber der Gedanke ärgerte sie mehr, als er sie erschreckte.

Sie seufzte tief, zog sich rasch an und ging in die Küche hinunter. Dort erwartete sie die zweite Überraschung des Morgens.

Sämtliche Schränke standen oder hingen an ihrem Platz, das Geschirr war aufgeräumt, und Stefan hatte sogar die gesprungene Scheibe in der Außentür ausgewechselt, über die sie sich seit dem ersten Tag geärgert hatte. Das war ganz entschieden nicht mehr *ihre* Küche, dachte sie verwirrt.

»Was – was ist denn hier passiert?« fragte sie entgeistert. »Bin ich im falschen Haus?«

Stefan grinste und deutete auf den gedeckten Frühstückstisch. »Setz dich.«

»Bist du krank oder so was?« fragte sie, während sie Platz nahm, noch immer zögernd und ohne den Blick von der aufgeräumten Küche zu nehmen, als hätte sie Angst, das Bild könnte wie eine Seifenblase zerplatzen, wenn sie auch nur einmal wegsah. Tatsächlich war es genau das, was sie in diesem Moment befürchtete, ganz ernsthaft.

Stefan biß in sein Brötchen und antwortete mit vollem Mund: »Um deine Frage zu beantworten, Liebling: Peter ist passiert. Bedank dich bei ihm.«

»Hat – er das getan?«

»Er besteht darauf, daß wir beide es getan haben.« Stefan lächelte flüchtig. »Aber ich muß zugeben, daß er den Hauptanteil der Arbeit gemacht hat. Ich glaube, einen besseren Mann hätten wir gar nicht bekommen können.«

Liz starrte noch eine geraume Weile auf das schier unglaubliche Bild, ehe sie sich mit einem spürbaren Ruck davon losriß und an ihrem Kaffee nippte. Er war lauwarm und viel zu stark. Aber Stefan hatte noch nie Kaffee kochen können. Nun ja – schließlich konnte man nicht alles verlangen.

»Ich muß sagen, du änderst deine Meinung ziemlich schnell«, murmelte sie. »Gestern abend hättest du ihn am liebsten an den Füßen aufgehängt und ausgepeitscht.«

»Nicht aufgehängt«, antwortete Stefan ungerührt. »Auspeitschen hätte mir völlig genügt. Ich bin rachsüchtig, das weißt du doch. Aber das war gestern.« Er zuckte mit den Schultern, als wäre dies Grund genug für seinen plötzlichen Stimmungswandel. »Ich habe mich heute morgen mit ihm unterhalten. Ziemlich ausführlich. Ich denke, er ist ein netter Kerl. Ich werde ihm eine Gehaltserhöhung geben.«

»Am ersten Tag?«

»Warum nicht? Er ist ein guter Mann.«

Liz lächelte verwirrt. Sie verstand immer weniger, was hier überhaupt vorging. Einen Moment lang fragte sie sich, ob sie überhaupt schon wach war oder vielleicht noch schlief und dies alles nur träumte. Dann nippte sie wieder an ihrer Tasse. Nein – dieser Kaffee war selbst für einen Alptraum zu schlecht. »Du neigst dazu, über das Ziel hinauszuschießen«, stellte sie fest.

Stefan zuckte abermals mit den Schultern. »Mag sein. Aber du solltest dir ansehen, was er mit dem Gemüsegarten angestellt hat.«

»Eh?« Liz richtete sich kerzengerade auf.

Stefan grinste, biß in sein Brötchen und schwieg.

Sie frühstückten rasch zu Ende. Stefan räumte das Geschirr ab und verstaute es mit mehr gutem Willen als Können und unter gewaltigem Scheppern und Klirren in der Spüle. »Wir waschen heute abend ab«, sagte er. »Ich habe jetzt zu tun.«

»So?«

Er nickte. »Ja. Ich will noch ein paar Seiten schreiben. Das war jetzt genug Familienidylle für einen Morgen. Der alltägliche Überlebenskampf ruft.«

Liz sah ihn mißtrauisch an. »Woher diese plötzliche Arbeitswut?« fragte sie. »Normalerweise muß ich dich doch an deine Maschine prügeln.«

»Ich habe dir versprochen, daß wir wegfahren, oder?« gab

er zurück, schon halb auf dem Weg zur Tür. Sie nickte. »Siehst du. Und je eher ich fertig bin, desto schneller können wir weg.« Er drehte sich um, warf die Tür hinter sich ins Schloß und war verschwunden.

Liz starrte die geschlossene Tür eine Zeitlang stirnrunzelnd an, ehe sie aufstand und die Küche verließ.

10

Auf dem Flur blieb sie einen Moment stehen. Fast gegen ihren eigenen Willen suchte ihr Blick die Tür zu Peters Zimmer. Sie sah aus wie immer *(natürlich, dachte sie zornig. Warum sollte sie auch irgendwie anders aussehen?!)*, aber schon der bloße Gedanke an das, was dahinter lag, bereitete ihr fast körperliches Unbehagen. Das Zimmer. Dieses schrecklich verfallene, *gealterte* Zimmer. Sie wollte die Hand ausstrecken, die Tür aufstoßen und hineinsehen, aber sie konnte es nicht.

Und es war nicht einmal die Angst, daß es plötzlich wieder so sein könnte wie am vergangenen Abend, sondern etwas anderes – fast so etwas wie ein fremder, stärkerer Wille, der für einen Moment von außen auf sie einwirkte.

Dann …

… begann die Tür zu pulsieren.

Liz erstarrte. Ihre Hand, schon halb ausgestreckt, um den Türgriff zu fassen, gefror mitten in der Bewegung. Sie konnte sie nicht zu Ende führen, aber sie konnte den Arm auch nicht zurückziehen, sie war gelähmt, unfähig, sich zu rühren. Sie konnte nicht einmal atmen, in diesem Moment. Der Blick ihrer Augen, die so weit vor Schrecken waren, daß es schmerzte, saugte sich an der Tür fest, die *stärker zu pulsieren begonnen hatte, zitterte, sich ausdehnte und zusammenzog, im schwerfälligen, dumpfen Rhythmus eines gigantischen bösen Herzens.*

Verzweifelt versuchte sie sich einzureden, daß es nur eine Sinnestäuschung war, ein böser Spuk, mit dem irgendein außer Kontrolle geratener Teil ihres Unterbewußtseins sie narrte. Die Tür *pulsierte*. Nur die Tür. Die Wand, in die sie eingebettet war, war normal, reglos und starr, wie eine Wand in einem dreihundert Jahre alten Haus zu sein hatte, aber die *Tür bewegte sich, schlug in einem grauenhaften, düsteren Takt,* als wäre sie – und nur sie – ganz plötzlich zu entsetzlichem Leben erwacht. Dann – sie wußte nicht einmal, ob sie es wirklich hörte oder ob ihre Phantasie die passenden Geräusche einfach dazuerfand, und vermutlich spielte das auch absolut keine Rolle, in diesem Moment – hörte sie *Laute:* Ein dumpfes, an- und abschwellendes, rhythmisches *Wumm-Bumm, Wumm-Bumm, Wumm-Bumm,* wie das *Schlagen eines ungeheuerlichen schwarzen Herzens,* dann *Atemzüge.* Ein schweres, unendlich mühsames *Atmen,* in einer entsetzlichen Tonlage und ungeheuer laut, die mühsamen Atemzüge eines überdimensionalen Darth Vader.

Die Tür veränderte sich. Aus dem riesigen grauen Holz, von dem der letzte Rest Farbe schon vor einem Jahrzehnt abgeblättert war, wurde ...

etwas Lebendiges ...

Liz schrie. Jedenfalls versuchte sie es. Aber die gleiche, finstere Macht, die ihren Körper beherrschte, lähmte auch ihre Stimmbänder: Über ihre Lippen kam nur ein heller, piepsender Laut, der fast komisch klang. Sie spürte, wie ihre Augen vor Entsetzen ein Stückweit aus den Höhlen quollen, während ihr Blick noch immer wie hypnotisiert an dieser fürchterlichen, lebenden Tür hing. Die Tür war keine Tür mehr. Das Holz war kein Holz, sondern etwas Braunes, Lebendiges, eine gleichmäßige Masse dicht nebeneinanderliegender geriffelter Muskel- und Sehnenstränge, widerlich genug, um von Giger gezeichnet sein zu können. *Es war keine Tür mehr, sondern Teil eines gigantischen lebenden Etwas, ein riesenhafter Schließmuskel, hinter dem ...*

Ihre Hand bewegte sich weiter, kroch Millimeter um Millimeter auf den Türgriff zu, der noch die Form eines Türgriffes hatte, aber etwas anderes, etwas scheußlich Lebendiges, Organisches war, ein Ding aus Knorpel und entsetzlich pulsierendem feuchtem Fleisch, dessen bloßer Anblick ihr Übelkeit bereitete. Trotzdem bewegten sich ihre Finger weiter. Sie würde diese Tür öffnen. Sie mußte sie öffnen. Sie mußte wissen, was dahinter lag, wenn sie nicht den Verstand verlieren wollte! Sie ...

Die Tür begann zu bluten.

Ein rasches, krampfhaftes Zucken lief über die fleischige Masse, und dann *quoll Blut aus ihren Poren, Millionen mikroskopisch feiner, fast ätherischer Tropfen, die die Tür mit einem Netz pulsierenden dunklen Rots überzogen. Rostiger Blutgeruch schlug ihr entgegen.*

Liz prallte mit einem Schrei zurück, riß die Arme vor das Gesicht und taumelte rücklings gegen die Wand, und *die Vision erlosch.*

Übergangslos, von einem Sekundenbruchteil auf den anderen, war die Tür wieder eine Tür, eine fast hundert Jahre alte Tür aus gerissenem Holz, die ein wenig verquollen in den Angeln hing. Der Herzschlag, das Atmen, das Blut mit seinem entsetzlichem Gestank, dies alles war verschwunden, von einem Moment auf den anderen.

Großer Gott – was war das? dachte sie entsetzt. Nur eine neue, sinnlose Vision? War es wirklich geschehen? Und wenn – hatte sie wirklich die Hand ausgestreckt, um diese Höllentür zu öffnen?!

Hatte sie wirklich wissen wollen, was dahinter lag?

Der Gedanke erschien ihr unvorstellbar. Es war einfach unmöglich, daß sie diese Tür in den Irrsinn wirklich hatte aufstoßen wollen. Jetzt – ja, jetzt konnte sie es. Sie wußte, daß sie dahinter nichts als Peters Zimmer sehen würde, ein ganz normales, heruntergekommenes Zimmer, mehr nicht.

Aber plötzlich wollte sie nicht einmal mehr das. Mit einem Ruck drehte sie sich herum und verließ das Haus. Und – sie wäre sehr erstaunt gewesen, hätte sie es in diesem Moment überhaupt begriffen, aber das tat sie nicht – sie hatte die Tür kaum hinter sich geschlossen, da hatte sie ihr entsetzliches Erlebnis bereits vergessen.

11

Es war beinahe Mittag, als sie auf den Hof hinaustrat. Es war sehr heiß. Die Sonne stand wie eine kleine runde Münze aus halbgeschmolzenem Metall am Himmel – Liz blinzelte aus halb zusammengepreßten Augen nach oben und stellte verwirrt fest, daß sie wirklich irgendwie *flüssig* aussah –, und die Luft war von einer seltsamen Konsistenz, nicht schwül, auch nicht wirklich heiß, sondern ... seltsam. Wie die böse gelbe Sonne dort oben am Himmel schien auch die Luft beinahe flüssig. Jede noch so kleine Bewegung war unangenehm, und der Weg zur Scheune hinüber kam Liz mit einem Male kilometerweit vor. Sie war plötzlich froh, nur das dünne Sommerkleid angezogen zu haben.

Sie hatte sich vorgenommen, zum Schuppen hinüberzugehen und Peter ein wenig bei der Arbeit zuzusehen, aber sie hatte noch nicht den zweiten Schritt gemacht, als sie – von einer unerklärlichen Unruhe ergriffen – erneut stehenblieb. Die Hochstimmung, die während des Frühstückes von ihr Besitz ergriffen hatte, verschwand schlagartig. Ohne daß es ihr selbst bewußt war und – ja, *fast gegen ihren Willen* – löste sich ihr Blick vom Schuppen und glitt hinüber zum Waldrand. Es war absurd – aber für einen Moment war sie fast sicher, daß er *näher* gekommen war.

Unsinn, dachte Liz ärgerlich. *Wälder kriechen nicht auf Häuser zu. Wenigstens nicht über Nacht.*

Aber die Unruhe blieb. Es war wie gestern morgen, als sie erwacht war – ein Kribbeln und Bewegen irgendwo an einer nicht klar definierten Stelle über ihrem Magen, etwas, das es ihr unmöglich machte, ruhig auf der Stelle zu stehen – oder auf den Schuppen zuzugehen, was sie ursprünglich vorgehabt hatte.

Sie sah eine Bewegung unter der Tür, löste den Blick mühsam vom Waldrand (verdammt noch mal, er *war* näher gekommen! Bis gestern hatte die Distanz gute zweihundert Schritte betragen – jetzt war noch die Hälfte!) und winkte

Peter zu, der wohl ihre Schritte oder das Geräusch der Haustür gehört hatte und neugierig herausgekommen war. Flüchtig hob er die Hand und erwiderte den Gruß. In seinen Augen blitzte eine Mischung aus Schrecken und Furcht auf, die sie sich im ersten Moment nicht erklären konnte. *Spürte er es auch?*

Peter drehte sich mit einer raschen Bewegung herum und verschwand wieder im Schuppen, und plötzlich fühlte Liz sich allein, entsetzlich allein. Sie war der letzte Mensch. Das einzige Lebewesen auf einer gewaltigen, ausgestorbenen Welt. Zum ersten Mal im Leben spürte sie, was das Wort *Einsamkeit* wirklich bedeutete. Sie ...

Blödsinn, dachte sie wütend. Sie war überspannt, und das war alles.

Aber der Wald war eindeutig ein Stück auf das Haus zugekrochen, und ... *und du bist eine hysterische dumme Ziege*, fügte sie in Gedanken hinzu, *die sich von ein paar Schritten in den Wahnsinn treiben läßt.*

Und trotzdem ...

Irgend etwas war falsch. Der Wald – ob er nun näher gekommen war oder nicht – lag wie eine Mauer aus Schwärze auf der anderen Seite des Weges, keine Barriere aus Zweigen und Unterholz und Moos und Geäst mehr, sondern eine kompakte Mauer, so undurchdringlich, daß sie selbst das Licht verschluckte, das sich auf dem See dahinter brach. Er war *dunkel.* Ein schwarzer Strich, mehr nicht.

Ihr Blick suchte den Hund. Carry bellte nicht mehr, sondern lag vor seiner Hütte, in der ruhigen, entspannten Haltung, in der er gerne in der Sonne döste. Wenigstens war das der erste Eindruck, den sie hatte.

Dann sah sie, daß es nicht stimmte: Carry lag *scheinbar* ruhig da, und er döste *scheinbar* in der Sonne. Sein mächtiger grauer Schädel ruhte auf den zusammengelegten Vorderpfoten, die dünne Rute, fast so lang wie Liz' Unterarm, war unter das Hinterteil geringelt. *Hunde ziehen den Schwanz ein, wenn sie sich fürchten*, schoß es Liz durch den Kopf. Und in Wirklichkeit waren seine Augen einen Spaltbreit geöffnet, die Lefzen ein ganz kleines bißchen zurückgezogen, als hätte er sich noch nicht ganz entschieden, ob er nun weiterbellen sollte oder nicht, die normalerweise traurig herabhängenden Schlappohren ein winziges bißchen aufgestellt. Der Hund lag scheinbar ruhig in der Sonne, aber er war angespannt wie eine Stahlfeder.

Und seine Aufmerksamkeit galt eindeutig dem Wald.

Liz zögerte. Sie zog die Möglichkeit, daß sie schlichtweg hysterisch war – vielleicht sogar ein bißchen verrückt, warum nicht? –, ganz ernsthaft in Betracht. Aber das erklärte nicht Carrys Verhalten.

Sie machte einen Schritt auf den Hund zu. Carry sah auf, blinzelte und gab einen sonderbaren Laut von sich: Eine Mischung aus Drohen und Winseln, Knurren und Jaulen zugleich, das sie noch nie zuvor gehört hatte. Dann sank sein Kopf wieder auf die Pfoten zurück. Der Blick seiner kleinen, intelligenten Augen heftete sich wieder auf den Wald. Seine Lefzen zogen sich weiter hoch. Ein tiefes Knurren drang aus seiner Brust, nicht sehr laut, aber ungemein drohend.

Liz schauderte. Trotz der Mittagshitze fror sie plötzlich. Dann drehte sie sich mit einem Ruck herum und begann mit festen Schritten auf den Waldrand zuzugehen. Sie hatte Angst davor, diesen finsteren Bereich der Welt zu betreten, sich ihm auch nur zu nähern – aber sie wußte auch, daß sie vermutlich den Verstand verlieren würde, wenn sie es nicht tat. Sie mußte herausfinden, was hier los war, was hier – mit ihr oder diesem Wald – vorging, und sie würde sich nicht von ein paar Schritten oder ihrer eigenen Hysterie davon abbringen lassen.

Sie versuchte ihre Schritte zu zählen, während sie sich dem Weg näherte, schon um festzustellen, ob der Wald nun *wirklich* nähergekommen war, aber es gelang ihr nicht; irgendwo zwischen fünfzig und hundertfünfzig verlor sie den Faden und konnte sich nicht einmal mehr erinnern, wo sie ungefähr gewesen war. Es war, als gäbe es irgendwo in der Nähe einen Störsender, der ihre Gedanken durcheinanderwirbelte, sobald sie sich seiner Frequenz annäherten.

Sie verließ den Hof, trat auf den ausgefahrenen Weg hinaus und blieb noch einmal stehen. Der Wald hatte nichts von seiner unwirklichen Schwärze verloren, obwohl sie ihm jetzt nahe war.

Ihre Hände begannen ganz leicht zu zittern. Sie drehte sich herum, sah zum Hof zurück und registrierte mit einer Mischung aus Schrecken und fast wissenschaftlicher Neugier, daß er viel weiter entfernt schien, als er sein dürfte. Das grobe Fachwerk des Haupthauses war zu einem filigranen Spinnennetz geworden, das ein Spielzeuggebäude zierte, die heruntergebrannte Ruine *(wieso konnte sie sie überhaupt sehen?!)* an seiner Rückseite nur noch als Schatten erkennbar; der Schuppen mit Peter, dem einzigen lebenden Wesen, das es außer ihr selbst noch auf der Welt gab, war ganz verschwunden, hinter einem blinden Fleck verborgen, der plötzlich auf ihrer Netzhaut war. Kilometer. Es mußten Kilometer bis zum Hof sein, nicht wenige Dutzend Schritte. Es war ein unwirkliches Bild, und daß sie dabei noch immer keine wirkliche Angst verspürte, machte alles noch unheimlicher.

Was sollte sie tun? Zurückgehen, auch wenn es ein Fußmarsch von Stunden war? Irgend etwas in ihr schrie mit verzweifelter Kraft danach, es zu tun, aber da war auch eine andere, sehr viel leisere, aber auch sehr überzeugende Stimme, die ihr sagte, daß sie das gar nicht konnte. Dieser Weg führte nur in eine Richtung. Sie war plötzlich völlig sicher, daß sie wieder an diesem Waldrand angekommen wäre, ganz egal, wohin sie sich wandte und wie lange sie lief.

Mit klopfendem Herzen drang sie in den Wald ein.

Er war nicht annähernd so dicht, wie es ausgesehen hatte – zwischen den Bäumen war genug Platz, bequem hindurchgehen zu können. Was wie eine massive Hand aus ineinandergekrallten Zweigen und Dornengestrüpp ausgesehen hatte, war nur Dunkelheit, eine sonderbar unwirkliche Finsternis, die wie lichtschluckender Nebel zwischen den Bäumen trieb. Es war ihr unmöglich, das Wesen dieser

Finsternis zu erkennen – jedesmal wenn sie hinsah, störte irgend etwas ihre Konzentration. Der Störsender war noch in Betrieb. Er war jetzt sogar stärker, denn sie näherte sich seiner Quelle.

Die Schwärze wich vor ihr zurück, im gleichen Tempo, in dem sie in den Wald eindrang, und ohne daß sie sich herumdrehen mußte, wußte sie, daß sie sich hinter ihr wieder schloß. Sie bewegte sich durch eine Welt aus Schwärze, in die ihre eigene Anwesenheit einen flüchtigen Tunnel aus Licht und Luft grub. Seine Wände schienen aus schwarzverchromtem Stahl zu bestehen, und sie wußte mit unerschütterlicher Sicherheit, daß sie weder nach rechts noch links von diesem vorgegebenen Weg abweichen konnte, selbst wenn sie es gewollt hätte, einfach weil es gar nichts gab, wohin sie hätte gehen können. Dieser Ausschnitt der Welt bestand nur aus diesem Weg, und er führte nur in eine Richtung. Liz zweifelte keine Sekunde daran, daß er nur für sie, nur für diesen Augenblick erschaffen worden war. Sie konnte nicht umkehren. Aber sie wollte auch gar nicht. Liz war jetzt sicher, daß sie nicht aus freiem Willen hierhergekommen war. Irgend etwas hatte sie gerufen, und dieses Etwas sorgte dafür, daß ihre Neugier stärker war als ihre Furcht. Es schützte sie nicht vollends vor ihrer Angst, aber es dämpfte sie auf ein Maß, mit dem sie aus eigener Kraft fertig werden konnte.

Endlich begann sich die Dunkelheit vor ihr zu lichten, wenn auch auf gänzlich andere Art, als sie erwartet hatte. Es wurde nicht wirklich hell, aber vor ihr begann ein blasser, silbergrauer Schimmer die Wand aus Schwärze zu durchbrechen. *Nacht*, dachte sie verwirrt. Vor ihr lag der See. Sie konnte ihn jetzt deutlich zwischen den Stämmen der schwarzen Stahleichen erkennen, aber das mattsilberne Blitzen auf seiner Oberfläche war *Sternenlicht*, nicht das grelle Gold der Mittagssonne. Der Tunnel führte nicht nur durch den Raum, sondern auch die Zeit. Ein paar Dutzend Schritte hinter ihr stand die Sonne senkrecht über dem Hof, aber hier herrschte tiefste Nacht. Sie wußte mit unerschütterlicher Sicherheit, daß es Mitternacht war.

Zwischen den letzten Bäumen blieb sie stehen und sah sich um. Die Stille fiel ihr auf: Kleine gleichmäßige Wellen kräuselten die Oberfläche des Sees, die Wipfel der Bäume hoch über ihr wiegten sich leicht im Wind, dichtbelaubte Äste bewegten sich wie tausendfingrige grünschwarze Hände, die ihr zuzuwinken schienen – aber nicht der kleinste Laut drang an ihr Ohr. Und jetzt, erst im Nachhinein, begriff sie auch, daß sie in absoluter Stille hierhergekommen war. Der Boden, über den sie gegangen war, war mit Laub und Tannennadeln und trockenem Geäst übersät, aber ihre Schritte waren lautlos gewesen, vollkommen lautlos. Geräusche waren Dinge, die Zeit voraussetzten, Zeit zu entstehen und wieder zu verklingen, aber sie war in einer Enklave der Schöpfung, in der die Zeit ihre Macht verloren hatte. Dies war der Mitternachtssee, er existierte nur jetzt und *immer* jetzt, in diesem einen, endlosen Moment, so wie das, was in ihm war, nur jetzt und hier existierte und doch nie verging. Vielleicht, weil es niemals wirklich *gelebt* hatte. Es gab nicht nur Lebendiges und Totes, begriff Liz plötzlich, sondern auch noch etwas dazwischen.

All dieses Wissen war mit einem Male in ihr. Es war kein Erinnern, kein Begreifen, sondern etwas, das von außen kam, etwas wie eine lautlose telepathische Botschaft, ein wortloses Wispern, das sie all diese Dinge im Moment wissen ließ, ohne daß sie mit diesem Wissen jetzt schon etwas anfangen konnte.

Gebannt blickte sie auf den See hinaus. Zum ersten Mal fiel ihr auf, wie groß er war – sehr, sehr viel größer, als sie ihn in Erinnerung hatte, und entsetzlich tief. Sein Wasser war schwarz, weil etwas in seiner Tiefe das Licht fraß, und die leichten Wellen, die seine Oberfläche kräuselten, kamen nicht allein vom Wind. *Etwas* bewegte sich darin.

Der fremde Wille schützte sie noch immer vor der Angst, so daß sie neugierig weiterging und erst stehenblieb, als ihre Schuhe im weichen Morast direkt am Ufer zu versinken begannen. Gebannt blickte sie auf die gewaltige, bleigrau schimmernde Fläche hinaus, ließ sich in die Hocke sinken und versuchte die vage Bewegung genauer zu erkennen. Es ging nicht. Was immer dort war, war ungeheuer groß und massig, aber es entzog sich ihrem Blick, so wie die Schwärze im Wald vorhin. Ein Krake. Ein Bündel sich windender Schlangen. Peitschendes Haar im Sturm. Eine Riesenamöbe. Eine Masse geronnener Finsternis, die ...

Nein, es ging nicht. Welches Wort sie auch suchte, es paßte nicht. Das *Etwas* im See war alles davon und doch nichts. Es war *fremd,* so fremd, daß ihr menschlicher Sprachschatz nicht ausreichte, es zu beschreiben, nicht einmal es zu vergleichen, weil es nichts gab, womit es sich vergleichen ließ. Der einzige halbwegs klare Eindruck, den sie hatte, war der einer schrecklichen Sechser-Symmetrie. Alles war sechsfach vorhanden – nicht sieben, was doch eigentlich die magische Zahl sein sollte – sondern sechsfach. Dreimal sechsfach. Aber dreimal sechs, dachte sie verstört, war in diesem Zusammenhang nicht achtzehn, sondern SechsSechsSechs, die Zahl des Tieres.

Und ganz plötzlich begriff sie, warum sie hier war. Dieses DING dort unten im See hatte sie gerufen. Es hatte sie hierherbefohlen, damit sie all dies sah, vielleicht einen winzigen Zipfel des Geheimnisses erblickte, ohne es indes auch nur ansatzweise verstehen zu können. Und mit der gleichen, von außen kommenden phantastischen Klarheit begriff sie, daß sie nicht in Gefahr war, *noch* nicht, weil diese Nacht nicht die vergangene war, sondern eine, die kommen würde, irgendwann. Es war eine Drohung, ein düsteres Versprechen auf die Zukunft. Der Mitternachtssee und sein entsetzlicher Bewohner warteten auf sie.

DAS STIMMT, wisperte eine Stimme, und ohne daß sie auch nur darüber nachdenken mußte, wußte sie, daß es SEINE Stimme war, die Stimme dieses entsetzlichen Dinges im See. Sie war nicht in ihrem Kopf – wenn *dies* Telepathie war, dann war sie ganz anders, als sie es sich jemals vorgestellt hatte. Sie kam von überallher zugleich, als brächte sie jedes einzelne Molekül der Luft in ihrer Umgebung zum Schwingen. Sie war ungeheuer laut, ungeheuer mächtig, obwohl sie nur flüsterte, und sie war auf gräßliche Weise angenehm: Ein tiefer, volltönender Bariton, der irgend etwas in ihr zum Klingen brachte.

»Wer bist du?« flüsterte sie. Sie wußte, daß es nicht nötig gewesen wäre, laut zu sprechen – das DING las ihre Gedanken, so wie sie seine Gedanken spürte und nur *glaubte*, sie zu hören. Aber es war leichter.

ICH BIN ICH antwortete die lautlose Götterstimme. ICH BIN DER TEUFEL. DER KLABAUTERMANN. MEPHISTO. BAAL. MAN HAT MIR VIELE NAMEN GEGEBEN. SUCH DIR EINEN AUS. ODER ERSINNE EINEN NEUEN. ES SPIELT KEINE ROLLE.

»Aber das ist ... verrückt«, murmelte Liz. »Du behauptest, das Böse zu sein.« Sie versuchte zu lachen. »So etwas gibt es nicht.«

WARUM BIST DU DANN HIER?

»Du existierst nicht«, behauptete Liz. »Du bist höchstens eine Ausgeburt meiner eigenen Phantasie.«

Die STIMME lachte. EIN KLUGER GEDANKE, sagte sie. ABER NICHT ZU ENDE GEDACHT, KLEINE NÄRRIN. DU BIST NICHT KONSEQUENT GENUG. SELBST WENN DU RECHT HAST, SPIELT ES FÜR DICH KEINE ROLLE. FÜR DICH BIN ICH REAL, OB ICH NUN EXISTIERE ODER NICHT.

Liz suchte vergeblich nach einem Fehler in der Argumentation der STIMME, aber sie fand keinen. Nervös fuhr sie sich mit der Zunge über die Lippen. »Warum ... hast du mich gerufen?« fragte sie. Wenn sie schon in diesem Wahnsinn gefangen war, warum sollte sie das Spiel dann nicht mitspielen? Vielleicht war dies der einzige Weg, dieses Netz aus Irrsinn und Horrorvisionen zu durchbrechen. Gleichzeitig hatte sie beinahe panische Angst vor der Antwort.

ICH WEISS NICHT GENAU, gestand die STIMME. MÖGLICHERWEISE AUS ZEITVERTREIB. MANCHMAL BIN AUCH ICH EINSAM. AUCH GEISTER SIND NICHT GEGEN LANGEWEILE GEFEIT, OPFER.

»Opfer? Wieso nennst du mich so?«

WEIL DU ES BIST, antwortete die Stimme. Der Spott darin war nicht mehr zu überhören. DU WEISST ES. DU BIST HIER, UM ZU SEHEN, WAS KOMMT.

»Meine ... Zukunft?« fragte Liz. Sie lachte, aber es klang selbst in ihren Ohren unecht.

WAS SEIN WIRD, erwiderte die STIMME stur. ICH.

»Ich ... werde nicht wiederkommen«, sagte Liz unsicher. Sie kam sich vor wie ein kleines Kind, das einfach die Augen schloß und sich einbildete, damit in Sicherheit zu sein.

DU BIST JETZT GEKOMMEN.

»Aber ich werde nicht wiederkommen«, beharrte Liz stur.

DANN KOMME ICH ZU DIR.

»Warum ... warum erzählst du mir das alles?« stammelte Liz. »Ich könnte fliehen.«

FLIEHEN? VOR MIR? DAS IST UNMÖGLICH. ICH BIN ÜBERALL. ICH BIN IN DIR, OPFER. HAST DU DEINE EIGENEN WORTE VERGESSEN?

»Ich könnte dich bekämpfen«, stammelte Liz. »Ich könnte es jedem erzählen, daß du hier bist. Sie würden kommen und dich vernichten.«

MICH VERNICHTEN? Die Stimme lachte böse. ICH BIN NICHT FRANKENSTEINS MONSTER ODER DOKTOR MABUSE – AUSSERDEM – NIEMAND WÜRDE DIR GLAUBEN.

Stöhnend schloß Liz die Augen, versuchte den beginnenden Wahnsinn zurückzudrängen und schloß die Hände zu Fäusten, so fest, daß sich ihre Fingernägel schmerzhaft in die Handfläche gruben.

Als sie die Augen wieder öffnete, war der See verschwunden, die Stimme erloschen.

12

Sie war nicht einmal mehr im Wald, sondern stand auf dem Weg, zwei Schritte vom Waldrand entfernt, der jetzt wieder ein ganz normaler Wald war, keine schwarze Wunde in der Wirklichkeit mehr. Die Tür in die Welt der Alpträume war wieder zugeschlagen.

Und jetzt kam auch die Angst.

Liz' Hände und Knie begannen so heftig zu zittern, daß sie für Sekunden einfach stehenblieb, reglos und ohne zu atmen. Ihre Gedanken drehten sich hektisch im Kreis, schlugen Purzelbäume, begannen sich zu verwirren. Sie stöhnte, öffnete die Augen und registrierte ohne Überraschung, aber voller Entsetzen, daß sie wieder auf dem Hof war, gleich neben Carrys Hütte, dort, wo dieser entsetzliche Alptraum begonnen hatte.

Langsam, mit erzwungen ruhigen Bewegungen drehte sie sich herum und ging zum Schuppen hinüber. Trotzdem war sie schweißgebadet, als sie den Schuppen erreichte.

Auch hier drinnen war es nicht viel kühler als draußen, aber sie war wenigstens nicht mehr unter freiem Himmel, war in einem Haus, in Sicherheit, im Schutz seiner Wände und – was vielleicht das wichtigste war – in der Nähe eines Menschen.

Durch ein Dutzend großer und ein paar hundert kleiner Löcher im Strohdach fiel heller Sonnenschein in Streifen herein und verwandelte den Boden in ein fleckiges Muster aus braunem Lehm und goldenen Lichttümpeln, in denen kleine halbvertrocknete Strohhalme und Dreckklümpchen schwammen. Es roch angenehm nach Heu und Holz, nach trockenem Staub und Hühnermist, nach Wärme und Sonnenlicht und heißem Maschinenöl. Sie liebte den Geruch von Benzin und Öl.

Ganz instinktiv suchte sie den Traktor. Das rostrote Ungetüm stand aufgebockt und ohne seine Räder auf vier ungleich hohen Holzpflöcken. Die Motorhaube war hochgeklappt, was ihn ein bißchen wie einen großen rostigen Eisenkäfer aussehen ließ, der die Flügel zum Abflug gespreizt hatte.

Sie fand Peter bei dem alten Traktor. Peter steckte bis zu den Schultern im Inneren der Maschine und bemerkte sie erst, als sie ganz dicht hinter ihm stand. Liz war ganz sicher, kein verräterisches Geräusch gemacht zu haben, aber Peter schien ihre Nähe einfach zu spüren, denn er fuhr so abrupt herum, daß er sich den Kopf an der Motorhaube anstieß, und lächelte verlegen.

»Morgen, Ma'am.« Für einen Moment sah er aus wie ein verängstigtes Tier, das nach einem Fluchtweg suchte und keinen fand. In seinen Augen stand derselbe erschrockene Ausdruck wie vorhin, als er Liz zugenickt hatte. Aber das war auf sichere Entfernung geschehen. Jetzt – ja, dachte Liz verstört, er hatte wirklich sehr viel von einem gejagten Tier an sich – jetzt war die Fluchtdistanz unterschritten. Er hatte Angst.

Ganz instinktiv wich sie wieder einen Schritt zurück und versuchte so unverfänglich wie möglich zu lächeln.

»Guten Morgen, Peter.« Sie deutete mit einer Kopfbewegung auf das Wrack des Traktors. »Sie interessieren sich für Technik?«

Er nickte. »Ein bißchen.« Sein Blick flatterte unstet durch den Raum, wie ein kleiner verängstigter Vogel, der verzweifelt nach einem Ausweg suchte und keinen fand.

»Das Ding ist ziemlich ruiniert, nicht?« fragte sie. Es interessierte sie nicht wirklich, aber die Situation begann auch für sie allmählich mehr als unangenehm zu werden. Sie wünschte, sie wäre nicht hergekommen. Was, zum Teufel, sollte sie ihm sagen? Daß sie hierhergeflohen war, weil sie Angst vor ein paar Schatten und einem DING im See gehabt hatte? Lächerlich!

»Nein«, antwortete Peter. Seine Augen leuchteten auf. »Er läuft nicht, aber ich denke, ich krieg ihn wieder hin. Ich muß nur ein paar Ersatzteile aus der Stadt haben. Aber das wird nicht so teuer«, fügte er mit einem raschen, verlegenen Lächeln hinzu.

»Wirklich? Ich ... das wäre herrlich.« Die Vorstellung, sich auf den Sattel des Traktors zu schwingen und damit über die Wiesen und Felder zu fahren, gefiel ihr. »Ich habe immer gedacht, das Ding wäre total hin, so wie er aussieht.« Sie betrachtete das verrostete Wrack kopfschüttelnd. Der Teil der Motorhaube, gegen den Peter beim Herumdrehen gestoßen war, war heruntergeklappt, so daß der Traktor nun nicht nur wie ein rostiger, sondern noch dazu verstümmelter Eisenkäfer aussah. Der größte Teil seiner gußeisernen Eingeweide war herausgerissen und in heillosem Chaos auf dem Boden verteilt. Zehn Jahre altes Öl tropfte aus einem Schlauch wie schwarzes Blut aus einer abgerissenen Arterie, und je länger sie hinsah, desto mehr erinnerte sie die offene Motorklappe an eine schreckliche rechteckige Wunde.

Sie bemerkte, daß sich die Wirklichkeit schon wieder zu verzerren begann. Sie sah Dinge, wo andere waren. Sie würde irgendwann den Verstand verlieren, wenn sie nichts gegen diese Entwicklung unternahm. Beinahe hastig konzentrierte sie sich wieder auf den rein praktischen Aspekt dessen, was sie sah.

Es erschien ihr immer noch unmöglich, daß jemand aus diesem Haufen Schrott wieder eine funktionierende Maschine machen konnte. Andererseits – Ohlsberg hatte gesagt, daß Peter sehr geschickt wäre. Und er würde gewiß nicht lügen, nur um sich interessant zu machen.

»Das wird schon, Ma'am«, sagte Peter, dem ihr zweifelnder Gesichtsausdruck keineswegs entgangen war. Er fuchtelte mit einer ölverschmierten Hand in der Luft herum. »Ist nur äußerlich. Die Leute, die ihn vorher gehabt haben, haben wohl nichts von Maschinen verstanden. Sie werden sehen, wenn ich damit fertig bin, läuft er wieder wie neu. Ist ein guter Traktor. Sieht nur nicht gut aus, aber Sie werden sehen, er ist besser als die Dinger, die sie heute bauen.« Er klopfte mit der Hand auf die offenstehende Motorhaube, was einen tiefen, satten Klang erzeugte, der sonderbar lange in der leerstehenden Scheune widerhallte.

»Sie kennen moderne Traktoren?« fragte Liz.

»Nur vom Sehen«, antwortete Peter. »Aber ich mag sie nicht. Sie sind zu groß. Zu laut.« Er lächelte verlegen, drehte ein paarmal den Kopf nach rechts und links, als wisse er plötzlich nicht mehr, wohin mit seinem Blick, und wandte sich dann wieder seiner Arbeit zu, so plötzlich, als wäre ihm erst jetzt wirklich klar geworden, was er tat und daß es überdies etwas Verbotenes war.

Liz beobachtete ihn eine Weile. Er hantierte mit einem Geschick an der Maschine, das sie ihm gar nicht zugetraut hätte. Plötzlich erschien es ihr gar nicht mehr so unglaublich, daß er den Traktor wieder zum Leben erwecken würde. Seine Finger bewegten sich mit einer schon fast unheimlichen Geschicklichkeit, und während sie es taten, veränderte sich auch sein Gesichtsausdruck: Es war beinahe unheimlich, vielleicht vor allem, weil es so schnell ging.

Eine sichtbare Spannung breitete sich auf seinen Zügen aus; von einer Sekunde zur anderen verwandelte er sich in einen völlig anderen Menschen. Aus dem trotz allem noch kindlichen, irgendwie unfertigen Gesicht eines Beinahe-Idioten wurde das eines ganz normalen, gutaussehenden jungen Mannes, der sich völlig auf seine Aufgabe konzentrierte. So sehr, daß er alles andere rings um sich herum zu vergessen schien; selbst sie, obwohl er noch vor Sekunden mit ihr gesprochen hatte. Er war ... unheimlich, dachte Liz. Es war das zweite Mal, daß sie glaubte, ihn ganz anders zu sehen, als er war, und obgleich er sich diesmal nicht in ein Ungeheuer mit einem Gorgonenhaupt und furchtbaren gelben Augen verwandelte, war der Effekt kaum weniger erschreckend als beim ersten Mal. Sie schauderte. Ein Gefühl eisiger prickelnder Kälte breitete sich auf ihren nackten Unterarmen aus. Als sie an sich herabsah, stellte sie fest, daß sie eine Gänsehaut hatte.

Liz drehte sich mit einer so abrupten Bewegung herum, daß selbst Peter einen Moment in seiner Arbeit innehielt und stirnrunzelnd aufsah, machte einen Schritt zur Tür hin und blieb wieder stehen. Nein – sie konnte nicht hinaus. *Noch* nicht. *Es* war noch dort draußen, was immer *es* auch war;

lange nicht mehr so intensiv und drohend wie vorhin, als sie hierhereingeflohen war, aber noch immer präsent. Sie blieb stehen, sah Peter weiter schweigend bei seiner Arbeit zu und kam sich immer alberner vor.

»Was war eigentlich mit dem Hund los?« fragte sie nach einer Weile. »Mit Carry? Er hat gebellt wie ein Irrer.«

Peters Kopf tauchte aus den Eingeweiden der Maschine auf. Über seinem linken Auge glänzte ein kleiner Ölfleck, der vorher nicht dagewesen war. »Weiß nicht, Ma'am«, antwortete er – jetzt wieder mit der monotonen, leicht schleppenden Stimme. Er war wieder er, der Dorftrottel, der Beinahe-Idiot, der *Spion*, den Ohlsberg zu ihnen geschickt hatte. Sie hatte den Zauber zerstört, dachte sie, und empfand ein absurdes, heftiges Gefühl von Schuld dabei.

»Er muß irgend etwas gewittert haben. Vielleicht ein Kaninchen.«

Liz schüttelte den Kopf. »Nein«, sagte sie überzeugt. »Das war kein Kaninchen. Auch kein Fuchs. Ich kenne Carry. Es muß schon etwas Großes sein, wenn er so durchdreht.«

Peter überlegte einen Augenblick. »Früher gab es Wölfe hier in der Gegend«, erzählte er. »Aber die letzten sind vor fünfzig Jahren geschossen worden.«

»Wölfe?« wiederholte Liz ungläubig. »Hier?«

Peter nickte heftig. »Ja, bestimmt. Ich hab' natürlich keinen mehr gesehen, war ja damals noch gar nicht auf der Welt, aber mein Vater hat erzählt, daß er noch einen gesehen hat, mit eigenen Augen.«

Aber *hier*? dachte sie. *Das war kurz vor dem Krieg. Wölfe? Wölfe?*

»Es gibt eine Menge komischer Sachen hier«, sagte Peter. »Dinge, die es anderswo vielleicht nicht mehr gibt. Ohlsberg sagt das auch. Und es stimmt. Hab' selbst ein paar Sachen gesehen, die komisch waren.«

»Sachen?« fragte Liz rasch. »Was für Sachen?«

»Komische Dinge eben«, erwiderte Peter ausweichend. Sie spürte, daß er schon wieder an dem Punkt angelangt war, an dem er nicht weitersprechen wollte und bereits bedauerte, überhaupt geantwortet zu haben. »Besser, man spricht nicht darüber.«

Dinge wie einen Schrei, der kein Schrei gewesen war, dachte Liz schaudernd. Laut sagte sie: »Mein Mann meint, es könnte ein Fuchs sein. Aber das ... glaub' ich nicht.«

»Sicher. Füchse gibt es viele hier. Manche haben die Tollwut. Besser, man geht ihnen aus dem Weg. Und Wildschweine. Aber die trauen sich nicht so weit aus dem Wald heraus. Jedenfalls nicht am Tag.«

»Bären gibt es ja wohl nicht zufällig auch noch hier, oder?« fragte Liz scherzhaft. Ihr war noch immer kalt. Der Scherz kam ihr selbst lahm und dumm vor. Peter reagierte nicht darauf. Er sah Liz einen Atemzug lang an, ehe er sich erneut über die Maschine beugte und an irgend etwas herumzuschrauben begann. Diesmal verwandelte er sich nicht. Er tat nur so, als arbeite er, aus dem einzigen Grund, nicht mehr mit ihr reden zu müssen. Sie spürte, wie sehr er darauf wartete, daß sie endlich ging.

Peter antwortete nicht, und plötzlich begriff sie, daß er auch nicht weiterreden würde. Und wahrscheinlich wußte er ja auch gar nichts.

»Ich ... ich mache gleich das Essen«, sagte sie schließlich. »Sie kommen dann rüber, wenn ich rufe, ja?«

Er nickte, ohne von seiner Arbeit aufzusehen. Eine Schraube entglitt seinem Finger, prallte mit einem glasklaren *Plink* vom Motorblock ab und rollte davon, um von den Schatten gefressen zu werden.

»Gut. Ich – gehe dann.« Sie drehte sich um und verließ zögernd die Scheune. Diesmal hatte sie keine Angst. Aber sie spürte ein leichtes Bedauern – sie hätte sich gerne noch ein wenig mit Peter unterhalten. Der Mann war bestimmt nicht halb so verrückt, wie Ohlsberg behauptet hatte. Er war nur scheu, introvertiert, eine Verhaltensweise, die von den einfachen Leuten hier oben vielleicht als verrückt ausgelegt wurde. Allenfalls ein bißchen verhaltensgestört. In der Stadt, aus der Stefan und sie gekommen waren, hätte man ihn zu einem guten Psychotherapeuten geschickt, und er wäre nach ein paar Sitzungen geheilt. Vielleicht – wäre er auch erst gar nicht so geworden, wie er war; Liz zweifelte jetzt immer weniger daran, daß Ohlsberg und die anderen – wer immer diese *anderen* auch sein mochten – ihn sechsunddreißig Jahre lang geduldig zu dem gemacht hatten, was er jetzt war. Und vielleicht, fügte sie in Gedanken spöttisch hinzu, war das Landleben dem in der Stadt nicht in *allen* Punkten überlegen.

13

Als sie zum Wohnhaus hinüberging, fing Carry wieder an zu bellen.

Liz blieb stehen. Der Laut jagte ihr einen eisigen Schauer über den Rücken: Es war ein helles, kläffendes Bellen, nicht das tiefe Rra-Wuff, das sie von ihm gewöhnt war, und als sie näher kam, sah sie, daß er zitterte. Seine Nackenhaare waren aufgestellt, und von seinen Fängen tropfte rosafarbener Schaum.

Der Hund ... *hat Angst*! dachte Liz schaudernd. *Panische Angst*. Aber wovor nur? Sie hob die Hand, streckte sie nach ihm aus und zog den Arm erschrocken wieder zurück, als Carry nach ihr schnappte und ein drohendes Knurren hören ließ, ohne dabei mit Jaulen und Kläffen aufzuhören. Blasiger Geifer troff von seinen Lefzen, die so weit hochgezogen waren, daß es ihr im ersten Moment fast unmöglich erschien. Wieder erinnerte sie sein Anblick an einen Wolf, und wie um den Eindruck noch zu verstärken, echoten Peters Worte dumpf hinter ihrer Stirn: *Ich selbst hab' keinen mehr gesehen, aber mein Vater ... vor fünfzig Jahren ...* Und Carry sah in diesem Augenblick *wirklich* aus wie ein Wolf: Sein Gebiß war furchteinflößend gefletscht, die Augen groß und rund und schwarz vor Zorn *(Zorn?)*, jeder einzelne Muskel in seinem mächtigen Leib bis zum Zerreißen gespannt. Sein Fell war gesträubt, als wäre es elektrisch geladen.

Mehr verwirrt als wirklich erschrocken trat sie abermals auf ihn zu.

»Carry, was ist denn los, Junge?« murmelte sie. Abermals hob sie die Hand, um ihm beruhigend den Kopf zu tätscheln, aber er wich vor ihrer Berührung zurück und stieß ein jämmerliches Jaulen aus, um gleich darauf wieder wie ein Irrer loszukläffen.

Der Hund hatte *Angst*, dachte sie erneut.

Und dann hörte sie es auch.

Das Geräusch wurde vom Bellen des Hundes fast verschluckt, aber es war da, und es wurde mit jeder Sekunde lauter, schien näherzukommen, anzuschwellen, wieder zu verebben, wieder anzuschwellen, wieder leiser zu werden und wieder lauter, ein dämonischer, entsetzlicher Rhythmus, der lauter wurde, lauter, lauter, immer lauter und lauter und lauter. Es war ein helles, kreischendes Geräusch, ein ... Schrei? Ein Wimmern? Ein Brüllen? Auf absurde Weise klang es gleichzeitig hell und kreischend und tief und drohend, voller Angst und Schmerzen und Kraft und Zorn, als schrie das Land selbst seine Not hinaus. Ein Schmerzensschrei der Erde, ein Geräusch, das gleichzeitig Angst und unsägliche Qual auszudrücken schien, aber auch eine unfaßbare, grauenhafte Drohung. Ihr Herz begann wie wild zu schlagen. Das Geräusch ließ sie zusammenzucken, wogte auf und ab, lauter und leiser, um bei jedem Mal deutlicher und drohender zu werden. Näher. Einen Moment lang brach es ab, um kurz darauf noch lauter wiederzukommen, ein gräßlicher, alles übertönender *Schrei*, der ihren Schädel zum Zerspringen zu bringen schien und ihr das Blut in den Adern gefrieren ließ.

Sie schlug entsetzt die Hände vor die Ohren, aber es half nicht. Der Schrei gellte weiter in ihrem Schädel, ein gräßlicher Laut, der geradewegs aus der Hölle zu kommen schien.

Sie starrte aus schreckgeweiteten Augen zum Waldrand hinüber, von wo der Schrei kam. Neben ihr rollte sich Carry zu einem pelzigen Ball zusammen, verbarg die Schnauze unter den Vorderpfoten und stieß ein ängstliches Geheul aus.

Mit einem Mal erschien ihr der Wald näher als noch vor Sekunden, und es war kein schattiger, kühler Hain mehr, sondern eine schwarze drohende Mauer, hinter der sich das Grauen verbarg, der See mit seinem entsetzlichen Bewohner, die gräßliche Stimme, die zu ihr gesprochen hatte.

Die hohen, knorrigen Umrisse der Bäume hatten Gestalt angenommen, waren zu den Silhouetten drohender, schwarzer Riesen geworden, Alptraumgestalten, die nur darauf warteten, die Wurzeln wie Krallenfüße mit dürren braunen Zehen aus dem Boden zu reißen, sich ihr zu nähern, sie zu packen, zu töten oder ihr Schlimmeres anzutun. Schatten rasten durch den Wald, ein dumpfer, feuchter Laut drang an ihr Ohr, ein Geräusch, als erhebe sich etwas Gigantisches, Schwarzes und Nasses aus dem See, aber nicht nur aus ihm, sondern auch aus dem dahinterliegenden Moor, denn es war viel zu groß, um in der Tiefe des Sees allein Platz zu haben. Sie konnte hören, wie sich haardünne schwarze Fühler wie zuckende Nervenfäden aus dem Boden lösten, hörte das saugende, schmatzende Geräusch, mit dem ES seinen kolossalen Körper aus dem Griff des Moores herauszog, der es äonenlang gleichermaßen beschützt wie gefangen gehalten hatte, hörte das Splittern von Unterholz, durch das eine ungeheuerliche Masse schwarzen, pulsierenden Fleisches kroch, ein knochen- und sehnenloses Etwas, alles-in-einem-und-nichts-von-allem, Lovecrafts Nyarlatothep, das schleichende Chaos, die menschenfressende Riesenamöbe, jeder Schrecken, den ein menschliches Gehirn jemals ersonnen hatte; und noch ein paar mehr. Der Wald war jetzt vollends schwarz, es gab nicht einmal mehr Schatten, und hinter diesem Schwarz kroch es heran, langsam, aber unaufhaltsam.

Dann hörte sie das Geräusch wieder: Den Schrei, das entsetzliche Kreischen, das sie gestern morgen geweckt hatte. Sie schrie ebenfalls auf, aber der Laut ging in dem entsetzlichen Crescendo unter, wurde zu einem Bestandteil dieses anderen, irrsinnigmachenden Schreis und steigerte seine Grausamkeit noch. Sie wollte aufhören zu schreien, aber das konnte sie nicht. Sie bekam keine Luft mehr. Ihre Lungen brannten, als hätte sie Säure eingeatmet, und ihr Herz schien zu zerspringen, aber sie konnte einfach nicht aufhören.

Wie durch einen dichten Nebel registrierte sie, daß Stefan hinter ihr erschien, wie Peter aufgeschreckt durch ihren Schrei und das Wimmern des Hundes aus der Scheune gestürmt kam und auf sie zuhetzte. Beide schrien, und beide rannten, so schnell sie nur konnten, aber ihre Stimmen waren Lichtjahre weit weg und ihre Bewegungen lächerlich langsam. Das DING würde sie erreichen, ehe sie auch nur die halbe Strecke zurückgelegt hatten.

Langsam, wimmernd, brach sie in die Knie.

Der Schrei echote zwischen den Bäumen, schien lauter zu werden, drohender, bis er seine gesamte Energie auf einen winzigen Fleck konzentrierte, in dessen Brennpunkt sie hockte, unfähig zu fliehen, sich zu wehren oder irgend etwas zu tun oder zu denken. Und er wurde immer noch lauter, hatte längst die Grenzen des Vorstellbaren überschritten und steigerte sich immer noch mehr, der Blitz einer Science-Fiction-Waffe, der Strahl einer Schallkanone, der ihr Gehirn sprengen, jede einzelne Zelle in ihrem Körper zum Kochen bringen mußte.

Sie spürte kaum, wie Stefan sie an den Schultern hochriß und sie schüttelte, sie spürte auch nicht, wie er sie anschrie, sie schließlich schlug, um ihren Schreikrampf zu lösen. Alles in ihr war Schrei, war *der Schrei*. Ihr Körper vibrierte im Rhythmus des gräßlichen Lautes, schien zerspringen, zerplatzen zu wollen. Auch Stefan und Peter schrien, ihre Gestalten verschwanden in einem blutigen Nebel aus Schmerz vor ihren Augen. Stefan schlug wieder zu, und plötzlich schlug sie zurück, spürte selbst, mit welcher Kraft ihre Hand in sein Gesicht klatschte, und …

Und dann war Ruhe.

Von einer Sekunde zur anderen brach der Schrei ab. Er wurde nicht etwa leiser und verklang, sondern brach so abrupt ab, als hätte irgend jemand einen Schalter umgelegt.

»Liz! Um Gottes willen, was ist denn los?«

Sie hörte seine Worte, aber sie war unfähig, darauf zu reagieren. Sie konnte immer noch nicht atmen, ihr ganzer Körper war ein einziger Krampf. Ihr Schrei erstarb, nicht weil sie es wollte, sondern weil in ihren Lungen einfach keine Luft mehr war. Sie wankte, brachte irgendwie die Kraft auf, sich halb in die Höhe zu stemmen, und fiel gegen Stefan.

Sie fühlte seine starken Arme um ihre Schulter, das Brennen im Gesicht, wo er sie geschlagen hatte, und endlich konnte sie wieder atmen.

Ein Weinkrampf packte sie. Sie ließ sich einfach fallen, preßte ihr Gesicht an seine breite, kräftige Brust und schluchzte hemmungslos. Sie registrierte kaum, wie er sie hochhob und ins Haus trug. Draußen, auf dem Hof, stieß Carry ein jämmerliches Wimmern aus.

14

Später: Wieviel Zeit genau vergangen war, wußte sie nicht. Aber es mußte eine Menge gewesen sein. Stefan hatte sie ins Wohnzimmer gebracht und auf die Couch gelegt, und danach hatte er nach einem Arzt telefoniert. Jetzt saß er neben ihr, eine große, breitschultrige Gestalt, deren Gegenwart Wärme und Schutz versprechen sollte, es aber nicht tat. Die Furcht, die Vision, der Schrei, der schleichende Terror aus dem Wald, das alles war erloschen, aber dieses absurde Gefühl von Einsamkeit war geblieben. Sie fühlte sich noch immer wie der einzige Mensch auf der Welt, das einzige lebende Wesen auf diesem ganzen Planeten; alle anderen – Stefan, Peter, Carry, waren nichts als Staffage, die nur erschaffen worden war, um sie den Wahnsinn noch deutlicher spüren zu lassen. Es gab nur sie. Sie und das DING.

»Beruhige dich erst einmal, Schatz«, flüsterte Stefan. Seine Stimme klang besorgt, und in seinen Augen lag ein mitfühlender, zärtlicher Ausdruck. Seine Hand ruhte auf ihrer Schulter, leicht und doch gleichzeitig kraftvoll und stark. Sie konnte durch den dünnen Stoff der Bluse hindurch fühlen, wie sie im Rhythmus ihrer eigenen Herzschläge zitterte, obwohl Stefan sich Mühe gab, ruhig und gelassen zu erscheinen. Die unnatürliche Blässe seines Gesichts strafte seine Worte Lügen. In seinen Augen flakkerte nur noch mühsam unterdrückte Panik. Die Umrisse ihrer Hand zeichneten sich feuerrot auf seiner linken Wange ab. Sie erinnerte sich kaum, ihn geschlagen zu haben.

»Was war los?« fragte er. »Was ist passiert, um Gottes willen?«

Sie konnte nicht gleich antworten. Ihr Gaumen war so trocken, daß sie im allerersten Moment nur ein unverständliches Krächzen hervorbrachte. Sie hatte Angst, daß sie wieder schreien würde, wenn sie auch nur versuchte zu sprechen.

»Es – es war gräßlich«, sagte sie. Ihre Stimme zitterte. Allein die Erinnerung an diesen fürchterlichen Laut trieb ihr wieder die Tränen in die Augen. Sie fror, obwohl ihre Bluse schweißgetränkt war.

Sie trank nervös aus dem Glas, das Stefan ihr in die Hand gedrückt hatte, verschluckte sich und hustete. Ihr Blick flatterte unstet.

»Erzähl mir davon«, sagte Stefan. »Wenn du kannst.« Er lächelte, aber seine Augen blieben ernst, und seine Stimme bebte in dem vergeblichen Bemühen, die Angst zu unterdrücken. »Das Wort *gräßlich* allein reicht vielleicht nicht ganz als Erklärung, meinst du nicht?«

Liz sah auf. Ihre Finger zitterten so stark, daß sie Mühe hatte, das Glas zu halten. »Es war so ... so fürchterlich«, schluchzte sie.

»Fürchterlich?« Er beugte sich vor und versuchte Interesse zu heucheln, wo nur Angst war. »Was?«

»Ein ... ein Geräusch«, murmelte sie. »Ein Laut. Ich ... ich habe noch nie einen so grauenhaften Laut gehört. Ich ...« Sie brach ab, erstarrte für einen Moment und sah zuerst

Stefan, dann Peter und dann wieder Stefan gleichermaßen verwirrt wie hilfesuchend an. Plötzlich spürte sie, wie erneut Angst in ihr hochkroch. *Sie hatten es nicht gehört. Weder Stefan noch Peter hatten dieses entsetzliche Geräusch GEHÖRT!*

In ihre Augen trat ein seltsamer, hilfloser Ausdruck. »Aber – du – du mußt es doch auch gehört haben.« Ihre Stimme bebte; ein lautloser Hilfeschrei klang darin mit.

Stefan antwortete nicht; aber das war auch gar nicht notwendig. Der Ausdruck in seinem Gesicht sagte ihr genug. »Du – du hast es gehört«, flüsterte sie. »Bitte, sag, daß du es auch gehört hast. Du mußt es gehört haben!« Sie fuhr hoch. Das Glas fiel zu Boden und zerbrach klirrend. Niemand nahm Notiz davon. Sie starrte Stefan an, sah den Blick seiner Augen und wandte sich fast verzweifelt an Peter, der neben der Tür stand, den Blick betreten zu Boden gerichtet. »Sagen Sie, daß Sie etwas gehört haben, Peter«, flehte sie. »Bitte ...«

Er wich ihrem Blick aus, aber die Art, wie er es tat, die Art, wie er mit den Händen rang und mit dem Fuß über den Boden scharrte, sagte genug. Mehr als genug. *Sie hatten es nicht gehört!*

»Ich muß jetzt wieder gehen«, sagte Peter. »Die Arbeit ...«

»Nein!« Liz schrie fast, und Heyning erstarrte mitten in der Bewegung. Er wirkte nervös, auf seine Art ebenso erschrocken wie Liz. Auch Stefan sah sie einen Moment irritiert an, drehte sich dann aber zu Peter um und nickte. »Das ist in Ordnung. Gehen Sie ruhig, Peter. Ich rufe Sie, wenn ich Sie brauche. Vielen Dank für Ihre Hilfe.«

Liz riß sich mit aller Macht zusammen, um nicht aufzuschreien. Sie wollte nicht, daß er ging. Er durfte nicht gehen. Wenn er ging, würde er verschwinden, einfach erlöschen wie eine Kerze, die der Sturm ausblies. Es würde ihn einfach nicht mehr geben, weil es die Welt dort draußen in Wirklichkeit nicht gab, weil die Realität jenseits dieser Tür endete und weil ...

Sie begriff, daß sie ganz nahe daran war, schon wieder hysterisch zu werden, und zwang sich mit aller Gewalt zur Ruhe. Es war vorbei. *Vor-bei.*

»Du hast ihn verwirrt«, sagte Stefan. »Das solltest du nicht tun.«

»Ich ...«

»Was war los?« unterbrach er sie. »Also?«

»Der ... Schrei«, sagte sie stockend. Ihre Augen waren unnatürlich geweitet, und ihr Herz begann mit einem Mal so rasend schnell zu hämmern, daß sie die Schläge bis in Finger- und Zehenspitzen zu spüren glaubte.

»Schrei?« wiederholte Stefan. »Der gleiche wie gestern?«

Sie nickte. Unsicher beugte sie sich vor, hob das Glas vom Boden auf und lehnte sich wieder zurück. Ihre Hände umklammerten es so fest, daß die Knöchel weiß hervortraten. Sie saß zusammengesunken auf der Couch, lauschte auf das wahnwitzige Hämmern ihres eigenen Herzens und fragte sich zum hundertsten Mal, ob sie verrückt geworden war. Lange Zeit sagte sie nichts, dann, mit einer plötzlichen, ruckartigen Bewegung flog ihr Kopf hoch. »Der Hund«, stieß sie hervor. »Carry. Er hat es auch gehört! Du weißt, wie er gebellt hat. Er muß es gehört haben. Und ihr.«

Aber sie las die Antwort in seinem Gesicht. Er hatte es nicht gehört. Niemand hatte es gehört.

Stefan rückte ein Stück näher zu ihr und drückte sie an sich. »Es wird alles wieder gut, Liebes ...«, flüsterte er. »Jetzt beruhige dich erst einmal. Ich habe den Arzt angerufen. Er müßte bald hier sein.«

Sie stieß ihn mit überraschender Heftigkeit von sich. Ihre Augen blitzten. »Ich brauche keinen Arzt«, schrie sie mit überschnappender Stimme. »Ich bin nicht verrückt, wenn du das meinst.«

»Das meine ich nicht«, antwortete er mit einer Ruhe, die sie noch wütender machte. »Und das weißt du genau. Du hast irgend etwas gehört, bitte. Ich habe nichts gehört und Peter auch nicht. Aber das bedeutet nicht, daß du verrückt bist.«

»Und der Hund?« fuhr sie auf.

»Ich habe ja nicht behauptet, daß da nichts war«, erwiderte Stefan ruhig. »Peter und ich haben nichts Außergewöhnliches gehört oder gesehen, aber das heißt nicht, daß *wirklich* nichts da war. Vielleicht hast du nur ein feineres Gehör als wir. Außerdem war ich im Haus und habe auf meiner Schreibmaschine herumgehämmert, und Peter war mit seinem Traktor beschäftigt. Gut möglich, daß wir es überhört haben.«

Liz starrte ihn fassungslos an. Sein Gesicht war ernst, aber sie glaubte ihm. Er glaubte, was er sagte. Es war keine fromme Lüge. Stefan war gar nicht fähig zu so einer Handlung. Er war fair, auch wenn er unglaublich hart sein konnte, manchmal. Aber bevor er ein Urteil über jemanden fällte, gab er ihm jede nur erdenkliche Chance, so wie jetzt ihr. Er sagte all dies nicht einfach so daher, nur um sie zu beruhigen. Er zählte Fakten auf, wog sie gegeneinander ab, versuchte herauszufinden, was wirklich geschehen war. Er war geradezu ekelhaft fair, in diesem Moment. Er baute ihr eine Brücke, zeigte ihr einen Ausweg, eine logische Erklärung, wie es gewesen sein *könnte.*

»Beruhige dich, Liebling«, sagte er sanft. »Es wird sich eine ganz einfache Lösung finden, irgendwie.« Er fuhr zärtlich mit den Fingern durch das Haar, hauchte einen Kuß auf ihre Stirn und drückte kurz und beinahe schmerzhaft fest ihre Hand. »Vielleicht bist du auch einfach nur überarbeitet«, sagte er. »Es war alles zuviel für dich. Die schwere Arbeit, das Haus, der Garten ... Ich glaube, alles, was dir fehlt, ist eine Woche Urlaub. Ruhe.«

Sie schwieg. Sie wußte, was sie gehört hatte, aber sie konnte nichts sagen. Jedes Wort, das sie hätte sagen können, hätte alles nur schlimmer gemacht. Und doch ... er mußte es gehört haben. Er *mußte*!

»Ich werde den Arzt fragen«, sagte Stefan ernsthaft. »Wenn er nichts dagegen einzuwenden hat, fahren wir gleich morgen ab. Ich kann den Roman genausogut in einem gemütlichen Hotelzimmer in Hamburg fertigschreiben.« Plötzlich lächelte er, wie jemand, dem gerade ein besonders guter Einfall gekommen war. »Was hältst du davon, deine verrückte Freundin Gabi und ihren kaum weniger verrückten Mann Rainer wieder einmal zu besuchen? Versprochen haben wir es schon lange.« Liz fuhr mit überraschender Heftigkeit auf. »Aber das will ich nicht! Ich will nicht, daß du meinetwegen ...«

»Und ich will nicht, daß du dich meinetwegen überanstrengst«, unterbrach er sie. »Mach dir doch nichts vor. Du hast zu viel von dir verlangt, und jetzt bekommst du die Quittung.«

»Aber Stefan, ich habe es gehört, verstehst du? *Gehört!* Ich bilde mir nichts ein. Das ... das Geräusch war da!« Sie sprang auf, hob die Arme und sank mit einem halb unterdrückten Schluchzen wieder zurück. »Es war da«, wimmerte sie.

Stefan schwieg einen Moment, und in sein Gesicht trat ein undefinierbarer Ausdruck, etwas, vor dem sie erschrak, plötzlich und ohne es sich selbst erklären zu können.

»Ich glaube dir ja«, sagte er beruhigend. »Ich glaube dir, daß du etwas gehört hast. Ich glaube dir, daß du es wirklich gehört hast, daß du es dir nicht nur einbildest. Aber ich will gar nicht wissen, was es war.«

Er nahm sie an den Schultern und schob sie auf Armeslänge von sich. »Sieh mal, Schatz. Nehmen wir an, du hast dort draußen wirklich etwas gehört, während ich hier auf meiner Schreibmaschine randaliert habe und Peter mit seinem Spielzeug beschäftigt war. Aber – ganz egal, was es war: Noch vor drei, vier Minuten hättest du gelacht. Wenigstens hättest du nicht so ohne weiteres einen Nervenzusammenbruch erlitten. Du bist einfach am Ende deiner Kräfte. Und es ist meine Schuld«, fügte er etwas leiser und nach einer kaum merklichen Pause hinzu.

»Wieso? Ich ...«

»Doch. Ich weiß, was du sagen willst, aber es ist meine Schuld. Ich bin ein Idiot, Liz. Ich habe mich die letzten sechs Monate hier oben in meinem Arbeitszimmer vergraben, seitenweise Papier vollgekritzelt und gar nicht gemerkt, wie du dich zugrunde richtest.«

»Jetzt redest du Unsinn«, sagte sie lahm. Aber irgend

etwas sagte ihr, daß er nicht einmal so völlig unrecht hatte; wenn auch aus ganz anderen Gründen, als er selbst annahm.

Er schüttelte ernst den Kopf. »Oh, nein. Ich war noch nie so vernünftig wie in diesem Augenblick. Ich glaube, ich habe mir wirklich eingebildet, du könntest aus eigener Kraft aus dieser Ruine hier wieder ein funktionierendes Heim machen.«

»Unsinn«, sagte sie. »Du hast mehr getan als ich. Du ...«

»Vierzehn Tage geackert wie ein Wahnsinniger, ja«, unterbrach er sie. »Ich habe mir die schweren Sachen herausgepickt, ein paar Kraftakte vollbracht und meine Muskeln spielen lassen und bin mir auch noch toll dabei vorgekommen. Es tut mir leid, Schatz. Ich ... ich habe wohl nicht begriffen, wie aufreibend dein tägliches Einerlei war. Und dann noch die Sache gestern.« Er schüttelte den Kopf.

»Du bist nun mal kein Herkules. Es hätte mir klar sein müssen, daß du irgendwann einmal am Ende deiner Kräfte angelangt sein würdest. Sei froh, daß es so glimpflich abgegangen ist.«

»Glimpflich?« Sie keuchte.

»Es hätte schlimmer kommen können«, sagte er. »Du ...« Er brach ab, als vom Hof das Geräusch eines Wagens hereindrang, und stand auf. »Das wird der Arzt sein«, vermutete er.

»Schick ihn weg«, verlangte Liz.

»Wie bitte?«

»Schick ihn weg, bitte. Ich möchte nicht, daß die ganze Gegend erfährt, daß ich mich wie eine hysterische Ziege verhalten habe.«

Stefan lächelte. »Erstens hast du dich nicht wie eine hysterische Ziege verhalten. Du benimmst dich allerhöchstens jetzt wie ein störrisches Kind, aber das konntest du ja schon immer gut. Und zweitens gibt es so etwas wie eine ärztliche Schweigepflicht, falls ich dich daran erinnern darf.«

»Wieso ... ist er jetzt schon da?« murmelte Liz verstört. »Habe ich ...«

Sie stockte. »Ist es ... schon so lange her?« Gott, hatte sie wieder Zeit verloren? Ein neuer Blackout?

»Lange?« Stefan blickte sie verwirrt an, dann schüttelte er den Kopf und lächelte. »Nein. Ich habe nur mit seiner Frau telefoniert, vorhin. Wahrscheinlich hat sie ihn bei irgend einem seiner anderen Patienten erwischt, hier in der Nähe. Oder er hat Funk im Wagen.«

»Ich will nicht, daß er mich so sieht!«

»Wie?« fragte Stefan »Krank?«

»Hysterisch«, erwiderte Liz.

»Du bist krank«, beharrte Stefan. »Und niemand wird auch nur ein Sterbenswörtchen von dem erfahren, was hier vorgefallen ist, wenn du es nicht selbst herumerzählst. Der Arzt darf überhaupt nichts davon erzählen, das weißt du doch.«

Sie wollte ihm sagen, was sie von der ärztlichen Schweigepflicht hier hielt, aber das Eintreten des Doktors hinderte sie daran.

Doktor Swensen machte sich nicht die Mühe, anzuklopfen oder Zeit mit irgendwelchen anderen Förmlichkeiten zu verschwenden. Er war ein alter, kurzbeiniger Mann mit einem roten Weihnachtsmanngesicht und dicken Wurstfingern, die kaum so aussahen, als könnten sie ein Schlachtermesser richtig führen, geschweige denn ein ärztliches Instrument. Sein Anzug schien die letzten beiden Weltkriege mitgemacht zu haben, und unter seinem Gesicht wakkelte ein Doppelkinn, das ihm einen plumpen, schwerfälligen Anstrich gab. Er kam herein, ohne anzuklopfen, warf seinen Hut auf einen freien Stuhl und hinterließ eine Schmutzspur auf dem weißen Teppich, während er auf die Couch zusteuerte. Liz hatte ihn bisher einmal flüchtig gesehen – sie erinnerte sich nicht einmal mehr, wo – und dabei seinen Namen aufgeschnappt, aber die Zeit, die sie bis jetzt hier lebten, war zu kurz gewesen, als daß sie seine Hilfe hätte in Anspruch nehmen können. Sie wollte es auch nicht; schon gar nicht jetzt.

»Das ist unsere Patientin, wenn ich mich nicht irre«, sagte

er jovial. Es klang unecht, und Swensen gab sich nicht einmal sonderlich Mühe, um den Anschein zu erwecken, daß seine Worte mehr waren als eine bloße Floskel, die er vermutlich bei jedem Hausbesuch von sich gab.

Liz starrte ihn feindselig an, aber das schien ihn nicht sonderlich zu stören. Er lächelte, stellte seine abgewetzte Arzttasche auf den Tisch und legte seine dicken Finger auf ihre. Seine Hände fühlten sich feucht und verschwitzt an. Liz zog ihre Hand zurück und rückte ein Stück von ihm weg.

»Wo fehlt's denn?« fragte Swensen noch immer in diesem jovialen, aufreizenden Ton, der ihre Abneigung noch verstärkte.

»Nirgends«, sagte Liz wütend. »Ich brauche keine Hilfe.«

Swensen lächelte milde. »So sehen Sie mir aber ganz und gar nicht aus«, sagte er. »Im Gegenteil. Was ist passiert? Ein Unfall?«

»Ich habe ein Gespenst gesehen«, antwortete Liz wütend. »Das war alles. Wenn Sie das unter dem Wort Unfall verstehen, dann war es einer, ja.«

Swensen sah auf und tauschte einen fragenden Blick mit Stefan, ehe er sich wieder Liz zuwandte, ein Stück näher rutschte und erneut ihre Hand ergriff. Diesmal ließ sie es geschehen. »Ihr Mann hat am Telefon etwas von einem Nervenzusammenburch erzählt«, sagte er. »Nach dem, was ich jetzt sehe, scheint mir das ein wenig übertrieben. Aber immerhin ... ganz in Ordnung sind Sie nicht, mein Kind. Ein Gespenst, sagen Sie. Welche Art von Gespenst?«

Es dauerte einen Moment, bis Liz begriff, daß er sich keineswegs über sie lustig machte, sondern diese Frage in vollem Ernst stellte. Sie glaubte nicht einmal, daß er sie für hysterisch oder übergeschnappt hielt – für ihn war einfach alles, was er hörte, Symptom einer Krankheit, und er fragte nach, um sich Klarheit über ihre Art und Schwere zu verschaffen.

»Es war ... keine ... keine Halluzination«, antwortete sie zögernd, »wenn Sie das meinen. Ich ... ich dachte, ich hätte etwas gehört.«

»Ein Geräusch?«

»Gibt es noch etwas anderes, was man hören kann?«

Swensen blieb ernst. »Sie haben etwas gehört«, wiederholte er. »Und das hat Ihnen angst gemacht.«

Sie nickte widerwillig. »So ungefähr ... Aber ich fühle mich schon wieder ganz gesund. Sie verschwenden Ihre Zeit, Doktor.«

Swensen zuckte gleichmütig die Achseln. »Kaum. Höchstens das Geld Ihres Mannes.« Er grinste, als hätte er einen guten Witz gemacht, und begann mit schnellen, routinierten Bewegungen, ihren Ärmel aufzurollen.

»Sie brauchen mich nicht zu untersuchen«, sagte Liz. Sie versuchte, den Arm zurückzuziehen, aber Swensen hielt sie mit erstaunlicher Kraft fest.

»Ich weiß. Aber ich tue es trotzdem. Haben Sie doch Mitleid mit einem armen Landarzt. Irgend etwas muß ich doch auf die Rechnung schreiben, oder?«

Gegen ihren Willen mußte Liz lachen. Sie zögerte noch einen Moment, legte sich dann zurück und ließ es zu, daß er sie gründlich untersuchte. Sie empfand noch immer ein starkes Unbehagen dabei; allein die Berührung seiner plumpen, verschwitzten Hände war ihr unangenehm. Aber sie begriff auch, daß dieser Widerwille gar nicht Swensen persönlich galt – jede Berührung wäre ihr in diesem Moment zuwider gewesen, selbst die Stefans. Ganz im Gegenteil schwand ihre Abneigung gegen Swensen jetzt rasch, zumal sie zu spüren glaubte, daß er sein Handwerk wirklich verstand. Sein Aussehen und seine Bewegungen erinnerten sie noch immer mehr an einen Metzgergesellen als an einen Arzt, aber er untersuchte sie schnell und routiniert, stellte eine Menge präziser, knapper Fragen und schien keine Bewegung zu machen, die überflüssig war.

Es war eine völlig neue Erfahrung für Liz – Swensen war ein Arzt von gänzlich anderer Art, als sie es gewohnt war. Aber sie war sich plötzlich nicht mehr so sicher, ob seine Art wirklich schlechter war. Sie hätte sich ihm nicht anvertrauen wollen, wenn sie irgendeine exotische oder kompliziert zu erkennende Krankheit gehabt hätte, aber für die Rolle, die er hier zu spielen hatte, schien er perfekt. Und er strahlte etwas aus, was vielleicht ebenso wichtig war wie das überlegene Fachwissen seiner Kollegen in der Stadt: Sicherheit. So unangenehm ihr seine Berührung noch immer war, erfüllte sie sie doch gleichzeitig mit Ruhe. Irgenwie fühlte sie sich ... beschützt, einfach dadurch, daß er da war.

Als er fertig war, packte er seine Instrumente umständlich wieder zusammen und lehnte sich mit vor der Brust verschränkten Armen zurück. Sein Blick ruhte lange auf ihrem Gesicht, und Liz vermochte nicht zu sagen, ob das, was sie darin las, nun Spott oder Sorge oder Erleichterung war oder von allem ein bißchen.

»Nun, Doktor?« fragte sie schließlich. »Wie lange habe ich noch zu leben?«

Swensen sah sie nachdenklich an. »Schwer zu sagen«, antwortete er ernst. »Ich bin kein Spezialist für solche Fälle.« Er überlegte einen Moment angestrengt. »Vierzig ... vielleicht fünfzig Jahre – ungefähr«, sagte er schließlich. »Aber das ist nur eine Schätzung, ohne Gewähr. Machen Sie mich nicht dafür verantwortlich, wenn es länger dauert.« Er lächelte flüchtig, wurde aber sofort wieder ernst und sah sie abermals auf diese sonderbare Art an.

»Tz, tz«, machte er. »Organisch sind Sie gesund wie ein Pferd, wenn Sie mir den Vergleich gestatten. Vielleicht ein wenig überanstrengt.«

»Siehst du«, triumphierte Stefan, »was habe ich gesagt!«

»Aber nicht sehr schlimm«, fuhr der Arzt ungerührt fort. »Auf keinen Fall so, daß dies ein Grund für einen Nervenzusammenbruch wäre. Nicht bei einer so jungen, kräftigen Frau. Aber irgend einen Grund muß es ja wohl gegeben haben. Vielleicht erzählen Sie mir, was vorgefallen ist.«

Liz zögerte. Allein der Gedanke, darüber reden zu müssen – mit einem wildfremden Menschen wie Swensen noch dazu –, bereitete ihr Unbehagen. Aber schließlich überwand sie sich und erzählte ihm alles, stockend und mit sichtlicher Überwindung zuerst, dann immer schneller und hastiger, als könnte sie nun, da der Bann einmal gebrochen war, den Redefluß nicht mehr aus eigener Kraft stoppen, ehe nicht alles, aber auch wirklich alles heraus war. Sie ließ nichts aus, begann bei dem Vorfall vom vergangenen Morgen, erzählte von ihrem seltsamen Erlebnis im Wald und endete mit dem heutigen Zwischenfall. Sie erzählte nur zwei Dinge nicht – nichts von der blutenden Tür (daran erinnerte sie sich noch immer nicht), und nichts von dem Mitternachtssee und seinem entsetzlichen Bewohner, obwohl ihr klar war, daß ihr Zusammenbruch Swensen ohne dieses Wissen noch rätselhafter erscheinen mußte, denn so war er völlig unmotiviert. Aber sie war mittlerweile felsenfest davon überzeugt, daß zumindest dieser Teil ihrer Erlebnisse pure Einbildung war. Sie war niemals dort im Wald gewesen. Es war so, wie die Stimme des DINGS gesagt hatte: Das Ungeheuer war in ihr.

»Das ist ... interessant«, murmelte Swensen, als sie geendet hatte. Er lächelte. »Aber auch ziemlich verrückt, nicht?«

»Vielleicht spinne ich auch einfach nur«, antwortete Liz.

»Oh, das meine ich nicht«, erwiderte Swensen. Er lächelte, setzte sich ein wenig bequemer hin und tippte sich gegen die Schläfe. »Ab und zu rastet es bei jedem von uns mal aus, da oben«, erklärte er ernsthaft. »Aber das allein ist gar nicht schlimm. Schlimm wird es erst, wenn man die Sache einfach übergeht. So etwas ist meistens ein Warnzeichen. Geistiger Schmerz, wenn Sie so wollen. Er kann harmlose Ursachen haben.«

»Oder auch nicht.«

»Oder auch nicht«, bestätigte Swensen ungerührt. Er seufzte. »Ich fürchte, ich bin kaum der richtige Partner für dieses Gespräch, mein liebes Kind. Ich bin ein einfacher Knochenflicker, kein Seelenklempner. Andererseits ...«

»Sie meinen, ich sollte zu einem Irrenarzt gehen?« fragte sie spitz.

Swensen seufzte abermals. Sein Blick wurde vorwurfsvoll. »Es ist immer dasselbe mit euch jungen Leuten«, murmelte er. »Warum lassen Sie einen armen alten Pferdedoktor wie mich nicht einfach einmal aussprechen? Was Ihnen fehlt, sind allenfalls ein paar Unterrichtsstunden in gutem Benehmen, kein Irrenarzt.«

»Entschuldigung«, murmelte Liz. »Ich wollte Sie nicht beleidigen.«

»Das haben Sie auch nicht«, antwortete Swensen verzeihend. »Was ich sagen wollte, war, daß ich prinzipiell dagegen bin, einen kleinen Zwischenfall wie diesen künstlich hochzuspielen. Es wäre ein Fehler, ihn zu ignorieren, aber es wäre genauso falsch, mehr hineinzugeheimnissen, als darin ist. Wenn er sich wiederholt, müssen wir vielleicht anfangen, uns Gedanken zu machen. Aber im Moment bin ich eher der Meinung, daß Ihr Mann recht hat und Sie schlicht und einfach überarbeitet sind.

Ihre Nerven scheinen mir ein wenig angegriffen, aber ich denke, das legt sich wieder. Ihr Mann sagte, er will Sie für ein paar Tage in die Stadt bringen?«

Sie nickte störrisch. »Gegen meinen Willen, ja.«

»Nun«, Swensen lächelte ironisch, »normalerweise verfahren wir ja so, daß wir Leute, die dringend der Erholung bedürfen, aus der Stadt auf das Land schicken. Aber in Ihrem Fall scheint es umgekehrt zu gehen. Versuchen Sie es ruhig. Vielleicht tut es Ihnen gut, einmal alte Freunde wiederzusehen und ein bißchen Kohlenmonoxyd zu schnuppern.« Er grinste.

»Und ich dachte immer, das Stadtleben macht krank.«

»Jedwedes Leben macht krank«, erwiderte Swensen ruhig. »Ich persönlich kenne niemanden, der nicht irgendein Zipperlein hätte – außer ein paar ehemaligen Patienten von mir, die jetzt draußen auf dem Friedhof liegen. Sie haben Ihre Kräfte überschätzt, junge Dame. Es ist nicht immer einfach, so von heute auf morgen seine Koffer zu pakken und ein vollkommen neues Leben anzufangen. Da können sich nervliche Belastungen ergeben, die man nie erwartet hätte. In der ersten Zeit, wenn noch alles neu und fremd ist, merkt man vielleicht nichts davon, aber der Druck ist da. Er staut sich auf, wird stärker und stärker, ohne daß man etwas davon spürt, und eines Tages ...« Er seufzte, stand auf und klappte seine Tasche zusammen. »Ich lasse Ihnen ein leichtes Schlafmittel hier«, sagte er, während er aufstand und nach seinem Hut griff. »Ich glaube nicht, daß Sie es brauchen – aber für alle Fälle. Und – machen Sie sich keine Sorgen. In ein paar Tagen sind Sie wieder auf dem Damm.«

»Wie beruhigend.«

Swensen überhörte den sarkastischen Unterton geflissentlich, lächelte ihr noch einmal zu und wandte sich an Stefan. »Ich wäre Ihnen dankbar, wenn ich den Krankenschein ...«

»Kein Krankenschein«, unterbrach ihn Stefan. »Wir sind privat versichert. Schicken Sie mir die Rechnung zu.«

»Privat?« Swensen lächelte geradezu unverschämt. »Wie erfreulich. Dann hat sich der Weg ja vielleicht doch noch gelohnt.«

Stefan blickte ihn reichlich verdutzt an, überlegte einen Moment sichtbar angestrengt, was er antworten sollte, und rettete sich schließlich in ein säuerliches Grinsen. »Wie Sie meinen«, murmelte er. »Ich ... bringe Sie noch zum Wagen.«

Swensen lehnte mit einer hastigen Handbewegung ab. »Ich kenne den Weg. Sie bleiben bei Ihrer Frau. Schicken Sie sie heute abend früh ins Bett, und sorgen Sie dafür, daß sie in den nächsten Tagen nicht allzuschwer arbeitet. Am besten gar nicht.«

Stefan nickte. »Das werde ich tun. Verlassen Sie sich darauf.« Er begleitete Swensen zur Tür, wartete, bis er gegangen war, und drehte sich wieder zu Liz um.

»Du hast gehört, was er gesagt hat.«

»Ja, und?«

»Fahren wir gleich heute? Oder lieber morgen, wenn du dich ein wenig ausgeruht hast?« fragte er.

Sie zog eine Grimasse und zündete sich eine Zigarette an. Ihre Finger zitterten. »Überhaupt nicht«, sagte sie nach einem tiefen Zug. Der Rauch schmeckte nicht. Sie spürte, wie ihr schwindelig wurde, als wäre es die erste Zigarette ihres Lebens. Am liebsten hätte sie sie auf der Stelle wieder ausgedrückt, sie hatte plötzlich die absurde Idee, daß Stefan es bemerken und als ein neuerliches Zeichen von Schwäche auslegen könnte.

»Wie?« machte er überrascht. »Ich dachte, das wäre klar.«

Sie nickte, schnippte ihre Asche in den Aschenbecher und starrte aus dem Fenster. »Sicher. Sowie dein Buch fertig ist, und keinen Tag eher.«

»Aber ...«

»Ich möchte nicht darüber diskutieren«, sagte sie scharf. Ihre Blicke trafen sich, und diesmal hielt sie dem stummen Duell stand. »Wirklich, Stefan – ich freue mich auf den Urlaub, aber ich möchte, daß du erst dein Buch zu Ende schreibst. Du hast in den letzten Tagen so schöne Fortschritte gemacht.«

Stefan machte eine wegwerfende Handbewegung. »Und du glaubst, es kommt jetzt noch auf ein paar Tage an?«

Sie nickte. »Ja. Ich möchte nicht, daß du Pfusch ablieferst, nur um mir zu helfen. Ich könnte es mir nie verzeihen, wenn ...«

»Unsinn«, unterbrach sie Stefan. Er sprach ein wenig lauter, und in sehr viel schärferem Tonfall als bisher. Ein Gutteil seiner Freundlichkeit und Besorgnis war verflogen, im gleichen Moment, in dem Swensen gegangen war. »Ich will nichts mehr hören, Punkt. Wir fahren, und zwar nicht morgen, sondern heute noch.«

»Aber du ...«

»Schluß«, unterbrach sie Stefan erneut. Er lächelte, aber in seinen Augen war etwas, was das Gegenteil behauptete. Ein kaltes, hartes Glitzern, das Liz frösteln ließ.

»Und der Hof?« fragte sie. »Die Arbeit hier ...«

»Wir haben jetzt Peter«, fiel er ihr ins Wort. »Er macht alles dreimal so gut wie du, und er wird dafür bezahlt. Du ruhst dich aus.«

Liz widersprach nicht mehr. Sie spürte, daß es keinen Sinn hatte; alles, was dabei herauskommen würde, wäre ein handfester Streit. Irgendwie wußte sie, daß es keinen Sinn hatte.

Und es war letztendlich sogar egal.

Sie hatte ihn belogen. Die Sorge um sein Buch war nicht der Grund. Überhaupt nicht. Sie wußte, daß er es ebensogut in einem Hotel in Hamburg zu Ende schreiben konnte wie hier. Er gehörte nicht zu den Schriftstellern, die nur unter bestimmten Bedingungen oder in einer ganz bestimmten Umgebung arbeiten konnten.

Der wahre Grund war ein anderer.

Sie war sich jetzt ganz sicher, daß sie sich das Geräusch nicht eingebildet hatte, und sie wußte jetzt auch mit absoluter Bestimmtheit, ohne einen Grund für dieses Wissen angeben zu können, daß ihr seltsames Abenteuer im Wald nicht allein ein Resultat ihrer überreizten Nerven gewesen war. Und obwohl ihr allein der Gedanke daran beinahe Übelkeit bereitete, obwohl sie allein bei der Erinnerung wieder panische Angst in sich aufsteigen fühlte, hatte sie sich entschlossen, das Geheimnis zu lüften.

Ihr Entschluß hatte nichts mit Mut zu tun; gewiß nicht. Aber sie wußte mit der gleichen unerschütterlichen Gewißheit, daß weder ihr Urlaub noch alles gute Zureden von Stefan oder alle Tabletten und Medikamente nutzen würden. Das DING im See würde auf sie warten. Ganz egal, was mit ihr geschah und vielleicht noch geschehen würde – sie würde es durchstehen müssen. Es gab Dinge, vor denen man nicht fliehen konnte, gleich, wohin und wie weit man auch lief.

15

Hinterher waren sie sich beide darüber im klaren, daß die Fahrt nach Hamburg eine äußerst törichte Idee war. Ihr ad hoc-Ausflug in die Zivilisation stand von Anfang an unter keinem guten Stern, und er endete in einer Katastrophe – beinahe jedenfalls –, aber das wußten sie natürlich zu diesem Zeitpunkt noch nicht.

Es regnete in Strömen, als sie vor dem Apartmenthaus parkten. Dieser Umstand allein war sicher noch kein böses Omen, auch wenn sie hinterher manchmal glaubte, es wäre ganz genau das gewesen – aber die Wahrheit war wohl eher, daß es ein Scheißtag war; mit allem, was dazugehörte. Liz fand es nach einer Weile müßig, alles aufzuzählen, was an diesem Tag schiefgegangen war; es war einfacher, aufzuzählen, was *gut* gegangen war – dazu hätten die Finger von Beldersens rechter Hand ausgereicht ...

Trotz der Jahreszeit und der Heizung, die sie eingeschaltet hatte, war ihr kalt. Und sie bereute es längst, sich nicht energischer durchgesetzt zu haben. Es war eine Schnapsidee gewesen, das Gut so Hals über Kopf zu verlassen. Nach sechs Monaten Schwarzenmoor erschien ihr Hamburg größer als New York, lauter als Tokio und schmutziger als Duisburg. Sie begriff beinahe selbst nicht mehr, wie sie jemals in einer solchen Stadt hatte leben können, geschweige denn sich wohlfühlen.

Aber vermutlich war sie ungerecht, sowohl dieser Stadt als auch Stefan gegenüber. Liz war müde; der tiefhängende Himmel, aus dem Regen in endlosen grauen Schleiern herabströmte, die schweren Wolken und das graue Licht stimmten sie trübsinnig, und die Vorstellung, jetzt aus dem geheizten Wagen steigen und durch den strömenden Regen laufen zu sollen, verbesserte ihre Laune auch nicht unbedingt.

Sie waren natürlich *nicht* am selben Tage gefahren, wie Stefan gestern so entschieden verkündet hatte, sondern erst am darauffolgenden Morgen, und nicht einmal besonders früh. Sie hatte am Abend doch noch zwei von Swensens Tabletten genommen und wie ein Stein geschlafen. Und auch Stefans Optimismus, Peter den Hof einfach so übergeben zu können, hatte sich als leicht übertrieben herausgestellt.

Ein Anwesen von der Größe Eversmoors war nun einmal kein 80-Quadratmeter-Bungalow, dessen Schlüssel man einem Babysitter in die Hand drücken konnte, um einfach für ein paar Tage zu verschwinden. Es gab Hunderte von

Dingen, die bedacht, Dutzende, die besprochen werden mußten – und wahrscheinlich zahllose, die sie vergessen hatten. Entsprechend war Stefans Laune gewesen, als sie gegen Mittag endlich losfuhren – und sie wurde keinen Deut besser, bis sie nach knapp zwei Stunden Fahrt endlich in den Elbtunnel einfuhren; mit etwa dem Doppelten der zulässigen Höchstgeschwindigkeit.

Liz hatte auch dazu geschwiegen, wie zu so vielem. Sie hatten den ganzen Tag über keine zehn Worte miteinander gewechselt, über das absolut Notwendige hinaus. Sie hatten sich nicht etwa gestritten, aber sie waren beide gereizt gewesen, wenn auch aus völlig unterschiedlichen Gründen, und sie spürten beide, daß es wohl besser war, wenn sie sich aus dem Wege gingen – soweit dies in einem Wagen möglich war, der nur wenig größer als ein aufgeklappter Schuhkarton war. Aber es ging; erstaunlich gut sogar.

Und der Tag war so weitergegangen: Nach einem hastig heruntergeschlungenen Mittagessen hatten sie Stefans Verleger besucht – genauer gesagt, sie hatten es *versucht*. Aber Stefans Idee, so völlig ohne Vorankündigung einfach hereinzuschneien, hatte sich als gewaltiger Bumerang erwiesen. Keiner seiner Ansprechpartner im Verlag war dagewesen, und das Ganze hatte mit einer für alle Beteiligten mehr als peinlichen Situation geendet. Natürlich hatte niemand den Mut aufgebracht, Stefan direkt hinauszukomplimentieren – immerhin war er einer der drei oder vier Autoren, an denen der Verlag das meiste Geld verdiente –, aber es war einfach so, daß niemand etwas mit ihm anzufangen wußte. Schließlich hatte Stefan einen Termin für den nächsten Tag vereinbart, und sie waren gegangen, nicht nur zu Liz' Erleichterung.

Und nun waren sie hier, am anderen Ende der Stadt und zu einem zweiten, ebenso überraschenden Besuch, zu dem keiner von ihnen noch rechte Lust hatte – wozu sicherlich auch das Unwetter und die dramatisch gesunkenen Temperaturen das ihre beitrugen.

Liz hatte den kleinen Umstand, den Wagen auf der gegenüberliegenden Straßenseite zu parken und die wenigen Meter zu Fuß gehen zu müssen, noch niemals als sonderlich lästig empfunden. Aber sie waren auch noch niemals während eines ausgewachsenen Wolkenbruchs hiergewesen, und als wäre das allein noch nicht genug, genau in der rushhour, in der Tausende von Leuten in Tausenden von Autos stadtauswärts drängten, und das – zumindest kam es Liz so vor – alle auf der gleichen Straße.

Das Unwetter hatte es frühzeitig dunkel werden lassen und die Straße in einen mattschwarzen Spiegel verwandelt, über den Autos in einer nicht endenden Kette jagten, grellgelbe Lichtsplitter vor sich herschiebend und gischtende Wellen von hochspritzendem schmutzigem Wasser hinter sich ziehend. Der Anblick erinnerte sie an eine Ebene aus schwarzem Chrom, über die Stahlkäfer mit leuchtenden Augen krabbelten.

Beinahe sehnsüchtig blickte sie durch die beschlagene Scheibe zu dem Hochhaus hinüber, in dem ihre Freunde wohnten; eine schwarze, mit zahllosen rechteckigen Augen gesprenkelte Säule vor dem Abendhimmel, kaum hundert Schritte entfernt und doch in diesem Moment entsetzlich weit weg. Sooft sie hiergewesen waren, um Gabi und Rainer zu besuchen, hatten sie niemals einen Parkplatz direkt vor dem Haus bekommen, nicht einmal auf der richtigen Seite der vierspurigen Chaussee. Der Turm – es war *wirklich* ein Turm: Ein vierundzwanzigstöckiges Ungeheuer aus Chrom und Glas und weißgefärbtem Sichtbeton – ragte aus dem Herzen eines kleinen, aber sorgsam gepflegten Miniaturparkes, fünfhundert Quadratmeter importierter englischer Rasen und ein Dutzend Bäume in sorgsam geplantem Chaos, unter denen sich eine Tiefgarage mit mehr als fünfhundert Einstellplätzen verbarg. Für Besucher und ihre Wagen war im Plan des Architekten nicht viel Platz gewesen.

»Worauf wartest du?« fragte Stefan, nachdem er den Motor abgeschaltet und eine Zeitlang vergeblich gewartet hatte, daß sie ausstieg – oder wenigstens den Verschluß des Sicherheitsgurtes öffnete.

»Es regnet«, antwortete Liz, ohne sich zu ihm herumzudrehen. Sie sah seine Bewegung als verzerrten Reflex in der beschlagenen Scheibe vor sich, als er nickte.

»Und es wird vermutlich noch den ganzen Abend weiterregnen. Möglicherweise bis morgen früh. Hast du vor, so lange hier im Wagen sitzen zu bleiben?« Seine Stimme war erfüllt von einer Aggressivität, die Liz nun doch aufsehen und ihn einen Moment sehr nachdenklich anblicken ließ. Sie hatte es nicht einmal gemerkt, aber er hatte sich eine Zigarette angezündet und rauchte, und jetzt, als der Motor und somit auch die Lüftung abgestellt waren, wurde die Luft im Wagen sehr schnell schlechter. Die rote Glut der Zigarette verlieh seinem Gesicht etwas Dämonisches. Obwohl er im Moment nicht weitersprach, fühlte sie die Spannung, die in ihm war, eine Aggressivität, einen ... ja: *Zorn,* den sie sich einfach nicht erklären konnte.

Was, zum Teufel, tun wir hier eigentlich? dachte sie. Wäre ihr im Moment nicht beinahe zum Heulen zumute gewesen, dann hätte sie vielleicht gelacht, denn ihre Situation war schlichtweg absurd. Stefan hatte auf diesem Kurzurlaub – den sie sich im Moment weder finanziell noch zeitlich leisten konnten – bestanden, damit sie sich erholte – und was taten sie? Sie gifteten sich an, wo sie nur konnten! Es war lächerlich, schlichtweg lächerlich!

»Zum Teufel, was ist?« fragte Stefan, als sie nicht reagierte. »Hast du vor, im Wagen zu übernachten?«

»Natürlich nicht«, antwortete sie, leise und mit einiger Verspätung. Dann: »Und wenn ... sie gar nicht da sind?« Diese Befürchtung war noch nicht einmal so unberechtigt – wie ihr Besuch in Stefans Verlag erfolgte auch ihr Überfall auf Rainer und Gabi ohne Vorankündigung. Immerhin war Freitagabend, und die beiden waren nicht gerade dafür bekannt, sauertöpfisch zu sein.

»Das stellen wir am besten fest, indem wir hingehen und klingeln, nicht?« fragte Stefan ruhig. Er seufzte, zog den Zündschlüssel ab und sah ganz automatisch in den Rückspiegel, ehe er die Tür aufstieß und ausstieg; so schnell, daß

Liz nicht einmal Gelegenheit gehabt hätte, irgend etwas zu antworten, wenn sie es gewollt hätte.

Liz zögerte noch einen allerletzten Moment, ihm zu folgen. Für einen ganz kurzen Augenblick hatte sie ein intensives Empfinden von Gefahr, das sie zwar nicht begründen konnte, das aber zu stark war, um irgendwelche Zweifel zuzulassen, das unerschütterliche Wissen, daß es ein Fehler wäre, jetzt auszusteigen und zu diesem Haus hinüberzugehen, ein schlimmer, möglicherweise ein tödlicher Fehler. Ja, jetzt, in diesem Moment, in dem sie noch im Wagen saß und die schwarze Silhouette des Hochhauses betrachtete, die sich hinter der nassen Windschutzscheibe des Jaguars zu biegen und zu verzerren schien wie ein großes lebendes Wesen, in diesem Augenblick kam ihr zum ersten Mal überhaupt der Gedanke, daß sie in Lebensgefahr sein könnte. Und für einen noch kürzeren Moment hatte sie Angst, panische Angst.

Dann verscheuchte sie den Gedanken, stieß die Tür mit einem übertrieben heftigen Ruck auf und stieg aus. Kälte und nadelspitze eisige Regentropfen klatschten wie eine unsichtbare Hand in ihr Gesicht. Sie duckte sich, warf die Wagentür ins Schloß und schlug den Jackenkragen hoch.

Das Überqueren der Straße allein wurde zu einem fast lebensgefährlichen Unterfangen; ein gewagter Zickzack, in dem sie sich wechselweise vor heranschießenden Autos oder hochspritzendem eisigen Wasser in Sicherheit zu bringen versuchten. Den Fahrzeugen wichen sie mit mehr Glück als Verstand aus – dem Wasser nicht. Und um das Maß voll zu machen, begann es heftiger zu regnen, kaum daß sie die gegenüberliegende Straßenseite erreicht hatten: Ein einzelner, greller Blitz spaltete den Himmel, und es begann zu schütten wie aus Eimern. Wären sie es nicht schon gewesen, wären sie spätestens jetzt bis auf die Haut durchnäßt worden, obwohl sie beide rannten, so schnell sie konnten.

Zu ihrer Erleichterung war die Haustür offen; die beiden großen Glasflügel waren angelehnt, aber der Wind drückte so dagegen, daß das Schloß nicht eingerastet war. Stefan schnaubte zufrieden, schob die Tür mit einem Ruck vollends auf und machte eine einladende Handbewegung, die allerdings zu spät kam – Liz hatte sich schon an ihm vorbei in das vielleicht nicht wärmere, mit Sicherheit aber trockenere Foyer des Hauses gedrängt. Während Stefan mit ausgestrecktem Zeigefinger über die Namensschildchen auf den Briefkästen fuhr – natürlich hatten sie beide wieder vergessen, in welcher Etage Gabi und Rainer wohnten –, schüttelte sie sich wie eine nasse Katze. Es war keine fünf Minuten her, seit sie den Wagen verlassen hatten, trotzdem war die Kälte bis in ihre Knochen gekrochen. Sie versuchte die Hände zu Fäusten zu ballen, aber es ging nicht. Ihre Finger waren so steifgefroren, daß es weh tat, sie auch nur zu bewegen, und das war sehr sonderbar. Es war kalt geworden, und am nächsten Tag sollten die Zeitungen den dramatischsten Temperatursturz seit dreißig Jahren vermelden – aber der Kalender zeigte *Anfang Mai*, und es war einfach unmöglich, daß es *so* kalt sein sollte. Als sie Eversmoor verlassen hatten, hatten all ihre Blumenbeete in voller Blüte gestanden – und jetzt waren ihre Hände rot vor Kälte!

Stefan hatte das Namensschildchen gefunden, wischte sich mit dem Handrücken die Mischung aus Spritzwasser und Schmutz aus den Augen, die sie von der Straße mit hereingebracht hatten, und deutete mit einer fragenden Kopfbewegung auf die Milchglastür, die tiefer ins Innere des gemauerten Labyrinths aus Beton und Glas führte.

»Nehmen wir den Aufzug – oder ziehst du ein wenig Jogging vor?« fragte er in einem ebenso tapferen wie vergeblichen Versuch, witzig zu sein. Liz lächelte pflichtschuldig, schüttelte den Kopf und trat ohne ein weiteres Wort an den Lift. Von den vielleicht zehn Malen, die sie hiergewesen waren, hatten sie neunmal die Treppe genommen, obwohl Gabis Wohnung im dreizehnten Stock dieses Hausungeheuers lag. Liz haßte Aufzüge und diesen hier ganz besonders – es war einer jener supermodernen Glaszylinder, die scheinbar frei an der Außenseite des Hauses in die Höhe glitten, so daß man zwar eine prachtvolle Aussicht über das Nobelviertel Hamburgs genoß, einen Knoten im Magen und Übelkeit für die nächsten zwei Stunden aber noch gratis dazugeliefert bekam, wenn man – wie sie – das Pech hatte, nicht schwindelfrei zu sein. Aber heute fühlte sie sich einfach zu schwach, die Treppe zu nehmen, obwohl weder Stefan noch sie normalerweise keine Gelegenheit ausließen, Aufzüge, Rolltreppen und andere Segnungen der modernen Zeit mit Verachtung zu strafen. Heute wußte sie, daß sie die dreizehn mal fünfzehn Stufen einfach nicht schaffen würde. Sie fühlte sich so schwach, als wäre sie den Weg von Schwarzenmoor bis hierher gelaufen. Und es war nicht nur die Kälte, die sich in ihre Glieder gekrallt hatte.

Stefan sprach kein Wort mit ihr, während der Aufzug langsam in die Höhe glitt. Er sah sie nicht an, sondern blickte durch die Glaswand des Aufzuges nach außen, aber sie spürte, daß er in Wahrheit weder die langsam nach unten wegsackende Stadt noch den brodelnden Wolkenhimmel sah. Sein Blick war irgendwie leer. Die Blitze, die wie dünne gebrochene Lichtnadeln aus den Wolken stachen, ließen sein Gesicht erneut in diesem unheimlichen, fast dämonischen Licht erscheinen wie vorhin im Wagen. Liz sah weg. *Was geschah mit ihr? Sie war hierhergekommen, um zu vergessen, wenigstens für ein paar Stunden – aber es schien im Gegenteil schlimmer zu werden. Sie hatte den Wahnsinn mitgenommen.*

Obwohl sie mit aller Macht versuchte, sich zu beherrschen, mußten ihre Gedanken ziemlich deutlich auf ihrem Gesicht geschrieben stehen, denn Stefan sah plötzlich sehr besorgt aus; sie spürte, daß er sie etwas fragen wollte, und für einen Moment wünschte sie sich nichts sehnlicher, als daß er es tat. Es wäre ganz egal gewesen, was er sagte; irgendeine Belanglosigkeit, irgend *etwas.* Aber er schwieg, und als der Lift mit einem kaum spürbaren Ruck zum Stehen kam, erstarrte sein Gesicht wieder zu Stein. Die Chance war verspielt, und sie würde auch so bald nicht wiederkommen. *Warum hatte sie nichts gesagt? Warum war es so schwer, den ersten Schritt zu tun?*

Über ihnen flammte automatisch eine Doppelreihe großer, kaltleuchtender Neonröhren auf, als die Lifttüren aufglitten. Ein intensiver Geruch nach frischer Farbe schlug ihnen entgegen. Auch das war etwas, was für sie untrennbar mit der Erinnerung an dieses Haus verbunden war: Der Geruch nach Latex-Farbe, der immer in diesem Treppenhaus hing, als würde es jede Woche frisch gestrichen.

Nichts hier gefiel ihr: Die Wände waren weiß, von einem strahlenden, beinahe schon unangenehm hellen Weiß, die Türen abwechselnd rot und blau, kräftige Pop-Farben, die vom schattenlosen Licht der Leuchtstoffröhren noch unterstrichen wurden. Der Anblick ließ sie klackende Echos und Kälte erwarten, aber das Gegenteil war der Fall: Der Hausflur war auch im Winter wohlig warm, denn er wurde geheizt, und ein dicker Fußbodenbelag verschluckte das Geräusch ihrer Schritte vollkommen. Wie immer, wenn sie in diesem entsetzlichen Flur war, begann sie sich fast augenblicklich unwohl zu fühlen.

Dann begriff sie, daß es gar nicht an diesem Haus lag oder dem Aufzug, wenigstens diesmal nicht. Sie wollte nicht hiersein, das war alles. Es war ein Fehler gewesen, Gut Eversmoor überhaupt zu verlassen, und es war ein noch größerer Fehler, jetzt hier zu sein. Es hatte nichts mit Gabi und Rainer zu tun – im Gegenteil, die beiden waren vielleicht die besten Freunde, die sie je gehabt hatten, und Gabi mit Sicherheit der einzige Mensch, zu dem sie über ihre schrecklichen Erlebnisse im Wald und am See sprechen konnte. Nein, sie wollte einfach nicht *hier* sein, nicht in diesem Haus, nicht in Hamburg, nirgendwo, außer in ihrem eigenen Haus. Sie wollte fort. Zurück. Hätte Stefan auch nur eine einzige Sekunde gezögert, die Hand auf den Klingelknopf zu legen, oder sie auch nur angesehen, hätte sie es ihm gesagt. Aber er tat weder das eine noch das andere, sondern drückte ohne zu zögern die Klingel, und eine halbe Sekunde später hörten sie den tiefen, melodischen Gong durch das Holz der Tür hindurch. Zu spät. Auch die zweite Chance war vertan. Und irgendwie hatte sie das Gefühl, daß es sehr, sehr wichtig gewesen wäre, sie zu nutzen. Sie sollte nicht hier sein. Es gab nur einen Ort auf der Welt, an dem sie im Augenblick sein sollte, weil dort etwas auf sie wartete, weil ...

Was waren das für Gedanken? dachte sie erschrocken. Sie war doch gerade hier, weil sie vor dem DING im See hatte fliehen wollen, und jetzt ... sehnte sie sich regelrecht zu ihm zurück!

»Es scheint ... niemand da zu sein«, sagte sie, als auch nach einigen Sekunden keine Reaktion auf ihr Klingeln erfolgte. »Vielleicht hätten wir doch vorher anrufen sollen.«

Stefan hob die Schultern. Er sah sie immer noch nicht an. »Sie sind zu Hause«, behauptete er. »Sie machen nur nicht auf.« Er deutete auf den pfenniggroßen Spion, der in Kopfhöhe in die dunkelblaue Oberfläche der Tür eingelassen war. Auf den ersten Blick schien das winzige runde Glasauge schwarz, aber aus einem ganz bestimmten Winkel heraus konnte man sehen, daß dahinter Licht brannte. »Vielleicht stören wir sie gerade bei einer Orgie.« Er lächelte, aber etwas in seiner Stimme war falsch; Liz war nicht sicher, daß seine Bemerkung wirklich so scherzhaft gemeint gewesen war, wie sie sich anhören sollte.

»Unsinn«, murmelte sie verärgert. Mit einer heftigen Bewegung trat sie an ihm vorbei, streckte die Hand nach dem Klingelknopf aus und drückte ihn so lange, bis das Geräusch von Schritten durch die Tür drang. Das Licht hinter dem Spion erlosch für einen Moment, kam zurück, und dann war das Klirren einer Kette zu hören. Eine Sekunde später wurde die Tür geöffnet, und eine reichlich verblüffte Gabi blickte zu ihnen heraus.

Unter allen anderen denkbaren Umständen hätte dieser Moment Liz wohl für alle bisher erlittenen Unbillen entschädigt – letztlich hatten sie ja gerade auf einen Anruf oder irgendeine andere Warnung verzichtet, um die beiden zu überraschen. Aber was sie in Gabis Augen las, das war keine Überraschung. Ja, sicher – sie *war* überrascht, zumindest im allerersten Moment. Aber was der ersten Verblüffung folgte, das war eindeutig Betroffenheit, keine Freude. Sie sah ...

ertappt aus; wie jemand, der sich bei etwas Verbotenem, zumindest aber Anstößigem überrascht sieht. Ganz instinktiv dachte sie wieder an Stefans scherzhafte Bemerkung, und eine Sekunde später ertappte *sie* sich dabei, Gabis Aussehen einer raschen, aber gründlichen Inspektion zu unterziehen. Beinahe hastig sah sie zu Boden, schuldbewußt und ein bißchen beschämt über ihre eigenen Gedanken. Gabi mußte ihren taxierenden Blick bemerkt haben. Sie hoffte nur, daß sie nicht erriet, was er bedeutete.

»Ihr?« sagte Gabi schließlich. »Das ... das ist ...«

»Eine Überraschung?« schlug Stefan vor, als sie ins Stottern kam und schließlich nicht weitersprach.

Gabi nickte. Verwirrt fuhr sie sich mit der Hand über Kinn und Lippen, sah erst Liz, dann Stefan und dann wieder Liz an und suchte sichtlich nach irgendwelchen passenden Worten, ohne schließlich mehr als ein hilfloses Lächeln zustande zu bringen.

Liz war jetzt davon überzeugt, daß sie sie bei irgend etwas gestört hatten, was ihr sehr unangehm war. Vielleicht platzten sie geradewegs in einen handfesten Ehekrach zwischen Rainer und ihr. So etwas kam öfter vor, um nicht zu sagen fast regelmäßig.

»Hoffentlich ist es wenigstens eine angenehme Überraschung«, fuhr Stefan fort, als Gabi immer noch keine Anstalten machte, irgend etwas zu sagen – geschweige denn, sie zum Hereinkommen aufzufordern. »Wenn nicht, kommen wir gerne ein andermal wieder«, fügte er hinzu.

Diese Worte brachen den Bann. Gabi blinzelte, trat einen halben Schritt zurück und sah Liz an, als erkenne sie sie erst jetzt wirklich.

»Großer Gott, was tue ich hier eigentlich?« sagte sie, während sie abermals einen halben Schritt zurücktrat und übertrieben geschauspielert die Hand vor den Mund schlug. »Ihr seid durchnäßt bis auf die Haut und friert euch sicherlich zu Tode, und ich stehe da und starre euch an wie ...« Sie brach ab, schüttelte den Kopf und machte eine entschiedene, fast befehlende Geste. »Kommt rein, schnell, bevor ihr euch hier draußen den Tod holt. Großer Gott, wie seht ihr aus? Seid ihr hergeschwommen, oder funktioniert das Verdeck deines Wagens nicht mehr? Kommt rein, um Gottes willen, kommt rein!«

Liz unterdrückte ein Seufzen. Ja, das war wieder die Gabi, die sie kannte, einer der extrovertiertesten Menschen, die sie kannte, und der einzige, der – wie Stefan es einmal ausgedrückt hatte – schneller reden konnte als Giesela Schlüter und Dieter Thomas Heck in ihren besten Tagen, ohne daß irgendein anderer auch nur die Spur einer Chance hatte, ihn zu unterbrechen. Sie hatte sich eindeutig wieder gefangen.

»Wer ist da, Liebling?« drang Rainers Stimme aus dem Wohnraum, als sie sich an Gabi vorbei in die winzige Diele drängten. Aber es war nicht nur *seine* Stimme. Begleitet wurde sie von leiser Musik und dem Klirren von Gläsern, und dazwischen andere Geräusche; Laute, die Liz nicht genau identifizieren konnte, die ihren Verdacht aber bestätigten. Die beiden waren nicht allein.

Wieder fiel ihr Stefans lächerliche Bemerkung ein, und wieder fragte sie sich, ob vielleicht doch mehr daran war, als sie wahrhaben wollte. Natürlich waren die beiden – wie Stefan und sie – aus dem Alter heraus, in dem man sich mit Gruppensex und Orgien amüsierte; aber es gab noch andere Dinge, die man in Gesellschaft tun konnte und bei denen man sich nicht gerne überraschen ließ.

»Wer ist gekommen?« fragte Rainer erneut. Leder knarrte, als er sich von der Couch erhob und näherkam. Liz erkannte seinen Schatten durch das geriffelte Milchglas der Wohnzimmertür.

»Das errätst du nie!« rief Gabi zurück. »Wir haben Besuch, Liebling.« Sie legte Liz und Stefan die Hände auf die Schultern und schob sie vor sich her ins Wohnzimmer. »Unsere beiden Ökos sind zurück!«

Liz hatte sich nicht getäuscht – die beiden waren nicht allein. Auf der schmalen weißen Ledercouch unter dem Fenster saß ein noch relativ junges Paar – beide allerhöchstens Anfang Zwanzig, schätzte Liz –, von dem zumindest das

Mädchen ebenso erschrocken und überrascht aussah wie zuvor Gabi, während der junge Mann ihnen mit so bewußt zur Schau getragener Gleichgültigkeit entgegenblickte, daß sie schon wieder unglaubwürdig wirkte. Liz taxierte die beiden mit einem raschen, unverholen neugierigen Blick. Das Mädchen war dunkelhaarig und schlank, vielleicht sogar noch etwas jünger, als sie im ersten Moment geglaubt hatte, und genau jener Typ, mit dem sich Gabi gerne umgab: Eines jener modernen, allerdings etwas schüchternen jungen Dinger, mit denen sie fast nach Belieben umspringen konnte und die ihr noch dankbar dafür waren, während der junge Mann ein eher nichtssagendes Gesicht hatte, wie viele Burschen in seinem Alter.

Auch Rainer wirkte unangenehm überrascht. Er war ihnen ein Stück entgegengekommen, blieb aber mitten im Schritt stehen, als Gabi die Tür mit dem Fuß aufstieß und sie vor sich her ins Wohnzimmer schob. Das Lächeln, mit dem er die Pfeife aus dem Mund nahm und erst Liz, dann Stefan begrüßte, war nicht ganz echt. Wie Gabi freute er sich ehrlich über ihren Besuch, und wie ihr war er ihm deutlich unangenehm in diesem Moment.

Ihr Blick streifte durch den Raum, auf der Suche nach irgend etwas, das das sonderbare Verhalten der beiden erklären konnte. Aber da war nichts. Die Wohnung war wie immer: Eine supermoderne, superteuer eingerichtete Großraumwohnung, die eigentlich nur aus einem zehn mal zwölf Meter messenden Wohnzimmer, einem winzigen Schlafraum und einer noch kleineren Küche bestand. Die vier schienen Karten gespielt zu haben, als sie kamen, aber daran war nichts Besonderes; früher, als sie sich öfter gesehen hatten, hatten sie oft ganze Nächte mit den Spielkarten verbracht – Skat, Siebzehn und Vier, Bridge, harmlose Spiele, bei denen der Einsatz die Zehn-Mark-Grenze niemals überschritten hatte. Die Vorstellung, daß Gabi und Rainer mit diesen beiden Kindern um Geld gespielt haben sollten, war schlichtweg lächerlich. Und doch – irgend etwas an den Karten, die das Mädchen jetzt beinahe hastig wegräumte, war sonderbar. Aber sie wußte nicht, was.

Auf dem Tisch – der übrigens bis auf einen Schreiblock und einen protzigen Füllfederhalter vollkommen leer war – stand ein herumgedrehtes Weinglas. Diese ganze, sonderbare Anordnung schien eine bestimmte Bedeutung zu haben, aber Liz vermochte nicht einmal zu erraten, welche. Plötzlich begriff sie, daß sie die beiden auf der Couch noch immer unverblümt anstarrte und wie unhöflich ihr Benehmen war. Sie sah hastig weg.

»Ich hoffe, wir stören nicht«, sagte sie unsicher. »Es war wohl keine so gute Idee, einfach so ...«

»Blödsinn«, unterbrach sie Gabi. »Ausgemachter Quatsch, Liebling. Du störst niemals. Und selbst wenn du stören würdest, würde es mich nicht stören.« Sie lachte über ihren eigenen Scherz – wie üblich ein ganz kleines bißchen zu laut –, wiederholte ihre einladende Handbewegung und bugsierte Liz quer durch das Wohnzimmer aufs Bad zu, ohne ihr auch nur Gelegenheit zu geben, sich vorzustellen oder mehr als ein flüchtiges Kopfnicken mit Rainer zu wechseln. »Jetzt lege ich dich erst einmal trocken«, sagte sie in halb scherzhaftem, halb ernstem Ton. »Und danach könnt ihr euch bekannt machen.«

Liz widersprach nicht. Im Grunde war sie ganz froh, daß Gabi ihrem Ruf gerecht wurde und sie einfach überfuhr, in diesem Moment. Ganz kurz registrierte sie, daß ihre Schuhe dunkle Spuren auf dem teuren Teppich hinterließen, während sie das Wohnzimmer durchquerte.

»Zieh die nassen Sachen aus«, sagte Gabi, als sie im Bad waren und die Tür hinter sich geschlossen hatten. »Willst du heiß duschen?«

Liz schüttelte dankbar den Kopf, und Gabi ging ohne ein weiteres Wort in die Hocke, um ein gewaltiges Frottee-Handtuch aus einer Schublade des Einbauschrankes zu nehmen. »Warum habt ihr nicht angerufen, daß ihr uns besuchen kommt?« fragte sie. »Ich hätte wenigstens ein paar Kleinigkeiten vorbereiten können.«

Liz zögerte, zu antworten. Die Situation kam ihr immer absurder vor – die ganze Zeit über hatte sie das Gefühl gehabt, daß gerade Gabi es war, die irgend etwas zu verbergen hatte – und plötzlich war sie es, die sich in die Defensive gedrängt sah, und noch dazu völlig grundlos. Sie wußte nicht, warum – aber Gabis Frage war ihr peinlich. Sie kam sich vor wie ein Eindringling. Sie gewann ein wenig Zeit damit, sich aus der Lederjacke zu schälen, die vom Wasser schwer und klebrig geworden war, und umständlich nach dem Handtuch zu greifen. Aber dann mußte sie antworten.

»Wir wollten euch überraschen«, sagte sie. »Außerdem wußten wir bis gestern abend selbst noch nicht, daß wir kommen. Aber es war wahrscheinlich keine sehr gute Idee.« Sie machte eine hastige, besänftigende Handbewegung, als sie Gabis Gesichtsausdruck sah. »Das hat nichts mit dir zu tun«, sagte sie, »oder Rainer. Es war ein miserabler Tag, das ist alles.«

Gabis Gesichtsausdruck sagte sehr deutlich, was sie von dieser Antwort hielt. Aber sie war diplomatisch genug, wenigstens im Augenblick nicht weiter zu bohren, sondern drehte sich mit einem Achselzucken herum, verschwand durch die zweite Tür ins angrenzende Schlafzimmer und kam wenige Augenblicke später mit trockenen Kleidern über dem Arm zurück. Liz zog sich rasch aus, trocknete sich gründlich ab und schlüpfte in die frischen Kleider. Erst, als sie die Knöpfe der teuren Seidenbluse schloß, fiel ihr auf, daß Gabi sie die ganze Zeit beobachtet hatte. Zum ersten Mal, solange sie sich kannten, war es ihr peinlich, daß ihre Freundin sie nackt gesehen hatte. Sie verstand es, aber sie *begriff* es nicht. Es war eindeutig wegen Stefans dummer Bemerkung von vorhin, die ihr jetzt beinahe obszön vorkam. Sie war jetzt sicher, daß sie keineswegs scherzhaft gemeint gewesen, sondern das Gegenteil war: Ein genau berechnetes Gift, das er verspritzt hatte und das seine Wirkung tat, ob sie es wollte oder nicht.

»Du siehst gut aus«, sagte Gabi lächelnd. »Das Landleben scheint dir gut zu bekommen.«

Liz nickte. »Tut es auch«, sagte sie knapp. »Ich habe ein paar Pfund zugenommen.«

»Aber an den richtigen Stellen.« Gabi seufzte. »Ich wollte, ich könnte das auch sagen. Wenn ich zunehme, dann immer da, wo ich es gar nicht will.«

Liz lächelte pflichtschuldig, wandte sich zum Waschbekken um und blickte in den großen, herzförmigen Spiegel, der darüber aufgehängt war. Was sie sah, erschreckte sie selbst ein bißchen: Sie war sehr blaß, und unter ihren Augen lagen schmale, aber unübersehbare dunkle Ringe. Ihr Haar war zerstrubbelt und klebte da, wo sie es nicht ganz trockengerieben hatte, in unansehnlichen glänzenden Strähnen am Kopf. Hastig griff sie nach der Haarbürste, die Gabi ihr hinhielt, und versuchte die widerspenstigsten Strähnen zu etwas Frisurähnlichem zu ordnen. Das Ergebnis war alles andere als berauschend. Ihr Haar klebte jetzt wie eine schwarze glänzende Kappe an ihrem Schädel, so daß sie nicht mehr wie ein schwarzhaariger Pumuckl aussah. Dafür betonte es jetzt die unnatürliche Blässe ihres Gesichtes noch mehr. Aus einem bestimmten Blickwinkel heraus betrachtet, erinnerte ihr Spiegelbild sie fast an einen Totenschädel.

Sie sah Gabi durch den Spiegel an. »Du hast gesagt, ich sehe gut aus«, murmelte sie. Gabi nickte. »Du hast gelogen. Ich sehe entsetzlich aus.«

»Ich weiß.« Gabis Gesicht im Spiegel lächelte, aber die Augen darin blieben ernst. »Und deine Stimme hat einen ganz leisen hysterischen Unterton, Liebes. Willst du darüber sprechen?«

Liz überlegte einen Moment, dann schüttelte sie den Kopf. »Jetzt noch nicht«, sagte sie. »Vielleicht später.« Sie wies mit einer Kopfbewegung zur Tür. »Deine Gäste warten.«

Sie gingen zurück ins Wohnzimmer. Stefan schien sich bereits bekannt gemacht zu haben, denn er, Rainer und der junge Mann waren in ein scheinbar sehr intensives Gespräch vertieft, als sie zurückkamen. Liz brauchte den jungen Mann nur flüchtig anzusehen, um zu wissen, worum es sich drehte – das Leuchten in seinen Augen und die noch mühsam zurückgehaltene Begeisterung sagten ihr genug. Rainer hatte Stefan vorgestellt, und natürlich hatte er auch gesagt, um *welchen* Stefan König es sich handelte. Nun – warum auch nicht? dachte sie. Wer hatte schon Freunde, mit denen man angeben konnte? Obwohl Liz sich einerseits beinahe ärgerte – die Vorstellung, die nächsten anderthalb Stunden mit dem Beantworten von Fragen zuzubringen, die sie schon tausendmal beantwortet hatte, versetzte sie nicht unbedingt in Begeisterung –, empfand sie gleichzeitig fast so etwas wie Erleichterung, denn die Alternative wäre gewesen, daß die beiden sich in spätestens einer Stunde in einer Ecke verkrochen, um sich stundenlang über einem Schachbrett anzuschweigen oder mit Rainers Computer herumzuspielen.

»Das sind Walter und Stefanie«, sagte Gabi mit einer Handbewegung auf ihre Gäste. »Die beiden wohnen hier im Haus. Wir treffen uns ab und zu, um ... Karten zu spielen.«

Liz fiel das unmerkliche Zögern in Gabis Stimme sehr wohl auf, aber sie tat so, als hätte sie nichts gehört. Vielleicht war sie einfach nur überempfindlich. Und wenn nicht, ging es sie zumindest nichts an, was die vier wirklich taten. Trotzdem hätte sie gerne gewußt, warum sie vorhin das Gefühl gehabt hatte, daß mit diesen Spielkarten irgend etwas nicht stimmte. Ganz unbewußt sah sie sich um, konnte sie aber nirgends mehr entdecken.

»Das ist Liz«, sagte Gabi mit einer Handbewegung auf sie. »Liz König. Ich habe dir von ihr erzählt.«

»Liz?« Stefanie stand auf, reichte ihr die Hand und lächelte unverbindlich. Ihr Griff war weich und schlaff, jene Art von Händedruck, den Liz am allerwenigsten leiden konnte. »Sind Sie Engländerin?«

»Nein«, antwortete Liz. Stefanies Stimme gefiel ihr nicht. Sie war so dünn und kraftlos wie ihr Händedruck. Liz fragte sich, ob sie vielleicht nur voreingenommen war. »Ich bin so wenig Engländer wie Sie, Kindchen«, sagte sie. »Mein wirklicher Name ist *Elisabeth*. Aber das spricht niemand aus. Und die Abkürzung *Ellie* hat mir noch nie gefallen.« Tatsächlich war sie früher zu Hause und in der Schule nur so genannt worden, bis sie es – nach etlichen Familienkrächen und einigen handfesten Raufereien – durchgesetzt hatte, wenigstens *Lisa* genannt zu werden. Aber das hatte ihr nur wenig besser gefallen als *Ellie.* Die Abkürzung *Liz* hatte sie aus einem von Stefans Büchern, und sie mochte sie so sehr, wie sie ihren wirklichen Namen verabscheute.

»Gabi hat eine Menge von Ihnen und Ihrem Mann erzählt«, fuhr Stefanie fort. »Und von Ihrem Gut, oben an der Küste.« Sie setzte sich wieder, legte den Kopf schräg und betrachtete Liz mit einem langen Blick. »Sie sehen nicht aus wie jemand, der aufs Land gezogen ist«, sagte Stefanie.

Die Worte waren durchaus freundlich gemeint, das spürte Liz, aber sie ärgerten sie trotzdem, vielleicht weil sie so sehr all den Klischees entsprachen, gegen die sie seit einem halben Jahr ankämpfte. Außerdem war sie einfach gereizt, und es erschien ihr immer noch besser, ihre schlechte Laune an einem wildfremden Menschen auszulassen als an ihren Freunden.

»Nein?« sagte sie spitz. »Nun, ich trage keine Latzhosen, und ich parfümiere mich noch immer mit Chanel, nicht mit Kuhmist, wenn Sie das meinen, Kindchen.«

Sie erschrak fast selbst über ihre Worte, und sie sah, wie Stefanie peinlich berührt zusammenfuhr und auch Gabi verwirrt zu ihr aufsah. Selbst Rainer, Stefan und Walter unterbrachen für einen Moment ihr Gespräch, wenngleich Stefans Blick verriet, daß er nur mitbekommen hatte, daß sie etwas Außergewöhnliches gesagt hatte, nicht *was.*

»Entschuldigung«, sagte sie verlegen. »Das war unhöflich. Aber wie sieht denn jemand aus, der aus der Stadt aufs Land flieht – Ihrer Meinung nach?«

Es dauerte eine Weile, ehe das Mädchen antwortete, und jetzt war auch sie verlegen. Seltsam, dachte Liz. Sie wirkte betroffen und schuldbewußt, aber überhaupt nicht zornig. Wäre *sie* von einer wildfremden Frau so grundlos beleidigt worden, hätte sie ihr die Augen ausgekratzt.

»Ich gebe zu, es war eine dumme Bemerkung«, sagte Stefanie schließlich. »Aber ich habe mir Sie einfach ... na ja, eben anders vorgestellt. Ich weiß selbst nicht, wie.« Sie lächelte. Es wirkte echt, und Liz kam sich noch ein bißchen schäbiger vor. Nein, heute war wirklich nicht ihr Tag. Was, zum Teufel, suchte sie hier überhaupt?

»Stimmt es, daß Sie einen ganzen Wald besitzen?« fragte Stefanie, plötzlich wieder mit Tonfall und Blick eines begeisterten Kindes, das sich unversehens seinem seit langem bewunderten Idol gegenübersieht. Natürlich war dieses Idol Stefan, nicht sie, dachte Liz spöttisch. Aber als Ehefrau des Halbgottes fiel selbst für sie noch genug Bewunderung ab. »Und einen See, und ...«

»Und ungefähr fünfzehntausend Quadratmeter Sumpf«, unterbrach Liz sie mit einem flüchtigen Lächeln. »Tief genug, um alle unsere Gläubiger darin zu versenken.« Sie seufzte. »Und was den See angeht – ich bin mir nicht einmal sicher, ob man darin schwimmen kann. Aber auf dem Papier gehört es uns, ja.«

»Aber kostet das denn nicht ein Vermögen?« fragte Walter, der sich zwar weiter mit Stefan und Rainer unterhalten, ganz offensichtlich aber trotzdem mit einem Ohr zugehört hatte. »Ich meine, ein solches Anwesen zu kaufen, muß doch irrsinnig teuer sein.« Er lächelte und machte eine rasche, entschuldigende Geste. »Halten Sie mich bitte nicht für aufdringlich«, sagte er. »Ich weiß, daß mich das nichts angeht – aber Stefanie und ich suchen auch nach so etwas, wissen Sie?«

»Das Kaufen nicht«, antwortete Liz, froh, das Thema wechseln zu können. »Diese Wohnung hier hat wahrscheinlich doppelt so viel gekostet wie Eversmoor.« Sie machte eine weit ausholende Handbewegung, und Gabi nickte. »Das Dreifache«, pflichtete sie ihr bei. »Beinahe jedenfalls.«

Walter runzelte demonstrativ die Stirn. »Stimmt das? Ich meine ... wir haben uns umgesehen, in der letzten Zeit. Die Höfe da oben *sind* zwar billig, aber das ...«

»War so gut wie geschenkt«, unterbrach ihn Stefan. Aus

irgendeinem Grund klang er ebenso gereizt wie zuvor Liz, als sie mit Stefanie gesprochen hatte. Möglicherweise war sie nicht die einzige, die die beiden nicht besonders sympathisch fand. »Aber Sie würden es verstehen, wenn Sie das Haus gesehen hätten, als wir ankamen.«

»So schlimm?«

»Schlimmer«, sagte Liz. »Es war eine Ruine. Zum Großteil ist es das heute noch. Wir haben eine Menge Geld reinstekken müssen, von der Arbeit ganz zu schweigen. Aber Sie haben recht – trotz allem war es ein Spottpreis. Wahrscheinlich hat die Gemeinde es so billig abgegeben, weil es niemand haben wollte.« Sie lachte leise. »Ich bin heute fast sicher, daß wir den Preis noch mehr hätten drücken können, wenn wir gewollt hätten. Der Hof hat dreißig Jahre lang leergestanden.«

»Beinahe«, mischte sich Gabi ein. »Die Leute vor euch ...«

»Haben es nicht einmal halb so lange ausgehalten wie wir«, unterbrach sie Liz. »Vielleicht waren sie auch einfach nur schlauer als wir.«

»Oder sie wollten nicht so gerne auf einem Friedhof leben«, sagte Gabi.

»Einem ... Friedhof?« Liz blinzelte verwirrt. »Was soll das denn heißen?«

»Die ganze Gegend da oben ist ein Friedhof«, antwortete Gabi ernsthaft. »Sag bloß, dieser Makler hat euch nichts davon gesagt?«

»Wovon?« hakte Liz nach. Ein sehr ungutes Gefühl begann sich in ihr breitzumachen. Gabi sprach in diesem triumphierenden, leicht übertriebenen Ton, den sie immer einschlug, wenn sie irgend etwas loswerden konnte, worauf sie sich schon lange gefreut hatte – und das meistens etwas Unangenehmes war. »Wovon hat er nichts gesagt?« fragte sie noch einmal, sah aber jetzt Stefan an. Ihr Mann zuckte die Achseln und sah weg.

»Von der Sturmflut, die dort oben alles verwüstet hat«, antwortete Gabi. »Im Ernst – wußtest du nichts davon?« Sie runzelte übertrieben die Stirn, als Liz den Kopf schüttelte.

Einen Moment lang blickte sie auch Stefan fragend an, dann stand sie auf, ging zum Bücherregal und kam mit einem in blaues Kunstleder gebundenen Band im Atlanten-Format zurück. Als sie ihn auf den Tisch legte, sah Liz, daß ein Stück Papier als Lesezeichen zwischen die Seiten gelegt worden war. Gabi schlug das Buch auf. Liz erkannte die Küstenlinie auf den ersten Blick, auch wenn sie nicht ganz originalgetreu abgebildet war. Dann begriff sie, daß es eine sehr alte Karte war. Der Küstenverlauf war damals anders gewesen als heute. Sie beugte sich vor, suchte einen Moment vergeblich nach Schwarzenmoor und blickte wieder zu Gabi auf. »Und?«

»Das Ganze ist sechshundert Jahre her«, erklärte Gabi. »Damals stand das ganze Gelände unter Wasser – eine Springflut, weißt du.«

»Sechshundert Jahre?« vergewisserte sich Liz.

»Ungefähr – glaube ich«, gestand Gabi. »Aber es war nicht *irgendeine* Springflut. Damals ist eine ganze Stadt da oben versunken, mit Mann und Maus: Rumhold. Du hast noch nie von der großen Mandränke gehört?«

Liz erinnerte sich schwach, die beiden Begriffe genau zweimal gehört zu haben – einmal in einer Fernsehsendung, das andere Mal in einem Lied von Achim Reichel; aber sie hatte ihn niemals mit Schwarzenmoor assoziiert. »Das ... das war ...«

»Praktisch unter euren Füßen«, beantwortete Gabi die Frage, ehe sie sie vollends aussprechen konnte. »Genau weiß heute niemand mehr, wo dieses Rumhold gelegen hat, aber es kann nicht sehr weit von eurem Schwarzenmoor entfernt gewesen sein. Auf jeden Fall war das ganze Gelände damals überflutet – siehst du?« Sie deutete auf die Karte, und Liz erkannte erst jetzt die zweite, gestrichelte Linie, die ein gutes Stück landeinwärts parallel zur Küste lief. Auch wenn weder Schwarzenmoor noch ihr Haus auf der Karte abgebildet waren – seltsam: Auch der See war nicht darauf –, erkannte sie doch klar, daß das ganze Gelände damals unter Wasser gestanden haben mußte. So furchtbar falsch war der Vergleich mit einem Friedhof nicht. Eine völlig unbegründete, aber sehr heftige Furcht machte sich in ihr breit. Da war etwas, das über Gabis Worte hinausging. Einen Moment lang blickte sie noch die Karte an, dann sah sie zu Stefan auf.

»Hast du davon gewußt?,« fragte sie, ein wenig lauter und sehr viel schärfer, als sie eigentlich beabsichtigt hatte.

»Wovon?« fragte Stefan.

Liz zog eine ärgerliche Grimasse und ließ die flache Hand auf das Buch herunterklatschen. »Davon! Stell dich nicht dümmer, als du bist«, fauchte sie. »Diese Katastrophe. Diese ... diese ...« Sie sah zu Gabi auf. »Wie hast du es genannt?«

»Die große Mandränke«, antwortete Rainer an ihrer Stelle.

Liz nickte. »Genau das. Hast du davon gewußt?«

»Nein«, antwortete Stefan verwirrt. »Oder ja, wie du willst. Ich habe davon gehört, wie jedermann davon gehört hat.«

»Jedermann offensichtlich nicht. *Ich* wußte jedenfalls nichts davon«, unterbrach ihn Liz wütend. »Wenigstens nicht, daß Eversmoor praktisch auf den Ruinen dieses Rumhold errichtet wurde.«

»Aber das ist doch Blödsinn!« fuhr Stefan auf. Er beugte sich vor, klappte das Buch mit einer ärgerlichen Bewegung zu und griff nach dem Weinglas, ohne aber zu trinken. Der Blick, der Gabi dabei streifte, war nicht unbedingt freundlich. »Was, zum Teufel, soll das? Erstens weiß niemand ganz genau, wo dieses Rumhold überhaupt gelegen hat, und zweitens ist es die Kleinigkeit von *sechshundert Jahren* her! Welchen Unterschied hätte es wohl gemacht, wenn du es gewußt hättest?«

»Keinen«, antwortete Liz. »Ich hätte es nur gerne gewußt, das ist alles.«

Stefan trank einen Schluck und stellte das Glas mit einem unnötig harten Ruck wieder auf den Tisch. »Jetzt weißt du es«, sagte er grob.

Einen Moment lang breitete sich Stille aus; jene ganz besonders unangenehme Art von Stille, in der man die Spannung beinahe knistern hören konnte. Gabi und Rainer warfen sich bezeichnende Blicke zu, und Stefanie und ihr Mann sahen plötzlich aus wie zwei Mäuse, die sich am liebsten unter den Teppich verkrochen hätten.

»Ich denke, ich mache uns allen erst einmal einen guten Kaffee«, sagte Gabi plötzlich. Sie stand auf, klemmte sich das Buch unter den linken Arm und schenkte Liz ein so freundliches Lächeln, als wäre gar nichts geschehen. »Kommst du mit, Liebes?« Natürlich ging es *nicht* um den Kaffee, und jedermann wußte es. Trotzdem stand Liz nach kurzem Zögern auf und folgte ihr in die Küche. Sie war ein wenig bestürzt, wie heftig ihre Reaktion auf Gabis sicher interessante, aber ganz und gar *harmlose* Neuigkeit gewesen war. Aber ihre eigenen Reaktionen erstaunten sie sowieso immer mehr. Sie schien nicht mehr sie selbst zu sein, seit sie Eversmoor verlassen hatten. Nicht zum ersten Mal an diesem Tag kam sie zu der Überzeugung, daß es ein Fehler gewesen war, hierher zu kommen.

»Was ist mit euch los?« begann Gabi ganz unverblümt, kaum daß sie die Küchentür hinter sich geschlossen hatte. »Habt ihr Streit?«

»Nicht direkt«, antwortete Liz ausweichend. »Aber es war wahrscheinlich keine gute Idee, herzukommen.«

»Das hast du schon einmal gesagt«, sagte Gabi. »Wie meinst du das? Was ist passiert?«

»Nichts«, erwiderte Liz. »Das ist es ja gerade.« Sie seufzte, lehnte sich mit vor der Brust verschränkten Armen gegen die Tür und schloß für einen Moment die Augen. »Es ist meine Schuld«, sagte sie schließlich. »Stefan kann nichts dafür und ihr auch nicht. Und euer Besuch schon gar nicht.« Sie lächelte schief. »Ich muß mich bei der Kleinen entschuldigen. Ich war ziemlich ruppig mit ihr.«

»Das macht nichts«, sagte Gabi. »Sie wird es überleben.« Sie grinste. »Wer uns erträgt, muß schon ein dickes Fell haben, weißt du das nicht mehr? Uns zu Freunden zu haben bedeutet ein tägliches Überlebenstraining.« Sie wurde übergangslos wieder ernst. »Also – was war los?«

Warum erzählte sie ihr nicht einfach, was geschehen war? Gabi war der einzige Mensch auf der Welt, dem sie ihr Erlebnis am Mitternachtssee anvertrauen konnte und die weder über sie lachen noch darüber reden würde, nicht einmal mit ihrem Mann, das wußte sie.

Sie wollte es sogar. Aber sie konnte nicht. Vielleicht hätte sie es gekonnt, bevor sie von Rumhold und der Sturmflut erfahren hatte, aber dieses Wissen, so bruchstückhaft und unvollkommen es war, machte es ihr unmöglich. So zuckte sie zur Antwort nur die Achseln.

»Ich weiß es selbst nicht«, log sie. »Ich bin wahrscheinlich einfach überreizt. Wir haben uns schon den ganzen Tag angegiftet, nicht erst, seit wir hier sind. Und noch dazu völlig grundlos.«

»Oh, so grundlos ist das meistens nicht«, sagte Gabi überzeugt. »Glaub mir, ich kenne das. So was passiert Rainer und mir dauernd.« Sie schüttelte den Kopf und wandte sich ab, um den Kaffee zuzubereiten.

Liz sah ihr schweigend dabei zu. Sie war gerne hier. Der Anblick erinnerte Liz an ihre eigene, schäbige Küche in Eversmoor, obwohl – oder vielleicht gerade *weil* – es wohl kaum zwei krassere Gegensätze gab – dies hier war eine supermoderne Küche; ein Ungeheuer aus Kunststoff und Glas, in der vom elektrischen Dosenöffner bis hin zum computergesteuerten Mikrowellenherd schlichtweg alles zu finden war, was gut oder wenigstens teuer war. Trotzdem hätte sie nicht lange überlegen müssen, hätte man sie vor die Wahl gestellt, sich für eines der beiden Extreme zu entscheiden.

»Sag mal, ehrlich – bereust du es wirklich nicht, in diese Ruine hinausgezogen zu sein?« fragte Gabi, während sie Kaffeepulver in die Maschine tat und zusah, wie sich der durchsichtige Wassertank automatisch füllte, als sie den Deckel schloß.

»Manchmal schon«, gestand Liz. Sie lächelte. »Vor allem, wenn ich das hier sehe. Aber im großen und ganzen ...« Sie schwieg einen Moment, fast, als müßte sie wirklich über diese Frage nachdenken (sie mußte es nicht), dann schüttelte sie den Kopf. »Nein«, sagte sie. »Es gibt ein paar Nachteile, sicher. Aber wenn ich die große Bilanz ziehe ...«

»Nach sechs Monaten?« unterbrach sie Gabi. »Ein bißchen früh, nicht?« Ihr Staunen war geschauspielert, und nicht einmal sehr gut. Es war eine Fortsetzung des Gespräches von gerade. Gabi wäre nicht Gabi, wenn sie so schnell aufgegeben hätte.

»Kaum«, antwortete Liz. »Ich hätte dir die gleiche Antwort auch nach sechs Wochen gegeben, wenn du mich gefragt hättest. Und das wird sich auch in sechs Jahren nicht ändern.« Aber schon während sie diese Worte aussprach, fragte sie sich, ob das wohl wirklich die Wahrheit war. Sicher, sie war überzeugt davon, glaubte es selbst – aber sie wußte auch, daß man oft an Dinge aus dem einzigen Grund glaubte, daß man sie glauben *wollte*. Und auch Gabi war keineswegs überzeugt.

»Du bist nicht glücklich«, behauptete sie geradeheraus. »Irgendwas stimmt nicht zwischen Stefan und dir. Was ist es?«

Liz schwieg. Sie wollte nicht antworten – sie konnte es nicht einmal, in diesem Moment, ganz einfach, weil sie die Antwort nicht wußte – und gleichzeitig spürte sie, daß Gabi der Wahrheit vielleicht näher gekommen war, als sie selbst ahnte. Irgend etwas stimmte wirklich nicht mehr zwischen Stefan und ihr. Aber sie wußte nicht, was.

»Unsinn«, sagte sie schließlich. »Es gab ... ein paar Meinungsverschiedenheiten in den letzten Tagen. Das war alles. Streitet ihr euch niemals?«

»Doch«, antwortete Gabi ernst. »Ziemlich oft sogar. Aber das ist etwas anderes. Wir zanken uns, aber zwischen Stefan und dir ...«

»Ist alles in Ordnung«, unterbrach sie Liz, jetzt sehr viel heftiger und so laut, daß sie selbst erschrocken zusammenfuhr. Sehr viel leiser fuhr sie fort: »Wirklich, Gabi. Es ist alles in Ordnung. Das heißt, es ist nichts in Ordnung, aber ...«

»Aber?« hakte Gabi nach, als sie nicht weitersprach.

»Ich weiß es selbst nicht«, gestand Liz. »Ich bin ein bißchen überempfindlich in den letzten Tagen. Stefan kann nichts dafür, wirklich.« Plötzlich begriff sie, daß sie alles das beinahe wörtlich vor weniger als einer Minute schon einmal gesagt hatte. Sie begann Gabi auf den Leim zu gehen. Noch ein paar Augenblicke, und sie würde ihr erzählen, was wirklich geschehen war.

Und was wäre so schlimm daran? dachte sie.

Sie fand keine Antwort darauf, wie auf so vieles, was sie sich in den letzten Tagen gefragt hatte. Natürlich *gab* es diese Antworten, so viele sie haben wollte, und eine davon war zum Beispiel die, daß sie Gabi nicht in all dies hineinziehen wollte oder daß es ihr einfach unangenehm war, zuzugeben, daß sie in den letzten Tagen ernsthaft begonnen hatte, an ihrem Verstand zu zweifeln.

Aber all das wäre nicht die Wahrheit gewesen. Die Wahrheit war sehr viel einfacher – und sehr viel erschreckender: Sie hatte Angst, nicht um sich, sondern um Gabi. Sie konnte es nicht begründen, aber sie spürte, daß es wichtig für Gabi war, *nichts* von alledem zu wissen. Vielleicht sogar lebenswichtig.

»Was macht der Kaffee?« fragte sie.

Gabi sah sie ernst an. Man mußte wohl nicht einmal so sensibel sein wie sie oder sie so lange kennen, um zu spüren, wie es unter der von Liz so mühsam zur Schau gestellten Beherrschung aussah. Aber sie kannten sich auch lange genug, daß Gabi erst gar nicht versuchte, jetzt noch irgend etwas von ihr zu erfahren. Jedes weitere Wort in diese Richtung würde sie nur noch verstockter machen. Sie runzelte die Stirn, schüttelte mit einem bedauernden Seufzen den Kopf und sah flüchtig zum Kaffeeautomaten hinüber.

»Gleich«, antwortete sie. »Sei ein Schatz und hilf mir, ihn reinzubringen. Weißt du noch, wo die Tassen stehen?«

16

Die Stimmung war spürbar besser geworden, als sie zu den anderen zurückgingen; Liz mit einem Tablett voller Tassen und Löffel beladen, Gabi mit der dampfenden Kaffeekanne in der rechten und einer elektrischen Warmhalteplatte, deren Schnur sich aufgewickelt hatte, so daß der Stecker klappernd hinterherschleifte, in der linken Hand. Von der aggressiven Spannung war nicht mehr viel geblieben – Rainer hatte eine Platte aufgelegt und das Licht gedämpft, so daß der Großteil des Zimmers jetzt im Dunkeln lag. Nur über dem Tisch brannte noch eine einsame Lampe und tauchte die gläserne Platte und die Gesichter Stefans und der anderen in gelbes Licht und schwarzbraune tiefe Schatten. Der Anblick erinnerte Liz an eine Spielhölle, wie man sie in zweitklassigen Kriminalfilmen sieht. Dazu passend war der Tisch nun leergeräumt – selbst Rainers Aschenbecher war verschwunden und balancierte auf seiner Sessellehne –, und auf dem polierten Glas lag wieder der Stapel mit Spielkarten, den Stefanie vorhin so hastig weggeräumt hatte.

»Kaffee!« rief Gabi. »Jetzt hört auf, Haus und Hof zu verspielen, und trinkt erst einmal.« Sie setzte die Warmhalteplatte ab – nicht auf dem Tisch, wie Liz mit einem leisen Gefühl der Verwunderung registrierte, sondern auf einem kleinen Blumenhocker, der unter ihrem Gewicht bedrohlich zu schwanken begann –, nahm Liz das Tablett aus den Händen und machte eine Kopfbewegung zu Rainer, den Stecker der Heizplatte einzustecken.

»Setz dich, Liebes«, sagte sie, während sie bereits Kaffee in eine der Tassen goß. Es waren sehr große Tassen: Liz rechnete sich überschlägig aus, daß die Kanne leer sein mußte, wenn sie alle auch nur eine Tasse nahmen, und fragte sich, wozu sie wohl die Heizplatte mitgenommen hatte. Nun ja – Gabi war noch nie eine sehr *logische* Person gewesen.

»Du nimmst noch immer so entsetzlich viel Milch?« vermutete Gabi.

Liz nickte. »Und noch mehr Zucker. Fünf Stücke, bitte.«

Gabi verdrehte die Augen, zählte aber gehorsam fünf Zukkerwürfel ab und rührte ein paarmal um, ehe sie die Tasse Liz reichte.

»Und so etwas kann man trinken?« erkundigte sich Walter.

»Wenn man nicht den Fehler begeht, herumzurühren, ja«, antwortete Liz ernsthaft. Sie nahm einen winzigen Schluck des kochendheißen Getränkes und bedachte Walter mit einem spöttischen Blick. »Was bleibt mir auch anderes übrig?« fuhr sie fort. »Ich hasse Kaffee, wissen Sie? Aber heißes Wasser mit Büchsenmilch und Zucker schmeckt noch scheußlicher.«

Der junge Mann blickte sie einen Moment verwirrt an. Schießlich rettete er sich in ein unsicheres Lachen. Seine Erleichterung war nicht zu übersehen, als Gabi auch ihm seine Kaffeetasse reichte und er sich dahinter verkriechen konnte.

Liz starrte ihn einige weitere Sekunden lang durchdringend an, ehe sie sich endlich zurücklehnte. Ihr Blick begegnete dem Gabis. Der Ausdruck darin war teilweise amüsiert, teilweise aber auch tadelnd – immerhin war Walter ihr Besuch, und vielleicht sollte Liz aufhören, ihre schlechte Laune an ihm auszulassen und auf ihm herumzutrampeln. Was sie mit ihm machte, war nicht besonders fair.

Aber sie hatte eigentlich auch gar keine Lust, zu irgend jemandem *fair* zu sein.

»Wobei haben wir euch eigentlich vorhin gestört?« fragte sie, dem plötzlichen, boshaften Bedürfnis folgend, jemanden zu verletzen. »Bei einer Partie Strip-Poker?«

Rainer, Walter und Stefan lachten leise, und auch das Mädchen begann albern zu kichern, aber in Gabis Augen flammte es ärgerlich auf – vielleicht weil sie als einzige spürte, daß die Frage vielleicht nicht ganz so scherzhaft gemeint war, wie die anderen zu glauben schienen. Und das war wohl auch der Grund, aus dem ihre Antwort sehr viel schärfer ausfiel als angemessen schien; nicht einmal in der Wortwahl, wohl aber im Tonfall.

»Nein«, fauchte sie. »Bei einer Geisterbeschwörung.«

Liz erstarrte. Für einen ganz kurzen Moment hatte sie das Gefühl, von einer unsichtbaren Hand berührt zu werden, die gleichzeitig eiskalt wie brennendheiß war: Es war jene Art von enervierendem Schrecken, der unmöglich mit Worten zu beschreiben war und sie mit echter, körperlicher Übelkeit erfüllte.

Einen Moment lang starrte sie Gabi beinahe entsetzt an, ehe sie begriff, daß es gar nicht das war, *was* Gabi gesagt hatte. Was sie so furchtbar traf, war das, was es bedeutete: Die Wirklichkeit hatte sie eingeholt.

»Was … hast du gesagt?« murmelte sie.

Gabi wollte antworten, aber Stefan war schneller. »Es ist natürlich keine *echte* Geisterbeschwörung«, sagte er, rasch und beinahe selbst in beschwörendem Tonfall; einem Tonfall, dessen Bedeutung Liz nur zu klar war.

Er hatte es ihnen gesagt. Er hatte Rainer und diesen beiden wildfremden Kindern erzählt, was Liz passiert war.

Es dauerte einen Moment, bis sie überhaupt begriff, was sie soeben gedacht hatte. Es war, dachte sie schockiert, als hätte er Nacktfotos von ihr herumgezeigt. Voller unverhohlener Wut starrte sie ihn an, aber Stefan lächelte nur und nippte an seinem Kaffee.

»Liz ist in den letzten Tagen etwas empfindlich, was solche Dinge angeht«, sagte er. Die Worte galten Gabi, aber er sah Liz dabei unverwandt an, als warte er auf eine ganz bestimmte Reaktion. »Sie … hatte ein paar sonderbare Erlebnisse, glaube ich.«

»Erlebnisse?« fragte Gabi neugierig. »Oh, wie interessant. Erzähl uns davon!«

»*Nein.*« Erst als sie bemerkte, daß jedermann sie anstarrte, begriff sie, daß sie das Wort beinahe geschrien hatte. Sie lächelte verlegen. »Es war nichts«, sagte sie stockend. »Wirklich. Es war …« Sie brach ab, suchte einen Moment nach Worten und trank einen Schluck Kaffee, um etwas Zeit zu gewinnen.

»Meine Nerven sind ein bißchen angegriffen, in der letzten Zeit, das ist alles. Es war nicht der Rede wert. Wirklich.«

»Doktor Swensen war da anderer Meinung«, sagte Stefan. Liz hatte plötzlich das dringende Bedürfnis, ihm den Rest ihres Kaffees ins Gesicht zu schütten. *Warum sagte er das? Warum, zum Teufel, brachte er sie in eine solche Situation?*

Diesmal war es Stefanie, die sie davor bewahrte, ihm zu antworten und damit vollends einen Streit vom Zaun zu brechen.

»Sie sollten darüber reden«, sagte sie.

»Ach?« machte Liz. »Sollte ich?«

Stefanie nickte. »Es kann auf keinen Fall schaden. Und meistens erleichtert es ungemein. Glauben Sie mir.«

Liz starrte sie mit all der Feindseligkeit an, die eigentlich Stefan gebührte. »So?« sagte sie böse. »Und woher wissen Sie das alles so genau? Sind Sie zufällig Psychologin?«

»Noch nicht ganz«, antwortete Stefanie offen. »Aber in einem Jahr hoffe ich mein Examen zu machen. Dann bin ich es.«

»Und außerdem ist sie ein Medium«, fügte Gabi hinzu, bevor Liz ihr auch nur einen Teil der Unfreundlichkeiten an den Kopf werfen konnte, die sie sich zurechtgelegt hatte. »Und noch dazu ein ziemlich begabtes.«

»Ein Medium?« Liz starrte das Mädchen entgeistert an. *Verdammt, war das wirklich noch Zufall?* Stefanie lächelte, aber sie tat es auf eine ganz, ganz andere Art als bisher. An diesem Lächeln war nichts Schüchternes mehr: Es war jene Art von Lächeln, das sie auch an Stefan manchmal beobachtete, wenn er zum Beispiel in einem Lokal oder der U-Bahn erkannt und angesprochen wurde oder wenn ihn jemand unversehens um ein Autogramm bat; jenes Lächeln, das verlegen wirken sollte und doch ganz deutlich verriet, wie sehr er es genoß, bewundert zu werden. An Stefan hatte sie dieses Lächeln schon nicht gemocht; an diesem Mädchen fand sie es direkt obszön.

»Ein Medium?« fragte sie noch einmal. »Und was meditieren Sie so?«

Wenn Stefanie den beleidigenden Unterton überhaupt bemerkte, so reagierte sie jedenfalls nicht darauf. »Sie hören sich an, als würden Sie nicht an Parapsychologie und Übersinnliches glauben«, sagte sie.

»Sollte ich das?«

»Nun, bei den Büchern, die Ihr Mann schreibt ...«, wandte Walter ein, wurde aber sofort von Liz unterbrochen:

»Sie meinen also, ich müßte an Geister glauben, weil mein Mann Horror-Geschichten schreibt. Und wenn ich mit einem Zigarrenfabrikanten verheiratet wäre, müßte ich selbstverständlich auch Kettenraucherin sein«, sagte sie spitz. Walter fuhr zusammen und duckte sich hinter seine Kaffeetasse, während Stefanies einzige Reaktion darin bestand, daß ihr Lächeln noch eine Spur kälter wurde. Da war nicht mehr viel von dem schüchternen kleinen Mädchen an ihr. Liz erinnerte sich nicht, sich jemals so gründlich in einem Menschen getäuscht zu haben.

»Es ist wirklich nur ein harmloser Spaß, Liebes«, sagte Gabi. »Es kann überhaupt nichts passieren. Und es ist wirklich interessant. Sei keine Spielverderberin.«

»Wer sagt denn, daß ich das bin?« fragte Liz. Die Worte kamen fast gegen ihren Willen über ihre Lippen, und als sie begriff, was sie da sagte, erschrak sie. *Verdammt, was redete sie da? Sie wollte nichts mit diesem Unsinn zu tun haben, ganz egal, ob Gabi sie nun für eine Spielverderberin hielt oder nicht!*

Um so entsetzter war sie, sich selbst weiterreden zu hören: »Ich weiß ja nicht einmal, worum es überhaupt geht. Eine Geisterbeschwörung, sagen Sie?«

Die letzten Worte galten Stefanie, die ebenfalls ein bißchen überrascht zu sein schien, aber nach kurzem Zögern nickte. »Es ist im Grunde ganz einfach«, erklärte sie. »Man braucht fast nichts zu tun, und die einzigen Requisiten sind ein Glas und ein bißchen Papier.« Sie lächelte, und für einen Moment wurde dieses Lächeln fast verlegen. Aber sie fing sich schnell wieder. Sie war jetzt nicht mehr das schüchterne kleine Mädchen, sondern eine junge Frau, die eine Rolle spielte, und das hunderprozentig. Und auf dem Terrain, auf das sie Liz mit diesen wenigen Worten hinausgelockt hatte, war sie ihr eindeutig überlegen.

»Und was tun Sie genau?« fragte Liz zögernd.

Stefanie deutete auf den Kartenstapel vor sich. »Sie würden es vermutlich eine Séance nennen«, sagte sie. »Der Ausdruck ist nicht ganz richtig, aber auch nicht völlig falsch. Wir nehmen ... wir versuchen, Kontakt aufzunehmen.«

»Mit wem?« fragte Stefan spöttisch. »Mit Napoleon?«

»Vielleicht«, antwortete Stefanie. »Es wäre möglich. Aber es ist nicht sehr wahrscheinlich, denke ich.«

»Moment mal«, sagte Liz. »Sie wollen im Ernst behaupten, Kontakt mit den Toten aufzunehmen – mit ein paar *Spielkarten*?« Etwas in ihr warnte sie, weiterzumachen. Sie war schon viel weiter gegangen, als sie gedurft hätte. Aber sie konnte auch nicht mehr zurück.

»Womit man es tut, ist völlig egal«, sagte Stefanie. »Es ginge selbst ganz ohne irgendwelche Hilfsmittel. Aber es ist einfach leichter, irgend etwas zu nehmen, worauf man sich konzentrieren kann. Eine Art geistiger Brennspiegel, wenn Sie so wollen. Außerdem sind es keine Spielkarten.« Sie drehte den Kartenstapel herum, und Liz erkannte, daß es sich wirklich nicht um normale Spielkarten handelte; jedenfalls nicht mehr. Sie waren längst zweckentfremdet worden: Die Vorderseiten waren mit weißer Folie beklebt, auf der mit dicken schwarzen Tuschestrichen gut acht Zentimeter große Buchstaben aufgemalt waren. Sie waren sauber, wiesen aber deutliche Benutzungsspuren auf. Was immer das Mädchen damit tat, sie tat es nicht zum ersten Mal, und sie tat es wahrscheinlich professionell.

»Was wird das?« erkundigte sich Liz mißtrauisch, während Stefanie begann, die Karten auf dem Glastisch zu einem Kreis zu legen.

»Alle Buchstaben des Alphabets«, erklärte Stefanie überflüssigerweise. »Einschließlich je einer Karte für *Ja* und *Nein* sowie einer Abstandskarte ...« Sie tippte auf eine Spielkarte, die statt eines Buchstabens ein streichholzschachtelgroßes schwarzes Quadrat aufwies. »… für die Pausen zwischen den Worten. Das macht die Sache verständlicher.«

»Einer von uns muß alles mitschreiben«, sagte Gabi. »Wie wär's mit dir, Stefan? Du bist ja gewissermaßen prädestiniert für diese Aufgabe.«

Stefan schnaubte abfällig, widersprach aber nicht, als Gabi ihm Block und Bleistift über den Tisch reichte.

»Und was tut man damit?« erkundigte sich Liz, obwohl sie die Antwort zu wissen glaubte.

»Stefanie hat es mir erklärt«, mischte sich Stefan ein. »Man stellt ein umgedrehtes Glas auf den Tisch. Jeder von uns legt einen Finger auf das Glas, und das berührt dann die einzelnen Buchstaben. Hintereinandergelesen ergeben die Buchstaben dann die Antwort der Toten.«

»Ganz so einfach ist es nicht«, sagte Stefanie hastig. »Wie gesagt, es sind nur Requisiten, mehr nicht. Genausogut könnten wir eine Kristallkugel nehmen oder einen Teller mit Kaffeesatz. Die Hauptsache spielt sich hier ab.« Sie tippte sich mit dem Zeigefinger gegen die Stirn. »Nun? Versuchen wir es?«

Liz schüttelte ganz impulsiv den Kopf, aber als sie etwas sagen wollte, unterbrach sie Stefan mit einer raschen, beinahe schon befehlenden Geste.

»Warum nicht?« fragte er. »Es ist ein harmloser Spaß.«

»Es ist ein *dummer* Spaß«, sagte Liz heftig. »Ich habe keine Lust dazu.«

Aber das war nicht die Wahrheit. Der wahre Grund war nicht, daß sie keine Lust hatte, sondern der, daß sie allein die bloße Vorstellung mit panischer Angst erfüllte.

»Es ist nicht dumm!« sagte Stefanie heftig. »Und es ist erst recht kein *Spaß*, Herr König. Sie sollten es ernster nehmen. Oder es bleibenlassen.«

»Ich bin für das Bleibenlassen«, sagte Liz. Aber wieder machte Stefan nur diese rasche, ärgerliche Handbewegung.

»Also gut – nehmen wir es ernst. Vielleicht gelingt es Ihnen ja wirklich, mich zu überzeugen. Und wenn nicht, habe ich vielleicht wenigstens Material für eine neue Geschichte.«

Liz starrte ihn an. Sie fühlte sich ... betäubt. Das Ganze war Irrsinn. Vollkommener Irrsinn! *Bin ich eigentlich verrückt?* dachte sie. Was in Dreiteufels Namen *tat* sie hier?! Sie war hierher gekommen, um dem Wahnsinn zu entfliehen, der in Eversmoor auf sie wartete, und sie hatte nichts Besseres zu tun, als *an einer Geisterbeschwörung teilzunehmen*! Sie kam sich vor wie eine Alkoholikerin, die eine Entziehungskur damit begann, eine Flasche Whisky in sich hineinzuschütten!

Und trotzdem widersprach sie mit keinem Wort mehr. Sie zögerte nicht einmal, die Hand auszustrecken, als Stefanie das Weinglas herumdrehte und auf den leergeräumten Tisch stellte, und sie registrierte fast entsetzt, daß sich ihre Lippen zu einem Lächeln verzogen. Sie hätte vor Furcht am liebsten geschrien, als ihre Finger das eiskalte Glas des Römers berührten, aber ihre Hände zitterten nicht einmal.

Sie hatte Angst, gleichzeitig fühlte sie eine Ruhe, die schon beinahe unheimlich war, denn es war eine Ruhe, die irgendwie von außen auf sie einzuströmen schien; nichts, was zu ihr gehörte, sondern ein fremder, betäubender und sehr unangenehmer Einfluß. Für einen Moment kam sie sich vor wie eine Marionette, die an unsichtbaren Fäden hing.

»Wir sollten jetzt alle ruhig sein«, sagte Gabi aufgeregt. Ihre Augen leuchteten vor Begeisterung. »Wenigstens für einen Moment, bis Stefanie sich konzentriert hat.«

Es war ein sonderbares, fast schon unheimliches Gefühl. Natürlich gab es mindestens ein Dutzend logischer Erklärungen – angefangen von Muskelspannungen, die sich unbemerkt entluden, über eine besonders geschickt ausgeführte Manipulation Stefanies oder ihres Begleiters – und trotzdem war es ein fast gespenstisches Gefühl, als sich das Glas plötzlich zu bewegen begann.

Zuerst bemerkte sie es kaum – es war nur ein leises, fast unmerkliches Zittern, ein ganz sachtes Vibrieren und Beben, das ihr wahrscheinlich nicht einmal aufgefallen wäre, hätte der Römer auf der gläsernen Tischplatte nicht ein leises, aber sehr mißtönendes Quietschen verursacht.

Dann begann sich das Glas zu bewegen.

Liz war sehr sicher, daß *sie* keinen Druck auf das Glas ausübte, und sie war auch *fast* sicher, daß es keiner der anderen tat – aber das Glas begann sich zu bewegen. Zuerst langsam, dann immer rascher und gleichzeitig leichter glitt es über den Tisch, schoß auf den unteren Rand des Buchstabenkreises zu und verharrte im letzten Moment, rutschte ein Stück zurück, glitt nach rechts, nach links, wieder nach rechts ...

»Nun?« fragte Gabi leise. »Hältst du es immer noch für Humbug?«

Sie sah Stefan bei diesen Worten an, aber Liz war sicher, daß die Frage in Wahrheit ihr galt. Trotzdem war es Stefan, der antwortete.

»Vielleicht«, sagte er. »Bis jetzt ist nichts passiert, bis auf ...«

Er sprach nicht weiter, denn genau in diesem Moment vollführte das Glas einen so heftigen Ruck nach rechts, daß alle bis auf Liz und Stefanie den Kontakt verloren. Trotzdem schoß der Römer weiter, berührte das »H«, jagte in einem fast eleganten Halbkreis herum, stieß gegen die Spielkarte mit dem »A«, löste sich davon, traf zweimal kurz und hart hintereinander das »L« und glitt schließlich, langsamer werdend wie ein Autofahrer, der sein Fahrzeug auf dem allerletzten Stück Weges ausrollen läßt, auf das »O« zu.

»*Hallo*«, sagte Stefan. Er hatte sich nicht einmal die Mühe gemacht, mitzuschreiben. Er schnaubte, schüttelte den Kopf und bedachte Stefanie mit einem Blick, der gleichzeitig mitleidig wie abfällig war.

»Wie eindrucksvoll«, sagte er. »Fast schon ein wenig zu deutlich, finden Sie nicht, meine Liebe?«

»Ich war das nicht, wenn es das ist, was Sie meinen«, sagte Stefanie ruhig. »Ich weiß, Sie glauben, ich hätte manipuliert, nicht wahr? Aber das habe ich nicht.« Stefan schnaubte erneut, sagte aber nichts, sondern sah statt dessen Liz fragend an.

»Ich ... hatte nicht den Eindruck, daß sie manipuliert«, sagte Liz zögernd. Ihre Worte entsprachen durchaus der Wahrheit: Natürlich war es möglich, daß das Mädchen geschickt genug war, das Glas zu schieben, ohne daß sie es auch nur merkte – aber irgendwie wußte sie, daß es nicht so war. Sie war sehr nervös.

»Aber ich nehme die Hand auch gerne runter«, fügte Stefanie hinzu und zog den Arm zurück. »Möglicherweise überzeugt Sie das mehr.«

»Möglicherweise«, sagte Stefan spöttisch. Verdammt noch mal, was sollte das? dachte Liz verwirrt. Es war *seine* Idee gewesen, bei diesem albernen Spiel mitzumachen, nicht ihre – hatte er nur darauf bestanden, um sich zu produzieren?

»Sie sind nicht der erste, der der Sache skeptisch gegenübersteht«, sagte Walter. »Aber Sie wären auch nicht der erste, der überzeugt wird.«

»Wovon?« fragte Stefan lächelnd.

Diesmal verzichtete Walter auf eine Antwort. Statt dessen zündete er sich umständlich eine seiner filterlosen Zigaretten an, stieß zwei lange gerade Rauchfäden durch die Nase aus und legte wieder die Hand auf das Glas. »Machen wir weiter«, sagte er. »Vielleicht antworten sie Ihnen ja.«

»Worauf?« Stefan zog demonstrativ die Augenbrauen hoch. »Ich habe ja gar keine Frage gestellt.« Trotzdem beugte auch er sich vor und berührte das Glas mit den Spitzen von Zeige- und Mittelfinger. Nach kurzem Zögern legte auch Liz ihre Fingerspitzen neben die seinen und schließlich Gabi und als letzter Rainer. Stefanie verschränkte demonstrativ die Arme vor der Brust und lehnte sich zurück.

Abermals begann das Glas zu kreisen, wurde schneller, langsamer, schneller, langsamer ... zwei-, dreimal glaubte Liz so etwas wie einen Rhythmus in dieser Bewegung zu spüren, aber jedes Mal wenn sie ihn gerade genau zu erkennen glaubte, verschwand er oder änderte sich.

»Ist ... jemand hier?« fragte Stefanie. Sie hatte die Hände ausgestreckt und die Finger gespreizt, berührte das Glas aber nicht. Ihre Augen waren geschlossen. Feiner glitzernder Schweiß perlte auf ihrer Stirn. Als sie weitersprach, bewegten sich ihre Lippen kaum dabei.

»Wenn jemand hier ist, dann soll er antworten. Wir sind deine Freunde. Sag uns deinen Namen.«

Diesmal dauerte es länger, bis das Glas zu zittern begann, und seine Bewegungen waren deutlich langsamer und mühevoller. Dann begann es die Buchstabenkarten zu berühren, manchmal dicht aufeinanderfolgend, manchmal mit großen Pausen, als müsse die unsichtbare Macht, die es lenkte, zwischendurch immer wieder Kraft schöpfen. Stefan schrieb pedantisch jeden einzelnen Buchstaben und jede größere Pause mit, aber das Ergebnis war mehr als dürftig – um nicht zu sagen, es war Wasser auf Stefans Mühlen. Zwei-, dreimal bildeten die Buchstaben Kombinationen, die mit einigem guten Willen als Worte zu bezeichnen waren – auf Stefans Zettel stand nach einer Viertelstunde ein *GTEN TAAK*, ein *STEFNN* und die Buchstaben *PEER*, von denen Gabi behauptete, es wäre der Name einer ihrer Kontaktpersonen aus dem Geisterreich. Danach kam nur noch heilloser Buchstabensalat, aus dem sich auch mit dem allerbesten Willen nichts Sinnvolles mehr herauslesen ließ, weder vor- noch rückwärts. Nicht, daß dieser Mißerfolg Gabis Optimismus auch nur den geringsten Abbruch tat – sie schien ihn im Gegenteil eher als eine Art Bestätigung ihrer Theorie zu betrachten.

Die Zeit verging, und im gleichen Maße, in dem klarer wurde, daß bei diesem *Experiment* nichts anderes als ein mit Buchstabensalat vollgekritzelter Zettel und ein verschwendeter Abend herausschauen würden, begann sich Liz alberner vorzukommen. Sie hatte keine Angst mehr. Angst mußte man nur vor *richtigen* Geistern haben, nicht vor diesen Kindereien, aber sie begann sich einfach dumm vorzukommen. Plötzlich konnte sie Gabis Verlegenheit von vorhin verstehen; auch ihr wäre es alles andere als angenehm, von irgend jemandem bei diesem Unsinn überrascht zu werden.

Das Glas unter ihren Fingern begann zu zittern, wich in beinahe rechtem Winkel von seinem kreiselnden Kurs ab und berührte das ›S‹, das ›T‹, das ›I‹, zweimal rasch hintereinander das ›M‹ und schließlich wieder das ›T‹.

Liz hatte das Gefühl, von einer eisigen Hand berührt zu werden. Ihr Atem stockte.

»Hoppla«, sagte Stefan. »Das sieht ja fast aus wie ein Wort.« Er grinste. »Fragt sich nur, was hier stimmt – oder auch nicht.«

Großer Gott, was geht hier vor? dachte Liz entsetzt. Plötzlich verspürte sie das fast übermächtige Bedürfnis, zu schreien – aber sie bekam nicht den kleinsten Laut heraus. Sie hatte nicht einmal die Kraft, die Finger vom Glas zu nehmen. *Vielleicht sollten sie etwas bekommen, wovor sie wirkliche Angst haben können*, dachte sie. *Wie wäre es mit ein wenig ECHTEM Spuk, ihr Narren?*

Gott – was waren das für Gedanken? Es waren *ihre* Gedanken, ganz eindeutig, und doch wieder nicht, weil irgend jemand – irgend etwas – *wollte*, daß sie sie dachte. *Vielleicht vergeht dir das Lachen, Gabischätzchen, wenn du einem WIRKLICHEN Geist begegnest* – sie starrte Stefanie an – *und du dir deine Faxen sparen kannst, du kleine Idiotin*! Etwas geschah. Irgend etwas Entsetzliches geschah. Jetzt.

Und sie war nicht die einzige, die es spürte. Auch Gabi sah irritiert auf, und in das abfällige Grinsen auf Stefans Zügen mischte sich eine deutliche Spur von Unsicherheit, beinahe Schrecken.

»Was ...«

»Ruhig!« unterbrach ihn Gabi aufgeregt. »Es beginnt – merkst du es denn nicht?«

Stefan schürzte abfällig die Lippen. »Weil die Buchstaben zufällig ...«

Das Glas machte einen heftigen Ruck und prallte so hart gegen die ›NEIN‹-Karte, daß sie vom Tisch flog und zu Boden segelte. Stefan blinzelte, sah mit einer Mischung aus

Überraschung und unverholenem Mißtrauen in die Runde und setzte dazu an, etwas zu sagen, aber in diesem Moment bewegte sich das Glas weiter, so schnell und mit einem so überraschenden Ruck, daß alle bis auf Liz für einen Moment den Kontakt damit verloren. Auch sie wollte loslassen, aber sie *konnte es nicht*!

»Was, zum Teufel ...«, begann Stefan erneut, wurde aber sofort wieder von Gabi unterbrochen: »Still! Fühlst du es denn nicht, du unsensibler Klotz?«

Und plötzlich war es da. Stefanies Augen weiteten sich vor Schrecken, und auch Gabi und Walter fuhren sichtlich zusammen. Irgend etwas war plötzlich anders geworden, von einem Atemzug auf den nächsten. Irgend etwas war im Raum. Es war Liz unmöglich, die Hand vom Glas zu nehmen oder auch nur aufzusehen, aber sie spürte seine Gegenwart, das jähe Dasein von etwas anderem, Bösen, das vor einer Sekunde noch nicht hiergewesen war.

Es war, als wäre ein Fenster geöffnet worden, durch das eiskalte Luft hereinströmte, aber es war kein Fenster nach draußen, sondern ein Fenster in die Hölle, durch das ein unsichtbarer Sturmwind hereinfauchte, ein Orkan aus Haß und Gewalt und Bosheit, der sich wie ein unsichtbares schleichendes Gift im Raum ausbreitete. Stefanie krümmte sich. Sie sagte keinen Ton, aber ihr Gesicht war plötzlich grau vor Furcht, und in ihren Augen flackerte etwas, was Liz noch nie zuvor bei einem lebenden Menschen gesehen hatte. Es ging so schnell vorüber, wie es kam – für den Bruchteil einer Sekunde nur spürte das Mädchen die Berührung dieses körperlosen bösen Dinges, dann, als hätte es seinen Irrtum eingesehen, löste es sich wieder von ihr, das Entsetzen wich aus ihrem Gesicht.

»Großer Gott«, flüsterte sie. »Was ... ist das?«

Das ist ein echter Geist, du jämmerliche kleine Hochstaplerin, dachte Liz, und wieder war es, als zwinge sie ein anderer, diese Dinge zu denken. Es war schlimmer, als Opfer eines fremden Willens zu sein, denn ihr eigenes Bewußtsein war nicht ausgeschaltet, nicht besiegt, sondern zu etwas Fremdem und Feindlichem pervertiert. Es war das Entsetzlichste, was Liz jemals erlebt hatte. Und sie konnte nicht einmal mit einem Blick um Hilfe bitten!

»Wer bist du?« flüsterte Stefanie. »Sag ... deinen ... Namen!«

Das Glas ruckte nach rechts, nach links und wieder nach rechts. Schließlich berührte es ganz leicht die »Nein«-Karte.

»Sag deinen Namen!« wiederholte Stefanie. »Ich befehle es.«

MEINEN■NAMEN? schrieb das Glas. WOZU■WILLST■DU■ DEN■WISSEN?

»Wer bist du?« wiederholte Stefanie. Ihre Stimme zitterte vor Anstrengung. Obwohl es nicht sehr warm im Zimmer war, glänzte ihr Gesicht vor Schweiß. Liz konnte ihre Angst regelrecht riechen. »Sag deinen Namen! Ich befehle es! *Wie ist dein Name!*«

GODZILLA schrieb das Glas.

»Ha!« machte Stefan. »Das ist ...«

Das Glas bewegte sich weiter, so rasch, daß sie kaum mehr richtig sahen, welche Karten sein Rand berührte.

»Be – a – en – es – ha – e – e«, buchstabierte Gabi. »Banshee ...« Sie runzelte die Stirn und sah erst Stefanie, dann Liz an. »Was heißt das?« Niemand antwortete. Liz saß da, starr, gelähmt vor Schrecken und Unglauben, und auch Stefan wirkte verwirrt.

»Bist du das?« fragte Stefanie. Das schwache gelbe Licht ließ ihr Gesicht blaß und krank erscheinen, und ihre Stimme hatte einen sonderbaren, hohlen Klang angenommen.

Aus dem Spiel war Ernst geworden, tödlicher Ernst sogar, dachte Liz entsetzt. Dabei war Stefanies Beschwörung durch und durch genau der Humbug gewesen, als den Stefan ihn bezeichnete. Nein, es war genau anders herum: Dieses Etwas hatte gewartet, geduldig auf eine Gelegenheit gewartet, aus seinem Versteck hervorzubrechen. Es war ihr gefolgt. Sie war ihm in Wahrheit nicht eine Sekunde lang wirklich entkommen. Nein, es hatte einfach abgewartet und gelauert, und es hatte dieses harmlose Spiel genommen und sich zu eigen gemacht.

»Wer bist du?« stammelte Stefanie. In ihrer Stimme war jetzt wirkliche Angst. Ihre Hände zitterten.

DER■TOD, antwortete das Glas.

»Das ist geschmacklos«, sagte Stefan leise. »Ich mache das nicht mehr lange mit. Wer von euch ist das?«

Das Glas schoß auf ihn zu, verharrte einen Moment lang, zitterte – und begann wieder zu kreisen. STIRB schrieb es.

»Wen … meinst du?« sagte Stefanie. Ihre Stimme zitterte jetzt unüberhörbar. Vielleicht begriff sie, daß sie zum ersten Mal wirklich das getan hatte, was sie sonst so überaus geschickt behauptete. Die Geister, die sie rief … Liz spürte ein absurdes Gefühl von Befriedigung. Ein Teil von ihr war noch immer mit diesem *anderen* verbunden; sie teilte seine Empfindungen, auch wenn es sie jetzt nicht mehr zwang, seine Gedanken zu denken.

EUCH■ALLE, antwortete das Glas.

»Das … ist nicht mehr komisch, Stefanie«, sagte Stefan gepreßt. »Ich weiß nicht, wie Sie es machen, aber es ist nicht witzig.«

»Das soll es auch nicht sein«, antwortete Gabi an ihrer Stelle. »Stefanie ist das nicht, Stefan, ob du's nun glaubst oder nicht. Und ich ebensowenig.«

»Natürlich glaube ich dir«, antwortete Stefan böse. »Was da antwortet, das sind die Geister der Toten, wie?«

Das Glas ruckte nach rechts und schoß in die Lücke, wo die ›NEIN‹-Karte gelegen hatte. Stefan erbleichte ein ganz kleines bißchen, aber dann loderte Zorn in seinem Blick. Wütend richtete er sich auf, packte Gabis Handgelenk und drückte ihren Arm so unsanft zur Seite, daß sie einen halblauten Schmerzlaut ausstieß.

»Heda«, sagte Rainer. »Nicht ganz so grob, ja?«

Stefan fuhr herum. In seinen Augen blitzte es streitlustig. »Was heißt das?« fauchte er. »Ich hätte euch für anständiger gehalten. Ich habe dir erzählt, was mit Liz war, aber ich habe es verdammt noch mal nicht getan, damit ihr einen eurer blöden Scherze macht!«

Rainer seufzte, sog an seiner Pfeife und zog seine Hand zurück.

Das Glas bewegte sich weiter, prallte gegen das ›T‹, stieß mit einem fast wütend wirkenden Ruck auch das ›O‹ vom Tisch und fegte das ›T‹ hinterher. Gabi stieß einen leisen, quietschenden Laut aus und schlug die Hand vor den Mund.

Stefans Kopf flog hoch. Seine Augen flammten. »Das ist nicht komisch«, sagte er noch einmal. »Und wenn Sie glauben, daß ich darüber lache, Walter, dann ...«

Auch Walter zog die Hand zurück, so daß jetzt nur noch Stefans und Liz' Finger den Fuß des Römers berührten.

Das Glas bewegte sich weiter.

»Du?« Stefans Augen weiteten sich ungläubig. »Aber ...«

»Das ist sie nicht«, sagte Stefanie, leise, aber sehr bestimmt. Sie gab Walter einen Wink. Der Junge beugte sich zur Seite, nahm rasch Block und Stift an sich und schrieb hastig mit, was das Glas buchstabierte.

»Blödsinn!« fauchte Stefan. »Natürlich schiebt sie das Glas.«

»Aber nicht aus freiem Willen«, sagte Stefanie. »Sie ist ...«

Mit einem Schrei zog Liz die Hand zurück.

Das Glas bewegte sich weiter, kreiste wie irrsinnig hin und her und fuhr fort, immer schneller und schneller gegen die Karten zu stoßen.

»Walter! Schnell!« keuchte Gabi. »Schreib es auf! Schreib es auf!«

Walter gehorchte – wenigstens versuchte er es. Aber die Bewegungen des Glases wurden immer schneller, gleichzeitig ruckhafter und unkontrollierter, bis es so schnell über den Tisch schoß, daß es die Karten von der Platte katapultierte, gegen die es stieß.

Liz sah die Bewegung im letzten Augenblick. Etwas im rasenden Hin und Her des Glases änderte sich; ein kurzer, harter Ruck – und plötzlich fegte das Glas wie ein kleines gefährliches Geschoß auf sie zu, verfehlte ihr Gesicht um Millimeter und zerbarst klirrend hinter ihr an der Wand. Stefan und Rainer sprangen erschrocken hoch, während Gabi einen keuchenden Laut ausstieß und die Hand vor den Mund schlug. Auch Walter richtete sich kerzengerade auf und wurde bleich. Nur Stefanie rührte sich nicht, aber ihre Augen waren weit und dunkel vor Furcht.

»Ist dir etwas passiert?« fragte Stefan erschrocken.

Liz war nicht ganz sicher, aber sie schüttelte den Kopf. Das Glas hatte sie nicht durch Zufall verfehlt. Es war eine Warnung gewesen, eine letzte Warnung vielleicht, mit dem aufzuhören, was sie taten.

»Ich bin ... in Ordnung«, sagte sie stockend. »Das Blatt. Was ... was haben Sie aufgeschrieben, Walter?«

Walter blickte sie einen Moment lang an, als begriffe er gar nicht, was sie gesagt hatte. Dann lächelte er nervös, riß das Blatt mit einem Ruck von seinem Block und reichte es Liz. Mit bebenden Fingern nahm sie es entgegen und überflog den Text, den Walter hastig daraufgekritzelt hatte:

NIRREAN■ENIELK■UD■NENNEOK■UZ■
NEMMOKTNE■RIM■TBUALGEG
■HCILKRIW■UD■TSAH

»Aber das ... das ergibt überhaupt keinen Sinn«, sagte Stefan. Seine Stimme klang eher erleichtert als verwirrt. Aber nur für einen Moment.

»Oh, doch«, widersprach Stefanie. Liz war sich nicht sicher, was sie wirklich in ihren Augen las – Furcht oder Mitleid oder vielleicht auch beides, als sie aufsah und sie anblickte. »Es ergibt einen Sinn«, sagte sie. »Lesen Sie es rückwärts.«

Liz tat es.

Und begann zu schreien.

17

Stefan brach an diesem Abend zum ersten Mal mit einem seiner ohnehin sehr wenigen Prinzipien; nämlich dem, kein Fahrzeug mehr anzurühren, wenn er auch nur einen Tropfen Alkohol getrunken hatte. Er war nicht betrunken, aber er war auch alles andere als nüchtern: Die fünf oder sechs Gläser Wein, die er im Laufe des Abends getrunken hatte, zeigten Wirkung, besonders, als sie das Haus verließen und er in die eiskalte Nachtluft hinaustrat. Wären sie einer Polizeistreife in die Hände gefallen, hätte er sich nicht nur von seinem Führerschein, sondern auch gleich von den Tantiemen seines nächsten Buches verabschieden können.

Natürlich wußte Liz all dies, aber es war ihr egal. Zum ersten Mal, seit sie sich kennengelernt hatten, war *sie* es, die nicht über die Folgen ihres Tuns nachdenken wollte, sondern einfach nur reagierte. Es war ihr gleich, ob Stefan betrunken war oder nicht, es war ihr gleich, ob er im besten Fall seinen Führerschein und einen Haufen Geld und im schlechtesten ihrer beider Leben aufs Spiel setzte, es war ihr vollkommen gleich, was geschehen würde – alles, was sie wußte, war, daß sie hier weg wollte, fort aus dieser entsetzlichen Stadt, fort aus diesem Haus, weg aus Gabis und Rainers Gesellschaft und vor allem fort aus der Nähe ihrer beiden verrückten Freunde.

Mit jener fast übernatürlichen, auf Details beschränkten Klarheit, die sonst nur Geistesgestörten oder Genies zu eigen ist, begriff sie, daß es nur noch einen einzigen Ort auf der Welt gab, an dem sie sicher war: Eversmoor. Möglicherweise wartete gerade dort das Grauen auf sie, aber was immer es sein mochte, es war nicht so schlimm wie das, was sie *hier* erwartete. Sie kam sich ein bißchen vor wie eine Süchtige, und sie war es wohl auch.

Gabi und Rainer hatten nicht versucht, sie zurückzuhalten. Es war unmöglich, daß sie nicht begriffen, in welchem Zustand sich Liz befand und daß Stefan nicht mehr fahrtüchtig war – aber keiner von ihnen reagierte auch nur mit einem Wort, als Liz erklärte, daß sie nach Hause wollte, und Stefan nur schweigend dazu nickte. Sie hatten ein Zimmer in einem Hotel ganz in der Nähe gebucht, aber keiner von ihnen kam auch nur auf den Gedanken, dort zu übernachten. Wie Liz schien auch Stefan ganz instinktiv zu spüren, daß es nur noch einen Ort auf der Welt gab, an dem sie sicher waren: Eversmoor.

Noch in der gleichen Nacht fuhren sie nach Hause, aber sie kamen erst mit dem ersten Grau der Morgendämmerung in Eversmoor an. Noch war es dunkel; die Scheinwerfer des Jaguars stachen zwei gelbe, asymmetrische Lichtsplitter in die Nacht, und Schatten griffen wie rauchige Hände nach dem niedrigen Sportwagen. Aber im Osten begann sich der Himmel bereits heller zu färben, und in einer halben Stunde, so schätzte Liz, würde es hell sein.

Es war eine lange Fahrt gewesen. Stefan mußte wohl doch mehr getrunken haben, als sie bemerkt hatte, denn es kostete ihn sichtliche Mühe, den Wagen zu fahren. Die Tachonadel war nicht einmal über die Hundert-Kilometer-Marke geklettert, und seine Hände hielten das Lenkrad so fest, als wollte er es zerbrechen. Es war vier Uhr gewesen, als sie die Autobahn verlassen hatten, und es würde – Liz warf einen flüchtigen Blick auf die kleine Uhr im Armaturenbrett – fünf werden, ehe sie das Gut erreichten. Fast fünf Stunden für eine Strecke, die sie unter günstigen Voraussetzungen in anderthalb zurücklegten.

Liz war müde. Ihre Augen brannten, und sie hatte Kopfschmerzen, weil sie fast pausenlos geraucht hatte während der ganzen Fahrt. Stefan hatte kaum ein Wort mit ihr geredet, seit sie losgefahren waren, und wenn sie an den Zwischenfall in Hamburg zurückdachte, fühlte sie noch immer einen Schauder eisiger Furcht. Und trotzdem fühlte sie sich erleichtert; auf eine unmöglich in Worte zu fassende und noch unmöglicher zu begründende Art erleichtert. Schrekken und Furcht waren noch immer überdeutlich in ihrem Gedächtnis, aber sie schienen zu verblassen, mit jedem Kilometer, den sie sich dem Gut näherten. Es war viel mehr als nur eine einfache Heimkehr. Ihr eigener Vergleich mit einer Süchtigen fiel ihr ein, und tatsächlich fühlte sie sich in diesem Moment ganz genau so. Je weiter sie sich Gut Eversmoor näherten, desto irrealer und verrückter kam ihr ihr Erlebnis in Hamburg vor. Die Erinnerung barg jetzt eine gänzlich andere Art von Schrecken in sich: Jene Art von Furcht, die man beim Betrachten eines Horror-Filmes erleben mochte, vielleicht auch beim Lesen eines besonders gelungenen Thrillers: Eine sehr schlimme Furcht, die aber gleichzeitig auch sehr distanziert war. Was immer dort draußen auf sie lauern mochte, sie war vor ihm sicher, solange sie nicht hinausging in jene feindselige Welt außerhalb ihrer eigenen.

Ein Teil von ihr – sogar eigentlich der weitaus größte! – war sich durchaus der Tatsache bewußt, daß diese Gedanken schlichtweg aberwitzig waren. Sie benahm sich ungefähr so logisch wie eine Fliege, die mit aller Macht versuchte, ins Netz der Spinne zurückzukriechen, aus dem sie gerade mit Mühe und Not entkommen war. Aber vielleicht war dieser Vergleich nicht einmal so falsch, dachte sie, und vielleicht machte er Sinn, weil der erste Biß der Spinne bereits gereicht hatte, sie süchtig zu machen.

Bin ich verrückt? dachte sie. Nicht zum ersten Mal, seit sie vor zwei – das heißt, jetzt schon beinahe vor drei – Tagen aus jenem absurden Traum aufgewacht war, stellte sie sich diese Frage allen Ernstes. *War die Erklärung vielleicht wirklich so simpel – nämlich daß sie schlicht und einfach dabei war, den Verstand zu verlieren?*

Der Wagen schoß aus dem Wald heraus, und der Anblick von Gut Eversmoor, das im ersten fahlgrauen Licht der Dämmerung unter ihnen lag, enthob sie einer Antwort auf diese Frage; wenigstens im Moment.

Es war ein sonderbares Gefühl. Und es war sehr viel intensiver, als es hätte sein dürfen.

Verwirrt setzte sie sich auf, fuhr sich mit der Hand durch das Gesicht und blinzelte zu den Gebäuden hinüber. Jetzt, als sie den Wald verlassen hatten, der den Wagen für die letzten drei, vier Kilometer wie ein lichtschluckender schwarzer Schwamm umschlossen hatte, sah sie, daß Stefan doch weitaus schneller fuhr, als sie bisher angenommen hatte. Vielleicht gab er auch einfach nur mehr Gas, um möglichst schnell nach Hause zu kommen. Er mußte zehnmal müder sein als sie.

Und doch ...

Etwas ... war ...

Etwas war ...

War ...

Verdammt! dachte sie mit einer Mischung aus Wut und Verunsicherung. *Was, zum Teufel, war mit ihr los?! Sie war nicht einmal mehr in der Lage, einen klaren Gedanken zu fassen!*

»Halt an!« murmelte sie.

Obwohl sie sehr leise gesprochen hatte, reagierte Stefan sofort. Er sah auf, blickte sie eine halbe Sekunde lang durchdringend an – und trat so hart auf die Bremse, daß sie unsanft in den Sicherheitsgurt geworfen wurde. Der Wagen schlitterte noch drei, vier Meter auf der kiesbestreuten Zufahrt weiter, brach wie ein bockendes Pferd aus und stellte sich nahezu quer, als Stefan das Steuer verriß; nicht weil es nötig gewesen wäre, sondern einfach weil er wütend war und es zu einer seiner weniger angenehmen Angewohnheiten zählte, seine Wut beim Autofahren abzureagieren. Irgendeines Tages würde er sich auf diese Weise umbringen.

»Also?« fragte er, nachdem der Wagen vollends zum Stehen gekommen war. Liz wartete darauf, daß er den Motor abschaltete, aber er tat es nicht. Ihr Blick folgte dem gelben Finger der Scheinwerferstrahlen. Der Wagen war unmittelbar in der Einfahrt zum Halten gekommen, aber er stand ein wenig schräg, so daß die Scheinwerfer nicht auf das Wohnhaus gerichtet waren, sondern das verkohlte Gerippe des Gesindehauses beleuchteten. Mehr denn je erinnerten sie die geschwärzten Balken an das Gerippe eines großen Tieres, und die Schatten dazwischen schienen zu leben. Aber diesmal wußte sie, daß es nicht so war, und sie erlaubte ihrer Angst nicht, zu übermächtig zu werden.

»Gib mir eine Zigarette«, sagte sie.

Stefan schwieg einen Moment. Dann griff er in die Tasche, zog die Packung hervor und nahm zwei Zigaretten heraus. Mit sehr unsicheren Bewegungen riß er ein Streichholz an, zündete beide Zigaretten an und reichte eine davon an Liz weiter. Liz riß sie ihm fast aus der Hand, nahm einen tiefen Zug und blies den Rauch gegen die Windschutzscheibe. Stefan beugte sich vor, schaltete die Scheinwerfer aus und die Innenbeleuchtung ein; den Motor ließ er laufen. Liz blickte weiter zum Hof hinüber. Jetzt, als die Scheinwerfer abgeschaltet waren, hatte der Anblick nichts Gespenstisches mehr. Fast unbewußt registrierte sie, daß in Peters Zimmer und der Küche Licht brannte.

»Also?« sagte Stefan, als sie auch nach einer Weile noch keine Anstalten machte, von sich aus weiterzusprechen.

»Was«, fragte sie in bewußt beiläufigem Ton, »ist ein Banshee?«

Die Überfalltaktik war richtig. Sie konnte sein Gesicht in der herrschenden Dunkelheit kaum deutlicher denn als hellen Fleck irgendwo neben sich erkennen, aber sie sah, wie er zusammenfuhr.

»Warum – fragst du?« erwiderte er schließlich; einzig in dem Bestreben, Zeit zu gewinnen.

Sie hob andeutungsweise die Schultern, obwohl sie sicher war, daß er die Bewegung nicht sehen konnte. Aber sie waren sich nahe genug, daß er sie spürte.

»Nur so. Du ... du hast es erwähnt. Und das Glas hat dieses Wort geschrieben.«

»Was soll das beweisen?« fragte Stefan.

»Nichts«, erwiderte sie. »Es ... es interessiert mich nur.«

Das war nur die halbe Wahrheit. Etwas war an diesem Wort, etwas Wichtiges. Aber sie wußte nicht, was.

»Es ist – eine Legende«, antwortete Stefan schließlich. »Mehr nicht.« Er seufzte. »Ich hätte es nicht sagen sollen, ich weiß. Aber, zum Teufel, niemand konnte schließlich ahnen, was passiert, oder?« Er sah weg, um anzudeuten, daß er nicht ausführlicher über dieses Thema reden wollte.

Aber so leicht ließ Liz sich nicht abweisen. Im Gegenteil, Stefans abweisendes Verhalten bestärkte ihre Neugier eher noch.

»Natürlich nicht«, sagte sie. »Aber ich möchte es trotzdem wissen. Was bedeutete es genau? Irgendein Fabelwesen?«

»So ungefähr«, murmelte Stefan undeutlich. Er richtete sich wieder auf, versuchte zu lächeln und wich nervös ihrem Blick aus.

»Es ist ein Märchen«, sagte er. »Eine irische Legende. Es lohnt nicht, Zeit und Worte daran zu verschwenden.«

»Ich möchte es aber wissen«, beharrte Liz.

In Stefans Augen trat ein fast gequälter Ausdruck. »Es ist ...«, erklärte er schließlich, »eine – so eine Art Moorhexe. Es hieß, daß es früher einmal ein Wesen gab, das im Moor lebte und durch die Wälder streifte, und ...«

»Gab?«

»Oder gibt. Es ist eine Sage, Liz, mehr nicht. Und es gibt diese Banshee hier auch nicht.« Er versuchte zu lachen, aber es mißlang. »Es ist ein ausländischer Geist, weißt du? Er wird dir nur gefährlich, wenn du nach Irland reist.«

Sie sah ihn scharf an. »Wie sieht so eine Banshee eigentlich aus?«

»Überhaupt nicht«, sagte Stefan nach kurzem Zögern. Er schien eingesehen zu haben, daß sie nicht eher Ruhe geben würde, bis er all ihre Fragen beantwortet hatte. »Niemand hat je eine Banshee gesehen. Manche behaupten sogar, daß sie überhaupt keinen Körper hat. Daß sie nur eine körperlose Stimme ist.«

»Nur eine Stimme ...«, wiederholte Liz, und für einen winzigen Moment hatte sie das Gefühl, als striche eine eisige Hand ihr Rückgrat entlang. Dann hatte sie sich wieder in der Gewalt. »Und was ist daran so schlimm? Ich meine, eine bloße körperlose Stimme ist doch nicht gefährlich – oder?«

Stefan lachte leise, schnippte seine Asche auf den Wagenboden und schüttelte den Kopf. »Normalerweise nicht«, sagte er. »Aber man sagt, daß jemand stirbt, wenn die Banshee schreit.«

Liz' Hände begannen so stark zu zittern, daß sie Mühe hatte, ihre Zigarette zu halten. *»Man sagt, daß jemand stirbt, wenn die Banshee schreit ...?«*

»Ja«, murmelte Stefan. »Und?«

»Ich ... habe etwas gehört, in den letzten Tagen«, fuhr sie zögernd fort. »Und es war ... es war nichts Lebendes, Stefan.« Für einen Moment war sie ganz dicht daran, ihm vom Mitternachtssee und seinem entsetzlichen Bewohner zu erzählen. Aber dann konnte sie es doch nicht. Stefan blickte sie an und schwieg.

»Du glaubst mir nicht«, sagte sie leise. Sie sog an ihrer Zigarette, atmete den Rauch tief ein und starrte ihr eigenes, verzerrtes Spiegelbild in der Windschutzscheibe an. Was sie anblickte, war nicht ihr Gesicht, sondern ein Totenschädel, dessen Mund sich zu einem Grinsen verzog, als sie abermals an der Zigarette sog. »Du glaubst mir nicht«, wiederholte sie. »Du hältst mich für hysterisch und überspannt und ...«

»Wenn du dich so benimmst wie jetzt, ja«, unterbrach sie Stefan. Er seufzte. »Verdammt, ist dir eigentlich klar, daß es nicht unbedingt ungefährlich war, jetzt noch nach Hause zu fahren? Warum habe ich denn unsere besten Freunde vor den Kopf gestoßen, habe meinen Führerschein und eine Menge Geld und diesen Wagen und deine und meine Gesundheit riskiert, wenn ich dir *nicht* glauben würde?« Er lachte gepreßt, kurbelte das Seitenfenster herunter und schnippte seine Zigarette hinaus, wenn auch nur, um sich beinahe sofort eine neue anzuzünden. Sein Gesicht leuchtete im Widerschein der Feuerzeugflamme auf wie eine Maske aus roter Lava. Für einen Moment hatte sie wieder Angst vor ihm.

»Dann ... glaubst du mir?« fragte sie zögernd.

Stefan sah auf. »Soll ich dir glauben, Liz? Daß hier etwas nicht mit rechten Dingen zugeht? Daß mit dir etwas nicht stimmt? Oder mit unserem Verhältnis zueinander?« Er seufzte, streckte die Hand nach ihr aus und zog den Arm wieder zurück, ohne die Bewegung zu Ende zu führen.

»Zum Teufel, ich weiß einfach nicht mehr, was ich noch glauben soll«, sagte er. »Vielleicht ... war einfach alles zu viel. Nicht nur für dich. Dieses Haus ... Die Arbeit hier ... Dieses ganze neue Leben ...« Er seufzte, aber es klang fast wie ein Schrei. »Vielleicht sind wir Stadtmenschen, Liz, beide, und vielleicht sollten wir es dabei belassen. Möglicherweise war es ein Fehler, dieses Haus zu kaufen und hierher zu ziehen.«

Er schwieg, und Liz spürte sehr deutlich, daß er darauf wartete, daß sie etwas sagte, aber sie wußte nicht, *was* sie sagen sollte. Sie wußte nicht, ob er auf Widerspruch oder Zustimmung wartete, und – ja, es war schlimm, es zuzugeben, aber es war so – sie wußte nicht einmal, ob seine Worte auch wirklich ernst gemeint waren, oder ob er sie nur sprach, um sie zu beruhigen. Jetzt, in diesem Moment erst, begriff sie, was es war, das zwischen ihnen nicht mehr stimmte: Sie hatten kein Vertrauen mehr zueinander.

»Weißt du, daß ich keine zwei vernünftigen Seiten mehr geschrieben habe, seit wir hierhergezogen sind?« sagte er plötzlich.

Diesmal war ihr Schrecken echt, als sie aufsah. Stefan nickte. Sein Gesicht war sehr ernst und sehr blaß. Sie sah, daß er die Zigarette in seiner Hand fast zerquetschte, ohne es überhaupt zu merken. »Aber du hast doch gesagt ...«

»Ich weiß, was ich gesagt habe«, unterbrach er sie, ein wenig schärfer, als angemessen schien. Wenn Liz noch einen Beweis gebraucht hätte, daß er die Wahrheit sagte, dann wäre es dieser Ton gewesen: ein wenig zu schrill, ein wenig zu aggressiv und ein wenig zu scharf, um die Unsicherheit wirklich zu überspielen, die er verbergen sollte.

»Aber du ... hast doch ...«

»Ich habe mich wochenlang in meinem Arbeitszimmer vergraben«, unterbrach sie Stefan. »Ich habe wochenlang auf meiner Maschine herumgehämmert und kiloweise bedrucktes Papier produziert – aber herausgekommen ist nichts dabei.« Er lächelte unecht. »Keine Sorge, Schatz – mein Vorlauf ist lang genug. Ich kann ein weiteres Jahr lang nichts abliefern, ehe die Situation kritisch wird. Aber das ändert nichts daran, daß ich nichts Brauchbares mehr zustande gebracht habe, seit wir hier herausgezogen sind ... Dieses Haus ...«

Er sprach nicht weiter, drehte sich aber halb im Sitz herum und starrte durch die beschlagene Frontscheibe zum Hof hinüber, dessen Umrisse wie ein schwarzer dreidimensionaler Scherenschnitt aus der Dämmerung aufzutauchen begannen.

»Das Haus?« hakte Liz nach. »Was soll damit sein?«

Stefan zuckte mit den Schultern. Er wirkte hilflos. »Vielleicht überfordert es uns schlicht und einfach«, sagte er. »Vielleicht haben wir zu viel von uns verlangt. Wir sind nun einmal Großstadtpflanzen, alle beide.«

»Und das Glas, und ...«

»Glas, Humbug«, unterbrach Stefan sie, schüttelte sehr bestimmt den Kopf und machte eine rasche, ärgerliche Handbewegung, als sie widersprechen wollte. »Ich weiß, was ich gesehen habe, und ich weiß auch, was passiert ist«, sagte er rasch. »Ja, dein verdammtes Glas *hat* sich bewegt, und es *hat* diese Worte geschrieben, ich habe es gesehen, und ich weiß es, und ich glaube es. Aber das bedeutet doch nicht, daß es hier spukt, zum Teufel noch mal.«

»Sondern?« fragte Liz.

Stefan schnaubte. »Ach verdammt, stell dich nicht dumm. Von einer hysterischen Ziege wie dieser Stefanie erwarte ich nichts anderes, aber du und ich, wir wissen, daß es tausend Erklärungen für dieses Phänomen gibt. Vielleicht warst du es selbst – oder sogar ich!« Er schüttelte abermals den Kopf, schloß für einen Moment die Augen und blickte dann wieder zum Haus hinüber.

Vielleicht hatte er sogar recht, dachte Liz. Sie waren beide keine Profis in Parapsychologie, wie Stefanie und ihr kindischer Freund, aber Stefans Beruf und ihrer beider Interessen brachten es mit sich, daß sie doch eine Menge mehr darüber wußten als der Großteil der Leute, mit denen die beiden normalerweise zusammenkommen mochten. Es war möglich – wäre sie ehrlich zu sich gewesen, dann hätte sie zugegeben, daß es nicht nur möglich, sondern unter den gegebenen Umständen sogar *wahrscheinlich* war, daß sie selbst die Ursache all dieser Phänomene war, nicht irgendwelche lovecraftschen Gespenster dort drüben im Wald.

Aber spielte das denn überhaupt eine Rolle? War es nicht egal, *was* sie umbrachte – ein reales Gespenst oder ihr eigenes Unterbewußtsein? Sie wußte es nicht. Alles, was sie wußte, war, daß es irgendwie mit dem Haus zusammenhing, dem Haus und dem Wald und dem See und dem, was vor sechshundert Jahren hier geschehen war.

Die einzelnen Teile des Puzzles waren da, aber sie war einfach nicht fähig, sie zu einem Bild zusammenzusetzen. Noch nicht. Vielleicht war dies die letzte Warnung. Möglicherweise war es kein Zufall, daß sie dieses Gespräch ausgerechnet *hier* und ausgerechnet *jetzt* führten. Vielleicht war diese Fahrt nach Hamburg die letzte Chance gewesen, die sie hatte, und vielleicht sollte sie die Tatsache, daß Stefan ausgerechnet hier noch einmal angehalten hatte, als nun wirklich allerletzte Warnung des Schicksals ansehen und die einzige Konsequenz daraus ziehen – nämlich auf der Stelle kehrtmachen und nie wieder in dieses verdammte Haus zurückkehren.

Aber die Chance verstrich ungenutzt; wenn es überhaupt eine war, und nicht nur ein weiterer grausamer Scherz des Bewohners des Mitternachtssees. Wie gelähmt saß sie da, unfähig, irgend etwas auf Stefans Worte zu erwidern, irgend etwas zu sagen oder zu tun. Sie war dem See näher als dem Haus, so, wie der Wagen stand, und wenn all dies mehr als ein absurder Traum war, aus dem sie nur nicht erwachen konnte, dann *wußte* das Ding im See ganz genau, was sie dachte. Und wenn es so war – wie konnte sie sich einbilden, ihm entkommen zu können? Seine Macht hatte ausgereicht, sie bis nach Hamburg zu verfolgen – woher nahm sie den Größenwahn, sich auch nur eine Sekunde einzubilden, sie könnte ihm hier, im Zentrum seiner Macht, die Stirn bieten?

Lächerlich!

18

Stefan parkte den Wagen direkt vor der Haustür und klappte den winzigen Kofferraum auf, in den sie ihr Gepäck gequetscht hatten. Er machte nicht einmal den Versuch, ihr beim Aussteigen behilflich zu sein. Nicht, daß Liz besonderen Wert auf antiqierte Höflichkeiten legte, aber Stefans Verhalten zeigte deutlicher als seine Worte, wie gründlich ihr Verhältnis gestört war.

Sie ging die wenigen Schritte bis zum Haus, klappte ganz automatisch ihre Handtasche auf, um nach dem Schlüssel zu suchen, und schloß sie wieder, als ihr einfiel, daß die Tür sicherlich nicht abgeschlossen war; das Haus war ja nicht mehr leer. Und das Licht hinter den Fenstern bewies, daß Peter bereits wach war.

Sie sah auf die Uhr. Es war nicht einmal fünf. Stefan hatte nicht übertrieben, als er Peter als Frühaufsteher bezeichnet hatte. Liz überlegte vergeblich, was in aller Welt es auf diesem Hof zu tun geben mochte, das nicht bis zu einer normalen Uhrzeit warten konnte.

»Geh schon vor«, sagte Stefan, nachdem er die Koffer vor der Tür abgestellt hatte. »Ich fahr' noch rasch den Wagen in den Schuppen. Machst du uns noch einen Kaffee?«

Liz nickte, obwohl ihr ganz gewiß nicht danach zumute war, sich jetzt noch in die Küche zu stellen und Kaffee zu kochen. Sie wollte nur ins Bett und schlafen. Aber auf eine halbe Stunde mehr oder weniger kam es jetzt auch nicht mehr an.

Sie bückte sich nach ihrem Koffer, nahm ihn auf und öffnete ungeschickt mit der gleichen Hand die Haustür. Und noch einmal, ein allerletztes Mal, zögerte sie.

Sie sollte nicht hier hineingehen, weder jetzt noch irgendwann. Es war nur ein Gefühl, noch dazu eines, das durch nichts wirklich begründet war, aber es war so deutlich, daß es beinahe die Qualität von Wissen erreichte: die Falle war dabei, sich zu schließen, und Stefan und sie taten alles in ihrer Macht stehende, noch im allerletzten Moment hineinzuschlüpfen …

Die Tür schlug hinter ihr zu, und das Geräusch schnitt den Gedanken ab. Warmes gelbes Licht umgab sie, und …

Es ging unglaublich schnell, aber das Gefühl durchströmte sie mit einer Intensität, die sie aufstöhnen ließ: irgend etwas veränderte sich. Es war nichts, was sie sehen oder hören oder mit irgendeinem ihrer anderen Sinne wahrnehmen konnte, aber sie spürte es überdeutlich: Das Haus hieß sie willkommen.

Verwirrt blieb sie stehen, sah sich um und versuchte irgendeine wenigstens annähernd logische Begründung für diese sonderbaren Gedanken zu finden, was natürlich mißlang. Aber das Gefühl war zu intensiv, um es zu verleugnen.

Sie war wieder zu Hause.

Zurückgekehrt an den einzigen Ort auf der Welt, wo sie hingehörte.

»Verrückt«, murmelte sie. »Das ist … verrückt.«

Möglicherweise war es das – aber diese Erkenntnis half nicht im geringsten. Verrückt oder nicht, das stärkste Gefühl, das sie im Moment hatte, war das, nach Hause gekommen zu sein. Sie fühlte sich wie der Teil eines Puzzlespieles, der endlich an seinen angestammten Platz gefunden hatte, mehr noch, wie …

Und dann wußte sie es.

Mit einem Male wußte sie, woher das Gefühl der Bedrohung kam. Mit einem Male wußte sie, was diese Unruhe zu bedeuten gehabt hatte, woher das Gefühl kam, so schnell wie möglich zurückkehren zu müssen. Das Haus. Es war dieses

Haus. Es hatte sie gerufen. Es brauchte sie. Brauchte sie, um …

… einer Gefahr zu begegnen?

Ja, das war es, das und nichts anderes. Nicht sie war es, die in Gefahr war, sondern das Haus.

Aber in welcher?

Plötzlich war ihr, als erwache sie aus einem Traum. Jäh, von einer Sekunde auf die andere, nahm sie ihre Umgebung mit fast übernatürlicher Klarheit wahr, jedes noch so winzige, scheinbar unwichtige Detail – das war die Tür zur Küche, unter der blasses gelbes Licht auf den abgedunkelten Korridor hinausdrang, daneben die zu Peters Zimmer, aber es war jetzt wieder eine normale Tür, nicht dieses entsetzliche DING, in das es sich vor ihren Augen verwandelt hatte. Es war sehr warm im Haus, und es war eine angenehme, sehr wohltuende, *beschützende* Wärme. Sie spürte all die vertrauten Gerüche, hörte die tausend kleinen Laute, die zu diesem Haus gehörten, die Stimmen, die aus der Küche …

Stimmen?

Sie stellte den Koffer ab und lauschte einen Moment lang mit gerunzelter Stirn. Kein Zweifel – das waren Stimmen. Und sie kamen aus der Küche. Hatte Peter Besuch?

Langsam trat sie auf die Küchentür zu, hob die Hand und zögerte dann noch einmal. Dann runzelte sie die Stirn. Was, zum Teufel, tat sie? Dies hier war *ihr* Haus, verdammt noch mal! Mit einer fast wütenden Bewegung drückte sie die Klinke herunter und stieß die Tür auf.

Die Küche war hell erleuchtet. Die Kaffeemaschine auf der Anrichte blubberte geschäftig vor sich hin, auf dem Tisch standen zwei Tassen, und in der Luft hing der Geruch von Peters starken selbstgedrehten Zigaretten. Heyning selbst saß am Tisch, und der Blick, mit dem er bei ihrem Eintreten aufsah, war eine Mischung aus Schrecken, Überraschung, schlechtem Gewissen und ganz eindeutiger Erleichterung. Und er war nicht allein.

Liz erkannte Ohlsberg, noch bevor er sich zu ihr herumdrehte. Er trug die gleiche, am Kragen und den Ellbogen schon glänzend gewordene schwarze Arbeitsjacke, die er bei ihrem letzten Zusammentreffen angehabt hatte, die gleichen braunen Hosen und schweren geschnürten Arbeitsschuhe – und sie spürte die gleiche, kaum verhohlene Mischung aus Verachtung und Herablassung, mit der er im Dorfkrug mit ihr gesprochen hatte. Diesmal war eine ganz sachte Spur von Unsicherheit dabei. Aber sie begriff rasch, daß dies wohl sehr viel mehr daran lag, daß er nicht mit ihrem plötzlichen Auftauchen gerechnet hatte und sich ertappt fühlte. Es war kein Respekt, und schon gar nicht vor ihr. Nicht einmal so etwas wie ein Ausdruck von schlechtem Gewissen.

Allein diese Erkenntnis reichte, ihre Überraschung unversehens in Wut umschlagen zu lassen. *Was, zum Teufel, tat dieser Kerl hier?* Mit einer einzigen, sehr heftigen Bewegung trat sie vollends in die Küche hinein und warf die Tür hinter sich zu. Peter sprang erschrocken von seinem Stuhl hoch und erstarrte, als ihn ihr Blick streifte, während Ohlsberg schon wieder so überheblich und gelassen aussah wie immer. Ganz offensichtlich hatte er seine Überraschung bereits überwunden.

Einen Moment lang blieb Liz einfach unter der Tür stehen und starrte ihn an.

»Ohlsberg?« sagte sie schließlich. »Sie?« Sie schüttelte den Kopf, blickte noch einmal flüchtig zu Peter hinüber, der noch immer in der schon beinahe grotesken Haltung dastand, in der er erstarrt war, und machte eine herrische Handbewegung, sich zu setzen.

»Frau König.« Ohlsberg deutete ein Nicken an, stand sehr umständlich auf und nahm seine Pfeife aus dem Mund; beides Bewegungen, die dem einzigen Zweck dienten, Zeit zu gewinnen.

»Ich hoffe doch, Sie haben eine einleuchtende Erklärung für Ihr Hiersein, Herr Ohlsberg.« Liz lächelte kalt, wartete aber die Antwort auf ihre Frage nicht ab, sondern ging mit zwei schnellen Schritten zur Anrichte und nahm eine Tasse aus dem Hängeschrank über der Spüle. Ihre Finger zitterten ein ganz kleines bißchen, als sie den Filter von der Kaffeemaschine nahm und die Tasse randvoll goß, aber sie wußte selbst nicht, ob es nun Zorn oder Übermüdung waren, die ihre Bewegungen unsicher werden ließen. Wahrscheinlich beides.

Aber gleich, was es war – als sie sich herumdrehte und Ohlsberg ansah, war nichts mehr davon geblieben. Ihre Hände zitterten kein bißchen, als sie die Kaffeetasse hob und an dem heißen Gebräu nippte.

»Was tun Sie hier, Ohlsberg?« fragte sie. Sie sprach betont ruhig, beinahe schon beiläufig, und trotzdem mußte irgend etwas in ihren Worten sein – vielleicht auch in ihrem Blick, was Ohlsbergs Selbstvertrauen sichtbar erschütterte. Er griff abermals nach seiner Pfeife und nahm einen tiefen, nervösen Zug.

»Ich ...«, begann er.

»Ihnen ist zu Ohren gekommen, daß niemand hier ist«, unterbrach ihn Liz, so freundlich, wie sie nur konnte. »Nicht wahr? Und da haben Sie die Gelegenheit ergriffen, ein paar Worte mit Ihrem Spion zu wechseln.« Sie deutete auf Peter, ohne Ohlsberg allerdings auch nur eine halbe Sekunde aus dem Bann ihres Blickes zu entlassen. »Eine günstigere Gelegenheit findet sich sicher nicht, ein bißchen hier herumzuschnüffeln.« Sie lächelte bei diesen Worten, aber sie hörte selbst, wie kalt und herausfordernd ihre Stimme klang.

Ohlsberg starrte sie an. Zu ihrer Verwunderung schwieg er, und sie begann sich zu fragen, ob sie nicht einen Fehler begangen hatte, Ohlsberg so direkt und – ja, auch ungeschickt anzugreifen. Sein Blick spiegelte Erstaunen, aber auch jenen bösen, überheblichen Triumph, mit dem er sie schon bei ihrem Streit im Dorfkrug so verletzt hatte. Dann begriff sie: Wenn sie ihn ganz offen beleidigte – nicht daß sie Angst davor hatte –, aber wenn sie es tat, so gab sie ihm Gelegenheit, sich ebenso plump aus der Affäre zu ziehen. Wenn sie eine Chance haben wollte, als Siegerin aus diesem ungleichen Kampf hervorzugehen, dann mußte sie ihn auf ein Terrain locken, auf dem sie ihm überlegen war.

Sie nippte erneut an ihrem Kaffee und verzog das Gesicht. »Dieser Kaffee schmeckt scheußlich«, sagte sie. »Wenn ich es nicht besser wüßte, würde ich einen Eid schwören, daß Stefan ihn verbrochen hat. Haben Sie ihn gekocht, Peter?«

Peter nickte. Sein Blick flackerte, und sie sah, daß seine Finger sich mit aller Kraft an die Tischkante klammerten, als hätte er Angst, den Halt zu verlieren. Sie trank einen weiteren, winzigen Schluck und schmiegte beide Hände um die schwere Keramiktasse, wie um sich an dem heißen Getränk zu wärmen. Dann sah sie wieder zu Ohlsberg hinüber.

»Tut mir leid, Herr Ohlsberg. Ich war ... etwas unhöflich, fürchte ich.«

»Das macht nichts«, antwortete Ohlsberg, in einem Tonfall, der sogar echt klang. Und für einen Moment war es fast, als könnte sie seine Gedanken lesen. Er *war* echt, begriff Liz plötzlich. Dieses impertinente Arschloch nahm ihr ihre Worte *wirklich* nicht übel, ganz einfach, weil sie eine Frau war und somit zu einer Untergattung der menschlichen Rasse gehörte, die ihn so wenig beleidigen konnte wie ein Hund oder eine Kakerlake. Ärgern, verletzen und wütend machen sicherlich – aber doch nicht beleidigen. Liz' Hände schlossen sich so fest um die Kaffeetasse, daß das Material hörbar knackte. Eine Woge brennendheißer Wut stieg in ihr hoch.

Trotzdem war sie erstaunlich beherrscht, als sie weitersprach. »Nun, was verschafft uns die Ehre Ihres Besuches, Herr Ohlsberg?«

Ohlsberg antwortete nicht gleich, denn draußen fiel die Haustür ins Schloß, und dann hörte man Stefan auf dem Korridor lautstark rumoren. Ohlsberg blickte fast sehnsüchtig zur Tür.

»Sie müssen nicht auf Stefan warten, um zu antworten«, sagte Liz freundlich. »Ich bin durchaus in der Lage, mich in seiner Abwesenheit halbwegs gebildet zu unterhalten.«

Diesmal wirkte Ohlsbergs Lächeln nicht mehr ganz echt. Seine Augen glitzerten, aber sie war sich nicht sicher, ob es Zorn oder Spott war, was sie darin las. »Sie haben vollkommen recht mit Ihrer Vermutung, Frau König«, begann er. »Ich habe gehört, daß Ihr Mann und Sie weggefahren sind, und da wollte ich ein wenig nach dem Rechten sehen.«

Liz blickte auf ihre Armbanduhr.

»Um fünf Uhr morgens?«

Ohlsbergs Lächeln gefror weiter. Er sog an seiner Pfeife, blickte abermals zur Tür und machte eine Bewegung, als wollte er sich herumdrehen und sie kurzerhand stehenlassen. Dann huschte ein Ausdruck von Trotz über seine Züge. Nein – er würde sich ganz gewiß nicht von einer *Frau* aus dem Haus werfen lassen, und schon gar nicht von ihr.

»Es war nicht besonders klug von Ihnen, Peter gleich in den ersten Tagen mit dem Hof allein zu lassen«, sagte er, wobei er ihre letzten Worte ganz bewußt ignorierte.

»So?« Liz lächelte, hob die Kaffeetasse, führte die Bewegung dann aber nicht zu Ende, sondern setzte den Becher wieder ab und nahm sich Zucker und Milch vom Tisch, um von beidem schiere Unmengen in die bereits halb geleerte Tasse zu kippen. Sie haßte schwarzen Kaffee; aber es gab auch nichts Besseres, um einen klaren Kopf zu bekommen. »Ich hatte den Eindruck, daß er ganz gut allein zurecht kommt«, fuhr sie fort, ohne Ohlsberg dabei auch nur anzusehen. »Das einzige, was er noch lernen muß, ist vielleicht, keine Fremden ins Haus zu lassen, wenn Stefan und ich nicht da sind.«

Ohlsberg starrte sie an. Seine Augen blitzten, und seine Kiefer preßten sich so fest aufeinander, daß Liz einen Moment lang ernsthaft darauf gefaßt war, ihn das Mundstück seiner Pfeife abbeißen zu sehen. Aber diesen Gefallen tat er ihr dann doch nicht. Und bevor sie zum nächsten Hieb ausholen konnte, ging die Tür auf, und Stefan kam herein.

Seine Reaktion, Ohlsberg hier anzutreffen, unterschied sich nicht einmal besonders von der Liz' – er war überrascht, natürlich, aber Liz war sehr sicher, daß es keine sonderlich *angenehme* Überraschung war. »Ohlsberg?« sagte er verwirrt. »Sie? Was tun Sie hier?«

Liz unterdrückte ein Lächeln. Sie war sehr sicher, daß

Stefan das nicht hatte sagen *wollen;* die Worte waren ihm ganz impulsiv herausgerutscht. Aber sie hakte ebenso instinktiv nach.

»Er schnüffelt ein wenig herum«, sagte sie, mit einem Lächeln und in einem sonst freundlichen, verbindlichem Tonfall, als spräche sie eine Einladung zum Sonntagsnachmittagskaffee aus. »Was hast du gedacht?«

Stefan runzelte die Stirn, und jetzt war sie nicht mehr ganz sicher, *wem* sein Ärger galt – Ohlsberg ob seines zumindest verwunderlichen Hierseins oder ihrem bewußt unverschämten Ton. Es spielte auch keine Rolle mehr, denn Ohlsberg zeigte endlich die Reaktion, die sie provozieren wollte.

Er fuhr herum. Für einen ganz kurzen Moment zerbröckelte die Maske aus Selbstherrlichkeit und Verachtung, hinter der er sich verkrochen hatte.

Sein Gesicht verzerrte sich vor Wut. Als er die Drehung vollendet hatte, waren seine Hände zu Fäusten geballt.

Der Ausrutscher dauerte nur eine Sekunde – nicht einmal, aber er reichte. Liz war sehr sicher, daß auch Stefan ihn gesehen hatte. Er hatte jetzt gar keine andere Wahl mehr, als sich auf ihre Seite zu stellen; selbst wenn er das vielleicht gar nicht wollte.

»Ich muß Sie doch bitten, Frau König«, sagte Ohlsberg, jetzt wieder mühsam beherrscht, aber lange nicht mehr so kalt und überheblich, wie sie ihn kannte. »Ich ...«

»Ich«, unterbrach ihn Liz mit leicht erhobener, schneidend kalter Stimme, »muß Sie jetzt bitten, mein Haus zu verlassen, Herr Ohlsberg. Und bevor Sie uns das nächste Mal besuchen, wäre eine Anmeldung vielleicht angebracht.«

»Liz!« Stefan seufzte, schüttelte mißbilligend den Kopf und warf ihr einen halb flehenden, halb beschwörenden Blick zu. »Vielleicht hatte Herr Ohlsberg ja einen Grund, so unverhofft vorbeizukommen«, sagte er.

»Den hatte ich in der Tat«, sagte Ohlsberg. Er starrte abwechselnd Stefan und sie an, sah für einen ganz kurzen Moment auf Peter herab – jetzt wurde sein Blick ganz eindeutig drohend – und wandte sich wieder an Stefan, ehe er fortfuhr. »Aber ich weiß nicht, ob jetzt der richtige Moment ist, darüber zu sprechen. Ihre Frau scheint mir etwas überreizt zu sein.« Seine Stimme klang jetzt scharf, und eigentlich zum ersten Mal, seit Liz ihn kennengelernt hatte, glaubte sie echten Zorn an ihm zu bemerken. Wenigstens war es ihr gelungen, ihn aus der Reserve zu locken.

»Keineswegs, Ohlsberg«, antwortete sie, obwohl er noch immer Stefan anblickte. »Ich reagiere auch sonst allergisch darauf, morgens um fünf einen Fremden in meiner Küche zu finden. Was wollten Sie hier?«

Ohlsberg sah nun notgedrungen doch zu ihr auf. Sein Blick spiegelte Wut. »Was ich hier wollte?« Er lachte böse. »Vielleicht wollte ich mich davon überzeugen, daß hier noch alles in Ordnung ist, Frau König«, sagte er gepreßt. »Ich weiß nicht genau, was Sie sich dabei gedacht haben, Peter gleich nach ein paar Tagen mit dem Hof allein zu lassen, aber ...«

»Blödsinn«, unterbrach ihn Liz wütend. »Peter kommt alleine hier zehnmal besser zurecht als Stefan oder ich, und das wissen Sie sehr gut.«

»Darum geht es doch gar nicht.« Ohlsberg trat mit einer so heftigen Bewegung auf sie zu, daß es beinahe drohend wirkte. Liz sah, wie sich Stefan fast unmerklich spannte, und auch sie selbst fühlte einen leichten Schrecken, der aber so rasch verging, wie er kam.

»Natürlich kennt sich Peter hier zehnmal besser aus als Sie oder Ihr Mann«, fuhr er gereizt fort. »Trotzdem hätten Sie ihn nicht allein lassen dürfen. Nicht hier und schon gar nicht nach ein paar Tagen.« Er wandte sich an Stefan, und sein Ton wurde vorwurfsvoll, zugleich aber auch anklagend. »Ich dachte, ich hätte Ihnen deutlich genug gesagt, was mit ihm los ist.«

»Möglicherweise haben Sie es meinem Mann gesagt, Herr Ohlsberg«, fauchte Liz. »Mir nicht.« Wütend trat sie auf ihn zu und deutete auf Peter. »Was soll mit ihm sein, Ohlsberg – außer, daß Sie den armen Kerl erpressen?«

Ohlsberg wurde noch bleicher, als er ohnehin schon war. »Sie ...«

»Oder haben Sie sich wirklich eingebildet, Stefan und ich wüßten nichts davon?« fuhr sie aufgebracht fort. Peters Blick wurde flehend, aber der gequälte Ausdruck in seinem Gesicht steigerte ihre Wut nur noch. »Dachten Sie, wir wüßten nicht, daß Sie Peter befohlen haben, uns ein bißchen auszuspionieren?« Sie lachte, aber es war keine Spur von Humor in diesem Geräusch. »Es hat nicht einmal einen halben Tag gedauert, bis wir es wußten.«

»Bitte, Ma'am«, sagte Peter gequält, aber Liz sah ihn nicht einmal an, sondern brachte ihn mit einer fast zornigen Handbewegung zum Verstummen.

»Keine Sorge, Peter«, sagte sie, ohne Ohlsberg dabei auch nur eine Sekunde aus den Augen zu lassen. »Er wird Ihnen nichts mehr tun. Sie brauchen keine Angst mehr vor Ohlsberg zu haben. Nie wieder.«

Ohlsberg starrte sie mit einem Ausdruck an, der nur noch mit dem Wort *Haß* zu beschreiben war. Aber die erwartete, scharfe Entgegnung blieb aus. Statt dessen nahm er betont langsam die Pfeife aus dem Mund, wandte sich an Peter und machte eine knappe, sehr befehlende Geste zur Tür. »Geh in dein Zimmer«, sagte er.

Liz hielt ihn mit einer wütenden Bewegung zurück. »Sie bleiben!« fauchte sie. Zu Ohlsberg gewandt, fügte sie in kaum weniger scharfem Ton hinzu: »Bis jetzt bestimmen noch immer wir, was unser Personal zu tun hat, Herr Ohlsberg!«

Ohlsberg seufzte. Für einen ganz kurzen Moment hatte Liz das sichere Gefühl, daß er etwas Bestimmtes sagen wollte – aber dann war seine Reaktion ganz anders, als sie erwartete. Für fast zehn Sekunden starrte er sie nur an, und in seinem Blick war etwas, was sie zwar auch wütend machte, viel mehr aber verwirrte. Dann nahm er die Pfeife aus dem Mund, seufzte tief und schüttelte ein paarmal hintereinander den Kopf. »Sie verstehen nichts«, sagte er leise, »überhaupt nichts.«

»Oh, doch«, fauchte Liz. »Genug jedenfalls, um zu begreifen, daß Sie mich und meinen Mann für sehr dumm halten müssen, Ohlsberg! Ich will gar nicht mehr wissen, was Sie wirklich hier gewollt haben. Ich will nur noch, daß Sie gehen, auf der Stelle. Verschwinden Sie, Ohlsberg. Verlassen Sie unseren Hof, und kommen Sie nie wieder, hören Sie!«

»Liz!« sagte Stefan noch einmal.

Liz fuhr herum, und nicht zum ersten Mal traf Stefan der Zorn, der eigentlich Ohlsberg galt. »Liz! Liz! Liz!« äffte sie ihn nach. »Zum Teufel, was willst du?«

»Nichts, als daß du dich benimmst«, sagte Stefan mit geradezu aufreizender Ruhe.

»Benehmen?!« Liz spürte selbst, daß sie kurz davor war, endgültig die Beherrschung zu verlieren. In ihrer Stimme war ein schwacher, aber warnender hysterischer Unterton, ihre Hände zitterten, und ihr Herz schlug so schnell und hart, daß es beinahe weh tat. Mit einem kleinen, klar gebliebenen Teil ihres Bewußtseins verstand sie, daß sie total überreagierte; sie benahm sich schlimmer, als hätte sie Ohlsberg dabei erwischt, das Familiensilber zu stehlen. Aber dieser Teil von ihr war hilflos. Da war noch eine andere, sehr viel stärkere Liz, die immer zorniger und wütender wurde und die sich mit aller Macht beherrschen mußte, um sich nicht wirklich auf Ohlsberg zu werfen und ihm die Augen auszukratzen. Es war, als wäre sie das nicht allein, als wäre da noch etwas, eine unsichtbare, böse Macht, die sie rasender und rasender machte und jeden Versuch klaren Denkens schon im Ansatz erstickte. Sie war wütend wie nie zuvor in ihrem Leben.

»Benehmen?!« schrie sie noch einmal. »Ich soll mich benehmen? Bist du verrückt geworden? Wem, zum Teufel, gehört dieses Haus – uns oder ihm!?« Sie fuhr herum und stieß so heftig mit dem Zeigefinger nach Ohlsbergs Gesicht, daß er erschrocken zurückprallte. »Falls Sie es vergessen haben sollten, Herr Ohlsberg«, fauchte sie, »dann sage ich es Ihnen noch einmal und sehr deutlich: mein Mann und ich haben

dieses Haus *gekauft*. Es gehört uns, nicht Ihnen oder sonstwem, und weder Sie noch irgend jemand sonst hat das Recht, hinter unserem Rücken hier herumzuschnüffeln! Und jetzt verschwinden Sie endlich, bevor ich hinausgehe und den Hund losmache!«

Ohlsberg antwortete noch immer nicht, aber in seinem Blick war noch immer dieser sonderbare Ausdruck, der sie so sehr verwirrte: natürlich auch Zorn und Entrüstung, aber vor allem etwas, was sie gerade von ihm am allerwenigsten erwartet hätte: Mitleid.

»Ich glaube, es ist wirklich besser, wenn Sie jetzt gehen«, sagte Stefan halblaut. Ohlsberg nickte. Er versuchte sogar zu lächeln, aber das gelang ihm dann doch nicht. Er war niemand, der Erfahrung darin hatte, zu schauspielern. Und Liz war ziemlich sicher, daß er zum ersten Mal im Leben in einer Situation wie dieser war.

»Bitte«, fügte Stefan hinzu, als Ohlsberg sich zwar umwandte, dann aber noch einmal zögerte, das Zimmer zu verlassen. Liz hatte das sehr sichere Gefühl, daß er noch etwas sagen wollte – und daß es wichtig war –, aber dann seufzte er nur, tippte zum Abschied gegen den Rand seiner Mütze und verließ die Küche. Liz hörte seine Schritte draußen auf den hölzernen Dielen poltern; wenige Augenblicke später fiel die Haustür lautstark ins Schloß, und fast im gleichen Moment begann Carry schrill und drohend zu kläffen.

»Ist der Hund angekettet?« fragte Stefan.

Peter nickte. »Ja. Da kann nichts passieren.«

»Schade«, fauchte Liz, obwohl sie wußte, wie albern sie sich benahm, »ich hätte nichts dagegen, wenn er diesem alten Idioten kräftig in den Arsch beißt.«

Stefan seufzte. »Das war ... ein bißchen übertrieben, findest du nicht?« sagte er. »Du hättest ihm eine Chance geben sollen.«

»Eine Chance?« fauchte Liz. »Wozu?«

»Zu erklären, warum er hier ist.«

»Wer sagt, daß mich das interessiert?« schnappte Liz. Sie nahm ihre Kaffeetasse, trank einen Schluck und mußte plötzlich mit aller Macht gegen das Bedürfnis ankämpfen, sie gegen die Wand zu werfen. Es war absurd, aber es tat ihr fast leid, daß Ohlsberg so schnell aufgegeben hatte. Innerlich tobte sie noch immer vor Wut, aber es war niemand mehr da, an dem sie diese Wut auslassen konnte.

Stefan blickte sie vorwurfsvoll an, seufzte wieder und schüttelte den Kopf. »Wir sollten später darüber reden«, sagte er. »In aller Ruhe. Im Moment sind wir wahrscheinlich beide nicht in der richtigen Verfassung dazu.«

Liz starrte ihn an. Der Wunsch, ihren Kaffee zu nehmen und ihm ins Gesicht zu schütten, wurde fast übermächtig. Aber zugleich spürte sie auch, daß dieser Wunsch nicht aus ihr selbst kam, sondern ihr eingegeben wurde, ein böses, unhörbares Flüstern, das aus den Wänden, dem Boden und der Decke drang.

Natürlich tat sie es nicht. Stefan hatte recht – sie waren beide übermüdet und reizbar, und vermutlich würde sie jedes weitere Wort, das sie jetzt noch sprach, bedauern. Aber das war ihr egal. Sie war zornig, sie war übermüdet, und sie hatte mehr Angst denn je, und da war ihr Ohlsberg gerade recht gekommen, um ihr als Fußabstreifer zu dienen. Alles, was ihr ein bißchen leid tat, war der Umstand, daß auch diese Runde ihres kleines Privatkrieges wieder einmal zu Peters Lasten ging – aber, wie gesagt, nur ein bißchen. Trotzdem drehte sie sich um, nachdem sie die geschlossene Tür hinter Ohlsberg noch eine Weile voller Feindseligkeit angestarrt hatte, sah auf Peter herab und machte schließlich wieder diese knappe, befehlende Geste, die sich – auch das wurde ihr voller plötzlichem Schrecken klar – nur sehr wenig von Ohlsbergs Art unterschied, mit Heyning umzugehen.

»Es ist gut, Peter«, sagte sie knapp. »Sie können gehen.«

Peter stand so rasch auf, daß er um ein Haar seinen Stuhl umgeworfen hätte, aber Liz rief ihn noch einmal zurück, ehe er die Tür erreichte.

»Mein Mann und ich werden heute vermutlich ein wenig länger schlafen«, sagte sie. »Sie sehen ja selbst, daß es spät geworden ist. Seien Sie also so nett und machen sich selbst etwas zu essen, ja? Die Küche steht Ihnen zur Verfügung.«

Peter nickte nervös, sagte aber immer noch nichts, sondern wartete einige weitere Sekunden ab und entfernte sich schließlich. Für einen kurzen Augenblick wurde es sehr still in der kleinen Küche, bis Stefan neben sie trat und sich ebenfalls eine Tasse Kaffee eingoß; langsam und mit den übertrieben präzisen Bewegungen eines Menschen, der an der Grenze seiner Kraft angelangt ist. Eingedenk dieses Umstandes war seine Stimme sehr ruhig, als er schließlich sprach.

»Das war übertrieben, findest du nicht?« Gerade sein ruhiger Ton reizte Liz noch mehr. Zornig funkelte sie ihn über den Rand ihrer Tasse hinweg an, sagte aber kein Wort, sondern zog nur die Augenbrauen hoch und die Mundwinkel ein ganz klein wenig herab; eine Mimik, von der sie wußte, daß sie ihn mehr verletzte als alles andere. Wenn Stefan irgend etwas auf der Welt haßte, dann war es Überheblichkeit.

Es funktionierte auch jetzt. Irgend etwas in Stefans Blick erlosch; mit einem übertrieben heftigen Ruck stellte er die Tasse zurück auf die Anrichte, drehte sich auf dem Absatz herum und stiefelte aus der Küche. Liz wartete darauf, daß er die Tür hinter sich zuwarf, aber natürlich tat er das nicht. Gott, wenn er doch nicht immer so *verdammt beherrscht* gewesen wäre! Warum konnte er nicht einfach einmal aus der Haut fahren und toben und Gift und Galle spucken wie ein ganz normaler Mensch?!

Wütend schaltete sie die Kaffeemaschine aus, verließ die Küche und blieb im Korridor stehen. Sie war müde. Der Kaffee hatte sie nicht wacher gemacht, er hatte nicht einmal den schlechten Geschmack aus ihrem Mund vertrieben, und wenn sie den Kopf zu schnell bewegte, begann sich alles um sie herum zu drehen, und das Haus schien zu schwanken wie ein Boot auf stürmischer See. Trotzdem kam ihr der Gedanke einfach unvorstellbar vor, jetzt hinaufzugehen und sich neben ihn ins Bett zu legen, als wäre nichts passiert.

Sie starrte die Tür zu Peters Zimmer an – trotz ihrer Müdigkeit war es eine ganz normale, vom Alter gezeichnete Tür, nichts Lebendiges – und überlegte einen Moment, ob sie noch einmal zu ihm gehen und sich beim ihm entschuldigen sollte. Eigentlich wäre sie es ihm schuldig gewesen.

Aber eigentlich hatte sie es auch allmählich satt, sich ständig bei Gott und der Welt entschuldigen zu sollen, nur weil dieser Mistkerl von Ohlsberg sich ununterbrochen in ihr Leben mischte.

Sie würde etwas gegen ihn tun müssen, überlegte sie, während sie langsam die Treppe hinaufstieg. Bald.

Und sehr gründlich.

19

Sie fanden in dieser Nacht beide nicht mehr viel Schlaf, aber Liz hatte sich auch den ganzen Tag über nicht aus dem Haus gerührt, und Stefan hatte mit Argusaugen darüber gewacht, daß sie nicht mehr als das Allernotwendigste tat.

Zu ihrer eigenen Verblüffung hatte sie sich eingestehen müssen, daß er ihr die Szene vom Morgen nicht halb so übelnahm, wie sie erwartet hatte. Nach allem, was bisher geschehen war, hatte sie ganz instinktiv angenommen, daß er Ohlsbergs Partei ergreifen würde, zumindest hinterher, wenn sie allein waren. Sie hatte damit gerechnet, daß er sie zur Rede stellen und vielleicht sogar einen Streit vom Zaun brechen würde – aber er hatte es nicht getan.

Vielleicht war auch seine Geduld erschöpft, und möglicherweise ging auch ihm Ohlsbergs Verhalten entschieden über die Hutschnur. Vielleicht hatte er auch einen anderen Grund, aber gleich, warum: er hatte nicht ein einziges vorwurfsvolles Wort verloren; nicht einmal einen Blick. Und Stefan war nie ein guter Schauspieler gewesen. Sie hätte es gespürt, wenn er sich nur verstellt hätte. Seine Sorge war echt. Sie hatten sich beinahe gestritten, als sie am späten Nachmittag in die Küche gegangen war und mit Vorbereitungen für das Abendessen begonnen hatte, und sie hatte Stefan fast mit Gewalt vom Herd wegzerren müssen – was allerdings angesichts seiner Kochkünste purer Selbstverteidigung gleichkam.

Aber immerhin – sie hatte viel Zeit zum Nachdenken gehabt, Zeit genug, sich darüber klar zu werden, daß sie nicht weiter tatenlos herumsitzen und abwarten konnte, was als nächstes geschah. Sie wußte, daß Stefan ihr nicht glaubte, auch wenn er sich alle erdenkliche Mühe gab, den gegenteiligen Anschein zu erwecken. Und wie konnte er auch? Alles, was er gesehen hatte, waren eine hysterische Frau und ein Glas, das sich zugegebenermaßen scheinbar von selbst bewegt hatte – aber dafür ließen sich ein halbes Dutzend Erklärungen finden, und jede einzelne davon war mindestens ebenso logisch und überzeugend wie das Wirken von *Geistern.*

Nein, sie mußte etwas unternehmen. Sie mußte endlich anfangen, sich zu wehren – und dieser alte Idiot Ohlsberg erschien ihr da gerade der richtige, um einen Anfang zu machen.

Sie war mittlerweile fest davon überzeugt, daß es ganz und gar *kein* Zufall gewesen war, daß sie ihn hier überraschten. Wenn man einmal bereit war, die Existenz eines unsichtbaren Was-auch-immer zu akzeptieren, das über diesen Hof wachte, dann war alles ganz einfach: Stefan und sie – vor allem sie! – waren zurück*gerufen* worden. Sie hatte das Gefühl der Bedrohung ja überdeutlich gespürt, als sie sich dem Hof genähert hatten, und nicht nur sie allein, sondern auch Stefan. Sie hatten nur nicht begriffen, daß nicht sie es waren, denen diese Bedrohung galt, sondern das Haus selbst. Aus irgendeinem Grund, den sie jetzt noch nicht zu erkennen vermochte, fühlte sich das Haus von Ohlsberg bedroht, und es hatte sie zu Hilfe gerufen. Ja – so absurd es klang, ganz genau so mußte es gewesen sein.

Das Abendessen verlief in gedrückter Stimmung, die

sicherlich auch mit ihrer Übermüdung zusammenhing – sie hatten beide eine Nacht ohne Schlaf hinter sich. Sowohl Stefan als auch sie selbst vermieden es in stummer Übereinkunft, irgend etwas zur Sprache zu bringen, was mit dem Zwischenfall vom Morgen in Zusammenhang stehen konnte.

Als sie fertig gegessen hatten und Liz damit begann, das schmutzige Geschirr zusammenzuräumen, stand Stefan wortlos auf und ging auf sein Zimmer, um noch zu arbeiten. Seit sie hier hergezogen waren, hatte er sich abgewöhnt, abends und nachts zu schreiben, und es war das erste Mal seit Monaten, daß er nach dem Abendessen noch einmal an seine Schreibmaschine ging. Vermutlich wollte er allein sein, sonst nichts. Und Liz war ihm nicht einmal böse; im Gegenteil. Sie verstand ihn. Sie verstand ihn nur zu gut.

Sie wartete, bis das Poltern und Stuhlscharren über ihrem Kopf aufgehört hatte und von einem gedämpften Klappern der Schreibmaschine abgelöst wurde, ehe sie das Geschirr in die Spülmaschine stopfte und noch einmal aus dem Haus ging.

Es war kühl geworden, und Liz spürte alle Anzeichen vollkommener Übermüdung: zu dem schlechten Geschmack auf ihrer Zunge und den grauen Schlieren vor den Augen kam jetzt auch noch Kälte. Sie fror, und wenn sie den Fehler beging, sich zu schnell zu bewegen, wurde ihr schwindelig.

Sie blieb noch einmal stehen, kehrte nach einem raschen Blick in den Himmel ins Haus zurück und zog ihre Windjacke über, ehe sie zur Scheune ging. Peter war ihr und Stefan den ganzen Tag über aus dem Weg gegangen, was zwar verständlich war, ihr schlechtes Gewissen aber noch mehr schürte – und sie hatte noch einen anderen Grund, mit ihm zu reden. Eine eher vage Idee bisher, die sie selbst noch nicht ganz ausformuliert hatte – aber sie spürte, daß sie auf dem richtigen Weg war. Sie glaubte zumindest, eine Möglichkeit gefunden zu haben, Ohlsberg empfindlich zu treffen – und zwar mit Peters Hilfe. Aber sie mußte behutsam vorgehen.

Zu ihrer Enttäuschung war Peter nicht in der Scheune. Sie hatte in seinem Zimmer nach ihm gesucht und automatisch angenommen, ihn über dem auseinandergenommenen Traktor vorzufinden, nachdem sie ihn dort nicht angetroffen hatte. Aber die Scheune war leer.

Sie verließ das Gebäude, blieb einen Moment unschlüssig stehen und ging schließlich um das Haus herum. Der Wind schlug ihr kalt ins Gesicht, und die Farben kamen ihr allesamt gedämpfter und matter vor, als sie sie in Erinnerung hatte; und nicht nur sie, sondern auch die Geräusche. Natürlich war dieser Eindruck falsch – es war ihre eigene Müdigkeit, die sie die Dinge allesamt feindseliger und abweisender erkennen ließ, als sie in Wahrheit waren. Eversmoor war wie immer, und wenn sich hier überhaupt etwas verändert hatte, dann allerhöchstens *sie*. Nein – das einzig Vernünftige wäre wirklich, wenn sie den Nachmittag Nachmittag und Gott einen guten Mann sein ließ und sich ins Bett legte, um erst einmal achtzehn Stunden hintereinander durchzuschlafen – ein todsicheres Rezept, um die Welt hinterher viel freundlicher aussehen zu lassen.

Aber sie wäre kaum sie selbst gewesen, wenn sie auf irgendwelche *Vernunftsgründe* gehört hätte; nicht in einer Situation wie dieser und an einem Tag wie heute. Sie suchte nicht weiter nach Peter, aber sie ging auch nicht ins Haus zurück, sondern öffnete nach kurzem Zögern – und fast ohne selbst zu wissen, warum eigentlich – die Hintertür und betrat den rückwärtigen Teil des Hauses. Die Tür knarrte in den Angeln und klemmte im hinteren Drittel, aber der Spalt war breit genug, daß sie sich hindurchzwängen konnte.

Draußen war es trotz der vorgerückten Stunde noch taghell – immerhin war es Ende Mai –, und trotzdem war es ein Schritt zurück in die Dämmerung, denn die wenigen Fenster waren allesamt klein und außerdem vor dreißig Jahren zum letzten Mal geputzt worden. Das bißchen Licht, das die blinden Scheiben durchließen, war grau und schien aus Blei gegossen zu sein – der Vergleich erschien ihr selbst absurd, aber das Wort drängte sich ihr mit solcher Macht auf, daß sie es einfach benutzen *mußte*.

Trotzdem hatte sie keinerlei Schwierigkeiten, sich zu orientieren – sie war oft genug hiergewesen, und nichts hatte sich verändert, seit sie den Hof gekauft hatten; so, wie hier wahrscheinlich seit drei oder vier Jahrzehnten alles unverändert geblieben war. Sie hatten dort mit den Renovierungsarbeiten begonnen, wo die Vorbesitzer der Farm bei ihrem überhasteten Aufbruch aufgehört hatten, und die hinteren, stärker verfallenen Teile des Wohnhauses gehörten nicht dazu. Dabei, dachte sie wehmütig, lagen hier eigentlich die schöneren Räume – ein halbes Dutzend unterschiedlich großer, auf zwei ineinandergreifenden Ebenen angelegter Zimmer; eine Architektur, die ihr heute ebenso überraschend modern und zeitgemäß erschien wie am ersten Tag, als sie sie gesehen hatte. Hier war jetzt alles voller Staub und Schmutz und altem Gerümpel, und trotzdem glaubte sie noch etwas von der Lebendigkeit zu spüren, die diesen Räumen einst innegewohnt hatte.

Sie hatte sich schon oft gefragt, wie das Haus wohl in seiner Blütezeit ausgesehen haben mochte – nicht nur der kleine, vordere Teil des Hauses, den sie bewohnten, sondern das gesamte Gut –, aber seltsamerweise gelang es ihr nicht, das Gebäude in ihrer Vorstellung zu rekonstruieren. Aber sie war sicher, daß es sehr schön gewesen sein mußte, ein Heim, in dem man glücklich und geborgen sein konnte. Vielleicht würde es eines Tages wieder dazu werden, wenn es Stefan und ihr gelang, es wieder zum Leben zu erwecken.

Aber nein, das stimmte ja gar nicht – sie mußten hier nichts *zum Leben erwecken*, denn dieses Haus war nicht tot. Selbst hier, wo sich seit einer Generation allenfalls noch Ratten und Spinnen herumtrieben, spürte sie das *Leben*, das dieses Haus erfüllte.

Liz lächelte. Es war sonderbar, welche Gedanken einem durch den Kopf schossen, wenn man nur müde genug war. *Was für ein Unsinn!*

Und doch kam er wahrscheinlich nicht von ungefähr. Sie

fühlte sich immer ... sonderbar, wenn sie hier war, und sie hatte sich vom ersten Tag an von *diesem* Teil des Gutes sehr viel stärker angezogen gefühlt als von Stefans und ihrem Reich. Wahrscheinlich gab es sogar eine durchaus rationale Erklärung dafür – das heruntergekommene Haus hatte etwas von verbotenem Terrain, etwas von Gefahr und Unentdecktem an sich; es war das Kind in ihr, die romantische Schwärmerin, die niemals erwachsen werden würde, die die vergammelte Ruine liebte.

Und trotzdem ...

Dieser Teil des Gutes *war* faszinierend, was sicherlich auch an der Zeit lag, aus der er stammte: Die Menschen hier hatten damals meist kleine, verwinkelte Zimmer gebaut, winzige Räume mit Fenstern, die kaum mehr als Schießscharten waren, und die Häuser waren niedrig und buckelig gewesen, dämmerige Höhlen, Festungen gleich, in denen sie sich vor den Unbillen der Natur verkriechen konnten. Häuser, wie sie sie in Schwarzenmoor gesehen hatte und bei deren Anblick sie zu frieren begann.

Aber *wenn* sie sich einmal entschlossen hatten, ein Haus groß anzulegen, dann war es wirklich *groß* geworden.

Ja, sie verstand, daß Stefan eifersüchtig über diesen Teil des Hauses wachte und ihn für sich beanspruchte. Dieser Raum hier zum Beispiel: Sie wußte nicht einmal, welchem Zweck er ursprünglich gedient hatte – es mußte eine Art Gemeinschaftsraum gewesen sein, ein Eßzimmer vielleicht oder eine Stube für alle Tage, in der die Bauern mit ihren Knechten beisammensitzen und reden konnten – gute fünfzehn Meter lang, vielleicht acht Meter breit und trotz der kleinen Fenster überraschend hell – wenigstens würde er es irgendwann einmal sein, wenn das Glas in den Fenstern wieder durchsichtig war. Wenn er renoviert wäre, würde er wirklich ein phantastisches Studio abgeben. An der zerbröckelnden Decke waren noch die Reste einer einstmals sicherlich kostbaren Stuckarbeit zu erkennen, und die Wände strahlten mit ihrem groben Fachwerk, das hier und da durch den Schmutz lugte, rustikale Gemütlichkeit aus.

Im Zentrum des Raumes stand das, was von einem großen, hölzernen Tisch übriggeblieben war. Die Beine waren auf einer Seite weggebrochen, die Platte stark geneigt und gerissen. Sie trat heran, betrachtete den Tisch eingehend und fuhr mit den Fingerspitzen über das alte, mürbe Holz. Seltsamerweise fühlte es sich glatt und trocken an, obwohl das Haus von Feuchtigkeit durchdrungen und Tür- und Fensterrahmen überall aufgequollen und verzogen waren.

Vielleicht lag es einfach an dem Holz, aus dem die Platte gefertigt war, überlegte sie. Sie ging in die Hocke, fühlte noch einmal über die seltsam glatte, zeitlose Oberfläche der Tafel. Seltsam – es lag überhaupt kein Staub darauf. Obwohl die Wände, der Schutt, die verzogenen Fenster mit ihren gerissenen Scheiben das Alter dieses Zimmer regelrecht hinausschrien, war die Platte so sauber, als wäre sie erst vor wenigen Minuten gewischt worden. Wenn sie genau hinsah, konnte sie sich sogar einbilden, noch die Spuren von Gläsern und Geschirr darauf zu erkennen. Was natürlich Unsinn war.

Sie stand auf, schüttelte den Kopf und blinzelte verstört. Sie fröstelte. Etwas ... sehr *Seltsames* lag plötzlich in der Luft. Mit einem Male hatte sich ein Teil der Wirklichkeit verändert, verwandelt, ohne daß sich auch nur ein Stäubchen bewegt hatte. Etwas in der Atmosphäre des Hauses hatte sich geändert; eine spürbare Verschiebung vom Toten zu jener unsichtbaren Grenze des Belebten, Atmenden hin. Plötzlich spürte sie sein Alter, die ungezählten Jahre des Lebens, die wie dünne Spinnweben in der Luft hingen. Ein Satz fiel ihr ein, den Stefan einmal gesagt hatte, gleich am Anfang, als sie gerade hierhergekommen waren: Dieses Haus besaß *Geschichte,* lebendige, pulsierende Geschichte, keine leblose Historie, etwas, das eng mit den Schicksalen seiner einstmaligen Bewohner verknüpft war. Damals hatte sie nicht verstanden, was er wirklich damit gemeint hatte – aber es war die Wahrheit. Dieses Haus war mehr als ein Haus, es war ein *Zuhause*.

Eigentlich, dachte sie, müßte sie von hier aus die Ruine

des Gesindehauses sehen können. Sie stand wieder aus der Hocke auf, stieg über einen herabgefallenen Balken, setzte vorsichtig den Fuß zwischen Bergen von Schutt und Abfall auf und ging an das große Fenster an der Südseite. Es war vernagelt, aber wie alles in diesem Teil des Hauses waren auch die Bretter Opfer der Zeit geworden. Sonnenlicht drang in schrägen Bahnen durch fingerbreite Risse, und schon ein halbherziger Stoß mit der flachen Hand ließ sie vollends herausbrechen. Das Geräusch, mit dem die morschen Bretter zu Boden polterten, schien seltsam laut und störend zu sein. *Falsch*. Nichts hier war so, wie es sein sollte. Sie kam sich vor, als hätte sie sich in ein surrealistisches Bild verirrt.

Aber sie hatte recht gehabt. Zumindest ihr Orientierungssinn funktionierte noch: Die verkohlte Ruine lag beinahe zum Greifen nahe vor ihr. Einem plötzlichen Impuls folgend, drehte sie sich um, verließ das Haus und steuerte die Ruine an.

Seltsam – sie war in all den Monaten niemals auf die Idee gekommen, sie genauer in Augenschein zu nehmen. Bisher hatte es für sie dort außer ein paar verkohlten Balken und rußgeschwärzten Steinen nichts zu sehen gegeben. Dabei hatte sie sich in Gedanken oft genug mit ihr beschäftigt – aber eben nur mit ihrer *Geschichte*, nicht mit den Steinen, aus denen sie errichtet worden war. Warum auch?

Sie überquerte den Hof und stieg über die kniehohe, zerfallene Wand, die von der ehemaligen Außenmauer stehengeblieben war. Eigentlich sollte sie Angst vor diesem Gebäude haben, dachte sie. Nach allem, was sie erlebt hatte, sollte sie im Grunde die Nase voll haben von allem, was irgendwie geheimnisvoll oder gefährlich war. Ja, sie *sollte* Angst haben. Aber sie hatte keine; ganz im Gegenteil. Es war beinahe, als würde sie irgend etwas an dem verfallenen Gemäuer anziehen.

Inmitten der Trümmer stand ein Mann.

Jedenfalls glaubte sie es für einen Moment. Für die Dauer eines Lidzuckens sah sie die Gestalt deutlich vor sich: Ein kleiner, untersetzter Mann, massig und in dunkler, grober Arbeitskleidung, das Gesicht eine verwirrende Plastik aus Runzeln und tief eingegrabenen Falten, Hände wie Schaufeln, die lose zu beiden Seiten des Körpers pendelten. Ohlsberg.

Ohlsberg?!

Dann war die Vision verschwunden.

Sie blieb wie angewurzelt stehen; verwirrt, erschrocken und ein wenig – nicht sehr, nur ein wenig – ängstlich. Sie wußte nicht, was sie mehr erschreckte – die Tatsache seines Hierseins oder die Art, auf die er verschwunden war. Es war unmöglich, daß der Mann so schnell verschwand. Aber es war auch unmöglich, daß ...

Sie schloß die Augen, ballte die Faust und biß sich auf die Knöchel. Mit einem Mal begann sie haltlos zu zittern.

Mach dich nicht selbst verrückt! hämmerten ihre Gedanken. *Es ist unmöglich! Un-mög-lich! Deine Nerven spielen dir einen Streich!*

Natürlich. Das war die Erklärung. Das mußte sie sein. Der Tag hatte sie nicht so ungeschoren gelassen, wie sie Stefan gegenüber vorgegeben hatte. Sie war müde, überreizt, nervös. In diesem Zustand konnte sie in den dunklen Schatten zwischen den durcheinanderliegenden Balken und Steintrümmern alles mögliche erkennen.

Aber sie hatte seinen Blick auf sich gefühlt.

Ohlsbergs Blick ...

Sie atmete tief durch, versuchte, die Gespenster, die aus ihrem Unterbewußtsein emporgestiegen waren, dorthin zurückzudrängen, wo sie hingehörten. Die kühle, sauerstoffreiche Luft und die Anstrengung halfen ihr. Es war der gleiche Trick, mit dem sie die Angst schon einmal besiegt hatte: Stell dich der Bedrohung, und überzeuge dich selbst davon, daß es nichts gibt, vor dem du Angst haben mußt.

Und es funktionierte auch diesmal.

Mit einer fast zornigen Bewegung trat sie vor und musterte das, was von dem ehemaligen Gesindehaus übriggeblieben war. Es war ein relativ kleines, eingeschossiges

Haus gewesen, bestehend aus einem einzigen Raum; jedenfalls gab es keine Spuren einer einstigen Unterteilung, und wenn es welche gegeben hatte, hatte die Zeit sie längst getilgt.

Die Zerstörung war total. Ein Teil des Dachstuhles war niedergebrochen, während oder kurz nach dem Feuer, und an einer Stelle war sogar das Fundament unter der Wucht der niederkrachenden Balken eingebrochen. Ein dunkles, gezacktes Loch gähnte im Boden. Ein Keller. Sie hatte gar nicht gewußt, daß das Haus einen Keller hatte.

Neugierig – aber auch von einer noch vagen Furcht erfüllt, beugte sich vor und lugte in die Tiefe.

Sie wußte nicht genau, was sie erwartet hatte – vermutlich nichts –, aber unter ihr *war* etwas. Sie wußte nicht, was, und sie war nicht einmal sicher, daß es wirklich da war; aber für einen unendlich kurzen Moment glaubte sie ... etwas zu erkennen. Etwas Großes. Glitzerndes. Etwas wie der Panzer eines titanischen schwarzen Insektes, das sich da in der Tiefe unter dem Hof bewegte, sich schabend an Felsen und weichem Erdboden rieb und ...

Der Boden knarrte ganz leise. Ein sanftes, aber deutliches Zittern lief durch die morschen Bretter. Die Illusion verging, und sie begriff, daß es nur ihre eigene Angst war, die sie sah und hörte; und daß sie sich ziemlich leichtsinnig benahm. Das gezackte Loch im Boden vor ihr bewies, wie morsch die uralten Dielenbretter waren. Auch wenn dort unten *keine* Alptraummonster darauf warteten, sie zu verspeisen, war es vielleicht alles andere als ratsam, kopfüber in die Tiefe zu stürzen. Behutsam richtete sie sich wieder auf, trat zwei, drei Schritte zurück und betrachtete neugierig die schwarze, an Holzkohle erinnernde Oberfläche eines verbrannten Balkens. Prüfend fuhr sie mit den Fingerspitzen darüber.

Das Holz war *warm*.

Sie fuhr erschrocken zurück und betrachtete ihre Hand. An ihren Fingerspitzen klebte Ruß.

Sie zögerte einen Moment, legte die ganze Hand auf den

Balken und versuchte sich auf das zu konzentrieren, was ihr die Nervenenden in ihrer Haut signalisierten. Das Holz war warm, aber es war nicht gespeicherte Sonnenwärme, die sie fühlte, sondern eine andere, viel direktere, *brennende* Hitze. Es schien, als wäre unter der rissigen, zu Holzkohle verbrannten Oberfläche des Balkens noch immer jene höllische Glut zu finden, die dieses Gebäude vernichtet hatte, als wäre das Haus erst in der vorangegangenen Nacht niedergebrannt und nicht vor dreißig Jahren.

Sie zog abermals die Hand zurück. Dicker, schmieriger Ruß klebte an ihrer Handfläche, und auf dem Balken waren deutlich die Abdrücke ihrer Finger zu erkennen, all den Jahren des Windes und Regens zum Trotz, die darüber hinweggegangen waren.

Aber das war doch ... unmöglich! dachte sie. Das konnte nicht sein! Sie spürte, wie Hysterie das kalte Erschrecken in ihr zu verdrängen begann, und diesmal war sie hilflos dagegen. Eine blitzartige Vision stieg in ihr auf. Sie sah noch einmal den Schatten des Hauses, wie es vor dreißig Jahren ausgesehen hatte, das helle Licht hinter den Fenstern, das plötzlich zu greller, vernichtender Glut erwachte und mit ungeheurer Schnelligkeit wie ein kleines, feuriges Tier auf den Dachstuhl und die Balken übergriff, das strohgedeckte Dach ergriff und das Haus in Sekunden in eine lohende Fackel verwandelte.

Das Geräusch von Schritten ließ sie erschrocken herumfahren. Sie schlug die Hand vor den Mund, spürte, wie sich ihre Muskeln fast ohne ihr Zutun spannten, bereit zu Flucht oder Kampf, je nachdem, was da hinter ihr aufgetaucht sein mochte.

Aber es war nur Heyning. Er war aus dem Haus gekommen und mußte sie gesehen haben.

»Peter!« stöhnte sie erleichtert. »Sie sind es!«

Peter musterte sie verwirrt. Ein bißchen von dem Schrekken war noch immer in seinem Blick, aber sie glaubte auch ein Wissen darin zu erkennen, das ihr nicht gefiel. Das ihr angst machte. Und er war eindeutig erschrocken, sie *hier* zu sehen.

»Sie ... Sie sollten nicht hier sein, Ma'am«, sagte er mit seiner leisen, wie immer etwas verschüchtert klingenden Stimme. »Es ist gefährlich.«

»Gefährlich?« Liz mußte sich beherrschen, um nicht hysterisch aufzulachen. Was erzählte er ihr?

»Alte Häuser sind immer gefährlich«, sagte Peter. »Es kann immer etwas zusammenstürzen. Oder der Boden bricht ein. Hier ist alles morsch. Sie sollten nicht hierherkommen.«

Liz legte den Kopf in den Nacken und blinzelte zu den stehengebliebenen Sparren empor, die schwarz wie ein verkohltes Gerippe in den Himmel aufragten. *Oder wie eine Kralle,* dachte sie. *Eine riesige, bizarre, dünnfingrige Kralle, die sich auf sie herabsenken wollte.*

»Sagen Sie, Peter«, begann sie, weniger aus wirklichem Interesse als vielmehr, um das plötzliche Schweigen durch den Klang einer menschlichen Stimme zu vertreiben, »wie ist es eigentlich damals zu dem Feuer gekommen? Es muß ziemlich schlimm gewesen sein? Wurde jemand getötet?« Es fiel ihr schwer, ruhig zu sprechen. Ihre Hände zitterten.

»Ich ... ich weiß es nicht. Ich war damals noch ein Kind«, erinnerte Peter. »Ich war nicht einmal sechs Jahre alt.« Er wich aus, wie immer. Und wie immer glaubte sie zu spüren, daß er mehr wußte, als er zugab. Aber diesmal würde sie sich nicht abspeisen lassen. Sie wollte endlich wissen, was hier gespielt wurde. Sie mußte es wissen, wenn sie nicht den Verstand verlieren wollte.

»Hätten Sie nicht Lust, das Haus wieder aufzubauen?« fragte sie. Sie sah, wie er erbleichte, zusammenzuckte. »Es wäre doch sicher schön, ein ganzes Haus nur für Sie – und Ihre Tochter.« Natürlich redete sie Unsinn, und sie wußten es beide. Aber sie plapperte einfach weiter, auch wenn ihr mit schmerzhafter Deutlichkeit zu Bewußtsein kam, daß Peter den Grund dafür sehr genau kannte – es war kein anderer, aus dem sie mit zehn Jahren stets laut gepfiffen oder gesungen hatte, wenn sie allein in den Keller ging. Sie hatte schlichtweg Angst. »Das Material besorgen wir schon irgendwoher. Es liegt genug Kram auf dem Hof herum. Und den Rest kaufen wir nach und nach. Sie müssen es nur selbst aufbauen.« Sie lachte, leise und nervös. »Nun, was halten Sie davon?«

Heyning begann verlegen mit der Schaufel zu spielen, die er über der Schulter getragen hatte. Liz bemerkte sie erst jetzt, und sie fragte sich, was er wohl umgegraben haben mochte. Schließlich schüttelte er den Kopf. »Ich ... ich finde mein Zimmer sehr schön ...«, stotterte er. »Es ist größer als das, das ich vorher hatte. Es reicht mir. Ich brauche nicht viel Platz.«

Liz wischte seinen Einwand mit einer Handbewegung vom Tisch. »Unsinn«, sagte sie barsch. »Ein winziges Zimmer ist nichts für einen erwachsenen Mann. Jeder braucht ein bißchen Privatsphäre, und nicht ein Zimmer hinter der Küche, das zu klein ist, um sich darin umzudrehen.« Sie machte eine bestimmte Geste, als Peter abermals widersprechen wollte, und er wagte es nicht.

»Es muß ja nicht gleich ein ganzes Haus sein«, fügte sie hinzu. »Aber wir sollten eine Lösung finden – schon, falls Ihre Tochter einmal zu Besuch kommen sollte.« Sie lächelte. »Andy ist kein Säugling mehr, den man in einem Korb neben den Ofen legen kann. Das Mädchen braucht ein eigenes Zimmer. Und Sie auch.«

»Mir gefällt mein Zimmer«, beharrte Peter. »Große Zimmer machen nur Arbeit.«

Liz seufzte. Sie kannte Heyning noch nicht lange, aber immerhin lange genug, um zu wissen, daß es keinen Sinn hatte, weiter in ihn zu dringen. Vielleicht später ...

Sie mußte ihm Zeit geben. Und sie durfte nicht zuviel von ihm verlangen.

Sie gab sich einen Ruck, ging zum Haus zurück und suchte nach Stefan.

20

Er war in seinem Arbeitszimmer. Das monotone Rattern seiner Schreibmaschine empfing sie bereits auf der Treppe, untermalt vom dumpf dröhnenden Baß seiner Kopfhörer, die er wie üblich bis dicht an die Schmerzgrenze hin aufgedreht haben mußte. Liz blieb einen Moment unschlüssig vor der Tür stehen, ehe sie anklopfte und eintrat, ohne eine Antwort abzuwarten. Sie bezweifelte, daß er das Klopfen hörte – aber Stefan haßte es, wenn er während der Arbeit gestört wurde, und er reagierte sehr aggressiv darauf, wenn sie sein Allerheiligstes unangemeldet betrat.

Aber sie konnte sich eigentlich nicht vorstellen, daß er jetzt schrieb. Nach allem, was in den letzten Tagen geschehen war, erschien es ihr fast unvorstellbar, daß jemand so etwas Banales tun konnte wie *arbeiten*.

Stefan telefonierte, als sie ins Zimmer trat. Die Kopfhörer, deren Musik sie draußen auf der Treppe gehört hatte, lagen neben ihm auf dem Schreibtisch. Als sie die Tür hinter sich zuschob, murmelte er ein hastiges »Bis bald«, legte den Hörer auf die Gabel und lächelte ihr zu. Die Schreibmaschine hämmerte noch immer. Es war keine normale Schreibmaschine, sondern einer dieser winzigen Halb-Computer, die Texte speichern und nach Belieben ausdrucken konnten. Stefan gab seine Texte immer recht schlampig ein und verbesserte und korrigierte sie so lange, bis sie seinen Vorstellungen (und denen seines Agenten) von Sauberkeit entsprachen. Im Moment hatte er den Drucker eingeschaltet, obwohl ihn das Hämmern sicher beim Telefonieren gestört hatte, und er machte auch keine Anstalten, das Gerät abzuschalten, als sie an ihm vorbeiging und sich in den einzigen freien Stuhl sinken ließ. Stefans Arbeitszimmer war riesig, verglichen mit dem winzigen Kämmerchen, das er vorher gehabt hatte, aber es gab außer seinem eigenen Stuhl nur eine einzige Sitzgelegenheit – was ganz und gar kein Zufall war. Stefans Arbeitszimmer war ein Sanktuarium, in dem Besucher nicht erwünscht waren; nicht einmal sie. Manchmal – wie eben jetzt – setzte sie sich über dieses unausgesprochene Verbot hinweg, aber nicht sehr oft.

Sie verbiß sich im letzten Moment die Frage, mit wem er telefoniert hatte; Stefan telefonierte gerne und ausgiebig, aber er wurde ruppig, wenn sie ihn fragte, mit wem er gesprochen hatte und worüber. Meistens erzählte er es ohnehin von sich aus.

»Du siehst schrecklich aus«, sagte Stefan nach einer Weile. »Warum gehst du nicht schlafen?« Er sah auf die Uhr. »Der Tag ist ohnehin fast vorbei.«

Liz machte eine Handbewegung, als wollte sie seine Worte beiseiteschieben. »Wie kommst du mit deinem Buch voran?« fragte sie.

»Der Roman?« Stefan blickte flüchtig auf den Stapel beschriebenen Papiers, der sich im Auffangkorb seines Druckers angesammelt hatte. »Gut. Ich denke, in zwei, drei Tagen bin ich fertig.« Er lächelte, aber irgend etwas an seiner Freundlichkeit war unecht. Liz glaubte überdeutlich etwas Falsches, Heimtückisches hinter seinem Lächeln zu fühlen. *Mein Gott,* dachte sie, *was geschieht mit mir*?

Aber sie konnte sich nicht dagegen wehren. Das Gefühl war zu stark. Plötzlich, von einer Sekunde auf die andere, widerte er sie an. Ein Gefühl des Abscheues, des Ekels wallte in ihr empor. Seine Worte schienen wie Hohn in ihren Ohren zu klingen, und allein seine Nähe war ihr mit einem Mal fast unerträglich. Sie mußte ihre ganze Willenskraft aufbieten, um nicht aufzuspringen und aus dem Zimmer zu rennen.

Auch Stefan schien die Veränderung zu bemerken. »Was hast du?« fragte er.

»Nichts«, sagte sie ausweichend. »Ich ... fühle mich nicht wohl, das ist alles.«

»Na ja, das ist auch nicht weiter verwunderlich«, murmelte Stefan, nachdem er sie eine Weile schweigend beobachtet hatte. »Hast du deine Tabletten genommen?«

Sie nickte, hob verlegen die Hand und schüttelte den Kopf.

»Aha«, machte Stefan. »Und was bedeutet das jetzt?«

»Daß ich sie nicht genommen habe, was sonst?« antwortete sie bissig. »Ich brauche keine Tabletten. Schließlich bin ich nicht krank.«

Stefan lächelte resignierend. »Hätte ich mir eigentlich denken können«, murmelte er. »Aber das spielt ja nun auch keine Rolle mehr. Die Hauptsache ist, du fühlst dich besser. Du fühlst dich doch besser, oder?«

»Das weiß ich noch nicht so genau«, gestand Liz, die sich der Tatsache vollkommen bewußt war, daß sie nicht nur leichenblaß sein mußte, sondern auch am ganzen Leib zitterte. Warum, zum Teufel, stellte er solche dummen Fragen? Er wußte ganz genau, was mit ihr los war!

»Es tut mir leid, was heute morgen passiert ist«, sagte er plötzlich. Die Worte kamen so unvermittelt, daß sie einen Moment brauchte, um überhaupt zu begreifen, worüber er sprach. »Du hattest völlig recht, wenigstens, was Peter angeht.« Er lächelte verlegen, als wüßte er nicht genau, wie er fortfahren sollte. Worauf wollte er hinaus?

»Ich habe mich vorhin mit ihm unterhalten. Ziemlich lange sogar. Eigentlich ist er ein ganz netter Kerl. Ein wenig verschlossen, aber im Grunde ganz prima. Wußtest du, daß er eine Tochter hat?«

Liz sah überrascht auf, nickte. »Das hat er dir erzählt?«

»Warum? Stimmt es nicht?«

»Doch, doch«, sagte Liz hastig. »Ich ... wundere mich nur, daß er es dir erzählt hat.«

»Und warum sollte er nicht?« gab Stefan beleidigt zurück. »Du weißt es ja schließlich auch, oder? Du wußtest es sogar vor mir. Ohne es für nötig zu halten, mich darüber zu informieren.«

Liz überging den vorwurfsvollen Ton in seiner Stimme, als hätte sie ihn nicht gehört. »Ich habe den armen Kerl auch ganz schön unter Druck gesetzt, um die Wahrheit aus ihm herauszubekommen«, sagte sie. »Ich bin mir ziemlich mies dabei vorgekommen, wenn ich ehrlich sein soll.«

Stefan grinste. »Das hatte ich gar nicht nötig«, sagte er überlegen.

»So?«

Er schüttelte den Kopf. »Nein. Wenn sich zwei Männer wirklich verstehen, dann haben sie keine Geheimnisse voreinander.«

»Und gleich wirst du mir erzählen, daß es wahre Liebe sowieso nur unter Männern gibt«, seufzte Liz. »Du bist ganz schön chauvinistisch heute abend.«

»Wieso? Nur weil ich die Wahrheit sage?« Stefan lachte, ließ sich zurücksinken und starrte aus zusammengekniffenen Augen gegen die Decke. »Aber jetzt mal im Ernst, Liebling – warum hast du mir nichts davon gesagt?«

Liz zögerte sekundenlang. Sie war verwirrt. Wieso erwähnte er das Mädchen jetzt? Vorhin, unten im Hof, hatte sie selbst von Andy gesprochen, so unvermittelt, daß sie bis jetzt noch nicht genau wußte, *warum* sie es eigentlich getan hatte. Und jetzt Stefan ... »Ich wollte, daß er es dir selbst erzählt. Ich wäre mir ziemlich gemein vorgekommen, wenn ich ihn verraten hätte.«

»Quatsch. Immerhin leben wir im zwanzigsten Jahrhundert. Es ist kein Kapitalverbrechen, ein uneheliches Kind zu haben.«

»Hier schon«, antwortete Liz kopfschüttelnd. »Es mag zwar das zwanzigste Jahrhundert sein, aber wir sind hier nicht in Frankfurt, sondern im tiefsten Ostfriesland.«

»Und?« witzelte Stefan. »Die Hanseaten sind zwar für ihre Sparsamkeit bekannt, aber so geizig, daß sie selbst an den Jahreszahlen sparen, sind sie nun auch wieder nicht.«

Liz blieb ernst. »Immerhin reicht es, um Peter unter Druck zu setzen. Aber das hat er dir nicht erzählt, wie?«

Stefan machte eine wegwerfende Handbewegung. »Es gibt hier keine Geheimnisse«, sagte er achtlos. »Es sei denn, irgend jemand interessiert sich für das Ende meines neuesten Romanes.«

»Wie kommst du damit voran?«

»Gut. Aber du lenkst ab, meine Liebe. Ich möchte im Augenblick nicht über mein neuestes Meisterwerk reden, sondern über Peter und seine Tochter.«

»Weshalb?« fragte Liz verstört. »Hast du plötzlich dein Herz für Kinder entdeckt?«

»Ich überlege, ob wir die Kleine nicht zu uns nehmen sollten.«

Diesmal brauchte Liz Sekunden, um ihre Überraschung zu überwinden. »Du willst – *was*?« fragte sie verblüfft.

Stefan schlug die Beine übereinander und lehnte sich so weit zurück, daß sein Stuhl bedrohlich zu schwanken begann. »Ich *will* überhaupt nichts«, sagte er sanft. »Es war nur eine Idee, die mir vorhin gekommen ist. Mehr nicht. Das Haus ist groß genug, und Peter könnte für sich ein oder zwei Zimmer herrichten, wenn wir es ihm gestatten. Und Arbeit ist genug da, auch für eine weitere Person. Weißt du«, fügte er mit einem leisen, entschuldigenden Lächeln hinzu, »wir müßten ihr noch nicht einmal etwas zahlen. Die Idee gefällt mir immer besser: Peter wäre glücklich, seine Tochter bei sich zu haben, die Kleine käme dorthin, wo sie hingehört, Ohlsberg hätte nichts mehr, womit er den armen Kerl unter Druck setzen könnte, und du hättest eine weitere Hilfe. Und Gesellschaft.«

»Hast du – schon mit Peter darüber gesprochen?« fragte Liz. Es fiel ihr schwer, die Worte zu artikulieren. Etwas ... stimmte nicht. Sie wollte nicht über Andy sprechen. Sie war hierher gekommen, um mit Stefan über Ohlsberg zu reden, über ihn und über ihre Vision, und ...

Sie konnte es nicht. Die Situation begann sich selbständig zu machen; nicht mehr *sie* war es, die die Dinge bestimmte, sondern die Dinge bestimmten ihr Handeln. So ungefähr, dachte sie voller kaltem Schrecken, mußte es sein, wenn sich eine von Stefans Romanszenen selbständig machte: Die Geschichte driftete in eine Richtung, die er nicht wollte, aber er war nicht fähig, sie auf den Kurs zurückzubringen, den er ihr zugedacht hatte. Ja, ganz genau so.

Aber dies war keine Geschichte, sondern die Wirklichkeit,

und trotzdem fühlte sie sich mehr denn je wie eine Schauspielerin in einem schlechten Stück, nur daß das Drehbuch Realität hieß und der Regisseur ein unsichtbares Monstrum war, das sich in ihre Gedanken geschlichen hatte. Sie wollte nicht über Andy reden, sondern über Ohlsberg, aber das unsichtbare DING in ihren Gedanken scherte sich einen Dreck darum, was *sie* wollte. Aus irgendeinem Grunde hatte es sich entschieden, das Mädchen mit ins Spiel zu bringen, und es war nicht sehr wählerisch in seinen Mitteln.

»Natürlich nicht«, sagte Stefan in diesem Moment, und Liz begriff, daß auch er plötzlich Teil dieses bösen Spieles geworden war. Er lächelte, aber wie vorhin kam es ihr falsch und hinterlistig vor. Sie versteifte sich unwillkürlich. Die Kluft zwischen ihnen wurde tiefer.

»Das ist alles einfacher entschieden als getan, weißt du?« fuhr er fort. »Ich wollte es erst mit dir besprechen ... was hältst du davon? Natürlich geht das nicht von heute auf morgen«, fügte er rasch hinzu. »Wahrscheinlich wird es einen entsetzlichen Papierkrieg geben – ganz davon abgesehen, welchen Ärger Ohlsberg und die anderen machen werden. Aber wir könnten es zumindest versuchen.«

Aber sie wußten ja noch nicht einmal, ob Peter es wirklich wollte! dachte Liz entsetzt. Plötzlich fiel ihr ein, wie deutlich er ihre Worte ignoriert hatte, vorhin, als sie selbst die Möglichkeit erwähnte, daß Andy ihn irgendwann einmal hier auf dem Gut besuchen könnte.

Um so erschrockener war sie, als sie sich selbst antworten hörte: »Er könnte sich die beiden Gästezimmer zurechtmachen. Oder ein paar von den Räumen auf der Westseite. Ich ... war vorhin unten. So schlimm ist es gar nicht. Mit ein bißchen Arbeit und gutem Willen ...«

Stefan unterbrach sie mit einem Kopfschütteln. »Gegen die Gästezimmer habe ich nichts«, sagte er, »aber die unteren Räume bleiben, wie sie sind. Du weißt doch, daß ich dort später ein Studio einrichten will. Die beiden Gästezimmer reichen vollkommen. Außerdem«, fügte er nach kurzem Überlegen hinzu, »wissen wir ja noch gar nicht, ob Peter überhaupt damit einverstanden ist.« Er grinste. »Wir sollten ihn fragen, ehe wir über seinen Kopf hinweg entscheiden.«

»Aber gerade sagtest du noch …«

»Ich weiß, was ich gerade gesagt habe«, unterbrach sie Stefan. »Ich habe nur gesagt, daß ich *glaube*, daß er nichts dagegen hat. Wir sollten ihn fragen, bevor wir uns entscheiden. Und wir sollten uns das Mädchen ansehen. Er hat dir doch gesagt, was mit ihr ist?«

»Sicher«, antwortete Liz. »Aber Ohlsberg hat auch behauptet, daß Peter nicht ganz richtig im Kopf wäre. Dabei ist er meiner Meinung nach normaler als die ganze Bande in Schwarzenmoor.«

Stefan lachte. »Jetzt übertreibst du, Liz.« Er stand auf, trat ans Fenster und zeichnete mit dem Finger ein Muster aus dünnen, parallel laufenden Linien auf das schmutzige Glas. »Soll ich ihn fragen, oder tust du es?«

»Wen?«

»Peter«, antwortete Stefan, ohne sich umzudrehen. Seine Gestalt erschien ihr mit einem Mal verspannt, obwohl er eigentlich ganz locker dastand.

»Warum mit einem Mal so eilig?«

»Warum nicht? Ich habe zwar gesagt, daß wir uns Zeit lassen wollen, aber …« Er seufzte, schüttelte abermals den Kopf und trat wie zufällig hinter sie. Liz überlegte, ob sie ihm von ihrem Erlebnis unten im Haus erzählen sollte, aber dann wagte sie es doch nicht. Er würde den Verständnisvollen spielen, wie immer, und insgeheim würde er sie nur für noch verrückter halten, als er es ohnehin tat. *Hatte er recht damit*?

»Laß uns noch eine Nacht darüber schlafen«, fuhr Stefan fort, als sie nicht antwortete. Er legte die Arme um ihre Schultern und berührte wie zufällig ihre Brust. Liz schob seine Hand beiseite, und Stefan trat zurück; mit einer Bewegung, in der sie Verärgerung bemerkte.

»Was hast du?« fragte er. Seine Stimme klang deutlich kälter. »Irgend etwas stimmt nicht mit dir. Was ist es?«

Liz zögerte noch. Aber verdammt, schließlich war sie hierhergekommen, um mit ihm über Ohlsberg zu sprechen!

Und jetzt konnte sie es. Plötzlich wehrte sich die Geschichte nicht mehr, ihrem Willen zu folgen: Stefan hatte ausgesprochen, was getan werden mußte, und für heute schien der Wille jenes unsichtbaren Regisseurs befriedigt.

»Es ist wegen Ohlsberg«, sagte sie.

Stefan seufzte. Er lächelte noch immer, aber war jetzt noch unechter. »Natürlich«, murmelte er und schüttelte den Kopf. »Weshalb wohl auch sonst? Aber bitte – was ist jetzt schon wieder mit ihm?« Seine Stimme wurde weicher, während er sprach, und seine Finger spielten mit den kurzen Locken in ihrem Nacken, berührten ihr Ohr. Sie spürte, wie sich sein Atem beschleunigte. Verdammt, wie konnte er *jetzt* an Sex denken?! Wieder wich sie einen Schritt vor ihm zurück, und wieder spürte sie, wie er sich versteifte. Aber auch diesmal unterdrückte er seinen Zorn.

»Wie gut kennst du ihn?« fragte sie. »Ich meine, außer den paar Malen, an denen wir ihn gemeinsam gesehen haben?«

»Nicht viel besser als du. Warum?«

»Glaubst du, daß er etwas gegen uns hat?«

»Warum sollte er?« Stefans Stimme war ein leises, kaum wahrnehmbares Flüstern neben ihrem linken Ohr. »Du hast ihn heute morgen ganz schön auf die Palme gebracht. Aber er wird sich wieder beruhigen. Er ist nicht so schlimm, wie du glaubst.«

»Er ist ...«

»Unheimlich?« Stefan lachte. »Ja. Das ist er zweifellos. Aber er ist ganz bestimmt nicht gefährlich, wenn du das meinst. Ein sonderbarer alter Kauz, mehr nicht.«

»Und es macht dir nichts aus, daß er Peter zu uns geschickt hat, um uns nachzuspionieren?«

»Natürlich nicht.« Stefans Stimme klang so ungerührt, als spräche er über das Wetter oder das heutige Fernsehprogramm. Er war kein bißchen überrascht. »Warum sollte es auch? Es ist sein gutes Recht.«

»Sein – Recht?« wiederholte Liz fassungslos. Die Hand

auf ihrer Schulter fühlte sich plötzlich kalt an. Ein Stein, der wie eine drückende Last auf ihr lag. Sie streifte sie ab.

Stefan folgte ihr.

»In gewissem Sinne schon. Und es stört mich nicht einmal.«

Das war doch nicht der Stefan, den sie kannte! dachte sie ungläubig. Irgend etwas war mit ihm geschehen. Noch vor ein paar Wochen wäre er wie eine Rakete in die Luft gegangen, wenn sie ihm erzählt hätte, daß ihm jemand nachspionierte. Es gab für Stefan nichts Heiligeres als sein Privatleben. Selbst ihr gegenüber bewahrte er Distanz. Nicht einmal sie kannte ihn ganz genau.

»Siehst du«, fügte er hinzu, als er ihr Erstaunen bemerkte, »auch das ist einer der Gründe, aus denen ich dieses Mädchen gerne kennenlernen möchte. Ich glaube, Ohlsberg setzt Peter mit ihr unter Druck. Und das gefällt mir nicht.«

Liz mußte all ihre Willenskraft aufbieten, um nicht die Antwort zu geben, die er offensichtlich erwartete. Er hatte recht, tausendmal recht, aber sie wollte nicht schon wieder über Andy reden.

»Er war hier«, sagte Liz stockend. »Er war draußen, bei der Ruine. Vorhin.«

»Er war *was*?« Er ließ ihre Schultern los, drehte sie mit sanfter Gewalt herum und sah ihr ernst in die Augen. »Hier bei uns? Auf dem Hof?«

Liz nickte. Sie sah die Gestalt noch einmal vor sich, deutlich und klar. Die kräftigen Hände, die breiten Schultern, die großen, dunklen Augen ... Es gab keinen Zweifel. Es war Ohlsberg gewesen.

»Ich habe ihn gesehen«, sagte sie. »Einen Moment nur, aber ich bin ganz sicher. Er war wieder hier. Er ... er spioniert uns nach, Stefan. Ich habe Angst vor ihm.«

»Wann?« schnappte Stefan. Plötzlich klang seine Stimme lauernd. »Wann genau hast du ihn gesehen?«

»Jetzt. Vor zehn Minuten.«

»Und – du bist ganz sicher?« fragte er. In seinen Augen lag plötzlich ein seltsamer, schwer zu deutender Ausdruck.

»Ich bin sicher.« *Verdammt, was sollte diese Frage?*

Stefan zögerte. Liz spürte, wie schwer es ihm fiel, auf ihre Frage zu antworten. Schließlich deutete er auf das Telefon. »Du erinnerst dich, daß ich telefoniert habe, als du hereingekommen bist?«

»Und? Worauf willst du hinaus?« Sie verstand nicht, was der lauernde Unterton in seiner Stimme bedeutete, aber sie fühlte eine immer stärker werdende Beunruhigung. In seinem Blick war etwas, das ...

»Ich habe mit Ohlsberg gesprochen«, sagte Stefan ruhig. »Ich habe ihn angerufen. In Schwarzenmoor angerufen, Liz. Und wir haben fast eine Viertelstunde miteinander geredet. Er kann nicht hier draußen gewesen sein.«

»Du hast ...«

»Ich habe mit ihm gesprochen. Jetzt gerade.« Stefan deutete auf das Telefon. »Ich habe *ihn* angerufen, Liz, nicht er mich. Er kann nicht hier gewesen sein.« Er seufzte. »Was immer du gesehen hast – Ohlsberg war es jedenfalls nicht.«

21

In dieser Nacht hatte sie wieder einen Alptraum. Nach allem, was geschehen war, war dies nicht weiter erstaunlich, und es war auch nicht jener schreckliche Nachtmahr, mit dem die entsetzliche Entwicklung begonnen hatte, sondern ein ganz normaler Alptraum – aber er war schlimm genug.

Als sie aufwachte, schweißgebadet und mit klopfendem Herzen, konnte sie sich nicht mehr an Einzelheiten erinnern, aber ihr Herz raste, und auf ihrer Zunge lag der süßliche Geschmack von Angst. Bilder wirbelten in heillosem Chaos hinter ihrer Stirn durcheinander. Der Traum hatte irgend etwas mit Wald zu tun gehabt – mit dem gleichen Wald, durch den sie vorgestern abend (war das alles wirklich erst *zwei Tage* her?!) wie eine Wahnsinnige gerast war.

In ihrem Traum war sie gelaufen, an so viel konnte sie sich erinnern, und die Bäume und Sträucher hatten die Umrisse von häßlichen Gnomen gehabt, hatten eine einzige, ineinander verwobene Masse gebildet und mit dornigen, stechenden Ästen und Zweigen nach ihr gegriffen. Dann war Ohlsberg zwischen den Bäumen erschienen, aber ein Ohlsberg, der aus Lehm und Schmutz und halbverfaulten Pflanzenteilen bestanden hatte. Er hatte irgend etwas gesagt, was sie nicht verstand, und er war auf sie zugetreten; seine entsetzlichen Pflanzenhände hatten sich nach ihr ausgestreckt, und dann hatte sich sein Mund geöffnet, aber keine Worte waren herausgekommen, sondern ein entsetzliches, feuchtes Blubbern und Würgen, ein Laut wie von etwas Großem, Nassem, das sich durch halberstarrten Morast bewegte.

– und in diesem Moment war sie erwacht.

Sie wälzte sich eine Zeitlang unruhig herum, ohne wieder einschlafen zu können, hob schließlich den Arm ins Mondlicht und entzifferte mühsam die Anzeige ihrer Armbanduhr. Es war kurz nach drei – selbst für eine Frühaufsteherin wie sie eine mörderische Zeit, vor allem nach einer Nacht und zwei Tagen ohne Schlaf, dafür aber mit einer dreifachen Portion Streß und ein bißchen Terror als Zugabe.

Aber sie wußte, daß sie keinen Schlaf mehr finden würde, so dringend sie ihn auch nötig hatte, und so sehr sie sich auch danach sehnte. Etwas in ihr sträubte sich dagegen, wieder einzuschlafen, vielleicht, weil es Angst davor hatte, daß der Alptraum weitergehen könnte.

Nach einer Weile gab sie auf – schon um Stefan nicht durch ihr unruhiges Hin- und Herwälzen zu wecken – und schlich auf Zehenspitzen zum Fenster, ohne jedoch Licht zu machen. Vielleicht würde die frische Luft helfen, den dumpfen Druck aus ihrem Kopf zu vertreiben.

Sie öffnete lautlos das Fenster, stieß die Läden auf und atmete tief ein. Der Mond hing über dem Wald, eine runde, silberne Scheibe, der nur noch ein schmaler, schattiger Streifen an der Vollkommenheit fehlte. Morgen oder übermorgen würde Vollmond sein. Etwas an diesem Gedanken beunruhigte sie; sehr viel mehr, als sie zuzugeben bereit war.

Und die Luft war nicht frisch.

Sie war kühl, aber sie hatte einen schalen, beinahe ... ja, beinahe *widerlichen* Geschmack, den sie nicht definieren konnte, ganz leicht nur, aber durchdringend, penetrant.

Unten im Hof begann Carry zu jaulen. Der Hund hatte sich längst wieder beruhigt, aber er war weiterhin reizbar und aggressiv geblieben. Er hatte sogar nach Stefan geschnappt, etwas, das noch nie vorgekommen war.

Sie stützte die Ellbogen auf das Fenstersims, lehnte sich weit hinaus und verdrehte sich fast den Hals, um die flache Hütte sehen zu können. Carry war herausgekommen, trotz der Kühle der Nacht, und jetzt heulte er den Mond an. Sie mußte unwillkürlich lächeln. Hunde, die den Vollmond anheulen, hatten bisher für sie immer in das Reich sentimentaler Märchen gehört. Aber vieles von dem, was sie während der letzten Tage erlebt hatte, gehörte eigentlich nicht ins Reich der Realität. Und sehr wenig davon war so harmlos wie ein Hund, der den Mond verbellte.

Ein Windstoß fegte über den Hof und brachte einen neuen Schwall dieses süßlichen, ekelerregenden Geschmacks mit sich. Er war jetzt sehr viel intensiver. Sie verzog das Gesicht und blinzelte aus zusammengekniffenen Augen nach Westen.

Was sie sah, ließ sie erstarren.

Sie kannte den Ausblick aus diesem Fenster.

Sechs Monate lang war sie jeden Morgen aufgestanden und ans Fenster getreten, ganz egal ob es regnete, schneite oder die Sonne schien, um das herrliche Panorama zu betrachten, bis sie es so gut kannte, daß sie es mit geschlossenen Augen hätte malen können.

Aber das Bild hätte nicht das gezeigt, was sie *jetzt* sah.

Im ersten Moment fiel es ihr schwer, die Veränderung in Worte zu fassen. Nichts war wirklich *anders*, nicht in dem Sinn, in dem man das Wort normalerweise benutzt.

Der Wald war immer noch da, eine ungleichmäßige Reihe

schweigender Riesen, die sich über den Horizont zum Schlaf ausgestreckt hatten, seine Wipfel in sanften Wellen wie ein grünes, mitten in der Bewegung erstarrtes Meer gegen den Himmel anrollend, davor die Wiese, die den Waldrand vom Hof trennte. Ein flaches Gemälde in Silber und Schwarz und allen nur denkbaren Grau- und Blautönen, durchdrungen von diesem entsetzlichen süßlichen Gestank, der jetzt so intensiv war, daß sie sich für einen Moment wirklich fast einbildete, ihn sehen zu können.

Die Aussicht war unverändert, und doch stimmte sie nicht. Irgend etwas war da, störte den Gesamteindruck, die Vertrautheit des Bildes. Es war, als verberge sich hinter den bekannten Konturen die Ahnung von etwas unglaublich Bösem, Fremdartigem, als wäre die Schönheit dieses Landstriches zu einer häßlichen Karikatur ihrer selbst pervertiert. Die Spitzen der Blautannen dort draußen schienen sich in häßliche, gratige Spieße verwandelt zu haben, gefährliche Felsdolche, die den tiefhängenden Himmel aufschlitzen wollten, und die Wiese hatte ihr samtweiches Gras gegen einen Teppich harter, schimmernder Glassplitter getauscht. Das Bild strahlte eine körperlich spürbare Lebensfeindlichkeit aus, eine aktive Verneinung all dessen, was die Schönheit dieses Landes ausmachte. Und der Umstand, daß sich eigentlich nichts verändert hatte, daß Formen und Farben – für sich betrachtet – so waren wie eh und je, machte alles nur noch schlimmer.

Sie preßte die Faust gegen den Mund, um einen Schrei zu unterdrücken. Plötzlich spürte – nein: *wußte* sie, daß dort draußen etwas war, etwas Fremdes, *anderes*, das sie rief, auf sie wartete, lauerte …

Es war nicht vorbei. Noch lange nicht.

Es begann gerade erst.

Hinter ihrer Stirn echote ein Wort: *Banshee … Die Moorhexe …*

Es war nicht mehr bloß eine mehr oder weniger zufällige Zusammenreihung von Buchstaben. Es war Drohung, grausamer Spott und Hohn, die geflüsterte Warnung jener Stimme dort draußen.

Banshee ... Man sagt, daß es keinen Körper hat, eine bloße körperlose Stimme ist ... Aber wie kann eine Stimme gefährlich sein ...

Liz prallte vom Fenster zurück, schlug beide Hände gegen den Mund, um einen Schrei zu unterdrücken, und drehte sich zum Bett um. Stefan schlief. Sie konnte sein Gesicht nur als verschwommenen Fleck erkennen, aber sie spürte die tiefe Ruhe, die von ihm ausging. Er schlief sehr fest. Das lautlose Ding dort draußen – die Banshee – war nicht in seinen Traum gekrochen, und er würde sie auch dann nicht wahrnehmen, wenn Liz ihn weckte. Sie würde alles nur schlimmer machen, wenn sie es tat.

Sie versuchte krampfhaft, ihre Gedanken mit Gewalt in eine andere Richtung zu lenken, aber ihre Anstrengung bewirkte genau das Gegenteil. Der Klang des Wortes hinter ihren Augen wurde härter, bedrohlicher. Und plötzlich wußte sie, woher sie es kannte, weshalb es ihr im Unterbewußtsein so vertraut gewesen war und weshalb ihm der Geschmack von Angst und Bedrohung anhaftete.

Es war der Schrei. Jener körperlose, unhörbare Schrei, der sie vor drei Tagen geweckt hatte, der sie gestern nachmittag in einen Weinkrampf und den Hund in die Raserei getrieben hatte. Es war nicht einfach nur ein Laut gewesen, sondern dieses Wort. *Banshee* hatte es geschrien, leise, langgezogen, mit dem drohenden, fremden Nachhall jener alten keltischen Sprache, aus der es stammte.

Irgendwo hinter ihrer Stirn lauerte ein Gedanke, angstvoll beiseite geschoben und vergraben, aber doch zu stark, daß sie ihn ganz verdrängen konnte: *Werde ich verrückt?* Wie zur Antwort auf ihre lautlose Frage begann Carry unten im Hof wieder zu bellen, aber diesmal nicht ängstlich, sondern böse, aggressiv.

Liz war eine tapfere Frau, und die Bedrohung, die von außen auf sie eindrang, verstärkte nur ihren Entschluß, das Rätsel zu lösen, sich dem Unbekannten zum Kampf zu stellen. Sie vertrieb die Furcht, ging wieder zum Fenster, beugte sich erneut vor, suchte die Hütte. Ihr Blick streifte die verkohlte Ruine des Gesindehauses, ihren Schatten.

Der Schatten!

Es war nicht der Schatten eines verkohlten Hausgerippes. Auf dem krumpeligen Lehm des Hofes zeichnete sich deutlich der breite, massige Schatten eines *völlig intakten Gebäudes* ab!

Aus ungläubig aufgerissenen Augen starrte sie auf die Erscheinung, dann auf die Ruine, die unverändert wie seit dreißig Jahren unter dem silbernen Mondschein lag, dann wieder auf den Boden davor. Es war unmöglich, und doch zeichnete sich dort unten der quadratische, langgestreckte Schatten des Gesindehauses ab, wie es vor dem Brand ausgesehen haben mochte: Flach, wuchtig, mit kleinen Unebenheiten am oderen Ende, wo die Reetbündel des Daches zusammengebunden waren, mit dem wuchtigen Aufsatz des Schornsteins. Wenn sie genau hinsah, konnte sie sogar die etwas helleren Rechtecke der Fenster ausmachen.

Aber das war doch völlig unmöglich! dachte sie verwirrt. Dem ersten Schrecken und der Angst folgten Verblüffung und eine fast wissenschaftliche Neugier. Sie beugte sich noch weiter vor, fuhr sich mit der Hand über die Augen, blinzelte – aber das Bild blieb.

Verwirrt wandte sie sich erneut zum Bett um, fest entschlossen, Stefan nun doch zu wecken. Selbst er würde ihr glauben müssen, wenn er *das* sah!

In diesem Moment hörte Carry auf zu bellen.

Einen Schritt vor dem Bett blieb sie stehen, zögerte einen Moment, drehte sich um, zögerte wieder – sie wußte, was sie sehen würde, aber sie hatte beinahe panische Angst davor. Alles in ihr schrie danach, die begonnene Bewegung zu Ende zu führen und Stefan zu wecken, ganz egal, was er denken und sagen mochte. Er würde ihr nicht glauben – wie konnte er auch –, aber er würde ihr wenigstens zuhören, und er würde wenigstens so *tun,* als glaube er ihr, und manchmal war selbst eine Lüge leichter zu ertragen als die Wahrheit.

Aber natürlich tat sie es nicht.

Statt dessen trat sie mit halbgeschlossenen Augen wieder ans Fenster und raffte ihr letztes bißchen Selbstbeherrschung zusammen, um auf den Hof hinabzublicken.

Er war wie immer.

Carry hatte aufgehört zu bellen.

Der schauderhafte Gestank war nicht mehr da.

Der Wald im Westen war wieder zu einem ganz normalen Wald geworden.

Und die Ruine war wieder eine Ruine. Der Schatten aus der Vergangenheit war verschwunden, hatte wahrscheinlich niemals irgendwoanders als in ihrer Einbildung existiert, und ...

und auf halbem Wege zwischen dem heruntergebrannten Haus und der Straße stand ein Mann.

Ohlsberg.

Er war viel zu weit entfernt, als daß sie sein Gesicht erkennen konnte; sie hätte es nicht einmal erkannt, wenn draußen heller Tag gewesen wäre.

Aber sie wußte, daß er es war.

Er stand da, eine kleine, gedrungene Gestalt, lautlos, schweigend und starrte zu ihr hinauf, ein Dämon, der der gleichen Dimension des Wahnsinns entsprungen war wie der höllische Gestank, der Schrei und die Schatten.

Abermals machte sich Hysterie in Liz breit. Ihre Hände begannen zu zittern. Sie umklammerte das Fensterbrett so fest, daß zwei Fingernägel ihrer rechten Hand abbrachen und Blut über das gesprungene Holz lief. Sie spürte den Schmerz, und er war sehr schlimm, aber sie reagierte nicht darauf, denn es schien mit einem Male zwei Arten der Wahrnehmung zu geben, zwei Wirklichkeiten, die nebeneinander und gleichzeitig existierten: In der einen stand sie hier und blickte auf einen völlig leeren Hof hinunter, und ihre Finger bluteten und taten entsetzlich weh, und sie war dabei, den Verstand zu verlieren.

In der anderen war alles wahr – der Schatten, Ohlsberg, das brennende Haus ...

Dann wußte sie, was sie tun mußte.

Sie würde Stefan nicht wecken, denn sie wußte, daß er die Gestalt dort unten nicht sehen konnte – sie würde verschwinden, im gleichen Moment, in dem er neben sie trat, oder – schlimmer noch – dableiben, nur für sie sichtbar, aber Stefan würde sie nicht sehen, denn dies war einzig und allein *ihr* Kampf, ein kleiner privater Krieg, der nur zwischen diesem schmierigen alten Mann und ihr ausgetragen und entschieden werden konnte.

Aber er *war da*!

Langsam, die verletzte Hand fest gegen das Nachthemd gepreßt, um keine Blutflecken auf dem weißen Teppich zu hinterlassen, verließ sie den Raum, ging in Stefans Arbeitszimmer, schaltete die Schreibtischlampe ein und klappte das Notizbuch auf, das griffbereit neben dem Telefon lag. Ihre Finger hinterließen rote schmierige Spuren auf dem weißen Papier und gleich darauf auf der Wählscheibe des Telefons, als sie Ohlsbergs Nummer wählte.

Das Freizeichen ertönte; zwei –, drei –, vier –, fünfmal hintereinander. Aber es war drei Uhr, und sicherlich schlief Ohlsberg nicht neben dem Apparat. Einen Moment lang fragte sie sich, was sie sagen sollte, wenn nicht er, sondern seine Frau – war er verheiratet? Sie wußte es nicht – oder seine Haushälterin oder sonstwer ans Telefon gehen sollte, aber noch bevor die Frage vollends an ihr Bewußtsein gedrungen war, ertönte ein leises Klicken in der Leitung, und dann hörte sie *Ohlsbergs Stimme*, leise, verschlafen, ein wenig zornig und sehr benommen, aber ganz eindeutig *seine* Stimme.

Seine Stimme.

Ohlsbergs Stimme, die in Ohlsbergs Apparat sprach, fünf Kilometer entfernt in seinem Haus in Schwarzenmoor, ganz eindeutig seine Stimme.

Die Stimme des gleichen Mannes, den sie vor weniger als zwei Minuten vor ihrem Haus hatte stehen sehen.

Liz starrte den Telefonhörer an, und plötzlich zitterten ihre Finger so stark, daß sie ihn kaum noch halten konnte. Der Schmerz in ihrer Hand wurde stärker. Blut lief über den

Telefonhörer, an ihrem Handgelenk herunter und tropfte auf die aufgeschlagenen Seiten von Stefans Adreßbuch.

Aus dem Telefonhörer drang Ohlsbergs Stimme, nun schon ein wenig wacher – und ganz eindeutig aufgebrachter –, und vom Hof drang abermals Carrys Bellen herauf. Sie wußte, daß sie ihn wieder dort unten stehen sehen würde, wenn sie jetzt zurückging; den gleichen Mann, der am anderen Ende der Telefonleitung war, fünf Kilometer entfernt.

Mit einem Ruck hängte sie ein, fuhr herum und rannte aus dem Zimmer.

22

Ihre Hand begann stärker zu schmerzen, während sie nach unten lief, und als sie in der Küche angekommen war und die zersplitterten Fingernägel im grellen Neonlicht zum ersten Mal genau betrachtete, wurde ihr übel – und natürlich tat es jetzt erst recht weh.

Mit zusammengebissenen Zähnen wankte sie zum Waschbecken, drehte den Hahn auf und hielt die verletzte Rechte unter den eiskalten Strahl, während sie mit der anderen Hand ungeschickt nach irgend etwas suchte, womit sie die Finger verbinden konnte. Sie hatten einen Verbandskasten im Jaguar, aber der stand draußen in der Scheune, und der Gedanke, jetzt nach *draußen* zu gehen, war so unvorstellbar, daß sie ihn nicht einmal zu Ende dachte.

Aber die Wunde hörte auch schon auf zu bluten; das eiskalte Wasser wirkte augenscheinlich Wunder, und es betäubte auch den Schmerz – und nicht nur ihn. Ihre Hand war bis zum Gelenk hinauf gefühllos. Sie nutzte diesen Umstand, sich einen improvisierten Verband in Form eines halbwegs sauberen Spültuches anzulegen, knotete die Tuchenden ungeschickt zusammen und drehte das Wasser ab. Dabei fiel ihr Blick in den beschlagenen Spiegel, der über dem Spülbecken hing.

Sie erschrak fast vor ihrem eigenen Spiegelbild, aber es wirkte auch gleichzeitig ernüchternd – so schlimm sie aussah, war doch nichts *Gespenstisches* an dem bleichen Gesicht, das ihr aus dem Spiegel entgegenstarrte. Sie war sehr bleich – es war eigentlich das erste Mal, daß sie jemanden sah, der wirklich *weiß* geworden war –, und unter ihren Augen lagen die dunklen Ringe, die man bei jemandem erwarten konnte, der praktisch die zweite Nacht ohne Schlaf war. Trotz ihrer Müdigkeit war sie erst gegen Mitternacht zu Bett gegangen, und die knapp drei Stunden, die sie bisher geschlafen hatte, hatten sie eher noch müder gemacht. Ihre Augen waren stumpf, und ihr Blick erinnerte sie selbst ein wenig an den einer Verrückten – er war wild und gehetzt, und es war ihr einfach nicht möglich, die Augen still zu halten –, aber alles in allem sah sie vielleicht überanstrengt und müde und krank aus – aber nicht sehr verrückt. Allenfalls ein bißchen wie ein abgestochenes Schwein, fügte sie in Gedanken spöttisch hinzu, denn ihre gesplitterten Fingernägel hatten heftig geblutet, so daß ihr weißes Negligé jetzt von einem gewaltigen roten Fleck verunziert war.

Sie streckte ihrem Spiegelbild die Zunge heraus, trat vom Spülbecken zurück und überlegte, ob sie Kaffee aufbrühen oder einen Schnaps trinken sollte. Nach kurzem Zögern entschied sie sich für den Schnaps. Sie glaubte selbst kaum daran, daß es ihr in dieser Nacht noch gelang, Schlaf zu finden – aber der Versuch konnte kaum schaden. Wenn der Alkohol sie nicht müde machte, konnte sie immer noch auf Koffein zurückgreifen, um die Nacht irgendwie zu überstehen.

Sie verließ die Küche, ging ins Wohnzimmer hinüber und trat an die Bar, ohne Licht zu machen. Durch die Fenster fiel silbernes Mondlicht herein, so daß sie genug sehen konnte. Ein wenig wunderte sie sich, daß sie nach allem keine Angst vor der Dunkelheit hatte – aber die mattgraue, schattenerfüllte Dämmerung, die sie umgab, kam ihr eher beschützend als feindselig vor.

In Anbetracht dessen, was gerade geschehen war, hatte sie überhaupt erstaunlich wenig Angst. Sie kannte sich selbst gut genug, um zu wissen, daß sie sich guten Gewissens als tapfer bezeichnen konnte, aber trotzdem: Sie *hätte* Angst haben müssen. Jede andere an ihrer Stelle wäre spätestens in dem Moment hysterisch geworden, in dem Ohlsberg in fünf Kilometern Entfernung den Telefonhörer abnahm.

Das genaue Gegenteil war der Fall: Liz fühlte sich von einer Ruhe erfüllt, die schon beinahe wieder unheimlich war. Sie begriff nicht, *was* Ohlsberg getan hatte, geschweige denn, wie, und sie versuchte es auch erst gar nicht.

Wie selbstverständlich hatte sie akzeptiert, daß er mit Mitteln kämpfte, die sie ihm nicht zugetraut hätte; möglicherweise war es wirklich so etwas wie Hexerei – warum nicht? Liz wäre die letzte, die sich weigerte, an Zauberei und Hexenkraft zu glauben; und vielleicht *war* Ohlsberg ein Hexer. Vielleicht war dies das Geheimnis seiner Macht.

Aber wenn, dann war er ein erbärmlicher Hexer.

Sie schenkte sich einen Whisky ein – hätte Stefan ihn gesehen, hätte er (zu Recht) behauptet, daß es sich wohl eher um *drei* Whiskys handelte –, schlenderte zur Stereoanlage und drehte vorsichtshalber die Lautstärkeregler herunter, ehe sie nacheinander den Verstärker und den flachen CD-Player einschaltete. Das blinkende Kontrollicht verriet ihr, daß eine Platte im Schacht lag – aller Wahrscheinlichkeit nach eine von Stefans Platten, aber das spielte im Moment keine Rolle. Sie wollte nur Musik, und es war ihr so ziemlich egal, was für welche. Sie drückte die »Play«-Taste, machte einen Schritt und blieb wieder stehen, als die Musik einsetzte und sie das Stück erkannte: *The Number Of The Beast* von Sinner. *Zum Teufel – war das wirklich noch Zufall?!*

Sie seufzte, nahm einen gewaltigen Schluck aus ihrem Glas und spürte, wie die Wirkung fast sofort einsetzte; kein Wunder, bei ihrem Zustand. Aber schließlich war es genau das, was sie gewollt hatte.

Sie ließ die Platte laufen, prostete dem Plattenspieler zu, setzte sich und trank einen weiteren Schluck.

Ohlsberg also.

Sie fühlte sich fast erleichtert, jetzt, als sie den Feind endlich erkannt hatte. Er hieß weder Nyarlathotep noch Dr. Mabuse, und er lebte auch nicht in einem verwunschenen See drüben im Wald, sondern in einem heruntergekommenen Haus fünf Kilometer entfernt von ihr.

Ohlsberg. Gut, möglicherweise *war* er ein Hexer, aber er war auch ein Mensch, und er konnte Fehler machen – er hatte mehrere gemacht, seit sie sich kennengelernt hatten, und sie konnte ihn schlagen, auch wenn es nicht leicht werden würde.

Ohlsberg.

Liz trank einen weiteren Schluck, lächelte flüchtig und schloß die Augen. Ohlsberg. Wenn er Krieg haben wollte – okay, er konnte ihn bekommen. Sie hatte keine Angst. Nicht vor ihm. Angst hatte sie vor dem Ding im See gehabt und vor der Banshee, ehe sie erkannt hatte, daß beides nur Trugbilder gewesen waren, die ihr Ohlsberg geschickt hatte.

Vor ihm hatte sie keine Angst. Sie würde sich ihm stellen, und sie würde ihn besiegen. Stefan würde ihr dabei helfen und Peter und Andy, die …

Andy?

Warum dachte sie jetzt schon wieder an dieses Mädchen? Es war das dritte Mal, daß …

Liz hätte um ein Haar aufgeschrien, als sie begriff. Es war ganz und gar kein Zufall, daß sie an Peters Tochter dachte, in diesem Zusammenhang. Die Lösung war so einfach, daß sie sich verblüfft fragte, warum sie sie nicht schon längst erkannt hatte. Ohlsberg selbst hatte ihr die Waffe geliefert, mit der sie ihn vielleicht schon beim ersten Angriff schlagen konnte. Liz lächelte, leerte ihr Glas mit einem Zug und stand auf, um es erneut zu füllen. Sie wankte, hielt sich einen Moment lang an der Sessellehne fest und entschied, daß sie genug getrunken hatte; nicht genug, um zu vergessen oder einzuschlafen, aber genug, wenn sie am nächsten Tag wirklich noch tun wollte, was sie sich jetzt vornahm.

Und sie wollte!

O ja, dachte sie erneut, du kannst deinen Krieg haben, Ohlsberg. Du kannst ihn haben.

Liz kicherte betrunken. Die Vorstellung, daß es wirklich so etwas wie ein Krieg zwischen ihnen werden würde, gefiel ihr – Ohlsberg mit seinem ostfriesischen Dickkopf auf der einen Seite, wie ein schnaubender Stier, der nur darauf wartete, sie einfach niederzuwalzen, und Liz, ein rotes Tuch schwenkend, hinter dem sich der tödliche Degen verbarg, auf der anderen. Sie war nicht hundertprozentig davon überzeugt, zu gewinnen, aber sie rechnete sich gute Chancen aus. Und Angriff, entschied sie, war wohl in diesem Fall die beste Verteidigung – oder auch nicht. Möglicherweise war es gerade das Falscheste, was sie tun konnte – aber es war auch das *einzige*, was ihr im Moment blieb. Die beiden anderen Möglichkeiten – nämlich die, entweder gar nichts zu unternehmen und so zu tun, als wäre nichts geschehen, oder (was Stefan trotz allem sicher am liebsten gesehen hätte) sich gar bei Ohlsberg zu entschuldigen – erschienen ihr beide im gleichen Maße unmöglich. Er hatte weitaus mehr getan, als Peter hinter ihrem und Stefans Rücken ein paar Fragen zu stellen. Er hatte ihr Vertrauen mißbraucht, sie betrogen und völlig grundlos angegriffen.

Aber sie würde es ihm heimzahlen.

Liz kicherte erneut. Sie wußte, daß sie betrunken war und daß sie die Dinge ein wenig kühler sehen würde, wenn die Wirkung des Alkohols erst einmal nachließ. Aber nur ein wenig. Der Krieg war unvermeidlich, und er würde lange dauern und sehr hart werden. Aber sie hatte eine gute Chance, ihn zu gewinnen.

Und sie wußte auch schon, wie.

Sie war schon halb auf dem Weg zur Tür gewesen, aber jetzt blieb sie doch noch einmal stehen, ging nach kurzem Zögern zur Bar zurück und goß sich einen weiteren Drink ein – diesmal allerdings einen von *normaler* Größe. Sie mußte wohl doch schon betrunkener sein, als sie selbst gemerkt hatte, denn sie schüttete weit mehr Whisky auf den Teppich als in ihr Glas. Ihre Hände zitterten, und die ungeschickt mit einem Spültuch umwickelte Rechte behinderte sie zusätzlich.

Sehr vorsichtig stellte sie die Flasche zurück, schloß die Bar und trat ans Fenster. Es war sehr still. Der Plattenspieler lief noch, und das Eis in ihrem Glas klirrte leise, und trotzdem war es still; auf eine schwer in Worte zu fassende, unheimliche Weise. Es war ... ja, dachte sie schaudernd – es war nicht nur Stille, nicht nur die bloße *Ab*wesenheit von Lauten, sondern das Gegenteil, die *An*wesenheit von etwas anderem, etwas, das so fremd und mächtig war, daß selbst die Stimme der Natur erlosch, wo es sich ausbreitete. Und trotzdem – sie hatte überhaupt keine Angst mehr. Dabei spürte sie ganz genau, daß hier irgend etwas nicht mit rechten Dingen zuging.

Vielleicht lag es einfach daran, daß sie ihren wirklichen Gegner jetzt erkannt hatte. Möglicherweise war Ohlsberg nur ein Werkzeug dieses DINGs draußen im See, aber sie wußte einfach, daß sie ihn besiegen mußte, wollte sie jemals Ruhe haben. Mit ihrer Rückkehr hierher war etwas geschehen: Ihr Kampf war in eine andere Phase getreten, hatte eine andere, sehr viel direktere Qualität angenommen – sie stand jetzt nicht mehr gegen irgendwelche körperlosen Gespenster, sondern gegen einen höchst realen Gegner. Und irgendwie spürte sie, daß sie gar keine andere Wahl hatte.

Wenn sie und Stefan hier draußen leben und glücklich sein wollten, dann mußte sie diesen Kampf durchstehen. Ohlsberg hatte ihr den Fehdehandschuh ins Gesicht geworfen, als er Peter auf dem Hof eingeschleust hatte, und nun lag es an ihr, sich zu ducken oder zurückzuschlagen. Vielleicht benutzte sie Peter und seine Tochter dabei, aber wenn, dann geschah es nur zu ihrer beider Bestem.

Wenigstens redete sie sich das mit aller Macht ein.

Aber es blieb dabei, so erstaunlich es ihr selbst erschien:

Sie hatte keine Angst mehr, und es war ganz und gar *nicht* der Alkohol, der sie mutig machte. Jetzt, als sie ihren Feind so zweifelsfrei erkannt hatte, fühlte sie sich im Gegenteil fast unbesiegbar; der Panik der letzten Tage folgte ein Gefühl von Stärke und Überlegenheit, das beinahe an Euphorie grenzte.

Sie zog die Gardine zurück und sah aus dem Fenster. Natürlich konnte sie das Gesindehaus von hier aus nicht erkennen – es lag auf der anderen Seite des Hofes –, aber etwas von den wogenden Schatten und dem Fremden, das sie gespürt hatte, war noch immer da, sie konnte den Wald sehen, der wie eine schwarze Mauer dalag.

Die Nacht umgab den Hof wie eine Faust aus Schatten, aber anders als bisher war es eine *beschützende* Faust. Der Gedanke, daß sie einmal Angst vor diesem Wald da drüben gehabt hatte, erschien ihr plötzlich lächerlich. Möglicherweise *waren* dieser Wald und dieses Haus irgendwie verzaubert, aber sie standen eindeutig auf *ihrer* Seite – betrunken, wie sie war, wunderte sie sich, daß sie es nicht schon gestern morgen begriffen hatte; spätestens in dem Moment, in dem sie Ohlsberg hier angetroffen hatte. Die Gefahr, der Feind, gegen die das Haus sie zur Hilfe gerufen hatte, war er gewesen. Und wenn ein gemeinsamer Feind sie nicht zu Verbündeten machte, was dann?

Liz lächelte, als sie begriff, daß sie von diesem Haus schon wie von einem lebenden Wesen zu denken begann. Sie nippte an ihrem Glas, seufzte hörbar und stellte es vorsichtig aus der Hand. Allmählich hatte sie wirklich genug getrunken. Eigentlich schon ein bißchen zu viel

Sie war sehr guter Laune, als sie ins Schlafzimmer zurückging.

23

Peter ging ihnen auch am nächsten Morgen noch aus dem Weg. Sein Platz am Frühstückstisch, den sie für ihn gedeckt hatte, blieb leer, und Stefan antwortete auf ihre entsprechende Frage nur mit einem Achselzucken und einem in-den-Bart-gemurmelten-irgend-etwas. Er war brummig und schlechter Laune wie fast jeden Morgen, und Liz war ihm nicht besonders gram, als er nach kaum zehn Minuten aufstand und in sein Zimmer hinaufschlurfte. Manchmal war es etwas stressig, mit einem Morgenmuffel verheiratet zu sein.

An diesem Tag jedoch empfand sie es eher als angenehm, *nicht* mit ihm reden zu müssen. Sie hatte das sehr sichere Gefühl, daß Stefan alles andere als einverstanden gewesen wäre, hätte er ihren Plan gekannt, unbeschadet dessen, was er gestern selbst gesagt hatte. Und sie hatte das fast ebenso sichere Gefühl, daß es vielleicht besser wäre, noch einen weiteren Tag mit seiner Realisierung zu warten – sie war übermüdet, überreizt und verkatert, alles in allem keine besonders gute Voraussetzung, zum Gegenangriff anzusetzen.

Aber sie wußte auch ebenso sicher, daß sie es wahrscheinlich gar nicht tun würde, wenn nicht heute.

Sie wartete, bis sie sicher war, daß Stefan in seinem Arbeitszimmer angelangt war und auch für die nächsten Stunden nicht herauskommen würde, dann schüttete sie den Rest ihres längst kalt gewordenen Kaffees hinunter, ging ins Wohnzimmer und nahm das Telefonbuch von Hamburg aus der Schublade.

Eine dreiviertel Stunde, vier Telefonate und eine halbe Schachtel Zigaretten später verließ sie das Haus und ging in die Scheune hinüber, um Peter zu suchen. Wie immer, wenn sie ihm nichts Dringenderes aufgetragen hatte, arbeitete er an dem alten Traktor. Es war unschwer zu erkennen, daß er Spaß an dem rostzerfressenen Gefährt gefunden hatte. Vielleicht weil es das erste Mal war, daß er etwas ganz allein tun durfte, überlegte Liz, nur für sich und ohne daß ihm jemand jeden Handgriff vorschrieb.

Ganz flüchtig mußte sie lächeln. Peter war noch keine Woche auf dem Hof, aber sie dachte schon so selbstverständlich an ihn, als wäre er seit Ewigkeiten hier. Ein gutes Zeichen.

Sie hörte ihn schon von draußen in der Scheune hantieren, und als sie durch das Tor trat, steckte er wie üblich bis zu den Schultern unter der aufgeklappten Motorhaube. Eine flackernde Petroleumlampe hellte die Dämmerung auf, die sich hier drinnen noch ein wenig gehalten hatte, und schuf einen behaglichen Dom gelben Lichts in der Mitte des riesigen, halbverfallenen Raumes. Der Jaguar stand im hinteren Teil des Schuppens, und gegen den wuchtigen radlosen Traktor kam er Liz winzig und deplaciert vor. Die flache rote Kühlerhaube erinnerte sie an das blutige Maul eines Hais, der hier gestrandet war, um zu sterben.

Sie verscheuchte den Gedanken, straffte sich sichtlich und trat mit festen Schritten auf Peter zu. Ein ganz kleines bißchen hatte sie Angst vor dem, was sie tun wollte, und ihr Gewissen meldete sich. Sie ignorierte beides, ging schneller und blieb auf Armeslänge hinter Heyning stehen. Er hatte den Traktor mittlerweile vollkommen auseinandergebaut und die Einzelteile in säuberlich geordneter Unordnung auf die umliegenden fünf Quadratmeter verteilt. Liz war ein wenig erstaunt, aus wie vielen Einzelteilen das Fahrzeug bestand. Sie fragte sich, wie um alles in der Welt er *das* wieder zusammenbekommen wollte. Ganz kurz kam ihr zu Bewußtsein, daß der Lack der alten Maschine ganz genau den Farbton von eingetrocknetem Blut hatte, und etwas sagte ihr, daß diese Erkenntnis wichtig war, aber der Gedanke entglitt ihr, ehe sie danach greifen konnte.

»Peter?« sagte sie.

Er sah auf, legte den Schraubenschlüssel, mit dem er gearbeitet hatte, aus der Hand und wischte seine ölverschmierten Hände an der Hose ab. »Ma'am?«

Sie lächelte, trat näher an die geöffnete Motorhaube des Traktors und stellte sich auf die Zehenspitzen, um einen Blick in den aufgebrochenen Leib der Maschine zu werfen. Normalerweise erfüllte sie jedwedes technische Gerät, das mehr als einen einzigen Knopf oder Schalter hatte, mit einem natürlichen Mißtrauen, und das Innere des Traktors erschien ihr wie ein einziges, unentwirrbares Chaos. Aber sie heuchelte wenigstens Interesse. »Kommen Sie voran?«

Peter nickte. Er war nervös. Er hatte ganz deutlich Angst vor ihr. »Es geht«, antwortete er stockend. »Ich ... ich weiß, ich sollte nicht daran herumbasteln. Es ist noch eine Menge anderer Arbeit da, aber ...«

Liz unterbrach ihn mit einem sanften Kopfschütteln. »Unsinn«, sagte sie. »Die läuft Ihnen nicht davon, oder? Und wir brauchen den Traktor.« Was natürlich ausgemachter Quatsch war. Sie brauchten einen Traktor so dringend wie Hagel im August, aber sie war schließlich nicht hier, um Peter zur Rede zu stellen, sondern um ihn als Verbündeten zu gewinnen – ob er wollte oder nicht. Und Peter durchschaute die Lüge nicht, denn sein Gesicht hellte sich auf, wenigstens für einen Moment.

»Ich kann ihn in ein paar Tagen wieder flott kriegen«, sagte er, »wenn ich die Ersatzteile habe. Es sind nur ein paar Kleinigkeiten, die nicht sehr viel kosten«, fügte er hastig hinzu.

»Schreiben Sie auf, was Sie brauchen. Wenn wir das nächste Mal in die Stadt fahren, bringen wir es mit.« Liz lehnte sich gegen die Flanke der mächtigen schwarzroten Maschine, zeichnete mit der Fingerspitze die Maserung des vom Rost aufgebrochenen Lacks nach und sah sich unschlüssig um. Das Schweigen begann schon nach Sekundenbruchteilen unbehaglich zu werden. Peter war Stefan und ihr nicht umsonst den ganzen gestrigen Tag über aus dem Weg gegangen. Der Grund dafür lag auf der Hand: Ihr Streit mit Ohlsberg. Peter war nicht nur Zeuge dieser häßlichen Auseinandersetzung geworden – was für sich allein schon schlimm genug gewesen wäre –, nein, wahrscheinlich glaubte er sogar, unmittelbar schuld an ihr zu sein, denn schließlich war Ohlsberg an diesem Morgen einzig und allein *seinetwegen* nach Eversmoor gekommen.

Plötzlich begriff sie, daß der arme Kerl den ganzen Tag über wahre Höllenqualen erlitten haben mußte – und wahrscheinlich noch litt.

»Wie gefällt Ihnen der Hof, Peter?« fragte sie.

»Gut, Ma'am.« Peter schluckte nervös. »Es ist ... ein schönes Anwesen«, fügte er hinzu. Sein Blick flackerte. Plötzlich schien er nicht mehr zu wissen, was er mit seinen Händen anfangen sollte.

»Das meine ich nicht«, antwortete Liz. Mit einem Male begriff sie, daß er ihre Worte ganz gut als Vorbereitung zu einem Rausschmiß oder zumindest einem gehörigen Rüffel auffassen konnte. Dabei waren sie nichts anderes als Ausdruck ihrer eigenen Unsicherheit. *Verdammt, was war nur mit ihr los? Es war doch sonst ganz und gar nicht ihre Art, nicht die richtigen Worte zu finden!*

»Wie ... wie gefällt Ihnen die Arbeit. Bis jetzt, meine ich? Beschweren Sie sich, wenn sie zu hart ist.«

Peter schüttelte hastig den Kopf. »Sie ist nicht schwer, Ma'am, bestimmt nicht. Wo ich vorher war, mußte ich härter arbeiten«, versicherte er. Er versuchte vergeblich, ihrem Blick standzuhalten. Seine Finger spielten nervös an dem zerfransten Strick, den er anstelle eines Gürtels durch die Schlaufen seiner groben Arbeitshose gezogen hatte.

»Nun, dafür müssen Sie es hier mit zwei Verrückten aushalten«, sagte Liz scherzhaft. Sie beobachtete Peter bei diesen Worten genau, aber auf seinem Gesicht war keine sichtliche Reaktion zu erkennen. Sie war sich nicht ganz schlüssig, ob er sich nun wirklich so gut in der Gewalt hatte oder ob ihn einfach die Furcht lähmte. Aber das blieb sich im Ergebnis ohnehin gleich, zumindest im Augenblick. Sie seufzte, fuhr mit der Hand über den schmutzverkrusteten Kotflügel des Traktors und verrieb stirnrunzelnd ein wenig Staub zwischen den Fingern. Wie beiläufig schob sie den Jackenärmel hoch und sah auf ihre Armbanduhr. Wie immer, wenn sie getrunken hatte, war sie sehr früh wach geworden. Sie hatten sehr zeitig gefrühstückt, und ein bißchen konnte sie Stefans Unmut verstehen – es war noch nicht sieben, aber die durchwachte Nacht und ihr erbärmlicher seelischer Zustand sorgten dafür, daß sie sich fühlte, als wäre es irgendwann lange nach Mitternacht.

Für einen Moment zweifelte sie, ob ihre Idee, die ihr gestern Nacht so spontan gekommen war, heute wirklich noch zu realisieren wäre. Der Hof dieser Starbergs war mehr als zehn Kilometer von Eversmoor entfernt, und in ihrem momentanen Zustand würde sie nirgendwo mehr hinfahren; allerhöchstens vor den nächsten Baum.

Und trotzdem – wenn sie es jetzt nicht tat, würde sie es nie tun. Verdammt, sie hatte schon Schlimmeres durchgestanden. Ein paar Tassen starker Kaffee und ein paar Zigaretten, und sie würde auch diese wenigen Kilometer noch überstehen. »Wissen Sie was, Peter?« sagte sie. »Wir fahren jetzt gleich in die Stadt, Sie und ich.«

»Ich?« Heyning zuckte überrascht zusammen, betrachtete seine ölverschmierten Finger und sah sich dann beinahe hilfesuchend in der Scheune um. Sein Blick tastete über den Jaguar und blieb drei, vier Sekunden lang daran haften, als habe er Angst davor. »Ich ... ich habe hier noch so viel zu tun«, sagte er. »Das Dach muß repariert werden, und ...«

Er sprach nicht weiter – wozu auch? Liz und er wußten, daß weder das reparaturbedürftige Dach der Scheune noch sonst irgendeine andere unaufschiebbare Arbeit der wirkliche Grund waren.

Der wirkliche Grund hieß Ohlsberg. Peter hatte Angst, ihm zu begegnen, und Liz konnte diese Angst nur zu gut verstehen. Verdammt, warum war es ihr einfach nicht möglich, ihm klar zu machen, daß sie auf seiner Seite stand?

»Unsinn«, sagte sie, laut, aber so freundlich, wie sie konnte. Sie lächelte, drehte sich halb herum und ließ die flache Hand auf die langgezogene Motorhaube des Traktors klatschen. Es gab einen sonderbar dumpfen, sehr lang nachhallenden Ton. Fast wie eine Glocke, die sie angeschlagen hatte. »Das hat Zeit. Ich möchte, daß Sie dieses Wrack hier in Schuß bringen, und wenn Sie Ersatzteile brauchen, dann ist es das beste, Sie besorgen Sie selbst, nicht wahr?« Sie lachte leise. »Ich bringe garantiert das Falsche mit.«

Peter nickte zögernd. Sein Blick heftete sich erneut auf den Jaguar. Wahrscheinlich dachte er an die letzte Fahrt, die er in diesem Wagen unternommen hatte. Und es waren sicherlich keine guten Erinnerungen.

»Die gibt es sowieso nicht in Beldersens Laden«, sagte er plötzlich. Er klang deutlich erleichtert.

»Aber er kann sie bestellen, oder?« Liz machte eine fast befehlende Handbewegung, als Peter widersprechen wollte. »Außerdem wäre es eine gute Gelegenheit für Sie«, fügte sie nach einer genau bemessenen Pause und in betont beiläufigem Tonfall hinzu, »Ihre Tochter zu besuchen. Sie haben Sie doch eine ganze Weile schon nicht mehr gesehen, oder? Mindestens, seit Sie bei uns sind.« *Was genau vier Tage waren,* sagte eine spöttische Stimme hinter ihrer Stirn. Aber das schien Peter gar nicht aufzufallen. Und vermutlich hatte sie mit ihrer blind abgeschossenen Bemerkung ins Schwarze getroffen, denn der Ausdruck von Schrecken auf seinen Zügen wuchs noch mehr. Einen Moment lang fürchtete sie, daß er die Frage nach Andy wieder überhören würde, so wie gestern, aber er nickte auch widerstrebend.

»Das stimmt«, sagte er halblaut.

Liz konnte deutlich sehen, wie unangenehm ihm die Situation war. Aber sie dachte nicht daran, jetzt lockerzulassen. »Ich ... wollte zu ihr, aber Herr Ohlsberg meinte, der Moment wäre nicht gut, und ...«

»Sie verstehen immer noch nicht, Peter«, sagte Liz seufzend. »Es spielt absolut keine Rolle mehr für Sie, was Ohlsberg meint oder nicht. Sie sind ein freier Mann, und Sie können tun und lassen, was immer Ihnen beliebt.«

Peter wand sich wie unter Schmerzen. »Frau Starberg wird ... ich meine, ich bin nicht angemeldet, und ...«

»Papperlapapp«, unterbrach ihn Liz. »Seit wann muß sich ein Vater anmelden, wenn er sein Kind besuchen will? Sie werden keinen Ärger bekommen, Peter, das verspreche ich Ihnen. Ich komme gerne mit. Wenn Sie nichts dagegen haben, heißt das.«

Sie beobachtete ihn bei diesen Worten sehr genau. Sein Gesicht spiegelte Unsicherheit, Verwirrung, auch eine gehörige Portion Angst – aber all das hatte sie erwartet. Bisher schien er noch nicht gemerkt zu haben, worauf sie wirklich hinaus wollte. Ganz kurz kam ihr zu Bewußtsein, daß sie sich nicht sehr viel anders benahm als Ohlsberg: Auch sie benutzte Peter, ohne daß er es überhaupt merkte. Aber verdammt, welche andere Wahl hatte sie schon, wenn sie sich gegen diesen alten Tyrannen wehren wollte? Und es war ja letztendlich sogar zu Peters Vorteil.

»Ich würde mich wirklich freuen, Andy einmal kennenzulernen«, fügte sie vorsichtig hinzu.

»Ich habe nichts dagegen«, sagte Heyning nach sekundenlangem Schweigen. »Aber Frau Starberg wird es nicht erlauben, Sie werden sehen. Sie ist ... eine sehr strenge Frau, wissen Sie? Eine gute Frau, aber sehr streng.«

»Das werden wir sehen. Ich denke schon, daß ich sie überreden kann, uns zu Ihrer Tochter zu lassen.«

»Aber Herr Ohlsberg ...«

»Wird gar nichts davon erfahren«, unterbrach ihn Liz. »Und wenn doch, so werde ich auch mit ihm fertig.« Sie lächelte böse. »Ich verrate Ihnen wohl kein Geheimnis, wenn ich Ihnen sage, daß ich ihn nicht besonders mag. Aber ich glaube, er mich auch nicht.«

»Sie sind noch immer wütend, nicht wahr?« murmelte Peter.

»Wütend?«

»Wegen gestern morgen. Ich hätte ... ich hätte ihn nicht hereinlassen dürfen, so lange Sie nicht zu Hause sind.«

»Das war nicht Ihre Schuld.« Liz machte eine wegwerfende Handbewegung. Tatsächlich war sie nur wenige Augenblicke wütend auf ihn gewesen – wenn es ihr kaum gelang, Ohlsberg Widerstand zu leisten, wie konnte sie daselbe dann von einem Mann wie Peter erwarten? »Was wollte er?«

Peter druckste einen Moment herum, aber nicht sehr lange; er hatte begriffen, daß sie nicht eher lockerlassen würde, ehe er ihre Fragen beantwortete.

»Nichts Bestimmtes. Er hat ... nach allem eben gefragt«, sagte er stockend. »Was Sie tun, was Sie so reden ...« Er breitete in einer hilflosen Geste die Hände aus. »Er macht sich Sorgen.«

»Sorgen?« Liz lachte, aber es klang nicht einmal in ihren eigenen Ohren echt.

»Um Sie und Ihren Mann, um ...« Peter seufzte. Sein Blick wirkte jetzt beinahe gequält. »Um alles eben. Er sagt, Sie rühren an Dinge, an die man nicht rühren sollte.«

O ja, dachte Liz böse. *An seine Macht zum Beispiel.* Ihre anfängliche Verwirrung wich einer immer stärker brodelnden Wut. Wahrscheinlich war es das erste Mal seit langem, daß es jemand wagte, Ohlsberg so offen Widerstand zu leisten, wie sie es tat. Plötzlich war alles ganz klar, und plötzlich begriff sie auch, warum Ohlsberg so massiv gegen sie vorging. Sie waren nicht einfach zwei verrückte Stadtleute, die einen alten Hof gekauft hatten und hier das alternative Leben probten. Das waren sie allenfalls für ihre Freunde, für Gabi und Rainer und Stefans Familie, die kein Hehl daraus gemacht hatten, daß sie diese Idee für leicht hirnrissig hielten – nein, für Ohlsberg waren sie eine Gefahr, eine direkte, unmittelbare Gefahr. Sie wußte bis heute nicht genau, welchen Rang Ohlsberg hier eigentlich bekleidete, aber er mußte so etwas wie der unumschränkte Herrscher von Schwarzenmoor und seiner Umgebung sein – er *konnte* es einfach nicht hinnehmen, daß sie – eine Fremde, und noch dazu eine *Frau*! – sich ihm so offen widersetzte. Bisher war es nicht einmal zu einem wirklichen Streit zwischen ihnen gekommen, und Liz war trotz allem nicht sicher, ob sie aus einer ganz offenen Konfrontation wirlich als Siegerin hervorgehen würde – aber allein die Tatsache, daß sie es gewagt hatte, sich ihm zu widersetzen, war zu viel. Ohlsberg spürte ganz instinktiv, daß sie ihm gefährlich werden konnte, und er reagierte ganz instinktiv darauf.

Aber gut – es war ihr schon einmal gelungen, seine Pläne zu durchkreuzen, und jetzt war sie am Zug.

Dann, ganz plötzlich, kamen ihr Zweifel. Zweifel, ob das, was sie vorhatte, wirklich richtig war. Hatte sie überhaupt das Recht, sich einzumischen? Von ihrem Standpunkt aus betrachtet mochte das, was mit Peter und seiner Tochter geschehen war, unmenschlich sein, aber letztlich war es *sein* Leben, und sie war nicht mehr als eine Fremde, ein Eindringling, der aus der fernen kalten Welt der Städte gekommen war und die jahrhundertealte Ruhe und Ordnung des Lebens hier draußen störte.

Vielleicht tat sie das alles gar nicht so sehr um Peters und des Mädchens willen, wie sie sich einzureden versuchte, sondern aus purem Egoismus und nur, um einen Vorwand für ihre ganz private Rache an Ohlsberg zu haben.

Sie schob den Gedanken mit einem ärgerlichen Achselzucken beiseite und machte eine auffordernde Handbewegung.

»Also?« Obwohl es wie eine Frage klang, ließen ihr Blick und die begleitende Geste auf den Wagen keinen Zweifel, daß es ein Befehl war. Sie hatte nicht einmal ein schlechtes Gewissen. Wenn sie Peter zu seinem Glück zwingen mußte – gut.

Peter nickte. »Ich muß ... mich noch waschen«, sagte er. »Es dauert nicht lange.«

Liz atmete innerlich auf, als Peter sich herumdrehte und zu dem Wasserfaß neben der Tür ging, um sich zu waschen. Die erste Hürde war genommen, sogar leichter, als sie zu hoffen gewagt hatte. Was hätte sie getan, wenn er einfach *nein* gesagt hätte? Oder wenn er – wie Stefan halb im Ernst, halb scherzhaft bemerkt hatte – seine Tochter vielleicht gar nicht bei sich haben *wollte*?

Nun gut, sie würden es sehen. Der schwierigere Teil lag ohnehin noch vor ihr. Er hatte bisher weniger ihren Argumenten als vielmehr seinem Respekt vor ihr gehorcht. Aber gut – auch der Rest würde sich ergeben, irgendwie. Schlimmstenfalls würde sie einfach auf ihr Improvisationstalent bauen, das sie noch nie im Stich gelassen hatte. Sie hatte noch keine Ahnung, wie sie wirklich vorgehen wollte, aber sie spürte ganz instinktiv, daß das, was Ohlsberg als Druckmittel gegen Peter benutzte, sehr leicht umzudrehen war. Möglicherweise hatte er den Kampf bereits verloren, ehe er wirklich begonnen hatte.

Sie stieg in den Wagen, ließ den Motor an und schaltete die Scheinwerfer ein. Die großen Halogenlampen stachen zwei grelle Bahnen aus Licht in die Scheune, und sie merkte erst jetzt, wie dunkel es hier drinnen noch war.

Sie schnallte sich an und ließ das Faltdach aus dem Heck des Jaguars hochklappen. Sie wäre lieber offen gefahren – es war zwar kühl, aber nicht direkt kalt –, aber sie wollte mit Peter reden, und das wäre bei einer Fahrt mit offenem Verdeck kaum möglich gewesen.

Ihre Finger spielten nervös am Lenkrad, während sie ungeduldig darauf wartete, daß Peter sich endlich fertig gewaschen hatte und zurückkam. Er ließ sich mehr Zeit als nötig und zögerte die Abfahrt offensichtlich hinaus. Wieder spürte sie ein flüchtiges Gefühl von Mitleid mit ihm, und wieder machten sich nagende Zweifel in ihr breit. Aber wie zuvor vertrieb sie sie.

Schließlich legte sie den Gang ein und ließ den Wagen langsam so weit vorrollen, bis sie direkt neben ihm war. Sie kuppelte aus, beugte sich über den Beifahrersitz und stieß die Tür auf.

»Sie sind sauber genug, Peter«, sagte sie. »Steigen Sie ein.« Ihre Worte hatten scherzhaft klingen sollen, und ihr fiel zu spät ein, daß sie auf einen Menschen wie Peter wohl eher verletzend wirkten. Sie lächelte entschuldigend, wartete, bis er eingestiegen war, und fuhr langsam los. Der Jaguar rollte nahezu lautlos über den Hof. Sie gab absichtlich kaum Gas, um Stefan nicht zu alarmieren. Erst als sie ein gutes Stück aus der Einfahrt heraus und schon halbwegs im Wald war, fuhr sie schneller.

24

Aus der *großen Aussprache*, die Liz sich vorgenommen hatte, wurde nichts. Peter hockte verkrampft und schweigend neben ihr. Sein Blick war starr durch die Windschutzscheibe nach vorne gerichtet. Es war unschwer zu erkennen, daß er sich alles andere als wohl in seiner Haut fühlte, und sie fuhren fast den ganzen Weg nach Schwarzenmoor hinauf, ohne mehr als ein oder zwei belanglose Sätze miteinander zu wechseln – was zum einen sicher an Peters abweisendem Verhalten lag, zum anderen aber auch daran, daß Liz ihre ganze Konzentration aufwenden mußte, um trotz ihrer Übermüdung einigermaßen sicher zu fahren.

Ihre Hände waren feucht vor Schweiß, und ihr war gleichzeitig heiß und kalt. Seit ihrem Erwachen hatte sie einen widerwärtig säuerlichen Geschmack im Mund, an dem weder Kaffee noch Zigaretten etwas hatten ändern können, und obwohl sie vor kaum einer Stunde geduscht hatte, fühlte sie sich schon wieder klebrig und verschwitzt.

Dazu kam, daß Peter mit jedem Kilometer unruhiger wurde, den sie sich Schwarzenmoor näherten. Ahnte er etwas? Wahrscheinlich – Liz nahm nicht im Ernst an, daß er ihr die Geschichte von den Ersatzteilen abgenommen hatte, die sie angeblich besorgen wollte: Das größte Ersatzteil, das es in Beldersens Laden gab, war eine Schraube. Oder hatte er schlicht Angst, unangemeldet und in ihrer Begleitung in der Stadt zu erscheinen?

Schließlich lenkte sie den Wagen an den Straßenrand, schaltete den Motor aus und zündete sich betont umständlich eine Zigarette. Sie waren noch ein gutes Stück von Schwarzenmoor entfernt und noch weiter vom Hof der Starbergs, aber während der letzten zehn Minuten hatte sie sich dreimal dabei ertappt, sich insgeheim zu fragen, wie, zum Teufel, sie an die Stelle gekommen war, an der sie sich befand – offensichtlich war sie doch ein wenig müder, als sie selbst zugeben wollte. Sie glaubte nicht, daß es Ohlsberg sehr beeindruckte, wenn ihre erste ernstgemeinte Attacke im Krankenhaus endete.

»Auch eine?« Liz fuhr sich müde mit den Händen durch das Gesicht und hielt Peter das Päckchen hin, aber er lehnte ab. Sie ließ die Packung wieder in ihrer Handtasche verschwinden, lehnte sich zurück und versuchte ohne allzugroßen Erfolg, einen Rauchring zu produzieren. Peter sagte nichts, aber er wurde zusehends nervöser. Seine Finger spielten mit kleinen, unbewußten Bewegungen am Verschluß seines Sicherheitsgurtes, und sein Blick wanderte mehr als nur einmal beinahe flehend zum Zündschlüssel. »Warum ...«, fragte er nach einer Weile, »warum fahren wir nicht weiter?«

»Weil ich mit Ihnen reden möchte, Peter«, antwortete Liz. »Und weil ich glaube, es ist besser, wenn wir es in Ruhe tun.« Sie sog an ihrer Zigarette, hustete und kurbelte hastig das Seitenfenster herunter. Vielleicht wäre es doch besser gewesen, offen zu fahren. Frische, sehr sauerstoffreiche Luft strömte in den Wagen, die nach Wald und Morgen – aber auch ein ganz kleines bißchen nach abgestandenem Wasser – roch. Drei-, viermal hintereinander atmete sie tief und gezwungen langsam ein und aus, dann vergiftete sie den frischen Sauerstoff mit einem weiteren Zug aus ihrer Zigarette und drehte sich wieder zu Peter um.

»Habe ich ... irgend etwas falsch gemacht?« fragte er stokkend.

Liz schüttelte den Kopf. »Nein. Es geht nicht um Sie. Das heißt, nicht nur um Sie.« Sie beobachtete die Reaktion auf seinem Gesicht gespannt, aber seine Züge blieben ausdruckslos wie immer. Ausdruckslos und gleichzeitig auch ein wenig erschrocken, auch wenn es im ersten Moment absurd klang. »Es geht um Ihre Tochter, Peter«, fuhr sie fort, als klar wurde, daß Peter nicht von sich aus reden würde. »Um Andy. Wie heißt sie eigentlich wirklich?«

»Andy?« Jetzt klang seine Stimme eher entsetzt als erschrocken. »Was ... was ist mit ihr?«

»Sie erinnern sich, was Sie mir am ersten Tag erzählt

haben?« fragte Liz. »Daß Ohlsberg gedroht hat, Andy in ein Heim zu geben, wenn Sie nicht tun, was er von Ihnen verlangt?«

Er nickte. Seine Finger spielten nervös am Sicherheitsgurt. In seinem Blick lag jetzt eindeutig Furcht. Furcht und noch etwas, das sie im Moment noch nicht einordnen konnte.

»Und Sie erinnern sich auch, daß ich gesagt habe, Andy könnte vielleicht eines Tages zu uns kommen, wenn Sie wollen?« fuhr sie weiter fort. Peter nickte erneut, und sie sah, daß er ihre nächsten Worte vorausahnte – was nicht sonderlich schwer war –, aber das Entsetzen in seinem Blick wurde eher noch größer.

»Nun, ich habe mit meinem Mann gesprochen« – das war die Wahrheit –, »und er hat nichts dagegen.« Das stimmte nicht ganz. Genaugenommen war Liz ziemlich sicher, daß Stefan in die Luft gehen würde, könnte er sie jetzt sehen und viel mehr noch hören. Aber sie war schon immer eine gute Lügnerin gewesen, und so fuhr sie mit dem unschuldigsten Gesicht der Welt fort: »Wenn Sie wollen, Peter, dann holen wir Andy ab. Sie kann bei Ihnen bleiben, wo sie hingehört.«

»Aber das ...«, stammelte Peter, brach aber sofort wieder ab und schüttelte drei-, viermal hintereinander den Kopf. »Ich meine ... jetzt? *Jetzt gleich*?«

»Ich meine es ernst, Peter«, fuhr sie eindringlich fort. »Und warum nicht jetzt gleich? Ich weiß, daß das alles ein bißchen überraschend für Sie kommen muß, aber ... Stefan und ich sind sehr zufrieden mit Ihnen und Ihrer Arbeit, wissen Sie? Und ich glaube, Ihnen gefällt es auch ein bißchen bei uns, oder?«

Er nickte.

»Aber glücklich sind Sie nicht«, behauptete Liz. »Und ich kann Ihnen auch sagen, warum. Sie werden so lange unglücklich sein, wie Ohlsberg da ist und Sie Angst vor ihm haben müssen. Und Sie werden so lange Angst vor ihm haben, wie er etwas hat, mit dem er Sie unter Druck setzen kann.«

»Ich ... weiß«, antwortete Peter gequält. »Aber es ... es geht nicht. Wirklich, Ma'am.«

»Und warum nicht, Peter? Wollen Sie Andy nicht bei sich haben?« Das war unfair, und sie wußte es, aber er ließ ihr keine andere Wahl.

»Doch«, antwortete er hastig. »Aber ... Herr Ohlsberg wird es nicht zulassen. Er ... er ist ...«

»Ein böser alter Mann, dem es Freude bereitet, andere seine Macht fühlen zu lassen«, fiel ihm Liz aufgebracht ins Wort. »Glauben Sie nicht, daß ich Sie nicht verstehe, Peter. Aber Sie brauchen keine Angst vor ihm zu haben. Nicht, so lange Sie bei uns sind und er nichts hat, womit er Sie erpressen kann.«

Und später? fragte sein Blick. *Was, wenn Sie nicht mehr da sind? Sie werden gehen, aber Ohlsberg wird bleiben.* Laut sagte er: »Er wird es nicht zulassen. Niemals.«

Liz lächelte mit einer Überlegenheit, die sie nicht einmal im Ansatz verspürte. »Ich wüßte wirklich nicht, was er dagegen unternehmen könnte«, sagte sie. »Die Vaterschaft wurde doch anerkannt, oder?«

»Ich ... ich verstehe nicht ...«

»Ich meine, ob es eine Geburtsurkunde gibt, in der Sie als Vater des Mädchens erwähnt werden«, erklärte Liz. »Ich weiß, ich habe Sie das schon einmal gefragt, aber ich will sicher gehen. Es gibt dieses Papier?«

Peter überlegte einen Moment und nickte dann.

»Und Sie haben niemandem das Sorgerecht oder die Vormundschaft übertragen? Keine Dokumente unterschrieben? Irgendwelche Papiere?«

»Sie meinen, ob ich ... Andy weggegeben habe? Für immer?« Liz nickte, und Peter schüttelte äußerst heftig den Kopf. »Die ... die Starbergs haben sich um sie gekümmert, seit sie auf der Welt ist«, sagte er. »Aber ich habe nichts unterschrieben. Das hat alles Herr Ohlsberg erledigt. Er hat immer gesagt, daß er sich um alles kümmert. Und das hat er ja auch getan.«

»Glauben Sie«, fragte Liz vorsichtig, »daß das Mädchen

bei den Starbergs glücklich ist? Ich meine ... immerhin ist sie dort aufgewachsen.« Das war es. Was, wenn er ja sagte? Sie hatte nicht das Recht, dieses Kind unglücklich zu machen, nur um sich an Ohlsberg zu rächen.

»Sie ist nicht glücklich«, antwortete Peter bestimmt. Seine Stimme klang überraschend fest und sicher. »Ich weiß das. Frau Starberg ist ... keine gute Frau. Sie schlägt sie.«

Das war so ungefähr das genaue Gegenteil dessen, was er noch vor weniger als einer Viertelstunde behauptet hatte, dachte Liz alarmiert. Was war das? Nun endlich die Wahrheit – oder hatte sie Peter so eingeschüchtert, daß er einfach *alles* gesagt hätte, nur um ihr nicht zu widersprechen?

»Das tun alle Eltern von Zeit zu Zeit«, sagte sie vorsichtig. »Die meisten jedenfalls.«

»Nicht so«, beharrte Peter, und diesmal spürte sie, daß er die Wahrheit sagte. Der Ton in seiner Stimme war kein Haß, aber doch etwas, das ihm sehr nahe kam. »Sie mag keine Kinder«, behauptete er. »Sie hat Andy nur genommen, weil Ohlberg es wollte. Und sie muß viel arbeiten.«

»Dann«, sagte Liz, »sehe ich keinen Grund mehr, aus dem sie auch nur einen einzigen Tag länger dort bleiben sollte. Wir können sie direkt mitnehmen, wenn Sie wollen, Peter. Es wird zwar auf der Rückfahrt ein wenig unbequem«, fügte sie mit einem kleinen Lächeln hinzu, »aber es wird schon gehen.«

»Ohlsberg wird es nicht zulassen«, wiederholte Peter stur.

»Ohlsberg interessiert mich nicht«, gab Liz geringschätzig zurück. »Außerdem wird er von der ganzen Sache nichts merken, bevor es zu spät ist. Und wenn Andy erst einmal bei uns draußen auf dem Hof ist, dann wird er sich hüten, irgend etwas zu unternehmen.«

Peter schüttelte den Kopf. »Es geht nicht, Ma'am.«

»Warum nicht?« fragte Liz scharf. »Wollen Sie nicht?«

»Doch. Aber ... aber Sie werden Ärger bekommen, Sie und Ihr Mann. Ohlsberg ist ein sehr mächtiger Mann. Ich weiß auch gar nicht, wie man mit einem Kind umgeht. Und ich... ich will nicht, daß Sie meinetwegen Schwierigkeiten bekommen.«

»Vielleicht habe ich gerne Schwierigkeiten mit Ohlsberg«, sagte Liz achselzuckend. »Außerdem überschätzen Sie ihn, glaube ich. Sie kennen Stefan noch nicht richtig. Jemanden wie Ohlsberg verspeist er zum Frühstück, wenn es sein muß. Und um Andy kümmere ich mich schon. Schließlich ist sie kein Säugling mehr.«

»Trotzdem ...«

»Und außerdem haben wir bereits genug Schwierigkeiten mit Ohlsberg, Peter. Daß er Sie praktisch als Spion in unser Haus geschickt hat, reicht ja wohl. Ich weiß, daß Sie niemals etwas tun würden, was uns schadet«, fügte sie hastig hinzu, als sie das Erschrecken auf seinem Gesicht sah, »aber Sie müssen auch einsehen, daß es so nicht weitergeht. Auch nicht für Sie. Er würde Sie niemals in Frieden lassen, Peter, nie. Nicht, solange er Andy hat.«

»Aber ...«

»Kein Aber«, sagte sie kopfschüttelnd. Sie schnippte ihre Zigarette aus dem Fenster und griff zum Zündschlüssel. »Ich mache Ihnen einen Vorschlag: Wir reden jetzt nicht weiter darüber, sondern fahren erst einmal zu den Starbergs. Ich werde mir Andy ansehen, und Sie denken in der Zwischenzeit in aller Ruhe darüber nach, was ich Ihnen vorgeschlagen habe. Wenn Sie einverstanden sind, brauchen Sie mir nur ein Zeichen zu geben. Es reicht, wenn Sie nicken. Alles andere erledige ich. Sie brauchen nichts zu tun. Vor allem brauchen Sie keine Angst zu haben. Vor niemandem. Okay?«

Peter hielt ihrem Blick eine halbe Sekunde lang stand, ehe er den Kopf senkte. Liz ließ den Motor an und fuhr los.

25

Der Weg war nicht mehr sehr weit, aber der unangenehmste Teil lag noch vor ihnen – in zweifacher Hinsicht. Das Haus der Starbergs lag nicht weiter entfernt von Schwarzenmoor als ihr Gut, was selbst bei der schlechten Straße und Liz' Müdigkeit kaum mehr als einen Katzensprung für den Jaguar darstellte; aber es lag auf der *anderen* Seite der Stadt, und es gab nur diese einzige Straße, so daß sie Schwarzenmoor durchqueren mußten. Zu Liz' – und mehr noch sichtbar Peters – Erleichterung sahen sie weder Ohlsberg noch einen der anderen Stadtbewohner; die Straße und die wenigen Häuser lagen wie ausgestorben da, während der Jaguar an ihnen vorüberrollte. Aber Liz war nicht so naiv, diesem Umstand zu viel Bedeutung beizumessen – daß sie niemanden sahen, bedeutete ganz und gar nicht, daß *sie* umgekehrt nicht gesehen wurden. Und Liz war sogar ziemlich sicher, daß man auch Peter in ihrer Gesellschaft erkannte und Ohlsberg nach spätestens fünf Minuten wußte, daß sie durch die Stadt gekommen war und mit wem und in welcher Richtung. Aber das machte nicht viel – es gab wie gesagt nur diese eine Straße, was nun vielleicht zu ihrem Vorteil wurde, denn Ohlsberg konnte unmöglich ahnen, *wohin* sie wirklich fuhren.

Liz war mit ihren Überlegungen genau an diesem Punkt angelangt, als sie eine Bewegung aus den Augenwinkeln wahrzunehmen glaubte; nicht mehr als ein schattenhaftes Wischen irgendwo rechts vor ihr, ein grauer Fleck, der sich kaum von dem etwas helleren Grau der Häuser abhob.

Ganz instinktiv trat sie auf die Bremse. Sie war ohnehin nicht sehr schnell gefahren, aber sie bremste mit aller Kraft. Die Reifen des Jaguars kreischten protestierend, als der Wagen praktisch auf der Stelle zum Stehen kam; die flache Schnauze bewegte sich wippend nach unten und berührte fast das Pflaster, und Peter, der sich nicht angeschnallt hatte, wurde ABS-bremskraftverstärkt nach vorne geschleudert und fing den Sturz erst im allerletzten Moment mit erschrokken hochgerissenen Händen ab.

Liz fluchte unterdrückt, überzeugte sich mit einem raschen Seitenblick davon, daß Peter unverletzt geblieben war, und ließ mit einem zweiten, schon nicht mehr ganz so unterdrückten Fluch den Verschluß ihres Sicherheitsgurtes aufschnappen. Ihr Blick sprühte vor Zorn, als sie aus dem Wagen stieg.

»Was, zum Teufel ...«

Sie sprach nicht weiter, als sie erkannte, *wen* sie da beinahe über den Haufen gefahren hätte.

Es war Beldersen.

Er stand da, blickte sie mit einer Mischung aus Vorwurf und sanftem Tadel an *(kein Schrecken, dachte sie verwirrt, Beldersen war nicht im mindesten erschrocken!!)* und *lächelte.*

»Ist ... ist Ihnen etwas passiert?« stotterte sie, viel mehr aus dem Konzept gebracht als nun wirklich erschrocken.

Beldersens Lächeln wurde noch breiter. Liz war sicher, daß es beruhigend wirken sollte, aber in diesem Moment kam es ihr viel eher wie eine böse Grimasse vor, ein höhnisches Grinsen, fast als lese er ihre Gedanken und amüsierte sich insgeheim darüber. *Wo war er hergekommen?!* »Nein«, sagte er, wie immer ruhig, wie immer sehr langsam, jedes Wort sorgfältig artikulierend, als überlege er sich seinen Sinn ganz genau, bevor er es aussprach. »Aber Sie sollten vorsichtiger fahren, Frau König. Dies hier ist eine Stadt, wissen Sie? Wenn auch eine kleine.«

Liz nickte ganz instinktiv und kam sich dabei immer hilfloser vor. *Wo, zum Teufel, war er hergekommen?* Verwirrt sah sie nach rechts, dann nach links. Sie waren noch innerhalb Schwarzenmoors, das rechte Vorderrad des Jaguars, der durch das abrupte Bremsmanöver ein ganz klein wenig aus der Spur gekommen war, war nur Zentimeter von der Bordsteinkante entfernt, das Haus keinen Meter dahinter – aber da war *keine Tür.*

Keine Tür.

Keine Gasse. Kein Spalt zwischen den Häusern, keine ...

Keine Möglichkeit für einen Mann wie Beldersen, so abrupt zu erscheinen, daß sie ihn nicht sehen konnte. *Wo war er hergekommen, zum Teufel?!*

»Stimmt etwas nicht?« Beldersen legte den Kopf schräg, machte einen halben Schritt auf sie zu und hob seine verkrüppelte rechte Hand, wie um nach ihr zu greifen. In seinen Augen war

... etwas ...

... ein Lächeln, aber auch ...

Liz unterdrückte im letzten Augenblick einen Schrei, prallte zurück und wäre um ein Haar gestürzt, als die Stoßstange des Jaguars ihre Kniekehle berührte. Haltsuchend streckte sie die Hand aus, bekam die offenstehende Tür zu fassen und fuhr zusammen, als ein scharfer Schmerz durch ihre rechte Hand fuhr. Sie spürte, wie die Wunden unter dem ungeschickt angelegten Verband aufbrachen und wieder zu bluten begannen.

Aber der Schmerz riß sie auch in die Wirklichkeit zurück. Das dämonische Glühen in Beldersens Augen erlosch, und sie begriff, daß es wohl in Wahrheit nirgendwoanders als in ihrer eigenen Phantasie existiert hatte, aus dem satanischen Grinsen auf seinen Zügen wurde wieder ein ganz normales, sogar etwas verlegenes Lächeln, der Golem war wieder Mensch.

»Sind Sie wirklich in Ordnung?« fragte Beldersen. Er war stehengeblieben, die Hand wie in einer grotesken Pantomime mitten in der Bewegung erstarrt.

Sie nickte hastig. »Es ist ... nichts. Ich war nur erschrokken, als Sie so plötzlich ... so plötzlich auf der Straße standen.« *(Aus dem Nichts.)*

Beldersen seufzte. Sein Blick streifte seine eigene rechte Hand, und er sah noch ein bißchen schuldbewußter aus als bisher; wahrscheinlich glaubte er, sie wäre aus lauter Ekel vor ihm so überhastet zurückgeprallt. Liz verspürte plötzlich das heftige Bedürfnis, sich zu entschuldigen. Aber sie tat es nicht.

Statt dessen schüttelte sie noch einmal den Kopf, raffte all ihre Kraft zu einem halbwegs gelungenen Lächeln zusammen und sagte noch einmal: »Es ist wirklich nichts, Herr Beldersen. Tut mir leid, wenn ich Sie erschreckt habe.«

Beldersen winkte ab. »Das macht nichts«, sagte er. »Aber fahren Sie in Zukunft ein wenig vorsichtiger. Unsere Straßen sind nicht für Wagen wie den Ihren ausgelegt.« Sein Blick tastete über den Jaguar, blieb einen Moment auf Peters bleichem Gesicht hinter der Windschutzscheibe haften und glitt weiter, ohne daß sie irgendeine Reaktion erkennen konnte. Und er drehte sich auch ohne ein weiteres Wort um und trat wieder auf den Bürgersteig zurück, von dem er herunter

aber das war er doch gar nicht! Er war geradewegs aus dem Nichts aufgetaucht, ein Schatten, der aus dem Boden gewachsen war

getreten war. Seine unverletzte Linke machte eine einladende (oder befehlende?) Geste, weiterzufahren. »Seien Sie vorsichtig. Es gibt auch ein paar Kinder hier in der Stadt.«

»Das werde ich«, versprach Liz. Plötzlich hatte sie es sehr eilig, wieder in den Wagen zu steigen und die Tür hinter sich zuzuziehen. Ihre Hände zitterten so stark, daß sie Mühe hatte, den Sicherheitsgurt einrasten zu lassen. Sie redete sich ein, daß es nur eine Folge der Schmerzen war, die in ihrer Rechten wühlten.

Sie fuhr weiter, ganz gegen ihre eigene Versicherung so schnell, daß die Reifen beim Anfahren durchdrehten und das Kreischen bis ans andere Ende des Ortes zu hören sein mußte. Die einzige Straße, aus der Schwarzenmoor bestand, schrumpfte rasch im Rückspiegel hinter ihnen zusammen, aber Liz sah kaum auf die Straße, sondern starrte weiter in den Spiegel. Sie wartete darauf, daß Beldersen sich wie ein Spuk auflöste – was er natürlich nicht tat. Statt dessen schrumpfte er langsam zusammen und wurde schließlich zu einem konturlosen Fleck, wie es sich für ein normales Spiegelbild gehörte.

Und doch ...

... bist du wahrscheinlich schon wieder dabei, hysterisch zu wer-

den, dachte sie wütend. Sie hätte sich wirklich nicht ans Steuer setzen sollen, so müde und überreizt, wie sie war. Sie begann schon, Gespenster zu sehen. Und sie begann sie vor allem dort zu sehen, wo erstens keine waren und wo sie sie zweitens besser nicht sehen sollte – nämlich auf der Seite der Guten.

Sie hätte ihre eigene Reaktion noch verstanden, wäre es Ohlsberg gewesen, den sie um ein Haar überfahren hätte. Aber Beldersen hatte ihr nie etwas getan, sie hegte keinen Groll gegen ihn, und sie hatte auch keinen Grund, ihn zu fürchten. Von allen Einwohnern Schwarzenmoors (verrückt – sie kannte ja nur zwei: Ihn und Ohlsberg!), also gut: Er stellte die fünfzig Prozent der ihr persönlich bekannten Schwarzenmoorer dar, die ihr gegenüber *nicht* feindselig eingestellt waren.

Was nichts daran änderte, daß er quasi aus dem Nichts vor dem Wagen aufgetaucht war.

Verdammt, hör auf! dachte sie wütend. Sie war einfach überreizt. Es brachte gar nichts, wenn sie sich selbst noch verrückter machte, als sie schon war.

Vielleicht half es, wenn sie sich mit praktischeren – und vor allem näherliegenden – Problemen beschäftigte.

»Die Starbergs, Peter«, fragte sie, als sie die Ortschaft hinter sich gelassen hatten und wieder etwas langsamer fuhren, »haben sie Telefon?« Sie musterte Peter bei diesen Worten genau. Er war bleich wie der Tod. Sein Blick flackerte. Er mußte sich zu Tode erschreckt haben, als Beldersen so jäh vor ihnen aufgetaucht war. Seltsam, daß sie beide kein Wort darüber verloren hatten. Und es auch jetzt nicht taten.

Peter überlegte einen Moment angestrengt. Dann schüttelte er den Kopf. »Nein. Ich ... ich habe nie eines bei ihnen gesehen. Warum?«

»Oh, nur so«, antwortete Liz ausweichend. »Ich wollte es einfach wissen.« Sie lächelte, schaltete in einen niedrigeren Gang und gab heftig Gas. Der Wagen machte einen spürbaren Satz, und der erhoffte Effekt stellte sich fast augenblicklich ein: Peter fuhr zusammen, wurde noch ein wenig blasser, als er ohnehin schon war, und konzentrierte seine Energie lieber darauf, sich an seinen Sitz festzuklammern, statt unangenehme Fragen zu stellen.

Obwohl Liz jetzt sehr schnell fuhr, brauchten sie noch einmal eine knappe Viertelstunde, bis sie das Haus der Starbergs erreichten, denn es stellte sich heraus, daß die fünf Kilometer Distanz Luftlinie gewesen waren und sie in Wahrheit fast die dreifache Strecke zurücklegen mußten; und das auf einer Straße, die kaum gut genug für einen Ochsenkarren gewesen wäre, geschweige denn für einen superflach gebauten Sportflitzer wie den Jaguar. Es erschien Liz hinterher beinahe wie ein Wunder, daß weder ihre Ölwanne noch sonst irgendein wichtigeres Teil des Wagens auf der Strecke blieb. Aber vielleicht waren die Geister dieses Landes heute ausnahmsweise einmal auf ihrer Seite.

Sonderbar – wieso sah sie Beldersens Gesicht vor sich, als sie diesen Gedanken dachte?

26

Das Haus sah aus, als hätte es ein Riese direkt aus Schwarzenmoor herausgepflückt und fünf Kilometer weiter südlich wieder abgesetzt, und nicht einmal sehr sorgfältig. Es war auf einer der wenigen flachen Anhöhen dieser Landschaft erbaut, und es stand ein wenig schräg, was wahrscheinlich an dem sumpfigen Untergrund lag, in den sein Fundament – wenn es überhaupt einen solchen Luxus hatte – im Laufe der Jahrzehnte abgesackt war. Und es unterschied sich wirklich kaum von den übrigen Gebäuden der Ortschaft – der gleiche, gedrungene Baustil, der es abweisend und kalt, zugleich aber auch trutzig und fest erscheinen ließ –, stand jedoch allein und hatte einen winzigen Vorgarten, der zur einen Hälfte mit Gemüse, zur anderen mit Blumen bepflanzt war. Die Fenster waren klein und mit schweren, hölzernen Läden gesichert, und die Tür war so niedrig, daß selbst ein kleingewachsener Mensch gebückt gehen mußte, um hindurchzukommen. Die Einwohner Schwarzenmoors, dachte Liz sarkastisch, mußten in direkter Linie von einem Geschlecht besonders kleinwüchsiger Pygmäen abstammen. Sie grinste, als der Gedanke die Vorstellung eines nur siebzig Zentimeter großen Ohlsberg vor ihrem inneren Auge aufsteigen ließ.

Liz hatte den Jaguar direkt vor der Auffahrt geparkt. Sie hatte gewendet und den Wagen wieder in Fahrtrichtung nach Hause gebracht. Irgend etwas an dieser Konstellation gefiel ihr nicht, aber sie wußte nicht, was es war. Dann erkannte sie es: Sie benahm sich, als bereite sie sich auf eine schnelle Flucht vor.

Sie zog den Zündschlüssel ab, stieg aus und wartete, bis Peter auf der anderen Seite umständlich aus dem niedrigen Wagen geklettert und neben sie getreten war. Er hatte bis jetzt kein Wort mehr gesagt, aber sich auch nicht gesträubt, auszusteigen. Liz wertete allein dies schon als kleinen Sieg.

Sie schauderte, als sie nebeneinander zum Haus hinaufgingen. Es war niedrig, breit und wuchtig und schien eine fühlbare Kälte zu verströmen. Sie versuchte sich vorzustellen, wie es sein mußte, in einem solchen Haus zu leben, aber sie konnte es nicht. Das hieß – sie hätte es gekonnt. Aber sie *wollte* nicht.

Peter deutete auf die Blumenrabatten rechts und links des Weges. »Die hat Andy angelegt«, sagte er, nervös, aber hörbar stolz. »Gefallen sie Ihnen?«

Liz blickte flüchtig auf die kleinen, bunten Beete. Selbst einer Betongärtnerin wie ihr blieb nicht verborgen, daß die Rabatten bestenfalls als *ärmlich* bezeichnet werden konnten – aber sie waren mit großer Liebe angelegt, kamen in dieser Umgebung nur nicht richtig zur Geltung. Außerdem schienen sie asymmetrisch, fast als hätte man sie da, wo sie dem Gemüse im Weg standen, schlichtweg abgeschnitten. Wahrscheinlich hatte man. Trotzdem nickte sie. »Sie sind hübsch«, sagte sie. »Wenn Andy Lust hat, kann sie unseren halben Hof mit Blumen bepflanzen.«

Peter nickte nervös und sah weg.

Sie hatten die Tür erreicht und blieben stehen. Drinnen im Haus waren Geräusche, die sie nicht eindeutig identifizieren konnte, und Peter starrte noch immer zu Boden und versuchte so zu tun, als wäre er gar nicht da. »Klopfen Sie«, meinte Liz. »Ich werde nichts sagen, bevor Sie mir das Zeichen geben.«

Peter trat einen Moment lang unschlüssig von einem Fuß auf den anderen, drehte sich dann mit sichtlicher Überwindung um und klopfte zaghaft gegen die Tür. Er hielt sich erstaunlich gut, wenn sie bedachte, unter welchem Druck er stehen mußte.

Es dauerte lange, bis sich der Rhythmus der Geräusche drinnen änderte und schwere, schlurfende Schritte näherkamen. Dabei mußten die Starbergs ihre Ankunft schon lange bemerkt haben. Der Jaguar war alles andere als leise, und Liz war sicher, eine Bewegung hinter den Fenstern gesehen zu haben, als sie ausgestiegen war.

Eine Kette klirrte, und die Tür wurde einen Spaltbreit geöffnet. Dunkle, mißtrauische Augen lugten zu ihnen heraus, betrachteten sie mit Verwirrung und Mißtrauen und Peter voller unverhohlener Feindseligkeit. Frau Starberg war Liz bereits unsympathisch, ehe sie sie auch nur gesehen hatte.

Peter trat einen halben Schritt von der Tür zurück und nickte nervös. »Guten … guten Morgen, Ma'am.«

»Heyning?« machte Frau Starberg. »Was wollen Sie hier?« Sie zögerte einen Moment, schob die Tür dann ganz auf und musterte erst Peter, dann Liz mit einem schon fast unverschämten Blick.

Sie sah beinahe genauso aus, wie sich Liz eine Frau wie sie vorgestellt hatte – eine kleine, zur Fettleibigkeit neigende Person mit kräftigen Händen und einem breitflächigen, groben Gesicht und einem ganz leisen, aber trotzdem unübersehbar grausamen Zug um den Mund. Dunkles Haar, in dem sich graue Strähnen zeigten und das mit Sicherheit noch niemals einen Friseur gesehen hatte. Sie war nicht häßlich, aber sie war auch niemals hübsch gewesen. Ihre Stimme war nicht schrill genug, um direkt unangenehm zu sein, strahlte aber auch nicht gerade Vertrauen aus. Liz war sich darüber im klaren, daß sie diese Frau nicht einmal dann sympathisch gefunden hätte, wenn sie das Aussehen eines Erzengels gehabt hätte – aber sie war auch beinahe froh, daß sie es nicht hatte. Es war leichter, unnett zu jemandem zu sein, der so aussah, als hätte er es verdient.

Peter deutete mit einer fahrigen Geste auf Liz. »Das ... das ist Frau König«, sagte er unsicher. »Meine ... meine neue Herrschaft. Ich ... das heißt, wir ... wir wollten Andy besuchen.«

»Jetzt?« sagte Starberg. »Sie wissen doch, daß Sie sich vorher anmelden sollen. Außerdem sind die vier Wochen noch nicht um.« Sie machte Anstalten, sich herumzudrehen und ihnen kurzerhand die Tür vor der Nase zuzuschlagen.

Liz trat rasch einen Schritt vor und rang sich ein entschuldigendes Lächeln ab. »Ich glaube, das ist meine Schuld«, sagte sie betont freundlich, aber mit einer Kälte in der Stimme, die der Starberg weder entgehen konnte noch sollte. »Peter hat so viel von Andy erzählt, daß ich sie unbedingt einmal kennenlernen wollte. Und weil wir gerade in der Stadt waren, dachte ich, die Gelegenheit wäre günstig. Ich wußte nicht, daß er seine Tochter nur alle vier Wochen sehen darf.«

Es war nicht zu erkennen, ob Frau Starberg die Spitze verstand. Sie musterte Liz mit unbewegtem Gesicht, zuckte dann mit den Achseln und trat widerstrebend zurück. »Von mir aus kommen Sie rein«, sagte sie, ohne sich die Mühe zu geben, freundlich oder zumindest neutral zu klingen. »Aber nur zehn Minuten. Ich habe zu tun.«

»Vielen Dank«, sagte Liz. »Wir halten Sie bestimmt nicht lange auf.«

Sie zog den Kopf ein, trat durch die Tür und sah sich neugierig um. Wie bei den meisten dieser alten Bauernhäuser gab es keine Diele, sondern sie standen nach Betreten des Hauses gleich in der Wohnstube; einem überraschend großen, sauber eingerichteten Raum. Die Möbel waren noch nicht alt genug, um als Antiquitäten gelten zu können, bewiesen aber einen – wenn auch recht konventionellen – guten Geschmack. Ein leichter Geruch nach Kohl und kaltem Pfeifenrauch hing in der Luft. Liz war ein wenig enttäuscht, daß die Starberg ihr nicht auch den Gefallen tat, schmuddelig zu sein.

»Andy ist in der Küche«, sagte Frau Starberg. Sie schloß die Tür, schob sich an Peter vorbei und deutete auf einen zweiten Durchgang an der Rückseite des Raumes. »Dort.«

Liz tauschte einen raschen Blick mit Peter. Er war blaß. Aber sie wußte plötzlich, daß er es durchstehen würde. Nicht aus Mut. Dieser Mann war zu oft eingeschüchtert und erniedrigt worden, um überhaupt noch zu wissen, was das Wort Mut bedeutete. Aber er – und das erschreckte sie, obwohl es sie hätte freuen müssen –, er vertraute ihr. Sie hatte ihm gesagt, daß sie ihm helfen würde, und er glaubte ihr. Mit einem Mal begriff sie, welche Verantwortung sie auf sich geladen hatte.

»Kommen Sie«, sagte sie, als die Starberg vorausgegangen und außer Hörweite war. »Es wird schon gutgehen.«

Sie durchquerten die Stube, gingen durch einen kurzen Flur und betraten die Küche, deren Fenster nach hinten auf den Hof hinaus führten.

Liz blieb verblüfft stehen, als sie das Mädchen sah. Andy saß auf einem Stuhl unter dem Fenster und blätterte in einem zerlesenen Comic-Heftchen. Sie sah hoch, als sie die Küche betraten, blickte erst Frau Starberg, dann, mit einem leisen, verwunderten Stirnrunzeln, Liz und schließlich Peter an. Ihr Gesicht hellte sich auf, als sie ihren Vater erkannte. Sie sprang auf, warf das Heft achtlos auf den Boden und eilte mit weit ausgebreiteten Armen auf Heyning zu.

Liz war mehr als nur erstaunt. Sie wußte nicht, was sie erwartet hatte – eigentlich hatte sie sich gar keine Vorstellung von dem Mädchen gemacht –, aber *das* jedenfalls nicht.

Peter hatte ihr erzählt, daß Andy bald fünfzehn war, aber sie sah aus wie neunzehn. Sie war schlank; jene zarte, halb knabenhafte Figur, die eine junge Frau, die auf der Schwelle zwischen Kind und Frau stand, manchmal für kurze Zeit hatte, und besaß Peters braune, stets etwas erschrockene Augen. Ihr Haar war glatt und fiel bis weit über die Schultern hinab, schwarz, rabenschwarz mit einem leichten Stich ins Bläuliche, und ihre Bewegungen waren überhaupt nicht die einer Behinderten, sondern schnell und elegant und *fraulich.*

Peter drückte sie sekundenlang an sich, hielt sie dann an beiden Schultern fest und drehte sie mit sanfter Gewalt um, so daß sie Liz ansehen mußte.

»Das ist Frau König«, sagte er. Er sprach sehr langsam und betont, und zwischen Andys Brauen entstand eine steile Falte, als sie zuhörte, als müsse sie sich auf jede Silbe konzentrieren. »Meine neue Herrschaft. Ich arbeite jetzt für sie, weißt du? Sei brav und gib ihr die Hand.«

Andy rührte sich nicht. Nur das mißtrauische Flackern in ihren Augen schien ein bißchen schwächer zu werden. »Andy, bitte«, sagte Peter geduldig. »Sie ist extra den weiten Weg hierher gekommen, um dich zu sehen.«

»Lassen Sie sie, Peter«, sagte Liz. »Ich bin eine Fremde für sie. Vielleicht lernt sie mich später kennen.« Sie setzte ihre Handtasche auf dem Tisch ab, trat einen Schritt auf das Mädchen zu und streckte vorsichtig die Hand aus. »Freust du dich, deinen Vater zu sehen?« fragte sie.

Andy antwortete nicht. Aber sie drängte sich unwillkürlich dichter an Peters Brust, als suche sie Schutz vor irgend etwas.

»Sie ... sie kann nicht reden, Frau König«, sagte Heyning leise. Es fiel ihm sichtlich schwer, die Worte auszusprechen.

Liz zuckte überrascht zusammen. »Sie kann nicht ...« Sie stockte, schüttelte den Kopf und setzte neu an. »Das tut mir leid«, sagte sie, wieder an Andy gewandt. »Aber du verstehst doch, was ich sage, oder? Du brauchst nicht zu antworten, wenn du nicht willst.«

Ihr fiel zu spät ein, wie dumm ihre Worte waren. Aber der Anblick des Mädchens verwirrte sie immer noch. Sie hatte damit gerechnet, ein hilfloses Kind vorzufinden. Möglicherweise eine Behinderte, nach Peters Worten vom ersten Tag. Einen Krüppel. Selbst eine sabbernde Idiotin hätte sie nicht so überrascht. Was sie wirklich sah, war eine junge Frau. Eine verschüchterte und vollkommen verängstigte Frau, aber nichtsdestoweniger ein Wesen mit einer spürbaren fraulichen Ausstrahlung, erotisch genug, daß selbst sie es bereits spürte. Sie war mit einem Mal nicht mehr hundertprozentig von der Richtigkeit dessen überzeugt, was sie tat.

»Ich lebe jetzt draußen bei Frau König und ihrem Mann«, erklärte Peter geduldig. »Sie sind sehr nett zu mir, weißt du? Ich habe ein eigenes Zimmer und immer genug zu essen. Und die Arbeit ist auch nicht schwer.«

»Trotzdem sollten Sie sich daran gewöhnen, die Zeiten einzuhalten«, sagte Frau Starberg von der Tür her. Ihre Stimme war wie eine Glasscherbe, die irgend etwas zwischen Peter und dem Mädchen zerschnitt. »Es geht nicht, daß Sie hier so einfach auftauchen, wann es Ihnen paßt. Das müssen Sie verstehen.« Zumindest die letzten Worte waren der reine Hohn.

Liz drehte sich langsam um. Die Starberg sah Peter an, aber sie zweifelte nicht daran, daß die Worte im Grunde ihr galten.

Sie schluckte die spitze Bemerkung hinunter, die ihr auf der Zunge lag, und wandte sich wieder an das Mädchen. »Dein Vater hat mir viel Gutes von dir erzählt, weißt du?« sagte sie lächelnd. »Er ist sehr stolz darauf, eine so große Tochter wie dich zu haben, noch dazu, wenn sie so hübsch ist wie du. Aber ich glaube, du magst ihn auch sehr gerne, wie?«

Diesmal nickte Andy, wenn auch sehr zaghaft.

Liz sah auf und tauschte einen raschen, fragenden Blick

mit Peter. Seine Augen waren ein wenig geweitet, und auf seiner Stirn glitzerte Schweiß. Aber er nickte.

Liz begann sich zunehmend unbehaglicher zu fühlen. Es ging alles viel zu rasch; schneller, als sie geglaubt hatte. Und es war anders. Andy entsprach nicht ihren Vorstellungen, ganz und gar nicht, die Situation war anders, als sie erwartet hatte. Es wäre einfacher gewesen, wenn sie Andy auf den Knien rutschend, in Lumpen gekleidet und mit einem Scheuerlappen versehen vorgefunden hätte. Aber schließlich lebten sie nicht in einem Märchen, und dies hier war nicht das Haus von Aschenputtel. Und sie konnte nicht mehr zurück.

»Würdest du gerne bei deinem Vater wohnen?« fragte sie behutsam. »Bei ihm und bei mir? Wir haben Platz genug draußen auf dem Hof. Du könntest sogar ein eigenes Zimmer bekommen.«

Sie sah, wie Andy erbleichte und sich ihre schmale Hand fester um die ihres Vaters krampfte. Ihre Augen wurden plötzlich groß und rund.

»Wir haben auch einen Garten«, fuhr sie fort. »Ich habe die Blumen gesehen, die du draußen gepflanzt hast. Sie gefallen mir. Du könntest ein Stück von unserem Garten haben, ganz für dich.« Sie lächelte. »Ich bin eine miserable Gärtnerin, muß ich gestehen. Ich könnte ein wenig Hilfe gebrauchen.«

Frau Starberg sog hinter ihr scharf die Luft ein. Aber sie sagte noch nichts.

»Nun?« fragte Liz nach einer Weile. »Wie würde dir der Gedanke gefallen. Du könntest den ganzen Tag bei deinem Vater sein. Und bei mir und meinem Mann. Du wirst sehen, es wird dir gefallen.«

»Heyning«, sagte Frau Starberg scharf, »würden Sie dieser Frau sagen, daß sie aufhören soll, dem Kind Flausen in den Kopf zu setzen? Andy ist nachher nur enttäuscht, wenn Sie wieder gehen.«

Liz drehte sich langsam um. »Warum sagen Sie *dieser Frau* nicht selbst, was Sie von ihr wollen?« fragte sie.

Frau Starberg erbleichte sichtlich. Sie schien nur langsam zu begreifen, was überhaupt vorging. Für einen Moment tat sie Liz beinahe leid.

»Sie …«, stammelte sie, »Sie … kommen hierher, und …«

»Ich tue nur, was Herr Heyning möchte«, sagte Liz ruhig. »Andy ist sein Kind, oder? Immerhin ist es verständlich, wenn ein Vater den Wunsch hat, mit seinem Kind zusammenzuleben.«

»Aber … aber Sie können nicht einfach hierherkommen und … und Andy mitnehmen«, sagte Frau Starberg. Sie rang mit großer Mühe um ihre Fassung. Ihre Stimme hatte jenen ungläubigen, leicht schrillen Ton, den nur pures Entsetzen hervorruft. Ihre Hände zitterten. Liz wußte, daß sie gewonnen hatte. Diese Frau mochte alt und böse und gemein sein, hinterlistig sicherlich, aber sie war kein *Kämpfer* wie sie.

»Doch«, antwortete Liz ruhig. »Wir können.« Sie lächelte, drehte sich um und legte dem Mädchen sanft die Hand auf die Schulter. »Nun, Andy?« sagte sie. »Was hältst du davon? Möchtest du mitkommen? Mit deinem Vater und mir?«

»Nichts wird sie tun!« kreischte Frau Starberg. Sie rauschte wie eine Furie an Liz vorbei, riß das Mädchen an sich und preßte es besitzergreifend an die Brust. »Sie wird hierbleiben, wo sie hingehört. Und Sie werden ihr keine Dummheiten mehr einreden. Gehen Sie! Verlassen Sie mein Haus!«

Liz ignorierte ihre Worte. »Andy«, sagte sie geduldig. »Du brauchst keine Angst zu haben, verstehst du? Vor niemandem. Wenn du mit uns kommen willst, dann nehmen wir dich mit. Jetzt gleich. Du mußt nur zu deinem Vater gehen, und wir wissen Bescheid. Frau Starberg wird dir nichts tun, keine Angst.«

Fünf, zehn Sekunden lang stand das Mädchen starr und wie gelähmt da. Ihr Blick irrte immer wieder zwischen Liz, ihrem Vater und der rotgesichtigen dicken Frau hinter ihr hin und her, und auf ihrem Gesicht war deutlich der innere Kampf zu lesen, den sie durchstehen mußte. Dann, nach einer Ewigkeit, streifte sie Starbergs Hand ab und trat zitternd zu ihrem Vater hinüber.

»Das Mädchen kann überhaupt nicht entscheiden, was es will«, sagte Frau Starberg. »Sie ist ...«

»Ganz recht«, unterbrach sie Liz kühl. »*Sie* kann es nicht. Aber ihr Vater kann es.«

»Aber sie gehört hierher!« zischte die Starberg. Ihr Gesicht verzerrte sich vor Zorn. Sie streckte die Hand aus, packte Andys Arm und zerrte sie wütend zu sich hinüber.

Irgend etwas in Liz schien zu Eis zu erstarren. Mit einem Mal verspürte sie keine Gewissensbisse mehr. Das war nicht der Schmerz einer Mutter, die ihr Kind verlor. Sie hatte nicht einmal so falsch gelegen, als sie vorhin einen Vergleich mit Aschenputtel gezogen hatte. Diese Frau kämpfte nicht um ihr Kind, sondern um ihren *Besitz*. Sie würde sich mit aller Kraft wehren, aber aus den gleichen Gründen, aus denen sie auch um einen Schrank oder ein Schmuckstück kämpfen würde.

»Machen Sie sich nicht die Mühe, Andys Sachen zusammenzusuchen«, sagte sie kühl. »Wir nehmen sie mit. Jetzt gleich. Was sie braucht, bekommt sie von uns.«

»Nichts werden Sie!« keuchte Frau Starberg. »Nichts, verstehen Sie?! Sie werden verschwinden, und zwar sofort. Verlassen Sie mein Haus, bevor ich die Polizei rufe.«

Liz lächelte, aber es war nicht die geringste Spur von Humor oder auch nur Wärme darin. »Das ist gar keine schlechte Idee, Frau Starberg«, sagte sie. »Vielleicht erspart uns das eine Menge unnötigen Ärger. Vielleicht bringt es Ihnen auch noch eine Anzeige wegen Freiheitsberaubung. Wir werden sehen.« Ihr Lächeln wurde ein bißchen kälter. »Ich habe mit meinem Rechtsanwalt telefoniert, ehe wir gekommen sind, wissen Sie? Was wir hier tun, ist völlig legal.«

Das war zumindest zweifelhaft, wenn nicht glatt gelogen – sie *hatte* mit ihrem Anwalt in Hamburg gesprochen, und sie hatte regelrecht gehört, wie er blaß wurde, als sie ihm von ihrem Vorhaben erzählte. Aber ihre Rechnung ging auf.

Die Drohung, die dem Begriff *Rechtsanwalt* für einen Menschen wie Frau Starberg innewohnte, reichte schon aus.

»Freiheitsbe....«, ächzte sie. »Sie sind ja verrückt! Das Kind bleibt hier. Fünfzehn Jahre lang hat sich der Kerl nicht um seine Tochter gekümmert, und jetzt ...«

»Hat er zum ersten Mal die Gelegenheit, das Versäumte nachzuholen«, unterbrach sie Liz.

»Aber Sie können doch nicht ... ich meine, so etwas braucht doch Zeit. Sie können nicht nach fünfzehn Jahren auftauchen und innerhalb von fünf Minuten das Kind mitnehmen. Sie müssen mir Zeit lassen. So etwas will gründlich vorbereitet sein.«

»Zeit?« wiederholte Liz spöttisch. »Wozu? Um das Mädchen wegzubringen?«

Der betroffene Ausdruck auf Frau Starbergs Gesicht sagte ihr, daß sie mit ihrer Behauptung ins Schwarze getroffen hatte. »Ich sehe keinen vernünftigen Grund, noch zu warten. Und jetzt spielen Sie nicht die gequälte Mutter«, fügte sie in absichtlich verletzendem Tonfall hinzu. »Das nehme ich Ihnen nicht ab.«

Frau Starberg wurde plötzlich ganz ruhig. Vielleicht spürte sie instinktiv, daß sie Liz nicht gewachsen war. Aber vielleicht schlug sie auch nur eine andere Taktik ein.

»So«, sagte sie. »Das nehmen Sie mir nicht ab. Sie können sich nicht vorstellen, was in einem Menschen vorgeht ...«

Liz ließ sie auch diesmal nicht zu Ende sprechen. »Ich kann mir nicht vorstellen, was einen Menschen dazu bringen kann, einen Vater nur alle vier Wochen zu seiner Tochter zu lassen«, sagte sie ruhig. »Und ich kann mir noch viel weniger vorstellen, wie grausam jemand sein muß, der einen Menschen mit der Drohung gefügig macht, sein Kind in ein Heim zu stecken.«

»Sie wissen nicht, was Sie tun«, sagte die Starberg leise. »Dieses Kind ist nicht normal.«

»Es kommt mir normaler vor als Sie«, antwortete Liz ungerührt. »Und ich denke, ich werde mit ihm fertig. Geben Sie uns Andys Papiere – so weit es welche gibt?«

»Fällt mir nicht ein«, sagte Frau Starberg stur. »Weder sie noch das Kind. Andy wurde meiner Obhut übergeben. Ich habe all die Jahre für sie gesorgt, ohne einen Pfennig dafür zu verlangen. Sie können nicht einfach mit Ihrem dicken Wagen und … und all Ihrem Geld hier auftauchen und das Kind verlangen. Das wird Herr Ohlsberg entscheiden.«

»Ich kann mir vorstellen, wie diese Entscheidung ausfällt«, sagte Liz. »Aber Sie können von mir aus gerne zu ihm gehen – sobald wir weg sind.«

»Ich lasse Sie nicht gehen«, sagte Frau Starberg noch einmal. Ihre Stimme zitterte, klang aber entschlossen.

»Und wie wollen Sie uns aufhalten?« fragte Liz ruhig. »Mit Gewalt vielleicht?« Sie lächelte, nahm Andy beim Arm und machte einen Schritt in Richtung Tür. »Die Papiere holen wir später. Andys Sachen können Sie behalten, Frau Starberg«, sagte sie. »Das Mädchen hat beinahe meine Figur. Fürs erste werde ich ihr ein paar von meinen Kleidern geben. Später werden wir dann etwas aus der Stadt schicken lassen. Würde es dir gefallen, ein so hübsches Kleid wie ich zu tragen, Andy?« fragte sie, an das Mädchen gewandt.

Andy nickte, obwohl Liz kaum glaubte, daß sie die Frage überhaupt verstanden hatte. *Es ist zu leicht*, dachte sie. Sie hatte nicht damit gerechnet, auf unüberwindlichen Widerstand zu treffen, aber die Starberg machte es ihr fast zu einfach. Irgend etwas stimmte nicht.

Sie ging zur Tür, bedachte Frau Starberg mit einem langen, eisigen Blick und wandte sich dann an Peter. »Gehen wir?«

Heyning nickte. Die Bewegung wirkte abgehackt und mühsam. Er sah Frau Starberg mit einem eindeutig ängstlichen Blick an und ging dann mit kleinen, hastigen Schritten an Liz vorbei.

»Wenn Sie jetzt gehen, Heyning«, sagte Frau Starberg, »dann wird Ihnen das leid tun. Ich warne Sie.«

Liz schüttelte den Kopf, griff nach ihrer Handtasche und trat rückwärts aus der Küche heraus. »Machen Sie sich nicht lächerlich. Sie haben nichts mehr gegen ihn in der Hand. Finden Sie sich damit ab.«

»Sie ...«

»Beschimpfen Sie mich ruhig, wenn es Ihnen Freude bereitet«, sagte Liz gelassen. »Aber das ändert auch nichts mehr.«

Sie fuhr herum, verließ mit schnellen Schritten das Haus und warf die Tür hinter sich ins Schloß.

27

Am Nachmittag des gleichen Tages.

»Du hättest es mir wenigstens sagen müssen«, seufzte Stefan. Er schüttelte den Kopf, lehnte sich zurück und nippte geistesabwesend an seinem Glas. Es kam selten vor, daß er so früh am Tage bereits trank; ein sicheres Zeichen, daß es in seinem Inneren nicht so ruhig aussah, wie er sich vorzugeben bemühte.

»Was heißt hier sagen?« schnappte Liz. Sie war wütend, und sie gab sich nicht die geringste Mühe, dies zu verbergen. »Wir haben weiß Gott oft genug darüber gesprochen. Du warst damit einverstanden. Soviel ich weiß, war es überhaupt deine Idee, das Mädchen hierherzuholen.« Diese Bemerkung als *übertrieben* zu bezeichnen, wäre geschmeichelt. Aber zu ihrem Erstaunen reagierte Stefan nur mit einem weiteren, sehr tiefen Seufzen und dem ungefähr siebenhundertfünfzigsten vorwurfsvollen Blick des Tages.

Sie waren gegen Mittag zum Hof zurückgekommen. Die Fahrt zu dritt in dem winzigen Wagen war alles andere als bequem gewesen, selbst für sie, obwohl Peter das Mädchen auf den Schoß genommen hatte, und die Nervosität, die trotz allem in ihr brodelte, hatte sie zusätzlich fertig gemacht. Sie war aggressiv, aggressiv in einer Art, die sie bisher an sich selbst nicht gekannt hatte.

»Natürlich war es meine Idee«, murmelte Stefan nach einer Weile. »Ich hatte auch schon die Idee, alle Regierungen abzuschaffen oder das Geld, weißt du?« Er starrte an ihr vorbei auf einen imaginären Punkt irgendwo hinter ihrem Rükken. Seine Finger glitten nervös über den Rand des Glases. »Du hättest vorher etwas sagen können. Was du heute morgen gemacht hast, war ziemlich dumm.«

»Ach?« machte Liz.

»Ach ja.« Stefan lächelte traurig. »Es war dumm«, wiederholte er. »Ich habe nie vorgeschlagen, Schwarzenmoor in einer Nacht-und-Nebel-Aktion anzugreifen und zu besetzen.«

»Und was hättest du getan?«

Stefan zuckte die Achseln. »Es ist sinnlos, darüber zu reden, was ich getan *hätte*, nicht?« murmelte er. »Auf jeden Fall hätte ich vorher mit Ohlsberg geredet.«

»Ausgerechnet mit dem!« ereiferte sich Liz. »Du weißt genau, daß er nichts Besseres zu tun gehabt hätte, als das Mädchen sofort wegzuschaffen.«

»Das glaube ich nicht«, widersprach Stefan. »Vielleicht wird er es jetzt tun. Zumindest wird er uns Schwierigkeiten bereiten.«

»Er hat angerufen?« Das war eine ziemlich dumme Frage, wie sie sich selbst eingestehen mußte. Das Telefon hatte geschrillt, als sie mit Andy und Peter aus dem Wagen gestiegen war, und Stefan hatte eine geschlagene halbe Stunde gebraucht, ehe er aus seinem Zimmer gekommen war.

»Natürlich.« Stefan nickte. »Obwohl ich mich frage, warum. So, wie er gebrüllt hat, hätte ich ihn auch ohne Telefon verstanden. Mir dröhnt jetzt noch das Ohr«, sagte er ernsthaft. »Er war ziemlich aufgebracht.«

»Ach?« machte Liz noch einmal.

Stefan schüttelte den Kopf, seufzte und leerte sein Glas mit einem Zug.

»Ich denke, daß ich ihn einigermaßen beruhigt habe«, sagte er. »Trotzdem wird er die Sache nicht auf sich beruhen lassen.«

»Er kann überhaupt nichts tun«, sagte Liz. Sie dachte an ihre zweifache Lüge vom Vormittag und kam zu dem Schluß, daß aller guten Dinge schon immer drei gewesen waren. »Außerdem habe ich vorher mit unserem Anwalt telefoniert, wenn es dich beruhigt. Die Rechtslage ist eindeutig. Peter ist der Vater; und er hat nie seine Einwilligung gegeben, das Mädchen ...«

»Die Rechtslage«, unterbrach sie Stefan sanft, »interessiert mich in diesem Fall überhaupt nicht. Außerdem solltest du dir da nicht so sicher sein. Unsere Vormundschaftsgerichte entscheiden nicht immer nach den Buchstaben des Gesetzes. Immerhin hat das Mädchen fünfzehn Jahre bei diesen Leuten gelebt. Du hattest kein Recht, sie ihnen einfach zu entführen.«

»Ich habe sie nicht *entführt*.«

»Doch, das hast du. Ich kenne dich doch! Du bist nicht so harmlos, wie du tust. Wahrscheinlich hast du dieser Frau Starberg nicht die geringste Chance gelassen.«

»Natürlich nicht. Hättest du es getan?«

Stefan grinste. »Nein. Aber ich hätte diesen Wahnsinn gar nicht erst gemacht. Wir werden jetzt verdammten Ärger bekommen.«

»Mit wem?« fragte Liz spöttisch. »Mit Ohlsberg?«

»Unter anderem. Unterschätz ihn nicht. Er ...«

»Jetzt halt bitte die Luft an und hör mir zu«, sagte Liz. »Ich weiß ganz gut, was ich getan habe. Er kann nichts gegen uns unternehmen, absolut nichts. Peter hätte seine Tochter niemals weggegeben, wenn er die Möglichkeit gehabt hätte, sich um sie zu kümmern. Diese Leute haben ihm das Kind praktisch gestohlen. Sie werden sich verdammt hüten, irgendwelchen Wirbel zu veranstalten, verlaß dich darauf. Und mit Ohlsberg habe ich sowieso noch ein Hühnchen zu rupfen gehabt.«

Stefans linke Augenbraue rutschte ein Stück nach oben. Aber er war noch immer so verdammt aufreizend ruhig, trotz allem. »Hast du es nur deswegen getan?« fragte er. »Um dich an ihm zu rächen?«

»Quatsch! Aber es ergab sich nun einmal daraus, und ich kann nicht behaupten, daß es mir leid täte.«

Wieder schwieg Stefan eine ganze Weile.

»Du machst einen fürchterlichen Fehler, Kindchen«, sagte er schließlich.

Liz schürzte ärgerlich die Lippen. »Nenn mich nicht Kindchen«, schnappte sie. »Du weißt, daß ich das nicht mag.«

Stefan lächelte. »Aber du benimmst dich so. Schau mal, Liz – ich will gar nicht bestreiten, daß ich die Idee hatte, Andy zu uns zu nehmen. Irgendwann einmal. Und ich mache dir auch keine Vorwürfe, auch wenn mir die Art, in der du es getan hast, nicht gefällt. Ich hätte eben gründlicher mit dir reden sollen. Aber du bist dabei, einen Fehler zu begehen, vor dem ich dich warnen muß. Dieses Haus hier ist alles, was wir besitzen, Liz. Wir haben unser ganzes Geld hineingesteckt und noch mehr Geld, das wir noch gar nicht haben. Es ist kein Wochenendhaus, vergiß das nicht. Und die Leute hier sind keine flüchtigen Bekannten, von denen es uns gleich sein kann, was sie von uns halten. Wir wollen hier leben, nicht nur ein paar Monate, sondern für die nächsten Jahre, vielleicht den Rest unseres Lebens.«

»Ich verstehe«, sagte Liz dumpf. »Und du meinst, wir müssen uns ducken. Uns *anpassen*.«

»Nein«, sagte Stefan. »Anpassen ja, ducken nein. Aber es hat absolut nichts mit ducken oder Feigheit zu tun, wenn wir uns ein wenig am Riemen reißen. Ich weiß, daß du Ohlsberg nicht ausstehen kannst …«

»Das erste vernünftige Wort heute.«

»… und ich verlange auch gar nicht«, fuhr Stefan unbeeindruckt fort, »daß du ihm plötzlich die Füße küßt. Aber du tust dir keinen Gefallen, wenn du einen Privatkrieg gegen das ganze Dorf anfängst, Schatz.«

»Vielleicht doch«, widersprach Liz. »Im Gegensatz zu dir kann ich so nicht leben. Immer schöntun und die Faust in der Tasche, wie?« Sie lachte hart. »Ich hatte gehofft, daß du mir hilfst, Stefan. Aber ich schaffe es auch allein. Ich gebe dir

Brief und Siegel, daß ich mit ihm fertig werde. Mit dir oder ohne dich.«

Stefan seufzte. Plötzlich sah er beinahe traurig aus. »Ich will nicht mir dir streiten«, sagte er. »Der Schaden ist nun mal angerichtet, und wir werden irgendwie damit fertig werden. Nur – sag mir das nächste Mal Bescheid, wenn du wieder einen Handstreich gegen Ohlsberg oder den Rest der Welt planst.« Er lächelte, stellte sein Glas ab und stand auf. »Und nun wollen wir unsere neue Hausbewohnerin begrüßen. Hast du schon eine Ahnung, wo wir sie unterbringen?«

»Für die ersten Tage kann sie mit bei Peter schlafen. Vielleicht ist es ganz gut, wenn sie nicht gleich allein ist.«

»Und dann?«

Liz zuckte die Achseln. »Wenn du einverstanden bist, großer Boß«, sagte sie spöttisch, »dann gebe ich ihm zwei oder drei Tage frei. Er kann sich die beiden Gästezimmer herrichten. Falls du es dir nicht plötzlich anders überlegt hast.«

Stefan verzichtete vorsichtshalber auf eine Antwort.

Sie verließen den Wohnraum und gingen zu Peters Zimmer hinüber. Stefan klopfte, wartete einen Moment und drückte dann die Klinke herunter.

Peter war nicht da, aber das Mädchen saß auf der Kante seines Bettes und blickte ihnen aus großen, ängstlichen Augen entgegen.

Liz gebot Stefan mit einer Handbewegung, stehenzubleiben, lächelte freundlich und trat einen halben Schritt auf Andy zu.

»Hallo«, sagte sie. »Dein Vater ist nicht da?«

Andy reagierte nicht. Aber damit hatte sie auch gar nicht gerechnet. Das Mädchen hatte den Schock, den dieser plötzliche Einschnitt in sein Leben zweifellos bedeuten mußte, sowieso erstaunlich gut verarbeitet, bis jetzt wenigstens. Aber wahrscheinlich hatte sie noch gar nicht richtig begriffen, was jetzt geschehen würde.

»Das ist Stefan, mein Mann«, sagte sie mit einer Geste auf Stefan. »Ich habe dir von ihm erzählt. Erinnerst du dich?«

Andy nickte. Ihr Blick heftete sich auf Stefans Gesicht.

Stefan lächelte ebenfalls. Für einen Moment erschien er verwirrt, vollkommen desorientiert. Dann …

Liz konnte die Veränderung deutlich spüren. Irgend etwas ging in ihm vor. Der Zorn, der bis jetzt in ihm gebrodelt hatte, verschwand von einer Sekunde auf die andere. Das Lächeln auf ihrem Gesicht wurde milder, sanfter und war jetzt nicht mehr gekünstelt, sondern echt.

»Du bist also Andy«, murmelte er. Seine Stimme war weich, so weich, wie sie es noch nie an ihm gehört hatte. Er ging auf das Mädchen zu, ließ sich vor ihr in die Hocke sinken und streckte zögernd die Hand aus. »Ich freue mich, daß du da bist«, sagte er leise. »Freust du dich auch?«

Sekundenlang starrte Andy ihn nur aus großen, scheuen Augen an. Dann ergriff sie seine Hand, drückte sie und nickte.

Liz unterdrückte einen überraschten Seufzer. Stefan hatte an sich noch nie sehr gut mit Kindern umgehen können, und sie hatte eher damit gerechnet, daß es Schwierigkeiten geben würde, ganz unabhängig von den äußeren Umständen, unter denen Andy hierhergekommen war.

Das Gegenteil war der Fall.

Es bedurfte keiner umständlichen Erklärungen, um zu erkennen, daß Stefan und Andy sich auf Anhieb verstanden. Es war so etwas wie Liebe auf den ersten Blick, wenn auch sicher nicht (das hieß, *ganz* sicher war sie sich da nicht einmal, aber sie vertrieb den Gedanken voller Schrecken) auf erotischer Ebene. Er mochte sie, und sie mochte ihn, so einfach war das.

Liz atmete erleichtert auf.

»Du solltest Peter suchen und ihm sagen, daß er die Zimmer für sich und die Kleine herrichten soll«, sagte Stefan. »In diesem Loch ist ja nicht einmal Platz für eine Person. Geschweige denn für zwei.« Dann wandte er sich wieder an Andy. »Und wir beide könnten uns inzwischen das Haus und den Hof ansehen, was meinst du? Wir haben eine Menge Platz hier. Es wird dir gefallen.«

Andy überlegte einen Moment. Dann stand sie auf, nickte

und griff in einer unglaublich vertraut anmutenden Geste nach Stefans Hand.

Liz sah den beiden verblüfft nach, als sie das Zimmer verließen und die Treppe emporgingen. Von allem, was sie erwartet hatte, war das Unwahrscheinlichste eingetreten. Für einen Moment war sie sich über ihre eigenen Gefühle im unklaren. Sie war erleichtert, sicher, aber da war auch noch etwas ... Neid? Eifersucht?

Unsinn, dachte sie verärgert. Es gab keinen Grund für Neid oder gar Eifersucht. Was sie fühlte, war wohl nur gekränkter Stolz. Mit einem erschöpften, aber auch sehr, sehr erleichterten Seufzen wandte sie sich um und ging in die Küche zurück.

28

An diesem Tag geschah nichts Außergewöhnliches mehr, sah man davon ab, daß sich weder Ohlsberg noch die Starbergs bei ihnen meldeten, geschweige denn irgend etwas gegen Liz unternahmen – was an sich schon außergewöhnlich genug war, bei Licht betrachtet aber nicht sonderlich viel zu bedeuten hatte.

Liz war sich durchaus darüber im klaren, daß sie möglicherweise einen Pyrrhussieg errungen hatte, und einen, den sie fast ausschließlich dem Moment der Überraschung zu verdanken hatte. Wahrscheinlich hatte die Starberg selbst jetzt noch nicht richtig begriffen, was überhaupt geschehen war, und vielleicht auch Ohlsberg nicht. Liz' plötzliche – und vor allem unerwartete – Gegenwehr mußte sie beide überrascht und völlig aus dem Konzept gebracht haben. Aber wenn sie den ersten Schrecken verwunden hatten, würden sie reagieren; irgendwie.

Nun, für diesen Tag jedenfalls war Ruhe. Weder erschien ein Polizeiwagen auf dem Hof, um das Mädchen zurückzubringen, noch tauchte ein aufgebrachter Mob mit Dreschflegeln und Fackeln auf, um Eversmoor samt seinen Bewohnern einzuäschern. Obwohl weder das eine noch das andere Liz weiter in Erstaunen versetzt hätte. Ihr Glaube an die Zivilisation war erschüttert, seit diese ganz verrückte Geschichte begonnen hatte. Zu der Welt, in der sie jetzt lebte, gehörte auch das.

Der Tag verging überraschend schnell. Während der letzten Tage war eine Menge Arbeit liegengeblieben, und als Liz erst einmal damit angefangen hatte, war sie mehr als erstaunt, wie schnell die Zeiger der Uhr weiterliefen; am Ende mußte sie sich fast überschlagen, um ein Abendessen zu improvisieren, das Andy den Gedanken an ein Leben auf Gut Eversmoor nicht gleich am ersten Tag vergällte.

Allerdings war ihre Mühe umsonst. Sie deckte für vier, wobei ihr der Gedanke durch den Kopf ging, daß sie noch vor Wochenfrist ein kinderloses Ehepaar gewesen waren und sich quasi über Nacht in eine richtige Familie verwandelt hatten, aber nur Stefan erschien zum Essen und erklärte, daß Peter es vorzöge, mit seiner Tochter allein zu bleiben, wenigstens am ersten Abend. Liz akzeptierte das, aber Stefan mußte den enttäuschten Unterton in ihrer Stimme sehr wohl bemerkt haben, denn er stand noch einmal auf, trat leise hinter sie und schloß sie in die Arme.

»Nimm es ihm nicht übel, Schatz«, sagte er. »Der arme Kerl ist völlig verstört.«

»So?« Liz löste sich von ihm – sehr behutsam, damit er die Bewegung nicht falsch verstand, und aus dem einzigen profanen Grund, daß die Kartoffeln auf der Platte überzukochen drohten –, trat an den Herd heran und zog den Topf mit spitzen Fingern herunter. Natürlich vergaß sie dabei ihre lädierte rechte Hand und fuhr vor Schmerz zusammen. Stefan bemerkte es nicht.

»Was für ein Gefühl hast du?« fragte sie, während sie mit zusammengebissenen Zähnen nach den Topflappen angelte und gleichzeitig in die schäumende Brühe im Topf blies, damit sie nicht völlig überkochte und ihr den Herd versaute.

»Gefühl?« Stefan grinste anzüglich. »Komm mit ins Schlafzimmer und schau selbst nach.«

»Blödmann«, sagte Liz ruhig. Rasch goß sie die Kartoffeln ab, kippte sie in die Schüssel – sie hatte ihr bestes Porzellan aus der Kiste geholt, die noch unausgepackt in der Kammer hinter der Küche gestanden hatte, um dem Essen einen angemessenen festlichen Rahmen zu geben – und balancierte mit ihrer heißen Fracht zum Tisch, wobei sie eine fast groteske, nach hinten geneigte Haltung einnehmen mußte, damit ihr der kochende Dampf nicht ins Gesicht stieg. »Ich meine Peter. Glaubst du, er ...«

»Ist glücklich?« fiel ihr Stefan ins Wort. Er setzte sich, zuckte mit den Achseln und spießte eine Kartoffel mit seiner Gabel auf, noch ehe sie die Schüssel richtig abgesetzt hatte. »Ich glaube, im Moment ist er vor allem verstört. Es ging alles viel zu schnell.« Er lachte leise und unecht. »Nicht einmal ich habe bisher wirklich begriffen, was passiert ist. Was erwartest du von einem Mann wie Peter?«

»Immerhin ist er der Vater.«

»Vater, papperlapapp«, sagte Stefan. »Er hat sie gezeugt, und er hat sie alle paar Wochen mal zu Gesicht bekommen, aber das ist auch alles. Du bist schief gewickelt, wenn du nach allem, was passiert ist, jetzt erwartest, daß er sie einfach in seine Arme und danach in sein Herz schließt, Schatz. Mit diesem Mädchen sind für ihn negative Erinnerungen verbunden. Er wurde mit ihr erpreßt und unter Druck gesetzt, seit es sie gibt. Er wird es schwer haben, sich an sie zu gewöhnen. Negatives Feedback nennt man so etwas.«

»Du hast mit Ohlsberg gesprochen.«

Stefan seufzte. »Ja. Aber das jetzt waren meine Worte, Copyright bei Stefan König, Liebes. Ich will dich nur darauf vorbereiten, was du vielleicht zu hören kriegst, sollte die Sache vor Gericht gehen.«

»Gericht?« Liz war wieder auf dem Weg zum Herd gewesen, um den Rest der Mahlzeit aufzutragen, blieb aber jetzt stehen und drehte sich abrupt wieder um. »Du meinst, er ... würde uns verklagen?«

»Ich meine überhaupt nichts«, antwortete Stefan. »Ich würde es tun, an seiner Stelle, aber ich bin nicht Ohlsberg. Ehrlich gesagt, ich habe keine Ahnung, was er tun wird.«

»Aber mit welchem Recht?«

»Was weiß ich?« entgegnete Stefan achselzuckend. »Vielleicht unternimmt er auch gar nichts. Lassen wir uns überraschen. Ich werde auf jeden Fall gleich morgen noch einmal mit unserem Anwalt telefonieren. Ich glaube eigentlich nicht, daß Ohlsberg den gerichtlichen Weg geht – so etwas tut man hier auf dem Lande nicht so rasch, weißt du. Aber besser ist besser.«

Liz schwieg. Wenn Stefan seine Worte wahr machte – und warum sollte er nicht? – und wirklich mit dem Anwalt sprach, würde er sehr schnell herausfinden, wie dünn das Eis war, auf dem sie sich bewegte; und daß sie ihn glattweg belogen hatte. Aber was hatte sie erwartet?

Hastig drehte sie sich wieder zum Herd um, trug den Rest ihres zwar in aller Hast, aber trotzdem mit großer Liebe vorbereiteten Festessens auf und band ihre Schürze ab. Stefan schien auch jetzt nicht einmal zu bemerken, daß sie darunter ihr allerbestes Kleid trug, so wenig, wie ihm aufzufallen schien, von welchem Geschirr sie aßen und mit welchem Besteck. Liz war enttäuscht, ihm dabei zuzusehen, wie er Kartoffeln und Fleisch und Gemüse scheinbar wahllos in sich hineinstopfte. Aber es war nicht einfach die Enttäuschung einer Hausfrau, deren Gast ihre Mühe nicht zu würdigen wußte. Sie hatte sich alles so schön vorgestellt – nach dem massierten Wahnsinn der letzten Tage war ihr der Gedanke, ganz plötzlich eine Familie zu haben, in deren Schutz und Wärme sie sich zurückziehen konnte, sehr verlockend gewesen, selbst wenn es nur eine Pseudo-Familie war und ihr Schutz nur ein höchst fragwürdiger. Peter und Andy mit ihrem Wegbleiben und Stefan mit seiner ungeschlachten Art machten alles zunichte.

Andererseits konnte sie Peter natürlich verstehen. Für ihn mußte die Situation zehnmal neuer und aufregender sein als für Stefan und sie. Wahrscheinlich war er bis ins Mark verstört und eingeschüchtert, und wahrscheinlich hatte er vor nichts mehr Angst als davor, daß sich alles nur als sehr kurzer Traum herausstellen würde, dem ein umso brutaleres Erwachen folgte. Nein – sie akzeptierte, daß er mit seiner Tochter allein sein wollte. Auch für ihn war sie fast eine Fremde, nachdem er sie fünfzehn Jahre lang nur alle paar Wochen einmal hatte sehen dürfen. Er konnte nicht einfach hierherkommen, sich mit ihr an den Tisch setzen und zur Tagesordnung übergehen, als wäre nichts geschehen. *Negatives Feedback* ... Liz schauderte ein bißchen. Sie hoffte inständig, daß Stefan sich täuschte ...

Es wurde dunkel, bis sie fertig waren und Liz den Tisch abzuräumen begann. Ihre Müdigkeit machte sich wieder stärker bemerkbar: ihre rechte Hand schmerzte, trotz des guten Essens war ein permanenter schlechter Geschmack in ihrem Mund, und sie merkte selbst, daß sie nach saurem Schweiß roch. Und plötzlich wollte sie nichts mehr, nur ins Bett und sechsunddreißig Stunden durchschlafen.

Oder besser gleich zweiundsiebzig.

29

Es war die Nacht, in der es *wirklich* begann, aber das wußte sie natürlich jetzt noch nicht. Trotz allem fiel es ihr schwer, einzuschlafen. Stefan – aber sonderbarerweise schockierte sie dies kaum noch, ja, es war sogar fast, als hätte sie es erwartet – war taktlos genug, mit ihr schlafen zu wollen, gab seine Bemühungen aber nach kurzer Zeit auf, als sie nicht reagierte, und drehte sich beleidigt zur Wand. Natürlich waren es in Wahrheit dann wohl nur noch Minuten, die sie sich ruhelos herumwälzte und abwechselnd gegen die Decke und die Wand neben dem Fenster starrte, bis sie schließlich doch einschlief, aber Liz kamen diese Minuten vor wie Stunden.

Und fast ebenso natürlich kam der Alptraum, kaum daß sie eingeschlafen war.

Sie war wieder im Wald, dem gleichen Wald, durch den sie wie von Furien gehetzt gefahren war, dem gleichen Wald, in dem der Mitternachtssee lag und das Moor (Moor?) und das DING, das im Wasser und gleichzeitig auch in ihr lebte.

Sie rannte, aber zumindest in dieser Beziehung war es ein ganz normaler Alptraum, denn sie rannte so schnell, daß sie Mühe hatte, ihre Bewegungen noch zu koordinieren, aber sie kam nichtsdestotrotz nicht von der Stelle: rings um sie herum war Wald, dichter, kompakter Wald, wie die Wände eines Tunnels, durch den sie hetzte, und trotzdem hatte es etwas vom Laufen auf einem Fließband an sich, denn der Boden schien so schnell unter ihr hinwegzugleiten, wie sie darauf lief.

Dann begriff sie, daß es doch kein normaler Traum war, sondern die direkte Fortsetzung des Traumes aus der vergangenen Nacht, in dem sie schon einmal hiergewesen war. In dem sie das Ohlsberg-Ding getroffen hatte, diese Kreatur aus Pflanzen und Wurzelwerk, die mit dürren Dornenfingern nach ihr gegriffen hatte.

Die Erinnerung ließ sie erscheinen. Nebel – vielleicht auch irgend etwas anderes? – ballte sich vor ihr auf dem Weg zusammen, sehr schnell und sonderbar undramatisch, und dann stand sie ihm gegenüber.

Es war Ohlsberg, und gleichzeitig war es etwas unsagbar Fremdes, Böses, anderes, wie in der vorangegangenen Nacht ein Ohlsberg, der aus Lehm und Schmutz und halbverfaulten Pflanzenteilen bestand. Aber sie konnte ihn jetzt deutlicher sehen, denn obwohl er mit beinahe der gleichen Geschwindigkeit vor ihr zurückwich, mit der sie rannte, kam er doch ganz langsam näher. Vielleicht glitt er auch einfach auf sie zu, und sie rannte wirklich, ohne von der Stelle zu kommen, wer wollte die verrückte Logik dieses Traumes schon deuten oder gar verstehen? Gleichwie, sie konnte ihn deutlicher erkennen, in allen entsetzlichen Einzelheiten. Es war doch nicht Ohlsberg, sondern das Ding, das ihn nachzuahmen versuchte, so perfekt wie möglich, aber eben doch nicht ganz genau:

Sein Gesicht und seine Hände bestanden aus fleischfarbenem Morast, der jedoch eine weit flüssigere Konsistenz als menschliche

Haut hatte, denn er floß und wabbelte unentwegt hin und her, als wäre es nur ein dünnes Häutchen, unter dem sich Käfer oder Maden bewegten, seine Augen waren glänzende rote Beeren in der Farbe halbgeronnenen Blutes, die trotzdem sehen konnten, seine Finger – er hatte mindestens ein Dutzend an jeder Hand – dürre abgestorbene Äste, die leise knisterten, wenn er sie bewegte, der Mund ein lippenloser Schlitz, hinter dem weder Zähne noch Zunge waren, sondern nur eine amorphe feuchte Masse, wie das Innere einer verfaulten Frucht.

Sie wollte stehenbleiben und schreien, aber auch das konnte sie nicht, sie mußte sich bewegen, weiterlaufen auf dieses gräßliche Pflanzen-Ding zu, das Ohlsbergs Aussehen angenommen hatte (oder war es umgekehrt?) und jetzt die Arme ausbreitete, wie um sie zu umarmen. Sie würde sterben, wenn er es tat. Unter seiner Jacke – auch sie bestand aus haardünnen glitzernden Wurzelfasern, wie sie jetzt sah – bewegte sich etwas, ein formloser Klumpen, der hin und her kroch, und die gleichen formlosen Etwasse krochen unter seiner Hose entlang, glitten seine Beine hinab und verschwanden im Boden, denn sie sah jetzt auch, daß er keine Füße hatte, sondern direkt auf dem sumpfigen Untergrund heranwuchs.

Dann öffnete sich der Mund der Kreatur, aber wie in der Nacht zuvor kamen keine Worte heraus, sondern erneut dieses entsetzliche Geräusch, ein grauenhaftes, feuchtes Blubbern und Würgen, ein Laut wie von etwas Großem, Nassem, das sich durch halberstarrten Morast bewegte, ein Gurgeln, als ersticke er an seinem eigenen Blut, und dann mischte sich ein schriller Ton in seine Un-Sprache, ein rhythmisches, fast schmerzhaftes helles Kreischen, nein, ein Schrillen, das so vollkommen fremd und anders war, daß sie davon erwachte.

Zweierlei geschah, dessen sie sich mit fast schmerzhafter Deutlichkeit bewußt war:

Der Traum hatte sie ausgespien; sie war nicht einfach erwacht, sondern regelrecht hinauskatapultiert worden. In dem nicht existierenden Boden ihrer kleinen selbstgemachten Privat-Hölle hatte sich eine Klappe geöffnet, und sie war zurückgestürzt in die Wirklichkeit, die vielleicht nicht viel weniger schlimm als der Traum war. Sie war wirklich aus dem Traum heraus*gefallen,* glaubte sogar noch das leise Zittern des Bettes unter sich zu spüren, das den Sturz aufgefangen hatte.

Das zweite war, daß sie geschrien hatte, so laut, daß ihre Kehle davon schmerzte.

Verstört, zitternd vor Angst und mit rasendem Herzen, richtete sie sich auf die Ellenbogen hoch und sah sich um. Das Zimmer war dunkel, aber irgendwoher nahm sie die absolute Gewißheit, daß sie noch nicht sehr lange geschlafen hatte; keine Stunde. Trotzdem lastete Schwärze wie eine materielose Decke auf ihr. Ihr Laken war feucht vor Schweiß, und ihre Beine fühlten sich von den Füßen abwärts klamm und kalt an.

Sie drehte den Kopf. Seltsam – Stefan schlief neben ihr wie ein Murmeltier. Im Schlaf hatte er sich wieder zu ihr herumgedreht, sie konnte sein Gesicht sehen, und der entspannte Ausdruck darauf und seine ruhigen, gleichmäßigen Atemzüge verrieten ihr, daß er sehr tief schlief.

Ihre Schreie – verdammt noch mal, sie *wußte,* daß sie gellend geschrien hatte! – hatten ihn nicht geweckt, ja, sie waren nicht einmal in seinen Schlaf gedrungen.

Das Telefon schrillte.

Es dauerte einen Moment, bis Liz das Geräusch als das identifizierte, was es war. Im allerersten Augenblick war sie felsenfest davon überzeugt, daß der Irrsinn weiterging, daß das Ohlsberg-Ding die Tür zwischen den Welten aufgestoßen hatte und sie verfolgte, gleich aus den Schatten am Fußende des Bettes treten und seine dreizehnfingrigen Hände nach ihr ausstecken würde. Dann brach der Laut ab, einen Moment lang herrschte eine tiefe, mörderische Stille, und dann erscholl das Schrillen erneut; Liz erkannte es als das Lamentieren des Telefons.

Überrascht drehte sie sich herum, griff mit zitternden Fingern nach dem Wecker und hob ihn dicht vor die Augen, um die winzigen Leuchtziffern erkennen zu können. Es war kurz vor Mitternacht. Wer, zum Teufel, rief um diese gotteslästerliche Uhrzeit bei ihnen an?

Dann begriff sie …

… natürlich war es niemand anderes als Ohlsberg. Der alte Mistsack hockte jetzt wahrscheinlich grinsend an seinem Apparat und freute sich darauf, sie mit Vorwürfen und Angriffen überhäufen zu können, und er mußte sich sehr genau ausgerechnet haben, daß er sie aus dem ersten Nachtschlaf riß und sie nicht unbedingt darauf vorbereitet war, sich zu wehren.

Wütend schlug sie die Decke zurück, schwang die Beine aus dem Bett.

Und erstarrte.

Es war dunkel im Zimmer, aber nicht so dunkel, daß sie es nicht sehen konnte. Durch das Fenster fiel helles Mondlicht herein, so daß das Bett und ihre Beine wie von einem silbrigen Scheinwerfer beleuchtet wurden, ein blasses unwirkliches Licht, das alle Farben eliminierte, dafür aber tausend neue Grautöne erschuf, so daß sie fast überscharf sehen konnte, wie auf einem sehr harten Schwarz-Weiß-Foto.

Ihr Bett war naß und ihre Beine von den Waden abwärts schmutzig.

Wo ihre Füße gelegen hatte, glänzte ein großer, schmierig-schwarzer Fleck auf dem Laken. Ein leichter Geruch wie nach faulendem Wasser (Moor) stieg ihr in die Nase, und an ihren nackten Füßen klebte Schlamm in kleinen, feuchtkalten Klümpchen. Eisiges Wasser lief träge zwischen ihren Zehen hindurch und tropfte auf den Teppich, wo es schwarze Flecken hinterließ.

Liz saß da wie gelähmt. Für einen kurzen Augenblick verlor sie wirklich den Verstand, trat hinüber in die Dimension des Wahnsinns, in der nichts Bestand hatte und der Schrekken zur Normalität wurde. Es dauerte nur einen Augenblick – Liz glaubte ein deutlich hörbares ›Klick‹ zu hören, mit dem irgendwo in ihrem Kopf eine Sicherung heraussprang, und kurz darauf spürte sie ebenso deutlich, wie sie (von wem eigentlich?) wieder hereingedrückt wurde. Vielleicht rettete ihr dieser kurze Augenblick des Wahnsinns im Endeffekt den Verstand.

Zitternd saß sie da, mit geschlossenen Augen, die Hände so fest in die Matratze gekrallt, daß ihre Fingerspitzen schon wieder zu bluten begannen, lauschte auf das monotone Schrillen des Telefons und betete darum, daß der entsetzliche Anblick nicht mehr da war, wenn sie die Augen wieder öffnete.

Er war da.

Die Kälte in ihren Zehen, das Gefühl der Feuchtigkeit, das langsam in ihren Waden emporkroch, und der schlechte Geruch verrieten es ihr, noch ehe sie die Augen wieder öffnete und den schwarzen Morast sah, der an ihren Füßen klebte und das Bett besudelte, das alles war da und das alles verriet ihr, daß sie nicht weiter träumte.

Aber sie war doch nicht verrückt! Sie war ...

... eingeschlafen und wieder aufgestanden, ohne es zu merken, und wie eine Schlafwandlerin nach unten und aus dem Haus gegangen, quer über den Hof und hinüber in den Wald. Daher auch ihr Traum von Bäumen und Dornen und Morast.

Natürlich, das war eine Erklärung, und von allen zur Verfügung stehenden wahrscheinlich die logischste. Aber war das überhaupt möglich?

Sie hatte davon gehört, wie jedermann von Schlafwandlern, Mondsüchtigen hört, und sie hatte es – wie jedermann – geglaubt. Aber so etwas am eigenen Leibe zu erfahren war ... entsetzlich. Sie hatte Angst, sie fror, und plötzlich wurde ihr übel.

Und als ihr Blick auf den Teppich fiel, machte ihr Herz einen schmerzhaften Satz bis in ihre Kehle hinauf und verwandelte sich in einen bitteren stacheligen Klumpen, der sie zu erwürgen drohte.

Da waren keine Spuren.

Sie starrte ihre Füße an, das besudelte Bett und dann wieder den Teppich, der rein und weiß wie am ersten Tag dalag, ohne die geringste Schmutzspur.

Aber das war doch nicht möglich! Sie konnte doch nicht hinausgegangen und mit *diesen* Füßen wieder zurückgekommen sein, ohne auch nur einen Fleck auf dem Teppich zu hinterlassen!

Unter ihr gellte das Telefon erneut, und neben ihr bewegte sich Stefan im Schlaf. Liz fuhr zusammen, zog ganz instinktiv die Beine wieder an und die Decke darüber, gerade noch rechtzeitig, ehe Stefen mit einem verschlafenen Grunzen die Augen aufschlug und benommen zu ihr hochblinzelte.

»Wasnlos?« nuschelte er. »Welcher Hirni ruft hier mitten in der Nacht an?« Er zog die Nase hoch, versuchte sich aufzusetzen und sank mit einem Stöhnen wieder zurück.

»Bring dieses verdammte Ding zum Schweigen, ehe ich es aus der Wand reiße«, murmelte er undeutlich. »Selbst ich muß ab und zu einmal schlafen, zum Teufel noch mal.« Er setzte sich im Bett auf, blinzelte, fuhr sich schlaftrunken über die Augen und ließ sich wieder in die Kissen zurückfallen.

Liz regte sich nicht. Sie war gelähmt, unfähig, auch nur einen klaren Gedanken zu fassen. Es war nicht so, daß sie sich nicht bewegen konnte – sie hatte nicht einmal mehr das bißchen Willen, sich bewegen zu *wollen.* Es begann erneut. Das Ungeheuer war wieder da, das DING aus dem Sumpf, die Moorhexe, die Banshee, der Wahnsinn, der sich nur eine kleine Atempause gegönnt hatte, um erneut und zehnmal heftiger nach ihr zu greifen – aber sie konnte nichts sagen. Ihre Stimmbänder waren so gelähmt wie der Rest ihres Körpers. Sie hatte nicht einmal die Kraft, sich zu ihm herumzudrehen. *Hilf mir!* dachte sie verzweifelt. *So hilf mir doch!*

Stefan drehte sich wieder auf die Seite. »Bring dieses verdammte Scheißding zur Ruhe«, maulte er.

Sekundenlang starrte sie ihn an, versuchte verzweifelt, es ihm zu sagen, ihn um Hilfe anzuflehen. Aber sie konnte nicht.

Und selbst wenn – natürlich würde er ihr kein Wort glauben. Und gleichzeitig hatte sie Angst davor, daß er aufstehen und sie ansehen könne und daß für ihn alles ganz normal war. Daß sie *doch* wahnsinnig war.

»Bleib liegen«, sagte sie mühsam. »Ich gehe schon.

Sicher … hat sich nur jemand verwählt.« Ihre eigene Stimme erschien ihr fremd, falsch und verzerrt vor Hysterie und beginnender Panik. Stefan schien es nicht einmal zu bemerken.

Noch vor ein paar Tagen hätte er diesen Vorschlag schlichtweg ignoriert und wäre aufgestanden, um Ohlsberg – oder wer immer da kurz vor Mitternacht bei ihnen anrief – ein paar Worte über das Thema nächtliche Ruhestörung zu erzählen. Jetzt drehte er sich nur mit einem ärgerlichen Grunzen wieder zur Seite, knuffte sein Kissen zusammen und schlief einfach weiter.

Sie mußte all ihre Kraft aufbieten, um aufzustehen. Alles in ihr sträubte sich dagegen hinauszugehen, die Geborgenheit des Zimmers zu verlassen, aber sie mußte es tun. Sie mußte hinaus, wenn sie nicht wahnsinnig werden wollte.

Liz öffnete lautlos die Schlafzimmertür und trat auf den Flur. Das mißtönende Schrillen des Telefons begrüßte sie, als sie auf den Korridor hinaustrat. Der Gedanke an die finstere Treppe trieb ihr den Schweiß auf die Stirn, aber sie ging weiter, obwohl ihr Herz bis zum Hals klopfte und ihr Négligé schweißnaß war. Ihr Herz raste.

Die Diele lag in völliger Dunkelheit da, und wieder griff die Angst nach ihr; sie machte einen Schritt, blieb stehen, überlegte, zurückzugehen und das Licht einzuschalten, und begriff, daß sie es nicht konnte, denn zurückgehen hätte *herumdrehen* bedeutet, und es war die Art aller Alptraummonster, im gleichen Moment zuzuschlagen, in dem man sich herumdrehte und sie sah. So ging sie weiter.

Es war nicht einmal so schlimm, wie sie befürchtet hatte. Es war nur eine ganz normale Treppe. Die Angst war da, aber sie wurde nicht heftiger, als sie die dunkle Treppe hinunterging. Die Schatten zwischen den einzelnen Tritten waren leer, bloß dunkle keilförmige Flächen lichtloser Schwärze, in denen sich nichts verbarg, und der wuchtige Durchgang zur Küche war nichts als ein Loch in der Wand, hinter dem außer ein paar Möbeln nichts Bedrohliches wartete. Sie wußte, daß das Haus sicher war, eine unbezwingbare Festung, in der ihr nichts geschehen konnte. Noch.

Das Telefon schrillte erneut, als sie den Fuß der Treppe erreichte, und es gellte zum dritten Mal, als sie die Wohnzimmertür aufstieß und den Lichtschalter umlegte. Dann brach es mitten im Klingelton ab. Einen Moment lang musterte Liz den Apparat feindselig, felsenfest davon überzeugt, daß dieses verdammte Ding ganz bewußt bis zu diesem Augenblick gewartet hatte. Ihre Hand, die noch immer auf dem Lichtschalter lag, begann zu zittern. Die Angst machte einer Aufwallung jäher und vollkommen sinnloser Wut Platz. Sie mußte all ihre Willenskraft aufbieten, um nicht herumzufahren und die Tür so heftig hinter sich zuzuwerfen, daß das ganze Haus davon aufwachte.

Aber sie mußte sich beherrschen; sie waren nicht mehr allein im Haus. Außer Peter war da jetzt auch noch Andy, die nur eine Tür weiter schlief, und welchen Eindruck würde es wohl auf das Mädchen machen, wenn ihre Pflegemutter in spe vor ihren Augen einen Wutanfall bekäme?

Außerdem war die Erklärung ganz einfach – das Telefon hatte lange genug geklingelt, daß die Verbindung einfach vom Amt unterbrochen worden war.

Liz atmete erleichtert auf. Vielleicht lag es schlichtweg an dem hellen Neonlicht, in das das Wohnzimmer getaucht war, vielleicht war es auch die Tatsache, daß sie sich *gewehrt* hatte – aber im gleichen Augenblick, in dem sie das Zimmer betreten hatte, war der Wahnsinn von ihr abgefallen. Er war noch da, lauerte wie ein geduldiges Raubtier irgendwo am Rande ihres Bewußtseins und wartete darauf, erneut über sie herzufallen, aber im Moment war sie in Sicherheit.

Liz überlegte einen Moment, ob sie wieder hinaufgehen und weiterschlafen (Schlafen? Lächerlich!) oder ein paar Minuten warten sollte. Es war Mitternacht – beinahe jedenfalls –, und wer immer angerufen hatte, mußte einen triftigen Grund dafür haben, den Apparat geschlagene fünfundzwanzigmal klingeln zu lassen. Wahrscheinlich würde er es noch einmal versuchen. Und wenn es wirklich Ohlsberg war …

Liz lächelte kampflustig. Nun, *jetzt* war sie wach genug, diesem alten Stinker den Arsch aufzureißen, wenn er wirklich noch einmal anrief. Beinahe freute sie sich sogar darauf.

Behutsam schloß sie die Tür, ging zum Telefon und stellte es leiser, damit sein Lärmen nicht wieder durch das ganze Haus schrillte. Es war sowieso erstaunlich, daß Peter und seine Tochter nicht aufgewacht waren, denn der Apparat vollführte wirklich einen Heidenlärm – Stefan hatte ja damals extra eine lautere Klingel einbauen lassen, damit sie es in dem großräumigen Haus auch überall hörten.

Einen Moment lang blieb sie einfach stehen und lauschte. Es war sehr still im Haus, und trotz der dicken Wände hätte sie gehört, wenn Peter und seine Tochter wach geworden wären – schließlich grenzte die Kammer direkt ans Wohnzimmer. Aber da war nichts. Nein, alles schlief, wie es sich für diese Uhrzeit gehörte.

Wenn man nicht gerade von Gespenstern und Alpträumen heimgesucht wurde, hieß das.

Liz seufzte, zog ihren Morgenrock ein bißchen hoch und betrachtete ihre schmutzstarrenden Füße, aber anders als vorhin jetzt mit einer Art sehr kaltem, fast schon wissenschaftlichem Interesse. Es wäre so leicht, alles unter dem Stichwort *Alptraum* zu verbuchen und einfach zu vergessen – aber der Dreck an ihren Füßen war echt, und jetzt, im hellen Neonlicht des Wohnzimmers, sah sie noch mehr. Zwischen den Zehen klebten kleine winzige grüne Partikelchen: Tannengrün, zerbröseltes trockenes Laub – es gab überhaupt keinen Zweifel, sie *war* draußen gewesen.

Also gut, dachte sie, dann war sie eben doch verrückt. Nicht sehr schlimm; nur ein bißchen bescheuert, so daß es zum Schlafwandeln und Halluzinieren reichte.

Seltsamerweise beruhigte sie dieser Gedanke, denn er bedeutete nicht weniger, als daß alles nicht wahr war. Die Moorhexe – sie hatte sich entschlossen, das DING im See so zu nennen – hatte es ihr ja gesagt: ICH BIN IN DIR, genau das waren seine Worte gewesen.

Aber er hatte sich verrechnet, der alte Schleimer. Mit solchen Tricks konnte er vielleicht jemandem wie Peter beikommen, aber nicht ihr. Wenn sie verrückt war – na gut, es gab genug Leute, die ihr helfen konnten.

Das Telefon klingelte erneut. Liz nahm den Hörer ab, atmete sehr tief ein und wieder aus und legte sich ein paar Unfreundlichkeiten zurecht, mit denen sie das Gespräch eröffnen würde, ehe sie die Muschel ans Ohr drückte. »Ja?«

Es war nicht Ohlsberg. Sie spürte es, noch ehe sich die Stimme am anderen Ende der Leitung meldete. Die Verbindung war schlecht, von knisternden Störgeräuschen überlagert und so schwach, als käme das Gespräch geradewegs vom Jupiter, und es war völlig verrückt und völlig unmöglich, aber sie fühlte, daß dies mehr war als eine normale telefonische Verbindung, sie fühlte den Schrecken, den blanken Terror, der am anderen Ende der Leitung herrschte, noch ehe sich die Stimme meldete, zitternd, schwach und halb hysterisch.

»Frau König?«

Das war doch …

»Stefanie?« fragte sie verwirrt und selbst ein bißchen erstaunt, daß sie das Mädchen so zweifelsfrei erkannte. »Sind Sie das?« Was, in Dreiteufels Namen, wollte diese kleine Hysterikerin von ihr?!

»Ja«, antwortete Stefanie. »Hören Sie, Liz, es tut mir leid, daß ich Sie um diese Zeit stören muß, aber …«

»Aber was?« fragte Liz, ein wenig schärfer, als sie eigentlich gewollt hatte. »Wissen Sie, wie spät es ist?«

»Das weiß ich, Frau König«, sagte – nein: *stammelte* Stefanie. »Aber es ist wichtig. Bitte, ich muß Sie sehen.«

»Sehen?« Liz starrte den Telefonhörer an. »Sind Sie verrückt geworden?«

»Ich wollte, es wäre so«, antwortete Stefanie. Ihre Stimme zitterte jetzt, war kurz davor, überzukippen. »Aber es ist wichtig. Hören Sie, Sie … Sie müssen herkommen. Sofort!

Ich würde zu Ihnen kommen, aber das würde nichts nutzen! Sie müssen weg! Sie ...«

»Einen Moment«, unterbrach sie Liz. »Immer mit der Ruhe. Was ist passiert? Was soll das alles?«

Sekundenlang hörte sie nichts als ein immer lauter werdendes Knistern und Knacken, so daß sie schon glaubte, die Leitung wäre endgültig zusammengebrochen, dann wurden Stefanies Atemzüge wieder lauter, und sie konnte zumindest Fetzen von dem verstehen, was sie sagte:

»... Gefahr, Liz. Einer entsetzlichen Gefahr. Ich ... ich habe versucht, weiter ...«

Jemand war in der Leitung.

Es gab überhaupt keine logische Begründung für diese Annahme, aber Liz spürte zweifelsfrei, daß außer Stefanie und ihr noch jemand (oder etwas?) in der Leitung war und mithörte. Das Krachen und Knistern, das sie für eine elektronische Störung hielt, war ...

»... so entsetzlich, daß ich es erst nicht geglaubt habe, aber ...« *Waren Schritte.* »... müssen herkommen. Wir können uns irgendwo treffen, vielleicht auf halbem Wege, aber nicht bei Ihnen ...« *Schritte von etwas Gigantischem, etwas ungeheuer Großem, das auf mehr als zwei oder vier Füßen lief.* »... dort weg, verstehen Sie?«

»Ich ... verstehe überhaupt nichts«, sagte Liz mühsam. Es fiel ihr schwer, sich auf Stefanies Worte zu konzentrieren. Wieder griff nackte Angst nach ihr. Es gelang ihr zwar auch diesmal noch, sie abzuschütteln, aber wie oft noch?

»Bitte, beruhigen Sie sich erst einmal, Kindchen«, sagte sie. »Ich verstehe überhaupt nicht, was los ist. Was ist entsetzlich, und was wollen Sie mir sagen?«

»... am Telefon«, drang Stefanies Stimme durch das Krachen und Knistern der *(Schritte)* Störungen. »... keine Zeit mehr ... vielleicht schon zu spä ...«

»*Wozu* ist es schon zu spät?« fragte Liz heftig. »Zum Teufel noch mal, Stefanie, beruhigen Sie sich!«

Aber Stefanie beruhigte sich nicht. Im Gegenteil. Ihre Stimme klang ganz hysterisch, sie schrie fast, aber im gleichen Maße wurden auch die Störgeräusche stärker, so daß Liz trotz allem nur Bruchstücke verstand. »... nur noch drei Tage. Sie müssen ...«

KLACK.

Die Leitung war tot, Stefanies Stimme, die Störgeräusche, alles verschwunden, von einer Sekunde auf die andere. Aus der Leitung drang nur noch monotones statisches Summen.

Ein paar Sekunden lang blickte Liz den Hörer verwirrt an, dann drückte sie die Gabel herunter, zwei-, drei-, viermal hintereinander, bis ihr die Sinnlosigkeit ihres Tuns bewußt wurde und sie einhängte. Als sie sich aufrichtete, fiel ihr Blick auf die Uhr.

Die Zeiger hatten sich vereinigt. Es war Mitternacht.

Und draußen auf dem Hof begann Carry wahnsinnig zu bellen.

30

Was geschieht mit mir? dachte sie entsetzt. *Großer Gott, was ging hier vor? Was tat man ihr an?!* Ihre Hände zitterten. Sie merkte erst, daß sie den Telefonhörer wieder abgenommen hatte, als sie sich herumdrehte und der Apparat scheppernd von seinem Tischchen herunterfiel; der langgezogene Ton des Freizeichens erlosch und machte einem entnervenden Tuut-tuut Platz. Liz schrie auf, riß den Apparat vom Boden hoch und rammte den Hörer so heftig auf die Gabel, daß sie glaubte, der Apparat müsse zerbrechen. Sie fuhr herum, raste mit zwei, drei weit ausgreifenden Schritten zur Tür – und blieb wieder stehen.

Sie konnte nicht hinaus. Sie konnte nicht hinaus, diesen Raum nicht verlassen, nicht jetzt, nicht *jetzt*. Es war Mitternacht, die Stunde zwischen zwölf und eins, die Stunde, die den Geistern gehörte, den Nachtmahren und bösem Spuk, und wenn sie dieses Zimmer verließ, das ihre Festung war, würden sie auf sie warten, mit gierig ausgestreckten dreizehnfingrigen Krallen nach ihr greifen, Monster, die der Wald ausgespien hatte, die …

Ihre Gedanken begannen sich zu verwirren. Sie keuchte, taumelte rücklings durch das Zimmer und fiel der Länge nach über den Telefontisch. Der Apparat fiel ein zweites Mal zu Boden, die Glasplatte des kleinen Tischchens zerbrach mit einem Klirren, das überlaut in ihren Ohren schrillte, und ein neuerlicher, scharfer Schmerz fuhr wie ein Messer durch ihre rechte Hand.

Es war dieser Schmerz, der sie halbwegs in die Wirklichkeit zurückbrachte. Das Entsetzen hielt sie noch immer mit eisigen Klauen gepackt, aber sie war sich ihrer Lage jetzt wenigstens wieder bewußt und halbwegs zum Denken fähig. Sie mußte etwas *tun*.

Stefanie. Ihr Anruf. Ihre Worte: *Nur noch drei Tage*. Was, zur Hölle, bedeuteten sie? Nur noch drei Tage bis *wann*? Ganz automatisch suchte ihr Blick den Kalender, der neben der Tür an der Wand hing. Heute war der zweite Juni – nein, der dritte, denn es war ja schon nach Mitternacht –, und in drei Tagen war der sechste? Und? *Was bedeutete das alles?!* Was war am sechsten Juni? Vollmond?

Sie fuhr hoch, stürzte abermals auf die Knie herab und zerschnitt sich nun auch noch die linke Hand an einem der scharfkantigen Glassplitter, die den Teppich bedeckten. Leise, sinnlose Schreie ausstoßend, taumelte sie zur Tür, prallte wieder zurück, wie ein gefangenes Tier, das in Panik geriet – und fand endlich wieder zu sich selbst zurück.

Sie war in Sicherheit. Solange sie diesen Raum nicht verließ, nicht aus dem Haus ging (nein – nicht auf den Korridor ging, denn dort war etwas, sie wußte nicht, was, aber es hatte irgend etwas mit einer Tür zu tun und mit Peter, so sinnlos dieser Zusammenhang schien), solange sie nicht aus dem Zimmer ging, war sie in Sicherheit.

Drei Tage …

Drei Tage bis wann?

Keuchend blieb sie stehen, fuhr sich mit beiden Händen

durch das Gesicht und fühlte warmes klebriges Blut auf der Haut. Als sie die Arme herunternahm und ihre Hände betrachtete, sah sie die blutende Schnittwunde, die ihre Linke verunzierte.

Sie biß die Zähne zusammen, sah sich nach etwas um, was sie als Verband benutzen konnte, und ging schließlich zur Bar, um eine der Papierservietten herauszunehmen, ehe sie den Teppich vollends versaute. Sie betete, daß Stefan herunterkommen würde. Gleichzeitig hatte sie Angst davor. Angst vor den Fragen, die er stellen würde. Oder vielleicht gerade davor, daß er *keine* Fragen stellte – es blieb sich gleich.

Der Schmerz in ihrer Hand wurde zu einem wütenden Pochen, als sie ungeschickt daranging, die Wunde zu säubern. Sie war nicht sehr tief, blutete aber stark und tat gemein weh; möglicherweise würde sie sich entzünden.

Da sie nichts anderes hatte, entkorkte sie ungeschickt eine Whiskyflasche, goß sich etwas von der dunkelbraunen, scharf riechenden Flüssigkeit über die Hand und sog scharf die Luft zwischen den Zähnen ein, als der Schmerz zu jäher Glut aufflammte. Sie hatte keine Ahnung, ob der Alkohol gegen irgendwelche Entzündungskeime half, aber es war wahrscheinlich besser als nichts. Ehe sie die Flasche zurückstellte, nahm sie selbst noch einen kräftigen Schluck – mit dem Ergebnis, daß sie zuerst einen fürchterlichen Hustenanfall bekam und sich anschließend beinahe übergeben mußte, ehe es ihr gelang, den Mundvoll hochprozentigen Schnaps herunterzuwürgen. Zum Teufel – das half anscheinend auch nur in Filmen!

Aber immerhin war sie ein ganz kleines bißchen ruhiger, als sie die Flasche zurückstellte und sich herumdrehte. Ihr Herz jagte noch immer, und hinter ihrer Stirn schlugen ihre Gedanken Purzelbäume, aber das Zimmer war von einer beruhigenden Normalität, sah sie von dem zerbrochenen Tischchen und dem völlig verdreckten Teppichboden ab.

Draußen auf dem Hof bellte Carry noch immer, aber es war jetzt nur noch ein ganz normales Bellen, nicht mehr dieses hysterische Kreischen, das zu einem Gutteil mit schuld an ihrem Beinahe-Zusammenbruch gewesen war. Und während sie lauschte, wurde es leiser und verklang schließlich ganz, als hätte sich das, was der Hund da verbellt hatte, jetzt wieder zurückgezogen. Der Angriff war gescheitert, der Feind zog seine Truppen zurück ... es wäre wohl zu schön, um wahr zu sein.

Sie sah auf die Uhr. Nach ihrem Gefühl hatte es Stunden gedauert, aber die Wanduhr behauptete stur, daß seit jenem abrupt unterbrochenen Gespräch noch nicht einmal fünf Minuten vergangen waren, und sie mußte es wohl oder übel glauben. Fünf Minuten – das hieß noch fünfundfünfzig Minuten Geisterstunde, fünfundfünfzig Ewigkeiten, die der Banshee und der Moorhexe gehörten ... und die sie in diesem Zimmer eingesperrt war. Fünfundfünfzig Minuten und drei Tage, bis ...

Verdammt, bis *was*?

Sie mußte Stefanie erreichen. Hysterikerin oder nicht, sie mußte wissen, was sie gemeint hatte, und sei es nur, um sich davon zu überzeugen, daß die Kleine wirklich den gehörigen Knall hatte, den sie vermutete.

Sie hob das Telefon auf und hatte bereits die Vorwahl von Hamburg in das Tastenfeld getippt, ehe ihr einfiel, daß sie Stefanies Nummer ja gar nicht kannte – weder sie noch ihren Familiennamen. Enttäuscht ließ sie den Hörer wieder sinken, setzte sich zitternd auf die Couch und versuchte sich einzureden, daß *sie* nun dabei war, etwas ziemlich Dummes zu tun.

Aber es half nicht – sie *mußte* einfach wissen, was Stefanie sagen wollte, ehe sie unterbrochen wurden. Und sie wußte auch schon, wie.

Mit ganz bewußt langsamen, bedächtigen Bewegungen ließ sie sich zurücksinken, plazierte das Telefon auf ihren Knien und wählte Gabis Nummer. Es war nach Mitternacht, aber wahrscheinlich waren die beiden sowieso noch wach. Sie konnte sich nicht erinnern, daß Rainer und Gabi jemals vor zwei Uhr morgens schlafen gegangen waren. Und wenn doch – nun, das kam eben dabei heraus, wenn man sich verrückte Freunde suchte. Irgendeine fadenscheinige Erklärung würde sie schon finden, daß Gabi hinunterging und Stefanie an den Apparat holte.

Und dann? wisperte eine dünne böse Stimme hinter ihrer Stirn. *Was wirst du tun, wenn sie sich ganz normal meldet, etwas verschlafen und ziemlich verstört klingt und dich fragt, warum, zum Teufel, du sie mitten in der Nacht anrufst? Wenn sie sich an nichts erinnert, weil sie nämlich gar nicht angerufen hat?*

Sie verscheuchte den Gedanken, tippte die beiden letzten Zahlen ein und wartete auf das Freizeichen.

Es kam nicht.

Eine geschlagene Minute verging, bis ihr bewußt wurde, daß sie weder ein Freizeichen noch das Tuut-tuut des Besetztzeichens hörte, sondern *gar nichts.*

Die Leitung war tot.

Ihre Hände begannen wieder zu zittern, und sie spürte, wie schon wieder Hysterie in ihr emporstieg. Mit aller Gewalt zwang sie sich zur Ruhe. Es konnte ein Dutzend normaler Erklärungen geben – allen voran die, daß sie sich schlicht und einfach verwählt hatte.

Mit zitternden Fingern hängte sie ein, nahm den Hörer wieder in die Hand und tippte die Nummer erneut ein, sehr langsam und bedächtig, wobei sie jede einzelne Ziffer leise vor sich hinsagte, ehe sie die Taste drückte.

Das Ergebnis war das gleiche.

Nichts.

Nichts als eine mörderische Stille.

Fast.

Es verging eine Weile, bis sie spürte, daß die Leitung nicht *vollkommen* still war. Da war ein

Knistern.

Ein kaum hörbares Knacken.

Elektrostatische Störungen.

Oder die Laute von großen, weichen Pfoten, die auf tannennadel- und laubbedecktem Waldboden heranschlichen.

»Ruhig«, flüsterte Liz. Ihr Gesicht und ihre Hände waren

feucht vor Schweiß. Sie hörte ihr Herz schlagen. »Ganz ruhig. Verlier ... jetzt ... nicht ... den ... Verstand.«

Es half.

Sie hatte es selbst nicht geglaubt, aber es half. Sie beruhigte sich, wenn auch nur ein wenig, aber immerhin weit genug, um ihre Gedanken im Zaum zu halten. Es gab noch genug andere Erklärungen, ehe sie zu Geistern und Gespenstern greifen mußte – zum Beispiel die, daß das Telefon gestört war. Das wäre auch eine Erklärung für das so abrupt unterbrochene Gespräch gewesen.

Natürlich! Warum war sie nicht gleich auf das Nächstliegende gekommen!

Liz lächelte nervös, stellte das Telefon zur Seite und angelte nach Stefans Adreßbuch, das zusammen mit dem Apparat zu Boden gefallen war. Hastig suchte sie Ohlbergs Nummer, tippte sie ein und wartete, bis ihr ein scharfes *Klick* verriet, daß am anderen Ende abgenommen wurde. Mit einem schadenfrohen Grinsen drückte sie den Daumen auf die Gabel, zählte bis zehn und ließ sie wieder herausschnappen. Gut – *ihr* Telefon war in Ordnung, aber was besagte das schon? Der nächste Schritt. Mal sehen, ob sie den Gespenstern aus dem See nicht mit ein bißchen Logik beikommen konnte.

Sie wählte die Nummer der Reisezugauskunft am Hamburger Hauptbahnhof, bekam nach wenigen Augenblicken eine Verbindung und entschuldigte sich dafür, sich verwählt zu haben. Auch das Netz nach auswärts war also okay. Das DING hatte also die Leitung nicht durchgebissen. Blieb noch die Möglichkeit, daß nur ein Teil des Netzes zusammengebrochen war, so daß das Haus – oder das ganze Viertel –, in dem Gabi und ihre hysterische Freundin wohnten, nicht zu erreichen war. Nicht besonders wahrscheinlich, aber noch immer ungefähr zehntausendmal wahrscheinlicher als telefonleitungskappende Sumpfungeheuer.

Sie stand auf, ging wieder zur Bar und goß sich einen Sherry ein. Das erste Glas leerte sie sofort, mit dem zweiten ging sie zur Couch zurück, trank es dort mit einem Zug aus und holte sich ein drittes. Sie war sich der Tatsache bewußt, daß sie auf diese Weise sehr schnell betrunken sein würde, aber vielleicht war das nicht einmal das Schlechteste, was ihr passieren konnte.

Nur noch drei Tage ...

Was, zum Teufel, hatte sie gemeint?

Obwohl sie es nicht wollte, ja, sich sogar dagegen zu wehren versuchte, kehrten die Erinnerungen an die verunglückte Séance in Hamburg zurück. Ganz offensichtlich hatte sich Stefanie weiter damit beschäftigt – natürlich, was hatte sie anderes erwartet? –, und ebenso offensichtlich war sie auf irgend etwas gestoßen. Etwas, das sie – ob nun eingebildet oder nicht – so erschreckt hatte, daß sie mitten in der Nacht hier angerufen hatte, um sie zu warnen.

Wovor?

Sie leerte ihr Glas, ging zur Bar, um es wieder zu füllen (sie war jetzt fest entschlossen, sich zu betrinken, um wenigstens einschlafen zu können), und ließ währenddessen noch einmal jede Einzelheit dieses schrecklichen Abends vor ihrem inneren Auge Revue passieren. Irgend etwas war geschehen, was das Mädchen zutiefst erschreckt hatte, mehr als sie selbst, obwohl sie doch eigentlich die Betroffene war, denn sie hatte das Erlebnis ja bereits vergessen – oder verdrängt? Aber was? Was?

Es hatte nichts mit dem wandernden Glas zu tun, jedenfalls nicht unmittelbar, das wußte sie. Es war etwas anderes, etwas, das sie vorher getan oder gesagt hatte, das ...

Rumhold.

Plötzlich war Liz sicher, daß es das war. Stefanies Interesse war erwacht, als sie von Rumhold gehört hatte, jener untergegangenen Stadt, auf deren Ruinen Schwarzenmoor und ihr eigenes Haus angeblich erbaut worden waren. Liz schauderte. *Macht es Ihnen nichts aus, auf einem Friedhof zu leben?* Das – so ungefähr wenigstens – waren Stefanies Worte gewesen. Sie hatte sie nicht ernst genommen, aber sie erinnerte sich jetzt, daß die Bemerkung sie doch mit einem spürbaren Schaudern erfüllt hatte. Sonderbar, daß sie das alles schon fast vergessen gehabt hatte, obwohl es doch gerade erst zwei Tage her war. Es mußte wohl doch so sein, daß etwas in ihr die ganze Szene verdrängt hatte.

Sie leerte auch ihr viertes Glas, füllte es erneut und spürte, daß der Alkohol bereits zu wirken begann, als sie sich umdrehte und vorsichtig damit zum Tisch zurückbalancierte. Aber sie setzte sich nicht, sondern trat nach kurzem Zögern zum Bücherregal, ließ den Finger unschlüssig über die Rücken der sorgsam aufgereihten Bände gleiten und zog schließlich einen großformatigen, in steinhart gewordenes Schweinsleder gebundenen Band hervor, einen historischen Atlas, den Stefan irgendwann einmal auf einer Auktion erstanden hatte. Behutsam trug sie ihn zum Tisch zurück, breitete ihn aus und trank einen weiteren Schluck Sherry, ehe sie zu blättern begann.

Sie fand sehr schnell, wonach sie gesucht hatte, nämlich eine Karte der Nordseeküste, wie sie vor hundertfünfzig Jahren gewesen war. Aber Rumhold war nicht darauf. Die Küste erschien ihr unverändert: sie fand Hamburg und Bremen und ein Dutzend anderer Städte. Natürlich gab es ein paar Unterschiede – so fand sie zum Beispiel weder Schwarzenmoor noch die Straße, die hierher führte, obschon beides eindeutig älter als hundertfünfzig Jahre war – aber im großen und ganzen war es eher enttäuschend. *Die große Mandränke.* Nun, dachte sie spöttisch – entweder sie lag noch sehr viel länger zurück, als sie angenommen hatte, oder sie war nicht *ganz* so groß gewesen, wie Stefanie und Gabi sie hatten Glauben machen wollen.

Mit einem enttäuschten Seufzen griff sie nach ihrem Glas.

Es entschlüpfte ihrer Hand.

Liz war schlagartig wieder hellwach. Der kleine Schwips, den sie sich angetrunken hatte, war wie weggeblasen. Sie konnte beinahe körperlich spüren, wie das Adrenalin in ihren Kreislauf schoß.

Sie war vollkommen sicher: Sie hatte das Glas nicht angestoßen. Es war kein Ungeschick gewesen, kein bloßes Danebengreifen.

Das Glas war zwischen ihren Fingern hindurchgeschlüpft, wie ein lebendes Wesen, das vor ihrer Berührung floh!

Vollkommen erstarrt saß sie da, die Hand noch immer wie in einer grotesken Pantomime ausgestreckt, aber reglos, ihre Finger zitterten nicht ein bißchen, obwohl sie vor Angst und Entsetzen am ganzen Körper bebte.

Dieses verdammte Glas war einfach vor ihrer Berührung zurückgewichen!

Liz nahm all ihren Mut zusammen, beugte sich vor und griff erneut nach dem Sherryglas.

Es machte einen eleganten Bogen nach rechts, stieß gegen den aufgeklappten Atlas und kam zitternd zur Ruhe. Es bewegte sich von selbst, ohne ihr Zutun, wie ... *in jener Nacht in Hamburg.*

Liz schrie auf, warf sich vor und griff mit beiden Händen nach dem Glas.

Es entschlüpfte ihren Fingern, wich nach rechts aus, wobei es eine unregelmäßige rote Spur aus Sherry wie Blut hinter sich herzog, schlug einen Haken in die entgegengesetzte Richtung, als Liz nachgriff, drehte eine Pirouette, hob sich für einen kurzen Moment zentimeterhoch in die Luft und zerbarst, wie von einer unsichtbaren Faust getroffen. Blutroter Sherry spritzte auf den Tisch, besudelte das Buch und lief in breiten Strömen auf den Teppich, wo er sich mit Liz' echten Blutflecken vermengte.

Im gleichen Moment flog die Tür auf, und Stefan betrat das Zimmer. Er sah verschlafen und übernächtigt aus, aber auch sehr wütend, und er brauchte nicht einmal eine Sekunde, um die ganze Situation zu erfassen und völlig falsch zu deuten.

»Was, zum Teufel ...«, begann er, brach mit einem hörbaren Schnauben ab und stapfte drei, vier Schritte auf sie zu, ehe er wieder stehenblieb. »... geht hier vor?« führte er seinen begonnenen Satz zu Ende.

Liz' Antwort bestand nur aus einem trockenen, fast krampfhaften Schluchzen. Sie war auf die Knie herabgefallen, als sie nach dem Glas gesprungen war, und so saß sie noch da, vollkommen außerstande, irgend etwas anderes zu tun als zu schluchzen und seinen Namen zu stammeln.

»Was das bedeutet, will ich wissen!« fauchte er, vollkommen ohne jedes Mitgefühl oder irgendeine andere Regung als Zorn. »Was treibst du hier, mitten in der Nacht? Spielst du Hausverwüstung?« Er machte eine ärgerliche Geste auf den zerschmetterten Telefontisch, trat einen weiteren Schritt vor und erbleichte sichtbar, als sein Blick auf das Buch und die roten Sherryflecken darauf fiel.

»O verdammt! Jetzt sieh dir nur an, was du getan hast! Hast du überhaupt eine Ahnung, was dieses Buch kostet?« Mit einer wütenden Bewegung beugte er sich vor, riß den Atlas an sich und wischte die Sherryflecken mit dem Ärmel seiner Pyjamajacke fort. »Kannst du denn nicht aufpassen! Du ...«

»Stefan«, wimmerte Liz. »Hilf mir. Bitte ... ich ...«

In Stefans Gesicht ging eine spürbare Veränderung vor sich. Einen Moment lang blickte er noch voller kaum verhohlenem Zorn auf sie herab, aber dann mischte sich Betroffenheit in seine Wut; er klappte das Buch zu, warf es achtlos auf die Couch und beugte sich hinab, um Liz auf die Beine zu helfen.

»Großer Gott, was ist denn passiert?« fragte er erschrokken.

Liz wollte antworten, aber sie konnte es nicht. Ein mühsames, krampfartiges Schluchzen entrang sich ihrer Kehle. Mit aller Kraft preßte sie sich an ihn, klammerte die Hände um seinen Hals und ließ erst los, als er ihren Griff mit sanfter Gewalt sprengte und sie ein Stück weit von sich schob, um ihr ins Gesicht blicken zu können.

»Was war denn los?« fragte er noch einmal, aber jetzt sehr viel sanfter, wieder mit seiner normalen Stimme, wieder der Stefan, den sie kannte, der sie vor all dem Grauenhaften und Entsetzlichen beschützen würde.

»Ich ... das Telefon«, stammelte sie. »Das Telefon hat geklingelt und ... und ...« Wieder kam sie ins Stottern, aber jetzt wartete Stefan geduldig, bis sie sich weit genug gefangen hatte, um von sich aus weiterzusprechen.

»Es war Stefanie«, begann sie. »Dieses Mädchen aus ...«

»Aus Hamburg?« fiel ihr Stefan ins Wort. »Gabis verrückte Freundin? Was, um Gottes willen, wollte sie mitten in der Nacht?«

Liz zog schniefend die Nase hoch, löste sich vollends aus seinem Griff und fuhr sich ein paarmal mit der Hand durch das Gesicht, ehe sie sich wieder weit genug unter Kontrolle hatte, um weiterreden zu können. Stefan runzelte die Stirn, als er ihre verbundene Hand sah, sagte aber kein Wort, sondern ging schweigend zur Bar, um sich einen Martini zu mixen, während sie erzählte. Als sie fertig war – es dauerte lange, aber er unterbrach sie kein einziges Mal, auch nicht, als sie ein paarmal erneut die Beherrschung zu verlieren drohte –, nippte er ruhig an seinem Glas, hielt ihr einen zweiten Drink hin und zuckte nur die Achseln, als sie ablehnte.

»Das ist ... wirklich eine komische Geschichte«, sagte er.

»Komisch?« Liz kreischte fast. »Ich finde sie nicht ...«

»Nicht komisch, okay, du hast recht«, sagte Stefan hastig. »Das falsche Wort, ich gebe es zu.« Er blickte auf das herab, was vom Telefontisch übriggeblieben war. »Du bist sicher, daß sich bei Gabi niemand gemeldet hat?«

»Natürlich.«

»Vielleicht ist der Anschluß einfach gestört«, sagte er nachdenklich. »Ich werde morgen jemanden in Hamburg anrufen und darum bitten, daß er einfach mal bei Gabi vorbeischaut. Vielleicht findet sich eine ganz normale Erklärung.«

»Normal?« keuchte Liz. »Und ... und das Glas?«

Stefan überlegte einen Moment. »Dasselbe Phänomen wie vor drei Tagen«, sagte er schließlich. »Sonderbar, aber noch kein Grund, die Fassung zu verlieren. Wer weiß«, fügte er mit einem etwas verunglückten Lächeln hinzu, »vielleicht hat diese Stefanie ja recht, und du bist wirklich ein begnadetes Medium. Willst du nicht doch?« Er hielt ihr sein Glas hin, aber Liz lehnte erneut ab.

Stefan seufzte. »Na gut. Heute nacht klären wir das sowieso nicht mehr, nicht wahr? Was hältst du davon, wenn wir wieder ins Bett gehen. Diese Schweinerei hier räumen wir morgen früh auf. Und wenn du unbedingt willst«, fügte er hinzu, wobei Liz spürte, daß er in Wahrheit lieber das genaue Gegenteil sagen wollte, »dann fahren wir morgen noch einmal nach Hamburg und reden mit dieser Stefanie. Und jetzt komm ins Bett. Es ist spät.«

Liz starrte ihn an. *Ins Bett?* Wie konnte er *jetzt* an schlafen denken? Aber er konnte.

Und vermutlich, dachte sie betrübt, hatte er sogar recht. Sie würden nichts mehr klären, heute nacht. Und auch morgen nicht, in Hamburg. Es war noch Zeit.

Drei Tage.

31

Warum kam das Böse immer nachts?

In fast allen Geschichten, Filmen, Büchern, die sie gehört und gesehen und gelesen hatte, war das Unheimliche, Fremde und Bedrohliche stets nach Einbruch der Dunkelheit gekommen. Sie hatte sich nie wirklich Gedanken darüber gemacht – warum sollte sie auch! –, so wie sie niemals auf die Idee gekommen war, daß es einmal etwas geben könnte, was in ihr geregeltes, behütetes Leben einbrach. Das Faszinierende an Schauergeschichten war, daß man sich gruseln konnte, ohne wirklich in Gefahr zu sein. Man konnte sich einen Film anschauen und den größten Schrecken seines Lebens erleiden, aber hinterher stand man auf und ging sicher nach Hause. Nicht hier. Sie war mitten drin in dieser Horrorgeschichte, aber sie würde nicht weggehen können. Sie mußte es durchstehen. Aber sie war sich mit einem Mal gar nicht mehr so sicher, daß sie es auch konnte.

Liz fand keinen Schlaf mehr in dieser Nacht, trotz des Alkohols und der beiden Tabletten, die sie auf Stefans Drängen hin genommen hatte, ehe sie wieder nach oben gegangen waren. Stefan hatte sich hingelegt und nach Augenblikken wieder zu schnarchen begonnen, aber sie hatte stundenlang wachgelegen. Ein paarmal war sie kurz eingeschlafen, aber nur um bereits nach wenigen Minuten schweißgebadet und mit klopfendem Herzen wieder aufzuwachen, die dumpfe Erinnerung an einen Alptraum im Schädel und einen Geschmack wie nach Blut und Erbrochenem im Mund. Es war bereits schlimmer, als sie zuzugeben bereit war. Sie hatte schon Angst davor, einzuschlafen.

Jetzt war es vier Uhr. Bald würde es hell werden. Die – wievielte? Die – dritte Nacht ohne Schlaf. Der Moment, an dem sie einfach zusammenbrechen würde, war nicht mehr weit. Und was immer dann geschah, wenn sie diesem schauderhaften Nachtmahr schutzlos ausgeliefert war – es würde entsetzlich sein.

Sie schlug die dünne Bettdecke zurück, blieb noch einen Moment reglos liegen und stand dann auf. Es war kalt im Zimmer. Auf unangenehme Weise kalt; nicht erfrischend, sondern einfach nur eisig. Selbst für diese Uhrzeit ungewöhnlich, denn es war Juni.

Stefan bewegte sich unruhig, aber er wachte nicht auf. Und aus irgendeinem Grund hatte sie fast Angst davor, daß er erwachen konnte, auch wenn sie sich gleichzeitig davor fürchtete, allein zu sein. Sie betrachtete ihren schlafenden Mann, aber sie fühlte kaum etwas dabei. Die Zärtlichkeit, die sie immer bei seinem Anblick verspürt hatte, dieses sanfte, unaufdringliche Gefühl der Liebe, war verflogen. Fort, als hätte es sie niemals gegeben. So, wie sich vieles geändert hatte, seit ... ja, seit was eigentlich geschehen war?

Sie streifte ihren Morgenrock über, griff nach den Zigaretten und ließ ihr Feuerzeug aufschnappen. Die kleine, gelbe Flamme zauberte eine verschwommene Kugel aus gelbem Licht in die Luft und warf schwarze, grotesk verzerrte Schatten gegen die Wände. Graue Schatten mit peitschenden Tentakelarmen, die Schatten von Dingen mit zu vielen Fingern und Gorgonenhäuptern. Sie löschte die Flamme, und die Vision verschwand.

Zumindest hatte die durchwachte Nacht ein gutes: Sie hatte Zeit gefunden, zu denken. Und ein bißchen – nicht völlig, nicht einmal annähernd – hatte sie zu ihrer gewohnten, überlegenen Art des Nachdenkens zurückgefunden. Liz hatte nie etwas um übernatürliche Dinge gegeben, und sie mochte auch diese Pseudo-Psychologie nicht, die besonders bei ihrer Generation so beliebt war. Nein – sie hatte immer von sich behauptet, ein Mensch zu sein, der mit beiden Beinen fest auf dem Boden der Realität stand. Manchmal, wie Stefan behauptete, schon zu fest. Und vielleicht, überlegte sie, war gerade das der Grund, aus dem sie so überspitzt auf die Ereignisse der letzten Tage reagiert hatte.

Es war nichts, was sie auf Anhieb erklären konnte; weder rational noch gefühlsmäßig. Es waren vielmehr Dinge gewesen, die ihr streng logisch aufgebautes Weltbild erschüttert hatten. Und wahrscheinlich, diagnostizierte sie, neigte sie deshalb dazu, mehr hineinzugeheimnissen als nötig. Es lag in der Natur des Menschen, vor allem Fremden und Unbekannten zu erschrecken. Was immer draußen war – und es war dort! – es würde sich eine logische Erklärung finden.

Es mußte.

Es mußte einfach!

Sie drückte die kaum angerauchte Zigarette in den Aschenbecher, stand auf und ging langsam zum Fenster.

Sie war nicht einmal erstaunt, als Carry wieder zu bellen begann, wieder auf diese entsetzliche, hysterische Art, in der nichts Aggressives lag, nichts von all der ungeheuren Kraft und Wildheit dieses riesigen Hundes, sondern pures Entsetzen. Sie hatte gewußt, daß es wieder dort draußen auf sie wartete. Aber sie war entschlossen, sich der Bedrohung zu stellen, das zu tun, was sie ihr ganzes Leben lang in Situationen wie dieser getan hatte: zu kämpfen. Sie hatte es zweimal mit Erfolg getan, und sie würde es auch ein drittes und ein viertes und, wenn es sein mußte, ein zwanzigstes Mal tun.

Langsam, zögernd, öffnete sie das Fenster. Silbernes Mondlicht drang herein, veränderte die Schatten des nächtlichen Zimmers und erweckte die Dunkelheit zu flüsterndem Leben.

Und obwohl sie wußte, was sie erwartete, traf sie der Anblick wie ein Hammerschlag.

Der Hof lag unter ihr; ein dunkles, asymmetrisches Rechteck voll schmieriger Schwärze, durchsetzt mit Tümpeln aus kaltem, abweisendem Licht. Dahinter der Wald, eine schweigende Wand steinerner Riesen. Flach und tiefenlos, keine Wand, sondern einfach eine willkürlich gezogene Trennlinie, hinter der die Welt aufhörte, als hätte – wer immer sie geschaffen hatte – einfach vergessen, sie an dieser Stelle weiterzuformen. Vielleicht war es so.

Sie zwang sich hinunterzusehen, der Gefahr zu begegnen. Sie würde ihr die Bedrohung nehmen. Sie würde sich nicht vom Schock gefangennehmen lassen wie beim ersten Mal. Es war nicht eigentlich die Erscheinung gewesen, sondern mehr das Unerwartete an ihr, das sie getroffen hatte.

Aber Liz begann bereits zu spüren, wie wenig ihr logisch trainiertes Denken gegen das schweigende Grauen dort draußen half. Sie zwang sich, den Blick weiter über den Hof wandern zu lassen, über die Scheune, den buckeligen Umriß des Misthaufens, den Zaun, die Ruine, den …

… Schatten …

… den Schatten des Hauses. Unbeschädigt.

Klein. Massig und drohend.

Es ist ein Phänomen, versuchte sie sich einzureden. *Eine Laune der Natur, die zu erklären ist … irgendwie.*

Minutenlang – stundenlang, wie es ihr vorkam – starrte sie den verzerrten Schatten des Gesindehauses an. Eine kaum merkliche Wellenbewegung schien über das Bild zu laufen, als betrachte sie es durch schnell fließendes, klares Wasser, in dem nur hier und da blasse graue Schlieren waren.

Ihr Blick saugte sich an dem dunklen Rechteck dort unten

fest. Es war Bewegung in dem Bild. Bewegung, die kein Recht hatte, dort zu sein.

In ihrem Gehirn schien irgend etwas auszusetzen. Ihre Gedanken begannen zu schwingen, wie eine Bogensaite, die schnell und hart bis zum Zerreißen angespannt wird. Ein heller Umriß erschien im Schatten des Hauses. Die ... Tür. Der dreieckige Lichtkeil, der aus dem Inneren des Phantomhauses auf den Hof fiel, die ... die Gestalt, die darin erschien. Die Gestalt eines Mannes ...

Ein würgender, halb erstickter Laut entrang sich ihrer Kehle und ging in Carrys hysterischem Bellen unter. Der körperlose Schatten dort unten machte einen Schritt, dann noch einen, bis er den hellen Umriß der Tür verließ, mit dem Schatten des Hauses verschmolz und weiterging, weiter und weiter ...

Schließlich hatte er den Schatten des Hauses durchquert, wurde wieder sichtbar und stand auf dem Hof, ein körperloser dunkler Fleck ohne Licht und Leben. Sie sah seine Umrisse, jede winzige Kleinigkeit, die kleinen, nervösen Bewegungen seiner Hände, das Rucken, mit dem sein Kopf in den Nacken flog, als würde der vor dreißig Jahren verbrannte Körper, zu dem er gehörte, sie – *sie!* – ansehen.

Sie stand einfach gelähmt da, unfähig, sich zu rühren, in Bann geschlagen von der unheimlichen Erscheinung, hypnotisiert vom Blick seiner unsichtbaren Augen, die sie zwar nicht sehen, dafür aber um so deutlicher spüren konnte. Dann, irgendwann nach Sekunden oder Tagen oder Jahrhunderten – es blieb sich gleich, denn ihr Zeitgefühl war ebenso erloschen wie alles andere, und es gab nur noch sie und dieses schreckliche, schwarze Ding dort unten –, bewegte sich der Schatten weiter, wandte sich mit einem lautlosen, unsichtbaren Lachen um und ging weiter auf das Wohnhaus zu.

Sie wollte schreien, aber es ging nicht. Ihre Kehle war zugeschnürt, und in ihrem Inneren begann etwas heranzuwachsen, das jenseits aller Furcht war, das ...

Der Schatten ging weiter, verschwand im toten Winkel

unterhalb des Fensters und näherte sich mit lautlosen Schritten dem Haus. Sie konnte ihn nicht mehr sehen, aber sie spürte, wie er näherkam, näher und näher, auf das Haus zuging, eine unsichtbare Hand ausstreckte …

Irgendwo, tief unter ihr, fiel eine Tür ins Schloß.

Dann kam der Schrei wieder. Er erwachte jenseits des Waldes dort draußen, wehte zu ihr herüber, ein helles, kaum wahrnehmbares Wimmern zuerst, das stärker und stärker wurde, bis das ganze Zimmer ausgefüllt schien von jener unglaublichen Sinfonie des Grauens, bis die Luft in ihren Lungen, bis jede Faser ihres Körpers in einem ungeheuren, mißtönenden Orkan aus Lärm versank.

Bansheeeeee ………..

Sie hörte nicht einmal, wie Stefan leise neben sie trat.

Der Schrei war alles. Er verschluckte Carrys Bellen, durchdrang das Zimmer, ihre Sinne, ihr Ich, reduzierte ihre Persönlichkeit auf ein jämmerliches Nichts. In ihrem Denken war für nichts weiter mehr Raum als für Schmerz, Schmerz, Angst und Verzweiflung. Die Welt um sie herum zerbarst, zersprang zu Millionen und Abermillionen winziger Bruchstücke, aus denen ihr Angst und Panik entgegensprangen.

»Liz!«

Sie hatte Mühe, Stefans Stimme zu erkennen. Plötzlich war sein vertrauter Baß für sie nicht mehr Trost, sondern nur noch eine Folge bedeutungsloser Laute. Das Gefühl der Sicherheit, das sie immer in seinen großen, starken Armen verspürt hatte, war nicht mehr da.

Sie wirbelte herum, schlug in sinnloser Wut mit den Fäusten auf ihn. Sie traf sein Gesicht, seine Brust, wieder sein Gesicht und spürte, wie er ihre Handgelenke packte und festhielt.

»Siehst du es jetzt!« schrie sie. »Siehst du es?«

»Was?«

»Du mußt es sehen!« keuchte sie verzweifelt. »Du mußt!« Sie riß sich los, packte ihn mit der Kraft, die ihr die Verzweiflung verlieh, und stieß ihn wuchtig gegen das Fensterbrett. »Siehst du es jetzt? Siehst du es? Sag, daß du es siehst! *Sag es!!*« Er mußte es sehen. Sie war doch nicht verrückt! Er mußte einfach!

Nach einer Ewigkeit nickte er.

Aber allein die Art, in der er es tat, war bereits eine Lüge. Sanft, beinahe zärtlich, löste er ihre Hand von seinem Arm und richtete sich auf. »Natürlich sehe ich es«, sagte er. »Natürlich.« Seine Stimme war leise, monoton und ruhig; ausdruckslos. Der besänftigende Tonfall, in dem man mit einem tobsüchtigen Kind sprach – oder mit einer hysterischen Frau.

»Du lügst!« schrie Liz. Sie fuhr zurück, trommelte erneut mit den Fäusten gegen seine Brust und sank schließlich wimmernd zu Boden.

»Bitte«, schluchzte sie. »Bitte, sag, daß du es gesehen hast. Du ... du mußt mir glauben. Bitte ... sag ... sag, daß ich nicht verrückt bin, daß .. bitte ...« Ihre Stimme versagte. Die Worte gingen in einem krampfhaften Schluchzen unter.

»Aber ich habe es doch gesehen, Kleines«, sagte er leise. Er gab sich nicht einmal Mühe, glaubhaft zu klingen.

Sie spürte kaum, wie er sie hochhob und auf das Bett legte. Er ging zum Fenster zurück, schloß es und machte dann Licht. Aber der trübe gelbe Schein konnte die dräuenden Schatten nicht vertreiben. Er hielt sie zurück, bremste ihren Vormarsch, aber sie waren noch da, lauernd und bereit.

»Beruhige dich erst einmal«, murmelte Stefan. »Und dann erzählst du mir in aller Ruhe, was passiert ist.«

»Aber du ... du hast es gesehen ...«, wimmerte sie. »Du mußt es einfach gesehen haben! Bitte ...«

Stefan nickte. In seinen Augen lag ein besorgter Ausdruck, aber es war nicht die Sorge eines Mannes um seine Frau, sondern eher der Blick eines Arztes, der sich einem interessanten – und hoffungslosen – Fall gegenübersieht. Nicht der Blick des Mannes, der sie liebte.

»Ich werde Doktor Swenson anrufen«, sagte er.

Liz richtete sich kerzengerade auf. »Nein!«

»Aber ...«

»Nicht den Arzt«, flehte sie. »Bitte nicht, Stefan.« Ihre Stimme war plötzlich ganz ruhig.

Er überlegte einen Augenblick, dann nickte er. »Gut. Wenn du nicht willst. Aber du mußt mir versprechen, dich zu beruhigen.«

Schritte.

Auf der Treppe waren Schritte.

Sie schrak zusammen, blickte sekundenlang zur Tür und dann wieder in Stefans Gesicht. Sein Blick war leer.

Er hörte es nicht, dachte sie entsetzt. Er hörte die Schritte nicht! Aber sie waren doch da! Sie hörte sie deutlich, die langsamen, bedächtigen Schritte eines Mannes, der aus dem Erdgeschoß die Treppe heraufkam; langsam, aber unerbittlich. Peter oder Andy, dachte sie verzweifelt. Aber gleichzeitig spürte sie, daß das nicht stimmte. Die Schritte waren zu schwer für die eines Mädchens und zu leicht für Peters; zu regelmäßig. Peter humpelte.

Ihr Blick saugte sich an der Tür fest, während die Schritte näherkamen, den Treppenabsatz erreichten, langsam und schwer auf den knarrenden Fußbodenbrettern polterten, näher und näher ... Sie wollte es Stefan sagen, aber sie wagte es nicht. Er würde ihr zustimmen und sie für völlig verrückt halten.

Die Schritte erreichten die Tür, verstummten für einen Moment und ...

Liz warf sich mit einem verzweifelten Schluchzen an Stefans Brust und klammerte sich fest.

»Beruhige dich, Schatz«, murmelte er. »Es ist nichts, überhaupt nichts.« Er streichelte über ihr Haar, berührte ihre Schulter, ihr Gesicht. Und wieder spürte sie, daß in seiner Berührung kein Trost lag, daß seine Hand mit der gleichen Beiläufigkeit auf ihr ruhte, mit der er einen Stein oder den Kotflügel seines Wagens berührt hätte. Er teilte ihren Schmerz nicht. Er verstand ihn nicht einmal; mehr noch, er versuchte nicht einmal, ihn überhaupt verstehen zu wollen.

»Bitte, Stefan ... ich ...«

»Ja?«

Sie stockte.

Sie hörte, wie die Türklinke heruntergedrückt wurde, spürte den kühlen Luftzug, als die Tür aufschwang. Aber sie wagte es nicht, aufzusehen.

»Ich möchte weg«, wimmerte sie. »Weg hier, Stefan.«

»Weg?«

»Weg von hier. Laß uns hier weggehen. Bitte!«

»Jetzt?« Seine Stimme klang beinahe spöttisch. »Es ist vier Uhr früh, Liebling.«

»Ich möchte nach Hamburg. Du ... hast es selbst vorgeschlagen«, stieß sie hervor. »Es war deine Idee. Du hast es selbst gesagt.«

Der Schatten war da! Er war hier, im Zimmer, direkt hinter ihr. Sie spürte ihn, spürte sein Lachen, sein lautloses, höhnisches Lachen ...

Stefan nickte. Sein Gesicht blieb unbewegt, aber in seinen Augenwinkeln glomm plötzlich ein winziges, böses Feuer auf. »Natürlich habe ich es vorgeschlagen. Aber doch nicht mitten in der Nacht.« Er stand auf, löschte das Licht und blieb sekundenlang neben dem Bett stehen. An der gleichen Stelle, an der der Schatten stand ...

... gestanden hatte.

Er war verschwunden.

Und trotzdem war das Böse noch da, hier im Zimmer, direkt neben ihr.

Nein, dachte sie.

Nicht das! Nicht Stefan! Bitte nicht Stefan!

»Du hast doch selbst gesagt, daß du dich nicht vertreiben lassen willst, oder?« fragte er, während er neben ihr unter die Decke schlüpfte und sich auf die Seite rollte.

»Ja, aber ...«

»Kein Aber. Wir reden später noch einmal darüber, wenn du dich beruhigt hast.« Seine Stimme klang plötzlich dumpf, als er sich die Decke über den Kopf zog. »Und nun laß mich bitte in Frieden. Ich brauche meine Ruhe, wirklich. Du weißt, daß ich noch zu arbeiten habe. Schlaf jetzt.«

Ein Schlag ins Gesicht hätte sie nicht härter treffen können. Sie rang mühsam nach Worten, stemmte sich auf die

Ellbogen hoch und starrte den Umriß neben sich an. Wie konnte er schlafen? Wie konnte er jetzt schlafen?

»Aber ... der Hund ...« Sie fuhr hoch, packte Stefan an der Schulter und schüttelte ihn mit aller Kraft. »Hör doch! Carry!«

»Was soll damit sein?« murmelte Stefan.

»Er ... er bellt. Hör doch, wie er bellt! Er wittert etwas!«

»Ja«, drang Stefans Stimme dumpf unter der Decke hervor. Sie klang – großer Gott, sie *klang* nicht nur so, es *war* so! Als wäre er bereits wieder eingeschlafen. »Ein Kaninchen, vermutlich. Oder deine Banshee. Und jetzt laß mich verdammt noch mal endlich schlafen!«

Für den Bruchteil einer Sekunde starrte Liz ihren schlafenden –*SCHLAFENDEN!* – Mann noch entsetzt an, dann fuhr sie herum und hoch, sprang aus dem Bett und war mit einem Satz wieder beim Fenster.

Alles war unverändert. Der Schatten des Gesindehauses stand da, unverändert, so wie er vor dem Brand vor drei Jahrzehnten ausgesehen haben mußte, und vom Wald her griff Nebel mit dünnen grauen Fingern auf den Hof. Carrys Bellen steigerte sich zu einem irrsinnigen Heulen, und gleichzeitig sprang er auf die Füße und zerrte wie rasend an seiner Kette. Selbst auf die große Entfernung konnte sie das dumpfe, wütende Knurren hören, das sich unter sein Bellen mischte. Der Hund war halb verrückt vor Angst, tobte jetzt wie ein Irrer. Sie verfolgte seine Bewegungen voller Angst und zugleich morbider Faszination; ein kleiner, pelziger Ball, der am Ende seiner Kraft auf und ab hüpfte und den schweigenden Wald und den grotesk verzerrten Schatten dort unten ankläffte.

Liz schrie gellend auf und rannte aus dem Zimmer. Stefan sah nicht einmal hoch.

Erst als sie das Erdgeschoß erreichte, begriff sie wirklich, was sie tat, und blieb abrupt stehen. Ihre Knie begannen zu zittern, so stark, daß sie sich gegen den Türrahmen lehnen mußte. Sie war wahnsinnig! Es war Wahnsinn, dort hinauszugehen, sich diesem Was-auch-immer zu stellen, das dort draußen auf sie wartete, diesem Etwas, das entsetzlich genug war, einen Hund wie Carry in den Irrsinn zu treiben, aber es war auch Wahnsinn, hierzubleiben und weiter die Augen vor der Wahrheit verschließen zu wollen.

Zitternd sah sie sich um. Das Haus war dunkel und still, und ganz plötzlich fiel ihr der Traum ein, mit dem all dies begonnen hatte. Dies hier *war* der Korridor aus ihrem Traum: von ihrer Position aus wirkte die Treppe riesig, alle Proportionen schienen auf geheimnisvolle Weise verzerrt und falsch, das Schwarz schien zu glänzen wie matter Chrom.

Und draußen wartete die Bestie auf sie.

Dann regte sich Zorn in ihr. Vielleicht nur ein letztes Aufbegehren, aber es war stark, stark genug, selbst die Panik für einen Moment zu verjagen. Sie drehte sich um, trat zitternd an die Tür und blickte durch die beschlagene Scheibe nach draußen. Carry bellte noch immer wie von Sinnen, aber das Geräusch erschien ihr sonderbar fremd und fern, wie ein Laut, der aus einer anderen Welt herüberwehte und hier keinerlei Bedeutung hatte.

Was sie sah, erschien ihr auf den ersten Blick beinahe absurd normal: Vom Waldrand her trieb noch immer Nebel über die Wiese. Es war kühl, einer jenen feuchtkalten, klammen Morgen, wie sie in diesem Teil des Landes selbst in der wärmsten Jahreszeit anzutreffen sind, und die Fenster waren beschlagen, so daß der Nebel noch dichter erschien, als er ohnehin schon war.

Die wabernden Schwaden ließen alles grau und trist erscheinen, und die Kälte, die beharrlich durch die Fenster und die kaum isolierten Wände kroch, trug noch dazu bei, die ungemütliche, kalte Atmosphäre des Augenblicks zu vertiefen.

Sie schauderte.

Zum ersten Mal, seit sie hierhergekommen war, erschien ihr dieses Land abweisend und feindselig, nicht irgend etwas in ihm, nicht seine Menschen, keine körperlosen Monster aus sumpfigen Seen, sondern das Land selbst. Der

Nebel wogte wie eine graue, auf geheimnisvolle Art von Leben erfüllte Wand jenseits des Zaunes. Die Bäume dahinter waren nichts mehr als graue, zitternde Schatten, die immer wieder hinter treibenden Nebelfetzen verschwanden und so die Illusion von Bewegung und Leben aufkommen ließen.

Sie hob die Hand und berührte das Glas. Es war eisig und feucht, und sie spürte, wie es zitterte; regelmäßig und dumpf zitterte, ein böser, flüsternder Rhythmus wie das Schlagen eines ruhigen Herzens.

Sie fuhr mit einer abrupten Bewegung zurück und ballte die Fäuste, so heftig, daß die kaum verkrustete Wunde in ihrer Linken wieder aufbrach und ihr improvisierter Servietten-Verband feucht und dunkel wurde. Der Schmerz riß sie in die Wirklichkeit zurück. Sie atmete tief und bewußt ein, schüttelte ein paarmal heftig den Kopf und zwang sich, das Bild vor dem Fenster kühl und sachlich zu betrachten. Es war schwer, aber es ging. Sie sah einen Hof, der in schlechtem Zustand war. Dahinter eine Wiese, unter schwerem feuchtem Nebel verborgen und von einem Wald begrenzt. *Mehr nicht*. Die Schatten dort draußen waren Schatten, der Nebel, Nebel, ganz normaler, ordinärer Nebel. Mehr nicht.

Mehr nicht, hämmerte sie sich ein. Es gab nichts, wovor sie Angst zu haben brauchte, es hatte nie etwas gegeben und würde nie etwas geben. Stefan hatte recht. Sie war überarbeitet, überreizt. Ihr Körper hatte sich an das harte Leben hier draußen gewöhnt, aber ihr Geist schien länger für die Umstellung zu brauchen, auch wenn sie es nicht wahrhaben wollte.

Es gibt keine geheimnisvollen Mächte, dachte sie angestrengt. Keine Geister oder Dämonen. Keine Banshees. Es gab sie nicht und hatte sie nie gegeben. Nie, nie, *nie*! Sie streckte die Hand nach der Klinke aus und zögerte erneut. Sie hatte Angst, fürchterliche, panische Angst wie nie zuvor in ihrem Leben, eine Angst, die vom schrillen Heulen des Hundes noch geschürt wurde, und trotzdem hatte sie sich entschlossen, dort hinauszugehen und sich der Bedrohung zu stellen. Sie würde jetzt hinausgehen und die Sache klären, ein für allemal.

Sie hatte kaum die Kraft, die Klinke herunterzudrücken. Ein plötzlicher Windstoß fauchte über den Hof, riß den Nebel für einen flüchtigen Moment auseinander und drückte die Tür mit unsichtbaren Fäusten nach innen.

Liz trat einen halben Schritt aus dem Haus und blieb fröstelnd stehen. Drinnen war es kühl gewesen, aber hier draußen war es eisig; viel zu kalt für die Jahreszeit, eine Luft, die klar und durchsichtig war und nach Arktis roch, nach Schnee und Kälte und Nebel, der aus Sumpflöchern stieg. Sie widerstand der Versuchung, die Arme um den Körper zu schlingen und sich wie ein verängstigtes Kind in sich selbst zu verkriechen.

Der Wind flaute ab, genauso rasch, wie er aufgekommen war, und zurück blieb eine fast unheimliche Stille. Sie drehte sich um und sah, daß der Nebel dichter geworden war und sich auch das Haus in einen massigen, dunklen Schatten verwandelt hatte. Wieder kroch Furcht in ihr empor, und diesmal war es keine Welle brüllender Panik, gegen die sie sich mit ihrer Willenskraft stemmen konnte, sondern eine schleichende, lautlose Angst, die die Barriere um ihren Geist nicht durchbrach, sondern unterlief und wie ein heimtückisches Gift in ihr Bewußtsein tröpfelte. Sie wollte schreien, aber sie tat es nicht. Der Nebel wogte stärker, bildete bizarre Formen und Umrisse, Grimassen und dünne, vielfingerige Hände, die nach ihr zu greifen schienen. Sie wußte, daß all dies nicht wirklich da war, daß die amorphe graue Masse nicht mehr als eine Leinwand war, auf die ihr Unterbewußtsein alle Schrecken projizieren konnte, die es verbarg. Aber dieses Wissen nutzte erstaunlich wenig.

Sie schloß die Augen, ballte die Fäuste und versuchte, einen Schritt auf die Nebelmauer zu machen. Sie wollte es nicht. Sie wollte sich umdrehen und weglaufen, rennen, ganz egal, wohin, nur rennen, rennen, rennen, um nie wieder stehenzubleiben, aber gleichzeitig wußte sie auch, daß damit alles nur viel schlimmer würde. Sie mußte diesen

Schritt tun, nur einen einzigen Schritt, mit dem sie sich der Konfrontation stellen, sie bekämpfen konnte. Aber ihre Glieder schienen ihren Befehlen plötzlich nicht mehr zu gehorchen.

Und dann, so plötzlich, wie es begonnen hatte, war es vorbei. Für den Bruchteil einer Sekunde hatte sie das Gefühl, durch eine gigantische unsichtbare Glasscheibe zu fallen. Dann ...

Der Nebel wurde wieder zu Nebel, die Schatten zu Schatten, und die Kälte ließ jetzt nur noch ihren Körper frösteln. Mit einem Mal hatte sie das Gefühl, wieder frei atmen zu können.

Sie hatte gewonnen. Sie hatte sich der Konfrontation gestellt, und sie war als Sieger daraus hervorgegangen. Es ...

Carrys Bellen steigerte sich plötzlich zu einem irren Kreischen, um dann in ein helles Jaulen überzugehen – und abzubrechen.

Sie erstarrte. Auf seine Art war das Schweigen, das jetzt über dem Hof lastete, noch bedrohlicher als das Kläffen des Hundes. Es war nicht bloß Stille. Etwas war dort draußen. Etwas anderes. Finsteres. Etwas ungeheuer Böses, das ...

Sie schüttelte ihre Angst ab und rannte los. Die Hoftür flog mit lautem Krachen und dem Klirren zerberstenden Glases gegen die Mauer, als sie aus dem Haus stürmte.

Der Hund war tot.

Sie sah es im gleichen Moment, als sie das Haus verließ.

Er lag am Ende seiner Kette, ein zusammengestauchtes, verdrehtes Bündel Fell und Knochen. Rings um ihn herum war der Boden aufgewühlt, und an seinen Pfoten klebten noch Spuren des Lehms, in dem er wie irr getobt hatte.

Einen Atemzug lang blieb sie stehen, ehe sie mit steifen, widerwilligen Schritten weiterging und sich dem leblosen Körper des Tieres näherte.

Carry war nicht bloß tot.

Liz wurde plötzlich klar, daß es Unterschiede gab, daß Tod nicht gleich Tod war, sondern daß auch dieser Begriff differenziert werden konnte und von sanftem Entschlafen über die ganze Skala des Grauens hinwegreichte.

Und noch ein Stückchen weiter.

Carrys Beine waren verdreht und gebrochen. Sein breites, gutmütiges Hundegesicht war zu einer breiten Masse zerschlagen, in der weiße Knochensplitter und hellrotes Blut glitzerten. Sein Fell war zerschunden, ganze Bündel wie von einer ungeheuerlichen Kraft herausgerissen, so daß darunter die blutige, nackte Haut sichtbar war.

Eine endlose Sekunde lang betrachtete Liz den Körper des Hundes mit einer fast wissenschaftlichen Neugier, und ihr Denken wurde allein von der Frage ausgefüllt, welcher Gegner einen so riesigen Hund wie Carry in wenigen Sekunden derart zurichten konnte.

Und dann, plötzlich und ohne Vorwarnung, schlug das Grauen über ihr zusammen.

Sie brach in die Knie, warf sich über den zerfetzten Körper des Hundes und schrie, schrie, schrie …

32

»Es ist mir vollkommen egal, ob so etwas hier in der Gegend schon einmal vorgekommen ist oder nicht! Und es ist mir auch völlig gleich, ob Sie sich irgeneinen Grund dafür denken können oder nicht! Vollkommen, verstehen Sie?! *Vollkommen!!!* Irgend jemand ist heute nacht hierhergekommen, hat meinen Hund erschlagen und meine Frau zu Tode erschreckt! Und das nennen Sie einen *relativ harmlosen Zwischenfall?!*«

Stefans Gesicht war beinahe dunkelrot vor Zorn. Hektische rote Flecken glänzten auf seinen Wangen, und seine Stimme zitterte und schien dicht vorm Umkippen zu stehen. Liz hatte ihn noch nie so wütend gesehen. Seine Hände zitterten, als hätte er das dringende Bedürfnis, irgend etwas zu packen und zu zerdrücken. Alles an Stefan schien in ununterbrochener nervöser Bewegung zu sein, die er nur zum Teil kontrollieren konnte. Es hätte sie nicht gewundert, wenn er sich im nächsten Moment auf Ohlsberg gestürzt und auf ihn eingeschlagen hätte.

Es war wieder hell; genauer gesagt, kurz vor Mittag, aber das Sonnenlicht dort draußen brachte jetzt keinen Trost mehr, der Schutz des Tages war dahin, seit der vergangenen Nacht. Seit das DING im Haus war.

Liz hob stöhnend den Arm, bedeckte die Augen mit der Hand und bewegte sich unruhig. Ohlsberg sah sie rasch und nervös, aber eher irritiert als schuldbewußt an und drehte sich rasch wieder zu Stefan um, als er ihrem Blick begegnete.

Liz spürte kaum Groll gegen ihn. Er sollte nicht hiersein, und sie war trotz Stefans und Swensens eindringlicher Mahnung eigens heruntergekommen, um ihm genau dies zu sagen, mit Worten, die sie sich sorgfältig zurechtgelegt hatte, aber alles erschien ihr plötzlich so unwichtig und vollkommen sinnlos, jetzt, als sie ihm gegenüberstand – mit Sicherheit eine Wirkung der Spritze, dachte sie matt, die sicherlich auch für ein Pferd gereicht hätte, so wie sie sich fühlte. Morphium. Sicher hatte er ihr Morphium gespritzt oder ein ähnlich starkes Teufelszeug.

Der Arzt war noch während der Nacht gekommen, aber der Polizist, nach dem Stefan sofort telefoniert hatte, hatte sich bisher nicht blicken lassen, und Stefans Laune hatte sich mit jeder Minute weiter verschlechtert, die er gewartet hatte. Er hatte Peter angeschrien und Türen geknallt. Liz hatte beinahe selbst Angst vor ihm bekommen.

Dann war Ohlsberg erschienen. Trotz des umnebelten Zustandes, in den die Spritze ihren Geist versetzt hatte, hatte sie das Motorengeräusch seines altersschwachen VW-Kübelwagens erkannt und war hochgeschreckt. Sie wußte nicht, ob Stefan ihn herbeizitiert hatte oder ob der örtliche Nachrichtendienst einfach schnell genug gearbeitet hatte, ihn von selbst auf den Plan zu rufen – aber wenn, dann mußte er es jetzt schon bitter bereut haben. Während der letzten dreißig Minuten hatte er Stefan König, Erfolgsautor, Stadtflüchtling und anerkannt umgänglicher Mensch, von einer Seite kennengelernt, die die allerwenigsten an ihm vermuteten.

Ohlsberg wand sich wie ein geprügelter Hund, während er darauf wartete, daß Stefan weiterbrüllte, was er während der letzten halben Stunde ausdauernd und ausgiebig getan hatte. Selbst Liz, die Ohlsberg jegliche Schlechtigkeit zutraute – von Kindsmord angefangen – und die ihm in den letzten Tagen mehr als einmal die Pest an den Hals gewünscht hatte, konnte sehen, wie unangenehm ihm der Vorfall war. Wie er so dastand und Stefans Wutausbrüche über sich ergehen ließ, tat er ihr beinahe ein bißchen leid. Aber nur beinahe. Sie war viel zu high, um irgendwelche echten Gefühle zu empfinden.

Es ging nur um einen Hund, aber schließlich war Stefan kein x-beliebiger ostfriesischer Torfkopf, den er mit ein paar nichtssagenden Worten beruhigen konnte. Trotz der kaum verhohlenen Abneigung und Kälte, die ihnen die Menschen hier entgegenbrachten, hatten sie Respekt vor Stefan. Er war nicht irgendwer, sondern ein berühmter Mann. Ihn – oder besser noch seine Frau – hinterrücks und heimlich anzugreifen war eine Sache; sich auf eine offene Konfrontation mit ihm einzulassen eine gänzlich andere. Liz bedauerte es ein bißchen, daß sie so benebelt war. Sie hätte den Augenblick, in dem Ohlsberg seine Grenzen kennenlernte, gerne genossen.

»Also?« fragte Stefan, als Ohlsberg nicht sofort auf seine Worte reagierte. »Was gedenken Sie zu unternehmen?«

Liz spürte, wie schwer es ihm fiel, seine Stimme so weit unter Kontrolle zu halten, daß er nicht sofort wieder losbrüllte. Er war die halbe Nacht in sinnloser Wut über das Grundstück gelaufen, aber natürlich hatte er nichts gefunden; nicht einmal Spuren. Falls es überhaupt welche gegeben hatte, so hatte er sie mit seinem rastlosen Herumirren gründlich verwischt. Ohlsberg wußte das, hatte es aber wohl vorgezogen, kein Wort darüber zu verlieren, um Stefan nicht noch mehr zu reizen.

»Ich kann im Augenblick nicht viel unternehmen, Herr König«, sagte Ohlsberg vorsichtig. Er sprach langsam, als überlege er sich jedes einzelne Wort, bevor er es aussprach. Wahrscheinlich tat er es auch. »Natürlich werde ich weitere Nachforschungen anstellen lassen. Die Polizei wird ein paar Leute in der Umgebung verhören, und ich ... werde auch die Ohren offenhalten. Aber ich will Ihnen nicht zuviel Hoffnung machen. Fälle wie diese werden selten ... aufgeklärt.« Er räusperte sich, sog nervös an seiner Pfeife und suchte nach einem Aschenbecher. Er rauchte hastig, ungewöhnlich hastig für einen Pfeifenraucher, und Liz hatte den Eindruck, daß er es einzig deswegen tat, um seine Hände zu beschäftigen und etwas zu haben, an dem er sich festhalten konnte.

Sie stand auf und brachte ihm einen Aschenbecher. Ohlsberg bedankte sich mit einem neuerlichen irritierten Blick und einem stummen, allerdings rein automatischen Kopfnicken, sah nervös auf die Uhr und begann unruhig auf und ab zu gehen. »Wir müssen natürlich auch die Möglichkeit in Betracht ziehen, daß es ein Tier gewesen ist«, sagte er in der umständlichen Art eines Menschen, der diese Art des Redens nicht gewohnt war und vorsichtshalber ein wenig zu dick auftrug. Dafür aber ohne große Überzeugung.

Stefan schnaubte. »Ein Tier, meinen Sie? Was für ein Tier wäre Ihrer Meinung nach fähig, so etwas zu tun? Ein Grizzlybär? Oder vielleicht lieber ein Dinosaurier?« Seine Stimme troff vor Sarkasmus. Liz warf ihm einen warnenden Blick zu, aber er schien es gar nicht zu bemerken.

Ohlsbergs Gesicht nahm einen gequälten Ausdruck an. »Bitte, Herr König – ich verstehe ja Ihre Erregung. Aber so kommen wir doch nicht weiter. Und ich bin schließlich kein Polizist, sondern ...«

Es war nur ein schwacher Versuch, zum Gegenangriff überzugehen – und ein ziemlich dummer dazu. Ohlsberg schien ungefähr so viel Einfühlungsvermögen zu haben wie ein Vorschlaghammer. Aber wenigstens war er klug genug, sofort abzubrechen, als Stefan mitten im Schritt herumfuhr und ihn anfunkelte.

»Kein Polizist, so?« brülle er. »Nein, das sind Sie nicht, Ohlsberg! Sie sind nur jemand, der sich wichtig macht, der sich aufführt, als gehöre ihm die ganze Stadt! Gut!« Er machte eine wütende Bewegung mit beiden Händen. »Vielleicht ist es so. Aber dann sorgen Sie, zum Teufel noch mal, auch dafür, daß eine solche Schweinerei nicht passiert!«

»Bitte, Herr König«, sagte Ohlsberg leise. »So kommen wir doch nicht weiter!«

Stefan nickte wütend. »Ganz recht, so kommen wir nicht weiter. Wenigstens in diesem Punkt sind wir uns einig.« Er fuhr herum, ging zum Fenster, sah einen Herzschlag lang hinaus und wandte sich dann wieder an den Alten. »Ich weiß jedenfalls, was ich jetzt tun werde«, sagte er dumpf.

»So?« machte Ohlsberg. Dieses eine Wort klang nervöser als alles, was er zuvor gesagt hatte. Wieder warf er Liz einen raschen Blick zu, und diesmal wirkte er fast flehend.

»Ja«, sagte Stefan aufgebracht. »Ich werde noch heute in die Stadt fahren, mir ein Gewehr kaufen und jeden über den Haufen schießen, der unangemeldet einen Fuß auf mein Grundstück setzt. Jeden, verstehen Sie?«

Ohlsberg sah ihn einen Moment nachdenklich an. Natürlich waren Stefans Worte nicht so ernst gemeint, wie sie sich anhörten. Und er wußte es. Er schien irgend etwas sagen zu wollen, überlegte es sich dann aber anders und wandte sich an Liz. »Vielleicht sollten Sie für ein paar Tage wegfahren«, sagte er. »Nur bis sich alles … etwas beruhigt hat.«

Liz war ein wenig irritiert, daß er den Mut aufbrachte, sie direkt anzusprechen – und zugleich beinahe dankbar für seinen Vorschlag. Aber dann dachte sie an das letzte Mal, als sie von hier *weggefahren* waren. »Glauben Sie, das ändert noch etwas?« fragte sie. Ihre Stimme war leise und kaum zu verstehen. Sie hatte die Szene nur mit halbherzigem Interesse verfolgt; in der Art, in der man ein Theaterstück oder einen Film verfolgt, wohlwissend, daß einen das Ganze nichts angeht und man sicher ist, ganz egal, was auf der

Bühne oder der Leinwand passieren mag. Genaugenommen spürte sie überhaupt nichts mehr, was über bloßes körperliches Empfinden hinausging.

Wenn sie an die schreckliche Szene der vergangenen Nacht zurückdachte, dann war in ihr nichts als eine große, dumpfe Leere, fast als gäbe es in ihrem Inneren plötzlich eine unsichtbare Mauer zwischen ihrem Bewußtsein und der realen Welt – oder dem, was die reale Welt zu sein schien –, durch die nichts, absolut nichts hindurchdringen konnte. Selbst Ohlsbergs Hiersein ließ sie im Grunde kalt.

»Ich möchte hier nicht weg«, sagte sie nach einer Weile. »Es würde nichts nutzen, wegzulaufen.«

Ohlsberg schien einen Moment ehrlich betroffen. Er hatte mit einer anderen Antwort gerechnet.

»Sie sind sehr mutig«, sagte er leise. Irgend etwas, das sie sich nicht erklären konnte, schwang in seiner Stimme mit. Mitleid? Ja – die gleiche, sonderbare Art von Mitleid, die sie schon einmal in seiner Stimme gehört hatte, vor einer Woche, im Dorfkrug. »Aber Mut zum falschen Zeitpunkt kann Dummheit bedeuten«, fügte er hinzu.

Stefan lachte humorlos. »Es wäre mir lieber, wenn Sie herausfinden würden, wer hinter diesem Terror steckt, anstatt hier große Worte zu schwingen.«

Ohlsberg klopfte seine Pfeife aus, sammelte Tabaksbeutel, Feuerzeug und den altmodischen Pfeifenstopfer ein und verstaute alles in den Taschen seiner zerknautschten schwarzen Arbeitsjacke. »Ich denke, es ist besser, wenn ich Sie jetzt allein lasse«, sagte er nervös. »Ich werde auf dem Rückweg bei ein paar Leuten vorbeischauen. Vielleicht hat irgend jemand etwas gesehen oder gehört.«

»Machen Sie sich nicht lächerlich«, sagte Stefan kalt. »Der nächste Nachbar sind Sie! Und der wiederum nächste wohnt in fünf Kilometern Entfernung. Ich wüßte nicht, was er hätte hören oder sehen können.«

Ohlsberg lächelte nervös, hielt Stefans bohrendem Blick eine halbe Sekunde lang stand und scharrte mit den Füßen. Dann erhob er sich, verabschiedete sich mit einem flüchtigen Kopfnicken von Liz und ging hinaus. Sein Weggehen hatte viel von einer Flucht an sich.

Stefan starrte die geschlossene Tür hinter ihm feindlich an und ballte wütend die Fäuste. Seine Knöchel knackten.

»Nimm es ihm nicht übel«, sagte Liz. »Du darfst keine Wunder von ihm verlangen.«

Stefan lachte trocken und vollkommen ohne Humor. »Natürlich nicht«, knurrte er. »Aber immerhin ist er dazu da, uns vor solchen Zwischenfällen zu schützen. Hast du deine Tabletten genommen?«

Liz blinzelte, verwirrt durch den plötzlichen Themenwechsel. Das Röhrchen mit den kleinen roten Pillen lag noch unberührt in ihrem Nachtschrank. Sie hatte sie nicht genommen. Und sie würde sie auch nicht nehmen. Sie wußte, daß Medikamente ihr nicht helfen würden.

»Ja«, sagte sie nach kurzem Zögern. Sie hatte keine Lust, mit Stefan zu streiten.

Es klopfte, und Peter betrat das Zimmer, noch bevor Stefan »Herein« rufen konnte.

»Herr Ohlsberg ... geht«, sagte er stockend. Sein Blick irrte unstet durch den Raum, hierhin und dorthin, krampfhaft darum bemüht, *nicht* in Liz' Richtung zu blicken.

Stefan bedankte sich mit einem stummen Kopfnicken und trat ans Fenster. Er schlug die Vorhänge beiseite und sah mit unbewegtem Gesicht zu, wie Ohlsberg in seinen schrottreifen Kübelwagen stieg und davonfuhr.

»Soll ich ...«, begann Heyning zögernd, brach aber dann ab, als fehle ihm schließlich der Mut, von sich aus das Wort zu ergreifen.

»Ja?«

Peter druckste herum. Sein Blick streifte Liz. »Es ist ... wegen des Hundes«, sagte er mühsam. »Sol ich ihn ... begraben?«

Stefan nickte ungehalten. »Sicher. Schaufeln Sie irgendwo hinter dem Haus ein Loch und legen Sie ihn hinein.« Er sah Liz an. »Und du solltest ausnahmsweise einmal auf das hören, was man dir sagt, und dich hinlegen. Du siehst aus wie der Tod persönlich.«

Sie schüttelte unwillig den Kopf, stand aber trotzdem auf und ging zur Tür. Er wollte sie nicht hierhaben, gut. Vielleicht war es besser, wenn sie ihn allein ließ; wenigstens so lange, bis er sich beruhigt hatte. Ein Spaziergang auf dem Hof würde ihr genauso guttun, als wenn sie sich zwei Stunden hinlegen und doch nicht einschlafen konnte.

Stefans aggressiver Ton ihr gegenüber erschien ihr ungerecht, und er verletzte sie, aber sie konnte ihm noch nicht einmal wirklich böse sein. Er war wütend wegen allem, was in den letzten Tagen vorgefallen war, wütend, weil jemand *sie* – und damit indirekt auch ihn – angegriffen hatte. So wütend, daß nicht einmal sie vor seinem Zorn sicher war, obwohl sie doch eigentlich die Beschützte sein sollte.

»Verdammtes Arschloch«, sagte Stefan aufgebracht. Es dauerte einen Moment, bis Liz begriff, daß er noch immer über Ohlsberg sprach. »Das könnte ihm so passen«, er sprach mit verstellter Stimme weiter, um Ohlsberg zu verhöhnen: *»Ein paar Tage von hier weggehen, nur bis sich alles ein wenig beruhigt hat.* Ha!« Er funkelte die geschlossene Tür feindselig an, schlug die Faust in die geöffnete Linke und tat so, als spucke er aus. »Mistkerl, widerlicher.«

Liz war ... verwirrt. Obwohl Swensens Droge die Welt noch immer rosarot färbte und sie in eine herrliche Leckt-mich-doch-alle-Stimmung versetzte, fiel ihr doch auf, wie falsch Stefans Worte in ihren Ohren klangen. Noch vor Tagesfrist hätte Stefan ihr mit dem, was er sagte – und vor allem der Art, *wie* er es sagte – aus dem Herzen gesprochen. Aber er *hätte* es eben nicht gesagt, und das war der feine Unterschied. Liz konnte nicht mehr beschwören, daß alles wirklich so gewesen war, wie sie geglaubt hatte: der Schatten, die Schritte auf der Treppe, das Böse, das von Stefan Besitz ergriffen hatte – aber irgend etwas *war* mit ihm geschehen in der vergangenen Nacht.

»Wieso bist du so wütend?« fragte sie. »Immerhin ist er hierhergekommen, um ...«

»... ein bißchen herumzuschnüffeln«, fiel ihr Stefan ins Wort. Er fuhr herum, und für einen winzigen Moment sah es aus, als wolle sich sein ganzer aufgestauter Zorn nun auf sie entladen. Aber dann beließ er es nur bei einem ärgerlichen Grunzen, drehte sich auf dem Absatz herum und stampfte zur Bar. Eiswürfel klirrten in seinem Glas, als er sich einen mindestens vierstöckigen Martini einkippte. Er leerte das Glas, ohne sich herumzudrehen und in einem einzigen Zug. Und da war irgend etwas, das Liz innerlich ... ja, es gab keinen anderen Ausdruck: das sie innerlich zurückprallen ließ. Das Gefühl war zuerst da, dann, nach Sekunden, in denen sie einfach dastand und ihn mit einer Mischung aus Schrecken und scheinbar vollkommen unbegründetem Entsetzen angestarrt hatte, begriff sie auch verstandesmäßig, was es war:

Seine Art, zu trinken.

Stefan war niemals ein starker Trinker gewesen. Wenn er überhaupt Alkohol zu sich nahm, trank er sehr langsam, mit kleinen vorsichtigen Schlucken. Jetzt ... schüttete er den hochprozentigen Schnaps einfach in sich hinein. Er schluckte nicht. Liz hätte bis vor einer Sekunde nicht einmal geglaubt, daß so etwas organisch überhaupt möglich war, aber sie konnte ihn genau beobachten, so wie sie dastand, ein wenig hinter und neben ihm: sein Adamsapfel bewegte sich nicht. Irgendwie schien es ihm einfach gelungen zu sein, seine Speiseröhre zu öffnen und die Flüssigkeit wie durch einen Trichter geradewegs in seinen Magen zu kippen. Was sie sah, erinnerte sie an das Saufen eines Tieres, gierig und schnell und unbeschreiblich widerlich.

Stefan mußte spüren, daß sie ihn anstarrte, denn er fuhr abrupt herum, funkelte sie eine Sekunde lang mit unverhohlenem Zorn an und verzog dann die Lippen zu einem geringschätzigen Lächeln. Der Martini war an seinem Kinn herabgelaufen und tropfte auf seinen Sweater, ohne daß er auch nur Notiz davon nahm.

»Was ist los?« schnappte er. »Haben wir über Nacht die

Rollen getauscht, oder warum verteidigst du diesen alten Widerling plötzlich?«

»Das ... das tue ich doch gar nicht«, stotterte Liz, völlig überrascht über den unmotivierten Angriff. »Ich sage nur, ...«

»Tust du doch«, unterbrach sie Stefan grob. »Verdammt, gestern um diese Zeit hättest du noch applaudiert, wenn ich die Green Barrets gerufen und ganz Schwarzenmoor in Schutt und Asche hätte legen lassen. Und jetzt ergreifst du seine Partei?«

Es fiel Liz schwer, zu antworten. Der Mann, der vor ihr stand, schien kaum mehr Ähnlichkeit mit Stefan zu haben; nicht einmal äußerlich. Vielleicht war es kein Traum gewesen, dachte sie entsetzt. Vielleicht war das DING aus der Scheune wirklich ins Haus gekommen, und vielleicht war alles wahr, und Stefan war nicht mehr Stefan, sondern nur noch ein Ding, das aussah wie er. »Ich ... ich glaube nur nicht, daß er etwas damit zu tun hat«, sagte sie verstört.

»Womit? Mit Carrys Tod?« Stefan schnaubte, schüttelte heftig den Kopf und beantwortete seine Frage selbst: »Natürlich nicht. Dieser alte Schleimer wird sich wohl kaum mitten in der Nacht auf meinen Hof geschlichen und den Hund erwürgt haben. Aber er macht sich ein bißchen zu wichtig, in letzter Zeit, finde ich.« Er schnaubte. »Aber das macht nichts. Du hattest recht, Liz – es bringt nichts, nur schön zu tun und die Schnauze zu halten. Ich werde diesem Bauernpack zeigen, wo's langgeht.« Er schnaubte, und es hörte sich nicht nur für Liz, sondern wirklich an wie das Grunzen eines großen, wütenden Tieres. »Das war es doch, was du die ganze Zeit wolltest, oder?«

Sein Blick wurde lauernd. Und ganz plötzlich begriff Liz, daß nichts von dem, was er sagte, Zufall war oder einfach so dahergeredet. Nein, Stefan wollte auf etwas ganz Bestimmtes hinaus. Er wollte irgendeine ganz bestimmte Reaktion provozieren. Wollte er mit ihr streiten? Aber warum?

»Ich ... ich weiß nicht«, murmelte sie ausweichend. Sie lächelte schwach, griff sich an die Stirn und stöhnte ganz leise. »Ich fühle mich nicht gut, Stefan. Ich ... ich weiß überhaupt nichts mehr. Diese Spritze ...«

»Dann solltest du dich hinlegen«, sagte Stefan grob. »Geh ins Bett. Dieser Viehdoktor kommt am Nachmittag noch einmal vorbei und schaut nach dir.«

Sie starrte ihn an, unfähig, irgend etwas zu antworten. Vergeblich wartete sie auf ein Lächeln, irgend etwas, was ihr bewies, daß seine Worte nicht so gemeint waren, nichts als ein grober Scherz.

Aber sie waren so gemeint. Jede einzelne Silbe.

Ohne ein weiteres Wort drehte sie sich um und lief aus dem Zimmer. Stefan griff nach der Martini-Flasche, als sie die Tür hinter sich zuwarf.

33

Die Mittagssonne tauchte den Hof in harte, schattenlose Helligkeit, als sie das Haus verließ. Hinter dem Gatter verwehte die Staubfahne von Ohlsbergs Wagen. Seine Reifen hatten tiefe Zwillingsspuren im weichen Lehm der Ausfahrt hinterlassen, und die Atmosphäre schien seltsam aufgewühlt, als hinge noch ein schwaches Echo von Ohlsbergs und Stefans Aktivitäten, ihres rastlosen Hin- und Herlaufens, ihres Redens und Hantierens in der Luft.

Und von Stefans Zorn. Ihr Blick wanderte zu der zerwühlten Stelle im Lehm hinüber. Der Boden war aufgerissen und mit dunklen, unregelmäßigen Flecken besudelt, und obwohl sie sich mit aller Kraft gegen die Vorstellung wehrte, glaubte sie für einen Augenblick wieder Carrys zerfetzten, bis zur Unkenntlichkeit verstümmelten Leichnam dort liegen zu sehen.

Carry ... Tränen füllten ihre Augen, aber sie versuchte nicht einmal, sie zurückzuhalten. Sie hatte ihn geliebt. Er war nur ein Tier gewesen, hatte Ohlsberg gesagt, aber sie hatte ihn geliebt, hatte seine tölpelhafte, grobe Bärbeißigkeit gemocht. Wie sehr, spürte sie erst jetzt, als er nicht mehr da war.

Nur ein Tier ... Seltsamerweise spürte sie kaum Trauer. Eine unerwartete Ruhe hatte sie erfaßt, eine tödliche, betäubende Ruhe, wie sie sich oft nach einem schweren Verlust einstellt, bevor der tiefer sitzende Kummer kommt.

Nur ein Tier ... dachte sie noch einmal. Aber der Tod dieses großen, starken Hundes hatte ihr gegolten. Carry war stellvertretend für sie gestorben, und eigentlich hätte sie es sein müssen, die jetzt zerfetzt und ausgeblutet unter der Plane hinter der Scheune liegen mußte.

Stefans Worte fielen ihr ein: *Schaufeln Sie irgendwo hinter dem Haus ein Loch und legen Sie ihn hinein.*

Wie hatte er nur so herzlos sein können? Mit einem Mal fror sie. Der Wind schien plötzlich kälter geworden zu sein. Sie schlang die Arme um den Oberkörper und zog die Schultern zusammen, aber es half nichts. Die Kälte kam nicht von außen. Sie hatte plötzlich das Bedürfnis, mit jemandem zu reden, aber die Auswahl war nicht besonders groß. Stefan kam nicht in Frage, und Andy ...

Andy! Großer Gott, bei allem hatte sie das Mädchen total vergessen! Sie hatte sie seit dem vergangenen Abend nicht mehr gesehen, ja, ihre Anwesenheit war ihr bis zu diesem Moment nicht einmal bewußt gewesen. Ihr schlechtes Gewissen meldete sich: was, wenn das arme Ding alles mitbekommen hatte und jetzt zitternd vor Angst in irgendeiner Ecke hockte? Peter würde ihr kaum Trost spenden können.

Aber sie noch weniger, dachte sie matt. Sie war eine Fremde für Peters Tochter, und sie hatte das Mißtrauen nicht vergessen, mit dem Andy sie angeblickt hatte, gestern. Gestern? Ja, es war tatsächlich erst einen Tag her, gerade vierundzwanzig Stunden. Seltsam, daß Ohlsberg die Gelegenheit nicht ergriffen hatte, sie oder Stefan auf Andy anzusprechen. Wahrscheinlich hatte er sich nicht getraut, nachdem Stefan ihn gleich zur Begrüßung angebrüllt hatte, daß man es sicherlich noch in Schwarzenmoor hören konnte. Und danach – nun, vielleicht hatte sich in irgendeiner Ecke seines Modergehirnes doch noch eine Spur von Taktgefühl gehalten.

Auf jeden Fall war auch Andy im Moment kaum die richtige Gesprächspartnerin für sie. Blieb nur noch Peter.

Liz seufzte schmerzlich. Es war absurd, aber im Moment hatte sie viel mehr Vertrauen zu ihm, einem Wildfremden, als zu Stefan, ihrem eigenen Mann.

Sie schob auch diesen Gedanken auf die Wirkung von Swensens blödsinniger Droge, ließ sich aber von dieser Erkenntnis keineswegs von ihrem Entschluß abbringen, ihn zu suchen. Verdammt, sie mußte einfach mit irgend jemandem reden, und wenn es ein Stein war!

Sie überquerte den Hof, ging zur Scheune und schob einen Torflügel weit genug auf, um hindurchschlüpfen zu können. Der Raum war dunkel und leer; der halb auseinandergenommene Traktor, der nun nie wieder (woher wußte sie das?) zusammengesetzt werden sollte, stand da, umgeben von einem Kranz sorgfältig sortierter metallener Eingeweide, daneben der Jaguar, ein Gegensatz, wie er größer kaum vorstellbar war, aber Peter war nicht da. Liz war enttäuscht. Sie hatte inständig gehofft, ihn hier zu treffen, denn alles andere bedeutete, daß er hinter dem Haus war, auf der anderen Seite des Gebäudes, und dorthinzugehen – sich der Ruine auch nur zu nähern – war unmöglich. Nicht jetzt. Vielleicht würde sie nie wieder die Kraft haben, auf die andere Seite des Hauses zu gehen. Auf jeden Fall nicht *jetzt*.

Als sie die Scheune wieder verlassen wollte, sah sie den Schatten vor dem Wald.

Der Schrecken dauerte nur den Bruchteil einer Sekunde. Wenigstens in dieser Hinsicht arbeiteten ihre Sinne mit fast übernatürlicher Schärfe: sie vermochte sehr wohl zwischen den grauen Schemen des Wahnsinns und der Realität zu unterscheiden. Der Schatten da drüben vor dem Wald war echt, ein richtiger Schatten, den ein richtiger Mensch warf. Ein richtiger Ohlsberg, genauer gesagt. Liz erkannte ihn sofort, aber sie versuchte noch einen Augenblick, ihn wegzuleugnen. *Ohlsberg? Hier?*

Dann begriff sie. Er war zurückgekommen, um mit ihr abzurechnen. Vorhin im Haus, in Stefans Gegenwart, hatte er es nicht gewagt, auch nur ein Wort über Andy und die Starbergs zu verlieren, aber sie hatte sich wieder in ihm getäuscht – er dachte keineswegs daran, auch nur den Bruchteil eines Millimeters zurückzuweichen. Er war weggefahren, gerade so weit, daß Stefan denken mußte, er wäre *wirklich* fort, aber wahrscheinlich stand sein Wagen nur hinter der nächsten Biegung des Weges, und er hatte dort drüben Position bezogen, um auf sie zu warten. Mistkerl, verdammter!

Einen Moment lang überlegte sie, einfach ins Haus zurückzugehen, Stefan zu rufen und zuzusehen, wie er hinüberstürzte und Ohlsberg auf die Hörner nahm. Aber sie verwarf diesen Gedanken fast ebenso rasch wieder, wie er ihr kam – was würde es schon nutzen? Ohlsberg hatte entschieden: er wollte nicht Stefan, er wollte *sie*, und nichts auf der Welt würde ihn aufhalten. Sie konnte Stefan nicht ewig wie einen lebenden Schutzschild vor sich herschieben. Früher oder später würde Ohlsberg sie allein erwischen, und je länger sie wartete, desto heftiger würde die Auseinandersetzung werden. Nein – trotz allem war noch ein winziger Rest von der kalten Entschlossenheit der vergangenen Horror-Nacht in ihr. Sie würde es durchstehen. Wenn es sein mußte, jetzt und hier.

Sie warf einen Blick zum Haus, um sich davon zu überzeugen, daß sie auch wirklich allein war, trat vollends aus der Scheune und überquerte mit schnellen, sehr sicheren Schritten den Hof. Swensens idiotische Spritze war jetzt auf ihrer Seite, denn sie machte sie ruhiger, als sie sonst wohl gewesen wäre. Ohlsberg würde sich wundern, wenn er glaubte, leichtes Spiel mit einer ohnehin völlig eingeschüchterten wehrlosen Frau zu haben. Sie war weder das eine noch das andere. Und sie kalkulierte sogar diese Möglichkeit ganz kalt ein: daß sie sich wirklich körperlich mit ihm auseinandersetzen mußte. Möglicherweise gehörte Ohlsberg zu der Sorte Mann, die niemals eine Frau schlugen – sie hoffte es –, aber sie gehörte ganz entschieden nicht zu der Art Frau, die Hemmungen hatte, einen Mann zu schlagen.

Sie blieb in der Auffahrt stehen – sie dachte nicht daran, den Heimvorteil zu verschenken – und blickte aufmerksam zu ihm hinüber. Er stand auf der anderen Seite des Weges, schon halb im Wald verborgen, so daß seine schwarze Jacke mit den Schatten zu verschmelzen schien, und obwohl sie sein Gesicht nicht erkennen konnte, spürte sie, daß ... etwas nicht so war, wie sie erwartete.

»Was wollen Sie?« fragte sie ruhig. »Uns ein wenig ausspionieren, oder mit mir reden?«

Ohlsberg bewegte sich unruhig. Er trat nicht aus dem Wald heraus, aber sie sah, wie er den Kopf drehte und einen Moment zum Haus hinüberblickte.

»Stefan ist im Haus und betrinkt sich«, sagte sie kalt. Ihre Worte waren ganz bewußt verletzend. »Sie brauchen also keine Angst zu haben. Ich bin ganz allein.«

Wieder bewegte sich Ohlsberg, und wieder blieb er stehen, ohne den Wald zu verlassen. Es war, als suche er Schutz zwischen den Bäumen. »Ich ... muß Sie sprechen, Frau König«, sagte er. »Sie allein. Es ist wichtig.«

»Wichtig?« Liz versuchte zu lachen, aber es gelang ihr nicht ganz. Statt verletzend zu klingen, hörte es sich selbst in ihren eigenen Ohren jämmerlich an. »Für wen, Ohlsberg? Für Sie?«

»Auch«, sagte Ohlsberg. Er klang nervös – nein, *ängstlich.* Wieder irrte sein Blick zum Haus, als hätte er Angst, daß jeden Moment jemand herauskommen und ihn sehen könnte. Aber Liz hatte plötzlich das sehr bestimmte Gefühl, daß es nicht Stefan war, vor dem er sich fürchtete.

»Was wollen Sie?« fragte sie noch einmal. »Ich wüßte nicht, was wir miteinander zu besprechen haben.«

»Bitte, Frau König – es ist wichtig. Ich ... *(zum Teufel, er HATTE Angst! Der Mann war fast verrückt vor Angst!)* ... ich dürfte nicht mit Ihnen reden, aber ich muß. Sie müssen weg hier, Sie und Ihr Mann, aber vor allem Sie.«

»Warum?« fragte Liz mißtrauisch. »Passen wir nicht ins Stadtbild?«

Ohlsberg hob die Hand, als wolle er auffahren, aber der erwartete Zornesausbruch blieb aus. Statt dessen seufzte er nur tief, schüttelte den Kopf und trat nun doch aus dem Wald heraus, wenn auch nur einen Schritt. Sie standen sich jetzt in acht oder neun Schritten Abstand gegenüber, wie zwei Duellanten.

»Worum geht es?« fragte Liz. »Um das Mädchen?«

Ohlsberg schüttelte den Kopf, dann nickte er. »Ja. Aber anders, als Sie jetzt wahrscheinlich glauben.« Er seufzte, schüttelte ein paarmal den Kopf und begann tatsächlich mit den Händen zu ringen. »Ich kann Sie ja verstehen«, sagte er. »Aber Sie müssen mir glauben, wenn ich sage, daß ich es gut mit Ihnen meine. Sie ...«

»Ihnen glauben?« Liz lachte schrill. »Aber natürlich. Warum sollte ich *Ihnen* wohl mißtrauen, nicht?«

»Gut«, sagte Ohlsberg, »ich erkläre es Ihnen. Ich ... ich versuche es wenigstens.«

»Nur zu«, sagte Liz ruhig, obwohl sie innerlich nicht mehr halb so gelassen war, wie sie sich gab. Ohlsbergs Angst war nicht gespielt. Plötzlich hatte sie das Gefühl, daß es anders war, ganz ganz anders, als sie bisher geglaubt hatte.

»Nicht hier«, sagte Ohlsberg gehetzt. »Wir treffen uns heute abend, im Ort.«

»Niemals«, antwortete Liz, und das Wort kam so schnell und so heftig, daß Ohlsberg nicht noch einmal auf seinem Vorschlag beharrte. Er seufzte.

»Dann auf halbem Weg«, sagte er. »Kennen Sie den alten Baum, einen Kilometer vor Schwarzenmoor?«

»Die Eiche?« Natürlich kannte sie die – eine gewaltige, mehr als dreißig Meter hohe Eiche, die vor einem halben Jahrhundert einmal vom Blitz gespalten und schwarzverbrannt, aber nicht niedergebrochen war. Ohlsberg nickte.

»Eine Stunde vor Sonnenuntergang«, sagte er hastig.

»Aber reden Sie mit niemandem darüber, nicht einmal mit Ihrem Mann – versprechen Sie mir das?«

Liz starrte ihn an. Es war völlig absurd – Ohlsberg verlangte nicht mehr und nicht weniger von ihr, als sich ihm vollkommen auszuliefern. Wenn sie tat, was er wollte, dann konnte er alles mit ihr tun – sie sogar erschlagen, wie Carry erschlagen worden war –, und niemand würde es merken. Niemand würde ihn auch nur verdächtigen! Es wäre Wahnsinn, ja zu sagen.

Und gleichzeitig waren in seinem Blick ein solcher Ernst, in seinen Worten eine solche Eindringlichkeit – und Angst! –, daß sie einfach nicht anders konnte als ihm glauben.

Widerstrebend nickte sie. »Gut. Ich komme. Aber ich warne Sie. Wenn Sie irgend etwas vorhaben ...«

»Das habe ich nicht«, versicherte er hastig. »Wirklich, Frau König, ich stehe auf Ihrer Seite, auch wenn es Ihnen vielleicht schwerfällt, das zu glauben. Es ist alles ganz anders, als Sie annehmen. Sie ...«

Er brach ab. Eine halbe Sekunde lang stand er reglos und wie gelähmt da, dann fuhr er zusammen wie unter einem Hieb und wirbelte auf dem Absatz herum, um wieder im Wald unterzutauchen. Liz starrte ihm eine Sekunde verblüfft hinterher, ehe auch sie sich umdrehte. Auf halber Strecke zwischen dem Haus und ihr stand das Mädchen.

Sie war herausgekommen, ohne daß Liz es gehört hatte, und der weiche Lehm des Hofes hatte ihre Schritte gedämpft, so daß Liz nicht einmal bemerkt hatte, wie sie nähergekommen war. Und irgend etwas an ihr ...

Es war wie vorhin, als sie Stefan auf diese sonderbar tierische Weise hatte trinken sehen: sie konnte das Gefühl nicht erklären, aber es war mindestens ebenso stark wie bei ihm, wenn nicht stärker. Etwas an dem Mädchen war ihr unheimlich. Sie sah aus wie gestern: eine schmalgesichtige, dunkelhaarige Kindfrau mit großen Augen, aus denen etwas wie ein niemals ganz verlöschender Schmerz sprach, ein unauslöschlich eingegrabenes Mißtrauen gegen die ganze Welt, aber da war auch noch etwas. Liz schauderte.

Es half nichts, es leugnen zu wollen – in diesem Moment hatte sie Angst vor Andy.

Sie versuchte den Gedanken zu verscheuchen, aber es gelang ihr nicht. Irgend etwas ... umgab das Mädchen. Eine unsichtbare Aura, ein finsteres knisterndes Ding, das ...

Mach dich nicht lächerlich! dachte sie wütend. An diesem Kind war nichts Unheimliches oder gar Gefährliches. Gar nichts.

Sie rang sich zu einem Lächeln durch, trat auf Andy zu und hob die Hand.

Das Mädchen wich einen Schritt zurück, sah sie aus seinen großen, traurig-mißtrauischen Augen an und fuhr auf dem Absatz herum, um ins Haus zurückzulaufen.

Liz blickte ihr verwirrt nach. Beinahe schämte sie sich ihrer eigenen Gefühle – aber sie war fast froh, daß Andy vor ihr fortgelaufen war. Im nachhinein überlief sie ein kaltes Frösteln bei dem Gedanken, daß sie Andy um ein Haar berührt hätte.

Sie blieb einen Moment unschlüssig stehen, wandte sich dann endgültig um und ging mit raschen Schritten zum Haus zurück – aber nicht zu rasch, um Andy nicht zu begegnen.

Sie hatte Glück. Von dem Mädchen war keine Spur mehr zu sehen, als sie das Haus betrat. Stefan und Peter redeten im Wohnzimmer miteinander; sie hatte nicht einmal gemerkt, daß Peter wieder ins Haus gekommen war, aber sie hörte ihre Stimmen durch die Tür, als sie auf dem Weg nach oben daran vorbeikam. Sie ging ins Schlafzimmer, schloß die Tür hinter sich und setzte sich auf die Bettkante.

Für einen Moment begann sich das Zimmer um sie herum zu drehen, der Boden zu wanken. Sie war verwirrt, bis ins Innerste verstört und verunsichert wie niemals zuvor in ihrem Leben.

Was bedeutet das alles? Sie verstand nichts mehr, rein gar nichts. Plötzlich war alles anders, Schwarz war Weiß, Weiß wurde zu Schwarz, die Guten waren plötzlich auf Ohlsbergs Seite, und ihr eigener Mann wurde zu einem grunzenden Tier. Und nach der gestrigen Nacht blieb ihr nicht einmal mehr der Ausweg, sich einfach selbst für unzurechnungsfähig zu erklären. Selbst der letzte Ausweg, der Dolch, um geistiges Harakiri zu begehen, war ihr genommen. Es war *wahr.* Die Schrecken der letzten Nacht waren nicht nur ihrem Unterbewußtsein entsprungen. Sie war nicht verrückt. Eingebildete Monster massakrieren keine Hunde.

Ihre Finger glitten wie von selbst zur Schublade des Nachtschrankes, öffneten sie und nahmen das Röhrchen mit den Tabletten heraus. »Nehmen Sie alle zwei Stunden eine davon, und Sie werden sich wohl fühlen«, hatte Swensen gesagt.

Die Verlockung war groß. Sie kannte Mittel wie diese. Tranquilizer, Psychopharmaka, hübsche bunte kleine Teufelsdinger mit wohlklingenden Namen, die zwar nicht halfen, ein Problem zu lösen, aber sehr wohl, es zu vergessen. Vielleicht, überlegte sie, hatten Stefan und der Arzt sogar recht. Vielleicht gab es gar keine Bedrohung, und sie war schlicht überarbeitet und am Ende ihrer Kräfte. Alles, was geschehen war, konnte Zufall sein. Zufälle und Banalitäten, die sie schlicht über- oder falsch bewertete. Selbst der Tod des Hundes mochte erklärbar sein; irgendwie. Aber wenn es so war, dann brauchte sie keine Tabletten, um damit fertig zu werden.

Sie legte das Röhrchen in die Schublade zurück, schloß den Schrank und ließ sich nach hinten aufs Bett sinken. Mit einem Mal fühlte sie sich müde, obwohl sie Angst davor hatte, einzuschlafen. Wenn sie schlief, konnte die Angst wiederkommen, eingebildet oder nicht.

Trotzdem schlief sie wenige Augenblicke später ein.

Sie träumte, ohne sich genau erinnern zu können, was – es hatte irgend etwas mit Stefan zu tun, der sich in ein grunzendes sabberndes Etwas verwandelte, und Ohlsberg, der sie voller Mitleid anstarrte und immer wieder sagte: *Sie soll-*

ten wirklich nicht hier sein, Kindchen. Als sie am frühen Nachmittag erwachte, war sie in Schweiß gebadet, und ihr Herz hämmerte wild.

Noch anderthalb Tage.

Der Countdown lief.

34

Ein leises Klopfen an der Schlafzimmertür weckte sie. Sie war noch einmal eingeschlafen, konnte sich aber nicht erinnern, wann. Für einen Moment fühlte sie sich verwirrt und desorientiert. Sie fühlte sich verschwitzt und klebrig, als hätte sie lange Zeit in ihren Kleidern geschlafen. Sie fuhr sich verwirrt mit der Hand über die Augen. Das Bett neben ihr war noch unbenutzt. Stefan hatte nicht darin geschlafen. Es war also noch nicht wieder Morgen.

Es klopfte noch einmal.

Sie stand auf, ging unsicher und benommen zur Tür und drückte die Klinke herunter. Auf dem Korridor stand Stefan, ein Tablett mit Kaffee und Broten balancierend.

»Hallo«, sagte er aufgeräumt. »Endlich wach?« Er schob die Tür mit dem Ellbogen weiter auf, zwängte sich an ihr vorbei und setzte sein Tablett auf dem Nachtschränkchen ab. Der verlockende Duft von frisch aufgebrühtem Kaffee stieg ihr in die Nase.

»Was ... wird das, wenn du fertig bist?« fragte Liz verwirrt. »Und seit wann klopfst du an?« Sie war noch nicht ganz wach, aber ein Teil ihres Bewußtseins begriff, daß es wieder Stefan war, dem sie gegenüberstand, kein grunzendes Ding, das sich allmählich in ein Tier verwandelte. Natürlich – es war nur ihr Zustand gewesen – und diese vermaledeite Spritze, die ihr Swensen gegeben hatte. Plötzlich war sie sehr froh, die Tabletten nicht genommen zu haben.

Stefan ging wortlos zur Tür zurück, schloß sie und deutete mit einer Kopfbewegung aufs Bett. »Leg dich wieder hin.«

»Aber ...«

»Keine Widerrede«, sagte Stefan mit gespielter Strenge. »Du bist krank, und ich habe mir vorgenommen, dich zu bemuttern. Also sei kein Spielverderber und tu wenigstens so, als ob du dich freust. Und jetzt setz dich und trink deinen Kaffee. Du siehst aus, als könntest du ihn gebrauchen.«

»Vielen Dank für das Kompliment«, murmelte Liz, ließ sich aber trotzdem gehorsam auf die Bettkante sinken und nippte an ihrer Tasse. Sie sah nicht nur so aus, sie fühlte sich auch, als könnte sie mehr als nur eine Tasse Kaffee vertragen. Er war heiß und schwarz und bitter, aber sie zwang sich, mit vorsichtigen kleinen Schlucken zu trinken und sich auch noch eine zweite Portion einzuschenken. Das taube Gefühl zwischen ihren Schläfen wollte nicht weichen, und sie fühlte sich kraftlos und auf seltsam unangenehme Art schwach.

Stefan sah ihr eine Weile wortlos zu, dann lehnte er sich zurück, verschränkte die Hände hinter dem Kopf und starrte an ihr vorbei zum Fenster. »Ohlsberg hat vorhin angerufen«, sagte er plötzlich.

»Ohlsberg?« Liz kramte eine Weile in ihrem Gedächtnis. Alles, was heute vormittag geschehen war, erschien ihr seltsam fremd und unscharf. Ohlsberg ... irgend etwas klingelte in ihrem Gehirn, als sie den Namen hörte, aber zum Teufel, sie wußte nicht, *was*! Was für ein Teufelszeug hatte Swensen ihr da nur gespritzt?

»Was wollte er?« fragte sie matt.

Stefan lächelte, aber es wirkte sehr gequält. »Er hat tatsächlich Erkundigungen eingezogen. Ich fürchte, ich muß mich bei dem armen Kerl entschuldigen. Ich habe ihm unrecht getan.«

Oh, dachte Liz enttäuscht. *Sie hatte sich also nicht geirrt. Alles war wieder beim alten.* »Wieso?« fragte sie zwischen zwei Schlucken. Mit einem Mal fühlte sie sich wieder angespannt und nervös. Ihre Erinnerungen kamen schlagartig zurück und mit ihnen die Angst. Ohlsberg. Andy. Der tote Hund. »Was ist passiert?«

»Eine Menge«, antwortete Stefan. »Wir sind nicht die einzigen, deren Hof überfallen wurde. Auf einem Nachbargehöft wurde ein Schaf gerissen, und einer der Bauern hat fast seine gesamten Hühner verloren. Wir waren nur die einzigen, die Anzeige erstattet haben. Es sieht so aus, als ob sich ein wildernder Hund in der Gegend herumtreibt.«

»Ein Hund?« wiederholte Liz verblüfft. Das war lächerlich. Für einen winzigen, schreckerfüllten Moment sah sie noch einmal Carrys zerfetzten Körper vor sich, die verdrehten Glieder, den mächtigen, wie von einem gigantischen Hammer zermalmten Schädel ... Nein. Kein Hund konnte so etwas tun. Nicht in der kurzen Zeit. *Es hatte nur Sekunden gedauert!*

»Genauso habe ich auch reagiert«, fuhr Stefan fort. »Aber er könnte recht haben. Carry war zwar ein riesiger Hund, aber diese Streuner sind meistens besonders kräftige Exemplare. Sie müssen es sein, sonst würden sie nicht lange überleben, weißt du. Meistens sind es böse alte Einzelgänger, die alles angreifen, was sich ihnen in den Weg stellt. Gegen einen solchen Killer hätte Carry keine Chance gehabt.«

»Aber es ging so schnell ...«, sagte Liz. Stefans Worte klangen durchaus logisch, aber irgend etwas sagte ihr, daß er trotzdem unrecht hatte. Was immer es gewesen war – es war kein Hund. Und es lauerte immer noch dort draußen.

»Sie werden ihn jagen«, sagte Stefan. »Es ist nicht das erste Mal, daß ein Streuner die Gegend unsicher macht. Sie werden ihn erledigen. Du wirst sehen, in ein paar Tagen ist der ganze Alptraum vorbei.« Er lächelte, stand auf und nahm ihr mit sanfter Gewalt die Kaffeetasse aus der Hand.

Liz sah ihn verwirrt an. »Was soll das?«

»Ich dachte, wir gehen nach unten. Oder willst du weiterschlafen?«

Liz überlegte einen Moment, dann schüttelte sie den Kopf und stand auf.

Wenigstens versuchte sie es.

Das Zimmer begann sich um sie zu drehen. Der Boden zitterte, ihre Knie wurden weich, sie taumelte, griff haltsuchend nach dem Bett und verfehlte es und wäre gestürzt, wenn Stefan nicht blitzschnell zugegriffen und sie aufgefangen hätte.

»Alles in Ordnung?« fragte er erschrocken.

»Nein, verdammt noch mal.« Liz keuchte, machte sich wütend aus seinem Griff frei und krümmte sich stöhnend auf der Bettkante. »Was für einen verdammten Mist hat dieser Pferdedoktor mir da gespritzt?« stöhnte sie.

»Nur ein Beruhigungsmittel«, antwortete Stefan ernst. »Allerdings ein ziemlich starkes. Vielleicht legst du dich besser doch wieder hin.«

»Zum Teufel noch mal, nein!« fauchte Liz. Sie versuchte wieder aufzustehen. Stefan postierte sich mit griffbereit ausgestreckten Händen hinter ihr, und vielleicht war es gerade das, was ihr die Energie gab, aus eigener Kraft zu stehen. Sie war kein Wickelkind mehr, verdammt. Und sie würde sich nicht von irgendeiner Scheißspritze unterkriegen lassen!

Mehr taumelnd als gehend erreichte sie die Tür, blieb einen Moment keuchend gegen den Rahmen gelehnt stehen und machte eine wütende Kopfbewegung, als Stefan sie stützen wollte – mit dem Ergebnis, daß ihr auf der Stelle noch schwindeliger wurde. Trotzdem – verfluchter Stolz – schlug sie Stefans ausgestreckte Hand abermals beiseite, als sie weiterging.

Hinterher wußte sie kaum, wie sie die Treppe nach unten geschafft hatte. Ohne daß sie im ersten Moment selbst sagen konnte, warum, hatte sie auf den letzten Stufen fast panische Angst, Andy zu begegnen. Sie war in Schweiß gebadet und zitterte, als sie den Korridor im Erdgeschoß erreichte, und als Stefan ihr noch einmal den Arm hinhielt, schlug sie ihn nicht mehr aus, sondern stützte sich dankbar auf ihn, während er sie zum Wohnzimmer führte.

Eine Sekunde später wünschte sie sich, es nicht getan zu haben.

Sie waren nicht allein. Auf der anderen Seite des Zimmers

vor dem Fenster stand ein grauhaariger Mann mit einem Weihnachtsmanngesicht, und auf dem Glastisch vor der Couch prangte eine wohlbekannte, abgewetzte schwarze Tasche.

»Swensen?« entfuhr es ihr. »Sie …«

»Ich habe gesagt, daß ich noch einmal vorbeischaue und nach Ihnen sehe«, erklärte der Arzt lächelnd und kam auf sie zu. »Versprochen ist versprochen.«

Liz wich vor seinen ausgestreckten Händen zurück, aber nur einen Schritt, denn hinter ihr stand Stefan, der sie an den Schultern festhielt.

»Das ist … sehr aufmerksam von Ihnen«, sagte Liz stokkend. Sie versuchte Stefans Hände abzustreifen, aber sein Griff war zu fest, als daß sie es tun konnte, ohne grob zu werden. Und sie war sich nicht einmal sicher, ob er sie nun hielt, weil er Angst hatte, daß sie wieder fallen könnte – oder ob er sie *fest*hielt, damit sie nicht vor dem Arzt floh!

»Es ist mein Beruf, aufmerksam zu sein«, erklärte Swensen lächelnd. »Wie fühlen Sie sich?«

Liz ignorierte seine Frage. »Sie hätten sich den Weg sparen können«, sagte sie. »Ich bin schon wieder ganz in Ordnung.«

Swensen seufzte. Er sah richtig enttäuscht aus. »Immer dasselbe«, stellte er fest. »Warum überlassen Sie es nicht mir, die Diagnose zu stellen? Legen Sie sich hin.« Er machte eine Kopfbewegung zur Couch, und Stefan schob sie dorthin, nun schon mit etwas mehr als *sanfter* Gewalt, und zwang sie, sich zu setzen. Liz fand es nicht der Mühe wert, zu protestieren. Nicht gegen ihn.

Aber gegen den Arzt. Als Swensen sein Stethoskop aus der Tasche zog und Anstalten machte, ihre Bluse aufzuknöpfen, schlug sie seine Hand beiseite. »Mir fehlt nichts«, sagte sie ärgerlich. »Danke.«

»Stell dich nicht an«, schnauzte Stefan. »Glaubst du, der Doktor macht sich den weiten Weg hier heraus aus Langeweile?«

Sie war so wütend, daß ihr Stefans rüder Ton im ersten

Moment gar nicht auffiel. »Ich bin wieder in Ordnung, Doktor«, sagte sie, noch immer scharf, aber jetzt völlig ohne Erregung, dafür mit um so größerer Entschiedenheit. »Ich will weder von Ihnen untersucht werden noch möchte ich irgendwelche Medikamente haben. Und schon gar keine Spritzen mehr«, fügte sie hinzu.

Swensen sah nun wirklich enttäuscht aus und ein wenig ungeduldig. Aber er war Arzt und solcherlei Sperenzchen von störrischen Patienten sicherlich gewöhnt. Er seufzte, nahm sein Stethoskop herunter und sah sie einen Moment lang vorwurfsvoll an.

»Ich kann Sie nicht gegen Ihren Willen behandeln, Frau König«, sagte er ruhig. »Aber ich muß Sie warnen. Möglicherweise fühlen Sie sich jetzt wirklich wieder halbwegs kräftig. Aber das liegt wohl mehr an der Spritze, die ich Ihnen heute morgen gegeben habe. Überschätzen Sie sich nicht.«

»Überschätzen *Sie* sich nicht, Doktor«, antwortete Liz eisig. »Ich verklage Sie bis in die nächste Steinzeit, wenn Sie mich auch nur anrühren.«

Swensen erstarrte für einen Moment, machte eine Bewegung, als wollte er aufstehen, und sank dann wieder zurück, seine Schultern sackten nach vorne, und jede Spannung wich aus seinem Gesicht. Für einen Moment erinnerte er Liz an einen Ballon, aus dem schnell und lautlos die Luft entwich, ja, sie wartete fast ernsthaft darauf, daß sein Gesicht sich in Falten legen und weiter verschrumpeln würde. Was natürlich nicht geschah. Statt dessen erschien Stefan hinter ihm, groß und drohend und mit einem grimmig-entschlossenen Ausdruck im Gesicht.

»Jetzt reichts«, sagte er, nicht einmal besonders laut, aber unbeschreiblich kalt und hart. Liz prallte innerlich vor ihm zurück. Er beugte sich vor, legte die Hand auf Swensens Schulter – es war eine unglaublich herrische, besitzergreifende Bewegung, wie Liz voller Schrecken feststellte – und schob ihn ein kleines Stückchen zur Seite.

»Es reicht«, sagte er noch einmal.

»Du ...«

»Genug!« Er schrie jetzt fast. Swensen saß teilnahmslos da, er schien es nicht einmal zu hören. »Ich hab' allmählich die Schnauze voll von deinen Faxen!« brüllte er. »Du bist krank, gut. Das ist nicht deine Schuld. Aber du wirst jetzt verdammt noch mal den Doktor seine Arbeit tun lassen, oder du lernst mich von einer Seite kennen, die dir neu sein wird!«

Er schüttelte drohend die Faust. *(Er drohte ihr tatsächlich mit der Faust!)*, stieß Swensen ein weiteres Stück zurück, so daß er fast von der Couch fiel, und gab einen schnaubenden Laut von sich. Sein Gesicht verzerrte sich, wurde zu einer Grimasse, der bösen Karikatur eines menschlichen Antlitzes, und ...

Es dauerte nur eine Sekunde, aber Liz sah es zu deutlich, um sich hinterher einreden zu können, es wäre bloße Einbildung gewesen.

Für einen Moment war Stefan nicht mehr Stefan. Er war nicht einmal mehr ein Mensch, nur noch ein Ding, das entfernte Ähnlichkeit mit einem menschlichen Wesen hatte, ein schwarzgraues, lederhäutiges, *uraltes* Etwas, das nur aus Bosheit und Haß zusammengefügt war, die Banshee, das Ding aus dem Sumpf, die Moorhexe, in Stefans Gestalt. Eine verzerrte, faulige Grimasse starrte auf Liz herab, ein Gesicht *(Gesicht?)* flach wie ein Kuhfladen, mit zwei eiterigen Löchern, wo die Nase sein sollte, einem entsetzlichen schlabbernden Maul ohne Lippen, hinter dem fünf Zentimeter lange Zähne blitzten. Halb faustgroße, gelbleuchtende Augen ohne Pupillen glotzten auf Liz herab, Tümpel voller Blut und halbgeronnenem Eiter, in denen etwas unbeschreiblich Böses lauerte.

Dann erlosch die Vision so schnell, wie sie gekommen war. Das Ungeheuer hatte für einen Moment seine Maske verloren; vielleicht aus Unbeherrschtheit, vielleicht hatte es ihr sogar absichtlich einen kurzen Blick auf sein wahres Antlitz gewährt, um sie zu verspotten, ihr zu zeigen, was sie erwartete.

»Nun?« Stefans Stimme war hart wie Glas.

Liz reagierte nicht, aber ihr Schweigen schien Antwort genug. Stefan richtete sich mit einem zufriedenen Grunzen wieder auf, versetzte Swensen einen rüden Stoß und sagte: »Tun Sie Ihre Arbeit, Doktor.«

Alles wurde unwirklich. Es war wie eine Ohnmacht, aber nicht ganz, denn sie blieb wach, Bewußtlosigkeit, ohne das Bewußtsein wirklich zu verlieren. Sie lag einfach da, eingesponnen in einen Kokon aus Grauen, hörte Geräusche, ein unbestimmtes, dumpfes Murmeln, das sie erst nach einiger Zeit als Swensens und Stefans Stimmen identifizierte. Sie versuchte die Augen zu öffnen, aber die Bewegung schien ihr unendlich schwer, und irgendwie schien es auch keinen Sinn zu machen, sich überhaupt noch einmal zu bewegen.

Es war vorbei. Das Ungeheuer hatte gewonnen. Es hatte Stefan, es hatte Ohlsberg – und irgendwie wußte sie, daß es auch Andy hatte, sie sogar zuallererst –, und es würde sie bekommen. Es war ihr gleich, was mit ihr geschah. Sie registrierte, wie Swensen sie untersuchte, schnell, routiniert und ohne das geringste dabei zu empfinden, so kalt und sachlich, als prüfe er ein Stück Fleisch auf seine Qualität. Mehr war sie ja auch nicht. Fleisch. Futter für die Bestie. Ein halb durchgebratenes Liz-Steak bitte, innen noch blutig.

Es war unglaublich entwürdigend.

»Danach wird sie sich besser fühlen«, sagte eine Stimme. Sie verstand die Worte, aber ihr Sinn blieb ihr verborgen. Jemand berührte sie am Arm. Dann ein scharfer Stich, gefolgt von einem anhaltenden, brennenden Schmerz.

Sie öffnete die Augen.

»Wieder okay?« fragte Doktor Swensen, während er behutsam die Injektionsnadel aus ihrer Vene zog. Der Schmerz nahm für einen Augenblick zu und erlosch dann wie abgeschaltet. Sie sah einen winzigen glitzernden Tropfen auf der Spitze der Nadel.

Liz richtete sich mit einem scharfen Ruck auf. Swensen prallte zurück, die Nadel hinterließ einen häßlichen, blutenden Kratzer in ihrer Armbeuge, und beinahe augenblicklich wurde ihr schwindelig. Sie stöhnte, griff sich mit beiden Händen an die Schläfen und ließ sich wieder zurücksinken.

Swenson sah sie vorwurfsvoll an, packte seine Spritze weg und tupfte behutsam mit einem Wattebausch das Blut von ihrem Arm. »Das war nicht sehr geschickt. Aber es wird Ihnen gleich besser gehen«, sagte er lächelnd. Er ... wußte es nicht ... Er hatte nicht nur nicht gesehen, was mit Stefan war – Liz war plötzlich sicher, daß er von dem ganzen Zwischenfall nichts mitbekommen hatte.

»Was – was haben Sie mir gegeben?« fragte sie schwach. Ihre Stimme zitterte. Hinter Swenson stand Stefan und lächelte böse auf sie herab.

»Ein harmloses Beruhigungsmittel«, antwortete der Arzt. »Nicht dasselbe wie heute morgen, keine Bange. Es ist nichts, worüber Sie sich Sorgen zu machen bräuchten. Vielleicht werden Sie sich nachher ein wenig matt fühlen, aber das ist auch alles. Ich verspreche Ihnen, daß Sie nicht wieder einschlafen werden.«

»Ich will nicht ... schlafen.« Warum war es plötzlich so schwer, zu sprechen? Einen klaren Gedanken zu fassen? Das Mittel konnte doch nicht so schnell wirken!

»Niemand spricht von schlafen«, sagte Swenson noch einmal. »Ich sagte matt fühlen. Ein wenig benommen. So, als hätten Sie zuviel getrunken.« Er tauschte einen raschen Blick mit Stefan, der schweigend neben der Couch stand und die Szene scheinbar desinteressiert verfolgte. Nur in seinen Augen war ein böses, gelbes Feuer. »Aber das vergeht rasch«, fuhr Swenson fort, und sie hörte aus jedem einzelnen Wort heraus, daß er log. »Machen Sie sich keine Sorgen. Sie werden sehen, es ist alles halb so schlimm. In ein paar Minuten sieht die Welt für Sie viel freundlicher aus.«

»Aber ich ... ich will keine Drogen ...«

»Mein liebes Kind«, begann Swenson, »ich glaube, Sie verstehen nicht, wie ernst die Lage ist. Sie sind ... krank.« Er zögerte unmerklich, bevor er das letzte Wort aussprach.

Liz versuchte zu lächeln, aber es mißlang. »Verrückt«, murmelte sie. »Ich bin verrückt, wollen Sie sagen.« Alles drehte sich um sie. In ihrem Mund war ein Geschmack wie nach Erbrochenem.

»Nicht doch! Sie sind alles andere als verrückt, glauben Sie mir.«

»Aber ich ...«

»Aber ... aber ...«, unterbrach sie Swenson ungehalten. »Sie sind überarbeitet, das ist alles.« Er richtete sich auf, faltete die Hände vor dem Bauch und sah sie kopfschüttelnd von oben bis unten an.

»Es ist immer dasselbe mit euch jungen Leuten«, murrte er. »Ihr nehmt euch irgend etwas vor, etwas möglichst Schweres, Unmögliches, und dann arbeitet ihr wie die Berserker. Und wundert euch, wenn ihr auf die Nase fallt.« Er beugte sich vor, tätschelte ihre Wange und lächelte, wie er vielleicht ein krankes Kind angelächelt hätte. »Ein paar Tage Ruhe, und Sie sind wieder auf dem Damm. Treten Sie in den nächsten Wochen ein wenig kürzer, und Sie werden sich wundern, wie schnell Sie sich wieder erholen. Sie sind eine sehr kräftige junge Frau, aber Sie sollten trotzdem Ihre Grenzen kennen.«

Liz starrte ihn mit aller Feindseligkeit an, die sie noch aufbringen konnte. Das Medikament, das er ihr gespritzt hatte, begann bereits zu wirken. Ihre Gedanken schienen vernebelt, ihre Umgebung auf eine seltsame, fröhlich stimmende Art durchscheinend und irreal zu werden. Die Erinnerung an Stefans Un-Gesicht verblaßten zu einem schlechten Witz.

Sie fühlte sich an eine kurze Szene vor zehn oder elf Jahren zurückerinnert, als sie einmal zusammen mit einem Studienfreund Rauschgift probiert hatte. Es war eine leichte, relativ harmlose Droge gewesen, aber die Wirkung war fast so wie heute. Alles um sie herum wurde durchscheinend, gleichsam sphärisch. Ihre Probleme waren noch da, aber sie waren mit einem Mal unwichtig geworden. Die Welt versank allmählich hinter einer rosa Glasscheibe. Es gab nichts Belastendes mehr. Alles war leicht und schön. Nur Carry war tot. Aber eindeutig *schön* tot. Sie kicherte in Gedanken.

Swenson stand auf und entfernte sich mit leisen Schritten. Stefan folgte ihm. Sie hörte, wie sie sich vor der Tür unterhielten, aber sie konnte die Worte nicht verstehen. Irgendwo in einem fast vergessenen Winkel ihres Bewußtseins war eine Stimme, die ihr zuflüsterte, daß sie eigentlich wütend auf Stefan sein müßte. *(Nein, du dumme Kuh, du müßtest Angst vor ihm haben, eine Scheißangst, denn er ist nicht mehr Stefan, sondern ...)* Liz dachte den Gedanken nicht zu Ende. Denken war mühsam. Es wäre viel zu anstrengend gewesen, Gefühle wie Wut oder Haß zu empfinden.

Sie schlief ein, aber es konnte nur Sekunden gedauert haben, bis sie wieder erwachte. Stefan war immer noch auf dem Hof. Durch die halb zurückgezogenen Vorhänge konnte sie ihn sehen. Er stand neben Swensons Landrover, den Arm lässig auf den Kotflügel gestützt. Er lachte.

Lachte?

Trotz der einschläfernden Wirkung der Droge machte sich ein beunruhigendes Gefühl in ihr breit. Irgend etwas stimmte nicht an der Szene. Sie dürfte nicht hier liegen. Nach all dem, was passiert war, dürfte sie nicht mehr hier sein. Und Stefan dürfte nicht lachen.

Sie versuchte aufzustehen. Es ging, wenn ihre Knie auch zitterten und sich ihre Beine furchtbar kraftlos anfühlten. Sie wankte ein paar Schritte, hielt sich am Kaminsims fest und blieb schweratmend stehen. Sie mußte weg hier.

Der Gedanke stand klar und plastisch vor ihr. Weg.

Aber es war schwer, so unendlich schwer. Die Tür lag nur wenige Schritte vor ihr, aber die Entfernung schien unüberwindlich.

Sie taumelte zurück zur Couch, ließ sich darauffallen und schloß die Augen.

Einschlafen.

Einschlafen wäre so leicht. Einschlafen und nie wieder aufwachen. So verlockend. Aber sie durfte nicht. Sie durfte nicht schlafen, wenn sie nicht endgültig wahnsinnig werden wollte.

Das Geräusch der Tür drang an ihr Bewußtsein, aber sie war viel zu müde, um auch nur den Kopf zu heben.

»Schläfst du?«

Sie schüttelte den Kopf. »Nein.«

»Aber es wäre besser.«

»Besser? Für wen? Für dich?« Es gelang ihr tatsächlich, einen verletzenden Klang in ihre Stimme zu zwingen.

Ein flüchtiger Schatten von Ärger huschte über Stefans Gesicht. Aber seine Stimme klang unbewegt, als er antwortete. »Ich werde mich jetzt nicht mit dir streiten, Liz.«

Sie richtete sich mühsam auf und erwiderte seinen Blick. War er jetzt er selbst – oder wieder das DING? Egal, sie mußte es riskieren, vielleicht hatte sie nur noch diese eine Chance. »Stefan«, sagte sie ernst. »Ich möchte hier weg.«

»Du möchtest weg?«

»Ja. Bring mich von hier fort. Gleich.«

Stefan lächelte. Mit umständlichen, betont langsamen Bewegungen kramte er seine Zigaretten hervor und ließ sein Feuerzeug aufschnappen. »Morgen«, sagte er schließlich. »Vielleicht gehen wir morgen fort. Ruh dich heute aus. Wenn du morgen immer noch weg willst, reden wir noch einmal in Ruhe über alles.« Er lächelte noch einmal, nahm einen tiefen Zug aus seiner Zigarette und blies einen Rauchring gegen die Decke.

»Aber ich möchte sofort weg!« Für einen kurzen Moment war ihr Zorn sogar stärker als die betäubende Wirkung der Droge. »Gleich – Stefan! Nicht morgen oder übermorgen, sondern jetzt!«

Stefan lächelte kalt. »Morgen.«

»Aber … warum nicht? Warum nicht jetzt?«

Stefan atmete hörbar aus. »Wir reden später darüber«, sagte er ruhig. »Benimm dich bitte ausnahmsweise einmal wie ein erwachsener Mensch und ruh dich jetzt aus. Du hast es verdammt nötig.«

»Aber ich will mich nicht benehmen!« schrie Liz plötzlich. »Ich will weg hier, Stefan. Und wenn du mich nicht fortbringst, dann …«

»Dann?«

»Dann … dann gehe ich eben allein.«

Stefan lachte, ein böses, höhnisches Lachen, das sie noch nie an ihm bemerkt hatte. »Du wirst nirgendwo hingehen«, sagte er ruhig. Er schnippte seine Zigarette in den Aschenbecher, setzte sich neben sie und sah ihr in die Augen. »Wahrscheinlich ist es der falsche Moment«, begann er. »Aber irgendwann muß ich es dir sagen. Du benimmst dich in letzter Zeit, als wäre bei dir irgend etwas ausgeklinkt, weißt du das?«

»Aber ich ...«

»Du hörst mir jetzt zu«, unterbrach er sie sanft, aber bestimmt. »Ich habe in den letzten Tagen verdammt viel Verständnis aufgebracht, aber irgendwann ist selbst meine Geduld erschöpft. Du wirst dich jetzt zusammenreißen, jetzt und in Zukunft. Ich habe absolut keine Lust, den Rest meines Lebens mit einer hysterischen Ziege zu verbringen, die jedesmal einen Schreikrampf bekommt, wenn sie einen Schatten sieht.« Seine Stimme wurde plötzlich schneidend. »Und damit du es genau weißt: Ich denke nicht daran, hier wegzugehen. Wir sind gerade dabei, uns einzuleben. Die Menschen hier im Tal beginnen gerade jetzt, uns zu akzeptieren, obwohl du dir weiß Gott Mühe genug gegeben hast, dir Feinde zu machen. Ich fühle mich hier wohl, Liz, und ich glaube, daß wir hier eines Tages zu Hause sein können. Ich will das nicht alles aufs Spiel setzen, nur weil du plötzlich einen Rückfall in deine vorpubertäre Phase hast.« Er stand ruckartig auf. »Ich gehe jetzt nach oben. Ich muß arbeiten. Vielleicht versuchst du, ein wenig über meine Worte nachzudenken.«

Liz starrte ihm aus brennenden Augen nach. Der Schock hätte kaum größer sein können, wenn er sie geschlagen hätte, und erneut mußte sie sich an die Szene vom vergangenen Abend zurückerinnern.

Das war nicht mehr Stefan.

Dieser große, schlanke Mann war ein Fremder, der nur noch äußerlich dem liebenswerten, niemals ganz erwachsen gewordenen Jungen ähnelte, den sie geheiratet hatte.

Sie spürte, wie die betäubende Wirkung des Mittels wieder einsetzte. Etwas Weiches, Schweres schien sich auf sie herabzusenken, etwas wie die Berührung einer unendlich zarten und doch kraftvollen Hand. Sie stöhnte, hob die Arme und ließ sie wieder sinken, ehe sie die Bewegung zu Ende geführt hatte.

Sie begann, sich zu wehren, oder sie versuchte es zumindest. Die Droge mußte stärker sein, als Swenson behauptet hatte. Sie hatte das Gefühl, abzugleiten, in ein tiefes, bodenloses Nichts zu stürzen …

Und stürzte.

35

Wieder war sie eingeschlafen, aber wieder dauerte es nur Augenblicke, bis sie erwachte. Sie hatte das Gefühl, nicht mehr allein im Zimmer zu sein.

Sie blinzelte, hob den Kopf und versuchte sich aufzurichten. Es ging, aber es war sehr mühsam. Irgend etwas bewegte sich außerhalb ihres Gesichtsfeldes. Sie sah die Bewegung nicht, aber sie spürte sie mit dem gleichen Instinkt, mit dem ein Blinder fühlt, wenn er nicht mehr allein ist.

»Stefan?« sagte sie schwach. Sie bekam keine Antwort, aber dafür hörte sie jetzt leise, schlurfende Schritte. Sie sammelte noch einen Moment Kraft, setzte sich ganz auf und schwang die Beine von der Couch. Erneut wurde ihr schwindelig, aber diesmal verging der Anfall rascher. Sie strich sich mit der Hand über die Stirn, stöhnte leise und sah auf.

Andy stand vor dem Fenster. Ihre Gestalt wurde vom grellen Gegenlicht in einen schwarzen, flachen Schatten mit verschwommenen Rändern verwandelt, ein finsterer Nachtmahr aus R'lyeh, der gekommen war, um sie zu verschlingen.

Liz' Herz schien einen Schlag zu überspringen und dann

schmerzhaft und unregelmäßig weiterzuhämmern. Das Bild erinnerte sie auf bedrückende Weise an den Anblick vom vergangenen Abend. Der Schatten vor dem Haus ...

»Andy ...«, flüsterte sie entsetzt.

Das Mädchen bewegte sich, trat aus dem hellen Lichtstreifen heraus und drehte sich herum. Aber ihr Gesicht war immer noch schwarz, eine konturlose, dunkle, Fläche, leer, ohne Augen, Mund oder Nase ...

Liz schrie auf, krümmte sich zusammen und verbarg das Gesicht zwischen den Händen.

Jemand berührte sie vorsichtig an der Schulter. Sie schrie auf, schlug instinktiv nach der Hand und prallte zurück.

»Ma'am, ich ...«

»Peter!« keuchte sie erleuchtert. »Sie sind es!«

Heyning nickte. Er versuchte zu lächeln, aber seine Augen blieben ernst und, wie immer, ein bißchen traurig.

»Verzeihen Sie«, murmelte Liz verstört. »Ich wußte nicht, daß Sie es sind. Ich dachte ...« Sie brach verstört ab, sah in sein Gesicht, dann in das des Mädchens.

»Sie haben sehr viel Angst, nicht?« sagte Peter plötzlich. Die unerwartete Intimität dieser Frage erschreckte sie, aber nicht nur sie – Peter klang mit einem Mal ganz anders als gewohnt. Liz sah auf, versuchte vergeblich, seinem Blick standzuhalten, und starrte dann zu Boden.

»Nein«, sagte sie kopfschüttelnd. »Das heißt ... ja ... ich ... ich bin ... nervös.« Sie stand auf, blieb drei, vier Sekunden lang unsicher stehen und ging dann mit raschen Schritten zur Bar. Ihre Hände zitterten sichtlich, als sie ein Glas vom Regal nahm und es zur Hälfte mit Brandy füllte. Sie sollte nicht trinken. Gott allein – und vielleicht nicht einmal er – wußte, was Swensons Droge zusammen mit dem Alkohol anrichten mochte. Aber sie *wollte* trinken. Es war ihr egal, ob sie sich damit umbrachte.

»Möchten ... Sie auch etwas trinken?«

Heyning schüttelte den Kopf.

»Stellen Sie sich nicht an«, erwiderte Liz. Sie nahm ein

zweites Glas, goß ein und hielt es Heyning auffordernd hin. »Kommen Sie, Peter. In Gesellschaft schmeckt es besser.«

Er zögerte immer noch, trat dann aber gehorsam näher und nahm das Glas aus ihrer Hand entgegen. Er drehte es unschlüssig in den Fingern, machte jedoch keine Anstalten zu trinken.

Liz nippte an ihrem Brandy und lehnte sich gegen den Kaminsims. Ihr Blick glitt an Andy vorbei aus dem Fenster, tastete über den Hof, die Ruine ... Sie konnte das Gebäude auch von hier aus deutlich sehen. Eigentlich gab es auf dem ganzen Anwesen keine Stelle, von der aus man es nicht sehen konnte, dachte sie. Irgendwie schien dieses schwarze, drohende Gerippe den gesamten Hof zu beherrschen.

»Geht es Ihnen ... besser?« fragte Peter stockend.

Sie trank erneut an ihrem Glas und rang sich ein halbwegs gelungenes Lächeln ab. »Hatten Sie den Eindruck, daß es mir schlecht ging?« fragte sie.

Heyning wirkte verunsichert. »Ich ...«, stotterte er, trank dann doch an seinem Glas und hustete; länger und lauter, als nötig gewesen wäre.

»Hören Sie, Peter«, sagte sie ruhig. »Ich will Sie nicht in Verlegenheit bringen oder meine üblen Launen an Ihnen auslassen. Aber wir müssen einmal miteinander reden.«

Warum jetzt? Warum nicht jetzt?!

»Ich ... wüßte nicht, worüber, und ...«, stammelte Peter ausweichend.

»Doch, Sie wissen es.«

»Bitte, Ma'am, ich ...«

»Peter, bitte«, unterbrach ihn Liz erneut. Mit einem Mal war sie ganz ruhig. Die Droge. Sie lachte lustlos. Stefan und dieser idiotische Arzt hatten ihr einen Gefallen getan, ohne es zu ahnen. Was sie willenlos hatte machen sollen, schützte sie jetzt. Sie mußte die Zeit nutzen, die ihr blieb. Sie sah zum Fenster, dann auf die Uhr. Sie hatte nicht mehr viel Zeit, wenn sie die Verabredung mit Ohlsberg einhalten wollte. Und bei Gott, das würde sie. »Es hat doch keinen Sinn, drumherum zu reden. Sie wissen, was hier los ist, und ich weiß es auch. In den letzten Tagen habe ich das Gefühl, langsam verrückt zu werden. Aber ich weiß, daß es nicht so ist. Irgend etwas geht hier vor, und ich will wissen, was.«

Peter wand sich, als hätte sie ihn getreten. Er spielte nervös mit seinem Glas, trat unruhig auf der Stelle und sah immer wieder zu Andy hinüber.

»Wir können woanders hingehen, wenn Sie nicht in Gegenwart des Mädchens reden wollen, Peter«, sagte Liz.

»Es ... es geht nicht um Andy«, antwortete Peter, ohne sie anzusehen. »Ich weiß wirklich nicht, was Sie von mir wollen, Ma'am, und ...«

»Doch, das wissen Sie!« fiel ihm Liz scharf ins Wort. »Alles hat mit diesem verdammten Haus dort draußen angefangen. Ich will wissen, welches Geheimnis diese Ruine verbirgt. Und Sie können es mir sagen.«

»Das kann ich nicht, Ma'am«, antwortete Peter gequält.

»Können Sie nicht, oder wollen Sie nicht?«

»Ich kann es nicht, Ma'am, wirklich. Ich ... ich weiß nichts über ... über dieses Haus. Nicht viel ...«

»Dann erzählen Sie mir das Wenige, was Sie wissen«, verlangte Liz. »Bitte, Peter«, fügte sie etwas sanfter hinzu. »Ich will nicht verrückt werden. Und ich will auch nicht, daß Sie oder dieser sogenannte Arzt oder vielleicht mein eigener Mann glauben, ich wäre verrückt.« Daß es ihnen noch leichter fiel, sie verrückt zu machen. »Sagen Sie mir, was Sie wissen. Auch wenn es Ihnen unwichtig vorkommt. Was geschah mit diesem Haus?«

Peter schwieg eine ganze Weile. Dann wandte er sich um, trat auf Andy zu und flüsterte ihr etwas ins Ohr. Das Mädchen nickte und verließ mit eiligen Schritten das Zimmer. Liz spürte eine echte körperliche Erleichterung, als Andy fort war. Plötzlich verstand sie, was Stefan mit *negativem Feedback* gemeint hatte. Nur zu gut.

»Es ist ... blanker Unsinn, was ich gehört habe«, erklärte er, nachdem sie allein waren. »Sie werden mich auslachen, Ma'am.«

»Bestimmt nicht«, versicherte Liz. Sie deutete nach draußen. »Nach dem, was hier passiert ist, glaube ich alles.« Sie merkte, daß ihr Glas bereits wieder leer war, schenkte es voll und ging zur Couch zurück. Wieder fiel ihr Blick auf die schwarze Ruine vor dem Fenster. Sie fror.

»Ich weiß nicht, ob alles so stimmt, wie ich es gehört habe«, begann Peter. »Wissen Sie, Ma'am, da, wo ich vorher gelebt habe, da habe ich nie viel von anderen Leuten gesehen. Ich war immer nur auf dem Hof, und ...«

»Erzählen Sie einfach, was Sie wissen«, sagte Liz noch einmal. Die Wirkung der Droge war verflogen; vielleicht hatte der Alkohol sie neutralisiert, vielleicht hatte Swenson auch wirklich die Wahrheit gesagt, und es war nur ein harmloses Beruhigungsmittel.

Peter nickte, aber obwohl er sich Mühe gab, sich nichts anmerken zu lassen, spürte sie, wie nervös er plötzlich war. Wieviel Angst er hatte. Es gab Dinge, über die sprach man nicht.

»Bevor ...«, begann er stockend, »bevor Sie und Ihr Mann kamen, Ma'am, waren schon ... andere Leute hier.«

Liz nickte. »Ich weiß. Sie haben angefangen, diese Bruchbude zu renovieren. Sie müssen eine Menge Geld hineingesteckt haben. Ich habe mich immer gefragt, warum sie einfach alles aufgegeben haben und fortgegangen sind.«

»Niemand weiß das genau, Ma'am«, antwortete Peter. »Sie ... sie sind einfach weggezogen, ohne Vorbereitung. Es ... es heißt, daß dieser Hof nicht für Fremde ist. Ein ...«, er lachte nervös, aber es wirkte unecht, »ein Fluch soll auf ihm liegen, erzählen die Leute.«

»Die Banshee.« Sie versuchte zu lachen, um ihren Worten etwas von ihrer Schärfe zu nehmen, aber es mißlang.

»So etwas gibt es nicht«, widersprach Peter, eine Spur zu heftig, wie sie fand.

»Sind Sie sicher?«

Er antwortete nicht, aber sein Blick sprach Bände.

»Und vorher?« fragte Liz nach einer Weile, als klar wurde,

daß er nicht von selbst antworten würde. »Was war vorher mit dem Hof. Bevor diese ... Leute kamen?«

»Er stand leer«, antwortete Peter. »Er stand lange Zeit leer.«

»Seit dem Brand.«

Peter nickte. »Ja. Aber ich weiß nicht genau, was damals ... geschehen ist. Ich war noch ein kleines Kind, als es geschah, und ...«

»Als *was* geschah?«

Wieder schwieg Peter für lange, endlose Sekunden. »Ich weiß es nicht«, murmelte er dann. »Man sagt, ein Mord wäre geschehen, aber ... jeder ... jeder erzählt etwas anderes, und ...«

»Ein Mord? Hier auf dem Hof?« Sie war nicht besonders überrascht. Eher erleichtert. Sie hatte mit etwas Schlimmerem gerechnet.

»Ich sage doch, jeder erzählt etwas anderes, und ich weiß nicht genau, was ... was wirklich geschehen ist, damals.«

Liz seufzte. »Aber irgend jemand weiß es«, behauptete sie. »Jemand in Schwarzenmoor. Ohlsberg zum Beispiel.«

»Vielleicht«, antwortete Peter gequält. Sein Gesicht zuckte, und in seinen Augen flackerte Angst, nackte Angst. Angst vor ...

Ja, vor was eigentlich? fragte sich Liz. Was gab es auf diesem Hof oder oben in Schwarzenmoor, das ihn so in Schrekken versetzte? Sie leerte ihr Glas mit einer ruckhaften, fast zornigen Bewegung, stellte es auf den Kaminsims und fuhr sich glättend mit den Fingern über den Rock.

»Ich werde Sie nicht weiter quälen, Peter«, sagte sie ruhig. »Aber ich werde herausfinden, was hier gespielt wird, das verspreche ich Ihnen. Und wer immer dafür verantwortlich ist, wird bezahlen.«

»Ma'am, ich ...«

»Sie brauchen nichts zu sagen, Peter«, fiel ihm Liz ins Wort. »Ich weiß, daß Sie es ehrlich meinen. Aber irgend jemand anderes meint es hier nicht ehrlich. Und ich werde herausfinden, wer.«

Peter schien etwas sagen zu wollen, beließ es aber dann bei einem stummen Achselzucken und stand auf. »Kann ... kann ich gehen?« fragte er stockend.

Liz nickte, hielt ihn aber mit einer Handbewegung zurück, als er zur Tür gehen wollte. »Öffnen Sie das Scheunentor«, sagte sie knapp. »Ich werde noch einmal wegfahren.«

»Sie ... wollen ...« Warum erschreckte ihn dieser Gedanke so? Sie sah deutlich, wie er erbleichte.

»Nach Schwarzenmoor«, nickte Liz. »Wenn es außer Ohlsberg niemanden gibt, der mir die Wahrheit erzählen kann, dann werde ich mich eben an ihn wenden.« Sie erschrak ein bißchen, als sie begriff, was ihr da herausgerutscht war. Ohlsberg hatte ihr eingeschärft, mit niemandem über ihre Verabredung zu sprechen. Aber wahrscheinlich war Peter der einzige Mensch auf dem Hof, dem sie noch trauen konnte.

»Aber Sie ...«

»Ja?« machte Liz lauernd, als Peter mitten im Satz abbrach und betreten zu Boden starrte. »Was wollten Sie sagen, Peter?«

»Nichts«, murmelte er beinahe unhörbar. »Es ist ... nichts.«

Liz lächelte, aber es war ein dünnes, hartes Lächeln, ohne die geringste Spur von Humor. »Dann machen Sie den Wagen fertig«, sagte sie ruhig.

Peter nickte, öffnete die Tür und ging hastig davon.

Liz wartete, bis die Haustür mit dumpfem Geräusch hinter ihm ins Schloß gefallen war. Sie war ganz nahe gewesen, diesmal, das spürte sie. Eine Kleinigkeit hatte noch gefehlt, eine winzige Kleinigkeit, und Peter hätte ihr alles gesagt. Alles ... sie wiederholte das Wort ein paarmal in Gedanken, konnte ihm aber seinen beunruhigenden Klang nicht ganz nehmen. Alles was? fragte sie sich. Was erwartete sie eigentlich? Daß es hier spukte? Daß irgendein dunkler alter Fluch über dem Anwesen lag? Sie versuchte vergeblich, irgend etwas wie Belustigung in sich festzustellen. Es gab keine

Geister, keine Gespenster und keine schwarze Magie, das wußte sie. Und trotzdem ... Sie hatte in den letzten Tagen zuviel erlebt, zuviel, was sich nicht mit Logik und Naturgesetzen erklären ließ, zuviel, um ...

Sie verscheuchte den Gedanken mit einem ärgerlichen Kopfschütteln, trank noch einen Schluck Brandy (nur einen winzigen Schluck, um den üblen Geschmack, der sich plötzlich in ihrem Mund festgesetzt hatte, loszuwerden) und verließ dann das Wohnzimmer. Sie ging zur Haustür, zögerte dann und wandte sich noch einmal um, um ins Schlafzimmer hinaufzugehen und sich umzuziehen.

Ein Geräusch ließ sie auf der untersten Treppenstufe verharren. Sie wußte nicht, was es war – ein Laut eben, der von irgendwo aus dem hinteren Teil des Hauses herausdrang –, aber irgend etwas beunruhigte sie daran. Sie zögerte sekundenlang, drehte sich dann langsam und beinahe gegen ihren Willen um und ging den Weg wieder zurück, den sie gekommen war. Von oben drang das Rattern von Stefans Schreibmaschine herab, aber das besagte nichts. Er konnte wer-weiß-wo sein, während sein elektronischer Sklave oben für ihn arbeitete.

Sie blieb stehen, lauschte und ging dann sehr langsam weiter. Das Geräusch wiederholte sich. Es schien aus dem Bad zu kommen. Sie ging weiter, legte die Hand auf die Türklinke zur Seitendiele, drückte sie halb herunter und zögerte erneut. Wahrscheinlich badete Stefan, und sie war wieder einmal dabei, sich lächerlich zu machen.

Aber das ungute Gefühl in ihrem Inneren blieb.

Sie zuckte die Achseln, drückte die Klinke vollends herunter und trat in den schmalen, halbdunklen Gang. Für einen winzigen Moment hatte sie das Gefühl, eine Bewegung in den Schatten an seinem Ende zu sehen, und für den Bruchteil einer Sekunde bildete sie sich sogar ein, Schritte zu hören.

Unsinn, dachte sie. *Fang nicht schon wieder an!* Peter war draußen auf dem Hof, und Stefan hatte keinen Grund wegzulaufen, wenn sie kam. Sie mußte sich getäuscht haben.

Die Geräusche aus dem Badezimmer waren jetzt ganz deutlich zu hören. Jemand saß in der Badewanne. Sie trat an die Tür, wollte anklopfen und stellte fest, daß sie einen Spaltbreit offen stand.

Es war Andy. Sie saß – mit dem Rücken zur Tür und bis zum Nacken in einem Berg von Badeschaum verschwunden – in der Wanne und schöpfte sich Wasser ins Gesicht. Liz blieb unwillkürlich stehen, um das Mädchen zu beobachten. Die Art, in der sie badete, zeigte ihr, daß Vergnügen dieser Art nicht alltäglich für sie waren. Vielleicht hatte es im Haus der Starbergs so etwas wie eine Badewanne überhaupt nicht gegeben.

Das Mädchen bewegte sich, stemmte sich auf dem Wannenrand hoch und erhob sich auf die Knie, um nach der Seife zu angeln. Für einen Moment konnte Liz sie deutlich sehen. Andy war kein Kind mehr; zumindest nicht körperlich. Sie war eine junge Frau, aber nicht mager, mit kleinen, festen Brüsten, flachem Bauch und schon sehr fraulich gerundeten Schenkeln.

Erneut fielen ihr die Schritte ein, die sie zu hören geglaubt hatte. Nein: sie mußte sich getäuscht haben. Außer Stefan und Peter war niemand auf dem Hof. Peter war vor ihren Augen aus dem Haus gegangen, und Stefan – nun, Stefan würde sich sicherlich nicht hier herunterschleichen und dem Mädchen beim Baden zusehen.

Sie trat lautlos zurück, zog die Tür hinter sich zu und verließ das Haus. Aber irgend etwas Seltsames, etwas wie ein bitterer Nachgeschmack auf der Zunge blieb. Sie war sicher, sich die Geräusche und die Bewegung nicht nur eingebildet zu haben.

Aber sie würde Stefan einfach danach fragen; später. Wenn sie aus Schwarzenmoor zurück war.

Falls sie zurückkam.

36

Die Entscheidungsschlacht mit Ohlsberg fand nicht statt. Er kam nicht.

Es war kurz vor acht, als sie am vereinbarten Punkt eintraf, ziemlich genau eine Stunde vor Dunkelwerden, aber das einzige, was da war, war die verbrannte Eiche, die wie ein verknorpelter Riesenzeigefinger in den Himmel ragte. Sie fuhr den Wagen rechts an den Straßenrand, so weit wie es gerade noch ging, ohne daß sie sich am Unterholz den Lack zerkratzte, schaltete den Motor ab und ließ das Verdeck zurückklappen. Ihre Hände zitterten ganz sacht, als sie eine Zigarette aus der Packung nahm und das Feuerzeug aufschnappen ließ. Dabei hatte sie jetzt gar keine Angst mehr; ihre Auseinandersetzung mit dem Was-auch-immer war in ein Stadium getreten, das Angst nicht mehr zuließ. Irgendwie hatte es eine andere, schrecklichere Qualität angenommen, seit der vergangenen Nacht. Aus dem Spiel war Ernst geworden. Banshee-Stefan hatte genug von seinen harmlosen Streichen; es machte ernst. Trotzdem hatte sie keine Angst. Aber sie war verstörter denn je.

Während des gesamten Weges hier heraus hatte sie versucht, sich einen Schlachtplan zurechtzulegen, aber es war ihr nicht gelungen; im Gegenteil. Mit jedem Kilometer, den sie zurückgelegt hatte, war ihre Verwirrung gewachsen, bis sie sich schließlich fragte, was, zum Teufel, sie überhaupt hier tat.

Sie machte sich keine Illusion: Die Wahrscheinlichkeit, daß sie irgend etwas anderes erreichte, als nur Ohlsberg noch mehr zu reizen, lag irgendwo in der Nähe von Null. Aber vielleicht reichte das ja schon. Die Auseinandersetzung zwischen ihr und Ohlsberg war in den letzten Tagen eskaliert, und der Punkt, an dem einer von ihnen aufgeben mußte, war nicht mehr allzuweit. Und Liz hatte nicht vor, dieser eine zu sein.

Trotzdem hatte sie ein sehr ungutes Gefühl, als sie die

Zigarette ausdrückte, sich eine neue anzündete und auf die Uhr sah. Zehn Minuten – zehn Ewigkeiten. Aber gut, nach allem auch noch Pünktlichkeit von Ohlsberg zu erwarten, wäre vielleicht ein bißchen viel verlangt. Sie war nicht einmal sehr sicher, ob sie überhaupt *wollte,* daß er kam.

Sie rauchte auch diese Zigarette zu Ende, schnippte sie der ersten hinterher, dann eine dritte, vierte und fünfte, bis die Packung leer war und der Himmel einen deutlichen Stich ins Graue bekommen hatte.

Die Dämmerung kam, aber Ohlsberg nicht.

Liz wurde immer nervöser. Sie war sich selbst nicht schlüssig, ob sie Ohlsberg überhaupt sehen wollte, aber daß er nicht erschien, steigerte ihre Unruhe noch. Er war so ernst gewesen, so verdammt ernst. Wenn er nicht kam, dann bedeutete das ...

Ja, was?

Liz ballte in hilflosem Zorn die Fäuste. Was war nur mit ihr los? Sie konnte nicht mehr denken, verlor den Überblick. Sie kam sich plötzlich vor wie eine Figur in einem Roman, dessen Autor den roten Faden verloren hatte. Sie tappte blindlings hierhin und dorthin, tat Dinge, die keinen Sinn zu machen schienen, und in ihrem Gedächtnis waren Lücken, nein, gewaltige Löcher, schwarz gähnende Abgründe, in die all die lebenswichtigen Dinge gefallen waren, die sie vergessen hatte. Stefanie. Etwas war mit Stefanie. Das Glas. Wein, der wie Blut über ihre Hand und ein Buch floß, eine Zahl, vielleicht ein Datum, und irgend etwas mit einer Tür, hinter der ...

Großer Gott, was war das? Nicht nur die Droge. Etwas ... lähmte ihr Denken, etwas, das in Eversmoor war, das aber auch hier noch wirkte. Der Störsender war in Aktion, und sie war noch in seinem Bereich. Warum kam Ohlsberg nicht? Was bedeutete sein Fortbleiben? Daß er sie versetzt hatte? Kaum. Vergessen? Das war noch unwahrscheinlicher.

Zum Teufel, sie würde es herausfinden. Jetzt.

Sie startete den Wagen, trat wütend das Gaspedal durch und schoß mit durchdrehenden Reifen los.

Aus ihrer Verärgerung wurde schiere Wut, bis sie die Stadt erreichte. Sie fuhr die Hauptstraße ganz hinab, wendete am jenseitigen Ortsausgang und parkte den Wagen vor Beldersons Laden, ohne besonderen Grund, nur aus reiner Gewohnheit. Sie parkte immer hier. *(Aber es gab sehr wohl einen Grund. Etwas war mit Belderson, das ...)* Ganz plötzlich fiel ihr ein, daß sie ja nicht einmal wußte, wo sie Ohlsberg suchen sollte. Sie wußte nicht, wo er wohnte, so banal war das.

Eine Zeitlang blieb sie einfach dort stehen, mit laufendem Motor, die Hände so fest um das Lenkrad geklammert, als wäre es ihr letzter Halt in der Wirklichkeit. Sie beobachtete die wenigen Menschen, die auf der Straße waren. Es gab nichts Besonderes an ihnen, nichts Auffälliges, nichts außergewöhnlich Negatives oder Fremdes. Selbst ihre Kleidung unterschied sich im Grunde nicht von der der Menschen in Hamburg oder Frankfurt oder einer x-beliebigen anderen Stadt. Sicher – die Männer trugen schwere schwarze Arbeitsjacken, und die Gesichter und Hände der Frauen waren vielleicht ein wenig derber, aber diese Unterschiede waren minimal; Nuancen, mehr nicht. Und doch konnte sie die Feindseligkeit spüren, die ihr entgegenschlug. Wie eine Mauer.

Warum? dachte sie. *Warum hassen mich diese Menschen? Was habe ich ihnen getan?*

Natürlich fand sie keine Antwort auf diese Frage. Vielleicht gab es keine. Vielleicht war das, was sie als Haß zu empfinden glaubte, nichts weiter als Vorsicht, Vorsicht, die diese Menschen ihr – oder besser gesagt der Welt, die sie repräsentierte, der Welt des *Draußen,* – entgegenbrachten. Vielleicht hatte Stefan recht und sie unrecht, und sie mußte einen Kompromiß schließen und sich anpassen.

Aber das Wort Kompromiß, dachte sie, bedeutete nichts anderes als aufgeben. Zumindest in der Form, in der Ohlsberg es verstand. Ohlsberg. Da war etwas mit ...

Oh, verdammt. Sie begann schon zu vergessen, warum

sie hier war! Sie mußte sich beeilen. Ihre Zeit lief ab. Der Countdown: X minus einen Tag und ein paar Stunden.

Noch einmal zögerte sie. Ohlsberg hatte sie nicht hier in Schwarzenmoor treffen wollen, und er schien einen verdammt triftigen Grund dafür gehabt zu haben, aber er war nicht zum vereinbarten Treffpunkt erschienen. Vielleicht brachte sie ihn in Schwierigkeiten, wenn sie nach ihm fragte, aber verdammt noch mal, was kümmerte sie das? Außerdem brauchte sie dringend eine Zigarette.

Sie stieg aus, angelte ihre Handtasche vom Beifahrersitz und sah sich um. Die hereinbrechende Dämmerung ließ die Schatten dunkler werden und die Farben verblassen. Schwarzenmoor wirkte düsterer denn je. Zum ersten Mal glaubte sie zu wissen, woher der Ort seinen Namen hatte, zum ersten Mal sah sie ihn so, wie er vielleicht wirklich war. Alles schien ... verändert. Die niedrigen Häuser rechts und links der kopfsteingepflasterten Straße erschienen ihr noch abweisender und böser als zuvor. Zwischen den schmalbrüstigen Häusern lastete Kälte, sie konnte sie fast sehen.

Einbildung? Kaum. Es war wohl eher so, daß der Terror ihre Sinne geschärft hatte. Sie blickte jetzt hinter die Dinge, sah, was andere vielleicht nicht sahen, nicht sehr deutlich und auch noch lange nicht vollständig. Der Vorhang des Geheimnisses hatte sich nur einen Zipfel weit gelüftet. Aber was sie sah, war schrecklich genug.

Sie ging in den Laden. Drinnen war es kühl, wie immer. Und schattig. Aber zum ersten Mal empfand sie diese Schatten nicht als wohltuend, sondern – wenn schon nicht als bedrohlich –, so doch zumindest als unangenehm. Etwas war hier im Raum, im Haus, in der Stadt. Etwas Finsteres. Etwas wie das DING auf Eversmoor, nicht das Böse selbst, aber seine Ausstrahlung, wie ein übler Geruch.

»Frau König?«

Liz unterdrückte im letzten Moment einen erschrockenen Ausruf. Sie hatte Belderson nicht bemerkt, als sie den Laden betreten hatte. Nein, verdammt; sie war absolut sicher, daß er nicht dagewesen war!

»Was führt Sie zu mir, so spät? Haben Sie etwas vergessen?«

Was war das? dachte sie schaudernd. Geschäftsmäßige Freundlichkeit? Oder war da in seiner Stimme mehr, Tadel vielleicht, ein akustisches Kopfschütteln darüber, daß sie es gewagt hatte, mit den ungeschriebenen Regeln zu brechen und zum zweiten Mal innerhalb kurzer Zeit in die Stadt zu kommen?

»Ich ... habe nichts vergessen«, antwortete sie nach sekundenlangem Zögern. Sie atmete hörbar ein, warf die Tür hinter sich ins Schloß und ging zur Theke. Mehr denn je erschien ihr die polierte Holzplatte nicht wie ein Ladentisch, sondern wie eine Barriere, eine schmale und doch unüberwindliche Schlucht zwischen ihrer Welt und seiner. »Zigaretten«, sagte sie. »Ich brauche nur ... nur eine Packung Zigaretten. Menthol, bitte.«

Belderson blickte sie einen Moment lang ausdruckslos an, dann drehte er sich um, nahm ein Päckchen Mentholzigaretten aus dem Regal und reichte es ihr. Liz riß es auf, zog mit zitternden Fingern eines der kleinen weißen Stäbchen heraus und zündete es an. Der Rauch schmeckte nicht nach Menthol, sondern schal und bitter, die erfrischende Wirkung blieb aus. Trotzdem nahm sie einen weiteren, gierigen Zug, ehe sie sich mit einem um Verzeihung bittenden Lächeln wieder an Belderson wandte.

»Ich komme nicht, um etwas zu kaufen«, sagte sie.

»Womit kann ich Ihnen sonst helfen?« Auf Beldersons Gesicht war keinerlei Regung zu erkennen. Er lächelte freundlich, aber das tat er immer. Dieses Lächeln gehörte so zu ihm wie die schmierige braune Kittelschürze und die dünne Narbe über dem Auge. Wie seine verbrannte Hand.

»Ich ... eigentlich suche ich Herrn Ohlsberg«, sagte Liz.

»Der ist nicht da«, antwortete Belderson. So schnell, dachte Liz, als hätte er die Frage erwartet.

Sie zwang sich zu einem Lächeln. »Ich weiß. Aber vielleicht können Sie mir sagen, wo er wohnt. Ich kann schlecht an alle Türen klopfen und nach ihm fragen, oder?« Die scherzhafte Bemerkung verpuffte wirkungslos. Sie war auch nicht sehr gut gewesen. Liz zog nervös an ihrer Zigarette.

»Sie verstehen mich nicht«, antwortete Belderson ruhig. »Er ist nicht im Ort.«

»Sind Sie sicher?«

»Ich wüßte es, wenn er da wäre«, sagte Belderson. »Soviel ich weiß, wollte er zu Ihnen hinausfahren, heute morgen. Ihr Mann hat angerufen.«

Liz nickte. »Er war da. Aber wir … er wollte sich noch einmal mit mir treffen, und …«

»Er wird seine Gründe haben, wenn er nicht gekommen ist«, sagte Belderson, als sie nicht weitersprach.

Liz zögerte. Sein Blick, seine dreimal vermaledeite Ruhe machten sie nervös. Fast rasend. Woher wußte er so genau, daß Ohlsberg nicht im Ort war? »Vielleicht können Sie mir auch helfen«, sagte sie schließlich. »Sicher sogar.«

Belderson nickte und stützte sich mit den Handballen auf der Theke auf. Zum ersten Mal fiel ihr auf, wie groß er wirklich war. Ein Mann wie er, dachte sie, sollte Schmied oder Holzfäller sein, nicht Krämer.

»Bitte.«

»Sie kennen sich doch in der Umgebung aus«, begann sie ungeschickt.

Belderson nickte. Auf seinem Gesicht war noch immer nicht zu erkennen, was er dachte, aber in seinen Augen schien ein winziges, mißtrauisches Feuer aufzuglühen. In der blassen Beleuchtung des Ladens wirkten sie *gelb*.

Unsinn, dachte sie, wütend auf sich selbst. *Ich beginne schon, an jeder Ecke eine Verschwörung zu wittern.* »Ich …« Sie lächelte. »Es wird Ihnen sicher albern vorkommen, aber ich wollte Ohlsberg fragen, ob es so etwas wie ein Gemeindebuch gibt.«

»Ein Gemeindebuch?« Das mißtrauische Funkeln in seinen Augen wurde stärker. Ein ganz kleines bißchen wirkte er plötzlich gespannt. Nein – nicht *ge*spannt: *ange*spannt, wie ein lauerndes Raubtier.

Liz lächelte entschuldigend und sog an ihrer Zigarette. »Ein Buch, in dem alles aufgeschrieben wird, was hier so geschieht. Eine ...« – sie suchte verzweifelt nach dem richtigen Wort – »eine Chronik.«

»Eine Chronik?« Belderson runzelte die Stirn und überlegte einen Moment lang angestrengt. Dann schüttelte er den Kopf. »Ich glaube kaum. Hier geschieht nicht oft etwas. Und wenn doch«, sagte er lächelnd und zum ersten Mal in anderem als geschäftsmäßig freundlichem Ton, »dann merken es sich die Menschen auch so. Je weniger geschieht, desto aufregender ist das, *was* geschieht«, sagte er.

Liz lächelte pflichtschuldig. »Vielleicht macht das die Sache noch einfacher«, sagte sie. »Es geht um unseren Hof. Besser gesagt, um das alte Gesindehaus. Es ist irgendwann einmal niedergebrannt, glaube ich. So vor dreißig Jahren.«

»Zweiunddreißig«, sagte Belderson.

Es fiel Liz nicht einmal schwer, Überraschung zu heucheln. »Sie wissen davon?« fragte sie.

»Natürlich. Es war ...« Er suchte nach Worten. »... eine aufregende Sache, wissen Sie. Wie ich schon sagte – es geschieht nicht viel, aber was geschieht, das merken sich die Leute. Und ich bin da keine Ausnahme. Das Haus brannte damals nieder. Es war schlimm.«

»Kam ... jemand zu Schaden?« fragte Liz vorsichtig. Belderson nickte. »Eine Frau«, sagte er. »Eine junge Frau. Sie hat als Magd auf dem Hof gearbeitet. Es gab eine Menge Gerüchte damals, aber ...«

»Was für Gerüchte?« unterbrach ihn Liz.

»Gerüchte eben. Wenn irgend etwas geschieht, was man sich nicht erklären kann, dann gibt es immer Gerüchte, wissen Sie. Ist das da, wo Sie herkommen *(und hingehören, sagte sein Blick)*, nicht so?«

»Doch. Es ist ganz genauso. Trotzdem würde es mich interessieren, *was* für Gerüchte es waren.«

»Man sagt«, erklärte Belderson mit überraschender Offenheit, »daß nicht alles mit rechten Dingen zugegangen sein soll. Das Mädchen soll ermordet worden sein. Aber es konnte nie bewiesen werden.« Das war dasselbe, was Peter gesagt hatte. Ein Mord. Aber gut – was war so schlimm daran?

Es war dreißig Jahre her.

»Hat die Polizei die Sache nicht untersucht?«

»Selbstverständlich. Sehr gründlich sogar, aber es ist nichts Verdächtiges dabei herausgekommen. Das Haus brannte bis auf die Grundmauern ab, aber das wissen Sie ja. Wenn an diesen Gerüchten irgend etwas dran ist und wenn es Beweisstücke gegeben hat, dann sind sie verbrannt. Die Leute hatten genug zu tun, den Hof zu retten. Aber ich persönlich glaube nicht, daß es ein Verbrechen war.«

»Weiß man, wie es zu diesem Feuer kam?«

Belderson schüttelte den Kopf. »Diese Häuser brennen sehr leicht«, sagte er. »Und wenn sie einmal richtig brennen, bleibt nicht mehr viel übrig, was man untersuchen könnte.« Er lächelte wieder, richtete sich dann mit einem schlecht unterdrückten Gähnen auf und fragte: »War es das, was Sie wissen wollten?«

Nein, das war es nicht. Noch lange nicht. Trotzdem nickte sie. »Vielen Dank, Belderson. Sie ... haben mir sehr geholfen.« Sie lächelte zum Abschied, drehte sich herum und ging in Richtung Ausgang.

Und dann spürte sie, wie sich etwas veränderte.

Es war nichts Sichtbares. Ein Verschieben der Dinge hinter den Grenzen der Realität. Irgend etwas ... war plötzlich da, rastete mit einem fühlbaren Ruck ein. Oder etwas verschwand. Aber egal was es war, sie spürte die Veränderung bei Belderson, noch ehe sie sich herumdrehte und ihn ansah.

»Sie hätten nicht kommen sollen«, sagte er ruhig. »Nach dem, was Sie gestern getan haben, ist es nicht sehr klug von Ihnen, hierher zu kommen.«

Es war, als spräche sie jählings mit einem anderen Menschen. Er hatte sich nicht verändert, aber plötzlich war er so wenig der altbekannte Belderson, wie Stefan noch Stefan war. Nur daß sie nicht wußte, welches seiner verschiedenen

Gesichter das richtige war. Stand sie jetzt einem Belderson-Banshee gegenüber, oder sah sie ihn nur zum ersten Mal so, wie er wirklich war. Was waren seine Worte? Drohung oder ehrlich gemeinte Warnung?

Sie schwieg sekundenlang. Irgendwie hatte sie das Gefühl, jedes Wort genau überlegen zu müssen.

»Sie wollen mir drohen.«

Belderson schüttelte den Kopf. Der Ausdruck auf seinem Gesicht wirkte beinahe ein bißchen traurig. Und mitleidig. Auf die gleiche, verwirrende Art mitleidig, auf die Ohlsberg sie angesehen hatte, heute morgen im Wald. »Warum sind Sie so aggressiv?« fragte er.

Liz schürzte die Lippen. »Bin ich das?«

Er nickte. »Sie waren es vom ersten Tag an«, sagte er. »Sie verhalten sich nicht sehr klug, wissen Sie?«

»Ich will mich nicht klug verhalten!« fuhr Liz auf. »Alles, was ich will, ist meine Ruhe. Ich möchte in Frieden dort draußen leben und ...«

Belderson unterbrach sie mit einer geduldigen Bewegung seiner verbrannten Hand. »Sie hätten nicht kommen sollen, wenigstens nicht heute, Frau König«, sagte er sanft. »Die Leute hier sind ziemlich aufgebracht. Die Starbergs haben eine Menge Freunde in Schwarzenmoor.«

»Und wir nicht.«

»Sie nicht«, bestätigte er ruhig. »Jetzt nicht mehr.«

Das war es also – natürlich, was hatte sie erwartet? Wahrscheinlich gab es in Schwarzenmoor kein anderes Gesprächsthema mehr, seit gestern.

»Ich will nicht darüber reden«, sagte sie grob. »Ich hatte meine Gründe, es zu tun.«

»Ich weiß«, sagte Belderson. Es klang, als wüßte er es wirklich. Als wüßte er ganz genau, warum sie es getan hatte. Was geschehen war.

Liz starrte ihn zwei, drei endlose Sekunden lang wortlos an. Es war unlogisch, nach allem, was geschehen war, aber irgend etwas sagte ihr, daß er es ehrlich meinte. So wie Ohlsberg am Morgen. Ohlsberg, der verschwunden war. Der nicht zurückgekehrt war von seinem Besuch auf Gut Eversmoor.

»Was wollen Sie von mir?« fragte sie.

»Sie warnen.« Belderson faltete die Hände auf der Tischplatte und starrte sekundenlang nachdenklich an ihr vorbei gegen die Wand. »Sehen Sie, Frau König, ich bin der Meinung, daß wir uns aussprechen sollten. Sie und ich. Sie sind jetzt seit einem halben Jahr hier, nicht?«

»Das wissen Sie ebensogut wie ich.«

»Ein halbes Jahr«, fuhr er fort, »ist keine lange Zeit. Aber es ist auch lang genug, um sich einzuleben. Oder es zumindest zu versuchen, finden Sie nicht?«

Er auch? Verdammt, hatte sie mit Ohlsberg nicht genug Feinde? Er war der einzige in diesem elenden Kaff, dem sie noch ein letztes bißchen Menschlichkeit zugebilligt hatte! »Ich habe es versucht, und ...«

»Nein, Frau König, das haben Sie nicht«, widersprach er sanft. »Sie haben versucht, den Leuten hier Ihre Weise, zu leben und zu denken aufzuzwingen. Vom ersten Tag an.« Er sagte deutlich: *den Leuten hier,* nicht *uns*. Der Unterschied erschien ihr wichtig.

»Aber das stimmt doch gar nicht! Ich ...«

»Ich weiß, daß Sie glauben, Sie hätten sich Mühe gegeben«, fuhr Belderson – oder wer immer es war, mit dem sie sprach – ungerührt fort. »Aber das stimmt nicht. Sehen Sie, niemand hier verlangt von Ihnen, daß Sie so leben, wie wir es für richtig halten. Ihre Art, zu denken und zu handeln, gefällt der Mehrzahl der Menschen hier in der Stadt nicht besonders. Aber es ist Ihr Leben. Leben Sie es so, wie Sie glauben, daß es richtig ist. Und lassen Sie ihnen ihr Leben. Sie sind dort draußen auf Ihrem Hof weit genug weg von Schwarzenmoor, daß Sie sich nicht gegenseitig in die Quere kommen.«

Liz war für einen Moment sprachlos vor Erstaunen. »Sie ... Sie wollen mich auf den Arm nehmen, wie?« sagte sie dann. Belderson schüttelte den Kopf. »Ich wollte, es wäre so. Ich weiß, daß Sie glauben, ich wäre Ihr Feind, aber das stimmt nicht. Im Gegenteil – ich bin Ihr Freund.«

Liz lachte hell auf. »Mein Freund?« wiederholte sie spöttisch. »Wenn Sie sich als mein Freund bezeichnen, dann möchte ich keine Feinde haben.«

»Aber Sie haben sie«, sagte er ruhig. »Vielleicht noch nicht, aber wenn Sie so weitermachen, werden Sie Feinde haben. Die Menschen hier sind sehr geduldig, aber Sie vergessen nie. Sie haben nach Ohlsberg gefragt. Er hat gestern seinen ganzen Einfluß aufbieten müssen, um Sie zu schützen. Wäre es nach den Starbergs gegangen ...«

»Das ist es also«, fiel ihm Liz ins Wort. »Ich habe die ganze Zeit darauf gewartet, daß Sie das Thema ansprechen.«

»Natürlich ist es das«, gab Belderson zurück. »Ich verstehe Sie nicht, Frau König. Das Mädchen hat fünfzehn Jahre bei den Starbergs gelebt, und Sie glauben, Sie können daherkommen und es ihnen wegnehmen. Andrea gehört ihnen, begreifen Sie das nicht?«

Liz antwortete erst nach sekundenlangem Schweigen. »Andy ist fast ein erwachsener Mensch«, sagte sie betont. »Sie *gehört* überhaupt niemandem. Allenfalls ihrem Vater. Und ich kann mir keinen besseren Ort für sie vorstellen. Sie ist da, wo sie hingehört. Bei ihrer Familie.« Warum verteidigte sie das Mädchen noch? Sie hatte längst begriffen, daß es ein Fehler gewesen war, Andy zu holen. Sie hätte einen drei Lichtjahre großen Bogen um sie schlagen sollen.

Belderson seufzte. »Ich zweifle nicht daran, daß es das Mädchen bei Ihnen gut hat«, sagte er ruhig. »Ich gebe sogar zu, daß es ihm draußen auf dem Hof vielleicht besser geht als hier. Aber wie lange?«

»Wie meinen Sie das?«

Plötzlich hatte sie den Eindruck, daß es ihm schwerfiel weiterzusprechen. »Ich will Ihnen nichts vormachen«, sagte er. »Sie wissen, daß vor Ihnen bereits eine andere Familie auf dem Hof gelebt hat. Und Sie wissen auch, daß sie sehr überstürzt weggezogen sind.«

Liz nickte. Endlich begann er, die Katze aus dem Sacke zu lassen.

»Diese Leute«, sagte Belderson, »begingen den gleichen Fehler wie Sie. Sie brachten ihr Leben mit hierher und versuchten es den Leuten hier aufzuzwingen. Es sind keine keulenschwingenden Barbaren, Frau König. Ihre Art zu leben mag anders sein als die Ihre, aber es ist *ihre* Art, begreifen Sie? Machen Sie sich diese Menschen nicht zu Feinden. Es wäre ein Kampf, den Sie nicht gewinnen können. Ohlsberg und ich haben versucht, Ihnen zu helfen, auch wenn Sie es nicht glauben, aber auch unser Einfluß ist begrenzt. Und es gibt Dinge, gegen die auch wir Sie nicht zu schützen vermögen.«

Was war das? dachte Liz. *Eine neue Drohung?*

»Ich glaube, ich habe in den letzten Tagen einen kleinen Vorgeschmack von diesen Dingen bekommen«, sagte sie vorsichtig. »Aber ich hatte nicht den Eindruck, als ob Sie ... als ob irgendwer hier auf meiner Seite stünde.«

Belderson war nicht im mindesten überrascht. Er gab sich nicht einmal Mühe, Überraschung zu heucheln. »Ich verlange nicht, daß Sie mir glauben«, sagte er. »Aber ich versichere Ihnen, daß wir alle auf Ihrer Seite stehen, vielleicht mehr, als gut ist. Dieses Land ist nicht Ihr Hamburg. Es gibt hier Dinge, die Sie nie verstehen würden.«

Liz nickte grimmig. »Eine Banshee zum Beispiel.«

Belderson antwortete nicht.

»Wie heißt diese Banshee mit Nachnamen?« fuhr Liz fort, als sie begriff, daß sie keine Antwort erhalten würde. »Ohlsberg? Oder Starberg? Oder wie?«

Er seufzte. »Ich habe es versucht, Frau König«, sagte er. »Gott ist mein Zeuge, daß ich versucht habe, Sie zu warnen.«

Liz verzog abfällig die Lippen. »Oh, vielen Dank. Ich werde es mir aufschreiben.«

Belderson starrte sie lange und nachdenklich an, ehe er den Kopf schüttelte. Er lächelte milde, auf die Art, auf die man einem Kind zulächeln mochte, das einfach nicht verstehen konnte, was man ihm zu erklären versuchte.

»Ich weiß nicht, warum ich es tue, obwohl ich genau weiß, wie sinnlos es ist«, sagte er plötzlich. »Aber wenn Sie wirklich Hilfe brauchen, dann kommen Sie zu mir. Wenn es nicht zu spät ist.«

37

Es wurde dunkel, ehe sie zurück auf den Hof kam, und Stefan war nicht zu Hause. Die Eingangstür stand offen, und seine Jacke hing nicht mehr am Haken. Im Haus brannte kein Licht. Sie ging hinauf in sein Arbeitszimmer, um nachzusehen, ob er eventuell eine Nachricht für sie hinterlassen hatte, aber auf dem überdimensionalen Schreibtisch fand sich nichts außer der gewohnten Unordnung und einem halben Dutzend Bücher, in denen er, den zwischen die Seiten gelegten Papierfetzen nach zu schließen, allem Anschein nach gleichzeitig zu lesen schien.

Einer der Bände erregte ihre besondere Aufmerksamkeit: der Atlas, in dem sie vergangene Nacht gelesen hatte. Liz verspürte eine schwache Regung ihres schlechten Gewissens, als sie die großen, bräunlich eingetrockneten Weinflekken auf den ausgebreiteten Seiten sah. Stefan war mit Recht zornig gewesen – das Buch hatte ein kleines Vermögen gekostet, und die Beschädigung steigerte seinen Wert nicht unbedingt. Außerdem sahen sie häßlich aus. Stefan hatte den Atlas auf der Fensterbank zum Trocknen ausgebreitet, und im schwachen Licht der kleinen Schreibtischlampe erinnerten die Flecken nun wirklich an eingetrocknetes Blut; sie hatten dem Buch eine Wunde geschlagen, die häßlich vernarbte.

Behutsam nahm sie das Buch zur Hand, blätterte um und stellte zu ihrer Erleichterung fest, daß der Wein das Papier nicht durchdrungen hatte; die Seiten klebten nicht aneinander. Glück im Unglück – oder Stefans schnelle Reaktion; der Schaden war auf die eine Doppelseite beschränkt, die die Ladung tatsächlich abbekommen hatte.

Aber irgend etwas an den Flecken irritierte sie. Wie schon so oft in den vergangenen Tagen wußte sie nicht genau zu sagen, *was* es eigentlich war, aber das Gefühl war sehr deutlich. Etwas an diesen Flecken ... irritierte sie. Etwas mit ihrer Form, die ...

kein Zufall war.

Ganz plötzlich begriff sie. Es war die ganze Zeit vor ihren Augen gewesen: der Fleck hatte eine ganz bestimmte Form, die so wenig zufällig entstanden war wie irgend etwas anderes, was sich in den letzten Tagen hier abgespielt hatte. Er zeichnete die Küste nach. Das bräunlich eingetrocknete Rot hatte das Blaßblau des gemalten Meeres ausgelöscht, aber es war über die Küstenlinie hinausgekrochen, eine Daumennagelbreite landeinwärts, so willkürlich und unregelmäßig, wie Küstenlinien nun einmal verlaufen, ehe sie mit Deichen oder anderen Bauwerken korrigiert werden. Der Atlas war alt, aber er hatte ihr nichts genutzt, weil er nicht alt genug war. Der Weinfleck hatte sich sechshundert Jahre weit in die Küste hineingefressen. Was sie jetzt in Händen hielt, war, wie es damals hier ausgesehen hatte. Damals, als Rumhold unterging.

Ihre Hände begannen zu zittern. Der Schleier des Geheimnisses lüftete sich um eine Winzigkeit mehr. An einer Stelle war der Sherry zu einem dicken, schwärzlichen Fleck eingetrocknet, der nun wirklich wie ein Blutstropfen aussah: Rumhold, die Stadt, die das Meer in einem einzigen gigantischen Fausthieb von der Oberfläche dieses Planeten gefegt hatte. Aber das war nicht alles. Es gab einen zweiten, sehr viel kleineren Fleck, ein Spritzer, der ihr bisher entgangen war, ein kleines Stückchen landeinwärts.

Dort, wo Schwarzenmoor liegen mußte.

Ihr Hof.

Der See.

Alles war jetzt ganz klar; es war, als flüstere ihr eine Stimme die Wahrheit ins Ohr, die die ganze Zeit so offen hier gelegen hatte, ohne daß sie sie zu sehen vermochte. Es war eine ungeheuerliche Katastrophe gewesen, viel größer, als die Menschen heute glaubten, keine Jahrhundert-, sondern eine Jahr*tausend*flut. Der Sturm hatte das Meer bis zu den Sternen hochgepeitscht, die Küste zerschmettert, Menschen und Tiere gefressen und die Stadt zermalmt, mit einem einzigen Hammerschlag aus Milliarden Tonnen Wasser.

Aber er hatte noch mehr getan. Er hatte den Ozean gespalten, ihn bis zum weichen weißen Fleisch seines Bodens aufgerissen, und er hatte irgend etwas an Land geschleudert, etwas, das nicht hierher gehörte, das seit einer Milliarde Jahren im ewigen Schwarz der Tiefsee gelauert hatte. Er hatte es mit seinem Wüten an Land getragen, in diese helle, für ihn tödliche Welt, und er hatte es zurückgelassen, als sich das Meer beruhigte.

So war es gewesen, dachte sie entsetzt, und es war keine Vermutung, es war *Wissen*, so sicher, als wäre es eine Urerinnerung, und vielleicht war es das. Lovecrafts Große Alte waren Realitäten, aber sie waren hundertmal entsetzlicher, als er geglaubt hatte. Der Grund, aus dem seine Geschichten um uralte und böse Dinge immer wieder solchen Erfolg hatten, war, daß die Menschen spürten, daß sie wahr waren. Es gab diese entsetzlichen finsteren Lebewesen, die in den Tiefen der Erde und des Meeres lauerten, es hatte sie immer gegeben, und es würde sie immer geben. Das Wissen um sie war in jedem Menschen, eine Information, die in ihren Genen einprogrammiert war und die nur aktiviert wurde, wenn man sie brauchte. Etwas war an Land gekrochen, damals. Etwas unsagbar Böses und Altes. Und es war noch hier, denn das zurückweichende Wasser hatte ihm den Weg abgeschnitten. Es war hier.

Im See.

Aber das war noch nicht alles. Etwas fehlte noch, um das Bild komplett zu machen. Bald, dachte sie. Bald würde sie alles verstehen. Die einzelnen Teile des Mosaiks waren schon da, und es konnte nicht lange mehr dauern, bis sie sich zu einem Bild zusammensetzten.

Sie legte den Atlas auf die Fensterbank zurück, trat wieder an den Schreibtisch und blätterte eine Zeitlang in Stefans Notizen, ohne allerdings auch nur im mindesten schlau daraus zu werden. Ihr war nicht sehr wohl bei dem, was sie tat, und das mit Grund. Stefan mochte es nicht, wenn irgend jemand – und das galt auch für sie – in seinen Büchern las, bevor sie fertig waren, aber bei dem Chaos, das auf seinem Schreibtisch herrschte, würde er nichts merken.

Sie verstand nichts von dem Text, den sie las. Es waren scheinbar sinnlose, aus dem Zusammenhang gerissene Szenen. Trotzdem spürte sie so etwas wie einen sanften Schrekken, ein Gefühl der Befremdung, das mit jeder Zeile, die sie las, stärker zu werden schien. Stefans Texte waren manchmal recht eigenwillig; es war ihm nicht von ungefähr so schwergefallen, sich durchzusetzen und eine Lesergemeinde zu erobern, die groß genug war, daß er davon leben konnte.

Aber das hier ...

Es fiel ihr schwer zu glauben, daß die Fragmente zu diesem Buch wirklich von ihm sein sollten. Sie hatte zu wenig gelesen, um wirklich zu begreifen, worum es überhaupt ging, aber es schien irgendeine Geschichte um dunkle Riten zu sein, Metaphysisches mit einem deutlichen Einschlag ins Morbide, Szenen, die sie schaudern ließen. Unter anderem auch, weil sie entsetzlich schlecht geschrieben waren. Wenn sie noch einen letzten Beweis für ihren Verdacht gebraucht hätte – sie hielt ihn in Händen.

Langsam, beunruhigt und verstört zugleich, legte sie die Blätter aus der Hand und trat vom Schreibtisch zurück. Unten im Haus wurde eine Tür zugeworfen, dann hörte sie Peters ungleichmäßige, schlurfende Schritte. Sie war erleichtert, nicht mehr allein im Haus zu sein. Rasch ging sie die Treppe hinunter und zu seinem Zimmer.

Die Tür stand offen. Die nackte Glühbirne unter der Decke

verbreitete gelbes Schattenlicht, das Flecken an die Wände zauberte, eine beunruhigend unangenehme Art von Licht. Sie schaukelte ganz leicht hin und her, als wäre Peter dagegengestoßen, und wieder, wie beim ersten Mal, kam ihr der Raum winzig und schäbig vor, ein Loch, das zu schmutzig und klein für einen Menschen war, geschweige denn für zwei.

Peter kramte mit schnellen, hastigen Bewegungen in seinem Rucksack, als sie das Zimmer betrat. Liz war sehr sicher, kein Geräusch gemacht zu haben, aber irgendwie bemerkte er sie doch – er zuckte zusammen, drehte sich mit einer hastigen Bewegung herum und lächelte nervös. Sein Blick flackerte, aber gleichzeitig las sie auch Erleichterung darin; er sah aus, als hätte er jemand anderen erwartet. Befürchtet.

»Sie ... Sie sind zurück?« fragte er, stockend und in einem Tonfall, als hätte er nicht damit gerechnet, daß sie überhaupt zurückkam.

»Überrascht Sie das?« antwortete Liz. »Es ist nicht so furchtbar weit bis Schwarzenmoor. Man bekommt Übung, wenn man den Weg oft genug fährt.« Sie trat einen Schritt auf ihn zu, schloß die Tür hinter sich und zog sie in der gleichen Bewegung wieder auf. Unmöglich, die Tür zu schließen, wenn zwei Leute in diesem Loch waren. Wie konnten Peter und seine Tochter *hier* atmen?

»Sie ... haben mit Ohlsberg gesprochen?« fragte Peter nervös. Warum, zum Teufel, wollte er das wissen?

Liz verzog säuerlich die Lippen. »Nein. Aber ich habe erfahren, was ich wissen wollte. Wo ist mein Mann?«

»Er ist fortgegangen«, antwortete Peter. »Schon vor einer Stunde. Aber er wollte bald zurückkommen. Ich ... ich dachte, er wäre wieder da. Ich habe Licht in seinem Zimmer gesehen.«

»Das war ich«, sagte Liz. »Fortgegangen, sagen Sie? Zu Fuß?«

Peter nickte. »Gleich nachdem sie weggefahren waren. Er war ziemlich wütend.«

Liz ignorierte die letzte Bemerkung. »Wohin ist er gegangen?«

»Er ist ... mit Andy.«

Die Worte trafen sie wie ein Schlag ins Gesicht. *Zusammen mit Andy?* »Hat er gesagt, wohin?« fragte sie mühsam.

Peter nickte. »Er ... er sagte, er wolle zum See hinunter. Er wollte Andy die Umgebung zeigen.«

Zum See. Zum Mitternachtssee! Großer Gott, er brachte das Mädchen zu *ihm*!

Oder das Mädchen ihn.

Liz' Gedanken überschlugen sich. Sie starrte Peter an, und er sie, und sie war sehr sicher, daß er in ihrem Gesicht las wie in einem offenen Buch. Gegen ihren Willen erinnerte sie sich wieder an den Vormittag, an Andy, die bei offener Tür in der Wanne gesessen hatte, und an die Schritte, die sie zu hören geglaubt hatte.

Quatsch, geglaubt. Sie *hatte* sie gehört, und sie war verdammt sicher, daß es Stefans Schritte gewesen waren. Aber das konnte nicht sein. Es *durfte* nicht sein.

Sie drehte sich um, blieb einen Herzschlag lang unter der Tür stehen und ging dann mit raschen Schritten aus dem Raum. Plötzlich ertrug sie Peters Nähe nicht mehr. Ihre Schuldgefühle wurden so stark, daß sie kaum mehr atmen konnte. Stefan und Andy, dachte sie. Andy und Stefan. Er und sie. Aber das war unmöglich. Das Mädchen war vierundzwanzig Stunden auf dem Hof; nicht einmal. Es war unmöglich. Nicht bei dem Stefan, den sie kannte. Sie wußte nicht, ob er sie jemals betrogen hatte; Gelegenheit dazu hätte er genug gehabt, auf seinen zahllosen Geschäftsreisen und Lesetourneen. Aber sie glaubte es nicht. Stefan war nicht der Typ dazu – und schon gar nicht mit einem *Kind*!

Sie stürzte aus dem Haus, rannte quer über den Hof und drang in den Wald ein, der sich wie eine schwarze Wand hinter ihr schloß.

38

Sie war nicht einmal überrascht.

Nicht wirklich.

Sie war entsetzt, schockiert, verletzt wie niemals zuvor in ihrem Leben und hin und her gerissen zwischen dem Wunsch, auf der Stelle herumzufahren und wegzulaufen, weg von ihm, weg von diesem schrecklichen Haus, so weit sie nur konnte, und dem, einfach hinunterzustürmen und dieses kleine Aas an den Haaren zu packen und auf der Stelle zu ertränken.

Sie hatte es gewußt, nicht erst seit ein paar Minuten, sondern schon länger, vielleicht seit dem Moment, in dem Stefan und das Mädchen zum ersten Mal zusammengekommen waren. Sie hatte keine Beweise, nicht einmal einen Anhaltspunkt gehabt, aber sie hatte es trotzdem gewußt. Die Frau in ihr hatte es gespürt. Sie hatte die Konkurrentin erkannt, im gleichen Augenblick, in dem sie sie zum ersten Mal gesehen hatte.

Sie hatte es nur nicht wahrhaben wollen.

Der See war ein ganz normaler See – das sumpfige Modderloch eben, das ihnen der Makler als »kostenlosen Swimmingpool direkt vor der Haustür« angepriesen hatte, nicht mehr der Mitternachtssee. Die Büsche und Bäume ringsum waren ganz normale Büsche und Bäume, keine Krallengnome mehr, der Himmel ein ganz normaler Himmel, kein Deckel aus Blei, der über die Landschaft gestülpt worden war, das Wasser Wasser, kein Dämonenblut, in dem sich namenlose Dinge suhlten. Aber die Moorhexe und Banshee waren da, nicht einmal zwanzig Meter von Liz entfernt, in der Gestalt eines fast zwei Meter großen, dunkelhaarigen Hünen und in der eines fünfzehnjährigen Kindes, das sich irgendwie den Körper einer Frau erschlichen hatte, und sie waren beide so vereint, wie ein Mann und eine Frau es nur sein konnten.

Wie lange es dauerte? Liz wußte nicht, wie lange sie dasaß

und sich als Voyeurin des Entsetzens betätigte – auf jeden Fall sehr, sehr viel länger, als er jemals mit ihr geschlafen hatte; und ungefähr zweihundertmal intensiver. Sie konnte die Lust der beiden ineinandergekrallten Körper wie ein elektrisches Knistern spüren, ein Kribbeln auf der Haut, das furchtbar – und auf entsetzliche Weise erregend zugleich war. Obwohl sie sich mit aller Gewalt dagegen wehrte, fühlte sie ein wohlbekanntes Kribbeln in den Lenden, und sie kam sich besudelt und schmutzig vor, allein, weil sie dasaß und zusah.

Und das schlimmste war – sie spürte ganz genau, daß die beiden von ihrer Anwesenheit wußten. Eine Peep-Show, ganz persönlich für sie inszeniert.

Irgendwann war es vorbei. Es mußte eine halbe Stunde oder länger gedauert haben, denn Liz konnte sich kaum noch bewegen. Ihre Wangenmuskeln waren verkrampft, und ihr Rücken schmerzte entsetzlich von der unnatürlichen Haltung, in der sie hinter dem Busch gehockt hatte. Stefan wälzte sich mit einem erschöpften Seufzer zur Seite, lag auf dem Rücken und starrte in den Himmel, während das Mädchen mit einer ungemein eleganten, fließenden Bewegung aufstand und zum See hinunterging. Für einen Moment wurde ihre Gestalt zu einem schwarzen Schatten vor der silbernen Wasseroberfläche; ein Windstoß bauschte ihr Haar und verwandelte es in ein Gorgonenhaupt, peitschende Tentakel, so dünn wie Fäden. Sie war eine Spinne und Stefan ihr Opfer.

Diese Erkenntnis stand plötzlich ganz klar vor Liz; so deutlich, daß kein Zweifel mehr möglich war. Ihr Zorn auf Stefan erlosch schlagartig. Es war nicht seine Schuld. Er war nicht mehr er selbst, vielleicht nicht einmal mehr körperlich. Der Mann dort unten war ein Fremder.

Sie beobachtete, wie Andy weiter in den See hineinging und schließlich mit ruhigen, überraschend kräftigen Zügen zu schwimmen begann; eine schmale, nackte Gestalt, die sich in einer unbeschreiblichen Mischung aus Ungeschick und Eleganz durch das glasklare Wasser bewegte und ab und zu hell auflachte; ein glockenklarer Ton, der selbst hier oben noch zu hören war. Stefan saß unweit davon am Ufer, jetzt rauchend, nackt, ganz in Betrachtung des schlanken Mädchenkörpers versunken. Sie sah, daß er schon wieder erregt war. Wenn das Mädchen aus dem Wasser kam, würde er wieder mit ihr schlafen. Liz empfand nicht die Spur von Eifersucht. Es spielte keine Rolle.

Jetzt nicht mehr.

Lange, sehr lange, saß sie so reglos und in unverändert unbequemer Haltung da und starrte auf den See hinunter, aber sie sah weder das Wasser noch die beiden winzigen Gestalten. Es erschien ihr unendlich schwer, sich zu bewegen. Sie war gar nicht wirklich hier. Was sie erlebte, war eine Illusion, ein Videoclip in 3D und Dolby-Stereo, bei dem die Hölle Regie führte, dachte sie hysterisch. Sie empfand ... nichts. Sie hatte keine Angst. Auch keinen Haß, keine Wut oder so etwas Albernes wie Eifersucht. In ihr war nur noch eine große Leere, eine Leere, hinter der irgend etwas lauerte, etwas, das sie nicht beschreiben, nicht einmal erahnen konnte und das sie trotzdem fast in den Wahnsinn trieb.

Schließlich schaffte sie es, die Lähmung, die sie nun in Form eines Muskelkrampfes – auch in Stereo, in beiden Waden zugleich nämlich – auch körperlich befallen hatte, wenigstens so weit abzuschütteln, daß sie aufstehen und sich umdrehen konnte, um zu gehen. Keine Szene. Sie würde dem Ungeheuer nicht den Gefallen tun, jetzt auszuflippen. Sie würde einfach gehen und verschwinden.

Gründlich und für immer.

In diesem Moment stand auch Stefan auf. Liz blieb noch einmal stehen – nun nicht mehr hinter dem Busch, sondern ganz offen, so daß er sie in ihrem beigefarbenen Kleid vor dem schwarzen Hintergrund des Waldes deutlich sehen mußte, wenn er sich umdrehte, aber das war ihr vollkommen egal – und starrte auf ihn hinab. Wie das Mädchen zuvor ging nun auch Stefan ins Wasser, schnell und zielsicher und ohne offenbar auch nur einen Gedanken daran zu verschwenden, daß er nicht schwimmen konnte.

Trotzdem ging er nicht unter.

Unter ihm ... war etwas.

Schwarz.

Ein finsteres wabbelndes Ding, wie ein Klumpen schwarzen Froschlaichs, der im Wasser trieb, aber lebend, das ständig in schleimiger Bewegung war. Es griff nach Stefan, stützte ihn, wie eine große, klebrige Hand. Auch weiter hinten im See, wo das Mädchen schwamm, war jetzt diese Schwärze im Wasser, noch immer nicht deutlich zu erkennen, aber rasch wachsend. Die Dunkelheit breitete sich aus, wolkig und schnell, als hätte jemand schwarze Tinte ins Wasser gegossen, und dazwischen waren dünne, peitschende Linien, wie schwebendes Haar.

Gelähmt von der Faszination des Grauens stand sie da und sah zu, was weiter geschah, sehr wohl wissend, daß auch dies Teil der Peep-Show war, auch dies nur zu dem einzigen Zweck inszeniert, daß sie es sah. Aber sie war unfähig, irgendeinen Nutzen aus diesem Wissen zu ziehen.

Die beiden schwammen weiter im See, ohne sich auch nur nahe zu kommen. Aber nach einer Weile glaubte Liz ein Muster in ihrer Bewegung zu erkennen; die Kreise und Schlangenlinien waren kein Zufall, nicht willkürlich gewählt. Jede einzelne Bewegung war präzise, voller Kraft und sehr gezielt.

Ein Ritus.

Was sie sah, hatte sehr viel von einem Ritual an sich, ein düsteres, barbarisches Ritual, dessen Sinn sie nicht zu erkennen vermochte und auch nicht wollte und zu dem auch der morbide Liebesakt vorher gehörte. Ein dunkler, blasphemischer Ritus, wie ihn sich Lovecraft nicht schlimmer hätte ausdenken können. Die Luft stank nach Magie. Ohne zu wissen, warum, fühlte sich Liz plötzlich an ein Opfer erinnert.

DAS STIMMT, wisperte eine Stimme in ihrem Kopf.

Es war wieder da. Die Stimme des Ungeheuers war in ihrem Kopf, so wie beim ersten Mal. Es hatte auf sie gewartet, mit der Geduld eines Wesens, das in Jahrmillionen zu rechnen gewohnt war, für das Zeit vielleicht gar keine Bedeutung hatte. Liz wartete vergeblich auf den lähmenden Schrecken, der der Erkenntnis folgen sollte. Er kam nicht. Etwas in ihr war ausgebrannt. Sie fühlte nichts.

»Was willst du?« flüsterte sie. In der Stille des Sees waren ihre Worte deutlich zu hören; sie war sicher, daß Stefan die Stimme hören mußte, aber er reagierte nicht darauf. Er sah nicht zu ihr, sondern fuhr fort, seine Kreise und Zeichen ins Wasser zu malen. Das Ritual war noch nicht zu Ende.

ICH HABE DIR PROPHEZEIT, DASS DU ZURÜCKKOMMEN WÜRDEST, OPFER, sagte die Stimme. ICH HATTE RECHT!

Liz schwieg. Was immer sie sagen konnte, das DING würde es vorher in ihren Gedanken lesen. Aber sie war nicht sehr sicher, daß sie überhaupt *dachte*, in diesem Moment.

BALD, sagte die lautlose Stimme. BALD WIRST DU MIR GEHÖREN.

»Warum ... sagst du mir das?« flüsterte Liz. Ihr Blick war starr auf den See gerichtet. Sie erkannte jetzt, um was es sich bei den schwarzen Fäden handelte, die sich zwischen Stefan und dem Mädchen spannten. Nerven. Schwarze, zuckende Nerven. Das Ungeheuer war nicht *im* See. Es war der See.

DU SOLLST ES WISSEN, antwortete *es*. DU WIRST ALLES WISSEN. BALD. ICH WERDE DICH TÖTEN, ABER VORHER WIRST DU ALLES ERFAHREN, OPFER.

Und leiden, dachte Liz. Das war es, wovon es lebte. Vom Schmerz. Das Grauen seiner Opfer, die namenlose Panik, die sie überfiel, wenn sie erkennen mußten, daß ein Entkommen nicht mehr möglich war, waren sein Lebenselixier. Es hatte etwas von einer Spinne an sich, die ein Netz wob, geduldig und lautlos, ein Netz, in das sich seine Opfer mehr und mehr verstrickten, ohne es zu merken, und es saugte sie aus, labte sich an ihrem Entsetzen. Angst war seine Nahrung.

Das war die Erklärung, warum sie noch lebte. Es tötete, so erbarmungslos und sicher wie eine Naturgewalt, aber es hatte nichts davon, seine Opfer mit einem schnellen sauberen Schlag zu erlegen. Seine Beute mußte leiden, wenn das Opfer einen Sinn machen sollte.

»Ist es so?« fragte sie.

Ein leises, unendlich böses, gedankliches Lachen. JA.

»Und ... war ich ... gute Nahrung?«

VORZÜGLICH. EINE DELIKATESSE. Eine kurze Pause, dann: ABER WIR SIND NOCH NICHT FERTIG MITEINANDER, SCHÄTZCHEN.

»Nenn ... mich ... nicht ... so«, sagte Liz mühsam. Es fiel ihr jetzt schwer, zu sprechen. Es war albern. Und trotzdem mußte es sein. Diese wenigen Worte, dieses trotzige kindische Auflehnen gegen das Unausweichliche erschienen ihr überlebenswichtig, wichtiger als alles. Wenigstens ihre Selbstachtung sollte er ihr nicht nehmen.

O DOCH, kam die Antwort auf ihren Gedanken. DAS WERDE ICH. ABER JETZT NOCH NICHT. GENIESSE DEINEN STOLZ, SOLANGE DU NOCH KANNST.

»Ich ... habe keine Angst«, sagte Liz mühsam. »Was willst du mir noch tun? Es gibt nichts mehr, was ...«

O DOCH, DAS GIBT ES, antwortete das DING. EINE GANZE MENGE SOGAR.

»Ich werde kämpfen!« sagte Liz trotzig. »Ich werde dich vernichten, du Miststück. Ich ...« Sie begann zu stottern. Ihre Gedanken überschlugen sich. Sie redete – *dachte* – Unsinn. »Ich ... ich werde diesen verdammten See in die Luft sprengen. Ich werde Säure hineinleiten lassen. Ich werde ...« Sie brach ab, krümmte sich und begann haltlos zu schluchzen, als sie begriff, daß sie genau das tat, was das DING von ihr erwartete. Sie wäre eine fade Mahlzeit, würde sie sich nicht wehren. Trotzdem wimmerte sie: »Du hast noch nicht gewonnen, du Scheusal! Ich ... ich habe Freunde, die mir helfen werden!«

Keine Antwort. ES wartete. ES fraß. Sie glaubte so etwas wie ein Schmatzen zu hören.

»Ich werde es allen sagen!« keuchte sie. »Ich ... ich werde dafür sorgen, daß man von deiner Anwesenheit erfährt. Allen werde ich es sagen. Allen, verstehst du! Sie werden dich auslöschen. Sie ... sie werden dich in kleine Gläser verpacken, und auf dem Jahrmarkt ausstellen, in kleinen Portionen. Ich ... ich werde ...«

EINE ATOMBOMBE AUF DEN SEE WERFEN? kicherte die STIMME. MACH DICH NICHT LÄCHERLICH, OPFER. DEINE FREUNDE WERDEN DIR NICHT HELFEN. ABGESEHEN DAVON, fügte sie nach einer winzigen Pause und bewußt lakonisch hinzu, DASS DU KEINE FREUNDE MEHR HAST. SIEH HINUNTER.

Gegen ihren Willen gehorchte sie.

Und schrie auf. Noch vor Augenblicken hatte sie geglaubt, die Grenzen ihrer Leidensfähigkeit erreicht zu haben, aber das stimmte nicht. Wie gestern bei Carrys Tod überschritt sie eine Grenze, aber nur, um dahinter eine weitere Facette des Grauens zu entdecken; ein Terror, der sie auf der Stelle um den Verstand und wahrscheinlich auch ums Leben gebracht hätte, hätte das DING im See sie nicht geschützt. Es half ihr; es war ein Meister der Folter, aber kein Schlächter. Es war fünftausend Millionen Jahre alt, und es hatte Erfahrung darin, die Qualen seiner Opfer zu verlängern, ohne sie zu töten. Es war ein Gourmet.

Liz kreischte vor Entsetzen, als sie das fürchterliche Bild sah, und sie konnte ganz konkret und körperlich spüren, wie ihr die Augen aus den Höhlen traten. Stefan und das Mädchen hatten aufgehört, ihre kabbalistischen Kreise zu schwimmen, und wateten an Land. Der Mond schien sehr hell, und er beleuchtete die beiden wie ein silberfarbenes Spotlicht: Etwas umgab sie. Schwarz und dünn und nervig, ein glitzerndes zuckendes Netz, großmaschig, aber nicht unterbrochen, wie schwarzes nasses Haar. Aber nicht nur sie. Es setzte sich fort, reichte in den See hinein und weiter, tiefer, eine pulsierende Nabelschnur, die die beiden mit dem unsagbaren DING im See verband und von der Wasser oder Schleim oder beides tropfte.

ODER MEINST DU VIELLEICHT DEINE NÄRRISCHE KLEINE FREUNDIN, DIE MIT DINGEN SPIELT, VON DENEN SIE NICHTS VERSTEHT?

»Nein«, wimmerte Liz. »Bitte ... nicht. Bitte ... bitte ... hör ... auf ...«

ES fraß. Es saugte sie aus, labte sich an ihrem Entsetzen, fraß ihre Lebensenergie, bis sie das Nahen des Todes spürte, und brach abrupt ab. Liz fiel keuchend auf die Knie herab und krümmte sich.

O JA, DAS HÄTTE ICH FAST VERGESSEN, kicherte die STIMME in ihrem Kopf. DA IST JA NOCH EINER, DER DIR HELFEN WOLLTE, NICHT WAHR? SIEH DICH UM.

Lächerlich, sich widersetzen zu wollen. Auch sie hing in diesem schwarzen Netz, nur daß die Fäden, die ihren Geist hielten, unsichtbar waren. Sie hob den Kopf, drehte sich wimmernd herum – und schrie so gellend und laut, daß etwas in ihrer Kehle zerriß und bitteres Blut ihr Kreischen erstickte.

Es war Ohlsberg, und er war tot.

Er mußte es sein, denn jemand hatte ein Stück von seinem Kopf abgebissen. Drei Fingerbreit über seinen Augen war sein Schädel fort, entlang einer blutigweißen Linie säuberlich entfernt, so daß sein Gehirn sichtbar war. Es sah aus, als trüge er eine zuckende rotgraue Krone. Blut, unglaubliche Mengen von Blut hatten seine Jacke schwer werden lassen, und seine Hände hatten keine Finger mehr, denn als das Etwas seinen Kopf gepackt hatte, mußte er sich an die Schläfen gegriffen haben, und es hatte sie einfach mit abgebissen.

Aber zumindest war es schnell gegangen, dachte Liz hysterisch. Er war keine Hauptmahlzeit gewesen. Ohlsberg als Aperitif, den es mit einem einzigen Schmatzen verschlungen hatte, nur den Bruchteil einer Sekunde Schmerz, wenn auch sehr viel Angst, denn er hatte gewußt, was ihn erwartete.

Dann sah sie, daß er noch lebte.

Wie eine menschengroße Puppe stand er aufrecht gegen den Baum gelehnt, stand da mit seinem halbierten Kopf und seinen abgefressenen Händen, und die Augen in seinem blutbesudelten Gesicht standen weit offen. Aber es war nicht die Totenstarre, die sie aufhielt – ihr Blick war trüb, aber nicht gebrochen, er lebte, *lebte, LEBTE!!!* – und starrte auf sie herab, ohne einen Laut, aber mit einem Ausdruck ungeheuerlichen Leidens in den Augen, und ließ sie wissen, daß es ihre Schuld war, was ihm angetan wurde.

Etwas bewegte sich unter seiner Jacke; ein doppelt faustgroßer Klumpen, der den nassen schweren Stoff ausbeulte, hierhin und dorthin glitt und wieder zurück, wie eine gefangene Ratte, die keinen Ausweg aus der Falle fand. Dann öffnete er den Mund, seine zerfetzten blutenden Lippen, aber dahinter waren keine Zähne mehr, keine Zunge, sondern eine schwarze glitzernde Masse. Plötzlich war er der Ohlsberg aus ihrem Traum, der kein Traum, sondern nur eine weitere Warnung gewesen war, und der Laut, der aus seiner Brust drang, war kein menschlicher Laut, sondern der Schrei der Banshee, dieser gläserne hohe Ton, der direkt auf ihren Nerven gezupft wurde, ein Schrei, der lauter und lauter wurde, in ihren eigenen überging und immer noch anschwoll.

Dann bewegte sich das, was einmal Ohlsberg gewesen war. Er machte einen Schritt. Seine verstümmelten Hände hoben sich, aber es war kein Angriff, sondern eine Geste des Vorwurfs, ein *sieh mich an, das hast du mir getan, das ist mir geschehen, nur weil ich dir helfen wollte, nur weil ich Mitleid mit dir hatte!*, das sie schlimmer traf, als es jedweder körperliche Schmerz hätte tun können. Das DING torkelte auf sie zu, fiel dicht vor ihr auf die Knie und streckte die Arme aus.

Sein Gesicht platzte auseinander. Schwarz gewordenes Blut eruptierte aus seinen Wangen, etwas Finsteres, Feuchtes quoll aus seinem Mund, kleinen beinlosen Käfern des Entsetzens gleich, die Augen, zwei buntbemalte Glaskugeln, die nicht mehr gebraucht wurden, kollerten aus den Höhlen, gefolgt von einem Geflecht dünner schwärzlicher Fäden, die wie Haar im Wind peitschten.

Liz verlor das Bewußtsein.

39

Es begann zu dämmern, als sie erwachte. Der Himmel über ihr war von einem kränklich aussehenden Grau, das Regen versprach, und sie zitterte vor Kälte am ganzen Leib. Ganz schwach begriff sie, daß sie die ganze Nacht hier gelegen hatte – nein, mehr als eine Nacht. Ein Drittel der Lebenszeit, die ihr noch blieb, denn nun war der letzte Tag angebrochen, noch vierundzwanzig Stunden, bis die Hauptmahlzeit serviert wurde. Zitternd stemmte sie sich hoch. Sie fror erbärmlich, und der Morgentau hatte ihr Kleid durchnäßt; er war es auch, der sie geweckt hatte. Sie sah sich um, registrierte ohne Überraschung, daß Ohlsbergs Leichnam ebenso verschwunden war wie das DING im See und die falschen Farben, und stand auf. Ihr war kalt.

40

Eine kurze Atempause vor dem Showdown. Wie in Trance ging sie zum Gut zurück und langsam auf das Haus zu. Der Hof lag leer und weit vor ihr, eine schmutziggraue Fläche ebenen Lehms zwischen den zerfallenen Resten der Einzäunung. Eine Leere, die sie verhöhnte.

Plötzlich fiel ihr auf, wie still es war. Es hatte immer Geräusche gegeben: Das Raunen des Windes, das leise Gackern der Hühner, Carrys hechelnder Atem. Die winzigen Geräusche der Natur, einzeln nicht zu identifizieren, aber in ihrer Gesamtheit ein nicht fortzudenkender Teil der Welt dort draußen, jenseits des Zaunes. So etwas wie vollkommene Stille gab es in der Welt der Natur nicht.

Jetzt hörte sie – nichts.

Es war still, so unnatürlich still, daß das Schlagen ihres Herzens wie das dumpfe Wummern eines Hammerwerkes in ihren Ohren dröhnte. Eingesperrt! flüsterte eine Stimme hinter ihren Gedanken. Mit einem Mal wußte sie, daß sie den Hof nicht mehr verlassen würde. Sie war gefangen, gefangen unter einer Glocke des Schweigens, fast als hätte das Grauen jetzt seine Fänge auch schon nach dem Tag ausgestreckt, als lauere hinter den vertrauten Umrissen des Hauses etwas unsagbar Böses, Fremdes, vor dessen Anwesenheit selbst die Natur zurückschreckte. Zum allerersten Mal, seit sie dieses Höllenhaus kennengelernt hatte, fiel ihr auf, daß es keinen geschnitzten Giebel hatte. Alle Häuser in diesem Teil des Landes hatten ihn, denn er diente dazu, böse Geister abzuwehren. Pferde- oder Tierköpfe, die die Giebelwände zierten, Reminiszenzen an eine Zeit, in der die Menschen noch gewußt hatten, wie dünn die Wand war, die ihre Welt von jener anderen, entsetzlichen trennte.

Sie beschleunigte ihre Schritte, ging zum Haus hinüber und schlug die Tür unnötig hart hinter sich zu, aber der Knall verwehte viel zu rasch, ein kurzes, abgehacktes Krachen, das sich nur mühsam gegen die Stille behaupten konnte, wie ein Pistolenschuß, der sein Ziel verfehlte. Hinterher wirkte das Schweigen noch bedrückender. Es war keine einfache Stille, das begriff sie plötzlich, nicht die bloße Abwesenheit von Geräuschen, sondern etwas anderes, Unerklärliches, als wäre plötzlich etwas da, etwas, dessen bloße Anwesenheit jeglichen Laut, jegliches Zeichen der normalen Welt draußen ausschloß. Plötzlich begriff sie, daß dieser Satz nicht von ihr war. Sie hatte ihn zitiert, unbewußt und aus der Erinnerung zitiert. Es war ein Satz, den sie gestern abend gelesen hatte – in Stefans Notizen gelesen hatte ...

Sie lief, so schnell sie konnte, ins Wohnzimmer hinüber. Ihre Schritte schienen auf dem knöcheltiefen Teppich vollkommen lautlos zu sein. Diese Stille. Diese entsetzliche STILLE! Sie mußte etwas dagegen tun!

Mit zitternden Händen riß sie die Schranktür auf, griff wahllos nach einer Schallplatte und legte sie auf. Ihre Hand hämmerte auf die Schalter der Stereoanlage, und die Lautsprecherboxen erwachten knisternd zum Leben. Für zwei, drei Sekunden lauschte sie auf die dumpfen Trommelschläge, die aus den Boxen drangen, aber die Stille war immer noch da: ein unsichtbarer, tödlicher Kreis, der sich unbarmherzig um sie zusammenzog, auf absurde Art die elektronisch verstärkte Rockmusik zurückdrängte, als würden die Töne in einer unsichtbaren Masse verschwinden; verschluckt, eliminiert, als hätte es sie nie gegeben.

Ein neuerliches, eisiges Frösteln durchlief Liz, als sie die Platte erkannte, die sie aufgelegt hatte: es war eine von Stefans Heavy-Metal-Platten, *Heaven And Hell* von Accept. Ein Stück, das sie noch nie gemocht hatte. Es war düster und bedrohlich, und es ließ verschwommene Bilder des Schrekkens vor den Augen des Zuhörers aufsteigen. Trotzdem kam sie nicht einmal auf den Gedanken, das Gerät abzuschalten. Alles war besser als dieses tödliches Schweigen.

Sie öffnete eine Flasche Bitter Lemon, trank die leicht säuerlich schmeckende Flüssigkeit mit großen Schlucken und war hinterher beinahe durstiger als zuvor. Die Stille war immer noch da und schien sogar noch intensiver geworden zu sein, wie farblose unsichtbare Watte, die sie einhüllte.

Ihr Blick fiel auf die dem Fenster gegenüberliegende Wand; die Wand, hinter der Peters Zimmer lag. Und das Andys. Sie war sicher, daß das Mädchen jetzt nicht dort war, aber sie war auch sicher, daß sie sich im Haus aufhielt. Irgendwo bei Stefan. Sie stellte sich vor, wie die beiden nebeneinander im Bett lagen, nackt, schlafend, erschöpft und ausgelaugt von dem Opfer, das sie dargebracht hatten.

Liz stöhnte ganz leise. Etwas tun. Sie mußte ... etwas tun, irgend etwas, ganz gleich, was, nur nicht weiter passiv bleiben. Vielleicht hatte sie eine Chance, eine winzige Chance, die Bestie zu besiegen. Aber die hatte sie bestimmt nicht, wenn sie hierstand und darauf wartete, was als nächstes geschah. Das Ding hatte eine schwache Stelle. Wenn all dies wirklich geschah, mußte es sie haben. Es war ein Naturgesetz, die unumstößliche Regel der Entropie: Nichts existierte ewig. Was lebte, konnte sterben. Was tötete, konnte getötet werden.

Sie kam sich unbeschreiblich lächerlich vor bei diesem Gedanken, eine Ameise, die einen Berg umstoßen wollte, nein, schlimmer: eine pawlowsche Hündin, die ganz genau das tat, was die Kreatur im See von ihr erwartete, und sich auch noch einbildete, ihr damit zu schaden. Ihr Blick fiel auf den Kalender. Sie hatte ihn nicht abgerissen – weiß Gott, sie hatte anderes zu tun gehabt, als ein *Kalenderblatt* abzureißen! –, aber sie glaubte die Zahl auf dem nächsten Blatt trotzdem deutlich zu erkennen: eine häßliche, fette Fünf, die sie angrinste, mit dreißig Zentimeter langen Zähnen. Der letzte Tag. Weniger als vierundzwanzig Stunden, bis ...

Bis was? dachte sie verzweifelt. Gott, wenn sie doch wenigstens wüßte, was geschah, *wovor* sie überhaupt Angst haben mußte, was ...

Aber es gab ja jemanden, der es ihr sagen konnte!

Verdammt, sie hatte selbst *das* vergessen, obwohl es der eigentliche Auslöser gewesen war! Der Radiergummi in ihrem Kopf war sehr gründlich gewesen.

Sie fuhr herum, riß den Telefonhörer von der Gabel und tippte mit fliegenden Fingern die Nummer ein. Es war eine winzige Chance, so klein, daß sie im Grunde selbst kaum daran zu glauben wagte, aber es *war* eine Chance.

Diesmal war die Leitung nicht tot, aber die Zeit schien sich endlos zu dehnen, während sie auf das monotone Tuten des Freizeichens lauschte. Sie zählte das Klingeln am anderen Ende der Leitung mit: fünf, zehn, elf ... Was, wenn Gabi einfach so tief schlief, daß sie das Schrillen des Apparates nicht hörte, und irgendsoein verdammter Computer der Post die Leitung kappte, ehe sie wach wurde, oder ...

Mitten in diesem Gedanken vernahm sie ein scharfes Klikken, denn meldete sich eine sehr verschlafene Gabi und fragte knurrig, wer da um diese gotteslästerliche Zeit bei ihr anrief.

»Ich bin's, Liz«, unterbrach sie sie. Sie ließ sie nicht einmal zu Ende sprechen. Sie hätte ihr Zeit geben müssen, um wenigstens halbwegs wach zu werden, aber sie *hatte* diese Zeit nicht. Ihr Leben vertickte mit jedem winzigen Ruck des Sekundenzeigers, jedes überflüssige Wort schmälerte ihre Chance. »Tut mir leid, wenn ich dich um ...« Sie sah auf die Armbanduhr und erschrak selbst ein bißchen. »... um halb sechs aus dem Bett klingele, aber es ist wichtig.«

Gabi schwieg einen Moment, aber als sie weitersprach, klang ihre Stimme vollkommen verändert. Da war keine Spur mehr von Müdigkeit und erst recht keine Veränderung, dafür etwas anderes: ein sonderbar betroffener Ton und eine schwache, aber durchaus hörbare Spur von Hysterie. »Was ist los? Ist irgend etwas passiert, vorgestern? Warum habt ihr nicht angerufen. Stefan hatte versprochen, mir Bescheid zu sagen, ob ihr gut angekommen ...«

»Das sind wir«, unterbrach sie Liz. »Es ist nichts passiert, keine Sorge. Aber ich muß mit diesem Mädchen sprechen. Ich ... ich brauche ihre Nummer.«

Wieder antwortete Gabi nicht gleich, und Liz fügte hastig hinzu: »Ich weiß, es ist eine irrsinnige Zeit, jemanden anzurufen, aber es ist wichtig. Sie wird mich verstehen, wenn ich ihr erklärt habe, was ...«

»Darum geht es nicht«, unterbrach sie Gabi. Ihre Stimme war jetzt ganz klar, und sie sprach sehr ruhig. Trotzdem war jener sonderbare Unterton viel deutlicher geworden. »Ich ... ich kann dir ihre Nummer geben, Liz, aber du wirst sie nicht erreichen.«

Liz verstand nicht gleich, was Gabi meinte. In den letzten Tagen waren Schrecken und Furcht so sehr zu einem Teil ihres Lebens geworden, daß sie den hysterischen Ton in ihrer Stimme gar nicht mehr registrierte. »Dann geh hinunter und ruf sie ans Telefon, bitte«, sagte sie. »Ich muß sie sprechen, Gabi. Es ist furchtbar wichtig.«

»Ich kann sie nicht holen, Liz«, sagte Gabi.

»Aber du ...«

»Sie ist tot.«

ODER MEINST DU VIELLEICHT DEINE NÄRRISCHE

KLEINE FREUNDIN, DIE MIT DINGEN SPIELT, VON DENEN SIE NICHTS VERSTEHT?

Es war das – die Worte der Kreatur im Wasser –, was sie zuerst hörte, noch bevor der Schrecken kam und sich wie eine feuchtkalte Hand um ihr Herz legte. *Tot?*

»Tot?« flüsterte sie. »Aber … mein Gott, was …«

»Es war ein Unfall, Liz«, sagte Gabi leise. Ihre Stimme zitterte. Ganz entfernt registrierte Liz, daß sie sich wohl getäuscht haben mußte, was Gabis Verhältnis zu Stefanie betraf – die beiden schienen sich weit mehr gemocht zu haben, als sie bisher annahm.

»Ein … Unfall?«

»Ja. Ein entsetzlicher Unfall, Liz. Niemand weiß, was wirklich passiert ist. Die Polizei untersucht den Fall, aber ich … ich glaube, sie sind auch ratlos.«

»Was ist passiert?« flüsterte Liz. Sie erschrak fast vor ihrer eigenen Stimme. Etwas spannte sich in ihr zusammen, tief, tief in ihr, etwas wie eine stählerne Feder, die mehr und mehr zusammengepreßt wurde. Wenn sie sich entspannte, würde sie sie zerreißen.

»Es gab … eine Art Kurzschluß«, antwortete Gabi stokkend. »Sie hat … telefoniert, und der Strom muß irgendwie in die Leitung gekommen sein. Ich weiß, das ist unmöglich, aber so war es. Mein Gott, Liz, es war schrecklich. Walter ist … ist zuerst zu uns gekommen, und ich … ich habe sie gesehen. Ihr Gesicht … ihr ganzes Gesicht war …«

»Wann war das?« fragte Liz.

»Wann?« Gabi überlegte zwei, drei Sekunden. »Gestern nacht. Kurz nach Mitternacht. Vielleicht etwas später.«

Liz hängte ein. Sie war ganz ruhig. Nein, nicht ruhig – sie war am Rande einer Panik, aber was sie im Moment spürte, kam einer Lähmung gleich. Irgendwo in ihrem Gehirn mußte eine Sicherung herausgesprungen sein. Die Leitungen, die für Furcht und Entsetzen zuständig waren, waren vorübergehend außer Betrieb.

Aber nicht für sehr lange. Der Lead-Sänger von Accept sang zum dritten Mal hintereinander *Heaven is there, where hell is,* als das Telefon auf ihrem Schoß schrillte. Liz hob sofort ab, überzeugt, daß es Gabi war, die zurückrief, um sich zu erkundigen, ob alles in Ordnung sei.

Aber es war nicht Gabi.

Es war die Banshee, eine Banshee mit einem gewaltigen Daumen, der die Sicherung in ihrem Schädel erbarmungslos wieder hineindrückte. *Klick.*

DAS WAR SEHR UNHÖFLICH VON DIR, sagte eine wohlbekannte Stimme. Liz sprang so abrupt auf, daß das Telefon zu Boden fiel.

MAN HÄNGT NICHT MITTEN IM GESPRÄCH EIN, OHNE WENIGSTENS AUF WIEDERSEHEN ZU SAGEN, OPFER. Diesmal war die Stimme in ihrem Kopf.

Liz stieß einen halberstickten Schrei aus, taumelte zum Plattenspieler und riß die Lautstärkeregler mit einem Schlag bis zum Anschlag hoch. Sie mußte diese entsetzliche STIMME übertönen.

Der Lärm war unbeschreiblich. Es war Stefans Anlage, und wie alles, was er anschaffte, mußte es das Größte und Beste sein, was es für Geld zu kaufen gab. Vierhundert Watt Musik schlugen über ihr zusammen, brachten die Gläser auf dem Regal zum Klirren und verwandelten den Raum in ein Inferno aus kreischenden Tönen und hämmernden, nervenzerfetzenden Trommelschlägen. Der kratzende Säuferbaß des Accept-Sängers schwoll zum Brüllen eines Gottes an: *Heaven is there, where hell ist, Heaven is there, where hell is, Heaven is there, where hell is* – immer und immer wieder, als hätte die Platte einen Sprung, obwohl es eine CD war und gar nicht hängen *konnte,* und der Geräuschorkan traf sie wie ein körperlicher Schlag. Ihre Hand zuckte automatisch zum Regler, aber sie führte die Bewegung niemals zu Ende. Die dröhnende Musik aus den übersteuerten Lautsprechern löschte die STIMME aus, brachte ihren Schädel zum Schweigen, Schmerzen pulsierten hinter ihrer Stirn, in ihren Zähnen und Augen, aber sie war gleichzeitig Rettung, ein winziger Strohhalm, der sie noch davor bewahrte, in den Wahnsinn abzugleiten. Wimmernd, die Hände gegen die Schläfen gepreßt, sank sie zu Boden. Sie wußte, daß sie den Verstand verlieren würde, wenn sie jetzt abschaltete. Alles um sie herum war Bedrohung, fremd, ein Teil jenes Alptraumes, den sie seit Tagen durchlebte. Es gab nur noch die Musik, an die sie sich klammern konnte. *Heaven is there, where hell is,* du dämliche Ziege, begreif das endlich, *Heaven is there, where hell is,* es gibt keine Rettung, nicht vor IHM, *Heaven is there, where hell is!*

Eine Berührung an der Schulter ließ sie zusammenfahren. Sie sah auf und erkannte durch einen Schleier von Tränen Stefans Gesicht. Er bewegte die Lippen, deutete auf sie und auf den Verstärker und sagte etwas, aber sie konnte die Worte nicht verstehen. Stefan schüttelte den Kopf, richtete sich auf und drehte die Musik leiser. Nach dem ungeheuerlichen Dröhnen war sie fast taub. Obwohl er schrie, konnte sie ihn kaum verstehen. In ihren Ohren war ein dumpfes an- und abschwellendes Rauschen.

»Kannst du mir erklären, was das soll?« schrie er. Seine Wut prallte von ihr ab. Er konnte sie nicht mehr verletzen. Stefans Gesicht verzerrte sich. »Meine Geduld ist erschöpft!« brüllte er.

Er packte sie bei der Schulter, riß sie hoch und schüttelte sie wild. »Rede endlich, du blöde, hysterische ...« Er brach ab, ballte die Faust, wie um sie zu schlagen, und starrte sie aus Augen an, die vor Zorn brannten. Seine Kiefer mahlten. In seinem Gesicht zuckten Muskeln, wo gar keine waren. »Ich warte!«

»Worauf?« fragte Liz. Die Sicherung war wieder herausgesprungen.

»Auf eine Erklärung!« brüllte Stefan. Das Rauschen in ihren Ohren sank weiter herab, sie hörte, daß der Plattenspieler noch immer lief. *Heaven is there, where hell is,* sang der Lead-Sänger, und der Chor intonierte dazu: *And hell is down on earth!*

»Antworte gefälligst!« brüllte Stefan und packte sie wütend bei der Schulter.

Liz schlug seine Hände beiseite. »Faß mich nicht an!«

zischte sie. »Faß mich nie wieder an, hörst du! Nie wieder! Vielleicht solltest du mir ein paar Fragen beantworten – zum Beispiel, wo du gestern abend warst.«

Sein Blick wurde lauernd. »Was soll das?«

Liz atmete scharf und hörbar ein, aber mit einem Mal verrauchte ihr Zorn, so abrupt, wie er gekommen war. »Ich habe dich gesehen, Stefan«, sagte sie matt. »Gestern.«

»So?« Seine Augen schienen zu brennen. »Und?«

»Am See«, fuhr Liz fort. »Mit An ...« Es war absurd, aber sie brachte nicht einmal mehr den Namen über die Lippen. »Mit dem Mädchen, Stefan.«

Er antwortete nicht, sondern starrte sie nur weiter aus brennenden Augen an, und Liz fügte hinzu, sehr leise und sehr ruhig: »Ich werde dich verlassen, Stefan. Jetzt. Ich ... ich gehe.«

»Bist du sicher?« fragte Stefan kalt.

Liz nickte. »Völlig. Gib mir die Wagenschlüssel.«

Was dann geschah, kam völlig unerwartet. Einen Moment lang starrte Stefan sie ungläubig an, dann stieß er einen quietschenden, beinahe komischen Laut aus, machte einen weiteren, halben Schritt auf sie zu ...

... und schlug ihr warnungslos mit dem Handrücken über den Mund.

Im ersten Moment spürte Liz nicht einmal den Schmerz. Für eine Sekunde war sie einfach gelähmt vor Schrecken und Schock. Dann, als sie endlich begriff, was er tat, schlug sie seinen Arm zur Seite, riß sich los und versuchte an ihm vorbei zur Tür zu kommen.

Sie war viel zu langsam. Stefan holte sie mit zwei blitzschnellen Schritten ein, packte sie an der Schulter und versetzte ihr einen Schlag mit der flachen Hand, der sie gegen die Wand taumeln ließ. Sie schrie auf, riß schützend die Hände vor das Gesicht und trat nach ihm. Stefan grunzte, wich ihrem Fuß aus und schlug abermals zu. Diesmal mit der Faust. Und mit aller Kraft.

Liz glaubte, der Hieb müsse ihr das Genick brechen. Sie verlor den Boden unter den Füßen. Sie hatte es für eine dumme Redensart gehalten, eine Floskel, aber sie *flog* wirklich durch das Zimmer, segelte drei, vier Meter weit scheinbar schwerelos durch die Luft und prallte mit entsetzlicher Wucht gegen den Tisch. Glas splitterte. Und etwas, das sich wie brechende Knochen anhörte.

Der Aufprall betäubte sie nicht, aber er raubte ihr jedes bißchen Kraft. Sie schlug gegen etwas Scharfkantiges, das ihre Bluse und eine tausendstel Sekunde später ihren Rükken aufriß, prallte mit dem Hinterkopf gegen ein Tischbein und schmeckte Blut. Übelkeit packte sie. Dann war Stefan über ihr. Seine Faust traf ihr Gesicht dicht unterhalb des Auges. Der Schmerz explodierte mit der Wucht und Helligkeit einer Atombombe in ihrem Schädel. Aus den Lautsprechern dröhnten weiter die düster-rasenden Rhythmen der Heavy-Metal-Gitarren. *Heaven is there, where hell is, an hell is down on earth,* und das war alles, was sie noch bewußt wahrnahm. Das und seine Faust, die noch einmal auf ihr Gesicht herabfuhr.

Sie war sehr froh, als es so schlimm wurde, daß der Schmerz ihr die Besinnung raubte.

41

Ein Vieh! hämmerten ihre Gedanken. Ein Vieh.

Selbst die Bezeichnung *Tier* war noch zu gut für ihn. Sie hatte es unten gedacht, die ganze Zeit über, und sie dachte es jetzt noch, als wäre dieses Wort etwas, woran sie sich festklammern konnte. Er war zu einem Vieh geworden, einem ekelhaften, abstoßenden Monstrum, an dem nichts Menschliches mehr war.

Sie hatte sich, nachdem er endlich – endlich – von ihr abgelassen hatte, ins Schlafzimmer geschleppt, sich eingeschlossen und die Tür zusätzlich durch einen unter die Klinke geschobenen Stuhl gesichert. Zu Anfang hatte sie geweint, aber die Tränen waren rasch versiegt, und jetzt war sie nicht einmal mehr fähig, Haß zu empfinden.

Selbst um einen Menschen zu hassen, bedurfte es einer gewissen Beziehung zu ihm, irgendeiner Brücke, über die man sich verständigen, miteinander kommunizieren konnte, und es gab nichts mehr, was sie mit Stefan verband. Nichts. Das Böse, das wie ein übler Geruch seit Tagen über dem Hof lastete, hatte ihn in seinen Klauen, hatte ihn entmenschlicht, zu einem Tier, mehr noch, zu einem ... *Ding* werden lassen, vor dem sie allerhöchstens noch Ekel empfinden konnte. Vielleicht nicht einmal mehr das.

Nein, dachte sie, nicht einmal mehr das. Alles, was sie noch fühlte, war ein leises Gefühl der Verwunderung, daß sie für diesen Menschen jemals etwas empfunden haben sollte.

Sie richtete sich langsam auf dem zerwühlten Bett auf und sah sich im Zimmer um. Die vertrauten Umrisse erschienen ihr fremd und böse, wie alles an diesem Haus. Aber vielleicht hatte Belderson ja recht. Vielleicht war *sie* die Fremde, und ihr wurde langsam klar, daß *sie* der Eindringling, der störende Faktor war. Nur kam diese Erkenntnis um eine klitzekleine Kleinigkeit zu spät.

Mühsam stand sie auf, schluckte einen Schmerzlaut hinunter und schleppte sich zum Fenster. Der Hof war leer, und es war noch immer nicht richtig hell; diese sonderbare, farbenfressende Dämmerung lastete noch über den Gebäuden; alles kam ihr ebenso fremdartig und böse vor wie dieses Zimmer. Von Stefan oder Andy war keine Spur zu sehen. Sie waren irgendwo im Haus. Mit etwas Glück, dachte sie, konnte sie fliehen, ehe er es merkte.

Und dann? Und vor allem – wie? Stefan hatte den Wagenschlüssel, und sie war auch sehr sicher, daß er den Reserveschlüssel aus seiner Schreibtischschublade genommen hatte. Er kannte sie. Er würde ihr nicht den Gefallen tun, sie zu unterschätzen. Und eine Flucht zu Fuß war unmöglich. Nicht fünf Kilometer durch *diesen* Wald.

Draußen auf dem Gang wurden Schritte laut. Es klopfte.

Liz reagierte nicht. Sie starrte aus dem Fenster. Über den Wipfeln der Bäume wurde es allmählich vollkommen hell, aber irgendwie schien die Dämmerung den Hof vergessen zu haben. Der graue Vorhang aus Dunkelheit und Blässe blieb.

Das Klopfen wiederholte sich, ein wenig ungeduldiger jetzt, drängender.

»Geh weg«, sagte sie, ohne sich umzudrehen. »Laß mich allein.« Ihre Stimme war ganz ruhig, und sie war selbst fast ein wenig erstaunt darüber. Sie sollte Angst haben. Wenn es Stefan war, der hereinkam, würde er sie schlagen.

Aber es war nicht Stefan.

»Ich bin es, Ma'am. Peter.«

»Peter?« Sie drehte sich langsam vom Fenster weg, musterte die geschlossene Tür und setzte sich widerwillig in Bewegung. Das Gehen fiel ihr noch immer schwer; sie spürte jeden einzelnen Schlag, den er ihr versetzt hatte. »Warten Sie. Ich ... ich komme.«

Sie schob den Stuhl beiseite, drehte den Schlüssel herum und öffnete die Tür. Heyning huschte mit einer raschen Bewegung ins Zimmer, drückte die Tür wieder ins Schloß und drehte den Schlüssel herum. Er atmete erleichtert auf.

»Was wollen Sie?« fragte Liz schwach. Sie wußte nicht einmal mehr, ob sie *ihm* trauen konnte.

Peter legte warnend den Zeigefinger über die Lippen. »Leise, Ma'am. Ihr ... Ihr Mann könnte uns hören!«

»Und?«

Peter sah mißtrauisch in die Runde, als befürchte er, Stefan doch noch irgendwo zu sehen. Er war sehr blaß.

»Was wollen Sie?« fragte Liz zum zweiten Mal. Ihr wurde schwindelig. Als sie die Tür geöffnet hatte, hatte sie gehört, daß der Plattenspieler unten im Wohnzimmer noch immer lief, und es war noch immer die gleiche Platte *Heaven And Hell*. Ein Omen? Nein. Was war die Steigerung des Wortes Omen?

Peter sah sie unsicher an. Er war nervös, wie immer, wenn sie mit ihm sprach, und er hatte Angst, fast so viel Angst wie sie. Aber sie spürte auch, daß er trotzdem zu allem entschlossen schien. Sie erinnerte sich, daß Stefan einmal gesagt hatte, Feiglinge, die zu weit getrieben wurden, könnten zu den größten Helden werden. Die Waffe des DINGs im See war zweischneidig, denn Verzweiflung konnte auch Kraft geben.

»Also?« Sie bemühte sich wenigstens, halbwegs gefaßt zu klingen, und redete sich ein, daß er ihr blaugeschlagenes Gesicht nicht bemerken würde.

»Ich, ich habe alles gesehen«, sagte er schließlich. Seine Stimme schwankte, und sie spürte, wie schwer, wie unglaublich schwer es ihm fiel, dieses Geständnis zu machen. Aber selbst das konnte sie nicht mehr treffen. Die Erniedrigung war total gewesen; es gab nichts mehr, womit man sie jetzt noch hätte demütigen können. Stefan hätte es genausogut auf dem Marktplatz von Schwarzenmoor tun können.

»Haben Sie das?«

Er nickte. »Ich konnte nicht eher kommen. Sie ... waren die ganze Zeit unten. Im Wohnzimmer.«

»Sie?«

»Ihr Mann und ...« Er ballte die Faust, sprach aber nicht aus, was er eigentlich hatte sagen wollen. Liz fühlte sich schuldig. Stellvertretend für Stefan empfand sie Scham und Ekel, nicht nur vor ihm, sondern auch vor sich selbst.

»Sie müssen weg«, sagte Peter plötzlich.

»Muß ich das?« *Konnte* sie das überhaupt noch?

Er nickte, ungeduldig und ängstlich zugleich. »Sie ... sind in Gefahr«, wiederholte er. »Sie müssen weg hier.«

Liz lächelte, setzte sich auf die Bettkante und zog die Knie an den Körper. Ihr Blick wurde leer. »Nein«, sagte sie ruhig, aber die Worte galten weniger Peter als ihr selbst. Die Banshee würde sie nicht fortlassen. »Ich bin nicht in Gefahr. Jetzt nicht mehr. Aber das können Sie nicht verstehen, Peter.« Es gab nichts mehr, was sie noch treffen konnte. Alles, was sie einmal geliebt hatte, all das, was einmal ihre Welt, ihr Leben ausgemacht hatte, war zerstört. Vernichtet, unwiederbringlich fort. Nicht einmal der Tod konnte sie noch erschrecken.

Sie wunderte sich fast, daß sie so kalt und emotionslos über ihre Lage nachzudenken imstande war. Wenn sie die Ereignisse der vergangenen Tage an sich vorüberziehen ließ, dann erschien es ihr beinahe, als wäre all dies nicht ihr geschehen, sondern einer anderen, fremden Liz. Einer Liz, mit der sie wenig mehr als den Namen gemein hatte. *Schock,* dachte sie. *Das muß das sein, was sie meinen, wenn sie sagen, jemand steht unter Schock.* Es war seltsam, wie leicht es zu ertragen war.

»Bitte, Ma'am!« Peters Stimme nahm einen gehetzten Klang an. »Wir müssen fort, bevor es dunkel wird!«

Bevor es dunkel wurde? Aber die Sonne ging doch gerade erst auf. »Warum?« Erst danach fiel ihr auf, daß er *wir* gesagt hatte, nicht *Sie.*

»Bitte! Ich ... ich erkläre es Ihnen unterwegs. Glauben Sie mir!«

Liz lächelte sanft. »Jetzt.«

»Es ist keine Zeit mehr.«

»Doch«, sagte sie ruhig. »Es ist Zeit. Erzählen Sie.«

Peter rang verzweifelt mit den Händen. »Sie ... hätten niemals hierherkommen dürfen«, sagte er schließlich. Die Art, in der er die Worte aussprach, schien Erklärung genug zu sein, wenigstens für ihn. Er trat ein paarmal unschlüssig von einem Bein auf das andere, griff dann in die Jackentasche und hielt ihr ein kleines, braunes Lederetui hin. Liz' Augen weiteten sich ungläubig. »Die Wagenschlüssel!«

»Ich habe sie Ihrem Mann gestohlen«, gestand Peter. »Er hat es nicht gemerkt.«

Liz fragte Peter lieber nicht, wie er an Stefans Jacke gekommen war, ohne daß er es merkte. Und der Anblick der Schlüssel gab ihr für einen Moment sogar neuen Mut. Sie stand auf, streckte zögernd die Hand aus und sah Heyning durchdringend an. »Warum tun Sie das?« fragte sie. »Stefan wird Sie umbringen, wenn er es erfährt.« Sie meinte das ganz ernst. Er würde ihn töten. Ihn und sie.

Peter wich ihrem Blick aus. »Weil Sie mir leid tun«, sagte er schließlich. Dann fuhr er herum, öffnete mit einem Ruck die Tür und trat auf den Gang hinaus.

Liz folgte ihm. Das Haus war still bis auf das monotone Dröhnen des Plattenspielers. Sie gingen die Treppe hinunter ins Wohnzimmer. Die Hoftür stand offen. Eine kühle Brise wehte von draußen herein, bewegte die Vorhänge und ließ die Illusion von Leben in dem leeren Zimmer entstehen. Sie sah, daß Peter ein paar Sachen gepackt und in einem Rucksack neben der Tür deponiert hatte, als bereitete er sich auf eine längere Flucht vor. Oder darauf, niemals wiederzukommen.

Die Sonne stand als schmaler, orangeroter Streifen über dem Horizont, als sie aus dem Haus traten. Peter schien alles gründlich vorbereitet zu haben – einer der großen Flügel des Scheunentores stand offen, das flache Haifischmaul des Jaguars lugte einen halben Meter hervor; ein schnelles, elegantes Raubtier, das sie in die Freiheit katapultieren würde.

Peter lief mit raschen Schritten vor ihr her, so schnell, daß sie Mühe hatte, ihm zu folgen. Sie spürte, daß er Angst hatte. Auf den wenigen Metern vom Haus bis zur Scheune sah er sich ein halbes Dutzend Mal gehetzt um, als fürchte er, verfolgt zu werden.

Aber sie erreichten die Scheune unbehelligt. Liz fummelte mit zitternden Fingern am Kofferraum herum, wartete ungeduldig, bis Peter sein Gepäck verstaut hatte, und warf den Deckel unnötig hart zu. »Was ist mit Andy?«

Peter schüttelte den Kopf. »Sie bleibt hier. Ihr Mann würde es merken, wenn wir sie mitnehmen würden.«

»Hier?« wiederholte Liz ungläubig. »Hier bei Stefan? Sie wissen ...«

»Ich weiß es«, antwortete er. »Aber es geht nicht anders. Er würde keinen von uns weglassen. Ich komme morgen mit Ohlsberg zurück und hole sie. Er wird ihr nichts tun. Und nun lassen Sie uns fahren.«

Es hätte viel gegeben, was sie hätte sagen können. Aber sie nickte nur stumm, setzte sich hinter das Steuer und drehte den Zündschlüssel herum. Der Motor erwachte dröhnend zum Leben. Liz schaltete die Scheibenwischer ein und trat die Kupplung.

Und Stefan erschien unter der Tür.

Die Szene war so alptraumreif, als hätte Stefan sie sorgsam einstudiert. Die Banshee war ein perfekter Regisseur; Spielberg ein Stümper gegen sie: Stefan trat ohne eine Spur von Hast in die Scheune hinein, ein schwarzer tiefenloser Schatten vor dem Orangerot des Morgenhimmels, der von Liz' niedriger Sitzposition im Jaguar aus betrachtet noch größer und bedrohlicher wirkte. Er machte nur einen einzigen Schritt in die Scheune hinein, gerade weit genug, daß die grellen Lichtbündel der Halogenscheinwerfer ihn erfaßten, blieb stehen und verschränkte mit einem siegessicheren Lächeln die Arme vor der Brust. Peter, der gerade im Begriff gewesen war, die Tür zu öffnen und sich auf den Beifahrersitz zu werfen, erstarrte mitten in der Bewegung. Für einen Moment glaubte Liz auf seinen Zügen echtes Entsetzen zu erkennen.

»Ihr wollt weg?« fragte Stefan im Plauderton. »So früh schon?«

Eine Sekunde, eine einzige Sekunde nur, war Liz entschlossen, einfach Gas zu geben und ihn schlichtweg über den Haufen zu fahren. Aber dann nahm sie stattdessen den Fuß von der Kupplung und drehte den Zündschlüssel wieder herum. Das grelle Halogenlicht der Scheinwerfer erlosch. Dunkelheit kroch wieder in die Scheune.

Stefan trat mit einem raschen Schritt neben den Wagen, beugte sich über sie und zog den Zündschlüssel vollends ab. Dann richtete er sich wieder auf und ging auf Heyning zu.

»Bitte ... ich ... lassen Sie mich erklären«, stotterte Peter. »Wir wollten nur ...«

Stefans Schlag kam völlig warnungslos. Seine Faust traf den fast zwei Köpfe kleineren und leichteren Mann in den Magen, und als er zusammenbrach, schlug Stefan ihm die gefalteten Hände in den Nacken. Heyning stieß ein würgendes, abgehacktes Keuchen aus, fiel vornüber und blieb reglos liegen.

Auch dann noch, als Stefan ihm mehrmals hintereinander mit aller Gewalt in die Rippen trat.

Endlich fiel die Lähmung von Liz ab. Sie sprang aus dem Wagen, gleichermaßen schockiert wie angeekelt von seiner Brutalität. Mit zwei, drei schnellen Schritten war sie um den Jaguar herum und kniete neben Heyning auf dem Boden. Sie versuchte ihn auf den Rücken zu drehen, aber er war schwerer, als sie erwartet hatte.

»Du ... Ungeheuer!« flüsterte sie mit nurmehr mühsam beherrschter Stimme. Ihre Augen begannen sich mit Tränen zu füllen, aber sie kämpfte jetzt nicht mehr dagegen an.

Heyning stöhnte leise. Er öffnete die Augen, aber sein Blick schien durch sie hindurchzugehen. Seine Augen waren glasig. Stefan hatte mit aller Kraft zugeschlagen. Sie war sicher, daß er ihm ein paar Rippen gebrochen hatte, wenn nicht mehr.

Liz bettete Peters Kopf in ihrem Schoß und strich mit einer fast zärtlichen Geste über seine Stirn. Sie fühlte sich heiß und fiebrig an. »Du hättest ihn umbringen können.«

Stefan gab ein abfälliges Geräusch von sich. »Und?« fragte er.

»Warum?« murmelte Liz. Ihre Stimmte streikte, und sie war sich nicht einmal sicher, ob Stefan selbst dieses Wort verstanden hatte. »Er wollte mir nur helfen.«

»Ich mag es nicht, wenn mich meine Angestellten hintergehen«, erklärte Stefan gleichmütig.

»Aber du ...«

»Und außerdem mag ich es nicht, wenn meine eigene Frau versucht, mich als Hampelmann hinzustellen«, fuhr er kalt fort. »Ich habe deine Launen jetzt lange genug ertragen. Ich habe dir gesagt, daß ich hierbleiben werde, bis ich es für richtig halte, wegzugehen. Ich habe dir gesagt, daß ich auf deine Hirngespinste keine Rücksicht mehr nehme. Und ich habe dir gesagt, daß es keinen Sinn hat, wenn du versuchst, die Kranke zu spielen. Du bist genauso gesund wie ich!« schrie er mit plötzlich neu aufflammender Wut. »Du bist ebensowenig verrückt wie Peter oder Ohlsberg oder irgend jemand hier, und ich habe keine Lust mehr, deine dämlichen Spielchen mitzumachen. Du verläßt diesen Hof, wenn ich es sage, und keine Sekunde eher!«

Er trat drohend auf sie zu, packte sie brutal am Oberarm und riß sie auf die Füße. »Ich weiß genau, was dir fehlt!« brüllte er. »Zu Hause in Frankfurt warst du immer der Mittelpunkt, die bewunderte Partyschönheit, um die sich alles dreht! Die Frau des berühmten Schriftstellers, nicht? Aber wir sind hier nicht in Frankfurt, verstehst du? Du bist hier eine ganz normale Frau, nicht mehr und nicht weniger, und das paßt dir nicht! Deine kindischen Versuche, Aufmerksamkeit zu erregen, ziehen nicht mehr! Du bist so wenig krank wie ich!«

»Dann bin ich sehr krank«, sagte Liz ruhig. Und rammte ihm das Knie zwischen die Beine.

Stefan quietschte wie ein abgestochenes Schwein. Er krümmte sich, schnappte japsend nach Luft und wimmerte vor Schmerz.

Aber er ließ ihren Arm nicht los.

Liz versuchte mit aller Gewalt, sich loszureißen, schlug nach seinem Gesicht und stieß ein zweites Mal mit dem Knie zu, als sie nicht loskam. Aber diesmal sah er den Tritt kommen. Im letzten Moment drehte er sich zur Seite, so daß ihr Knie nur gegen seinen Hüftknochen krachte, was ihr selbst wahrscheinlich mehr weh tat als ihm.

Dann schlug er zurück, nur mit der flachen Hand, aber mit entsetzlicher Kraft. Liz taumelte rücklings gegen den Wagen, fiel halb über die Kühlerhaube und glitt haltlos zu Boden. Ihre Fingernägel verursachten helle, an dünne Schreie erinnernde Laute, als sie versuchte, sich am glatten Lack des Jaguars festzuklammern, und es nicht schaffte.

»Du verdammtes Miststück!« brüllte er. Sein Gesicht war grau vor Schmerz, als er auf sie zutaumelte. Liz versuchte hochzukommen, denn sie wußte, daß er sie umbringen würde, wenn er sie jetzt zu fassen bekam, aber er war schneller. Er packte sie, schleuderte sie abermals zu Boden – und griff mit einer plötzlichen, überraschenden Bewegung in ihren Ausschnitt. Das Geräusch des reißenden Stoffes schien sich wie ein glühendes Messer in Liz' Gehirn zu bohren. Sie weigerte sich einfach zu begreifen, was er tat.

Sie wehrte sich verzweifelt, aber gegen seine überlegenen Kräfte hatte sie nicht die geringste Chance. Stefan riß ihr die Kleider vom Leib, schleuderte sie zu Boden, als sie sich hochzustemmen versuchte, und stürzte sich mit einem krächzenden Schrei auf sie. »Vielleicht ist es das, was dir fehlt!« brüllte er.

Sie schrie, trat, kratzte und biß. Ihre Fingernägel krallten sich in sein Gesicht und hinterließen dünne, blutige Spuren, aber dann lockerte sie ihren Griff wieder, denn trotz der übermächtigen Panik gab es eine Angst, die noch stärker war: die verrückte Vorstellung, daß sie ihm das Gesicht herunterreißen würde, wenn sie zu fest zugriff, und daß darunter etwas unsagbar Entsetzliches zum Vorschein kommen könnte.

Nach einer Weile hörte sie ganz auf, sich zu wehren. Stefan lag schnaubend auf ihr, ein Vieh, das nun auch äußerlich jede Ähnlichkeit mit einem menschlichen Wesen zu verlieren begann: sein Gesicht war rot, hektisch aufgedunsen, und zuckte, in seinen Augen loderte Schlimmeres als der Wahnsinn, und die Laute, die er von sich gab, waren keine Töne, wie sie eine menschliche Kehle produzieren konnte.

Der Schmerz war entsetzlich. Sie hatte Angst vor Schmerzen gehabt, aber sie hatte auch nicht gewußt, daß Vergewaltigen so entsetzlich *weh* tat. Und dazu kam die Demütigung. Das Gefühl des Ekels, als er sich über sie warf, als sie seinen Körper auf sich spürte, sein verzerrtes Gesicht, seinen keuchenden, hektischen Atem, ein Ekel, der selbst schon beinahe die Intensität von Schmerz erreichte.

Schließlich hörte sie auf zu schreien.

42

Sie war wieder im Schlafzimmer, aber es war kein Schlafzimmer mehr, sondern ein Gefängnis, denn der Schlüssel steckte nun von außen in der Tür, und sie war seit Stunden hier. Seit wie vielen, wußte sie nicht, aber es mußten sehr viele sein, denn draußen vor dem Fenster lag die Schwärze einer neuen Nacht. Der Tag war ihr irgendwie entglitten. Immer wieder war sie zwischendurch bewußtlos geworden.

Zu Anfang hatte sie geweint; aber nicht sehr lange. Ihre Tränen waren versiegt, und ihre Augen waren jetzt trocken und taten einfach nur noch weh. Danach war Zorn gekommen: sie hatte sich gegen die Tür geworfen und mit den Fäusten dagegengehämmert und aus Leibeskräften geschrien.

Dann – sie wußte es nicht, denn ihre Uhr war stehengeblieben, als sie gestürzt war, aber es war sehr lange nach Mitternacht – wachte sie zum letzten Mal auf; glitt hinüber von einem Alptraum in den anderen, der Wirklichkeit hieß, und sah sich um. Sie hatte Fieber. Sie hatte entsetzliche Schmerzen. Und irgend etwas in ihr war zerbrochen.

Sie war nicht mehr fähig, Haß oder auch nur Furcht zu empfinden. Die Sicherung war wieder herausgesprungen, und diesmal war die Fassung geschmolzen, nichts und niemand würde sie wieder hineindrücken können. Trotzdem war ihr Denken von einer sonderbaren Klarheit. So vieles, was sie vergessen zu haben glaubte, war plötzlich wieder in ihrem Kopf. So viele Fehler, die sie gemacht hatte, waren ihr plötzlich klar.

Dann begriff sie: Der Störsender war abgeschaltet. Zum ersten Mal seit einer Woche erlaubte die Moorhexe ihr wieder, klar zu denken. Sie wollte, daß sie alles erfuhr. Litt. Sie versuchte aufzustehen, aber es gelang ihr erst beim dritten Anlauf. Die Schmerzen waren noch immer zu schlimm. Ihr Klied und das Bett waren dunkel vom Blut, und ein ekelhaftsüßlicher Geruch hing in der Luft. Wenn sie sich bewegte, dann war es immer noch, als würde ihr ein Messer zwischen die Beine getrieben, langsam und bis in den Magen hinauf. Ab und zu wurde ihr schwindelig. Als sie das Fenster erreichte, war ihr so übel, daß sie glaubte, sich übergehen zu müssen.

Ein sanfter Schrecken durchfuhr sie, als sie den Hof dunkel wie eine Schlucht unter sich liegen sah. War sie so lange hier oben gewesen? Sie wußte es nicht, aber irgendwie erschien ihr die Vorstellung, daß sie einen ganzen Tag lang hier oben gelegen und geweint haben sollte, absurd. Irgendwie war ihr die Zeit entglitten. Sie erinnerte sich schwach, daß so etwas schon einmal passiert war; als sie durch den Wald gefahren war, um Peter abzuholen, vor einer Million Jahren oder so.

Offensichtlich verlor ES die Geduld. Etwas stimmte nicht mit der Zeit, entweder wirklich oder nur für sie. Sicher, überlegte sie, was wäre einfacher, als daß ES ihr subjektives Zeitempfinden veränderte. Nicht die ganze Welt drehte sich schneller – sie lebte in einer Zeitlupe, ein Atemzug pro Minute, eine Ewigkeit für einen Gedanken, so daß ihr das, was rings um sie herum geschah, -zigmal beschleunigt vorkam. Aber diese halb wissenschaftliche (oder zumindest pseudologische) Erklärung beruhigte sie kein bißchen. Ganz im Gegenteil – welche Macht besaß diese Kreatur, wenn ihr *so etwas* möglich war, nur um mit ihr zu spielen? Sie stellte sich vor, wie Stefan kichernd unten in der Diele stand und mit dem Finger die Zeiger der Standuhr drehte, immer schneller und schneller, damit der Tag endlich vorbei war.

Blödsinn. Sie hatte das Bewußtsein verloren und stundenlang im Fieber dagelegen, ohne es auch nur zu merken, so einfach war das. Sie mußte aufpassen. Ihren Feind zu überschätzen konnte ebenso tödlich sein wie ihn zu unterschätzen.

Die Schmerzen in ihrem Unterleib wurden stärker. Sie blutete. Das Leben tropfte aus ihr heraus, unbarmherzig. Und das schlimmste war, daß sie wußte, daß Stefan sie nicht einfach nur vergewaltigt hatte.

Es war nicht nur tierische Gier, die aus ihm herausgebrochen war. Sein Überfall wäre so oder so gekommen, auch wenn sie ihm nicht freundlicherweise einen Anlaß gegeben hätte.

Sex war wichtig. Es war kein Zufall, daß er in den meisten barbarischen Ritualen eine so große Rolle spielte. Er hatte es tun müssen. Es gehörte dazu, so wie der Mord an Peter (sie war sehr sicher, daß er tot war) dazugehörte. Keine schwarze Messe ohne Sex, kaum eine Religion ohne Vergötterung – oder Verteufelung – des Eros. Er war Teil des Opfers, denn er war ein Bruder des Schmerzes, der der Sex der Götter war.

Warum kam niemand? dachte sie. Während der letzten Tage war Eversmoor wie ein Taubenschlag gewesen – warum kam jetzt niemand, ganz gleich wer, nur irgendein Fremder, so daß sie um Hilfe rufen konnte?

Aber selbst wenn – was würde es nutzen? Stefan würde ihn genauso umbringen, wie er Peter umgebracht hatte.

Ein leises, noch sehr, sehr weit entferntes Grollen ließ sie aufsehen. Irgendwo hinter dem Wald flackerte ein blauweißer Blitz wie eine Nadel aus Licht, und fast in der gleichen Sekunde erreichten die ersten Vorboten des Gewitters den Hof: Ein einzelner Regentropfen klatschte gegen die Scheibe, gleich darauf ein zweiter, dritter ... und wieder ein Donnerschlag. Das Unwetter kam sehr schnell näher. Der letzte Akt des Dramas begann, und er begann so, wie es sich für eine Geschichte wie diese gehörte.

Sie sah nach oben, aber der Himmel war verschwunden. Als der nächste Blitz aufzuckte, erkannte sie eine kompakte schwarze Masse aus Wolken, die den Mond und die Sterne verschlungen hatten. War heute Vollmond? War es das, was Stefanie ihr hatte sagen wollen, als sie starb?

Sie überlegte. Nein – es war ein ganz normaler Tag, keine Werwolfnacht. Aus dem Wald kamen auch keine Vampire geflattert, um gegen das Fenster zu prallen. Die Moorhexe hatte eine Schwäche für dramatische Auftritte, aber sie war trotzdem eine gute Regisseurin; keine Gefahr, daß sie ins Kitschige abglitt.

Dann sah sie ein anderes Licht, genauer gesagt zwei. Zuerst waren es nur Punkte, wie runde leuchtende Katzenaugen. Sie tauchten im Wald auf, verschwanden, erschienen wieder und verschwanden erneut, als sie den willkürlichen Kehren und Windungen des Weges folgten, der sich Eversmoor näherte. Ein dumpfes Knattern wehte durch das Klatschen der Regentropfen zu Liz empor. Ein Wagen.

Das war ein Wagen.

Liz versteifte sich. Jemand kam. Jemand kam mitten in der Nacht hierher, obwohl es eigentlich niemanden mehr gab, der ein Interesse daran haben dürfte. Ihre Gebete waren erhört worden.

Aufgeregt preßte sie das Gesicht gegen die Scheibe und versuchte, den näherkommenden Wagen deutlicher zu erkennen – was natürlich ganz und gar unmöglich war. Das Rauschen des immer stärker niederprasselnden Regens verschluckte sein Motorengeräusch, und die regennasse Scheibe ließ das Licht der beiden Scheinwerfer zersplittern.

»Ich würde das nicht tun, wenn ich du wäre.«

Sie hatte nicht einmal gehört, daß er die Tür geöffnet hatte, aber Stefan stand bereits zwei Schritte hinter ihr, als sie sich herumdrehte. Sie erschrak, als sie ihn sah. Er hatte sich verändert, nicht sehr, aber auf entsetzliche Weise: dunkle, an schlecht verheilte Pockennarben erinnernde Flecken verunzierten sein Gesicht und seine Hände. Seine Lippen hingen schlaff herab, und irgend etwas stimmte mit seinen Augen nicht, ohne daß sie es genau erkennen konnte. Sein ganzes Gesicht wirkte schlaff, wie bei einem Betrunkenen. Er schien die Kontrolle über seine Muskeln zu verlieren. Ein ganz schwacher, unangenehmer Geruch ging von ihm aus.

»Was?« fragte sie mühsam.

Stefan deutete auf das Fenster. »Es ist ein bißchen zu hoch, um zu springen. Du brichst dir alle Knochen.«

Er dachte offensichtlich, daß sie aus dem Fenster klettern wollte, um zu fliehen. Liz ließ ihn in diesem Glauben. Er durfte den Wagen nicht sehen. Auf keinen Fall. So unauffällig sie konnte, drehte sie sich vollends herum und versuchte gleichzeitig, ihm die Sicht nach draußen zu versperren. Es war eine einzige Chance, erbärmlich winzig, aber es war eine Chance. Die unwiderruflich letzte, die sie bekam.

»Und?« fragte sie kalt. »Würde es dich stören?«

Stefan antwortete nicht. Seine kalten gelben Augen musterten sie abschätzend. Irgend etwas bewegte sich unter seinem rechten Auge, ein kleines körniges Ding mit vielen Beinen, das dicht unter der Haut entlangkroch. Der Anblick machte ihr kaum angst, aber er erfüllte sie mit Ekel.

»Was willst du?« fragte sie.

Stefan deutete hinter sich. »Komm mit.«

Liz rührte sich nicht. Mit einem Mal hatte sie doch Angst, wenn auch nicht sehr viel. Ein bitterer Geschmack breitete sich in ihrem Mund aus. *War er gekommen, um sie zu töten?*

»Komm mit«, sagte er noch einmal, als sie nicht reagierte. Auch seine Stimme klang verändert, ganz plötzlich. Es war noch seine Stimme, aber da war auch noch etwas anderes, als wären es in Wirklichkeit *zwei* Wesen, mit denen sie sprach. Sie las in seinem Blick, daß er sie mit Gewalt aus dem Zimmer schleifen würde, wenn sie jetzt nicht gehorchte. Sie mußte mit aller Macht gegen den Wunsch ankämpfen, sich herumzudrehen und aus dem Fenster zu blicken. Wo war der Wagen? Und was, dachte sie, benommen vor Schrecken, wenn er weiterfuhr, vielleicht nur ein Fremder, der sich in der Dunkelheit verfahren hatte?

Mühsam löste sie sich von ihrem Platz am Fenster und ging an Stefan vorbei. Die Schmerzen waren schlimm, aber sie konnte mit zusammengebissenen Zähnen gehen, und sie würde rennen können, wenn es sein mußte.

Stefan dirigierte sie mit leichten, aber sehr drohenden Stößen in den Rücken zur Treppe. Sie hörte jetzt Geräusche von unten. Jemand war im Wohnzimmer, und die Tür zur Küche stand einen Spaltbreit offen; blasses Licht fiel heraus und zeichnete ein gelbes Dreieck auf den Boden.

Ihr Blick fiel auf die Standuhr, als sie durch die Diele gingen. Es war fünf Uhr dreißig. Die Nacht war schon fast wieder zu Ende, und wieder hatte sie das Gefühl, daß ihr irgendwo etliche Stunden abhandengekommen waren; wenn die Uhr und die Dunkelheit dort draußen nicht logen, war sie über zwanzig Stunden oben im Schlafzimmer eingesperrt gewesen. Seltsam, daß sie weder Hunger noch Durst hatte. Nur ein ganz kleines bißchen Angst, und nicht einmal Angst vor dem Tod oder dem, was er ihr antun würde, sondern die ganz profane Angst vor Schmerzen, die jedes lebende Wesen kennt, das ein Nervensystem sein eigen nennt.

Aber noch hatte sie Zeit. Während sie an der Uhr vorbeigingen, rückte der Minutenzeiger mit einem hörbaren *Klick* um einen Strich weiter, aber irgendwie wußte sie, daß seine Reise noch nicht zu Ende war.

Die Zahl des Tieres war noch nicht erreicht.

Stefan deutete stumm auf die Wohnzimmertür, durch die noch immer diese sonderbaren Laute drangen. Etwas stimmte nicht mit ihr. Wie Stefan – wie das ganze Haus – begann sie sich zu verwandeln, aber die Veränderung war noch nicht deutlich genug, als daß sie sie genau erkennen konnte. Ihre Form schien ein ganz kleines bißchen anders, Linien und Winkel um eine Winzigkeit verschoben, in eine Richtung verschoben, die es gar nicht gab, alles wirkte weicher, fließender, organischer …

»Geh endlich!« Stefan versetzte ihr einen derben Stoß zwischen die Schulterblätter, und draußen auf dem Hof wurde das Nageln eines Dieselmotors laut. Die Lichtbündel der Scheinwerfer wischten über das Glas der Eingangstür; für eine Viertelsekunde war die Diele in kalkweiße Helligkeit getaucht, Stefans Gesicht eine Totenmaske mit schwarzem Ausschlag, die Einrichtung und ihre Schatten verzerrt wie Ausschnitte aus einem surrealistischen Bild, dann wanderten die Lichtbündel weiter, und Dunkelheit senkte sich über Liz.

Stefan erstarrte. Für einen Moment wirkte er unentschlossen, und für einen noch kürzeren Augenblick sah er aus, als würde er in Panik geraten. Wer immer dort kam, dachte Liz,

Stefan hatte ihn nicht erwartet. Aber der Moment verstrich ungenutzt. Wenn es überhaupt eine reelle Chance gewesen war, ergriff Liz sie nicht. Stefans Schrecken verging so schnell, wie er gekommen war. Er fuhr herum, packte sie grob am Arm und stieß sie grob zur Seite.

»Da hinein«, fauchte er, während er die Tür zu Peters Kammer aufstieß, voller Ungeduld und so heftig, daß sie drinnen gegen die Wand prallte. Der Laut, mit dem sie es tat, klang sonderbar gedämpft und weich in Liz' Ohren, und dahinter lastete graues Licht, wie ganz matt leuchtender Nebel. *(Die TÜR! Plötzlich erinnerte sie sich: Großer Gott, die ...)*

»Nein!« keuchte Liz. »Nicht dort hinein!« Sie bäumte sich auf, versuchte mit aller Gewalt, seinem Griff zu entschlüpfen, aber Stefans Hand legte sich wie eine eiserne Klammer um ihren Nacken; seine Finger drückten mit entsetzlicher Kraft auf die empfindlichen Nervenbahnen in ihrem Hals, und der Schmerz explodierte wie eine Sonne in ihren Schultern. Draußen auf dem Hof erstarb das Tuckern des Dieselmotors, aber eine Sekunde später erscholl ein dreifaches, abgehacktes Hupen, dann klappte eine Autotür. Schwere Schritte näherten sich dem Haus.

Stefan schleuderte sie auf Peters Bett herab. »Du bleibst hier«, sagte er. »Wenn du schreist, bringe ich dich um.«

Das schlimmste war der Ton, in dem er das sagte: der gleiche Ton, in dem er *Ach, wenn du in die Stadt fährst, bring mir doch bitte Zigaretten mit* gesagt hätte. Er würde sie töten, wenn sie auch nur einen Mucks von sich gab, das war klar.

Draußen kamen die Schritte näher, und dann polterte jemand gegen die Tür, kein Klopfen, sondern das schwere Hämmern ungeduldiger Fäuste. Stefan warf ihr noch einen letzten, drohenden Blick zu, zog die Tür hinter sich ins Schloß und drehte den Schlüssel herum.

Liz blieb einen Moment reglos liegen, bis sich das dumpfe Hämmern in ihrem Kopf halbwegs beruhigt hatte. Sie schmeckte Blut, und wieder wurde ihr übel. Wie durch dichten dämpfenden Nebel hindurch konnte sie hören, wie

Stefan zur Tür ging und sie öffnete. Er sagte etwas, was sie nicht verstand, und gleich darauf antwortete eine andere Stimme. Sie verstand auch ihre Worte nicht, aber sie erkannte sie.

Belderson.

Es war Belderson, der gekommen war.

Aber warum? Was wollte er hier, zu *dieser* Zeit? Gehörte er ... *Großer Gott, gehörte er dazu?!*

Liz stemmte sich hoch, drängte Übelkeit und Schmerz zurück und schleppte sich zur Tür. Der Boden unter ihren Füßen fühlte sich seltsam an, die jahrhundertealten Bohlen waren weich wie Schwämme, und ihre Schritte verursachten nicht das allermindeste Geräusch. Plötzlich fiel ihr die Wärme auf, eine seltsam lebendige Art von Wärme, fast schwül, wie ...

Sie verjagte die Vorstellung *(Wie oft würde es ihr noch gelingen, die Augen vor der Wahrheit zu verschließen, die sie längst erkannt hatte?),* kämpfte auch ihren Ekel nieder und legte das Ohr gegen die Tür; ein Gefühl, als presse sie das Gesicht gegen eine gewaltige blutige Wunde.

Sie konnte noch immer nicht verstehen, was Stefan und Belderson redeten, aber es war deutlich, daß es ein sehr erregtes Gespräch war, fast ein Streit. Stefan schrie, und Beldersons Antworten waren kaum leiser. Egal – was immer dort draußen vorging, sie konnte es nutzen.

Sie blickte zum Fenster. Die Dunkelheit draußen war intensiver als die hier drinnen. Einen Moment lang zögerte sie noch, lauschte – der Streit wurde allmählich lauter, und ein-, zweimal glaubte sie deutlich ihren Namen zu hören – und wandte sich entschlossen um. Ganz kurz bevor sie das Fenster erreichte, schoß ihr durch den Kopf, daß es eine Falle sein mochte. Es erschien ihr absurd, daß Stefan dieses Fenster einfach vergessen haben sollte. Möglicherweise *sollte* sie dort hinausklettern, um ...

Blödsinn. Stefan war in Panik geraten, als er den Wagen hörte. Menschen, die in Panik sind, machen Fehler. Monster wahrscheinlich auch.

Sie erreichte das Fenster, legte die Hand gegen die Scheibe – sie war eiskalt – und zögerte noch einmal, griff aber dann entschlossen nach dem Riegel und drehte ihn herum. Er bewegte sich erstaunlich leicht. Nur das Fenster ging nicht auf.

Für einen Moment drohte *sie* nun in Panik zu geraten. Der Riegel war offen, aber der Fensterflügel bewegte sich nicht um einen Millimeter. Er saß so fest, als wäre er angeleimt. Und genau das war er auch, wie sie eine Sekunde später begriff. Ihres Wissens war dieses Fenster niemals geöffnet worden, aber die Vorbesitzer des Hofes hatten es – wie alle Fenster und Türen – frisch gestrichen, und irgendein Hirni hatte es zugedrückt, ehe der Lack richtig getrocknet war; einen besseren Leim gab es gar nicht.

Sie sprang zurück, hob die Faust und ließ den Arm wieder sinken. Sie hatte nur diesen einen Versuch. Sie mußte vorsichtig sein.

Zitternd vor Ungeduld und Angst sah sie sich im Zimmer um. Es war schwer, in der kränklichen grauen Beleuchtung irgend etwas zu erkennen, aber sie kannte die jämmerliche Einrichtung ja, und Peter hatte nichts verändert; da waren der wackelige Tisch mit seinem einzelnen Stuhl, das Bett und ein windschiefes Etwas, das von sich behauptete, ein Schrank zu sein. Schrank und Bett waren zu schwer; außerdem würde sie zu viel Lärm machen, wenn sie sie bewegte. Aber der Tisch ging.

Liz hob ihn hoch – er war sehr viel schwerer, als sie gedacht hatte –, kippte ihn auf die Seite und verkeilte ihn so unter der Türklinke, daß er Stefan wenigstens einige Augenblicke aufhalten würde. Anschließend fiel sie auf die Knie, krümmte sich vor Schmerz und übergab sich würgend. Der Schmerz raubte ihr jetzt fast die Besinnung. Warmes Blut lief an ihren Beinen herab, und das Zimmer drehte sich um sie. Aber sie durfte nicht ohnmächtig werden. Nicht, wenn sie jemals wieder aufwachen wollte.

Sie wartete, bis das Ärgste vorüber war, zog sich an der Wand neben der Tür in die Höhe und lauschte in sich hinein.

Der Schmerz in ihren Eingeweiden war noch da, aber er war nicht zu schlimm. Und sie vertraute auf den verläßlichen Mechanismus ihres Körpers, der ihr mit einem gehörigen Adrenalinstoß unter die Arme greifen würde. Entschlossen ergriff sie den Stuhl und schleuderte ihn mit aller Kraft gegen das Fenster.

Es war, als flöge er in Zeitlupe. Der Stuhl pflügte durch die Dunkelheit, und sie sah jeden Millimeter, den er zurücklegte, mit phantastischer Klarheit. Ihre Gedanken schienen mit Überlichtgeschwindigkeit zu arbeiten. Was, wenn sie schlecht gezielt hatte oder er einfach vom Fenster abprallte wie von einer Gummiwand, weil die Magie dieses Hauses schon zu stark war?

Das Klirren, mit dem Glas und Holz zerbarsten, wischte ihre Befürchtungen hinweg, aber es dröhnte auch wie ein Kanonenschuß durch das Haus. Völlig unmöglich, daß Stefan es nicht hörte. Draußen auf dem Flur erklang ein Laut wie das überraschte Grunzen eines Schweines, dann hörte sie Belderson aufschreien und schwere Schritte sich der Tür nähern. Sie spurtete los.

Als sie zwei Schritte vor dem Fenster war, wurde der Schlüssel herumgedreht.

Sie sprang.

Sie hatte nicht einmal gewußt, daß sie es konnte, aber sie flog, in einer perfekten Haltung wie eine Turmspringerin, mit gerade ausgestreckten Armen und gesenktem Kopf durch das Fenster, ohne die scharfkantigen Glassplitter auch nur zu berühren, machte eine halbe Drehung in der Luft und kam mit einer Rolle auf, die dem Sturz seine vernichtende Wucht nahm.

Dann zuckte der Schmerz durch ihren Körper.

Sie schrie, krümmte sich zusammen und verlor die Kontrolle über ihre Bewegungen; aus der eleganten Judorolle wurde ein haltloses Kollern. Sie schlitterte drei, vier Meter weit durch den aufgeweichten Morast, ehe sie wimmernd zur Ruhe kam. Hinter ihr im Haus ertönte ein wütender

Schrei, dann ein einzelner, ungeheuer kraftvoller Schlag, in den sich das Bersten von Holz mischte.

Liz kämpfte sich auf Hände und Knie hoch. Klebriger Morast bedeckte ihr Gesicht und versuchte in ihren Mund zu kriechen, irgendwo unter ihr bewegte sich etwas, und der Regen, der in wütenden Schleiern vom Himmel prasselte, durchnäßte sie binnen einer einzigen Sekunde bis auf die Haut. Sie spie aus, wischte sich mit dem Handrücken Schlamm und Wasser aus den Augen und sah zum Haus zurück. Sie war ein wenig überrascht, wie weit sie der Sprung und der anschließende Sturz nach draußen getragen hatten – sie war fast zehn Meter vom Haus entfernt, und das zersplitterte Fenster sah nun wirklich aus wie die Höhle eines ausgestochenen Auges. Ein Schatten bewegte sich darin – Stefan –, dann ein zweiter – Belderson –, und für einen Moment starrten sie beide reglos zu ihr heraus, dann stieß Stefan ein hysterisches Kreischen aus und machte Anstalten, zu ihr herauszuklettern. Belderson versuchte ihn davon abzuhalten. Sie sah, wie Stefan ihn zurückstieß, wie Belderson ihn ein zweites Mal bei den Schultern packte und zurückzerrte, dann fuhr Stefan herum und begann mit den Fäusten auf seinen Gegner einzuschlagen, aus den beiden Schatten wurde ein einziger, voller Arme und wirbelnder Fäuste und aggressiver Bewegung. Belderson schrie vor Schmerz. Liz kämpfte sich auf die Beine und taumelte auf die Scheune zu.

43

Der Schrei begann, als sie den halben Weg geschafft hatte. Zuerst hörte sie ihn kaum. Es war ein Laut, der im Klatschen des Regens und dem Rauschen der Baumwipfel fast unterging, aber er gewann rasch an Lautstärke, und etwas in ihr war viel zu sehr auf diesen entsetzlichen Laut programmiert, als daß sie ihn auch nur eine Sekunde lang *nicht* hören würde – es war der Schrei, dieser scheußliche, dicht an der Hörgrenze vibrierende Laut, wie ihn kein Wesen dieser Welt hervorbringen konnte, der Schrei der Banshee, mit dem alles angefangen hatte und mit dem es enden würde.

Sie rannte schneller, glitt im Morast aus und fiel auf die Knie. Gehetzt sprang sie wieder hoch, schleuderte ihre Schuhe davon und warf einen raschen Blick zum Haus zurück, ehe sie weiterhetzte. Hinter dem Fenster rangen noch immer die beiden Schatten miteinander, aber am Ausgang des Kampfes bestand überhaupt kein Zweifel. Eigentlich glich es einem Wunder, daß Belderson Stefan bisher hatte standhalten können. Sie hatte nur noch Sekunden.

Keuchend, durchnäßt, über und über mit Schlamm bespritzt und aus einem halben Dutzend ungefährlicher und einer möglicherweise tödlichen Wunde blutend, erreichte sie die Scheune, torkelte durch die Tür und wankte auf den Wagen zu. Sie hatte noch niemals einen Wagen kurzgeschlossen, aber irgendwie würde es schon gehen. Schlimmstenfalls würde sie ihn mit ihrer bloßen Willenskraft zum Fahren bringen.

Sie hatte den Jaguar fast erreicht, als sie bemerkte, daß sie nicht allein in der Scheune war, und abrupt stehenblieb.

Was sie sah, übertraf alles, was sie bisher erlebt hatte. Und es bestätigte ihre Theorie, daß es keine Grenzen für den absoluten Schrecken gab, auf entsetzliche Weise.

Draußen schwoll der Schrei der Banshee weiter an, und jetzt erkannte sie auch, daß ein Rhythmus in diesem Ton war, der gleiche Rhythmus, in dem sich Andys schmale nackte Schultern wiegten, die vor ihr kniete. Sie war nackt wie am vergangenen Morgen, als sie sie das letzte Mal gesehen hatte, aber sie trug noch immer dieses fadendünne, schwarzglitzernde Netz, ein Gewebe aus zuckenden pulsierenden Nervenfäden, das ihren Körper überall bedeckte, und sie kniete über Peters regloser Gestalt und tat etwas mit seinem Gesicht, das Liz sehr wohl erkannte, das zu akzeptieren sich aber ihr Gehirn einfach weigerte. Ihre Hände waren voller Blut, und die Klinge des schmalen Messers, das sie führten – schnell und routiniert wie eine Chirurgin – blitzte rot.

Dann stieß die verstümmelte Gestalt unter ihr ein ganz leises, unendlich qualvolles Stöhnen aus. Einer ihrer Arme bewegte sich, die Hand rollte zur Seite, haltlos wie die einer Puppe, wieder erscholl dieses leise, von schrecklicher Pein erfüllte Stöhnen, und Liz begriff endlich, daß Peter noch lebte.

Sie schrie gellend auf.

Andys Kopf flog mit einem Ruck in die Höhe, und Liz schrie ein zweites Mal, als sie ihr Gesicht sah. Das Messer beschrieb einen Bogen und richtete sich auf sie. Mit phantastischer Klarheit konnte sie erkennen, wie sich die Muskeln in Andys schlankem Körper spannten und sie das Gewicht verlagerte, um sie anzuspringen.

Liz war eine Winzigkeit schneller.

Als das Mädchen hochfederte, war sie bereits bei ihr. Mit der hundertprozentigen Kraft, die ihr die Angst gab, packte sie ihr Handgelenk und verdrehte es, bis der Knochen brach, dann kam ihr Knie hoch, traf Andys Dämonengesicht und schmetterte ihren Kopf in den Nacken. Andy verlor das Gleichgewicht, stürzte nach hinten und fiel halb über den Körper ihres Vaters. Sofort versuchte sie wieder auf die Beine zu kommen.

Liz gab ihr nicht die Spur einer Chance. Sie trat zu, traf das Mädchen in den Magen und versetzte ihr einen fürchterlichen Hieb mit der flachen Hand, als sie sich krümmte.

Aber sie kämpfte nicht gegen ein lebendes Wesen, sondern einen Dämon. Das Mädchen kam mit einer katzenhaften Bewegung wieder auf die Füße, wich einen halben Schritt zurück und griff sofort wieder an. Liz konnte der vorschnellenden Messerklinge nur im allerletzten Moment ausweichen. Verzweifelt taumelte sie rücklings vor Andy davon, wehrte einen weiteren Messerstich mit der flachen Hand ab und schlug gleichzeitig zurück.

Andy versuchte noch einmal, dem Hieb auszuweichen.

Liz keuchte selbst vor Schmerz, so hart hatte sie getroffen, aber das Mädchen taumelte nur kurz, gab einen fauchenden Laut von sich und griff sofort wieder an. Diesmal hinterließ die Messerklinge eine brennende Schmerzspur auf Liz' Rippen. Sie tat so, als wiche sie weiter zurück, machte dann blitzschnell einen Schritt vor und trat nach Andys Knie. Sie traf. Andy stolperte, wankte ungeschickt an Liz vorüber und kämpfte mit rudernden Armen um ihr Gleichgewicht, und Liz half der Entwicklung mit einem kräftigen Stoß in die Seite nach. Andy fiel. Aber wieder rollte sie herum, so geschmeidig und kraftvoll wie eine Raubkatze, und wieder war sie auf den Beinen, ehe Liz ihren Vorteil ausnutzen konnte. Ihr Gesicht verzerrte sich zu einer Grimasse, einer scheußlichen, jeder Beschreibung spottenden Visage, auf der die dünnen Fäden des Nerven-Netzes pulsierten wie haarfeine blutgefüllte Äderchen. Ihre Augen waren schwarz, matte Knöpfe ohne Pupillen wie Tieraugen, und auch in ihrem Mund war etwas Dunkles, Glänzendes, das sie von innen heraus aufgefressen hatte.

Liz keuchte vor Anstrengung. Ihre Kräfte ließen nach. Liz spürte, daß sie mit jeder Sekunde schwächer wurde. Was sie im Moment tat, war, mit jenen Berserker-Kräften zu kämpfen, die jeder Mensch nur einmal im Leben entwickeln konnte und für die er meistens auch damit bezahlte. Sie mußte den Kampf beenden. Jetzt gleich.

Rücksichtslos warf sie sich vor. Andys Hand kam hoch, das Messer beschrieb einen engen Bogen und zielte auf Liz' Augen, die andere Hand war zur Faust geballt und versuchte ihren Magen zu treffen.

Liz nahm den Fausthieb hin, schlug das Messer beiseite und versuchte Andy abermals aus dem Gleichgewicht zu bringen. Es gelang ihr nicht ganz. Andy taumelte, aber ihre Hand krallte sich in Liz' Bluse und zerfetzte Stoff und Haut; gleichzeitig stieß sie abermals mit dem Messer zu. Sie schien nicht einmal zu spüren, daß ihr Handgelenk gebrochen war. Vielleicht gab es so etwas wie Knochen in ihrem Leib nicht mehr.

Und diesmal kam Liz' Bewegung zu spät. Die Messerklinge schrammte über ihren Arm, fügte ihr einen häßlichen blutenden Schnitt zu und traf ihre linke Körperseite.

Sie spürte keinen Schmerz.

Sie konnte fühlen, in aller Deutlichkeit fühlen, wie der Stahl ihre Haut spaltete, sich durch Fleisch und Muskeln wühlte, gegen eine ihrer Rippen traf und daran abprallte, tiefer nach unten, fort vom Herzen, statt darauf zu, sie konnte fühlen, wie Blut aus der Wunde quoll, mehr Blut, als Andy die Klinge mit einem Ruck herauszog und die Wunde dabei noch weiter aufriß, und eigentlich sollte jetzt ein entsetzlicher Schmerz kommen und alles auslöschen, aber er kam nicht.

Statt dessen sah sie, wie ihre Hand sich nach unten bewegte, die Andys packte und ihr mit unglaublicher Kraft die Waffe entrang. Wie eine unbeteiligte Zuschauerin, die nun auch keine Gewalt mehr über ihren Körper hatte, sah sie, wie sich ihre linke Hand in Andys entstelltes Gesicht krallte und nach den Augen tastete, ihren Kopf so weit zurückbog, daß ihr Genick eigentlich hätte brechen müssen, wie die andere, rot von ihrem eigenen Blut, nach oben fuhr – und das Messer bis ans Heft von unten her in Andys Hals stieß.

Aus dem wütenden Kreischen des Mädchens wurde ein Seufzen. Sie erschlaffte in Liz' Griff, taumelte zurück. Ihre Hände sanken herab, hoben sich noch einmal, während sie bereits in die Knie brach, und klammerten sich um den Messergriff. Dann fiel sie zur Seite.

Liz taumelte haltlos gegen den Wagen. *Tot,* dachte sie benommen. *Andy war tot.* Sie hatte das Mädchen umgebracht. Sie fühlte kaum Schrecken, höchstens so etwas wie Verwunderung, wie leicht es war, einen Menschen zu töten.

Dann wurde ihr schwarz vor Augen. Sie versuchte sich festzuhalten, aber ihr Körper wog mit einem Male Tonnen. Ihre Knie gaben nach. Langsam sackte sie vollends nach vorne, preßte stöhnend die Hand gegen die Seite und fühlte Blut in einem warmen, pulsierenden Strom zwischen ihren

Fingern hindurchquellen. Sie hatte noch immer keine Schmerzen, sondern fühlte sich nur ein wenig benommen. Aber sie wußte mit unumstößlicher Sicherheit, daß sie sterben würde. Sie brauchte sich den Kopf nicht mehr darüber zu zerbrechen, wie sie den Wagen kurzschließen sollte. Andys Messer hatte das Problem für sie gelöst.

Aber da war noch etwas, was sie tun mußte. Wenn ihr Zeit genug dazu blieb.

Sie stemmte sich hoch, griff mit zusammengebissenen Zähnen nach der Wagentür und zog sich daran in die Höhe. Das Gehen fiel ihr plötzlich erstaunlich leicht, und der tödliche Schmerz in ihrer Seite, auf den sie wartete, kam noch immer nicht. *Ein paar Minuten*, dachte sie, *wenn es so etwas wie einen Gott gibt, gib mir noch ein paar Minuten, ich flehe dich an.*

Etwas Warmes, Feuchtes berührte ihr Bein. Liz schrie auf und sah an sich herab, auf eine neue Scheußlichkeit gefaßt, die ihr schleimiger Freund aus dem See geschickt hatte.

Es war Peter. Irgendein verborgener Selbstverteidigungsmechanismus in Liz' Gehirn hatte bisher dafür gesorgt, daß sie ihn einfach vergessen hatte – ihn und vor allem das, was Andy mit ihm getan hatte! – aber ihr Fuß hatte seinen Arm berührt, und seine blutige Hand hatte sich um ihren Knöchel geschlossen wie eine sterbende Spinne. Ganz instinktiv versuchte sie ihren Fuß loszureißen, aber Peters Griff war zu fest. Liz zerrte mit aller Macht, aber Peters Finger krallten sich wie ein eiserner Korb um ihre Fessel. Standen jetzt schon die Toten auf *seiner* Seite?

Liz wimmerte leise vor Ekel und Furcht, als sie sich in die Hocke sinken ließ. Sie streckte die Hand aus, versuchte seine Finger zu packen und ihren Griff zu lösen und hätte es fast nicht geschafft.

Dann stieß Peter ein leises Stöhnen aus, und Liz' Angst machte einer ebenso tiefen Erschütterung Platz. Er *lebte.* Nach allem, was Andy mit ihm gemacht hatte, *lebte er noch immer!*

Fast behutsam griff sie nach seiner Hand, löste seine Finger von ihrem Bein und kniete neben ihm nieder. Peter stöhnte erneut, als sie seinen Kopf auf ihren Schoß bettete und die Hand auf seine Stirn legte. Seine Haut war heiß und trocken wie Sandpapier und, wo sie nicht von Blut bedeckt war, so rot, als wäre sie verbrannt. Seine Augen standen offen, aber Liz bezweifelte, daß er sie erkannte. Sein Blick war trüb. Gott, was sollte sie nur *tun*? Da war nichts, absolut nichts, was sie für ihn tun konnte, außer vielleicht Andys Messer nehmen und seinen Leiden ein Ende bereiten. Aber ganz abgesehen davon, daß das bedeutet hätte, zu der Toten hinüberzukriechen und das Messer aus ihrem Schädel zu ziehen – unmöglich! –, konnte sie es nicht.

Peter stöhnte wieder, und dann, ganz plötzlich, klärte sich sein Blick. Ein wimmernder Schmerzlaut kam über seine Lippen, und ein bißchen Blut. Er versuchte die Hand zu heben, aber seine Kraft reichte nicht mehr.

»Bewegen Sie sich nicht, Peter«, sagte Liz. »Keine Angst. Es wird ... wird alles wieder gut. Ich werde Hilfe holen.« Das war ein solcher Unsinn, daß sie beinahe schrill aufgelacht hätte, und selbst Peter in seinem Zustand mußte es wissen.

Aber er reagierte auf die Worte; oder zumindest auf den beruhigenden Klang ihrer Stimme. Er versuchte nicht mehr, sich zu bewegen. Sein Blick ruhte auf ihrem Gesicht, und er war anklagend und flehend zugleich. Warum hatte sie nur nicht die Kraft, ihn zu töten? Aus tränenerfüllten Augen blickte sie auf das herab, was Andy – seine Tochter, seine *eigene Tochter*! – mit seinem Gesicht gemacht hatte.

Warum sie es getan hatte? Die Antwort war einfach: das DING im See war kein Kostverächter. Sie, Liz, war noch immer die Hauptmahlzeit, aber einen kleinen Appetithappen zwischendurch verachtete es nicht, wie es bei Ohlsberg bewiesen hatte.

»Bitte ...«

Es dauerte einen Moment, bis Liz begriff, daß Peter zu sprechen versuchte. Sie zögerte. Dann beugte sie sich vor und brachte ihr Ohr ganz dicht an Peters Mund herab. Heißer, nach Blut und Tod riechender Atem streifte ihr Gesicht.

»Bitte, Liz«, flüsterte Peter. »Bitte nicht ... nicht Andy.«

Liz verstand nicht. Vielleicht gab es auch nichts zu verstehen. Es waren die letzten Worte eines Sterbenden, der vor Schmerz längst den Verstand verloren haben mußte.

»Was ... was meinen Sie, Peter?« fragte sie leise.

Heyning stöhnte. Ein entsetzlicher Krampf packte seinen Körper und schüttelte ihn. Der Blutstrom aus seinem Mund wurde stärker. Er starb. Endlich.

»Nicht Andy, Liz«, flüsterte er. »Bitte tun Sie ... ihr nichts. Sie kann nichts ... nichts dafür.«

Liz starrte ihn an, dann den verkrümmten, nackten weißen Körper wenige Schritte neben ihm. Er hatte nichts von dem mitbekommen, was geschehen war.

Und es war auch besser so.

»Passen Sie ... auf sie auf«, flüsterte Peter. »Bitte ... kümmern Sie sich ... um sie.«

»Das werde ich«, versprach Liz. »Niemand wird ihr etwas zuleide tun, Peter. Das verspreche ich.«

Als sie das nächste Mal auf ihn herabsah, war er tot. Der Anblick ließ bittere Übelkeit in ihrer Kehle emporsteigen. Und Zorn. Kalten, mörderischen Zorn. Oh ja, sie *würde* sich um Andy kümmern. Und um Stefan, denn in einem Punkt hatte Peter recht gehabt, ohne es auch nur zu ahnen: sie konnten beide nichts dafür. Es gab sie nicht mehr. Andy und Stefan waren längst tot, gestorben spätestens gestern morgen im See, und was an ihrer Stelle aus dem Wald gekommen war, waren ... Kreaturen gewesen. Lebensgroße, täuschend echt nachgeahmte Puppen, die die Rolle der Lebenden übernommen hatten, für den letzten Tag. Vorsichtig ließ sie seinen Kopf zu Boden gleiten, stand auf und ging zum Kofferraum des Wagens. Das Schloß war nicht eingerastet, so daß sie nicht in die Verlegenheit kam, es irgendwie aufbrechen zu müssen. Sie klappte den Deckel hoch, schlug die zerschlissene Decke beiseite, die darunter lag, und griff mit beiden Händen zu. Die Anstrengung, den schweren Zwanzig-Liter-Kanister hochzustemmen, überstieg beinahe ihre Kräfte, aber sie schaffte es.

Liz arbeitete rasch, und sie ging sehr methodisch vor. Sie verschwendete nicht viel Benzin an den Wagen; eine kleine Pfütze unter dem Tank war vollkommen ausreichend, um den Jaguar in ein Fünfzigtausend-Mark-Feuerwerk zu verwandeln. Der scharfe Geruch des Benzins überdeckte den Blutgestank, als sie eine dünne, aber nicht unterbrochene Spur um den Wagen herumzog, ein wenig mehr Benzin auf Peters Leichnam und dann *sehr viel* mehr auf den des Mädchens kippte. Der Kanister war zur Hälfte geleert, als sie das Scheunentor erreichte.

Sie blieb stehen und sah zum Haus hinüber. Es stand da, eingehüllt in eine Säule aus Dunkelheit wie in schwarz leuchtenden, trägen Nebel, ein kleines, böses, gedrungenes Etwas, dessen Konturen nicht ganz genau zu erkennen waren. Sie lösten sich auf in der Schwärze, die über dem Hof lastete. Es war ihr Traum. Es war das, was sie in ihrem Traum ganz am Beginn dieser Terror-Story gesehen hatte. Nur etwas fehlte noch.

Rasch, aber ohne Hast, machte sie weiter. Sie zog die Benzinspur ein kleines Stückchen aus der Scheune heraus, bis sie begriff, daß der strömende Regen den Treibstoff schneller wegwusch, als sie ihn auskippen konnte. Nun gut – dort drinnen war so gut wie hier draußen. Es spielte keine Rolle, wo sie starb. Sie ging in die Scheune zurück und leerte den ganzen Rest aus dem Kanister unmittelbar hinter der Tür aus. Der Benzingestank war so stark, daß er ihr fast den Atem nahm.

Sie warf den leeren Kanister achtlos fort, sah noch einmal zum Haus hinüber und ging zum Jaguar zurück. Auf der anderen Seite des Hofes, im Haus, klappte eine Tür, als sie den Wagen erreichte. Sie öffnete die Tür auf der Beifahrerseite, klappte das Handschuhfach auf und fand die angebrochene Packung Zigaretten, die sie bei ihrer letzten Heimfahrt aus Schwarzenmoor hineingeworfen hatte. Ihre Finger zitterten ganz leicht, als sie den Zigarettenanzünder in die Fassung drückte.

Schritte näherten sich der Scheune. Schwere, stampfende

Schritte, viel zu wuchtig für die eines Menschen, ein dumpfes, unendlich kraftvolles Stampfen, die Schritte von etwas ungeheuer Großem, ungeheuer Starkem und ungeheuer Bösem.

Sie wartete, bis Stefans Schatten unter der Tür erschien, ehe sie die Zigarette in Brand setzte.

Er blieb stehen, als er die Tür erreichte. Wenn er den Benzingeruch überhaupt bemerkte, dann reagierte er nicht darauf, denn er stand so perfekt in der Mitte der Benzinlache, als hätte sie selbst ihn dort plaziert. Aber Liz bezweifelte, daß er die Gefahr registrierte, in der er schwebte. Soviel sie wußte, hatte es vor sechshundert Jahren noch kein Superbenzin gegeben.

»Du wolltest fort?« fragte er. Seine Stimme war kalt, wie aus uraltem Stahl gehämmert. Obwohl sie ihn noch immer nur in Form eines flachen Schattens erkennen konnte, spürte sie seinen Blick, den Blick aus schwarzen, lichtlosen Augen, in denen keine Pupillen mehr waren.

»Nein«, antwortete sie. »Ich habe auf dich gewartet.«

Stefan schwieg. Der Schatten bewegte den Kopf, blickte auf den Wagen, einen Moment lang auf Peters Leichnam, dann auf den des Mädchens.

»Hast du sie getötet?«

Liz antwortete nicht, und er lachte leise. »Das ist gut. Du hast mir Arbeit abgenommen. Ich wußte, daß du tapfer bist. Trotzdem habe ich dich unterschätzt. Beinahe wärst du mir wirklich entkommen, weißt du das? Aber es hätte nichts genutzt.«

»So?« fragte Liz. Sie sog an ihrer Zigarette, die in heller Rotglut aufflammte. Der Rauch brannte wie Feuer in ihren Lungen.

Der Schatten unter der Tür schüttelte den Kopf. »Niemand entkommt mir, den ich einmal zum Opfer auserkoren habe.«

Wieder sog sie an ihrer Zigarette, zog den Rauch so tief in die Lungen, daß ihr schwindelig wurde, und trat einen Schritt auf ihn zu. »Du bist nicht mehr Stefan«, sagte sie.

Der Schatten schüttelte den Kopf. »Nein.«

»Und dieses Ding da ...« Sie deutete auf Andy und nutzte die Gelegenheit, einen weiteren Schritt auf ihn zuzumachen. »... ist nicht mehr Andy.«

»Nein.«

»Was hast du mit ihnen gemacht?« fragte Liz.

»Sie sind da, wo auch du bald sein wirst.«

»Sie sind tot.«

»Nein.« Das entsetzliche Ding in Stefans Gestalt lachte leise und meckernd. Es war ein Laut, der Liz einen eisigen Schauer über den Rücken laufen ließ. Wenn es einen leibhaftigen Teufel gab, dachte sie, und wenn er lachte, dann mußte es sich *so* anhören. »Es gibt keinen Tod, Opfer. Nicht in dem Sinn, in dem ihr das Wort benutzt.«

»Und was ... kommt danach?«

»Nichts, was du verstehen würdest«, kicherte das DING. »Aber es ist anders, als ihr denkt. Völlig anders.« Es kicherte, schrill und ausdauernd, als hätte es einen guten Witz gemacht, dann konnte sie spüren, wie seine Stimmung jäh umschlug.

»Es ist soweit«, sagte das Etwas, das einmal Stefan gewesen war. »Aber ich bin kein Unmensch. Du hast noch Zeit, deine Zigarette zu rauchen – das ist doch bei euch Sitte, nicht?«

»Ja«, sagte Liz. »Aber es ist nicht nötig. Ich wollte mir sowieso das Rauchen abgewöhnen, weißt du?«

Und damit schnippte sie ihm die Zigarette genau vor die Füße.

Sie hatte sich noch nie im Leben so sehr auf eine einzige Bewegung konzentriert, und der Wurf war so perfekt, wie er nur sein konnte: die brennende Zigarette beschrieb eine mathematisch exakte Parabel, ein winziger Stern, der eine Spur aus rotglühenden kleinen Funken hinter sich herzog und dessen Bahn exakt zwischen Stefans Beinen endete. Und trotzdem dachte sie für einen kurzen, entsetzlichen Moment, daß alles vergebens gewesen sein könnte, denn das Benzin fing kein Feuer. Die Zigarette rollte zur Seite, ein hörbares Zischen erklang, und nur ein einzelnes, fingernagelgroßes blaues Flämmchen zischte hoch. Der lehmige Boden hatte das Benzin aufgesogen, oder es war verdunstet, oder Stefans Magie machte ihren Angriff unwirksam.

Stefan lachte leise. In seinen schwarzen Tieraugen war ein spöttisches Glitzern, als er sich vorbeugte und die Hand nach der Zigarette ausstreckte.

Dann explodierte er.

Alles geschah im Bruchteil einer Sekunde, aber wieder sah Liz jedes noch so winzige Detail mit fast übernatürlicher Schärfe. Das kleine blaue Feuerkind zwischen seinen Füßen wuchs zu einer brüllenden, grellweißen Stichflamme, die sich seiner ausgestreckten Hand entgegenwarf und sie verschlang, seinen Arm, seine Schulter und dann seinen ganzen Körper einhüllte und sich brüllend immer noch weiter in die Höhe wälzte, bis sie fast gegen das Scheunendach stieß. Gleichzeitig breitete sich ein Teppich aus blauweißen, zischenden Flammen rings um ihn auf dem Boden aus, und auch aus Stefans Körper selbst schien Feuer zu brechen, als brächte die Hitze irgend etwas in ihm zum Explodieren. Seine Gestalt verschwamm, wurde scheinbar durchsichtig und verschwand schließlich hinter einem Mantel aus grellweißem Licht.

Die Hitzewelle traf sie wie ein Faustschlag und ließ sie zurücktaumeln. Liz schrie auf, riß schützend die Arme vor das Gesicht und wankte zur Seite, weg von Stefan, weg vom Feuer und vor allem weg vom Wagen. Eine kerzengerade Feuerspur raste auf Andys Leichnam zu, ließ ihn hell auflodern und jagte weiter, im rechten Winkel auf Peter und den Jaguar los, und auch über ihr unter dem Dach brannte es jetzt schon. Die Hitze nahm ihr den Atem. In ihren Lungen schien plötzlich nur noch flüssiges Feuer zu sein, keine Luft mehr, und sie konnte nicht mehr richtig sehen. Das Innere der Scheune verwandelte sich in ein Muster aus abgrundtief schwarzen Löchern und Bereichen unerträglich gleißender Helligkeit, von unsichtbaren Fäden tödlicher Hitze durchwoben.

Sie vergeudete ihr letztes bißchen Atemluft zu einem grellen Schrei, taumelte fort vom Wagen und dem brennenden Bereich unter der Tür und wunderte sich ein wenig, daß sie noch lebte.

In das Brüllen der Flammen mischte sich jetzt ein Schrei; ein unglaublich qualvolles, kreischendes Wimmern, das das Ding ausstieß, das unter der Tür brannte. Der Stefan-Wechselbalg lebte noch, hatte sich in ein zuckendes tobendes Bündel aus Schwärze verwandelt, das hinter einer Mauer aus Licht und Hitze waberte. Laute aus der tiefsten Hölle drangen an Liz' Ohr. Der Körper des Ungeheuers schien sich zu verzerren, verlor seine Form und war jetzt nicht mehr menschlich. Er glich nichts, was Liz jemals gesehen hatte. Alles, was sie hinter dem Vorhang aus zuckenden Flammen erkennen konnte, war ein Bündel aus wabernder blasiger Schwärze, das von Hitze und Licht gefressen wurde.

Aber noch war so etwas wie Leben in ihm. Wahnsinnig vor Schmerz und Wut warf es sich hin und her und rollte brennend aus der Benzinlache heraus. Die Bestie versuchte in die Höhe zu kommen, stürzte wieder und schlug in rasender Agonie mit Armen und Beinen um sich. Eines der peitschenden schwarzen Gliedmaßen traf den zweiten Flügel des großen Tores und stieß ihn auf, wobei es das trockene Holz gleichzeitig in Brand setzte.

Vor Liz klaffte plötzlich eine drei Meter breite Tür in die Freiheit. Sie rannte los.

44

Der Wagen explodierte, als sie zwei Schritte vom Haus entfernt war. Ein dumpfer, sehr trockener Knall wehte zu ihr herüber und ließ sie mitten im Schritt verharren. Sie drehte sich herum, hob schützend die linke Hand vor das Gesicht und sah, wie der ganze Schuppen wie unter einem unheimlichen, inneren Licht aufzuglühen begann. Kalkweißes, schattenloses Licht quoll durch alle Ritzen und Öffnungen des altersschwachen Gebäudes, ein Licht, das gar nicht aussah wie Feuerschein, sondern fast wie Kunstlicht; eine Zehn-Millionen-Watt-Birne, deren Schatten das Gebäude durchscheinend wie ein Röntgenbild werden ließ, nur für den Bruchteil einer Sekunde, ehe es vollends explodierte.

Es war ein morbid-schöner Anblick, voll aller Ästhetik, die Feuer und explodierende Bewegung und Gefahr auszustrahlen vermochten. Das ganze, tonnenschwere Dach der Scheune hob sich, von einer Riesenfaust aus Flammen getroffen, drei, vier Meter weit in die Höhe, brach auseinander und kippte in verschiedene Richtungen zur Seite. Weiße und gelbe Flammen züngelten gegen die tiefhängenden Wolken. Die Wände beulten sich aus, erbrachen Flammen und brennende Trümmerstücke und dehnten sich immer weiter. Das ganze Gebäude schien sich aufzublähen, wie ein bizarrer Luftballon aus Holz und gleißendem Licht, wuchs auf nahezu das Doppelte seiner Größe und fiel endlich zusammen wie ein Kartenhaus. Eine zweite, fast ebenso heftige Detonation zerriß die Trümmer noch einmal und überschüttete den Hof mit einem Hagelschauer aus brennendem Holz und Stroh und Milliarden und Abermilliarden weißglühender Funken. Die Hitze war selbst hier, wo Liz stand, so intensiv, daß sie ihr abermals den Atem nahm, und ein einzelner, weißglühender Funke senkte sich auf ihren Arm herab und brannte ein pfenniggroßes Loch in ihre nackte Haut.

Der beißende Schmerz erinnerte sie daran, daß sie noch immer in Gefahr war. Rings um sie herum regneten Trümmerstücke zu Boden.

Hastig zog sie den Kopf zwischen die Schultern und wich ins Haus zurück. Nach allem, was sie durchgemacht hatte, wäre es einigermaßen lächerlich, jetzt von einem verkohlten Stück Holz erschlagen zu werden.

Sie schloß die Tür, lehnte sich mit einem erschöpften Seufzer dagegen und preßte die Hand gegen ihre Seite. Die Wunde blutete stark. Sie hatte zwar noch immer keine Schmerzen, aber jetzt wurde ihr übel. Das Schwächegefühl kehrte in ihre Arme und Beine zurück, und sie begann am ganzen Leib zu zittern. Ein dumpfes Hämmern wie von Fäusten, die gegen das Haus schlugen, drang in ihre Gedanken: Trümmerstücke, die auf das Dach prasselten. Vielleicht würde der ganze Hof abbrennen. Gut. Er hätte schon vor dreißig Jahren niederbrennen sollen, bis auf die Grundmauern. Wenn sie das hier überlebte, dann würde sie ihn niederreißen lassen, Denkmalschutz hin oder her.

Wenn sie es überlebte.

Der Messerstich in ihrer Seite war nicht tödlich, wahrscheinlich nicht einmal wirklich gefährlich, aber sie hatte ein Dutzend mehr oder weniger schwere Wunden, und sie würde schlichtweg verbluten, wenn sie nicht rasch Hilfe bekam. Es war ohnehin ein Wunder, daß sie noch am Leben war. Irgendwie hatte sie die Tatsache, das Monster besiegt zu haben, noch gar nicht begriffen. Konnte ein Mensch einen *Gott* besiegen?

Egal. Jetzt mußte sie telefonieren, irgend jemanden anrufen, die Feuerwehr oder die Polizei oder am besten gleich beide, und dann irgend etwas finden, um die Blutung zum Stillstand zu bringen, bis Hilfe eintraf.

Sie biß die Zähne zusammen, sammelte ihr letztes bißchen Kraft und taumelte los.

Das Telefon im Wohnzimmer war zerstört. Sie sah es gleich, als sie die Tür aufstieß: Stefan hatte den Hörer abgerissen und den Rest des Apparates so gründlich zerschlagen, daß seine ursprüngliche Form kaum noch zu erkennen war. Er hatte den Rest der Einrichtung verwüstet. Da war nichts, was noch intakt gewesen wäre. Das Zimmer glich einem Schlachtfeld. Vielleicht hatte er damit gerechnet, daß sie ihm entkam und irgendwie um Hilfe telefonieren wollte.

Der Apparat oben! Sie hatten einen zweiten Anschluß in Peters Zimmer, einen zweiten Anschluß mit einer anderen Nummer, der vielleicht noch funktionierte!

Mühsam drehte sie sich herum, taumelte aus dem Raum und tastete sich an der Wand entlang auf die Treppe zu. Ganz instinktiv sah sie auf die Uhr. Es war sechs. Großer Gott, hatte es *so lange* gedauert?

Sechs ... Diese Zahl bedeutete etwas. Da war noch etwas, etwas Wichtiges, das sie vergessen hatte, aber jetzt ...

... sah sie es.

Liz blieb so abrupt stehen, als wäre sie vor eine gläserne Wand gelaufen.

Die Treppe!

Sie veränderte sich!

Sie wurde zu der Treppe aus ihrem Traum!

Gelähmt vor Schrecken stand Liz einfach da und starrte die Treppe an, die gleiche Treppe, die sie seit einem halben Jahr jeden Tag -zigmal hinauf- und hinuntergegangen war, ohne sich jemals an ihre ungleichmäßigen Stufen gewöhnt zu haben, und die sich nun veränderte, zu etwas ... anderem, etwas *Lebendigem* wurde. Ein ächzender Laut erklang, eine entsetzliche Mischung aus dem Knarren von uraltem Holz und dem Stöhnen eines lebenden Wesens, und plötzlich hörte sie auch wieder den Schrei, der noch immer aus dem Wald herüberschallte, den Schrei der Banshee, der die ganze Zeit über angehalten hatte, ein hoher Dauerton wie von einer höllischen Sirene, nur daß er jetzt wie ein Lachen klang. Es war noch nicht vorbei. Und vielleicht begann es gerade erst!

Ihr Blick saugte sich an der Treppe fest. Die ganze Konstruktion zuckte und wand sich unentwegt. Holz und Lehm und Stein verbogen sich auf unmögliche Weise, versuchten in eine neue, schreckliche Form zu kommen, und dieser fürchterliche Laut wurde immer intensiver. Keine Stufe war mehr wie die andere: da waren winzige Absätze, flache Rampen, Winkel, die es überhaupt nicht geben dürfte, aber auch meterhohe Wände, mit spitzen Dornen übersät, dazwischen schnappende Mäuler, etwas wie ein gewaltiges, eiteriges Auge und große Wunden, in denen es schwarz waberte.

Plötzlich fiel ihr die Wärme auf. Sie sah hoch, fuhr herum.

Und schrie.

Es war das Haus!!!

Nichts war mehr so, wie es gewesen war. Es war das Haus aus ihrem Traum. Sie hatte die Lösung die ganze Zeit über gewußt. Dieses ganze verdammte Rätsel hatte mit der Auflösung begonnen, aber sie hatte sie einfach nicht erkannt. Nicht, bis es zu spät war.

Das Haus lebte.

Der Korridor mit seinen vertrauten Formen und Farben war verschwunden. Vor ihr erstreckte sich ein langer, pulsierender Schlauch, schwarz und rot und feucht, dessen Wände und Boden mit dunklem glitzerndem Schleim bedeckt waren. Alles war noch da, die Türen, die Möbel, selbst die Lampe unter der Decke, aber alles auf gräßliche Weise verändert, weich, organisch, fließend, die Türen zu großen, blutig geriffelten Schließmuskeln geworden, schnappende Mäuler, die zu den gierigen Mägen dieses Hausungeheuers führten, die Möbel pumpende rote Organe, der Boden eine schwammige Masse, die gierig die dünne Blutspur aufsog, die Liz' Weg markiert hatte. Die Luft war von einem Nebel mikroskopisch feiner Blutströpfchen erfüllt, und die Wärme, die sie spürte, war die Wärme, die im Inneren eines gewachsenen Organismus herrschte.

Wie in einer blitzartigen Vision sah sie, wie es gewesen sein mußte:

Die Jahrtausendflut hatte es an Land gespült, in einer einzigen, sturmgepeitschten Nacht, und in diesem See gefangen gesetzt; es, das an die unendlichen lichtlosen Tiefen des Ozeans gewöhnt war und dem diese Welt so fremd und feindlich vorkommen mußte wie die Oberfläche eines anderen Planeten. Es hatte gewartet; Jahre, Jahrzehnte, schließlich Jahrhunderte. Mit der Geduld eines Wesens, für das ein Jahrtausend nur ein Lidzucken war, hatte es auf eine Wiederholung der Schreckensnacht von Rumhold gewartet, die es zurück in seine vertraute Umgebung tragen würde.

Aber diese Nacht war niemals gekommen, denn etwas war geschehen, was es in seinem winzigen Gefängnis nicht wissen konnte. Andere Wesen hatten begonnen, die Welt zu verändern. Sie waren klein, schwach und schlichtweg lächerlich, verglichen mit ihm, aber sie waren viele. *Emsig wie Ameisen begannen sie etwas zu tun, was selbst ihm in all seiner Macht niemals eingefallen war: sie veränderten die Welt. Sie bauten Städte, sie bauten Stra-*

ßen, und, vor allem, sie bauten Dämme. *Mit der Überheblichkeit von Wesen, die sich ihrer Kleinheit niemals bewußt geworden waren, trotzten sie den uralten Gesetzen der Natur. Sie befestigten die Küste und nahmen dem Meer seine Macht. Die Stürme kamen, aber die Schreckensnacht von Rumhold wiederholte sich nicht. Das Meer gelangte nie wieder zu jenem kleinen See, in dem es seinen Gefangenen abgeladen hatte. Und irgendwann begann dieser Gefangene, die Wahrheit zu ahnen.*

Es dauerte lange, unendlich lange. Es, das ein Geschöpf des Wassers war, kannte nur diese eine Grenze. Sein Körper, dieser aufgedunsene schwarze Balg, den nie das Auge eines lebenden Wesens erblickt hatte, der Leviathan, der finster und dräuend wie ein Riesenkrake in den Tiefen des Meeres geboren worden war, konnte den See nicht verlassen, aber es konnte etwas anderes tun.

Liz sah, wie es begann, dünne schwarze Tentakel in den Schlamm des Seebodens zu versenken, pulsierende Nervenfäden, die in Baumwurzeln und Geäst drangen, die Pilze und Bodengetier berührten und veränderten. Mit einer Macht, die sie nicht einmal zu erahnen vermochte, begann es nun seinerseits seine Umgebung zu verändern; nachzuahmen, was es von den Bewohnern dieser Welt gelernt hatte, aber tausendmal geschickter. Der See, der Wald, jeder einzelne Grashalm war ES.

Dann schuf es das Haus.

Vielleicht war es auch umgekehrt — in diesem Punkt war die telepathische Botschaft, die Liz empfing (denn um nichts anderes konnte es sich bei dieser Vision handeln) nicht ganz klar: vielleicht war das Haus auch schon dagewesen, und seine Fühler waren irgendwann darauf gestoßen, während sie auf der Suche nach Nahrung durch den Boden glitten. Es spielte keine Rolle. Es tat mit dem Haus, was es mit dem Wald getan hatte: es verwandelte es. Es mußte ein Jahrhundert gedauert haben, zahllose Jahrzehnte, in denen dünne glitzernde Nervenfäden die Wände des Hauses zu durchdringen begannen, geduldig Stein und Lehm und Stroh und Holz und Glas verwandelnd, ihr Aussehen perfekt nachahmend, vielleicht bis in die Molekularstruktur hinein. Jetzt, und nicht erst jetzt, sondern sicher schon seit einem Jahrhundert mehr, war dieses Haus selbst zum Ungeheuer geworden; Teil SEINES Körpers, wie eine Faust, die es weit aus seinem Versteck herausgestreckt hatte. Eine Falle. Eine perfekte, tödliche Falle, die auf ihre ahnungslosen Opfer wartete.

An diesem Punkt endete die Vision, und Liz kehrte in die Wirklichkeit zurück. Aber sie wußte jetzt alles. Es war, wie das DING gesagt hatte: sie würde alles erfahren, im allerletzten Moment.

Die Falle war das Haus. Alles andere war Teil des Spiels gewesen: Andy, Ohlsberg, Stefan ... sie waren nur Figuren gewesen, an deren Fäden das Ungeheuer zog. Es war nicht so unglaublich gewesen, daß sie Andy getötet hatte und hinterher Stefan. Sie hatte es tun *sollen.* Selbst das war Teil seines grausamen Spieles: sie in dem Glauben zu wiegen, das Unmögliche geschafft zu haben, ihr im letzten Augenblick noch einmal Hoffnung zu geben, um sie dann um so härter treffen zu können.

Sie sah sich um.

Alles war wie in ihrem Traum: das entsetzlich verzerrte Haus, die schnappenden Mäuler, die in den Wänden waren, der wabernde Boden, der gierig ihr Blut soff, die Treppe, die keine Treppe mehr war. Was sie für schwarzen Chrom gehalten hatte, war glitzernder schwarzer Schleim, der an den Wänden herablief. Nur etwas fehlte noch.

Ein berstender Schlag traf die Haustür, zerschmetterte sie. Orangeroter Feuerschein ließ die zuckenden Wände des Dielen-Schlauches aufglühen. Sie spürte die Hitze, ehe das Licht ihr die Tränen in die Augen trieb, aber sie bewegte sich nicht. Es war völlig sinnlos, jetzt noch einmal fliehen zu wollen. Diesen letzten, allerletzten Triumph würde sie ihm nicht gewähren.

Der brennende Mann erschien unter der Tür, eine zwei Meter große, schwarzverkohlte Gestalt, eingehüllt in einen Mantel aus Flammen und wabernder Glut. Er schrie, und seine Schreie vermengten sich mit dem Brüllen der Flammen und dem höhnischen Gelächter der Banshee zu einem irrsinnigen Geheul, einem Crescendo des Todes; vielleicht hörte sie jetzt zum ersten Mal *seine* Stimme.

Er kam näher, wankte, schon längst tot, zu einem Stück bröckeliger Holzkohle verschrumpelt, aber von irgend etwas noch immer aufrecht gehalten, wie ein Roboter, dessen Programmierung durcheinandergeraten war. Seine Arme peitschten wild und zogen feurige Spuren durch die Luft. Wo die Flammen die Wände berührten, zog sich die zukkende lebende Masse zurück wie unter Schmerzen. ES war unsterblich, aber nicht nur verwundbar. ES tötete und konnte getötet werden, aber nicht von einem so lächerlichen Gegner wie ihr.

Liz blickte Stefan mit der Ruhe entgegen, die ihr die vollkommmene Verzweiflung gab. Flucht war sinnlos. Es gab nichts mehr, wohin sie fliehen konnte. Beinahe interessiert betrachtete sie die flammenden Spuren, die seine Füße im Boden hinterließen, die Spuren aus ihrem Traum, kleine, mit grausamer Helligkeit gefüllte Tümpel aus Hitze und Licht. Das alles hatte sie gesehen, es schreckte sie nicht mehr. Was sie nicht gesehen hatte, war, was nun kommen würde: seine letzte, tödliche Umarmung, die Berührung seiner brennenden Hände, seiner hitzeverstrahlenden Arme. Sie hatte Angst vor Schmerzen. Gleichzeitigt war sie fast erleichtert. Es würde schnell gehen. Endlich, endlich würde alles vorbei sein.

Über ihr erscholl ein dumpfer, wummernder Knall. Etwas wie ein Schwarm winziger böser Hornissen fegte an ihrem Gesicht vorbei, und eine davon traf ihre Schulter und biß tief und schmerzhaft hinein, und plötzlich taumelte Stefan zurück, seine lodernden Arme hoben sich, die Hände griffen dorthin, wo das Gesicht hinter der Maske aus Feuer sein mußte. Er wankte.

Der dumpfe Knall wiederholte sich. Stefan taumelte stärker, prallte gegen die Wand und begann zusammenzubrechen. Die Flammen leckten zischend an der schwarz wogenden Masse empor, und plötzlich war die Luft vom Gestank verschmorenden Fleisches erfüllt. Trotzdem fing der Schlauch kein Feuer. Lebendes Gewebe brannte nicht so schnell. Stefan sackte in sich zusammen, aber noch immer war Bewegung in ihm. Seine verbrannten Hände tasteten über den Boden, suchten nach Halt, um sich wieder in die Höhe zu ziehen.

»Geh'n Sie zur Seite!«

Liz reagierte ganz automatisch. Sie trat von der Treppe fort, so nahe an die Wand, wie sie gerade noch konnte, ohne sie zu berühren, und sah nach oben.

Belderson stand da wie ein leibhaftig gewordener Racheengel. Sein Gesicht loderte rot im Widerschein der zuckenden Flammen, und in seinen Augen flackerte etwas, das jenseits aller Furcht war, ein Grauen, das nicht einmal Liz wirklich nachempfinden konnte. Aber seine Hände waren ganz ruhig, während er den Lauf des schweren Schrotgewehres herabknickte und zwei frische Patronen in die rauchende Öffnung schob.

Er schoß wieder. Die Schrotladungen hämmerten in Stefans Körper, mit einem Zischen, als schlügen sie in nassen Lehm, und wieder wurde er zurückgeschleudert.

Und wieder. Und wieder.

Belderson schoß fast zwei Dutzend Mal auf ihn, ehe er endlich aufhörte, sich zu bewegen.

45

Die Treppe war wieder eine Treppe. Das Haus wieder ein Haus. Draußen im Wald hatte der Schrei der Banshee aufgehört, und die Stille, die ihm folgte, hatte etwas Endgültiges. Es war vorbei.

Sie wußte nicht, wieviel Zeit vergangen war, bis sie endlich die Kraft aufbrachte, sich herumzudrehen und dem verkrüppelten alten Mann entgegenzublicken, der hinter ihr die Stufen herabgehumpelt kam. Sicher nur Sekunden, aber die Zeit hatte ihre Bedeutung verloren, war zu einem weiteren sinnlosen Wort in der langen Kette sinnloser Begriffe geworden, die alles war, was von ihrer Welt, ihrem Leben, ihr selbst noch übriggeblieben war.

Es war vorbei.

Das Haus war wieder ein Haus, mehr nicht. Nichts als ein leeres, häßliches altes Gebäude, in dem es absolut nichts Übernatürliches mehr gab.

Sie begann zu weinen, leise, schluchzend und qualvoll, lehnte sich gegen die Wand und schlug die Hände gegen das Gesicht. Plötzlich spürte sie jede einzelne Wunde, die sie in der letzten halben Stunde davongetragen hatte, jede winzige Verbrennung, jeden Kratzer, den entsetzlichen Schnitt in ihrer Seite. Es war vorbei. Vielleicht würde sie sterben.

Liz sah auf, als die Schritte neben ihr abbrachen. Belderson stand ganz dicht neben ihr, das rauchende Gewehr noch in der Armbeuge, ein gedrungener kleiner Mann, der plötzlich große Ähnlichkeit mit Ohlsberg zu haben schien. Sein Gesicht war voller Brandblasen, und der Anblick sagte ihr, daß das Haus auch dort oben brannte, wo er sich versteckt hatte; der flammende Regen hatte das Dach entzündet. Gut. Sie würden es niederbrennen lassen.

»Es tut mir so leid«, sagte er. Seine Stimme war ganz leise, aber voller Trauer. »Das müssen Sie mir glauben.«

»Muß ich das?« fragte Liz. Sie versuchte vergeblich, so etwas wie Erleichterung zu empfinden. Oder gar Dankbarkeit.

»Sie hätten auf mich hören sollen«, sagte Belderson leise. »Und auf Ohlsberg.«

»Sie hätten mich warnen können«, murmelte Liz. Ihre Worte kamen ihr selbst lächerlich vor. Sie *hatten* sie gewarnt, mehr als einmal. Ohlsberg sogar mehr, als er gedurft hätte. Er hatte dafür bezahlt.

Einen entsetzlichen Preis.

»Und jetzt?« fragte sie, als Belderson nicht antwortete. »Ist es vorbei?«

Belderson nickte.

»Haben wir es besiegt?«

»Niemand besiegt es«, antwortete er leise. »Nicht endgültig. Wir können es nur bewachen. Versuchen, das Schlimmste zu verhindern. Manchmal gelingt es uns.«

Wie bei den Leuten, die vor ihnen auf diesem Hof gelebt hatten, dachte Liz. Jenes irische Ehepaar, das Eversmoor so überhastet verlassen hatte, hatte auf die Warnungen gehört. Es war geflohen, ehe es zum Schlimmsten kam. Es hatte auf die Warnungen der Menschen aus Schwarzenmoor gehört, die nichts anderes waren als die Wächter dieses entsetzlichen menschenfressenden Hauses. Eine Aufgabe, die sie vielleicht seit Jahrhunderten erfüllten. Die der einzige Zweck ihres Daseins war.

»Ja«, sagte sie ganz leise. »Ich hätte auf Sie hören sollen.«

Sie wollte antworten, aber in diesem Moment hörte sie das leise Klicken der Uhr, deren Zeiger um eine Winzigkeit weiterrückten, und irgend etwas war an diesem Geräusch, das sie aufsehen ließ.

Sie erstarrte.

Es war sechs Minuten nach sechs.

Die Warnung, die sie bekommen hatte: *The Number Of The Beast* von *Sinner.* Oh, ja, es hatte ihr jede Chance gegeben. Sie war gewarnt worden, mehr als nur einmal. Sie hätte alles wissen können. Sechs. Sechs Minuten nach sechs, am sechsten sechsten. Stefanie: *Es sind nur noch drei Tage, bis ...*

Die Zahl des Tieres war erreicht. SechsSechsSechs. Was hatte sie gedacht, vor Augenblicken? Es war nur ein Spiel gewesen. Hoffnung, um sie um so härter treffen zu können. Und jetzt – endlich – begriff sie.

Sie hörte, wie sich das brennende zuckende Bündel hinter ihr wieder zu bewegen begann. Der Boden unter ihren Füßen weichte auf. Sie war in einem Schlauch, mit nassen, schwarzen Wänden, aber sie sah nichts von alldem, sondern starrte Belderson an, Belderson mit seinem verbrannten Gesicht, das nun für alle Zeit ebenso entstellt sein würde wie seine rechte Hand. Der Hof hatte eine weitere Narbe bekommen.

»Es ... es war zu leicht, nicht?« sagte sie. »Ich hätte ihn nie besiegen können. Es war viel zu leicht.«

»Ja. Das war es«, sagte Belderson. Das war ganz kurz, bevor seine Augen auseinanderplatzten und dünne schwarze Fäden aus den blutigen Höhlen quollen.

ENDE

»Buffy für Erwachsene! – Spannung ohne Ende!«
The New York Review

Anita Blake ist jung und schön. Sie hat einen knallharten Job: die Jagd nach gefährlichen Kriminellen und nach Untoten. Anita Blake ist eine Vampirin, und sie jagt ihre Artgenossen. In diesem ersten Band der New-York-Times-Bestsellerreihe macht uns Laurell K. Hamilton mit der ungewöhnlichen Vampirjägerin Anita Blake vertraut, die scharf wie ein angespitzer Pflock und raffiniert wie eine Silberkugel ist. Als der mächtigste Vampir der Stadt sie um ihre Hilfe bittet, muss sie sich ihren geheimsten Ängsten stellen ...
Laurell Hamilton ist die zurzeit erfolgreichste Horror-Autorin in den USA. Ihre Mischung aus Erotik, Horror und Krimi fesselt von der ersten bis zur letzten Seite.

ISBN 3-404-15053-8

BASTEI LÜBBE

Irgendwo im Herzen Europas, in einem vom Krieg erschütterten Land, liegt ein geheimnisvolles Tal. Man nennt es das Wolfsherz. Es ist das Tor zu einer anderen, erschreckenden Wirklichkeit. Und die Wesen, die dort wohnen, sind keine Menschen.
In seinem neuen Roman erzählt Wolfgang Hohlbein, einer der erfolgreichsten deutschen Autoren phantastischer Literatur, die faszinierende Geschichte eines Findelkindes. Die junge Eva wird nach Deutschland gebracht, nachdem sie nackt und frierend in einem Tal gefunden wird, das auf keiner Karte verzeichnet ist. Sie wirkt wie ein Relikt aus einer anderen Zeit, ein Zwitterwesen, von einer geheimnisvollen Aura umgeben – einer Aura gesteigerter Sinneswahrnehmung, in der etwas abgrundtief Böses liegt: das Gefühl der Gefahr, die mythische Furcht der Menschen vor dem Wolf.
Eine überraschende Umkehrung des Werwolfthemas, ein spannender Abenteuerroman, ein neues Meisterwerk von Wolfgang Hohlbein.

ISBN 3-304-14197-0

BASTEI
LÜBBE

Am Rande der Wahrnehmung, unendlich weit entfernt und doch zum Greifen nahe, lauert eine andere Wirklichkeit. Man nennt sie das Dunkel. Ihre Geschöpfe sind uns zum Ver-wechseln ähnlich, doch es sind keine Menschen. Sie sind die Jäger, und wir sind die Beute.

Glauben Sie an Vampire?

Jan sieht den Mann vor seinen Augen zusammenbrechen. Hilfsbereit stürzt er zu ihm hin – doch als er sich über den Sterbenden beugt, spürt er, wie eine unsichtbare Hand sich über sein eigenes Herz legt. Seitdem ist Jan nicht mehr derselbe. Hat er tatsächlich aus den Augenwinkeln noch eine dritte Gestalt am Ort des Geschehens wahrgenommen? Sicher nur eine Illusion, aber dann sieht er den Schatten wieder und erkennt, dass er von einer Macht verfolgt wird, für die es keine Bezeichnung, keine Begriffe gibt. Mit seinem Schritt an den Rand des Todes ist Jan in das Reich des Dunkels eingetreten, in dem es Wesen gibt, die nach anderen Gesetzen leben. Sie ernähren sich von der Lebensenergie der Menschen und treten im Augenblick des Todes zu ihnen hin, um sich zu sättigen. Und einer von ihnen ist jetzt auf Jans Spur ...

ISBN 3-404-14478-3

BASTEI
LÜBBE

Kalt ist der Winter, kalt und schwarz:
Denn die Pest geht um in Oxford

1349, Oxfordshire: Die gesamte Bevölkerung des kleinen Dorfes Nether Ditchford wird von der Pest ausgerottet. Der Ort verschwindet von den Landkarten.
Oxford, heute: Der junge Student Daniel Warren und die Journalistin Therry Moon geraten in ein Netz dunkler Intrigen, als sie eine Firma überprüfen, die Millionen in ein Bauprojekt gesteckt hat. Seltsame Todesfälle ereignen sich und werden vertuscht – auch von den Behörden. Und dann wird ein Mann mit ungewöhnlichen Symptomen ins Hospital eingeliefert. Er war an Ausgrabungen in der Nähe von Oxford beteiligt, Ausgrabungen, die auf die Ruinen eines Dorfes gestoßen sind: Nether Ditchford ...

ISBN 3-404-14972-6

18 makabere Geschichten um einen klassischen Mythos für alle Freunde von Stephen King und Wolfgang Hohlbein

H. P. Lovecraft zählt neben Edgar Allan Poe zu den großen Klassikern der düsteren fantastischen Literatur und zu den wenigen literarisch anerkannten Autoren des Genres. Berühmt wurde er mit seinem Mythos um die Großen Alten, die vor vielen Jahrhunderten vertrieben wurden und immer wieder versuchen, ihre Schreckensherrschaft zurückzuerlangen. Das Werk, das Lovecraft schuf, hat Literaturgeschichte geschrieben. Nach seinem Tod verfügte er testamentarisch, dass andere Autoren dieses Werk fortführen

In dieser Anthologie lehren zahlreiche bekannte Autoren den Leser das Gruseln: neben LOVECRAFT selbst u.a. STEPHEN KING, ROBERT BLOCH, ROBERT E. HOWARD, KARL EDWARD WAGNER, BRIAN LUMLEY und RAMSEY CAMPBELL.

ISBN 3-404-14877-0

BASTEI LÜBBE